Nocona
Eine Liebe stärker als Raum und Zeit
Britta Strauss

Covergestaltung: © Andrea Gunschera
Korrektorat: Susanne Strecker, www.schreibstilratgeber.com
Szenentrenner: 16246233 © frenta, Fotolia.com
Druck: CPI books GmbH, 25917 Leck

ISBN-Taschenbuch: 978-3-864430-84-8
ISBN-eBook-PDF: 978-3-864430-85-5
ISBN-eBook-epub: 978-3-864430-86-2

www.sieben-verlag.de

Nocona

Eine Liebe stärker als Raum und Zeit

Britta Strauss

SIEBEN VERLAG

Teil Eins

Die Wanderer

„Hunderttausend Jahre sind vergangen,
und ich höre noch immer den fernen Klang
der Trommeln meiner Ahnen.
Ich höre die Trommeln überall im Land,
höre ihren Klang in meinem Herzen.
Die Trommeln werden schlagen, mein Herz wird schlagen.
Und ich werde hunderttausend Jahre alt.“

Shirley Daniels, Ojibwa

Sara, 2011

Während draußen der Schneesturm tobte, unter dem Dach des baufälligen Museums heulte, und Kälte durch die undichten Fensterritzen drückte, las Sara die Inschrift des Grabsteins:

Resting Here Until Day Breaks
and Shadows Fall
and Darkness Disappears

is
Quanah Parker
Last Chief of the Comanches
Born – 1852
Died Feb. 23, 1911

Der Anblick des vergilbten, hinter staubigem Glas eingeschlossenen Fotos berührte etwas in ihr, das sie nicht benennen konnte. Von einer Legende war nicht mehr übrig als blasser Schatten und welkende Erinnerung. Ein Denkmal, ein Grabstein und der Name dieser Stadt. Der Lauf der Dinge, wie man so schön sagt. Unabwendbar und frustrierend.

Einhundert Jahre war es her, dass der letzte Häuptling der Comanchen

am 23. Februar 1911 als reicher, angesehener Mann gestorben war. Für Menschen eine lange, im Lauf der Geschichte verschwindend kurze Zeit. Sara hatte sich während ihres Ethnologie-Studiums auf die Kultur der Khmer spezialisiert, aber auf ihrer Reise durch die Reservate Nordamerikas war ihre Meinung über ihre Interessen revidiert worden. Hier war sie zu Hause. In dieser Epoche der Geschichte, mit der sie sich, bis der Auftrag zu einem Bildband eingetrudelt war, nie nennenswert beschäftigt hatte.

Die Welt der Präriestämme berührte sie und gab ihr ein Gefühl von Heimat. Vielleicht war es auch nur eine launische Neigung. Wer wusste das schon? Sie zog ihren schwarzen Mantel enger um sich, trat fröstelnd von einem Bein auf das andere und wog das Für und Wider einiger weiterer Fotos ab. Morgen würde sie wohl oder übel nach New York zurückreisen müssen. Der Gedanke behagte ihr nicht. Nein, er ging ihr völlig gegen den Strich. Zum einen hatte sie während ihrer Rundreise das lang ersehnte Gefühl gewonnen, endlich zur Ruhe zu kommen. Im Kielwasser dieses Gefühls war ein innerer Frieden zu ihr gekommen, der sich in Luft auflösen würde, sobald sie in die Stadt zurückkehrte. Zum anderen fehlte ihr noch immer etwas. Der Prometheus-Funke für ihr Projekt. Das eine besondere Bild, dazu auserkoren, zum Sahnehäubchen des Bildbandes zu werden.

Sie hatte deprimierende Fotos aus dem Pine Ridge Reservat und prachtvolle vom *Herzen aller Dinge*, den heiligen Black Hills. Sie hatte inmitten endloser Grasebenen die Magie eines Ortes eingefangen, an dem die Zeit stillstand, und war mit viel Überredungskunst in den Genuss eines Inipi-Rituals gekommen. Keines dieser oberflächlichen Touristenschauspiele, sondern ein unverfälschter Einblick in die Tiefen des indianischen Glaubens.

Seitdem empfand sie die Dinge und sich selbst anders. Entrückt. Verwunschen.

„Beschreibe dieses Gefühl", hörte sie ihre Chefin nörgeln. „Was dürfen sich unsere Leser darunter vorstellen? Werde deutlicher."

Aber wie sollte man etwas beschreiben, für das man keine Worte hat? Am ehesten war es so, als würde man aufwachen und begreifen, dass die Realität nur ein Traum war. Und Träume die Realität.

„Darunter kann sich der Leser nichts vorstellen", bemängelte ihre innere Chefin-Stimme. „Klar verständlich, bitte. Kein kryptisches Geschwafel."

Kryptisches Geschwafel. Oh Mann. Warum war sie derart unzufrieden? Sie hatte viel erreicht, und doch war da diese schale Unvollkommenheit in ihr, von der sie weder wusste, woher sie stammte, noch wie sie sie hätte beseitigen können. Gedanken dieser Art waren ihrem inne-

ren Gleichgewicht nicht zuträglich, also schüttelte sie sie ab und nahm ihren Rundgang wieder auf. Ordnung suchte man in diesem Museum vergeblich, was ihr ein fieses Kribbeln in den Händen verursachte. Ein, zwei Tage, und sie hätte aus diesem chaotischen Haufen etwas Ansprechendes herausgeholt. Nach Schaukästen voller Silbermünzen, Armbrüsten, Hellebarden, Auswanderungsurkunden, Tagebüchern und Geistertanz-Hemden folgte eine Vitrine, in der sich – so wusste der angeklebte Zettel zu berichten – Alltagsgegenstände aus Quanah Parkers Wohnsitz Comanche White House befanden.

Und plötzlich war die Beklommenheit, die sie verdrängt hatte, wieder präsent. Handgeschriebene Briefe lagen vor ihr, Schreibfedern und Tintenfässchen. Im Geiste sah sie Quanah am Tisch sitzen und schreiben. Öllampen erhellten das Zimmer, das Kratzen der Feder auf Papier war das einzige Geräusch, das die Stille störte. Kupfernes Licht schimmerte auf seinen langen Zöpfen, und durch die offen stehende Tür hörte man die Stimmen seiner Frauen und Kinder.

Sara rieb sich die Augen. Frönte sie einem Tagtraum? Wie unprofessionell.

Permanent beschäftigte sie sich im Rahmen ihrer Arbeit mit Artefakten der Vergangenheit. Voller Leidenschaft und Faszination, sicher, aber ohne übertriebene Sentimentalität. Diesmal hingegen war es anders. Sie war anders. In ihr erwachte der Wunsch oder vielmehr das Bedürfnis, die unter Glas ruhenden Dinge zu berühren, zu streicheln. Um dem Menschen, dem sie gehört hatten, nahe zu sein.

Ganz links lag der Brief, in dem Quanah die Texaner bat, ihm die Gebeine seiner Mutter zu schicken. Er hatte sich danach gesehnt, sie nach alter Tradition bestatten, an ihrem Grabhügel sitzen und trauern zu dürfen.

Sara ertrug es nicht, diese Zeilen zu lesen. Unmöglich. In ihren Augen brannten Tränen, ihr Herz wurde felsenschwer.

Allmächtiger. Was war ihr nur für eine sentimentale Laus über die Leber gelaufen? Begann sie allen Ernstes zu weinen? Wegen eines alten Briefes und ein paar Tintenfässchen, die einem seit Langem verstorbenen Mann gehörten? Himmeldonnerwetter! Sie musste dringend wieder zur Vernunft kommen.

Sie nahm die Informationstafel daneben in Augenschein. Ablenkung, sie brauchte Ablenkung. Verstohlen wischte sie sich mit dem Mantelärmel über die Augen.

Dummerweise machte das Studium der Tafel es nicht besser, denn kleine Anekdoten aus Quanahs Leben waren darauf verewigt.

Kurz, nachdem der Häuptling samt Familie sein Comanche White House bezogen hatte, stellte ein Vertreter der amerikanischen Regierung

ein paar Dinge klar: „Polygamie ist Ihnen fortan untersagt. Nur eine Frau ist Ihnen gestattet.“

„Gut“, war Quanahs Antwort. „Ich wähle Wes Kea. Aber sag du meinen anderen Frauen, dass ich fortan nicht mehr ihr Ehemann bin.“

Keiner der Anzugträger hatte den Zorn der Eheweiber auf sich ziehen wollen. Infolgedessen blieben sie Quanah erhalten.

Sara kicherte. Das sah diesem schelmischen Kerl ähnlich. Obwohl sie sich erst seit Kurzem mit Quanah und seinem Umfeld beschäftigte, überwältigte das Gefühl sie, genau zu wissen, was für ein Mensch er gewesen war. Sie neigte eindeutig zu Träumereien und Sentimentalität. Zumindest in letzter Zeit. Womöglich litt sie an Hormonschwankungen.

Oberhalb der Vitrine hingen zwei Bilder an der Wand. Cynthia Ann Parker, die ihre Tochter Topsannah im Arm hielt und traurig in die Kamera blickte. Alter und Verlust hatten ihr Gesicht gezeichnet, doch darunter erkannte man noch immer die stolze, schöne Frau, die sie einmal gewesen war. Jene weiße Frau, die die Liebe eines Kriegerhäuptlings gewonnen hatte.

Neben dem Portrait thronte Quanah erhobenen Hauptes auf einem schwarzen Pferd. Das einzige ihrer Kinder, das überlebt hatte, war dazu bestimmt, der letzte Freiheitskämpfer seines Volkes zu werden. Zum ersten Mal seit Jahren dachte Sara nicht daran, ihre Eindrücke mithilfe der Kamera zu verewigen. Was sie fühlte, hätte kein Bild der Welt einfangen können. Kein Wort, keine Geste. Mit jedem Atemzug wuchs ihre Benommenheit. Warum sie sich trotzdem umwandte, wusste sie nicht. Sie tat es automatisch, ohne sich bewusst dafür zu entscheiden, und als sie den Mann erblickte, der hinter ihr auf einem der wackligen Stühle saß, setzte ihr Herz für zwei Schläge aus.

Es war nicht einmal sein unergründlicher Blick, der direkt auf sie gerichtet war. Nicht sein Gesicht oder die Art, wie sein Körper sich anspannte. Es war etwas, das sich ihrem Verstand entzog. Sie erstarrte.

Der Mann stand auf und kam zu ihr herüber. Sein blauschwarzes Haar war locker im Nacken zusammengebunden und reichte vermutlich bis knapp über die Schultern. Lose Strähnen bewegten sich im kalten Windzug, der durch die undichten Fenster wehte. Sara blickte in das samtige Braun seiner Augen. Er war nur ein bisschen größer als sie, doch als er vor ihr stand, fühlte sie sich klein.

Um nicht in sein Gesicht blicken zu müssen, starrte sie auf seine Kleidung. Diese bestand aus einer dunkelbraunen Lederjacke in beklagenswertem Zustand, einem schwarzen Hemd und Jeans. Er trug schmutzige braune Schuhe, deren Sohle sich zu lösen begann, und ein Lederband mit einem Tierzahn um den Hals. Offenbar ein Lebenskünstler. In Gegenden wie diesen gab es viele davon.

Sara versuchte, ihre Lähmung abzuschütteln. Vergeblich. Wie eine Statue stand sie vor ihm. Warum blieb ihr jedes Wort im Hals stecken? Sie war doch sonst nicht auf den Mund gefallen.

Beweg dich!, schimpfte sie innerlich. *Sag was. Mach was, Teufel noch eins!*

„Entschuldigen Sie bitte." Seine Stimme war angenehm. Dunkel und weich und ein wenig verwirrt. Endlich wagte sie es, zu ihm aufzublicken. Mein Gott, der Mann hatte die schönsten Augen, die sie je erblickt hatte. „Ich heiße Makah. Darf ich fragen, wer Sie sind?"

„Ich?" Ihr Herz raste. Irgendetwas stimmte hier nicht. Sie fühlte sich hilflos und der Selbstsicherheit beraubt. Als hätte sie jemand in kaltes Wasser getaucht oder ihr mitten ins Gesicht geschlagen. „Warum wollen Sie das wissen?"

„Weil ich das Gefühl habe, dass … ach egal. Ich muss mich irren."

Im fahlen Schein der Lampen schimmerte seine Haut wie bronzefarbene Seide und versetzte die Fotografin in ihr in Entzückung. Dieses Gesicht schrie danach, verewigt zu werden.

„Tut mir leid, dass ich Sie gestört habe."

„Wie bitte?", kam es flüsternd über ihre Lippen. „Was meinen Sie?"

„Nichts", brummte er. „Auf Wiedersehen."

Sara öffnete den Mund und wollte eine höfliche Floskel hervorbringen, irgendetwas, das diesen Mann zurückhielt, doch ehe es ihr gelang, hatte er den Raum mit hastigen Schritten verlassen. Verdammt. Sie war eine solche Idiotin. Sie eilte ihm hinterher, bahnte sich den Weg durch gaffende Menschengruppen und rammte fast eine Vitrine – doch Makah war nirgendwo zu entdecken. Das hatte sie nun davon. Er war freundlich auf sie zugegangen, und sie blaffte ihm ein unhöfliches *„Warum wollen Sie das wissen?"* entgegen.

Die Lust am Begutachten weiterer Artefakte war verloren. Sie verließ das Museum und lieferte sich dem Schneesturm aus, der mit wildem Heulen ihren Mantel und ihr Haar erfasste. Jeder freiliegende Quadratzentimeter Haut wurde betäubt. Als gebürtige Kanadierin hatte sie viele Kältewellen erlebt, aber diese brachte selbst ihre Zähne zum Klappern.

„Passen Sie auf, bei dem Wetter kann man sich schnell erkälten."

Sie fuhr herum. Eiskristalle rieselten von ihren Wimpern. Vor ihr stand Makah. Schief lächelnd, schneeüberzuckert und atemberaubend. Schwindel übermannte Sara aus dem Nichts. Sie glaubte, vor seinen Augen ohnmächtig zu werden, doch kaum griff sie Halt suchend nach dem Zaun, normalisierte sich ihr Zustand.

„Wollen Sie mir wirklich nicht ihren Namen verraten?" Seine Stimme und sein Blick waren unverändert freundlich.

„Sara Merger." War das ihre Stimme? Dieses piepsende Mäuschengeflüster? „Ich bin hier wegen eines Berichts."

„Eines Berichts?"

„Eher ein Bildband. Das Leben in den Reservaten. Die Träume, Hoffnungen und Ängste der Bewohner. Der Weg zwischen Vergangenheit und Moderne in poetischen Bildern, aber ohne Beschönigung." Oh Gott, sie begann zu plappern. „So was eben."

„Sind Sie Reporterin?"

„Nein. Ethnologin. Ich arbeite als Fotografin und Lektorin für einen Verlag, der sich auf Bildbände spezialisiert hat."

So, das war's. Spätestens jetzt musste seine Freundlichkeit in Empörung umschlagen. Umso konfuser war sie, als die erwartete Abneigung ausblieb. In den letzten Wochen war ihr gesamter Charme gefordert gewesen, um respektiert zu werden. Insbesondere, wenn sie ihren Fotoapparat zückte und die Sache mit dem Bildband erwähnte. Aber dieser Mann schien ihr Neugierde entgegenzubringen. Er kam noch ein wenig näher. Seine Kleidung ließ zu wünschen übrig, doch seine Haut roch angenehm nach Seife. Nicht viele Gesichter konnten es mit seinem aufnehmen. Nein, korrigierte sie sich, die allerwenigsten reichten ihm das Wasser. Seine Züge waren weder weich noch kantig. Sie waren irgendetwas dazwischen und von begnadeter Harmonie. Zu gern wollte sie diese Harmonie festhalten. Sie verewigen. Der Drang war so stark, dass sie ihre Kamera über Gebühr quetschte.

„Wohnen Sie hier in der Stadt?", fragte Makah.

Sie nickte. „Im Best Western. Leider muss ich schon morgen zurück nach New York."

Er zog eine Grimasse. „Das wäre kein Ort für mich. Soll ich Sie ins Hotel fahren? Oder möchten Sie lieber eine Stunde auf den nächsten Bus warten? Dann bleibt nur zu hoffen, dass der Fahrer einen Eiskratzer dabei hat, um Sie von der Straße loszueisen."

„Ich … na ja …" Sara biss sich auf die Unterlippe. Er wollte sie fahren? Ein Fremder? Ihre Vernunft rebellierte, doch ihr abenteuerlustiges Alter Ego jubilierte. „Gern." Wie in neun von zehn Fällen gewann nicht die Vernunft. „Sofern Sie mir garantieren, dass Sie kein perverser Serienkiller sind, der seine kranken Fantasien an mir austoben will."

Er gab ein Lachen von sich, das Saras Bauch mit herrlichem Kribbeln füllte. Es war ewig her, dass sie sich in Gegenwart eines Mannes so nervös und lebendig gefühlt hatte.

„Keine Angst. Die einzige Gefahr besteht darin, dass mein Auto unter uns zusammenbricht."

Das konnte ja abenteuerlich werden. Seite an Seite mit ihrer neuen Bekanntschaft marschierte sie zum Parkplatz, wo er auf einen schrottreifen, roten Pick-up zusteuerte. Bretter, Kisten und Seilrollen stapelten sich auf der Ladefläche, kaum erkennbar unter der dicken Schicht Schnee. Im

Inneren des Wagens roch es nach Sagespänen und nassem Hundefell. Sara erklomm den Beifahrersitz. Sie hatte schon Schlimmeres gesehen.

„Erster Pluspunkt", sagte Makah. „Die meisten Frauen hätten den Sitz vorher desinfiziert. Normalerweise sitzt Paul dort."

Er warf ihr ein spitzbübisches Zwinkern zu. Für einen Moment verlor ihr Herz den Takt. Bei Gott, jemanden wie ihn konnte sie nicht brauchen. Es fiel ihr schwer genug, dieses Land zu verlassen und in eine Stadt zurückzukehren, die sie bis vor Kurzem noch für ihre Heimat gehalten hatte.

„Ich nehme an, Paul ist Ihr Hund?"

„Nicht meiner. Er schaut nur manchmal auf einen Besuch vorbei."

Der Pick-up röhrte wie ein brünstiger Hirsch. Klappernd und quietschend setzte sich der Wagen in Bewegung, stur wie ein Mensch, der nicht bereit ist, sein Alter zu akzeptieren. Makah übte sich in entspanntem Schweigen, nicht geboren aus Nervosität, sondern aus Ausgeglichenheit. Ein Umstand, der einem in New York selten begegnete.

Wie hatte Ernest Hemingway so schön gesagt? *Man braucht zwei Jahre, um sprechen zu lernen. Und fünfzig, um schweigen zu lernen.*

„Woher kommen Sie, wenn ich fragen darf?" So prickelnd das Schweigen zwischen ihnen auch war, ihre Neugier gewann die Oberhand.

„Dürfen Sie", antwortete er. „Ich komme aus Lawton. Wohin ich heute noch zurück muss."

„Lawton in Oklahoma? Das ist nicht um die Ecke."

„Yep."

Der Gedanke an über hundert Meilen durch Schnee und Eis schien ihn nicht sonderlich zu beunruhigen. Routiniert manövrierte er den Pick-up über den Parkplatz und lenkte ihn schlingernd auf die Straße.

„Was einen nicht umbringt, macht einen härter. Oder wie war das?"

„Welchem Stamm gehören Sie an?"

„Comanchen. Oder besser gesagt, Nunumu. So bezeichneten wir uns selbst."

„Ich weiß. Es bedeutet *Das Volk*."

Makahs Lippen spitzten sich, als er konzentriert eine scharfe Kurve meisterte. Saras Kopfkino verselbstständigte sich. Sie wusste, wie diese Lippen schmecken würden. Wie sie sich anfühlen würden. Ja, sie wusste es.

„Warum haben Sie die beiden vorhin so angestarrt? Quanah und Naduah?"

Seine Frage riss sie aus ihren Gedanken. Blieb nur zu hoffen, dass er nicht sah, wie ihre Wangen glühten. Falls doch, würde sie es auf die hochfahrende Heizung schieben.

„Gute Frage." Sie überlegte, ohne zu einer sinnvollen Antwort zu kommen. „Ich weiß es nicht. Als ich mich mit Cynthias, ich meine Naduahs Geschichte beschäftigte, tat ich es am Anfang aus rein beruflichen Gründen. Aber als ich tiefer in die Materie eintauchte, hat es mich fast vom Hocker gehauen. Ich meine gefühlsmäßig. Fragen Sie mich nicht, warum. Ich glaube, jeder hat so eine Herzensangelegenheit. Etwas, das ihn total gefangen nimmt, auch wenn man sich nicht erklären kann, warum."

Makah lenkte den Wagen in gemütlicher Manier durch den Schnee. „Da haben wir soeben unsere erste Gemeinsamkeit gefunden."

Seine Stimme klang gelassen. Von Eile und Hast schien er nichts zu halten, ein Charakterzug, der ihr auf ihrer Reise oft begegnet war. Seine ruhige Natürlichkeit hüllte Sara in einen Kokon aus hypnotischem Wohlgefühl. Noch ein paar Straßen und sie würden das Hotel erreicht haben. Wie bedauerlich. Höchstwahrscheinlich reichte ihr Mut nicht, ihn zu einem Kaffee einzuladen. Sie ertappte sich bei dem Wunsch, sie würden sich hemmungslos verfahren.

„Sie haben also auch ein Faible für diese Geschichte?"

„Kann man so sagen." Makahs Miene wurde starr. „Naduah und Nocona sind nicht nur in unseren Kreisen eine Legende. Jedem Kind wird ihre Geschichte erzählt. Ständig habe ich das Gefühl, dass mich etwas mit ihnen verbindet. Mehr als es der Verstand begreift. Was haben Sie gefühlt, als Sie vor Quanahs Foto standen?"

„Sehnsucht. Traurigkeit. Als wäre es … keine Ahnung."

„Genau das meine ich. Ist es nur Empathie? Oder mehr?"

Sie wusste es genauso wenig wie er. Wie schaffte es dieser Mann, seinen Finger so zielgerichtet auf ihre Gefühle zu legen? Er konnte sie nur ein paar Minuten vor der Vitrine beobachtet haben. Vielleicht hätte sie diese merkwürdige Situation beunruhigen sollen, stattdessen hüllte Makahs entspannte Energie sie ein. Ihr Kopf wurde leergefegt, ihre sonst üppig blühende Plauderoase in eine Wüste verwandelt. Sobald sie zurück in New York war, musste sie ihre Mutter anrufen und ihr von dieser seltsamen Begegnung erzählen. Wo mochten Dad und sie wohl stecken? Nachdem die beiden Ex-Workaholics ihre Kanzlei dichtgemacht und in Rente gegangen waren, trieben sie sich pausenlos in der Weltgeschichte herum. Es schien ein unwiderstehlicher Drang zu sein, dem Ruf der Ferne zu folgen, und dieses Nomadenblut hatten sie an ihre Tochter weitervererbt.

Sara kuschelte sich in das ausgeleierte Polster des Sitzes. Mom würde wahrscheinlich denselben Spruch wie immer ablassen: „Wie sieht es mit deiner Familienplanung aus? Schatz, du wirst nicht jünger. Such dir endlich den Richtigen und schenke uns Enkelkinder. Du wirst vertrocknen

wie eine Primel, wenn du immer nur arbeitest."

Ihr umherschweifender Blick entdeckte ein Buch auf der Ablage. Das Cover zeigte ein Mädchen, das an einem schilfgesäumten Fluss stand. Ihr langes Haar wehte im Wind. Der Himmel war milchblau wie an heißen Sommertagen, betupft von Schäfchenwolken. Das Bild stieß etwas in Sara an. Ähnlich wie die Bilder im Museum oder die Schreibutensilien in der Vitrine.

„Darf ich?" Sie nahm das Buch in die Hand und drehte es hin und her. Es gab weder einen Klappentext noch irgendwelche Hinweise zum Autor. „Worum geht es?"

„Das Schicksal eines Überlebenden von *Wounded Knee*. Es wurde nie veröffentlicht. Ich habe es vor Jahren geschenkt bekommen. Wenn du willst, gehört es dir."

„Oh." Sara starrte ihn verblüfft an. „Das kann ich nicht annehmen. Wir kennen uns doch gar nicht. Abgesehen davon habe ich so meine Schwierigkeiten mit diesen Schicksalen."

„Die Geschichte dieses Landes ist eben längst nicht so glorreich, wie man es den meisten vormacht. Deswegen bleiben viele Weiße den Reservaten fern. Sie haben lieber keine Ahnung."

„Ich meine damit, dass diese Geschichten mich traurig machen."

„Verzeihung." Sein Lächeln war entwaffnend. „Ich wollte dir nicht vor den Kopf stoßen. Wie auch immer, ich würde mich wirklich freuen, wenn du mein Geschenk annehmen würdest."

Sara kapitulierte. Diese Bitte konnte sie ihm unmöglich abschlagen. Sie steckte das Buch in ihre Tasche, lächelte verlegen und sah aus dem Fenster. Durch den Schmutz war nicht viel zu erkennen, aber als sie den morschen Zaun vor dem Hintergrund schneebedeckter Grashügel erblickte, wusste sie, dass es perfekt war. Als wollte das Schicksal sie in ihrem Entschluss bestärken, flaute der Sturm ab und wich einem elfenbeinbleichen, schneeglitzernden Licht.

„Würdest du bitte mal kurz anhalten?"

„Klar doch."

Makah parkte am Straßenrand. Kaum stand der Wagen still, sprang Sara aus dem Wagen und rannte zum Zaun hinüber. Perfekt! Ganz wunderbar. Als er sich zu ihr gesellte, musste sie ihre Beherrschung zusammenkratzen, um ihn nicht mit beiden Händen zu packen und in die Position zu bugsieren, die sie bereits in ihrem Kopf sah.

„Darf ich dich fotografieren? Es wäre mir eine große Ehre."

Hinter dem undurchschaubaren Spiegel seiner Augen schien er mit einer Entscheidung zu ringen. Als er irgendwann tief Atem holte und den Mund zu einer Entgegnung öffnete, hätte Sara am liebsten die Augen geschlossen.

Bitte sag ja. Bitte sag ja! Bitte! Bitte!

„Nein."

Verdammt, genau das hatte sie erwartet.

Doch dann fügte er leise hinzu: „Eine Ehre wäre es für mich."

Erstaunt blickte sie zu ihm auf.

„Die Idee mit dem Bildband klingt nicht übel", setzte er nach. „Scheint, als wäre jemand wirklich mal an der Wahrheit interessiert."

Freude und Erleichterung tanzten einen wilden Reigen. Mit dieser Einwilligung konnte sie mehrere Fliegen mit einer Klappe schlagen. „Natürlich werden die Fotos nicht ohne deine Einwilligung veröffentlicht. Gib mir deine Mailadresse, dann schicke ich sie dir zur Freigabe."

„Ich habe kein Internet."

„Smartphone?"

„Tut mir leid."

„Du hast kein Telefon? Kein Fax? Nichts?"

„Nein. Aber wenn du der Meinung bist, dass die Fotos gut sind, veröffentliche sie."

Sara würgte an ihrer Enttäuschung. Sie war niemals hinter jemandem hergerannt. Niemals. Aber eben war sie drauf und dran, ihre Prinzipien sausen zu lassen. Der Gedanke, Makah ohne Aussicht auf ein Wiedersehen zu verlassen, verwandelte ihre Eingeweide in einen Knoten. „Wohin schicke ich dein Gratisexemplar? Ich will mich wenigstens bedanken dürfen."

Er lächelte, und bei Gott, es war ein Lächeln, das ihre Knie weich werden ließ. Als er nach etwas in seiner Jackentasche fingerte, wagte sie kaum, nach dem aufflackernden Hoffnungsfunken zu greifen.

„Hier." Er hielt ihr ein Kärtchen entgegen. „Das ist die Adresse unseres Gemeindehauses. Isabella nimmt alles an, was für mich kommt. Sie ist die gute Seele unseres Dorfes."

Das Kärtchen war mit einem Traumfänger verziert und besaß einen hübschen, roten Rahmen. Keine Webseite oder Mailadresse, dafür eine Postadresse samt Telefonnummer. Immerhin etwas. Gewissenhaft verstaute sie das Kärtchen in ihrer Handtasche.

„Stell dich bitte an den Zaun." Sie schaltete die Kamera an und suchte die für das Licht passende Einstellung. „Schau in die Ferne. Als wäre ich nicht da. Und könntest du den Zopf aufmachen? Das wäre fantastisch. Danke schön."

Makah gab ihr genau das, worauf sie hoffte. Sein Haar wehte im Wind, seine Haltung war entspannt, der Blick ging ins Leere. Graue Zeitlosigkeit lag über den schneebedeckten Hügeln. Seine Gestalt fügte sich in die Szenerie ein, als gehörte sie seit Ewigkeiten dazu wie der Himmel und das Gras. Er war eine Brücke zu längst vergangenen Zeiten. Perfekt. In

jeder Hinsicht.

Sie fotografierte, bis ihr Finger wehtat. Mal warf Makah ihr einen rätselhaften Schulterblick zu, mal schwang er sich auf den Zaun oder lief durch den Schnee, den Blick zum Himmel gerichtet. Instinktiv wusste er, was sie wollte. Ein Naturtalent, keine Frage. Ihr Körper kribbelte und prickelte, ihre Seele jubilierte. Sie schoss ein Foto nach dem anderen und spürte, wie das Feuer der Leidenschaft durch ihre Adern jagte. Herrlich! Danach hatte sie gesucht. Genau danach!

Erst, als der Speicher nichts mehr aufnehmen konnte, sank Sara mit einem Seufzer der Zufriedenheit zusammen. Es war genau dieser Moment, nach dem sich ihr Fotografenherz gesehnt hatte. All die Jahre, seit sie zum ersten Mal einen solchen Apparat in die Finger bekommen hatte. Das Wissen, zur perfekten Zeit am perfekten Ort die perfekten Fotos zu schießen.

Die Bilder, die dein Schicksal sind.

Sie gelingen dir nur einmal und dann nie wieder.

So hatte es ihr Vater beschrieben. Ihm selbst war es nicht vergönnt gewesen, seine Passion zum Beruf zu machen. Er hatte nie die Bilder gefunden, die sein Schicksal waren. Umso glücklicher würde er sein, wenn er erfuhr, dass es seiner Tochter gelungen war. Sara sandte ein stummes *Danke* in den Äther hinaus, das hoffentlich ankam, egal wo ihr Vater gerade seine Pensionierung genoss.

„Einfach nur klasse!“ Sie drehte eine Pirouette. „Das war grandios.“

Makah gesellte sich zu ihr. „So grandios, dass du in Tränen ausbrichst?“

Verschämt wischte sie über ihre feuchten Augen. „Ein perfektes Foto bringt mich immer zum Weinen.“ Das war eine glatte Lüge. „Ich weiß nicht, warum, aber es fühlt sich an, als wenn … ach, verdammt.“

„Wie fühlt es sich an?“

„Als wäre die alte Zeit ganz nah.“ Sie kam sich noch nicht mal albern vor, als sie es aussprach. In seinem Blick lag Verständnis. Fast so etwas wie Faszination.

„Die alte Zeit?“ fragte er leise.

„Als das Land und die Menschen noch so waren, wie sie erschaffen wurden.“

Er wusste genau, was sie meinte. Und doch schien er verwirrt zu sein. Bewegungslos stand er vor ihr, bis er unvermittelt nach ihr griff und seine Arme um sie schloss. Es verschlug ihr den Atem. Sein Körper presste sich an ihren. Stark und warm.

Vertraut.

Sie kannte diesen Mann erst seit einer halben Stunde, und doch fühlte es sich richtig an, von ihm umarmt zu werden. Absolut und atemberau-

bend richtig. Sein Haar kitzelte ihre Wange, duftete nach Schnee und Rauch. Sie wagte kein Wort, keine Bewegung. Still und heimlich begann es wieder zu schneien.

„Ich kenne dich nicht", sagte Makah. „Aber ich habe das Gefühl, niemanden je besser gekannt zu haben. Halte mich für verrückt. Aber so ist es."

Er umfing ihr Gesicht mit beiden Händen, beugte sich vor und küsste sie.

Allmächtiger! Die Beine gaben unter ihr nach, als besäßen sie plötzlich keine Substanz mehr. Sie wäre zusammengesunken, hätte er sie nicht festgehalten und ihren Körper an seinen gedrückt. Der Geschmack seiner Lippen war betörend. Eine gewaltige Sehnsucht klaffte auf, als sie den Kuss erwiderte, sich für ihn öffnete und seine feuchte Wärme schmeckte.

Hör nicht auf. Bitte hör nicht auf.

Sie grub ihre Finger in sein Haar. Wollte ihn spüren, ihn an sich binden, irgendwie … doch nach viel zu kurzen Momenten wich er zurück. Sie schwankte. Erneut stiegen ihr die Tränen in die Augen. Niemand hatte sie je so geküsst. Es war atemberaubend gewesen. Vertraut. Unglaublich. Wenn sie sich jetzt aus den Augen verloren, würde sie die Sehnsucht niemals wieder loswerden.

Tu das noch mal. Halt mich fest. Halt mich einfach nur fest.

„Komm", sagte Makah leise. „Ich bringe dich zurück."

Auf dem Weg zum Hotel sprachen sie kein Wort. Sie wusste nicht, was sie fühlte, und wenn Makahs Schweigen bedeutete, dass es ihm genauso ging, machte das die Sache noch seltsamer.

Verlass mich nicht … verlass mich nicht …

„Wir sehen uns wieder", sagte er an ihrem Ziel. „Ich weiß es."

Saras Kehle zog sich zusammen. Verzweifelt schlug sie die Wagentür zu, klemmte sich die Tasche unter den Arm und rannte in Richtung Hotel. Tränen rannen über ihre Wangen. Nein, es war nur Schnee, der auf ihrem Gesicht schmolz. Sie ließ einen Fremden gehen, und doch fühlte es sich an, als würde sie ein Teil ihres Lebens verlieren.

Oben im Zimmer schälte sie sich aus der Kleidung, zog ein weißes Nachthemd über und ließ sich auf das Bett fallen. Die Stille schien zu schreien. Sie fühlte sich, als würde sie träumen und wäre nicht fähig, aufzuwachen. Immer wieder sah sie dieselben Bilder, wenn sie die Augen schloss. Quanah, wie er auf seinem schwarzen Pferd thronte. Makah im Winterlicht. Die traurig in die Kamera blickende Naduah. Alte Schreibutensilien hinter Glas, deren Anblick ihr Herz mit sonderbarer Liebe flutete. Und wieder Makah. Der Schnee in seinem Haar. Sein Lächeln.

Er fuhr allein die weite Strecke in seinem uralten Pick-up. Auf sie wartete morgen der Flieger, der sie zurück in den Alltag bringen würde.

Verdammt, verdammt, verdammt!

Frustriert fingerte sie nach der Kamera. Als sie sie einschaltete und auf die Bilderansicht wechselte, krempelte Sehnsucht ihre Eingeweide zusammen. Makah im zeitlosen Licht der frostigen Prärie. Seine Gestalt vor den verschneiten Hügeln. Melancholisch. Wunderschön. Wehmütig.

Das hier machte keinen Sinn, alles wurde nur schlimmer. Schlimm auf eine unerklärliche, tiefschürfende, grausame Art. Sie legte den Apparat beiseite und zog das Buch aus der Tasche. Lesen verschaffte Ablenkung. Oder auch nicht. Aus einem unerfindlichen Grund verwirrte sie das Bild des Mädchens am Fluss nur noch mehr. Was in aller Welt war los mit ihr? Zu viele Kopfschmerztabletten? Zu wenig Schlaf? Draußen heulte der Schneesturm, doch ihr wurde warm. Fast meinte sie, den Duft des Sommers wahrzunehmen. Wind säuselte, Schilf raschelte. Leises Wasserplätschern tropfte durch eine staubtrockene Stille. Da war das Bellen eines Hundes. Ihre Sinne trübten sich, und noch ehe das Buch auf ihre Brust hinuntergesackt war, schlief sie ein.

Cynthia, 1836

Fort Parker am Navasota River/Texas

Als der Tag sich dem Ende zuneigte, war alles friedvoll und erfüllt von sommerflüsternder Stille. Cynthia saß am Ufer des Flusses, vertieft in Träumereien, und plätscherte mit den Füßen im Wasser. Mückenschwärme tanzten über dem Schilf, gejagt von Schwalben, die aus dem tiefblauen, von Schäfchenwolken gesprenkelten Himmel herabschossen, um Beute zu machen. Sommerwind zerzauste ihr langes Haar, das sie nur offen tragen durfte, weil sie noch ein Kind war, und er raschelte so seltsam in den Wipfeln der Baumwollpappeln, dass sie glaubte, der Wind und die Bäume unterhielten sich miteinander. Wovon sie wohl erzählten? Hatten sie schon hier gestanden, als man das Land noch gar nicht kannte? Vielleicht waren damals auch dort Pappeln, Wacholder und Eichen gewachsen, wo man jetzt die Felder bestellte. Vielleicht war hier früher alles voller Wald gewesen, und die Wilden mit den Tierhäuten und den Hörnern auf dem Kopf hatten darin gehaust.

Irgendwo in der Ferne bellte ein Hund. Cynthia streckte sich. Jeder Muskel ihres Körpers schmerzte. Sie hatte bei der Kartoffelernte geholfen, das geschnittene Korn gemeinsam mit ihrer Cousine Rachel zu Garben gebunden, die Hühner gefüttert und die Kuh gemolken. Sie half so gut sie konnte, doch die Arbeit wurde niemals weniger. Ihr Vater ließ seinen Zorn an seiner Familie aus und fiel Abend für Abend todmüde ins Bett, ihre Mutter weinte sich in den Schlaf.

Ein Paradies hatte man ihnen versprochen, in dem sich einem mit wenig Mühe ein sorgloses Leben voller Überfluss eröffnete. Fruchtbares Land sollte es im Westen geben, Sonnenschein und Freiheit. Bekommen hatten sie etwas, das ihre Mutter als Vorhof der Hölle bezeichnete. Nichts war besser geworden. Nur schlimmer.

Aber in Momenten wie diesen, wenn der Fluss in der Abendsonne glitzerte, das Gras sich flüsternd wiegte und der Duft des Sommerabends aufstieg, dämmerte das Land so prachtvoll im goldenen Licht dahin, wie man es vom Paradies erwartete.

Cynthia hob einen Fuß aus dem Wasser und beobachtete, wie funkelnde Perlen von ihren Zehen tropften. Etwas keckerte ganz in der Nähe. Ein Streifenhörnchen, das durch das Geäst eines Ahornbaumes sprang. Wie gern wäre sie in seine Haut geschlüpft. Was taten diese Wesen weiter, als nach Essen zu suchen, zu spielen und zu schlafen? Manchmal klauten die Tierchen Nüsse aus der Schale, die auf dem Küchentisch stand, oder sie bedienten sich am Schweinetrog. Hin und wieder geriet auch mal eines in eine Falle oder wurde von einer Kornweihe

erlegt, doch abgesehen davon war das Leben der Streifenhörnchen paradiesisch. Es war genauso paradiesisch wie das Dasein der Forellen, die in der Strömung des Flusses schwammen, oder wie das der Rotluchse, die in der Nacht um das Fort streiften.

Cynthias Gedanken begannen, um ihre Großmutter zu kreisen. Elenore war tot, obwohl sie noch lebte. Den ganzen Tag starrte die alte Frau ins Leere, als nähme sie nichts mehr wahr. Was, wenn sie sich bewegen und reden wollte, aber es nicht konnte? Die Vorstellung, im eigenen Körper gefangen zu sein, war so schrecklich, dass Cynthia nicht darüber nachdenken wollte. Leise sang sie ihr Lieblingslied, um die lebenden Toten aus dem Kopf zu vertreiben.

„Frà Martino, campanaro. Dormi tu? Dormi tu? Suona le campane, suona le campane! Din don dan, din don dan."

Das Lied tröstete und tat weh. Ein Spanier hatte es ihr während der langen Wochen der Reise beigebracht. Kurz vor Erreichen ihres Ziels war er an einer Blutvergiftung gestorben. Cynthia vermisste ihn. Vor allem vermisste sie die Stimmung, die der Mann heraufbeschworen hatte, ganz gleich, wie mühsam der Tag gewesen war. Wenn am Abend viele Stimmen den Kanon gesungen hatten, waren in Cynthias Wahrnehmung die Glocken zu hören gewesen. *Din don dan, din don dan.* Alle hatten gelächelt. Alle waren glücklich gewesen. Für die Dauer des Liedes.

Ein Flusskrebs stakste gemächlich über die Kieselsteine. Cynthia beobachtete ihn voller Neid, so wie sie alle Tiere beneidete, die frei lebten. In ihren Träumen setzte ihr niemand Grenzen. Ihre Träume machten alles möglich, was die Wirklichkeit nicht zuließ. Was wäre, wenn sie jetzt einfach losliefe? Auf den Horizont zu, so schnell, wie ihre Beine sie trugen? Immer weiter und weiter. Bis alles aufhörte.

„Abendessen!", schallte die Stimme ihres kleinen Bruders zu ihr herüber. „Kommst du?"

Cynthia rollte mit den Augen. Die kostbare Zeit des Alleinseins war vorbei. Sie stand auf, streckte sich und klopfte den Staub von ihrem Baumwollkleid. Es war zerrissen und dreckig, aber niemand, am allerwenigsten sie selbst, störte sich daran.

Langsam ging sie, um noch eine Weile die Ruhe genießen zu können. Warm fühlte sich die staubige Erde unter ihren Füßen an, trocken und hart das Gras. Blickte man von hier aus auf das Fort, sah es friedvoll aus. Die Ansammlung wackliger Blockhäuser umsäumt von Mais-, Tabak- und Kornfeldern. Dahinter erstreckte sich in allen Gelb- und Brauntönen schimmernd die sonnenverbrannte Prärie. Eine Ebene aus mannshohem Büffelgras, die sich im Wind wellte wie das Meer und tausend Geheimnisse in ihren unendlichen Weiten verbarg. Man nannte sie die Great Plains. Die großen Ebenen.

Makah, 2011

„Um Himmels willen!“ Isabella fiel aus allen Wolken, als sie die Tür öffnete. „Sag nicht, dass du in diesem Sturm die ganze Strecke gefahren bist?“

„Bin ich. Weil ich es nicht erwarten konnte, dir das hier zu geben.“ Er schüttelte den Schnee aus den Haaren, zog ein Tütchen aus der Jackentasche und reichte es ihr.

Isabellas Gesicht entgleiste angesichts der Geldscheine, die sich darin befanden. Makah war stolz auf sich. Aber darüber würde er den höflichen Mantel des Schweigens decken.

„Das müssen doch mindestens ... wie hast du das geschafft? Ach egal, komm erst mal rein. Wie bist du mit deinem Klappergestell überhaupt bis hierhergekommen?“

„Der Wagen würde mich nie im Stich lassen.“ Im Vorbeigehen fuhr er Isabella flüchtig über das Haar. Obwohl er kaum drei Jahre älter war als sie, fühlte er sich ihr gegenüber wie ein Vater. Sein Leben hätte er gegeben, um diese Frau zu beschützen. Niemand tat mehr für das Wohl ihrer Leute als sie. „Und was mein Geheimnis betrifft: Es beruht auf Charme. Ich habe mich eben von meiner besten Seite gezeigt.“

„Das glaube ich gern. Wie waren die Leute diesmal?“

„Ganz okay.“ Er zog Schuhe und Jacke aus, hing Letztere über die Garderobe und hielt auf das Sofa zu. Wärme war doch etwas Kostbares. Isabellas Häuschen brachte das Kunststück fertig, trotz billiger Sperrholzmöbel Komfort auszustrahlen. Vielleicht lag es daran, dass alles in Vanille- und Schokoladentönen gehalten war. Oder es waren ihre selbstgenähten Vorhänge samt den unzähligen Kunstgegenständen.

„Es gab jede Menge Esoterikfans und Rucksacktouristen.“ Mit einem Stöhnen fiel er in die braunen Polster des Sofas. Es würde mindestens eine Bombenexplosion brauchen, um ihn wieder zum Aufstehen zu bewegen. „Sie haben mir die Sachen nur so aus den Händen gerissen.“

„Es ist nichts mehr übrig?“

Im Licht der grellen Deckenlampe sah Isabellas Gesicht erschreckend hager aus. Für ihre zweiunddreißig Jahre sah sie zu alt aus. Während sie in ihren Küchenschränken wühlte, beobachtete Makah, wie sich ihr knochiger Körper unter dem schwarzen Wollkleid bewegte.

„Du hast alles verkauft? Restlos?“

„Yep. Alles weg.“ Müdigkeit überdeckte seine Sorgen um Isabella. Wenn er jetzt die Augen schloss, würde er bis morgen Mittag durchschlafen. Ein herrlicher Gedanke. Sein Kopf schwankte, während er angestrengt versuchte, nicht ins Koma zu fallen. Bilder zuckten durch seinen Kopf. Vergilbte Fotos von Quanah und Naduah. Sara, wie sie vor

der Vitrine stand und mit den Tränen kämpfte. Sara, wie sie Quanah anstarrte, als erschütterte sie sein Anblick zutiefst. Das Zittern ihrer Hände, das Glitzern in ihren Augen. Eine abgegriffene Schreibfeder, die in ihm den Drang ausgelöst hatte, sie zu streicheln und nach einem Echo der Seele ihres Besitzers zu forschen. Geschriebene Worte auf altem Papier, die ihn mitten ins Herz trafen.

„Wahnsinn", sagte Isabella wie aus weiter Ferne. „Willst du Tee? Oder lieber Kaffee?"

„Dein Kaffee schmeckt wie Erdöl. Lieber Ersteres."

„Hast du Hunger?"

„Machst du Witze? Hörst du es nicht?"

„Was?"

„In meinen Eingeweiden sind zwei Dutzend Kojoten eingesperrt. Ich habe mich nicht getraut, irgendwo anzuhalten, weil sonst der Wagen nicht mehr angesprungen wäre. Das Thermometer zeigte minus einundzwanzig Grad."

„Verrückter Kerl."

Isabella kramte Holzbrettchen, zwei Töpfe und eine Schüssel hervor. Dazu packte sie Gemüse, Süßkartoffeln und einen Tupperware-Behälter voll kleingeschnittenem Fleisch. Allein der Anblick ließ seinen Magen mit der Lautstärke eines Gewitters rumoren.

„Ich habe mit der Hälfte gerechnet", sagte Isabella. „Hundert Dollar allerhöchstens. Hattest du viele Fans?"

„Es ging so." Er quälte sich hoch, obwohl keine Bombe explodiert war, nahm ein Messer aus der Schublade und machte sich daran, die Süßkartoffeln zu zerschneiden. Isabella lächelte ihm dankbar zu. „Zwei Frauen aus Frankreich brachten es fertig, den ganzen Tag auf der Bank vor meinem Stand zu sitzen und zu starren. Am Abend wollten sie mir etwas andrehen, was sich vegane Soja-Dinkel-Bratlinge schimpfte."

„Hast du's genommen?"

„Bist du des Wahnsinns? Dann trinke ich lieber deinen Kaffee."

Isabella stieß ein Brummen aus und goss Öl in die Pfanne. Ihre Erschöpfung war schier greifbar, doch es brachte nichts, diese Frau in Schranken zu weisen. Die Besessenheit, eine bessere Welt zu erschaffen, würde ihr Untergang sein. Wie auch er es tat, steckte sie alle Energie in Projekte, die das Leben im Reservat verbessern sollten, aber Isabella gehörte zu den ewig frustrierten Menschen, für die ein Glas Wasser grundsätzlich halb leer und nie halb voll war. Früher hatte auch er zu diesen Exemplaren gehört. Aber er hatte gelernt, die Dinge zu akzeptieren und das Beste daraus zu machen. Das hatte er seinem Vater zu verdanken. Makah erlaubte sich wehmütige Erinnerungen und dankte ihm stumm. Mit einem schlichten Grundsatz war es seinem Vater gelungen,

ein zufriedenes Leben zu führen. Selbst dann noch, als der Krebs ihn und seine Frau dahingerafft hatte.

Denke nicht daran, was du nicht hast. Freue dich lieber an dem, was du hast.

Dieser Grundsatz hatte Makah mehr Zufriedenheit als alles andere geschenkt. Nie hatte er einen Menschen kennengelernt, der so viel inneres Glück ausstrahlte wie sein Vater. Weder Armut noch Krankheit oder Verlust hatten ihm die Freude am Dasein nehmen können. Für ihn war alles Schicksal gewesen. In allem lag ein Sinn.

Fürchte nicht die Zukunft, war eine weitere seiner Weisheiten gewesen. *Sie führt dich an den Ort, an dem du zu Hause bist. Wo du immer zu Hause sein wirst. Es gibt nichts, vor dem du Angst haben musst. Glaub mir, wir sehen uns wieder.*

Fürchte nicht die Zukunft. Einfach gesagt, schwer umzusetzen. Seine Gedanken wanderten ein wenig weiter, zurück in die Zeit, an die er sich grundsätzlich nur ungern entsann. Nach dem Tod seiner Eltern war er grandios an den Weisheiten seines Vaters gescheitert und in ein tiefes Loch gefallen. Es hatte eine Weile gedauert, bis er erkannt hatte, was wirklich zählte. Im Nachhinein tröstete er sich mit dem Gedanken, dass es keine Rolle spielte, wie oft man gestürzt war. Viel wichtiger war es, dass man es schaffte, wieder aufzustehen. Anstatt unerreichbaren Zielen nachzujagen und sich dafür zu hassen, die Schule abgebrochen zu haben, war er neben seiner Arbeit für den Ranchbesitzer Martin Ross auch Isabellas rechte Hand geworden. Menschen waren auf ihn angewiesen und warteten jeden Tag darauf, dass er zu ihnen kam. Er machte ihr Leben besser, und die Dankbarkeit, die man ihm dafür entgegenbrachte, erfüllte ihn mit tiefer Zufriedenheit. Alles war so, wie es sich seine Eltern für ihn gewünscht hatten.

Im Geiste hörte er Isabella kontern. „Aber vielen Bewohnern unseres Dorfes geht es beschissen. Es gibt schreiende Ungerechtigkeiten an allen Ecken und Enden."

Wir tun, was immer wir tun können, um den Menschen das Leben zu erleichtern, antwortete er in Gedanken. *Darin lenken wir unsere Energie, anstatt sie an Pläne zu verschwenden, die sowieso utopisch sind.*

Leider, und hier versagte das Prinzip seines Vaters, konnte er Isabella nichts von diesen Überzeugungen abgeben. So oft hatte er versucht, seine Freundin aufzubauen. So oft hatte er ihr seine Art, die Dinge zu sehen, nahegebracht. Vergeblich.

Seine Gedanken schweiften zum tausendsten Mal an diesem Abend zu der Frau aus dem Museum ab. Mein Gott, er hatte sie tatsächlich geküsst. Und dann die Erlaubnis, ihn zu fotografieren. Noch dazu für einen Bildband, der möglicherweise bald in sämtlichen Buchläden des Landes auslag. Was war nur in ihn gefahren? Seine Forschheit verblüffte ihn im Nachhinein, doch er bereute es nicht. Im Gegenteil. Dachte er

daran, wie Sara sich angefühlt hatte, wie sie geschmeckt hatte, spielten seine Hormone verrückt. Zu gern hätte er ihr kurzes Beisammensein weiter ausgeführt. Aber das wäre sinnlos gewesen. So, wie ihn seine Pflichten festhielten, führten die ihren sie nach New York zurück.

Sara. Was für ein wundervoller Name. Er passte zu ihren weichen, bernsteinfarbenen Locken und den türkisblauen Augen. Noch immer spürte er ihren Kuss. Spürte ihren Körper, roch ihren Duft, hörte ihr Seufzen. Er kam sich vor wie ein verliebter Teenager, schlimmer noch, sie hatte in ihm etwas ausgelöst, das sich seiner Kontrolle entzog. Es war, als würde er den Boden unter den Füßen verlieren. Oder als wäre sie das fehlende Teil eines Puzzles, das er zeit seines Lebens versucht hatte, zusammenzusetzen. Nur, dass er erst heute erfahren hatte, dass dieses Puzzle überhaupt existierte.

Wie bescheuert.

„Autsch!"

Isabellas Stimme riss ihn in die Wirklichkeit zurück. „Was?"

„Du hast dir fast den Finger abgesäbelt."

Sie deutete auf seine linke Hand. Ein Schnitt prangte auf seiner Daumenwurzel. Nicht tief, aber heftig blutend.

„Mist. Ich saue dir das Holzbrett ein." Mehr fiel ihm nicht dazu ein. Vermutlich hielt sein Gehirn nach der langen Fahrt nur noch notdürftig die Grundfunktionen aufrecht. Schmerzempfinden gehörte nicht dazu.

„Komm. Ich verarzte dich."

Er ließ sich von Isabella auf einen der Küchenstühle bugsieren und fühlte sich wie ein mit Wasser vollgesogener Mehlsack. Zahllose Male war er von ihr zusammengeflickt worden. Sei es, weil er zu leidenschaftlich mit seinem Schnitzmesser hantiert hatte oder weil bei den Heimwerkerarbeiten, zu denen man ihn täglich rief, irgendetwas schiefgelaufen war. Diese Frau gehörte zu seinem Leben. Trotzdem lag es jenseits seiner Vorstellungskraft, mit ihr eine Beziehung einzugehen.

„Das ist ein Kinderpflaster, Isabella."

„Ja und?"

„Es befinden sich blaue Eichhörnchen darauf. Damit kann ich mich nicht unter die Leute wagen. Du willst meinen Ruf ruinieren, was?"

„Welchen Ruf? Etwa den, dass du ewige Keuschheit geschworen hast? Oder den, dass du vom anderen Ufer bist?"

Plötzlich war er ein kleines Stück wacher. „Wie bitte?"

„Was erwartest du? Deine erfolglosen Verehrerinnen reden sich die Münder fusselig, woran es liegen könnte, dass du gegen weibliche Reize immun bist."

Na bitte. Immerhin ein kleiner Fortschritt bei dem Versuch, in seine Freundin einen Hauch Lebensfreude zurückzubringen. Prüfend bewegte

er seinen Daumen, auf dem nun blaue Eichhörnchen grinsten, während Isabella an den Tresen zurückkehrte und weiterschnippelte.

Der zaghaft erwachende Schmerz stieß etwas in seiner Erinnerung an. Sein Blick fiel auf das Kriegsschild, das ihm gegenüber an der Wand hing.

Déjà-vu!

Genau diesen Moment glaubte er, schon einmal erlebt zu haben. Der Geruch nach verbranntem Fleisch stieg ihm in die Nase. Dahinter der Duft nach Pferd, Salbei und Leder. Irgendwo in der Ferne erklangen Trommeln.

Alles klar.

Makah rieb sich die Schläfen. Er halluzinierte vor Erschöpfung. Oder es war der Blutverlust. Das Holzbrett sah aus, als hätte man darauf ein Dutzend Eichhörnchen filetiert.

„Bella", murmelte er verwirrt, „es könnte sein, dass demnächst jemand bei dir auftaucht und nach mir fragt."

„Was meinst du? Hast du jemanden kennengelernt?"

Er stutzte. Der Geruch wurde so intensiv, dass er in seiner Nase biss. „Ich glaube, das Fleisch brennt an."

„Ich habe es noch gar nicht in die Pfanne getan. Wovon hast du gerade geredet?"

Er blinzelte. Vor seinen Augen begann es, zu flimmern. Körper und Geist starteten einen Rachefeldzug, der längst überfällig war, wenn er an den Stress der letzten Tage und Nächte dachte. Na wunderbar. Er sorgte sich wegen Isabellas Burnout und war selbst keinen Deut besser dran. So viel zu seiner Überzeugung, er sei topfit.

„Eine Frau. Ich traf sie im Museum."

„Diese Sonderausstellung, zu der du unbedingt wolltest?"

„Ja."

„Und du hast deine Bekanntschaft hierher eingeladen?"

„Nein." Warum klang ihre Stimme plötzlich so kalt? „Nicht direkt. Aber vielleicht wird sie nach mir suchen."

„Aha."

Isabellas Gesten wurden fahrig. Er überlegte, sie darauf anzusprechen, doch für heute trachtete er nur noch nach zwei Dingen: einer warmen Mahlzeit und einem warmen Bett. Wie hatte der Volksmund Mark Twains Zitat so schön verändert? *Was du heute kannst besorgen, verschiebe ruhig auf übermorgen.*

„Wenn sie kommt, schick ich sie zu dir." Isabellas Stimme versuchte kläglich, Eifersucht mit Höflichkeit zu tarnen. „Jetzt gibt's erst mal was zu essen. Sonst fällst du mir noch vom Fleisch."

Die Arme hinter dem Kopf verschränkt, lehnte er sich zurück. Sämtli-

che Knochen taten ihm weh. Dank jahrelanger harter Arbeit hielt er eine Menge aus, aber der nicht enden wollende Winter brachte ihn an die Grenzen seiner Belastbarkeit. Ein warmes Bad wäre genau das, was er brauchte. Die krankhaft romantische Witwe nebenan besaß eine fantastische Wanne. Aber wenn er sie benutzte, würde sie vermutlich die Badezimmertür mit einer Axt in Kleinholz verwandeln, um an ihn heranzukommen.

„Die Kältewelle soll bis Ende kommender Woche andauern", sagte er zwischen zwei herzhaften Gähnern. „Für die nächsten Tage haben sie wieder Blizzards angekündigt. Diesem Land scheint entgangen zu sein, dass man es für seine milden Winter rühmt."

Isabella pfefferte das Fleisch in die Pfanne, dass es nur so spritzte. „Habe ich gehört. Morgen bekommen wir noch mal eine Holzspende. Zwei Anhänger voll, die aufgeteilt werden müssen. Von dem Geld, das du mitgebracht hast, besorgen wir Heizöl. Ich gebe gleich morgen früh die Bestellung auf. Ach ja, und bei der armen Julie ist das Dach unter dem Schnee zusammengebrochen. Du wirst gleich morgen zu ihr fahren müssen."

„Julie?" Na wunderbar. Da war sie, die krankhaft romantische Witwe mit der fantastischen Badewanne. „Als ich vorgestern ihre Lampe repariert habe, starrte sie mir die ganze Zeit auf den Hintern. Und woanders hin."

„Sie ist seit zwei Jahren allein. Sieh's ihr nach." Isabella wischte sich mit dem Handrücken das Haar aus der Stirn und fuhr zu ihm herum. Verzweiflung verdunkelte ihren Blick. „Makah, da draußen erfrieren Leute. Ich habe erfahren, dass die Sozialhilfen noch weiter gekürzt werden sollen, um die Empfänger zum Arbeiten zu zwingen. Aber es gibt kaum Arbeitsstellen und wenn, sind sie mies bezahlt. Wo soll das noch enden? Ich kann nicht mehr. So sieht's aus. Ein Schritt vorwärts, fünf Schritte zurück. Das ist mein Leben."

Er erhob sich und ging zu ihr. Isabella sank in seine Arme und ließ ihn zum ersten Mal spüren, wie müde sie war. Ihr geflochtener Zopf streifte seinen Arm. Lange würde seine Freundin ihre Last nicht mehr tragen können. Aber wie sollte er ihr helfen? Seine gesamte Kraft legte er ihr bereits zu Füßen. Selbst wenn sie ihn mitten in der Nacht rief, kam er zu ihr. Ob er vor Müdigkeit kaum geradeaus gehen konnte oder nicht. Ob er krank war oder nicht. Mehr zu tun, als er bereits leistete, war kaum möglich. Es sei denn, er käme ganz ohne Schlaf aus. Würde er doch nur über Giraffengene verfügen. Wie er gelesen hatte, genügten diesen Geschöpfen vier Minuten Schlaf am Tag.

„Denk nicht daran, was du nicht schaffst, Bella. Konzentriere dich auf deine Erfolge. Davon kannst du jede Menge verzeichnen. Ohne dich

ginge es den Menschen hier sehr viel schlechter. Sie vergöttern dich. Sie brauchen dich."

„Ich weiß." Ihre knochigen Arme lagen gewichtslos auf seinen Schultern. „Aber es ist schwer, noch aufrecht zu gehen. Nur du gibst mir die Kraft."

Jedes weitere Wort blieb ihm im Hals stecken. Er wiegte Isabella wie eine Tochter, ließ sie in sein Hemd schluchzen und versuchte, seiner Hilflosigkeit nicht Tür und Tor zu öffnen. Sein Vater hatte einiges an ihn vererbt, aber nicht seine fast magische Fähigkeit, andere Menschen mit seiner Zufriedenheit anzustecken. Hinter der Stille des Hauses glaubte er, Gras rauschen zu hören. Doch das war unmöglich. Es lag tiefer Schnee.

„Ruh dich aus." Isabella löste sich mit einem gequälten Laut von ihm. „Für dich gibt es nichts mehr zu tun. Und vergiss einfach, dass ich … ach shit, ich wollte dich nicht mit runterziehen."

„Ich bin immer für dich da. Das weißt du hoffentlich." Makah plumpste auf das Sofa. Kaum nahmen ihn die weichen Polster auf, schaltete sein Gehirn auf Durchzug. „Du kannst dich jederzeit bei mir ausweinen", nuschelte er im Halbschlaf. „Immer und überall."

Er gähnte, schloss die Augen und spürte innerhalb von Sekunden, wie der Schlaf an ihm zog. Unmöglich, noch mal aufzustehen. Unmöglich, wach zu bleiben.

Nocona, 1836

Nocona fand keine Ruhe.

Allein Mahtowins Stimme, die sich über das Prasseln des Feuers erhob, besänftigte seinen aufgewühlten Geist. Hier saß er zwischen all den Kriegern, deren Körper so prachtvoll mit den Zeichen ihres Stammes bemalt waren, atmete die Hitze der Nacht ein und war im Begriff, endlich ein Mann zu werden. Wie würde es sein, das Töten? Viele Jahre hatte er gemeinsam mit Zuzueca, seinem Vater, trainiert. Nocona wusste, dass er gut war. Aber war er gut genug, um im Krieg gegen die Gelben Haare zu bestehen? Nun, er würde es herausfinden. Sein Drang, sich zu beweisen, machte ihn halb verrückt vor Ungeduld. Noch besaß er keinen Schutzgeist, und das, obwohl er bereits fünfzehn Sommer zählte. Seine Visionssuche mochte vergebens gewesen sein, aber er fühlte sich mehr als bereit für den Kampf. Niemals würde er zurückbleiben. Er war alt genug, und er wollte den Kriegern beweisen, dass er würdig war, in ihre Kreise aufgenommen zu werden.

Adlerfedern, an Kriegslanzen geknüpft, wehten im Nachtwind. Neben ihm lag ein Schild, das man mit der dicken Nackenhaut eines Bisons bezogen hatte, darauf glänzte die Axt im Feuerschein, mit der er heute zum ersten Mal die Schädel seiner Feinde spalten würde. Nocona betrachtete den Schnitt an seiner Daumenwurzel, den er sich an der scharfen Schneide zugezogen hatte.

„Wem man mit einer solchen Waffe den Schädel spaltet“, hatte sein Vater ihm erzählt, „der stirbt sofort und so schnell, dass der Geist manchmal noch tagelang umherirrt, weil er nicht begreifen kann, dass sein Körper tot ist. Aber einmal gab es einen weißen Trapper, der mit der Axt im Schädel einfach weitergelaufen ist. Am Ende hat er sich die Waffe selbst aus dem Gehirn gezogen und den Brei von der Klinge gewischt, bevor er starb.“

Nocona war nicht sehr wohl, als dazu passende Bilder durch seinen Geist zuckten. Er zog die Beine an, legte die Arme um die Knie und konzentrierte sich auf Mahtowins Stimme. Die Wärme der Flammen kroch über seinen Körper, der bis auf einen Lendenschurz aus Gabelbockleder nackt war.

„Erst das Pferd“, erzählte die Medizinfrau, „hat die Nunumu zu dem gemacht, was sie sind. Unsere Vorfahren gaben ihm den Namen Büffelhund, weil sein struppiges Fell an räudige Hunde erinnerte und seine Gestalt an einen jungen Büffel. Sie töteten und aßen die Pferde, weil sie noch nicht ahnten, welche Kraft in ihnen verborgen lag. Doch als der erste Nunumu eines von ihnen zähmte und mit ihm über die Prärie ritt, wurde das Band geknüpft, das für uns heute heilig ist. Die Pferde legten

unserem Volk den Wind zu Füßen. Sie befreiten uns. Denn mit ihnen konnten wir jagen, so schnell wie die Wölfe. Wir konnten auf ihren Rücken fliegen, so weit wie die Adler, und wenn wir unsere Lager abbrachen, um den Herden zu folgen, mussten wir nicht mehr befürchten, dass die Last zu schwer wurde. Unsere kleinen Zelte wurden größer und prächtiger. Bald konnte eine vielköpfige Familie gut darin leben und im Winter auch die Pferde zu sich nehmen. Wir mussten unsere Alten und Kranken nicht mehr zurücklassen, wenn wir weiterzogen. Das Land öffnete weit seine Arme für uns, und Stämme, die sich nie zuvor gesehen hatten, begegneten einander. Wir lernten voneinander und gelangten zu immer größerem Wissen und immer größerer Stärke. All das verdanken wir den Pferden. Deshalb schützt sie, als wären es eure Kinder. Dankt ihnen jeden Tag und erinnert euch daran, wie schwach wir einst waren. Wenn sie heute Nacht sterben, ehrt sie wie gefallene Krieger und befreit ihre Seele, so wie ihr die Seelen eurer Liebsten befreien würdet. Bringt ihre Herzen mit, damit wir sie am Fluss begraben können."

Mahtowin verstummte und schloss ihre Augen, ein Zeichen dafür, dass sie heute Abend nichts mehr sagen würde. Gespräche wurden wieder aufgenommen. Jemand spielte auf einer Flöte, im Gras sangen die Zikaden und vollendeten das Lied, das der Wind und die Ziegenmelker sangen.

„Wir werden sie niederbrennen", rief ein Krieger. „Nichts wird übrig bleiben. Kein Mann, keine Frau, kein Kind. Lasst uns ihre Saat vernichten. Wir sind die Feuersbrunst, die das Land reinigt."

„Es wird sein", rief ein anderer, „als hätten sie es niemals gewagt, ihr Fort auf unserem Land zu errichten. Tod den Haarlippen und ihrer Brut."

„Mein Messer wartet schon darauf, ihre Kopfhaut abzuziehen." Sein Vater ließ die Klinge schwungvoll durch die Luft sirren. Hass verzerrte sein Gesicht, als er sich mit der freien Hand auf die Brust schlug. „Ihr Blut wird die Erde tränken und sie düngen. Dort, wo die Haarlippen unser Land zerstört haben, wird das Gras höher denn je wachsen!"

Noconas Blut begann zu kochen. Oh ja, sie würden den Weißen zeigen, dass sie sich den Falschen zum Feind genommen hatten. Niemand, der klaren Verstandes war, legte sich mit den Kriegern der Nunumu an. Sie waren die Schrecken der Nacht, die lautlos kamen, den Tod säten und ebenso lautlos wieder verschwanden. Kein Gelbes Haar würde mehr die Erde mit seinen Hacken aufreißen, das Wild vernichten und hässliche, eckige Hütten bauen. Die Eindringlinge wussten es noch nicht, aber sie waren bereits tot.

Obwohl er keinen Hunger verspürte, füllte er seine Schale mit dem Eintopf, den seine Mutter aus gesalzenem Pemmikan, wilden Rüben und

Erbsen zubereitet hatte. Petas sanfte Augen ruhten auf ihm. Eine Verzweiflung lag in ihrem Blick, die er ihr nicht nehmen konnte.

Morgen schon würde er kein Junge mehr sein, sondern ein Krieger. Oder er war tot. Ein Hauch von Beklemmung durchdrang seine Kampflust. Schmerzen waren es nicht, die er fürchtete. Keine körperliche Qual konnte schlimmer sein als der Gedanke, seine Familie niemals wiederzusehen. Vielleicht würde er nie wieder in sein Dorf zurückkehren und nie wieder am Feuer sitzen, sondern auf einem Schlachtfeld verbluten. Vielleicht würden die Weißen ihn in eines ihrer Gefängnisse stecken und ihn im Morgengrauen an einem Galgen aufknüpfen. Nocona erinnerte sich an seine Krankheit im letzten Winter, die fast sein Leben gefordert hatte. Der Fieberwahn, der ihn zwischen den Welten festgehalten hatte, war nur von einem erfüllt gewesen. Dunkelheit. Da waren keine sonnenüberfluteten Jagdgründe gewesen. Kein Licht und keine Wärme. Keine Büffelherden, die auf saftigen Ebenen grasten und keine geliebten Menschen, die einen empfingen. Nur finstere Leere, die ihn mit Entsetzen erfüllt hatte.

Ein weiches Maul berührte seinen Rücken und holte ihn ins Hier und Jetzt zurück. Es glitt hinauf zu seinen Schultern, grub sich in sein Haar und schnaufte behutsam hinein.

„Tatezi." Nocona kraulte das Stirnhaar seines rauchgrauen Hengstes. „Mach dir keine Sorgen. Wir werden mit großer Ehre zurückkehren. Ich werde ab morgen ein Mann sein und du mein tapferes Kriegspferd."

Das Tier schnaubte, schüttelte seine schwarze Mähne und kehrte zur Herde zurück, die am Rande des Dorfes graste. Der Gedanke, Tatezi im Hagel aus Kugeln, Pfeilen, Lanzen und Äxten zu verlieren, steigerte seinen Zorn auf die Haarlippen, die in die Ebenen strömten wie eine gierige Heuschreckenflut. Der Hengst und er waren gemeinsam aufgewachsen. Als Kind hatte er seinen Kopf auf den warmen Hals des Pferdes gebettet, um mit dem Gefühl und dem Geräusch seines Atems einzuschlafen. Er war auf seinem Rücken zum ersten Mal durch die Wälder südlich der großen Ebenen gestreift. Wenn das Schicksal es gut mit ihnen meinte, würden sie gemeinsam wohlbehalten heimkehren. Er musste töten, um nicht selbst getötet zu werden. Er musste die Eindringlinge vertreiben, weil man sonst sein Volk vertreiben würde. Die Geister waren auf ihrer Seite und würden ihnen den Sieg schenken.

Ungeduldig warf er die halb volle Schale in das bereitgestellte Tongefäß, stand auf und verließ den Festplatz. Gleich würden die Kriegstänze beginnen, aber noch war er kein Krieger und seine Teilnahme an diesem Ritual nicht gestattet. Es gab nichts, das ihn noch hier hielt. Wenigstens während der letzten Momente wollte er allein sein und Zwiesprache mit der Stille halten.

Nocona ließ das Dorf hinter sich. Auf einem Hügel, wo ihm die Halme bis zur Brust reichten, wandte er sich um und betrachtete den Schein der Feuer. Sie malten einen goldenen Kreis in die Nacht und flackerten auf den bunt bemalten Tipis. Um das Dorf herum erstreckte sich unter dem Schein des Mondes nichts als Weite. Wind fuhr durch sein langes Haar wie unsichtbare Finger. Die tröstende Berührung des Großen Geistes, der ihm vermittelte, dass sie alle nur einem Pfad folgten. Dem ihres Schicksals. Noconas Blick schweifte durch die Nacht. Einschläfernd bewegte sich das Büffelgras unter dem sternengesprenkelten Himmel. Sein alles erfüllendes Rauschen schwoll auf und ab, tröstete seine Seele und trug sie hinaus in seine Heimat, deren Endlosigkeit ewig war und immer ewig sein würde.

Er streckte die Hände aus und berührte mit den Fingerspitzen die sich neigenden Halme. „Lass uns furchtlos sein“, sagte er dem Nachthimmel. „Gib uns die Kraft, unsere Feinde zurückzuschlagen. Gib uns die Kraft, den heiligen Weg niemals zu verlieren.“

Seine Stimme wurde von Schreien abgelöst. Die Krieger riefen zum Tanz. Es war der Beginn seiner letzten Nacht als Junge. Oder die letzte Nacht seines Daseins.

Sara, 2011

„Sehr schön. Aber nichts Besonderes. Verstehst du, was ich meine?"

Sara erwiderte Ruths Blick und zog eine Grimasse. Diese Frau mochte ihre Chefin sein, doch ihr Verhältnis beruhte auf freundschaftlicher Basis und erlaubte das deutliche Ausdrücken von schlechter Laune. Natürlich, sie war froh, für Ruth arbeiten zu können. Und Ruth war froh, Sara an ihrer Seite zu haben. Aber noch nie waren ihr die Stadt und dieses Büro so nervtötend vorgekommen. *Meckre nicht*, beschwor sich Sara. *Du hast eine schöne Wohnung, eine nette Arbeit, einen vollen Kühlschrank und eine funktionierende Heizung. Ergo keinen Grund, herumzumaulen. Das solltest du nach deiner Reise in die bittere Wahrheit eigentlich wissen.*

Ja, sie hatte alles. Das stimmte. Außer Zeit. In den Great Plains war sie ohne Uhr ausgekommen. Manchmal hatte sie nicht einmal gewusst, welcher Wochentag war. Ein paradiesischer Zustand, der ihr furchtbar fehlte. Auch ihr geliebter Starbucks White Caffé Mocha änderte nichts an der depressiven Verstimmung.

„Ich versteh schon." Ihre Worte klangen wie ein lang gezogener Seufzer. „Aber das Besondere findet man nicht immer. Es ist Glückssache."

„Und dieser Glückssache hilft man auf die Sprünge, zur Not mit einer abgesägten Schrotflinte." Ruth schüttelte den Kopf, wobei ihre blondgelockte Mähne den Eindruck erweckte, als wollten sich alle Haare zugleich in sämtliche Himmelsrichtungen zerstreuen. „Du bist doch sonst so kreativ."

Sara grummelte in ihren Caffé Mocha hinein. Sonst noch irgendwelche Luxusprobleme? Ach Mist, sie wollte zu ihrer alten Form zurückfinden, aber während sich ihr Körper in New York befand, schwebte ihr Geist noch ganz woanders herum und weigerte sich beharrlich, hierher zurückzukehren.

Sie hatte nicht die Armut gesehen, nicht die heruntergekommenen Häuser, die Müllhalden, den Uranabbau oder die gammeligen Trailer. Sondern Menschen, die in ihrem Unglück zusammenhielten und in ihrer Lebensart etwas ausstrahlten, das sie berührte. Alles, was sie sich vor ihrer Reise ausgemalt hatte, war als nicht haltbares Vorurteil enttarnt worden. Keine Säufer und arbeitsscheue Steuerschlucker hatten sie empfangen, sondern Akrobaten, die sich in einem Balanceakt zwischen Moderne und Vergangenheit versuchten und von zahllosen Fesseln behindert wurden.

Ruth hingegen war oberflächlich wie viele andere Menschen in dieser Stadt. Vor der Reise war ihr das nicht aufgefallen, vielmehr hatte sie selbst gern an der Oberflächlichkeit teilgenommen. Aber jetzt waren die

Dinge in ein anderes Licht gerückt worden. Das Einzige, was ihre Chefin noch mehr interessierte als der Profit ihres Verlages, waren Kleider und Schuhe von namhaften Designern, die sie höchstens zweimal trug und anschließend in einem ihrer zahllosen Schränken zu Grabe trug.

„Wie kamst du eigentlich auf die Idee zu dem Bildband?“, fragte sie. „War es deine eigene?“

„Nein.“

Genau diese Antwort hatte Sara erwartet.

„Aber den Finger in eine Wunde zu bohren, die die meisten Menschen ignorieren, wühlt auf. Es lenkt die Aufmerksamkeit auf uns. Ich habe schon mehrere dicke Fische geangelt, die uns nach Veröffentlichung des Bildbandes den Bauch pinseln werden.“

„Aha.“ Wir spielen also ein bisschen Gutmensch, um das Image zu polieren. Sara musterte Ruths mauvefarbenes Etuikleid. Vermutlich hatte es so viel gekostet wie ein Kleinwagen. Von ihren High Heels ganz zu schweigen. Im Widerspruch dazu kämpften in den Reservaten und Slums dieses Landes tagtäglich Menschen ums nackte Überleben. Willkommen bei Sex and the City. Ob diese Frau wahrgenommen hatte, wie viel Elend viele von Saras Fotos zeigten?

„Das ist noch nicht alles.“ Ruth deutete auf den Beamer. „Fünfundzwanzig Bilder kommen noch.“

Saras Daumen ruhte auf dem Knopf. Ja, sie hatte noch fünfundzwanzig Bilder. Die besten Aufnahmen von Makah, die sie aus einem Berg an Fotos ausgewählt hatte. Aber der Gedanke, sie ihrer Chefin zu zeigen, bereitete ihr Magenschmerzen. Es waren ganz spezielle Erinnerungen. Intime Zeugnisse von Momenten, deren Intensität ihr im Nachhinein noch rätselhafter erschien. Unvermittelt bereute sie es, die Fotos auf dem Apparat gelassen zu haben.

Die Bilder, die dein Schicksal sind.

Sie gelingen dir nur einmal und dann nie wieder.

Hinter den Glaswänden des Verlagsgebäudes rauschte der Verkehr. Wo mochte Makah jetzt sein? Und warum zum Teufel kreisten all ihre Gedanken um einen Mann, mit dem sie gerade mal eine Stunde verbracht hatte?

„Sara?“ Ruth bearbeitete den Tisch mit ihren manikürten Fingernägeln, die die Ausmaße von Adlerkrallen besaßen. „Komm schon. Du bist nicht mehr im Urlaub. Die Realität hat dich wieder. Also raus aus deinem Wolkenkuckucksheim.“

Sie seufzte und drückte den Knopf. Auf der Leinwand erschien Makah. Lässig an den Zaun gelehnt blickte er in eine majestätische Landschaft aus gewelltem Weiß hinaus. Wind fing sich in seinem Haar. Schneeflocken glitzerten auf seiner durchgescheuerten Lederjacke. Saras

Herz verkrampfte sich. Ihre Lippen brannten, als hätte er sie gerade erst geküsst. Fast glaubte sie, wieder seine Hände zu spüren. Auf ihren Schultern und an ihrer Taille. Er hatte nach Leder gerochen. Nach Pferd, Winter und moschuswarmer Männlichkeit.

„Na bitte!" Ruth stieß einen Quietscher im Ultraschallbereich aus. „Genau das meine ich. Genau das, Liebes. Mach weiter, ich will mehr von ihm sehen. Wo hast du dieses Prachtexemplar aufgetrieben?"

Sara zuckte statt einer Antwort die Schultern und drückte weiter. Mit jedem Bild wuchs ihr Elend. Makah im Schnee, die Hände in die Hosentaschen gegraben, den Blick in den Himmel gerichtet. Makah auf dem Zaun sitzend, ein undurchschaubares Lächeln auf den Lippen. Sein Gesicht in Nahaufnahme. Elfenbeinlicht auf seinem Haar, in dem Eiskristalle wie winzige Netze funkelten. Tausend Geheimnisse in seinen Augen. Es war das Gesicht eines Kriegers aus alten Zeiten.

Während Sara weiterklickte, stieß Ruth Laute der Verzückung aus. Als sie beim letzten Foto angekommen war – Makah, der im Schnee hockte und seine auf die Schenkel abgestützten Arme locker hängen ließ –, fuhr ihre Chefin mit einem wölfischen Knurren zu ihr herum. Na wunderbar. Ruth hatte ihrer Miene nach zu urteilen einen Entschluss gefasst, und nicht einmal Chuck Norris würde sie davon abbringen können.

„Ich will seine Geschichte hören." Zupackende Finger quetschten Saras Schultern. „Ich will alles von ihm wissen. Flieg zurück und komm erst wieder her, wenn du eine Wagenladung voller Fotos und seine komplette Lebensgeschichte im Gepäck hast."

„Was?" Sara schnappte nach Luft. Um ein Haar hätte sie ihren Caffé Mocha fallen gelassen. „Ich soll den armen Mann stalken?"

„Du hast mich gehört. Er ist das, was ich suche. Ich will ihn, Sara. Also beweg deinen Hintern zurück und bring mir seine Geschichte, seine Gedanken, seine Ängste und Hoffnungen und mehr Fotos. Vielleicht kriegst du ihn dazu, ein bisschen authentischer auszusehen."

„Authentischer?"

„Du weißt schon." Ruth wedelte affektiert mit ihrer ringfunkelnden Hand. „Lass ihn sich in einen edlen Wilden verwandeln. Am besten mit deutlich weniger Kleidung am Körper als auf diesen Fotos. Sex sells, you know?"

Sara öffnete den Mund und klappte ihn wortlos wieder zu. Zwei Gefühle rangen in ihr um die Vorherrschaft. Einerseits sehnte sie sich nach der Rückkehr in das Land, das sie in so kurzer Zeit zu lieben gelernt hatte. Andererseits brachte sie Ruths Befehl, Makah zu einer schlichten Story zu degradieren, zur Weißglut. Aber halt … es lag ganz an ihr, was sie daraus machte. Ja, sie würde zurückkehren und sich auf die Suche nach ihm machen. Und nein, falls sie ihn fand, würde sie Ruth erst mal

nichts davon erzählen.

„Also gut. Von mir aus. Wann soll's losgehen?" Sara betrachtete ihre eigenen, unlackierten und unmanikürten Fingernägel, als wäre eine Weisheit darauf eingraviert.

„Übermorgen. Morgen steht die Projektbesprechung für das Herbstprogramm an, da brauche ich dich. Besorg dir Tickets für den ersten Flug. Und noch was …", Ruths Stimme senkte sich zu einem verschwörerischen Flüsterton, „da hast du einen prächtigen Fang gemacht. In ihm vereint sich genau das, was ich mir vorgestellt habe. Stolz und Wehmut, Vergangenheit und Gegenwart. Er ist das, was die Leser wollen. Er ist ihre Zuflucht in eine von der Wirklichkeit unberührte Welt. Genau so was brauchen wir. Also, ab nach Hause zum Kofferpacken und ausruhen."

Das tat sie nur zu gern. Wie auf Wolken verließ Sara das Büro. Sie wollte Träumen nachjagen. Aussteigen, auf alles pfeifen und nur noch tun, was sie wollte. Ruth hatte ihr die Zügel freigegeben, was das Zeitliche betraf. Das hieß, sie konnte ein paar Wochen nach Makah suchen. Oder gar Monate. Alles hing nur davon ab, wie gut es ihr gelang, ihre Chefin hinzuhalten.

Unelegant plumpste Sara auf ihr Sofa, kuschelte sich in ihren cremefarbenen Flauschbademantel und lauschte dem Gurgeln der Kaffeemaschine. Ein ungemein beruhigendes Geräusch, vor allem in Verbindung mit dem Duft bester Arabica-Bohnen. Auf dem Holztisch neben ihr stand eine Schale mit Keksen. Die Koffer waren neu gepackt, das Nötigste gewaschen.

Entspannung strömte durch ihren Körper. Jetzt, da sie sich gegen alle sonderbaren Emotionen gewappnet fühlte, nahm Sara noch einmal Makahs Buch vom Tisch. Was für ein seltsamer Traum das doch gewesen war. Vielleicht war sie im Traum Cynthia als Kind gewesen, ein sehnsüchtiges, kleines Ding, das von der großen Freiheit träumte. Wenn man bedachte, dass sie sich wochenlang mit der Geschichte dieser Frau beschäftigt hatte, waren solche Träume nicht verwunderlich.

Sara betrachtete das Coverbild und glaubte, wieder den Duft des Sommers wahrzunehmen. Staub auf ihrer Haut. Hundekläffen. Der Geruch nach Feuer. Feuer?

Sara schnupperte. Es roch eindeutig nach Qualm. Das gesamte Gebäude war mit Rauchmeldern gespickt, die selbst ein scharf gebratenes Spiegelei zum Anlass nahmen, schrill loszubimmeln. Es war ausgeschlossen, dass dieses Haus brannte, doch der Geruch wurde mit jedem Atemzug intensiver. Versagte möglicherweise der Alarm? Sara stand auf, um zum Fenster zu gehen, doch ein Schwindelanfall warf sie zurück in die

Kissen, kaum dass sie auf die Beine gekommen war. Brennende Schmerzen zuckten durch ihre Füße, Rauch biss in ihrer Kehle. Rauch, den sie nirgendwo sah. Mit einem Aufschrei griff sie nach unten und tastete über unversehrte Haut. Lichterloh schienen ihre Fußsohlen zu brennen. Sie fühlte Blasen aufplatzen, aber es waren keine Blasen da.

Großer Gott, drehte sie durch? Wurde sie verrückt?

Als der Gestank und der Schmerz zeitgleich endeten, nicht schleichend, sondern abrupt wie ein Traum, aus dem man wachgerüttelt wurde, packte sie das Entsetzen. Holy shit, sie halluzinierte. *Gehirntumor*, unkte der sonst unterdrückte Hypochonder in ihr. *Du riechst und spürst Dinge, die nicht existieren. Denk schon mal über deine Beerdigung nach. Ruth kauft sich bestimmt drei neue Kleider dafür. Passend zur Farbe deines Sarges.*

Sara legte beide Hände über ihr Gesicht und atmete. Tief und langsam. Es musste der Schlafmangel sein. Oder die Tatsache, dass sie nach wochenlanger Abstinenz seit heute Morgen wieder auf Kopfschmerztabletten angewiesen war. Das Gluckern der Kaffeemaschine entfernte sich, wurde leiser und leiser. Orangefarbene Schemen tanzten vor ihren geschlossenen Lidern. Ferne Schreie gellten durch die Nacht. Irgendjemand klammerte sich an sie. So fest, dass ihr die Luft wegblieb.

Cynthia, 1836

„Iss etwas, Cynthia!“, tadelte Mutter. „Du bist viel zu dünn.“

„Wundert dich das?“ Vater stocherte lustlos im Maisbrei herum.

Das letzte Jahr, in dem auf einen grausamen Winter ein unerträglich heißer Sommer gefolgt war, hatte ihn in einen Schatten seiner selbst verwandelt. Das eingetrocknete Blut auf seinem Hemd jagte ihr einen Schauder über den Rücken. Sie wusste, dass er kurz zuvor die Ferkel kastriert hatte, waren doch die jämmerlichen Schreie der Tiere durch das ganze Fort gehallt, als sie vom Fluss zurückgekehrt war.

„Man ackert und ackert und bekommt grade mal das Allernötigste zusammen.“ Vater betrachtete angewidert seinen Löffel. „Maisbrei! Ich kann das Zeug nicht mehr sehen!“

„Das können wir alle nicht mehr.“ Mutter setzte sich und sackte zusammen.

Ihr Gesicht war einmal sehr schön gewesen. Cynthia konnte sich an leuchtende Augen erinnern, die klar und grün gewesen waren, an rosige Haut und glänzende Locken. Doch davon war nichts mehr übrig. Die dünnen Haare waren zu einem Knoten gesteckt, die Augen stumpf wie der Spiegel im Schlafzimmer. Jeder Knochen stach unter der Haut hervor. Genauso wie bei ihr, Elenore und John, ihrem kleinen Bruder.

„Die Tiere, die die Krankheit überlebt haben, dürfen wir nicht schlachten.“ Mutters Stimme klang, als spräche sie im Schlaf. „Und das bisschen Wild, das geschossen wird, geht an den Pfarrer und den Bürgermeister.“

„Genau das meine ich“, blaffte Vater. „Was ist das hier? Ich nenne es nicht Leben, ich nenne es Überleben. Die Fettwänste der neuen Welt kriegen den Hals genauso wenig voll wie die, vor denen wir geflohen sind. Nichts ist anders geworden. Gott verschließt seine Augen vor unserem Elend. Vielleicht haben wir ihm nicht genug gedankt.“

Sein Blick streifte zuerst John, um anschließend Großmutter zu durchbohren. Leblos saß die alte Frau am anderen Ende des Tisches und wartete, dass man ihr einen Löffel Maisbrei in den Mund schob.

„Bitte lass uns essen“, bat Cynthia. „Ich habe Hunger.“

Er warf ihr einen zornfunkelnden Blick zu. Gut möglich, dass er sie vor dem Zubettgehen wieder schlug. Aber davor fürchtete sie sich nicht mehr. Viel schlimmer war, wenn er seine Wut an Mutter oder John ausließ. Kleine Ungeschicktheiten oder ein falsches Wort konnten Vater explodieren lassen. Früher war er anders gewesen. Früher waren sie alle anders gewesen. Oh, wie beneidete sie doch ihre im Nachbarhaus lebende Cousine Rachel, deren Familie zwar nicht weniger arm, aber glückli-

cher war. Außerdem heiratete Rachel nächsten Monat. Und zwar einen Mann, den sie liebte.

„Bestimmt wird es bald besser", fügte sie leise hinzu. „Ich weiß es."

Vater knurrte etwas in seinen Bart hinein. Bald durchdrangen nur noch das Klappern der Löffel und das Ticken der Standuhr die Stille, doch diese Ruhe hatte nichts Schönes. Es war eine Ruhe, die danach verlangte, sie mit lautem Schreien und Stampfen kaputtzumachen. Auch wenn Vater dann fluchen und Mutter weinen würde. Hauptsache, diese grässliche Stille hörte auf! Cynthia glaubte, darin zu ertrinken. Sie biss sich auf die Zunge und ballte ihre Hände zusammen. Wäre sie doch nur wie Rachel. Erwachsen und so frei, wie es eine Frau eben sein konnte.

Sie biss die Zähne zusammen. Der Kloß in ihrem Hals schmerzte immer heftiger. Es stank fürchterlich, denn Großmutter nässte Nacht für Nacht die Laken ein und schaffte es, wenn tagsüber alle auf den Feldern waren, nicht mehr allein zum Abort. Es gab so viel an ihrem Leben, das sie verabscheute. Die ständige Müdigkeit, der Geruch nach Krankheit und Siechtum und diese kärgliche Hütte. Vor allem der Gedanke, ihr restliches Dasein mit Arbeit, Kinder gebären und Gehorsam zu verbringen, schnürte ihr die Kehle zu. Sie würde einfach weglaufen. Zusammen mit Mutter und John. Sie würden sich zwei Pferde stehlen und zurück nach Hause reiten. Onkel James' Wohnung war groß. Bestimmt würde er sie aufnehmen. Oh ja, ein schöner Gedanke.

„Oben im Norden soll es zu Indianerüberfällen gekommen sein", brummte Vater in die Stille hinein. Anscheinend hatte er einen seiner seltenen, guten Tage. Sonst sprachen sie beim Abendessen nicht, und wenn, dann nur scheußliche Dinge, die sich um Strafen, Sünden und Hass drehten. „Sie haben zwei Forts angegriffen. Man munkelt, dass sich ein paar Stämme zu einer Allianz zusammengeschlossen haben."

„Haben sie wen skalpiert?" John hellgraue Augen weiteten sich.

Mit seiner Porzellanhaut und den hellbraunen Locken gehörte er nicht in diese Welt. Es war, als hätte man einen Engel hierher verbannt, um ihn zu bestrafen.

„Ich habe gehört", wisperte er Cynthia zu, „dass sie sogar kleinen Kindern die Kopfhaut abziehen."

„Seelenlose Wilde sind sie", zürnte Vater. „Zwölf Siedler wurden getötet. Selbst Frauen und Säuglinge. Man hat gestern mehrere Kompanien losgeschickt, um das Dorf der Rothäute dem Erdboden gleichzumachen. Möchte wetten, diese räudigen Hunde sind schon dort, wo sie hingehören. Im Schlund der Hölle."

„Sie haben keine Bärte", fiel Cynthia ein.

John kicherte. „Sie haben keine Bärte. Das ist lustig."

„Letztes Jahr in der Stadt habe ich ein paar Indianer gesehen", erklärte

sie. „Drei Männer. Sie hatten keine Bärte. Nicht einmal Stoppeln. Ihre Gesichter waren ganz glatt."

„Na und?" Vater schnaufte, während Mutter im Halbschlaf den Tisch abräumte. „Ich will nicht, dass du dich um sie scherst. Es sind verstandlose Wilde. Sollen sie nur herkommen. In der Stadt zahlt man einen guten Preis für jeden Indianerskalp."

„Auch für den von Kindern?", wisperte John.

„Auch für den von Kindern."

„Warum?"

„Weil es ungläubige Heiden sind. Barbaren, die ihre eigenen Neugeborenen essen, wenn die Nahrung knapp wird. Sie sind ein Schandfleck auf Gottes Erde. Aus Nissen werden Läuse, deswegen gehören sie mit Stumpf und Stiel ausgerottet."

„Sie essen ihre Babys?" Johns Mund klappte auf. „Sie essen wirklich ihre Babys?"

Vater nickte bekräftigend. „Ich habe es von jemandem gehört, der es wissen muss. James Fenimore Cody. Letztes Jahr haben er und seine Männer nicht weniger als siebzig Skalps in die Stadt gebracht. Was sie erzählten, ist nichts für Kinderohren. Selbst gestandene Männer bekämen Albträume davon."

„Ich fand, dass sie schön aussahen." Cynthia spielte an ihrer Schürze herum. Es war eine Ewigkeit her, dass sie so mit ihrem Vater geredet hatte. Ihre Augen brannten in Erinnerung an bessere Zeiten. Nein, sie wollte nicht weinen. Weinen brachte nichts ein, nur Vaters Wut und Mutters Traurigkeit. „Sie trugen Federn und bunte Perlen auf ihren Hemden. Ihre Haut sah aus wie Bronzeschmuck. Ihre Haare waren wie Rabenfedern. Ganz nah bin ich an ihnen vorbeigegangen. Sie haben mich angelächelt, Vater. Und gestunken haben sie auch nicht, wie der Barbier sagt. Nur nach Pferd. Der Barbier, Vater, der stinkt schlimmer."

„Halt den Mund!" Er hob seine klobige, blutbefleckte Hand.

Plötzlich war er wieder so, wie sie ihn kannte. Vielleicht war ein böser Geist in ihn gefahren, so wie in manchen Märchen. Vielleicht war es gar nicht Vater, der sie schlug und mit ihr schimpfte. Ja, bestimmt war es so.

„Ich will nicht, dass meine Tochter sich über solche Kreaturen Gedanken macht. Sprich lieber deine Gebete, bevor Gott uns noch mehr bestraft. Und bedenke, dass sie sogar kleinen Mädchen wie dir den Skalp nehmen."

„Aber wir bezahlen doch auch Geld für die Skalps ihrer Kinder. Sind wir dann nicht genauso schlimm?"

„Das ist etwas anderes!" Vater schlug mit der flachen Hand auf den Tisch. Der laute Knall ließ jeden Anwesenden zusammenzucken. „Wir gehen auf Gottes Wegen. Und wenn ich noch einmal so etwas höre,

bekommst du den Gürtel zu spüren."

„Sie würden ihr bestimmt nichts tun", warf John kleinlaut ein. „Weil sie so schöne himmelblaue Augen hat."

„Ich habe keine himmelblauen Augen." Cynthia fühlte Wut aufsteigen. Mochte Vater sie ruhig schlagen und in den Hühnerstall sperren. Dort stank es nicht so schlimm wie hier. Und wenn er seinen bösen Geist an ihr ausließ, würde er wenigstens Mutter und John in Ruhe lassen. „Sag so etwas nie wieder."

„Hast du wohl. Sie sind blau. Wie der Himmel."

„Meine Augen sind schwertlilienblau. Hast du gehört? Schwertlilienblau!"

„Hört auf, verdammt. Ihr macht mich wahnsinnig."

Vater erhob sich grunzend wie ein Wildschwein. Mit Schrecken sah Cynthia, wie seine Hand kurz an der Schulter ihrer Mutter rüttelte. Ihr war klar, was das bedeutete. Und ihr war klar, dass er keinerlei Widerspruch duldete. Ohne auch nur den Hauch eines Gefühls zu zeigen, unterbrach Mutter den Abwasch, ließ den Lappen in die Schüssel fallen und folgte ihrem Mann. Ob sie irgendetwas Dummes tun sollte, damit Vater sie schlug und ihre Mutter vergaß? Ihr fiel die Porzellanschüssel ins Auge. Sie könnte sie nehmen und auf dem Boden zerschlagen.

„Passt du bitte auf Elenore auf?", sagte Mutter. „Ich bin bald zurück. Sei brav, hörst du?"

Cynthia zwang sich zu einem Nicken. Stocksteif stand sie da, lauschte auf die sich entfernenden Schritte und das Geräusch der zufallenden Schlafzimmertür. Oh ja, sie würden weglaufen. Gleich morgen.

Zitternd vor Wut kratzte sie mit dem Löffel im Topf herum, während tausend Gedanken ihren Kopf überschwemmten. Was würde aus Großmutter werden? Sollten sie eine Trage aus Ästen bauen, sie darauf legen und mitnehmen? Was, wenn sie draußen in der Prärie auf Indianer stießen? Und was, wenn ihr Onkel sie nicht aufnehmen wollte?

Während sie Pläne schmiedete, verwarf und neu ordnete, kauerte John auf dem Boden und spielte mit seinem Holz. Lustlos schob er die Stöckchen von links nach rechts.

Schnell war der Abwasch erledigt, und als alles Geschirr im Schrank verstaut war, setzte sie sich zu Großmutter und sang ihr leise etwas vor. Elenore reagierte nicht. Minuten verstrichen, eine Viertelstunde ging vorbei, dann eine halbe Stunde. Selbst die Uhr an der Wand schien von einem bösen Geist besessen zu sein. Am liebsten wäre sie an Ort und Stelle eingeschlafen, um das Leben zu vergessen, wäre da nicht der Gedanke gewesen, dass Vater noch immer mit Mutter allein war.

Sie verschränkte die Arme auf dem Tisch, legte den Kopf darauf ab und murmelte ihre Gebete. Eine gewaltige Sehnsucht rumorte in ihrem

Bauch. Sie wollte hier raus. Einfach nur raus.

„Ein Pferd!“ Johns Stimme ließ Cynthia hochschrecken. „Hast du es gesehen? Da war ein buntes Pferd.“

„Bunt? Du siehst wohl Gespenster.“

„Nein!“ John ging zum Fenster, legte beide Hände um seine Augen wie ein Trichter und starrte in die Nacht hinaus. „Da war ein Pferd. Ich habe den roten Handabdruck auf seinem Hinterteil gesehen. Sieh mal, da ist noch eins!“

Ein Laut kam aus seinem Mund, der klang wie ein Schrei eines Vogels. Stocksteif wandte er sich um. „Schwester! Da draußen sind Indianer!“

Alles um sie herum wurde still. Kalte Angst sickerte in ihren Magen, floss in die Knie und gab ihr das Gefühl, sie würde zerschmelzen. Da! Jetzt sah sie es auch. Pferde ohne Sattel und Zaumzeug, die draußen durch die Dunkelheit huschten. Mit grauenvoll aussehenden Kreaturen auf ihren Rücken.

Sie wollte nach ihren Eltern rufen, als ein Klirren die Stille zerriss. Zwei brennende Fackeln durchschlugen das Fenster, landeten auf dem Fußboden und rollten Funken sprühend durch die Küche. Ein unmenschlicher Schrei zerfetzte Cynthias Ohren. Schatten rasten am Küchenfenster vorbei. Pferdehufen trommelten auf den Boden.

John warf sich in ihre Arme. Sein kleiner Körper zitterte, seine Finger krallten sich in ihr Kleid. Sie nahm allen Mut zusammen und schrie den Namen ihrer Mutter. Zweimal. Dreimal. So laut sie konnte. Und plötzlich war sie da. Zusammen mit Vater.

„Unter den Tisch!“

Er riss das Gewehr aus der Halterung an der Wand, rannte zum zerstörten Fenster und legte an. Wieder erklang dieser furchtbare Laut, schrill und hasserfüllt. War das der berüchtigte Kriegsschrei dieser Teufel? Jener Laut, der für viele Siedler das Letzte gewesen war, was sie gehört hatten? Er kam geradewegs aus der Hölle. *Lieber Gott*, betete sie. *Lieber Gott, lass nicht zu, dass sie uns umbringen. Es tut mir leid, dass ich weglaufen wollte. Ich darf meinen Vater nicht hassen. Ich darf mein Leben nicht hassen. Es tut mir leid. Bitte verzeih mir. Ich bete auch jeden Morgen und jeden Abend. Ich werde immerzu beten.*

„Ich sagte, ihr sollt euch verstecken!“ Vaters Stimme war kein Brummen, kein Knurren, kein Fauchen. Sie war ein Kreischen. „Jetzt macht schon! Habt ihr nicht gehört?“

Cynthia zog ihren Bruder unter den Tisch und hielt ihn umklammert. Was, wenn man ihm wehtat? Was, wenn die Indianer in ihr Haus kommen und ihn ihr wegnehmen würden? Sie würde es nicht ertragen. Sie war doch seine große Schwester und musste ihn beschützen.

Ein Schuss krachte. Etwas polterte auf das Dach. Von ihrem Versteck

aus sah Cynthia die Röcke von Mutter und Elenore. Wieder krachte ein Schuss aus Vaters Gewehr, unmittelbar gefolgt von einem weiteren. John krallte sich derart an ihr fest, dass sie vor Schmerzen stöhnte. Ihr Blick heftete sich auf den Rock ihrer Großmutter, studierte das Blumenmuster über grünen und schwarzen Streifen und die Schatten zwischen den Falten.

„Räudige Ratten! Ihr bekommt meine Familie nicht!"

Wieder das Donnern eines Schusses. Vaters Gesicht sagte ihr, dass die Indianer nicht gekommen waren, um ihnen Angst einzujagen. Sie wollten töten. Frauen, Kinder, Männer. Alle, die hier lebten.

„Das Dach!", kreischte Mutter. „Es brennt!"

Binnen zweier Atemzüge verwandelte sich das Knistern von ausgetrocknetem, lichterloh brennendem Holz in das heisere Brüllen eines Tieres. Konnte Feuer solche Töne von sich geben? Es klang lebendig. Wie ein Monster. Hier drinnen würden sie verbrennen und draußen warteten die Rothäute darauf, sie zu skalpieren und entzweizuhacken. Gott musste schrecklich wütend sein. Sie hatte alles falsch gemacht und nicht genug gebetet, sonst hätte er sie alle beschützt.

Von draußen erklangen Schreie, doch waren es keine Kriegsrufe, sondern die Laute unerträglichen Schmerzes. Eine Erkenntnis sickerte wie Eis in ihren Magen. Sie durchdrang ihren Verstand und löste ein solches Entsetzen aus, dass für Momente alles fern wirkte. Ihr Leben war verwirkt. Man würde sie alle töten. Es war zu Ende.

Die Dunkelheit vor dem Fenster brüllte. Flackernde Schatten aus Orange, Gelb und Rot tanzten umher wie Dämonen. Fliehende, Sterbende, von Pfeilen Durchbohrte. Das Fort brannte. Ihr Haus brannte. Und sie war schuld daran.

„Raus!", schrie Vater. „Wir müssen …"

Ein ohrenbetäubendes Krachen erklang. Funken regneten von der Decke herab. Kaum war Cynthia klar geworden, dass das Dach einstürzte, traf den Tisch ein mächtiger Schlag. Großmutter schrie. Der Schrei wurde zu einem Gurgeln. Lodernde Balken stürzten zu Boden und steckten die Dielen in Brand. Der heiße Sommer hatte das Haus austrocknen lassen. Es war, als hätte das Holz nur auf das Feuer gewartet. Gierig verschlangen die Flammen alles, womit sie in Berührung kamen.

Was sollte sie tun? Wo war Mutter? Wo Vater? Die kochend heiße Luft sah aus wie flimmerndes Wasser. Ehe Cynthia die bewusste Entscheidung dazu getroffen hatte, zerrte sie John unter dem Tisch hervor. Sie mussten hier raus, ehe alles über ihnen zusammenstürzte. Glühende Holzstückchen versengten ihre Fußsohlen. Alles brannte! In der Decke klaffte ein riesiges Loch. Qualmwolken stiegen wie graue Zungen in den Nachthimmel hinauf. Flammen leckten am Tisch und an den Küchen-

schränken, fielen brüllend über die Hauswände her und schleuderten ihr unerträgliche Hitze entgegen.

Sie sah Großmutter zusammengekrümmt auf dem Stuhl kauern. Ihre Haut warf Blasen, als würde sie kochen. Da waren keine Kleider mehr, keine Haare. Nur eine blutige, brodelnde Kreatur. Zu Füßen von Elenore lag Mutter, zusammengerollt und mit aufgerissenem Mund. Ihre Augen waren geschmolzen. Ihr Fleisch verbrannt.

Sie waren tot. Alle beide.

John riss sich mit einem Aufschrei los. Sie konnte nichts tun, um ihn aufzuhalten. Ihr Bruder verschwand in der lodernden Nacht. Verzweifelt versuchte sie, ihm zu folgen, doch der Schmerz ihrer verbrannten Fußsohlen war unbeschreiblich. Sie sah ein Meer aus Flammen, vorbeijagende Schemen und flimmernde Luft. Auch das Haus ihrer Cousine brannte. Wo war John? Wo Rachel und Vater? Waren sie entkommen? Waren sie irgendwo hier? Sie wollte nach ihnen schreien, doch ihre versengte Kehle gab nur ein Krächzen her.

Es tut mir leid. Es tut mir so leid …

Pferde jagten an ihr vorüber, Menschen schrien. Etwas zischte dicht an ihr vorbei. Ein Pfeil? Ein Tomahawk?

Dort hinten war das Gatter, in dem die Pferde untergebracht waren. Sie stolperte darauf zu. Hinter dem Holztrog fiel sie zu Boden und krümmte sich zusammen. Ihre Augen brannten so furchtbar. Schatten huschten an ihr vorbei, die klarer wurden, als sie blinzelte. Von Pfeilen gespickte Menschen rannten durcheinander wie Hasen. Häuser brannten lichterloh. Geschöpfe auf Pferden jagten an ihr vorüber, die jedes Schauermärchen wahr werden ließen.

Manche der Indianer trugen das federgeschmückte Haar offen, sodass es wie ein blauschwarzer Schleier hinter ihnen herwehte. Andere hatten es zu zwei Zöpfen zusammengebunden und mit Fell umwickelt. Auf der Brust der Männer befand sich etwas, das einem Harnisch aus aufgefädelten Knochen ähnelte. Und ihre Gesichter … gütiger Gott! Schwarz waren sie wie das Antlitz des Teufels, blutrot, bedeckt von gezackten Linien. Bronzene, fast nackte Körper glänzten im Feuerschein. Kriegsschreie durchdrangen das Brüllen des Feuers. Das waren keine Menschen. Es waren Dämonen. Ungeheuer aus den Abgründen der Hölle.

Eine Frau kam kreischend zu ihr herübergelaufen. Als sie den Flaggenmast erreicht hatte, galoppierte ein Indianer auf einem gefleckten Pferd heran, schwang seinen Tomahawk und streckte die Flüchtende mit einem Schlag nieder. Ihr Kopf klaffte auseinander wie ein reifer Kürbis. Pfeilschnell preschte der Indianer an der Toten vorbei, schwang ein zweites Mal seine Axt und schleuderte sie auf einen alten Mann. Getroffen brach er zusammen. Stumm, ohne einen Schrei von sich zu geben.

Der Indianer wendete sein Pferd, glitt in vollem Galopp vom blanken Rücken des Tieres und riss seinen Tomahawk aus dem Schädel. Mühelos zog er sich wieder hoch, stieß einen Triumphschrei aus und preschte davon. Ein weiterer Wilder kam zu Fuß aus einer Qualmwolke, zückte sein Messer und kniete sich neben einen Toten. Frauen rannten kreischend an ihm vorüber, doch er würdigte sie keines Blickes. Ungerührt zog er sein Messer über den Schädel der Leiche und riss ihr die Haare ab. Cynthia würgte. Das, was da im Feuerschein hell schimmerte, musste der blanke Schädelknochen sein.

Sie flehte darum, unsichtbar zu werden. Man würde auch ihr die Kopfhaut abziehen und ihre Leber grillen. Eine Axt in den Kopf zu bekommen, musste furchtbar wehtun. Mehr noch als verbrannte Füße. Aber weder die Frau noch der Mann hatten geschrien. Vielleicht ging es ganz schnell. Es war die letzte Hoffnung, die ihr blieb.

Ein Wilder auf einem grauen Pferd jagte vorbei, legte einen Pfeil auf seinen Bogen und schoss ihn in die Stirn eines Flüchtenden. Kaum hatte der Pfeil sein Ziel gefunden, lag bereits ein zweiter auf der Sehne. Erneut traf er trotz des wilden Galopps sein Ziel. Diese Wesen waren keine gewöhnlichen Sterblichen, sondern Mischwesen aus Mensch und Pferd. Zentauren, die seit ewigen Zeiten Krieg gegen die Sterblichen führten.

Der Indianer brachte das Tier zum Stehen. Anmutig begann es zu tänzeln, während sein Reiter sich vorbeugte und in sein gespitztes Ohr zu flüstern schien. Konnte er mit ihm reden? Etwas war da zwischen ihnen, für das Cynthia den Begriff Magie verwendet hätte, doch Magie war etwas Schönes. Etwas, das in Märchen vorkam, und Märchen hatten immer ein gutes Ende.

Sie kauerte sich hinter dem Trog zusammen, schlang die Arme um ihren Brustkorb und beobachtete, wie der Indianer sich umsah. Er schien jung zu sein. Kaum älter als der Sohn des Barbiers. Sein langes, bis auf den Rücken hinabfallendes Haar war schmucklos. Keine scheußlichen Malereien bedeckten sein Gesicht, sodass es zwischen all den Dämonen beinahe unschuldig aussah.

„Geh weg!“, wimmerte Cynthia. „Geh weg! Geh weg! Geh weg!“

Einen Moment schloss der Junge die Augen. Er senkte den Kopf, hielt kurz inne und stieß seinem grauen Pferd die Hacken in die Flanken. Als wüsste das Tier, wohin sein Reiter es lenken wollte, galoppierte es auf das Gatter zu. Cynthia öffnete den Mund zu einem lautlosen Schrei. Er kam genau auf sie zu! Sie sah das große Tier heranpreschen. Seine schwarze Mähne wehte im Wind wie das Haar des Reiters. Wirbelnde Hufe schleuderten Erde empor. Er würde sie niederreiten! Und ihr Körper war wie festgefroren.

Gerade, als sie Feuerglanz in den Augen des Pferdes sehen konnte, er-

klang aus nächster Nähe ein Schuss. Das Tier bäumte sich auf. Eine Blutfontäne schoss aus seinem Hals. Sein schwerer Körper krachte zu Boden, der Reiter wurde beiseite geschleudert. Panisch versuchte das Pferd, auf die Beine zu kommen. Es kreischte, zappelte und sackte zur Seite, während Blut in Strömen aus seinem Hals floss.

Unweit des Tieres lag der Indianer auf dem Rücken. Nach Momenten der Reglosigkeit stemmte er sich hoch, erblickte sein Pferd und taumelte zu ihm hinüber.

Mitleid durchdrang Cynthias Angst. Nein, sie durfte es nicht empfinden. Nicht für diese Kreaturen und die Wesen, auf denen sie saßen und den Tod säten. Der Indianer hielt den Kopf des stöhnenden Pferdes. Sanft teilte er die Mähne mit den Fingern, streichelte seinen Hals und redete mit ihm, während Tränen im Feuerschein glitzerten.

Wie konnte ein Dämon um sein Pferd weinen?

Hinter ihm schlich ein Mann heran, geduckt, ein langes Messer mit funkelnder Klinge in der Hand.

„Nein!", platzte es aus ihr hinaus. „Pass auf!"

Der Krieger blickte überrascht auf.

„Hinter dir!"

Blitzschnell fuhr der Indianer herum, packte das Handgelenk des Angreifers und drehte es herum. Ein markerschütternder Schrei erklang. Das Messer glitt aus den Fingern des Mannes, der Indianer fing es auf und rammte es ihm in den Hals.

Cynthia schlug die Hände vor ihr Gesicht. Sie wollte all das nicht sehen, doch etwas zwang sie, durch ihre Finger hindurchzublinzeln. Der Krieger hielt den toten Mann in seinen Armen und starrte ungläubig zu ihr herüber. Sein langes Haar wehte im glühend heißen Wind.

Bei Gott, was hatte sie getan? Sünde, elende Sünde! Sie hatte ihm das Leben gerettet. Ihm, der zu denen gehörte, die ihre Eltern umgebracht hatten. Das Fegefeuer würde auf sie warten, voller scheußlicher Qualen, und sie hatte es verdient.

Kaum war ihr dieser furchtbare Gedanke gekommen, packte sie jemand und zerrte sie hinter dem Trog hervor. Ihre Strafe für diese unverzeihliche Tat kam unmittelbar. Gleich würden die Dämonen sie in die Hölle ziehen und auf glühenden Kohlen braten, ohne dass sie daran starb. Denn sie war ja schon tot, und deshalb würden die Schmerzen nie aufhören.

Über ihr schwebte ein Gesicht, wie es schrecklicher nicht hätte sein können. Schwarze Streifen zogen sich über die Augen des Indianers und ließen das Weiße darin glühen. Die Nase des Mannes war gebogen wie der Schnabel eines Adlers, sein Mund ähnelte einem schmalen, harten Schlitz. Fächerartig ragten die Haare an seinem Hinterkopf auf, steif wie

Stachelschweinborsten und geschmückt von vier Adlerfedern. Eine Feder war mit einem roten Punkt bemalt. Eine Zweite war gezackt wie die Schneide einer Säge. Die restlichen Federn hatte man tief eingekerbt. Sinnlose Kleinigkeiten fielen ihr auf. Details wie der winzige Blutfleck auf dem rechten Augenlid des Mannes. Eine hauchfeine Narbe, die sich über seine Oberlippe zog. War es so, wenn man wusste, dass man sterben würde?

Der Indianer verzog seine Lippen zu einem entseelten Lächeln, hob den Tomahawk und holte zum Schlag aus. Gehirnbrei und Haare besudelten die Klinge der Axt.

Sie atmete nicht mehr. Spannte sich an von Kopf bis Fuß.

Lass es nicht wehtun, lieber Gott, auch wenn ich dich enttäuscht habe.

Bitte!

Doch nichts geschah.

Da war keine Axt, die ihren Kopf spaltete. Nur ein kurzer Ruck an ihrer Schulter. Die Hand, die sie festhielt, löste sich. Zögernd öffnete sie ihre Augen. Der Indianer stand noch immer vor ihr. Sein Arm, zum Schlag erhoben, wurde mit festem Griff umklammert von der Hand des jungen Kriegers. Er packte noch fester zu, wand dem Mann die Axt aus der Hand und schüttelte den Kopf.

Sie hörte, wie er leise etwas sagte. Seine Stimme war sanft und weich, kaum mehr als ein Flüstern. Der Mann mit den Adlerfedern straffte sich. Schließlich stieß er ein Knurren aus, bleckte die Zähne und warf sich herum. Gestikulierend verschwand er in der Dunkelheit aus Rauch und Qualm. Sie lebte, und diese Tatsache erschien ungerecht. Aber vielleicht war genau das ihre Strafe.

„Čiksuye shni yelo.“ Der junge Krieger war plötzlich bei ihr und hockte sich vor sie. „Čiksuye shni yelo.“

Sie wusste nicht, was diese Wörter bedeuteten, doch seine Stimme klang schmeichelnd und tröstend. Blaue Lichter schimmerten im Haar des Jungen, zwei geflochtene Strähnen verliefen von seinen Schläfen nach hinten. Das Braun seiner Augen war so weich wie der teure Samt, den Mutter in ihrer Brauttruhe aufbewahrte, und sein Gesicht so schön, dass es beinahe wehtat, es anzusehen. Erst aus der Nähe war zu erkennen, dass auch seine Haut bemalt war. Blasse, rötliche Wellenlinien zogen sich von der Stirn aus über seine Wangen und bis zum Kinn hinunter. Sie sahen aus wie Schlangen, die sich träge wanden.

Ein Teufel war er. Nach wie vor. Ein Barbar, der ihre Leber essen würde.

Warme Finger berührten ihre Wange. Unendlich tröstend. Vielleicht war sie längst tot, und dieser Junge begleitete sie in die andere Welt. Konnten Engel in der Gestalt des Teufels daherkommen?

Der Lärm des Krieges entfernte sich. Sie hatte den Himmel nicht verdient. Sie sah den Indianer an, wie sie nie zuvor einen Menschen angesehen hatte, und es war, als könnte dieser Junge, solange er nur bei ihr war, alles Elend fernhalten. Seine Augen, in denen nichts außer Sanftheit lag, waren wie eine rettende Zuflucht. Sein Gesicht eine Erlösung von der Hässlichkeit der Welt.

Kein Teufel. Kein seelenloses Ungeheuer.

Sie wollte sich in seine Arme werfen und ihren Tränen freien Lauf lassen, als unmittelbar hinter dem Jungen ein Mann auftauchte, sein Gewehr anlegte und schoss. Schmerz brach an ihrer Schulter auf. Sie spürte warmes Blut unter ihren tastenden Fingern. Doch all das war vergessen, als sie in das Gesicht des Indianers blickte. Es war starr und unbeweglich. Zögernd griff er sich an die Brust. Das Blut, das durch seine Finger rann, sah unwirklich aus. Es war wie ein pulsierender Strom. Cynthia begriff, was geschehen war. Die Kugel, die sie nur gestreift hatte, war durch seine Brust gegangen.

Ihr Schrei ging im Toben der Schlacht unter. Die Augenlider des Indianers fielen zu, ehe sie nach ihm greifen konnte. Langsam sackte er zur Seite.

„Nein! Bitte nicht! Stirb nicht!"

Cynthia wollte ihn aufrecht halten, doch sie war nicht stark genug. Sein Blut durchnässte ihr Kleid, seine Finger krallten sich in ihre Hüften. Sie sah noch einmal das Glänzen seiner Augen, dann schlossen sich die Lider.

„Bitte stirb nicht! Nicht auch noch du!" Sie packte seine Schultern und schüttelte ihn. „Du musst wach bleiben! Du darfst nicht schlafen. Bleib wach! Bleib bei mir!" Wie von selbst zog sie ihre Schürze aus, knüllte sie zusammen und presste den Stoff auf das Loch in seiner Brust. Der Schmuck aus aufgefädelten Knochen war von der Kugel zersplittert worden. Blut, so viel Blut! Sie konnte ihm nicht helfen. Sie konnte niemandem helfen. Mit einem Aufschrei warf sie die Schürze beiseite, sank über dem Jungen zusammen und legte ihren Kopf auf seine Brust. Ganz leise schlug sein Herz. Cynthia weinte, bis sie sich vollkommen leer fühlte. Eine merkwürdige Ruhe überkam sie. Da war der langsame Rhythmus in seiner Brust, und es fühlte sich an, als würde auch ihr Herz träger schlagen.

„Bitte nimm mich mit. Ich will nicht hierbleiben."

Sie hielt den Sterbenden umklammert. Das Auf und Ab seiner Brust war kaum mehr spürbar. Cynthia schloss die Augen und versuchte, nicht mehr zu atmen. Versuchte, ebenso still zu sein wie er. Um sie herum fauchten die Feuer. Die Schlacht tobte weiter, doch es war ihr gleich.

Sara, 2011

Sie erwachte tränenüberströmt.

Nur langsam verhallten die Schreie in der Ferne ihres Bewusstseins, das von einer einzigen großen Verzweiflung durchdrungen war. Rauch waberte durch die Wohnung. Panisch sprang sie auf, rannte zum Fenster und öffnete es. Frische Luft! Endlich frische Luft! Ein Stechen zuckte durch ihre Schulter. Dort, wo sie im Traum die Kugel gestreift hatte. Unmöglich! *Werde wach! Hör auf zu spinnen. Reiß dich zusammen.*

Der Rauch verschwand, die Schmerzen an den Füßen und in der Schulter verebbten. Sara stützte sich am Fensterbrett ab und atmete, als wäre sie knapp dem Erstickungstod entgangen. Das glitzernde Meer der Stadt breitete sich unter ihr aus. Menschenscharen tummelten sich darin. Autos füllten die Straßen und flossen dahin. Das Blut in den Adern der Metropole.

Noch nie war ein Traum so real gewesen. Mein Gott, er war in ihren Armen gestorben. Sein Blut hatte ihr Kleid durchnässt. Sie war das Letzte gewesen, das er gesehen hatte. Silas, Lucy, John, Rachel, das Fort, der Überfall. All das passte auf Cynthias Geschichte. Und der junge Krieger?

Diese furchtbaren Geräusche, der Geruch und das Gefühl des Blutes auf ihren Händen. Der durchtränkte Stoff der Schürze. Qualm und Verzweiflung. Ihr Ohr an seiner Brust. Der langsame, dröhnende Herzschlag. All das war so lebendig gewesen. Sie meinte, noch immer den Geschmack des Maisbreis auf der Zunge zu spüren.

Sara wandte sich um, sackte gegen das Fensterbrett – und erstarrte. Nein, das konnte unmöglich real sein. Es war nur ein Traumbild, das sein Echo in der Wirklichkeit fand. Nur eine Illusion, die verschwinden würde, sobald sie sich die Augen rieb.

Doch die Stöckchen auf dem Parkett verschwanden nicht. Sie blieben fest mit der Realität verankert. Wahllos waren sie verteilt, Schlamm haftete auf ihnen, vermutlich, weil sie vom Tabakfeld stammten, das am Nachmittag gegossen worden war.

Um Himmels willen, was dachte sie da?

Es waren Johns Stöckchen. Ganz eindeutig Johns Stöckchen. Dinge aus einem Traum. Sie stürzte darauf zu, wollte sie fortwischen, doch als ihre Finger den Boden berührten, war da nichts mehr.

Sara umfasste ihr Gesicht mit beiden Händen, als müsste sie überprüfen, ob auch sie verschwinden würde. Ihr Tablettenkonsum rächte sich, eine Krankheit zerfraß ihr Gehirn. Sie legte eine Hand auf ihre Brust und spürte das schnelle Schlagen darunter.

Der Krieger aus ihrem Traum sah aus wie Makah. Um Jahre verjüngt,

doch sie hatte sein Gesicht unzweifelhaft wiedererkannt. Vielleicht lag darin die Erklärung. Sie hatte sich Hals über Kopf verliebt, ihre Hormone spielten verrückt und gingen mit dem, was sie in den letzten Wochen erlebt und erforscht hatte, eine Symbiose ein. So ergab das alles einen Sinn.

Aber das erklärte nicht die Schmerzen. Am wahrscheinlichsten war, dass sie gegen die Schmerztabletten eine Allergie entwickelt hatte. Sara fiel auf das Sofa und rieb sich die Nasenwurzel. Sie musste ihre Sinne beisammenhalten, doch die Dunkelheit kam unmittelbar, als hätte jemand ein dickes, schwarzes Tuch über sie ausgebreitet. Sie wurde tief in das Nichts gesogen, tiefer und tiefer, und als ihr Bewusstsein für einige Momente aus der lichtlosen Schwärze des Vergessens zurückkehrte, blickte sie auf ein Meer aus Gras. Sie flog darüber hinweg, schnell wie ein Vogel. Wind zerrte an ihren Haaren. Kalter, kristallklarer Wind. Sie sah das Band der Morgendämmerung über den weiten Hügeln und das Glitzern des Taus auf den Halmen. Pferdehufe trommelten in einem wilden Stakkato auf die Erde. Sie flog. Über ein weites Meer aus Gras. Jemand hielt sie im Arm. Es roch nach staubigem Pferdefell und Leder.

Endlich war sie frei. Kaum hatte sie das begriffen, wurden ihre Augenlider wieder schwer. Erneut kam der Schlaf und riss sie mit. Durch die Dunkelheit. Durch die Zeit,

Cynthia, 1836

Schmerzen und eine leise singende Stimme holten sie aus der Dunkelheit.

Jene Stimme klang so sanft und liebevoll, dass sie das Brennen und Stechen in ihrem Fleisch fast vergaß, während sie ihr lauschte, eingehüllt von der gnädigen Wärme des Schlafes. Etwas Weiches strich über ihr Gesicht, dann über ihre Arme und über ihr Haar. Seltsame Gerüche vermittelten ihr, noch ehe sie die Augen öffnen konnte, dass sie nicht zu Hause war. Sie lag auf Fellen. Ganz in der Nähe knisterte ein Feuer, Rauch stieg in ihre Nase. Es war nicht derselbe Rauch wie der ihres Herdfeuers, und auch nicht der Rauch der Feuer, die manchmal auf den Feldern brannten. Er duftete nach Salbei. Würzigem, schwerem Salbei.

„Cynthia", sagte die Stimme, die eben noch für sie gesungen hatte. „Bitte hasse uns nicht. Nichts kann wiedergutmachen, was dir zugestoßen ist. Aber bitte … hasse uns nicht."

Ihre Augenlider waren steinschwer, doch langsam, ganz langsam, gelang es ihr, sie zu öffnen. Ein rundes Stück Himmel schwebte über ihr, dunkelblau wie die Sonntagsbluse ihrer Mutter. Bunte Stoffe baumelten an aufgespannten Leinen. Es gab keine Wände, sondern nur Leder, durch das dämmeriges, fahles Licht fiel.

Ein Traum! Gewiss. Kräuterbündel hingen neben Vogelbälgen von der Decke – einer Decke, die keine war –, und ein Geweih leuchtete gespenstisch im knochenfarbenen Licht. Cynthia spürte, wie die Benommenheit des Schlafes von ihr abfiel wie ein schwerer Mantel. Verzweifelt versuchte sie, dieses Gefühl festzuhalten. Denn wenn es sie verließ, wenn es verschwand und sie immer noch hier war, dann konnte das nur eins bedeuten. Sie träumte nicht.

„Alles wird gut", sagte die Stimme. „Niemand tut dir was. Schlaf, meine Kleine. Ich passe auf dich auf."

Cynthia sah plötzlich die Frau, die schräg hinter ihr saß. Heißkalter Schrecken wischte den letzten Rest Schläfrigkeit fort. Eine Indianerin! Eine Wilde! Sie war so alt wie Mutter, ihr langes, offen herabfallendes Haar glänzte pechschwarz. Sie trug ein Lederkleid, an dem Fransen und Perlen baumelten, um ihre Arme schlang sich heidnischer Schmuck.

Es musste ein Traum sein. Nur ein Traum. Aber warum hörte er nicht auf? Immer, wenn sie begriffen hatte, dass alles nicht wirklich war, wachte sie in ihrem Bett auf. Nur diesmal nicht. Die wilde Frau blieb genauso wirklich wie das Zelt mit all seinen schrecklichen Dingen. Angst lähmte sie, lähmte sogar ihre Tränen und ihr Herz. Es war totenstill in ihrer Brust. Gleich würde sie umkippen und sterben und wieder bei Mutter

und John sein.

„Mein Bruder“, kam es über ihre Lippen. „Wo ist mein Bruder?“

Die Worte kratzten im Hals wie rostige Nägel. Schmerzen brannten in ihren Füßen und an der Schulter. Brennend und rasend. Der Schuss … der Überfall … die Fackel, die das Fenster zerschlagen hatte. Elenore, verwandelt in ein brodelndes Monster. Der schlammbespritzte Rock ihrer Mutter. Das Letzte, was sie von ihr wahrgenommen hatte, bevor …

In ihrem Kopf kreischten und brüllten die Erinnerungen. Cynthia schlug beide Hände vor das Gesicht und kniff die Augen zusammen, so fest sie konnte, aber die Bilder wurden nur noch deutlicher.

„John geht es gut.“ Hinter dem Kreischen der Bilder war die Stimme der Indianerin kaum zu hören. „Er rief deinen Namen. Weißt du, was dein Name in unserer Sprache bedeutet?“

Cynthia wagte es, die Hände sinken zu lassen und ihre Augen zu öffnen. Ihr Körper fühlte sich leicht an wie eine Feder, aber es war kein schönes Gefühl. Sie schwankte, während sie die Wilde anstarrte. Mutter, Vater und Großmutter waren tot. Das Fort war niedergebrannt. Die Wilden hatten sie entführt und in eines ihrer Dörfer gebracht. Es gab viele Geschichten darüber. Sie nahmen gern Kinder, um sie zu quälen und als Sklaven zu halten. Jetzt war ihr passiert, wovor sie sich alle fürchteten.

Und obwohl sie plötzlich alles begriff, die ganze Wahrheit, verschwand ihre Furcht, als wäre sie Wasser unter einer brennenden Sonne. Jetzt fühlte sie sich wie die Erde auf den Getreidefeldern. Ausgetrocknet, leblos, fein wie Staub. Jeder Windhauch wehte sie davon.

„Es geht ihm gut?“, wiederholte sie.

Wieder war die Antwort sanft und behutsam. „Ja. Ihm fehlt nichts.“

Cynthia sah an sich hinab. Man hatte sie in ein Lederkleid gesteckt und ihre Haare gekämmt. Ein würziger Geschmack lag auf ihrer Zunge, als hätte sie kurz zuvor Suppe gegessen, doch sie konnte sich nicht daran erinnern. Wie weich sich das Leder auf der Haut anfühlte. Beinahe wie Samt. Und sie fühlte sich so satt. Ihr Magen war derart voll, dass er wehtat. Wollten diese Wilden sie mästen wie ein Weihnachtsschwein, damit sie besser schmeckte, wenn man sie auf den Spieß steckte?

„Dein Name klingt wie Tsinitia“, sagte die Frau, während sie den Kopf neigte wie ein scheuer Vogel. „Es bedeutet ‚bleibt eine Weile‘. Als dein Bruder nach dir rief, nahm man das als Wink der Geister. Es geht ihm gut. Niemand wird euch wehtun.“

Die Indianerin atmete tief ein und blickte beiseite. Ihr Gesicht war starr, ihre Augen glänzten feucht. Zitternd verschränkte sie ihre schweißnassen Hände im Schoß. So hatte ihre Mutter geblickt, als …

Nein! Cynthia ballte die Hände zu Fäusten. Diese Barbaren waren die

Mörder ihrer Familie! Sie spielten nur mit ihr wie eine Katze mit der Maus spielte und der Teufel mit einfältigen Seelen.

„Geh!“, spie sie ihr entgegen. „Geh weg! Ihr habt alle umgebracht.“

Diese Worte stießen wie ein Messer in ihr Herz.

Alle umgebracht … alle tot …

Cynthia erwartete einen Schlag. Einen Tritt oder irgendetwas Wütendes, das die wahre Natur der Teufelin zeigte, aber nichts geschah. Die Indianerin streckte nur eine Hand vor und legte die Fingerspitzen auf ihre Wange. Cynthia wollte vor der Berührung zurückzucken, aber ihr Körper, obwohl leer und gewichtslos, war starr wie ein Felsen.

„Der Weg der Seele ist blau“, flüsterte die Frau. „Wie die blauen Blüten. Wie deine Augen. Dein Herz ist unglaublich stark, Cynthia. Du hast gekämpft wie eine Wölfin. Du hast geschrien und getobt und drei Männern das Gesicht verunstaltet. Danach hattest du noch die Kraft, drei Schüsseln Suppe zu essen. Das ist mehr, als ein ausgewachsener Krieger schafft.“

Lügen, alles Lügen. Sie erinnerte sich an nichts. Endlich löste sich die Starre ihres Körpers. Mit einem wütenden Schrei fegte sie die Hand der Frau zur Seite. Eine Anstrengung, die ihr fast die Sinne genommen hätte. Sie krallte ihre Finger in den dicken Pelz, auf dem sie hockte.

„Wo ist John?“

„In einem anderen Lager. Mehrere Tagesritte von hier entfernt.“

Ein Wimmern kämpfte sich aus ihrer Kehle. Oh, wäre ihr Bruder doch nur hier. Könnten sie doch nur zusammen sterben. Ihre Füße taten weh, so schrecklich weh, aber viel schlimmer war die Erinnerung.

„Lass mich aufwachen, lieber Gott. Verlass mich nicht. Lass mich bitte aufwachen.“ Ihre Augen brannten, als hätte man Sand hineingestreut. Keine Träne kam. Nicht eine einzige. Während leise Gebete wie von selbst über ihre Zunge kamen, sah sie nach oben. Durch die Öffnung der Zeltspitze leuchtete der Morgenhimmel, klar und frisch. Ihre Familie war jetzt bei Gott. Sie musste tapfer sein, voller Reue und Mut, damit auch für sie sich der Himmel öffnete. Nur dann würden sie sich wiedersehen. Aber es war schwer, tapfer zu sein, wenn alles so grausig aussah. Die mit Fellstreifen und Federn geschmückten Waffen, die scharfen Äxte und die Schilde und Felle.

Leise flackerte das Feuer vor sich hin, in einem Kessel darüber köchelte Suppe. Vielleicht würde man sie bald in Stücke schneiden und darin garen.

„Wo bin ich?“ Sie fuhr zu der Indianerin herum und straffte sich. Keiner dieser Heiden sollte glauben, dass sie Angst hatte. Das Paradies wartete auf sie. In ihrem Kopf sah sie Mutter, die lächelnd die Arme nach ihr ausstreckte. „Wohin habt ihr mich gebracht?“

„Du hast lange geschlafen, mein Kind", sagte die Frau. „Alles ist gut. Du gehörst jetzt zu meiner Familie. Ich werde dafür sorgen, dass es dir nie an etwas fehlt."

„Nein! Niemals! Ihr habt meine Familie getötet! Ihr habt sie alle getötet! Ich hasse euch! Ich will zu John!"

„Bitte hör mir zu. Ich will dir alles erklären."

„Geh weg! Verschwinde! Ich will nach Hause!"

„Ich weiß, aber das geht nicht." Die Frau blickte zu Boden. Fast wirkte ihre Traurigkeit echt. „Mein Name ist Huka. Es bedeutet ‚Die sich nicht fürchtet'."

Cynthia presste die Lippen aufeinander. Es war ihr egal, was diese Wilde ihr erzählte. Mochten sie sie nur quälen und töten, es war ihr gleich, denn sie wusste, dass der Weg in den Himmel oft von Schmerzen begleitet war. Sie hoffte nur, dass John kein Leid widerfuhr. Sie hoffte so sehr für ihn, dass es schnell ging.

„Aber ich glaube", fuhr die Frau leise fort, „dass man mir zu Unrecht diesen Namen gegeben hat. Ich fürchte mich nämlich oft. Damals in der Welt der Weißen habe ich mich vor meinem Mann gefürchtet. Vor seinen Schlägen, vor seinem Geschrei und seinen Wutausbrüchen. Ich habe mich vor dem Beil gefürchtet, das er jede Nacht unter das Bett legte, für den Fall, dass ich ihm nicht gehorche. Ich habe mich jeden Abend beim Einschlafen davor gefürchtet, am Morgen wieder aufzuwachen. Einmal habe ich meinem Mann absichtlich kein Essen zubereitet, und als er deswegen auf mich losging, habe ich darum gebetet, dass er mich totschlägt. Ich glaube, das war der einzige Moment, in dem ich mich nicht gefürchtet habe. Eines Tages hatte ich endgültig genug. Ich wartete, bis er hinaus auf das Feld ging, packte das Nötigste zusammen und flüchtete. Meile um Meile irrte ich durch die Great Plains. Ohne zu essen, ohne zu schlafen. Immer weiter, bis ich auf die Comanchen traf. Zehn Männer tauchten wie aus dem Nichts auf, als ich an einem Fluss Wasser schöpfte. Schrecklich sahen sie aus. Geschmückt mit Federn, Krallen und Tierzähnen. Ich wäre fast gestorben vor Angst, so wie du. Aber die Comanchen taten mir nichts. Sie gaben mir zu essen und zu trinken, nahmen mich mit in ihr Dorf und schenkten mir ein neues Leben. Ein besseres Leben, als ich es jemals hatte."

„Du bist eine Wilde geworden", sagte Cynthia. „Du gehst nicht mehr auf Gottes Wegen. Das ist noch viel schlimmer, als wenn du bei ihnen geboren worden wärst."

Die Frau lächelte sanftmütig. „Glaubst du wirklich, es gibt nur einen richtigen Weg?"

„Nur Gottes Weg ist der Richtige."

„Ach, Kind. Es gibt so viele Lügen da draußen. So viel Angst. Es ist

schrecklich, was passiert ist, aber du musst mir glauben, dass wir dir kein Leid zufügen wollen. Sieh dich um. Sieh, wie das Licht durch die Zeltwände fällt. Wie es auf den Fellen und Decken schimmert. Hörst du draußen die Kinder lachen? Riechst du den Rauch des Feuers? Bitte vergiss den Schmerz, so wie ich ihn vergessen habe."

Von draußen her hörte sie Lachen und fröhliche Stimmen, aber es bedeutete nichts. „Sie sind tot. Sie sind alle tot!"

„Es tut mir leid."

Huka wollte sie in den Arm nehmen, doch sie zuckte vor ihr zurück. Es gelang ihr, auf die Beine zu kommen, doch kaum tat sie einen Schritt, raste ein solcher Schmerz durch ihren Körper, dass sie mit einem Aufschrei wieder auf die Knie fiel.

„Das Feuer hat deine Füße verbrannt." Hukas Hände strichen über ihren Rücken, doch Cynthia wollte ihre Berührung nicht. „Bald tut es nicht mehr weh. Unsere Medizin hilft gut."

„Geh weg!" Endlich kamen die Tränen. Sie flossen wie ein Sturzbach, rannen nur so über ihre Wangen und brannten auf ihrer Haut.

„Erinnerst du dich an das Blut des jungen Kriegers?", fragte Huka. „Das Blut, das sich mit deinem vereint hat?"

Cynthia tastete wie von selbst über ihre verbundene Schulter. Ja, der Junge mit den wunderschönen Augen, dessen Leben sie gerettet hatte, und der sie gerettet hatte. „Ist er tot?"

„Nein. Er lebt."

Hoffnung erfüllte sie. Sie kam unvermittelt und heftig, als würden dunkle Wolken aufbrechen und einen Sonnenstrahl hindurchlassen. So, wie er sie angesehen hatte … wie er gelächelt hatte. Sie wollte ihn noch einmal sehen, bevor man sie umbrachte. „Kann ich zu ihm?", presste sie zwischen zusammengebissenen Zähnen hervor.

Huka schüttelte den Kopf. „Das geht nicht. Er lebt einen Tagesritt von hier entfernt im Dorf der Quohadis, der Antilopengruppe."

Der Sonnenstrahl verlosch so schnell, wie er gekommen war. Doch die Wolken waren nicht mehr ganz so dunkel, als sie sich wieder schlossen. „Wie heißt er?"

„Nocona", antwortete Huka. „Er ist der erstgeborene Sohn von Zuzueca, was in deiner Sprache gestreifte Schlange bedeutet, und von Peta. Ihr Name bedeutet Feuer. Es war sein erster Kampf. Nocona wusste nicht, was ihn erwartet. Auf gewisse Weise war er genauso hilflos wie du."

Cynthia wischte sich mit dem Handrücken über die Nase und schniefte. „Nocona", wiederholte sie flüsternd. Die Erinnerung an den Jungen und der Klang seines Namens waren tröstend. Durfte sie solche Gefühle empfinden? Er war doch einer von denen, die ihre Familie getötet hat-

ten. Ein Teufel. Ein Dämon. Aber in seinem Blick und in seiner Stimme hatte nichts Böses gelegen. Nichts Hinterlistiges. Gott verwirrte sie, und sie musste sich seiner Prüfung würdig erweisen.

Huka sprach weiter, mit einem Lächeln auf den Lippen. „Sein Name bedeutet Wanderer."

„Warum Wanderer?"

„Hast du es nicht gemerkt? So nah, wie du ihm warst?"

„Was gemerkt?"

Die Indianerin lachte leise. Freundlich und sanft. Sie war wie Mutter in ihren glücklichen Zeiten, als sie vor dem Zubettgehen noch Lieder gesungen und Geschichten erzählt hatte. „Die Ruhe, die in ihm ist. Die in jeder Geste und in jedem Blick liegt. Hast du nicht seine Stimme gehört, die so sanft klingt wie ein Frühlingsregen? Hast du nicht in seine Augen geblickt, in denen so viel Frieden liegt? Sie nannten ihn Wanderer, weil er als Kind oft allein in die Prärie hinausging. Versunken wanderte er durch das Gras und die Ruhe, die er so in sich aufgenommen hat, gibt er an jeden weiter, der ihm nahe ist. Sieh ihm eine Weile zu, wie er etwas schnitzt. Oder wie er seine Pfeile bemalt. Das genügt, um etwas von seiner Ruhe in sich selbst zu spüren."

„Ja", flüsterte sie atemlos. Zwischen all den furchtbaren Bildern war dies das einzig Schöne, das übrig geblieben war. Noconas Gesicht vor ihrem. Die Wärme seiner Augen. Das Lächeln. Seine Berührung. Egal wo er war, egal wie weit weg er war, sie musste ihn sehen. „Ich will zu ihm. Bitte!"

Anstatt zu antworten, holte Huka zwei Steine aus einem Lederbeutel, der an ihrem Gürtel hing, und ließ sie in Cynthias Hand fallen. Schwer und warm fühlten sie sich an. Ihre schimmernde, pechschwarze Oberfläche schien zu atmen. „Die beiden sollen dir gehören. Wir nennen sie Moqui Marbles. Das bedeutet treuer Schatz. Es sind lebende Steine, die aus einem Gebirge im Westen stammen. Sie werden geboren und wachsen wie wir. Es gibt männliche und weibliche Steine, die immer zusammen sein müssen. Die männlichen sind etwas flacher, so wie der linke, den du hältst. Die weiblichen rund. Lege sie niemals in eine Truhe oder in ein Kästchen, denn sie brauchen Luft und Licht. Du musst ihnen Liebe und Zuwendung geben. Nimm sie oft in die Hand, berühre sie und rede mit ihnen, dann werden sie dich immer vor Bösem bewahren. Kannst du es spüren?"

Cynthia drehte die Steine zwischen ihren Fingern. Pochende Wärme erwachte in den Moqui Marbles, sodass es sich nach einer Weile anfühlte, als würde sie lebendige Wesen in ihren Händen rollen. Noch mehr Tränen flossen über ihre Wangen.

„Die Steine saugen deine Trauer in sich auf", sagte Huka. „Sie lassen

sich von ihr durchströmen, verwandeln sie in etwas Tröstendes und geben es wieder zurück. Zuerst habe ich nicht an die Kraft der Steine geglaubt, aber jetzt weiß ich es besser. Es ist keine Magie. Es ist Natur und Glaube, die beiden größten Mächte auf Erden. Es ist das, was mein Volk den Großen Geist nennt. Das lebendige Geheimnis, die schöpferische Kraft, die in Menschen, Tieren, Pflanzen, Mineralien und Steinen ruht."

Cynthia lauschte diesen Worten und fühlte sich verwirrter als jemals zuvor. Was die Frau erzählte, war genauso beruhigend wie die Geschichten ihrer Mutter. Und genauso hoffnungsvoll wie die Predigten des Pastors an guten Tagen.

„Es ist dein Recht, uns zu hassen", sagte Huka. „Aber ich will dir auch erzählen, warum der rote Mann den weißen Mann so sehr hasst. Aus ihrem eigenen Land vertrieb man die Stämme, metzelte sie nieder oder zwang sie, als Sklaven zu leben. Es gibt in diesem Krieg kein Gut und Böse. So wie in keinem Krieg auf Erden. Es gibt nur den Starken und den Schwachen. Den Gewinner und den Verlierer. Das ist der Lauf der Dinge, den wir nicht aufhalten können. Alles besteht aus Veränderung. Die einen gehen unter, die anderen wachsen. Aber der Grund, der hinter dem Angriff auf das Fort steht, trägt den Namen John F. Smith."

„Das ist unser Pastor!", rief Cynthia.

„Ja, euer Pastor. An einem Frühlingstag kehrte er in das Dorf ein, in dem Nocona lebt. Er bot den Quohadi an, zum christlichen Glauben überzutreten. Als sie dieses Angebot ausschlugen, schenkte Smith ihnen Decken."

„Aber das war doch etwas Gutes."

„Nein. Denn die Decken stammten aus den Lazaretten der Weißen. Todkranke hatten darauf gelegen. Als die Quohadis sie nutzten, wurden auch sie von den Seuchen befallen. Viele Frauen, Kinder und Männer starben. Auch Nocona war unter den Kranken. Beinahe wäre er an etwas zugrunde gegangen, für das sein Volk nicht einmal einen Namen hat."

Cynthia wusste nichts zu entgegnen. Der Pastor hatte das Töten stets als unverzeihliche Sünde betitelt, es aber gleichzeitig gutgeheißen, unbekehrbare Ungläubige dem Fegefeuer zu überantworten. Etwa auch Kinder? Aber Kinder waren unschuldig. Unbeschriebene Blätter, wie der Pastor sagte. Dennoch hatte er ihnen den Tod gebracht. Ihr Kopf schmerzte von so viel Verwirrung. Sie wollte sich hinlegen und schlafen und zu Hause aufwachen. Die Sehnsucht wurde so heftig, dass sie um jeden Atemzug kämpfen musste.

„Es tut mir leid um deine Eltern", fuhr Huka fort. „Es tut mir leid um all die Unschuldigen, die sterben mussten, und die noch sterben werden. Man sagt uns nach, wir würden aus reinem Vergnügen töten und Kinder

skalpieren. Natürlich gibt es einige unter uns, die von Gnade und Mitleid nichts wissen und tun, was man ihnen vorwirft. Auf beiden Seiten gibt es Gute und Böse."

Huka legte eine Hand vor den Mund und hielt einen Moment inne, bevor sie fortfuhr. „Es tut mir leid. Ich wollte dich nicht erschrecken. Aber du sollst verstehen, warum wir uns wehren. Krieg ist immer furchtbar, aber seine Heimat und seine Freiheit zu verteidigen, ist von allen Gründen, ihn zu führen, der Beste."

Cynthia zog Arme und Beine an ihren Körper und machte sich so klein wie möglich. Sie wusste nicht mehr, was sie denken oder fühlen sollte. Vaters Worte hallten in ihrem Kopf nach: „Weil es ungläubige Heiden sind. Barbaren, die ihre eigenen Neugeborenen essen, wenn die Nahrung knapp wird. Sie sind ein Schandfleck auf Gottes Erde."

Die Augen der Indianerin blickten ebenso traurig und ängstlich wie die ihrer Mutter. Ihr Lächeln war so sanft wie das ihrer Mutter. Sie wollte der Frau in die Arme fallen und sich trösten lassen, aber wenn sie das tat, würden ihr Vater und der Pastor im Himmel toben und sie nie durch die Pforte lassen.

Plötzlich wurde das Fell, das den Eingang des Tipis verdeckte, mit einem Ruck zurückgeworfen. Ein Mann trat herein. Ein großer, langhaariger, schrecklich aussehender Mann mit funkelnden Augen. Auf seinem rot-grau gemusterten Plaid glitzerte Tau.

Cynthia kroch im Krebsgang rückwärts, bis sie gegen die Zeltwand stieß. Wieder stürzten die Bilder der Schlacht auf sie ein. Grauenvolle Kreaturen, die Männer wie Frauen hinschlachteten. Kreaturen wie dieser Mann.

Der Wilde kniete sich neben Huka, ließ sich von ihr das Haar zausen und starrte sie mit schief gelegtem Kopf an. Nicht wie ein Heide, der sich bereits ausmalte, wie ihre Leber schmecken würde. Sondern neugierig und freundlich. Seine große Hand streckte sich nach ihr aus, kam näher und näher, bis Cynthia die Zähne bleckte und sie mit einem Knurren beiseite stieß. Wieder erntete sie für diese Tat keine Strafe. Verblüfft musste sie zusehen, wie der Mann lachte, Huka in den Arm nahm und einen zärtlichen Kuss auf ihre Wange hauchte.

„Ist es dir neu, dass ein Mann seiner Frau zeigt, wie sehr er sie liebt?" Die Frau zwinkerte ihr zu. „Das ist Mahto. Mein Ehemann. Ich nenne ihn auch gern meinen alten Kojoten. Du musst keine Angst vor ihm haben, auch wenn er manchmal grimmig schaut. Er ist so harmlos wie ein greiser Präriehund."

Gottes Verwirrspiel wurde immer seltsamer. Es waren andere Kreaturen gewesen, die ihr Fort niedergemacht hatten. Keine Menschen wie diese, die sich küssten, umarmten und ihr weiche Kleider gaben.

„Ich will zu Nocona", sagte sie.

Huka und Mahto begannen, miteinander zu reden. Nicht in der ihr vertrauten Sprache, sondern in ihren eigenen, fremdartigen Lauten, die wie Donnergrollen und Hundeknurren klangen. Die Indianerin schluchzte auf und schüttelte den Kopf. Ihre Arme hoben sich, sie flüsterte und zischte und schien immer wütender, immer verzweifelter zu werden. Ihr Mann schlug sie nicht, um sie zur Ruhe zu bringen, sondern antwortete mit ruhiger, endloser Geduld. Cynthia drückte die beiden Steine an ihre Brust. Hier saß sie, im Dorf der Wilden, umringt von Menschen, die ihre Familie getötet hatten, und verstand weder Gott noch die Welt. Sie durfte ihnen nicht vertrauen. Niemals. Ganz gleich, wie sehr sie es wollte. Der Pastor hatte gesagt, der Teufel kenne tausend Arten, die Dummen und Leichtgläubigen zu verführen. Allein hier zu sein war eine Sünde. Cynthia murmelte Gebete, um die Stimmen der beiden Wilden zu übertönen.

„Jungfrau, Muttergottes mein,
lass mich ganz Dein eigen sein.
Dein im Leben, Dein im Tod.
Dein in Unglück, Angst und Not.
Dein in Kreuz und bittrem Leid.
Dein für Zeit und Ewigkeit."

Erst, als Huka sie an den Schultern packte, verstummte sie erschrocken.

„Es ist Schicksal, was geschehen ist. Zwei Menschen, beide noch zu unschuldig für den Krieg, klammern sich auf dem Schlachtfeld aneinander, und ihr Blut vermischt sich. Mahto sagt, er hat euch in dieser Nacht im Traum gesehen. Dich und Nocona. Ihr seid Hand in Hand durch ein Tal gewandert, in dem das Blut unseres gestorbenen Volkes die Erde düngte und Blumen hervorbrachte, schöner als alles, was du dir vorstellen kannst."

„Ich will zu ihm!"

„Das wirst du, mein Kind. Mahto wird dich in Noconas Dorf bringen. Du kannst ihm vertrauen. Nur du kannst deinen Blutsbruder zurück ins Leben holen."

„Ins Leben zurückholen? Geht es ihm nicht gut?"

Natürlich, man hatte seine Brust durchschossen. Wie konnte sie solch eine dumme Frage stellen? Falls er noch lebte, schwebte er in höchster Gefahr. Denn wer den Schuss überlebte, starb oft nur kurz darauf durch vergiftetes Blut.

„Er schafft es nicht, zurückzukehren", sagte Huka.

„Zurückzukehren?"

„Ihr würdet es Jenseits nennen, wir nennen es Zwischenwelt. Er ist

nicht tot, aber ihm fehlt die Kraft, zurückzukehren. Du wirst sie ihm geben."

„Ich?" Sie glaubte, sich verhört zu haben. Sie war nur ein Kind, und Gottes Zorn lastete auf ihr. Niemals würde er ihr helfen, einen heidnischen Jungen zu heilen. Oh ja, Vater hätte sie geschlagen, wenn er gewusst hätte, dass sie sich nach Noconas Anblick sehnte. Aber es war so. Sie wollte bei ihm sein. Ja, sie wollte es, und wenn deshalb ein Blitz vom Himmel herabfuhr, um sie zu töten, dann sollte es so sein. „Warum ich? Ich weiß nicht, was ich tun soll."

„Du musst nichts tun", sagte Huka. „Sei einfach nur bei ihm. Ihr seid jetzt eins. Ihr habt einander das Leben gerettet, euer Blut hat sich vermischt. Kein Band ist stärker. Verstehst du das? Es ist wie in einem Märchen, in dem zwei Menschen füreinander bestimmt sind. Sie finden sich immer und überall wieder, selbst über den Tod hinaus."

Cynthia blieb kaum Zeit, diese Worte zu begreifen. Ehe sie wusste, wie ihr geschah, hob Mahto sie auf seine Arme und trug sie aus dem Zelt. Den Streifschuss an ihrer Schulter spürte sie kaum noch, aber ihre Füße brannten lichterloh, als beim Hochheben ein Ruck durch ihren Körper ging. Draußen war die Sonne aufgegangen. Ihre Strahlen flossen über das Dorf, Zelte warfen Schatten auf das taunasse Gras. Der Beginn eines langen, heißen Sommertages. Gestern um diese Zeit hatte sie auf dem Feld gearbeitet. An Mutters Seite, den Rücken krumm vom vielen graben und hacken.

Sie hätte sich fürchten sollen, sie hätte Gram und Trauer fühlen müssen, stattdessen war alles, was sie empfand, ein großes Erstaunen. Sie sah Kinder, die mit Hunden und zahmen Gabelantilopen spielten. Frauen, die bei ihrer Arbeit sangen und den Tag begrüßten. Es gab wogendes Gras, das bis zum Horizont reichte, riesige Pappeln und einen glitzernden Fluss, in dem sich ein paar Jungen mit Schlamm bewarfen. Vor allem aber staunte sie über die gewaltige Pferdeherde, die am gegenüberliegenden Ufer des Stromes graste. Es mussten Hunderte sein. Pferde in allen Farben. Hengste, Fohlen und Stuten. Kein Zaun hielt sie gefangen, kein Gatter, keine Stricke. Vollkommen frei liefen sie umher, ohne dass auch nur eines auf den Gedanken kam, die Flucht zu ergreifen.

Als Mahto einen Pfiff ausstieß, löste sich mitten aus der Schar ein braunweiß gescheckter Mustang. Wasserfontänen funkelten im Sonnenschein wie gleißende Kaskaden, als das Tier durch den Fluss preschte. Hin zu seinem Herrn.

„Bring Nocona zu uns zurück." Huka strich über ihr Haar, so sanft, dass Cynthias ausgetrocknete Augen sich wieder mit Tränen füllten. „Sein Leben ist noch nicht zu Ende. Ihr beide habt euer Schicksal noch vor euch."

Sara, 2011

Der Ton des Weckers riss sie unsanft in die Wirklichkeit. Ein Puzzleteil nach dem anderen setzte sich zu einem Bild zusammen, das verwirrender nicht hätte sein können.

Mit einem Schlag brachte Sara den Wecker zum Schweigen und rieb sich die Augen. Die Zelte, der Himmel, die Pappeln am Fluss. Für Momente waren diese Eindrücke realer als die Wirklichkeit. Am ehesten war es so, als würde sie aufwachen und begreifen, dass die Realität nur ein Traum war. Und Träume die Realität.

Sie blinzelte in Richtung Wecker. Ihre Hoffnung, noch Zeit zu haben, um die Traumwelt abzuschütteln, wurde schlagartig von Entsetzen vertrieben. Ihr blieben noch neun Minuten Zeit, um ins Büro zu kommen. Verdammter Mist. Sonst war sie jeden Tag Punkt sechs Uhr wach. Der Grad ihrer Kopfschmerzen trug Sorge dafür, dass sie ungeachtet der davonrasenden Zeit nur zögerlich auf die Beine kam. Konfusion sickerte durch ihre Betäubung. Normalerweise erinnerte sie sich nie oder nur bruchstückhaft an ihre Träume, und jetzt geschah es zweimal hintereinander, dass die Intensität und Echtheit der Erlebnisse sie schier überwältigte. Sara rieb sich die Schläfen, schlafwandelte ins Bad und entließ vor dem Spiegel einen Fluch. Kaltes Wasser, Deo, etwas Schminke, cremefarbene Pumps und ein sandfarbener Hosenanzug. Normalerweise hätte sie sich wie eine Frau aus dem einundzwanzigsten Jahrhundert fühlen sollen, gefestigt und erfolgreich. Denn das war sie. Na gut, sie war es gewesen. Vor ihrer Reise. Auf ihrer Haut lag noch immer das Leder, samtig und rauchig. Das Gefühl der Moqui Marbles, wie sie zwischen ihren Fingern rollten, war noch immer präsent. Morgentau funkelte auf gelbbraunem Gras.

„Nocona“, flüsterte sie leise.

Der Klang dieses Namens … was berührte er in ihr? Sie fühlte sich elend und zugleich wunderbar, was kaum verwunderte, denn die Geschichte der beiden Liebenden war tragisch schön. Na bitte, eine Erklärung hatte sie schon mal. Dank ihrer Emotionalität verarbeitete sie alle auf sie einströmenden Eindrücke besonders lebendig und farbenfroh. Ein wenig zu lebendig, um gesund zu sein. Makahs Kuss brannte auf ihren Lippen, unter ihren Händen spürte sie, kaum dass ihre Gedanken zu fließen begannen, die blutbesudelte Brust des jungen Kriegers. Er lebte noch, fand aber nicht die Kraft, zurückzukehren. Es war ihre Aufgabe, ihm zu helfen. Sie entschied darüber, ob er lebte oder starb.

Im Spiegel zeigte sie sich einen Vogel. Sie hatte keine Zeit, Traumgestalten zu retten. In einer Stunde stand die Konferenz an, spätestens

dann musste sie wieder auf dem Teppich der Realität gelandet sein.

„Du schaffst das." Sie zwinkerte sich im Spiegel zu und band ihr Haar zu einem straffen Pferdeschwanz. Ihre Entschlossenheit, wieder zu ihrer alten Form zu finden, zerfloss zu nichts, als sie die Visitenkarte aus der Jacke fischte. Sämtliche Nervenbahnen ihres Körpers kribbelten, als wäre dieses kleine Stück Pappe unter Strom gesetzt. Es war nur höflich, ihr Kommen anzukündigen. Und doch starrte sie geschlagene zwei Minuten auf ihr Handy, ehe sie es schaffte, die Nummer zu wählen. Was sollte sie sagen? Und warum zum Teufel machte sie sich so viele Gedanken? Es gab Tage, an denen sie mit drei Dutzend Menschen telefonierte, unangenehme bis unerträgliche Exemplare inbegriffen. Die Frau, die in Nervosität zerfloss und kurz davor war, auf ihren Fingernägeln herumzukauen, war nicht sie selbst.

Fünfmal Freizeichen. Achtmal, zehnmal. Kein Anrufbeantworter.

Sara legte auf. War sie erleichtert? Enttäuscht? Makah war ein Fremder. Ein unbekannter Mann, der durch ihr Leben geweht war und höchstwahrscheinlich nicht mehr auftauchen würde. Es war idiotisch, ihm einen solch großen Raum in ihren Gedanken und Gefühlen zu verschaffen. Alles, was es einbrachte, waren abgefahrene Träume und in die Knie brechende Professionalität.

Vermutlich war es besser, ein Taxi zu rufen. Auf der Konferenz würde man ihr Unmengen an Kaffee und Butterkeksen kredenzen, also beschränkte sich Sara auf das spartanische Programm: ein Glas Milch, ein Anruf bei der Taxizentrale und ein hastig hinuntergeschlungener Schokoriegel. Erstaunlich, dass sie bei ihrer Ernährung noch nicht aufgegangen war wie ein Hefekuchen.

Zwanzig Minuten zu spät saß sie auf dem Rücksitz eines vollgemüllten Wagens. Das Handy bimmelte ununterbrochen, doch sie ignorierte es. Ruth musste lernen, sich in Geduld zu üben. Ihre Chefin trat die Tugenden der Pünktlichkeit und Verlässlichkeit am laufenden Band mit Füßen, also war es nur gerecht, dass sie diesmal – wohlgemerkt zum ersten Mal – auf Sara warten musste.

Der penetrante Patchouli-Geruch, der das Taxi durchströmte, war nicht so Nerv tötend, wie er hätte sein müssen. Sie ignorierte die scheußliche Gitarrenmusik mit einer Leichtigkeit, die sie verblüffte, und klammerte den typischen New Yorker Morgenverkehr aus ihrer Wahrnehmung aus. Selbst der Fahrer, der mit schmutzigem Grinsen schwor, ihre Kleider würden sich fantastisch auf seinem Schlafzimmerboden machen, tangierte sie nicht weiter und gab, frustriert ob ihres penetranten Schweigens, seine plumpe Flirterei alsbald auf.

Sie blinzelte in den Sonnenschein hinaus. Er glitzerte auf den ersten grünen Knospen und spiegelte sich in gläsernen Türmen. Die kläglichen

Grünflächen, die man wachsen ließ, schmückten sich mit violetten und weißen Krokussen. Hier regierte längst der Frühling, Makahs Heimat aber stöhnte unter einer nie gekannten Kältewelle. Sara liebte die Sonne, und doch sehnte sie sich nach der kargen Weite der Great Plains, wo es nur den Wind, das Gras und ihre frei atmende Seele gab. Dort war sie zum ersten Mal zu Hause gewesen. Die wenigen Stunden, die sie vom Flug trennten, erschienen ihr wie eine Ewigkeit.

„Lady", schnarrte der Fahrer. „Verraten Sie mir eins?"

„Nein."

„Hat es wehgetan, als Sie vom Himmel auf die Erde gefallen sind?"

„Wie überragend einfallsreich."

„Wenn Sie kein Engel sind, müssen Sie jeden Tag literweise Buttermilch trinken."

Sie grinste, schloss die Augen und stellte sich vor, auf einem braun gescheckten Pferd zu sitzen. Sie spürte den Wind in ihrem Haar und die raue Mähne, die gegen ihre Arme geweht wurde. Das Stakkato der Hufe erfüllte ihre Wahrnehmung. Sinnfreies Geplapper verlor sich im Rauschen des Grases. Der Sog trug sie davon. Schnell und sanft. Und sie folgte ihm mühelos.

Cynthia, 1836

Was hätte nur ihr Vater dazu gesagt?

Sie saß vor einem Mann, der nichts weiter trug als einen Schurz aus Leder und einen Gürtel, an dem zwei Beutel und ein Messer hingen. Sie trug indianische Kleidung und saß auf einem Mustang. Sie lebte, während er tot war.

Alles war so seltsam und unwirklich. Damals, als ihre kleine Schwester an den Pocken gestorben war, hatte Cynthia vor Schmerz kaum denken können. Genau wie im letzten Winter, als Silas den Hund ihrer Mutter in einem Anfall von Wut erschlagen und ihr damit das letzte Überbleibsel aus einem besseren Leben genommen hatte.

Aber jetzt … was fühlte sie jetzt? Was hätte sie fühlen müssen? Es war, als wären der Überfall, das Feuer und die Toten nur Einbildung gewesen, ausgelöscht von der Verwirrung eines Traumes, dessen Schönheit nicht in ihr Leben passte. Doch das Ungeheuer lauerte im Schatten. Bald würde es über sie herfallen.

Lerchen schwangen sich in den wolkenlosen Himmel, Sommerwind streichelte ihr Gesicht. Sie saß auf einem Pferd, das auf den Horizont zujagte, und wünschte sich, niemals zurückzukehren. Rückkehr bedeutete, sich zu erinnern. Aber hier draußen war Vergessen. Ihre Gedanken flogen wie die Vögel höher und höher und ließen alles Schlechte auf der Erde zurück.

Wie gut sich das Leder auf ihrer Haut anfühlte, fast wie der teure Samt ihrer Mutter. Das Hemd reichte ihr im Stehen bis zu den Knien und war an den Seiten geschlitzt, sodass sie gut auf dem Pferd sitzen konnte, und zwar wie ein Mann. Mit einem Bein auf jeder Seite. Ihre Unterwäsche bestand aus demselben Leder, wobei es nicht mehr war als ein Stück desselben, das um ihren Unterleib gewickelt und verknotet war.

Alle Geschichten, die sich um die Wilden drehten, sprachen von der Hölle auf Erden. Aber gab es in der Hölle bunte Zelte, spielende Kinder und Frauen, die ihr magische Steine schenkten? Ihre Finger umfassten die Moqui Marbles, streichelten sie, spürten Wärme und Trost.

Der Pastor … die Decken … die Krankheit …

Wer war böse und wer gut? Gedanken kamen. Erinnerungen, furchtbar wie zähnefletschende Ungeheuer. Nein! Nie wieder. Mutter war im Himmel, wo es niemanden gab, der sie schlug. Aber John … wie erging es John? Wenn ihr Bruder doch nur hier wäre. Der Gedanke, er könnte irgendwo allein mit seiner Trauer sein, schnürte ihr die Luft ab.

„Konikpa kte shni yelo“, sagte der Mann hinter ihr. „Čiksuye shni yelo.“

Diese Worte … genau diese Worte hatte der Junge zu ihr gesagt, bevor

der Schuss alles zerstört hatte. Der Mann hielt sie mit einem Arm umfangen, während der Zügel um seine freie Hand geschlungen war. Ein Halfter besaß der Mustang nicht, lediglich ein Seil aus Gras, das sich um seinen Unterkiefer schlang. Auch gab es kein Gebiss, weshalb das Maul des Tieres weich war wie Samt. Cynthia nahm ihre magischen Steine in eine Hand zusammen und streichelte den braunweißen Hals des Pferdes, fuhr durch seine Mähne und betete zum lieben Gott, er möge ihr verzeihen und sie vergessen lassen. Seit sie sich erinnern konnte, war es ihr Wunsch gewesen, wie ihr Bruder oder ihr Vater über die Prärie zu reiten, und jetzt, nachdem sie alles verloren hatte, wurde dieser Wunsch erfüllt. Gottes Wege waren seltsam, aber man sagte, keinen gehe man ohne Grund.

„Können wir schneller reiten?“ Sie war überrascht von ihrem Mut. „Bitte?“

„Ma Kȟahin?“

Der Mann blickte auf sie hinab und lächelte. In seinen Augen lag nichts als Freundlichkeit. Ein ungewohnter Anblick. Im Fort war jeder mit dem Überleben beschäftigt gewesen. Waren die Zeiten schlecht gewesen, hatte man Krieg gegen jeden geführt, der mehr besaß als man selbst. Waren die Zeiten gut, stritten sich die Menschen dennoch, ermüdet vom nie endenden Kampf ums Überleben.

„Ma Kȟahin“, wiederholte sie die unbekannten Worte, und der Klang der wilden Sprache prickelte auf ihrer Zunge.

Die Muskeln des Tieres spannten sich an, sein Körper bebte vor Erregung, bereit, jeden Augenblick loszupreschen.

„Iyapo!“

Der Mann stieß einen trällernden Schrei aus, und plötzlich, so schnell, wie ein Falke aus dem Himmel herabstürzte, galoppierte der Mustang los. Ihr entfloh ein Schrei der Freude. Als sie den Wind spürte, der an ihr zerrte, als die Mähne des Pferdes sie umflatterte und die grasbewachsenen Hügel an ihr vorbeirasten, vergaß sie allen Schmerz. Es gab nur noch die Sonne, die Prärie und das dahinjagende Pferd. So gern hätte sie die Arme ausgestreckt, und nach einem kurzen Moment des Zögerns warf sie alle Angst beiseite und tat es einfach. Der Mann würde sie nicht loslassen. Sie vertraute ihm, einem Ungläubigen, einem Heiden … obwohl es eine Sünde war. Der Wind trocknete ihre Tränen. Nur darum ging es. Und um das Vergessen.

„Lauf!“, rief sie. „Lauf!“ Die Welt löste sich in bunte Schatten auf. „Lauf schneller!“

Sie schloss die Augen. Alle Hässlichkeit der Welt war weit weg.

Ein Fluss tauchte vor ihnen auf, dunkelgrün vor Hitze und gesäumt von flüsternden Birken. Der Mann lenkte das Pferd eine flache Bö-

schung hinunter. Hell leuchtete das Laub im flirrenden Sonnenschein. Die weißen Stämme der Bäume malten zusammen mit dem glitzernden Wasser ein so schönes Bild, dass Cynthia einen ganz neuen Schmerz verspürte. Wenn John und Mutter das hier hätten sehen können. Dieser Ort war weit weg von Arbeit, Dreck und Angst. Er war vollkommen. Genau das Paradies, auf das sie alle gehofft hatten.

Ein scharfer Schmerz durchzuckte ihre Füße, als der Mann sie hinunterhob. Die Verbrennungen. Der Beweis für alles, was geschehen war. Cynthia biss die Zähne zusammen und gab keinen Laut von sich. Der Mann strich ihr sanft über das Haar. Er nahm die Steine aus ihrer Hand, ließ sie in den Lederbeutel fallen, der an seinem Gürtel hing, und ging vor ihr in die Knie.

„Waste“, raunte er. „Waste.“

Seine Behutsamkeit riss etwas in ihr auf. So hatte Mutter sie vor langer Zeit berührt, bevor sie in den Westen aufgebrochen waren. Bilderfluten schossen durch Cynthias Kopf. Die kleine Wohnung in der Stadt, in der sie damals gelebt hatten, den Hafen in Blickweite. Eine verbrannte Leiche mit Blasen werfender Haut. Eine verkrümmt auf dem Boden liegende Frau. Im Feuerschein feucht glänzende, skalpierte Schädel. Menschen mit Pfeilen im Körper. Ein blutender Junge in ihren Armen und ein totes Pferd.

Mit einem heiseren Aufschrei ging sie in die Knie. Bleischwere Lasten drückten sie zu Boden. Krämpfe schüttelten ihren Körper. Wie hatte sie nur Freude empfinden können, jetzt, da ihre Familie tot war und ihr Bruder entführt? Silas hatte recht. Sie war ein vom Teufel verdorbenes Kind und hatte Unglück über das Fort gebracht.

„Čiksuye shni yelo.“ Der Mann nahm sie in seine Arme.

Cynthia fühlte sich, als hätte man sie geschlagen. Sie blickte auf, würgte an einem scharfen Kloß in der Kehle, und noch immer lag diese geduldige Freundlichkeit in den Augen des Indianers.

„Čaze Mitȟawa ki Mahto.” Er legte eine Hand auf seine Brust. „Nita Čaze ki Taku he?”

Cynthia spürte, wie ihr der Schweiß ausbrach. Silas hatte es nicht ertragen können, wenn seine Tochter weinte oder etwas nicht begriff. Genauso wenig, wie er es bei Mutter ertragen hatte. Würde der Wilde sie schütteln und schlagen? Nein, er lächelte nur. In aller Seelenruhe sah er sich um, hob einen Zweig auf und begann, etwas in die Erde zu malen. Ein Bär entstand im feuchten Sand. Groß und aufgerichtet, mit mächtigen Pranken und struppigem Fell.

„Mahto.” Der Mann deutete zuerst auf das Tier, dann auf sich, wobei er bedeutungsvoll die Arme hob, seine Hände zu Klauen krümmte und hin und her schwankte. „Mahto.”

„Du heißt wie der Bär?", presste sie hervor. „Mahto bedeutet Bär?"

Er nickte, schien sich aber nicht ganz sicher zu sein. Wieder nahm er den Zweig und zeichnete einen Hirsch in den Sand, so schön und lebensnah, dass sie bei allem Staunen ihre Angst vergaß. Dem Hirsch folgte ein Bison und dem Bison ein Falke. Als Mahto schließlich zu ihr aufblickte, war die unerträgliche Last auf ihren Schultern leichter geworden. Zum ersten Mal wagte sie es, den Indianer genauer anzusehen. Mitternachtsblau schimmerten seine Haare im Sonnenlicht. Die meisten Frauen hätten ihn darum beneidet. Er roch nach Feuerrauch, Pferd und Salbei. Auch ein wenig nach Schlamm. Cynthia erinnerte sich an jenen Tag, da eine Gruppe Kiowa in ihr Fort gekommen waren. Gemeinsam mit ihrer Mutter hatte sie im Krämerladen die Zutaten für ein kärgliches Weihnachtsessen zusammengesucht, als zwei mit Pelzen beladene Wilde in den Laden gekommen waren. Gekleidet in gewöhnliche Hosen und Hemden, doch mit Federn im Haar.

„Felle habe ich genug", beschwerte sich der Krämer. „Bringt mir lieber ein paar eurer Frauen. Sowas verkauft sich besser."

Die angewiderten Blicke der Menschen waren ihr in guter Erinnerung geblieben. Man hatte die Kiowa begafft wie räudige Hunde. An Mahto aber war nichts Widerliches. Ebenso wenig, wie an einem geschmeidigen Luchs oder an einem Adler etwas Widerliches war, auch wenn manche Menschen diese Geschöpfe lieber tot sahen als lebendig. Seine Haut schimmerte bronzefarben. Auf seiner Brust waren links und rechts strichförmige Narben zu sehen, beide vollkommen gleich geformt. Welche Verletzungen verursachten zwei völlig gleiche Narben? Sie hätte gern gefragt, wagte es jedoch nicht.

Ihr Blick glitt wieder höher. Mahtos Nase war gebogen wie der Schnabel eines Falken. Seine Lippen schienen immer zu lächeln, und seine Augen waren genauso dunkel und sanft wie die des Jungen. Nocona, der Wanderer.

Bald würde sie ihn wiedersehen. Noch heute Abend. Was würde sie erwarten? Was würde sie ausrichten können? Sie war nur ein Kind. Ein ungläubiges, ungehorsames Kind, das ihrem Vater hatte davonlaufen wollen.

„Nita Čaze ki Taku he?" Mahto deutete auf sie. Sicher wollte er wissen, wie sie hieß.

„Cynthia", antwortete sie leise.

„Tsini tia?"

„Nein. Cynthia. C-y-n-t-h-i-a."

„Tsini tia."

Mahto lächelte zufrieden. Noch einmal deutete er auf seine Brust, hob anschließend beide Hände mit ausgestreckten Fingern, ballte sie zu Fäus-

ten zusammen und öffnete sie wieder. Als er diese Geste zweimal wiederholt hatte und zuletzt nur fünf Finger hochhielt, deutete er auf sich. Cynthia glaubte zu verstehen. Er war also fünfundvierzig Jahre alt.

„Ich bin neun." Sie zeigte die entsprechende Anzahl Finger und kniff ihre Beine zusammen. Ein dringendes Bedürfnis machte sich bemerkbar, doch sie schämte sich zu sehr, um ihm nachzugehen.

„Ah!" Mahto hatte sie trotzdem durchschaut.

Er nahm sie bei der Hand und führte sie zum Fluss. Dort, wo der Strom eine sanfte Biegung vollführte, standen die Birken und Büsche besonders dicht und neigten sich über das Wasser, sodass sie eine Art Vorhang bildeten. Mahto nickte ihr aufmunternd zu und ging zurück zu seinem Pferd. Cynthia starrte ihm hinterher. Er machte es ihr leicht, zu entkommen. Vielleicht war sie gar keine Gefangene. Aber wohin hätte sie gehen sollen? Nichts als endlose Prärie umgab sie, und selbst wenn sie den Weg zurück gefunden hätte, gab es nichts mehr, was dort wartete. Kein Zuhause, keine Familie. Ebenso gut konnte sie bei Mahto bleiben.

Cynthia zog ihre Unterhose aus, legte sie auf einen Stein, raffte das Hemd um ihre Taille zusammen und ging in das Wasser. Es war kühler als erwartet. Eine glucksende Strömung zog an ihr, winzige Fische huschten um ihre Beine. Libellen schwirrten über das hohe Gras am anderen Ufer. Fabelwesen mit regenbogenfarbenen Flügeln und strahlend blauen Leibern. Das Laub der Birken raschelte, ein Zaunkönig zwitscherte. Sonst war es still. So unglaublich still. Zuhause am Navasota River waren immer Stimmen zu hören gewesen. Das Muhen von Kühen und das Grunzen von Schweinen. Pferde, Kinder, Schreie. Hier aber war es so still wie am ersten Tag der Schöpfung.

Vielleicht war sie tot und im Paradies eingekehrt. Trotz allem, was sie getan und gedacht hatte. Cynthia schloss die Augen und ließ den Fluss an sich vorbeiströmen. Sie trieb auf ihm wie ein Blatt, leicht und sorglos. Wieder sah sie Noconas Gesicht vor sich. Seine warme Schönheit besaß etwas so Tröstendes, dass sie diese Erinnerung wie einen Schatz festhielt und ihren ganzen Kopf damit ausfüllte.

„Bitte lass ihn leben, lieber Gott. Ich will ihm helfen. Das ist doch meine Aufgabe, oder? Lass mich nicht zu spät kommen."

Sie öffnete die Augen und sah den wasserblauen Himmel über sich. Der Pastor wäre entsetzt darüber gewesen, dass sie Gebete für einen Heiden sprach. Aber der Pastor war tot. Ein seltsames Gefühl, so weit weg von allem zu sein. Es musste Gottes Wille sein. Vielleicht war sie eine Auserwählte, und Auserwählte waren in den Geschichten vom Schicksal gebeutelt. Es machte sie stark und unbeugsam. Sie gingen einen steinigen Weg, doch am Ende stand Erlösung.

Schnell tat sie das, wofür sie gekommen war, kehrte zum Ufer zurück,

wickelte das Lederstück um ihre Hüften und zog das Hemd darüber. Ihre Füße begannen wieder zu schmerzen, doch sie ignorierte es.

Mahto, der neben seinem Pferd im Gras saß und eine bunt bemalte Pfeife rauchte, erhob sich bei ihrem Anblick. Er schien beeindruckt zu sein. Davon, dass sie nicht fortgelaufen war? Oder davon, wie tapfer sie den Schmerz unterdrückte?

Sie aßen gemeinsam Stockbrot, getrocknetes Fleisch und Felsenbirnen, dann bedeutete ihr Mahto, dass die Reise weiterging. Bereitwillig ließ sie sich auf den Mustang heben, und als der Mann endlich wieder hinter ihr saß, fühlte sie sich zum ersten Mal in ihrem Leben behütet. Sie kehrten zurück in den Wind und in den Himmel. Und wenn Gott ihr eine Aufgabe zugedacht hatte, würde sie alles tun, um sie zu seiner Zufriedenheit zu erfüllen. Nein, sie würde ihn nicht noch einmal enttäuschen.

Unbemerkt floss die Zeit dahin. Es wurde Nachmittag. Die Sonne wanderte weiter, tauchte das Meer aus Gras in flirrende Hitze und verwandelte das Blau des Himmels in milchiges Weiß. Immer weiter ritten sie, bis der mit Wasser gefüllte Lederbeutel leer war und jeder Muskel in ihrem Körper schmerzte.

Meile um Meile führte sie ihr Weg über die Hügel. Als der Abend sein schweres, staubiges Licht über die Hügel legte, sahen sie von Weitem eine Herde Gabelantilopen. Mit anmutigen Sprüngen jagten die Tiere davon, als sie sich ihnen näherten. Kurz darauf entdeckte Cynthia einen Adler, der aus einer Senke aufflog und bald so weit oben am Himmel kreiste, dass ihre Augen ihm nicht mehr folgen konnten.

Hügel um Hügel erklomm Mahtos Pferd, während im Osten der Mond aufging. Als der Indianer sein Tier irgendwann zügelte, setzte Cynthias Herz einen Schlag aus. Dort über dem Horizont, blass im Dunst des schwindenden Lichtes, tauchten die Silhouetten von Zelten auf.

Noconas Dorf.

Mahto drückte dem Pferd die Hacken in die Flanken und ließ es noch einmal fliegen, hin zu den in der Dämmerung leuchtenden Tipis. Cynthia sah den Schein vieler Feuerstellen. Sie sah Frauen, Männer und Kinder. Pferde, Hunde und zwei zahme Antilopen. Ein Trällern erhob sich, das hell und freundlich klang. Unvermittelt fand sie sich umzingelt. Die Frauen stießen ihre melodischen Laute aus, die Männer nickten ihnen mit schweigender Noblesse zu. Kleine Jungen schwangen ihre Spielzeugbögen, Mädchen hielten merkwürdige Stäbe empor, an deren Ende haarige Büschel im Wind flatterten.

Vor einem Tipi, das von zwei riesigen Feigenkakteen flankiert war, brachte Mahto sein Pferd zum Stehen, stieg ab und hob Cynthia hinunter. Finger zupften an ihrem Kleid, streichelten über ihr Haar und be-

rührten ihre Haut. Stimmen redeten auf sie ein, während ein struppiger Hund, der Ähnlichkeit mit einem Fuchs besaß, an ihrem Bein schnüffelte.

Als sie sich hinabbeugte, um das Tier zu streicheln, wurde das Fell vor dem Eingang des Tipis zurückgeschlagen. Zwei Frauen traten heraus. Ihr Herz geriet ins Stolpern. Es mussten Noconas Mutter und seine Schwester sein. Die Ähnlichkeit war verblüffend. Die ältere der Frauen, eine würdevolle Erscheinung mit zwei geflochtenen, hüftlangen Zöpfen, nahm Cynthia bei den Schultern und musterte sie. Das Mädchen hinter ihr besaß die Schönheit eines Engels. Ihre Zöpfe waren dick wie Cynthias Oberarme und glänzten kostbarer als Seide. Makellos war ihre hellbronzene Haut, ihre Augen riesig und umkränzt von dichten Wimpern.

Während sich die ältere Frau Mahto zuwandte und ein erregtes Gespräch mit ihm begann, blickte das Mädchen stur zu Boden. Cynthia schwirrte der Kopf von all den durcheinanderplappernden Stimmen. Es währte eine Ewigkeit, bis die alte Frau endlich beiseitetrat und den Zugang zum Tipi freigab.

„Ho iya, ti mahel iyapo." Mahto deutete auf den Zelteingang. „Ani peh ksto."

Die Last der gesamten Welt schien auf ihren Schultern zu liegen. Sie fühlte sich schwach und hilflos, jeder Schritt war schwer wie Blei. Sie bückte sich, schlüpfte in das dämmrige Innere des Zeltes und hörte, wie das Fell hinter ihr zufiel. Sie war allein.

Nein, nicht ganz allein. Neben dem flackernden Feuer lag Nocona.

Flammenschein spielte auf seiner Haut, dort, wo sie nicht von Verbänden bedeckt war. Ein schwarzrotes Plaid wand sich zerknüllt um seine Hüfte. Cynthias Blick streifte die von der Decke hängenden Kräuterbündel, deren Duft das Zelt erfüllte und sich mit einem Aroma mischte, das sie an ranziges Fett erinnerte. Schwach, aber wie ein drohendes Omen, lag darunter der Geruch von Krankheit. Jener klamme, bittere Geruch, vor dem sie sich seit dem Tod ihrer Schwester fürchtete.

Vorsichtig sank sie neben Nocona nieder. Sie streckte eine Hand aus und berührte seine Wange. Die Hitze des Fiebers brannte auf den Spitzen ihrer Finger und weckte Erinnerungen, denen sie sich nicht ausliefern wollte. Sie betrachtete die langen, dichten Wimpern des Jungen. Sie zitterten manchmal, als würde er jeden Moment die Augen öffnen. Seine Lippen waren voll und blass, sein langes Haar zerzaust. Tränen liefen über ihre Wangen. Wie er da vor ihr lag, so schön, hilflos und bedeckt von kaltem Schweiß, haftete ihm etwas unendlich Trauriges an. Sein Anblick entfachte den Wunsch in ihrem kindlichen Verstand, ein Wunder zu bewirken. Doch weder besaß sie magische Kräfte noch Medizin, und so tat sie das Einzige, was ihr einfiel.

Sie legte sich neben Nocona, bettete ihren Kopf auf seine Brust und hoffte, dass allein ihre von Gott gewollte Nähe half, ihn zu heilen. Viel zu langsam klang das Schlagen seines Herzens. Sie malte sich aus, wie der schnelle Rhythmus ihres Herzens auf ihn überging, wie ihre Kraft die seine wurde und ihre Stimme ihn in der Dunkelheit des Jenseits erreichte, um ihn zurückzuführen.

Leise begann Cynthia, das Lied des Spaniers zu singen. Manchmal hob sie den Kopf und legte ihre Lippen auf Noconas Wange, erfüllt von einer wonnigen Hitze, die sie an einen Tadel ihres Vaters denken ließ.

„Für unzüchtige Gedanken kommst du in die Hölle!"

Silas Glauben nach war sie bereits unzüchtig gewesen, weil sie mit dem Nachbarsjungen auf einem Haufen aus grob gemahlenem Mais gespielt hatte. Was würde Vater nur sagen, wenn er sie jetzt sehen könnte? Sie lag neben einem halb nackten Jungen, der fast schon ein Mann war, sie bettete ihren Kopf auf seine Brust, strich mit den Fingern durch sein Haar und schmeckte das Salz seiner Haut auf ihren Lippen. Noconas Fieber schien auf sie überzuspringen. Ihr wurde schwindelig, doch sie ließ ihn nicht los.

„Frà Martino, campanaro. Dormi tu? Dormi tu? Suona le campane, suona le campane! Din don dan, din don dan."

Von draußen begleiteten sie die Rufe der Ziegenmelker. Cynthia liebte diese Vögel. Wie Motten schwirrten sie durch das Mondlicht, elegant und lautlos, trösteten mit ihrem Lied all jene, die keinen Schlaf fanden. Noconas Leben lag in ihrer Hand. Sie würde ihn zurückholen. Deshalb lebte sie noch und deshalb war sie hier. Sie hatte so viel wiedergutzumachen.

Cynthia lauschte seinem Herzschlag und sang ihr Lied. Immer wieder und wieder, bis zwei Gestalten in das Zelt huschten und sie aufschreckten. Wollte man sie fortbringen? Nein, es waren nur die beiden Frauen. Sie trugen Schälchen und seltsame Dinge herein, stellten sie auf das Bisonfell und schlichen wieder hinaus. Das alles geschah so leise und schnell, als wären zwei Geister durch das Zelt geweht.

Argwöhnisch betrachtete sie die ihr gebrachten Speisen, deren aufsteigender Duft ihr bewusst machte, wie hungrig sie war. Sie nahm einen Stock mit aufgespießtem Fleisch, schnupperte daran und biss hinein. Unter der schwarzen Schicht war saftiges Rosa und Fett, das auf ihrer Zunge zerlief. Köstlich. Mahtos Proviant hatte ihr schon besser geschmeckt als der vorzüglichste Maisbrei, doch das hier war um Längen herrlicher. Sie schlang das Stück hinunter, nahm sich noch ein zweites und drittes, griff schließlich mit einer Hand in den Brei, der in einer Rindenschüssel lag, und stellte fest, dass er ebenfalls köstlich war. Vielleicht war es nur der Hunger, der ihr diesen berauschenden Geschmack vor-

gaukelte. Vielleicht die Tatsache, dass sie in ihrem Leben bisher keinen Überfluss erlebt hatte und der Anblick von all den Schüsseln und Tellern etwas Unwirkliches besaß.

Irgendwann, so satt, dass ihr Bauch sich anfühlte wie ein aufgeblasener Frosch, legte sie sich wieder neben Nocona.

„Soll ich dir eine Geschichte erzählen?" Sie konnte kaum die Augen aufhalten. Im Halbschlaf hörte sie ihren eigenen Worten zu, ließ sich von den alten Märchen und Sagen beruhigen, die Mutter ihr immer erzählt hatte und die sie nun diesem Jungen erzählte, verlor sich in Erinnerungen und strich ihm immer wieder über das schweißfeuchte Haar. Am liebsten hätte sie für den Rest ihres Lebens nichts anderes getan, als ihn anzusehen. Die barbarischen Wilden, wie man sie nannte, hatten sie umsorgt und getröstet, sie gestreichelt und aufgemuntert. Man vertraute ihr das Leben dieses Jungen an und brachte ihr Unmengen an Speisen. Was taten ihre Leute, wenn sie ein Indianerkind fingen? Je länger sie darüber nachdachte, desto mehr geriet ihre Welt aus dem Gleichgewicht. Alles Vertraute erschien ihr wie ein falscher Traum. Sie grübelte und suchte nach Wahrheiten, bis die Erschöpfung ihren Tribut forderte. Ein dunkler Mantel senkte sich über ihr Bewusstsein, drückte sie tiefer und tiefer in die Finsternis, bis sie an Noconas Seite einschlief.

Die Nacht war bereits tief, als seltsame Klänge sie weckten. Es war das Dröhnen von Trommeln, dunkel, lockend, geheimnisvoll. Nocona! Lebte er noch? Cynthia fuhr hoch und legte beide Hände auf seine Brust. Er atmete. Das Fieber schien zu weichen, der Schlag seines Herzens war kräftiger geworden. Konnte es sein? Kämpfte er sich zu ihr zurück?

Sie schmiegte sich an ihn und lauschte dem fremdartigen Dröhnen. Der Klang war so sonderbar und abenteuerlich, dass Neugier sich in ihr regte. Eine Weile widerstand sie ihr, summte ihr Lied und betrachtete den schlafenden Jungen, doch es währte nicht lange, bis ihre Unruhe zu groß wurde.

„Ich bin gleich wieder bei dir", flüsterte sie. „Versprochen."

Lautlos schlich sie zum Ausgang des Tipis, was kein Kunststück war, wenn man statt Holzpantoffeln nur Leder an den Füßen trug. Ihr Blut fühlte sich an wie Feuer. Es gab Unmengen grausamer Geschichten über das, was nachts in den Lagern der Comanchen geschah. Teuflische Rituale, Tier- und Menschenopfer. Sie fragte sich, ob sie etwas davon zu sehen bekommen würde.

Als sie aus dem Zelt schlüpfte, stand die ältere Frau wie aus dem Nichts aufgetaucht vor ihr. Ihre Augen schwammen in Tränen.

„Es geht ihm besser." Cynthia lächelte, in der Hoffnung, verstanden zu werden. Die Frau legte eine Hand auf den Mund, so wie es Mutter

immer getan hatte, wenn sie sich gefreut oder erschreckt hatte. Flink wie ein Eichhorn huschte sie in das Zelt, während Cynthia unschlüssig zurückblieb. Würde man es dulden, dass sie frei umherlief? Es sah ganz danach aus. In der Mitte des Dorfes brannte ein riesiges Feuer. Dutzende Schatten tanzten im Schein seiner Flammen, schlugen die Trommeln, sangen und speisten. Nirgendwo sah sie etwas, das die Gerüchte bestätigte.

Vorsichtig lief sie los, setzte einen Schritt vor den anderen. Niemand beachtete sie oder versuchte, sie aufzuhalten. Nein, sie war nicht wie Silas, der alles hasste, was anders war. Oder wie die ewig mürrischen Kirchenväter, die schöne Dinge als Sünde betrachteten. Immer, wenn sie am Fluss allein sein wollte, war es nach Meinung des Pastors eine Sünde gewesen. Jedes Mal, wenn sie am Wasser gesessen und nichts getan hatte, außer dem Sonnenuntergang zuzusehen, hatte sie Gottes Unwillen auf sich gezogen.

„Träume nicht, Kind. Nicht Träumer kommen in den Himmel, sondern nur fleißige und rechtschaffene Menschen. Ruhen darfst du am Sonntag, dem Tag des Herrn. Aber da solltest du lieber Ruhe in der Kirche und im Gebet suchen, mein Kind. Nicht da draußen. Weißt du nicht, dass dort die Teufel hausen?"

Ihre in Leder gewickelten Füße wirbelten Staubwolken auf. Was hätte der Pastor wohl zu dem gewaltigen Feuer gesagt, dessen Wärme sie von hier aus bereits spürte? Was zu den dröhnenden Trommeln und dem Trällern der Frauen, die ihre Köpfe in den Nacken warfen und sich wiegten? Was hätte er zu den Männern gesagt, die mit glänzenden, nackten Oberkörpern um die Flammen herumwirbelten, kaum verhüllt von ihren Lendenschurzen? Die Tänzer trugen bunte Perlen, Federn, klimpernde Messingkegel, Pferdeschweife und Stachelschweinborsten. Manche hatten ihre Zöpfe mit schimmerndem Pelz umwickelt, andere trugen das Haar offen, sodass es sie wie ein blau schillernder Heiligenschein umgab, während sie herumwirbelten.

Das Seltsamste aber waren die Klapperschlangen. Jeder Mann hielt ein solches Tier in den Händen, schwang es im Rhythmus der Musik herum, hob es gen Himmel und küsste seine züngelnde Schnauze. Sie erwartete, dass man den Tieren den Kopf abbiss, doch nichts dergleichen geschah.

Allmählich wurde das Dröhnen der Trommeln leiser. Langsam ließen die Tänzer die Schlangen über ihre nassen Körper gleiten, über Gesicht, Brust und Bauch bis hinunter zu den Schenkeln. Cynthias Gesicht glühte. Ihr ganzer Körper glühte. Es war erschreckend und faszinierend zugleich. Träge wippten die Männer mit den Hüften vor und zurück, hielten die Schlangen empor und begannen, sich zu drehen. Schweißtropfen glänzten auf dunkler Haut, Gesichter verzerrten sich in Verzückung. Der

Rhythmus der Trommeln wurde schneller, und mit der sich steigernden Wildheit begannen die Tänzer herumzuwirbeln, drehten sich und zuckten mit ihren Hüften, als wollten sie den johlenden Zuschauern ein schamloses Versprechen geben. Das Lächeln der Männer war wölfisch, und als sie schwer atmend innehielten, um die sich windenden Schlangen an ihren Körpern hinabgleiten zu lassen, verwandelte sich das Singen mancher Frauen in ein Krächzen.

Eine Vorführung des Teufels!, hörte sie im Geiste den Pfaffen schreien, bevor er in Ohnmacht fiel. *Satanische Unzucht! Gotteslästerliches Pack!*

Sie trat noch näher heran. Jeder war vom Rhythmus der Trommeln erfüllt, folgte ihrem Schlag mit versunkenen Bewegungen. Wärme strahlte von den Körpern der Frauen und Kinder ab, und als sie so nahe am Feuer stand, dass die Hitze auf ihrem Gesicht brannte und der Schweiß der Männer in ihre Nase stieg, wurde der Bann der Musik unwiderstehlich. Die Schlangen zischten und rasselten, doch legten sich die Lippen der Tänzer auf ihre Schnauzen, bissen sie nicht zu.

Sprachen sie mit den Tieren? Besaßen sie magische Kräfte? Erregt atmete sie den Geruch der Nacht ein. Die Männer verfielen in Wahnsinn. Sie drehten sich, drehten und drehten sich immer schneller, bis ihre Gestalten im flackernden Licht verschwammen.

Ein letzter dröhnender Schlag … dann verstummte die Musik. Erschöpft fielen die Tänzer in sich zusammen. Sie taten es mit katzenhafter Anmut, stützten sich auf den Knien ab und ließen ihre Oberkörper nach hinten sinken. Die Schlangen ruhten auf ihrer Brust, zischelnd und rasselnd, doch statt zu fliehen, rollten sie sich zutraulich zusammen.

Jemand neben Cynthia lachte lauthals. In dieses Lachen fielen mehrere Stimmen mit ein. Plötzlich begriff sie, dass sie selbst der Grund dafür war: Ihr Mund stand sperrangelweit offen, ihr Körper war starr wie eine Salzsäule. Schockiert warf sie sich herum und stürmte zum Zelt zurück. Alles in ihr war in Aufruhr. Der Anblick dieser zuckenden, schweißglänzenden Leiber verwirrte sie zutiefst, und diese Verwirrung wurde noch schlimmer, als sie neben Nocona in die Knie ging. Seine Mutter erhob sich nach einem kurzen, dankbaren Blick und verschwand mit der Lautlosigkeit eines Schattens.

Cynthia fühlte sich wie ein Blatt im Sturm. Wieder begann sie, das Lied zu singen. Sie sang für Nocona und für sich selbst. Ihre Welt lag in Scherben, und nur in dem Jungen, dessen Leben in ihrer Hand lag, fand sie Trost.

Sara, 2011

Es war wie ein Schlag vor den Kopf. Wie ein lautes, hässliches Geräusch, das einen zusammenfahren lässt, wenn man gerade in einem faszinierenden Buch versunken war. Wie ein Schrei an einem stillen Sommernachmittag.

„Wir sind da, Ma'am. Glauben Sie an die Liebe auf den ersten Blick? Wenn nicht, fahre ich eben noch mal um den Block und komme wieder."

Sara blinzelte in hellen Sonnenschein hinaus. Obwohl sie das hoch aufragende, verglaste Verlagsgebäude vor sich sah und wusste, das der Traum zu Ende war, spürte sie noch immer feuchte Haut und Fell unter ihren Fingern. Die Gerüche des Zeltes lagen in ihrer Nase, Erregung glühte in ihren Adern. Die Verwirrung, die sie erfüllte, war nicht ihre eigene.

Nur zehn Minuten waren vergangen. Wie konnte das sein? Der Traum hatte einen Tag und eine Nacht gedauert, an jede Minute davon erinnerte sie sich. Ihre Konfusion reichte so tief, dass sie nicht auf die Worte des Fahrers einging. Geistesabwesend gab sie ihm das Geld, hörte ihn irgendetwas murmeln und stieg aus.

Lärm, Asphaltgeruch. Surreale Wirklichkeit. Die andere Welt jenseits des Schlafes zog an ihr. Lockend, sehnsuchtsvoll. Sie wollte wieder zurück. Nocona war noch immer dort, wohin er nicht gehörte. Das Foyer des Verlagsgebäudes erschien ihr fremdartig, geradezu unheimlich in seiner gläsernen Riesenhaftigkeit, als wäre sie ein Mensch aus ferner Vergangenheit, den die Moderne überforderte. Über dem Empfangstresen flackerten auf einem kinoleinwandgroßen Fernsehbildschirm die aktuellen Nachrichten. Am liebsten hätte sie sich irgendwo hingelegt und weitergeträumt. Aber das lag außerhalb ihrer Möglichkeiten. Ein langer Arbeitstag wartete darauf, bewältigt zu werden.

„Halb so wild", sprach sie sich Mut zu. „Morgen bist du wieder da, wo du hingehörst."

Makah, 2011

Ein weiterer Tag war mit dem guten Gefühl, alles getan zu haben, was in seiner Macht lag, zu Ende gegangen. Vor Müdigkeit konnte er sich kaum auf Cezis Rücken halten. Um wach zu bleiben, teilte er das dicke, dunkelbraune Winterfell des Hengstes mit den Fingern, malte Zeichen hinein und streckte sich alle paar Minuten. Jeder Knochen im Leib tat ihm weh, aber es war ein Schmerz, der ihm von Dankbarkeit erzählte. Von glücklichen Blicken und der Gewissheit, mehr denn je gebraucht zu werden. In diesem Winter nahm die Arbeit kein Ende. Ein Dutzend Wagenladungen voller Holz hatte er mit drei Helfern an ihre Bestimmungsorte geschleppt und dort fein säuberlich aufgestapelt. Drei vom Schnee beschädigte Dächer waren repariert worden, er hatte als Seelsorger fungiert, Julies Kopfkino angeheizt, zwei Autos zusammengeflickt, einen Hund aus einem ungesicherten Schacht befreit und gefühlte hundert Tonnen Schnee geschaufelt.

Mit jedem Tag wuchs ihm und den anderen Helfern die Arbeit mehr über den Kopf, aber nichts auf dieser Welt hätte ihm mehr Motivation geben können als das Wissen, ein unverzichtbarer Teil im Leben der Reservats-Bewohner zu sein. Welcher Mensch war schon glücklicher als der, der am Morgen aufwachte und den Sinn seines Daseins kannte?

Schneeflocken rieselten aus dem grauen Himmel herab. Kalte Winde fegten ihm die Kristalle ins Gesicht, ließen die Haut taub werden und gaben ihm das Gefühl, seinen Körper zu verlieren. Ein schöner Gedanke. Hätte er keinen Körper mehr, würde er als Geistwesen eine Ewigkeit mit Schlafen verbringen. Anschließend würde er essen, bis es ihm zu den Ohren rauskam, und dann wieder schlafen. Einfach nur schlafen. Aber dieser Zustand hatte noch Zeit. Er würde hierbleiben, solange es möglich war. Und helfen, solange es möglich war.

Makah dachte erneut mit Bedauern an seinen Pick-up, der heute Morgen mit mächtigem Getöse und einer Rauchwolke endgültig in die ewigen Jagdgründe eingegangen war. Sehr zum Leidwesen Isabellas, denn so war eine der dringend benötigten Ladeflächen ausgefallen. Hatte er nicht noch vor Kurzem behauptet, die Karre würde ihn nie im Stich lassen? So viel dazu. Eine weitere Reparatur brachte nichts mehr, also musste ein neuer Wagen gekauft werden. Aber wovon? Der Verkauf der Kunstgegenstände reichte gerade, um die nötigsten Kosten abzudecken und Isabella mit ein paar Tropfen auf zu viele heiße Steine zu unterstützen. Zum Sparen blieb nicht viel übrig, seit er ihr unter die Arme griff.

Vermutlich würde sein Vater postwendend als Poltergeist zurückkehren, wenn er erfuhr, dass Makah von all dem Geld, das er aus Europa mitgebracht hatte, so gut wie nichts mehr besaß. Die letzten Erinnerun-

gen, die er seinen Eltern mitgegeben hatte, waren nicht besonders gut. Er hatte sie zu den Behandlungen genötigt, sie ständig zur Klinik gekarrt und mit seiner Wut traktiert, die sich einzig und allein gegen den Lauf der Dinge richtete. Dabei hatten sie nur ganz in Ruhe sterben wollen. Zu Hause. An der Seite ihres Sohnes. Damals, als er noch gegen den Strom geschwommen war, hatte er weder die Umstände seines Lebens noch das Sterben akzeptieren können. Und schon gar nicht das Schicksal, das durch und durch gute Menschen gnadenlose bestrafte und vernichtete.

Die Schuldgefühle hätten ihn um ein Haar zugrunde gerichtet. Während er mit einer schönen Frau durch die Weltgeschichte gereist war, hatte eine dubiose Erdgasfirma einen Teil des Reservats aufgekauft, um in einem als Fracking bezeichneten Verfahren hochgiftige Chemikalien zwecks Freisetzung des Erdgases in den Boden und damit in das Grundwasser zu pumpen. Natürlich unter strengsten Umweltschutz- und Sicherheitsvorkehrungen, die dummerweise nur auf dem Papier existiert hatten.

Bei seiner Rückkehr war Makah von zwei Wracks empfangen worden, zerfressen vom Krebs. Damit hatten seine Eltern das Schicksal vieler anderer Menschen geteilt, die das Pech hatten, in unmittelbarer Nähe des Fracking-Gebietes zu leben. Zuerst waren die Tiere zugrunde gegangen, an einer an den Haaren herbeigezogenen Infektion mit wissenschaftlich klingendem Namen, wie ein Experte im Namen der Erdgasfirma herausgefunden hatte, und natürlich hatte diese Infektion nichts mit dem Fracking zu tun, das schließlich nach strengsten Umweltschutz-Richtlinien durchgeführt wurde. Ja, gab man auf Nachfrage zu, man würde Serien leichter Erdbeben auslösen, um an das Gas heranzukommen, und nein, es sei in keinerlei Hinsicht gefährlich, sah man einmal von der Tatsache ab, dass einige Beben stark genug waren, Ställe und Schuppen zusammenbrechen zu lassen.

Nach den Tieren waren die Pflanzen eingegangen. Die Erde bebte weiterhin, das Leitungswasser stank nach Methan. Tümpel, gesättigt von Chemikalien, brannten lichterloh, wenn sie mit Feuer in Berührung kamen. Jugendliche, die an den Ufern Lagerfeuer anzündeten, wurden schwer verletzt oder getötet.

Wir werden die Angelegenheit überprüfen, versprachen die Ämter. *Bitte gedulden Sie sich noch etwas. Mit freundlichen Grüßen.*

Nichts war geschehen, nur eine Vertröstung nach der anderen, unklare Zuständigkeiten, Urlaubsabwesenheit der Sachbearbeiter et cetera et cetera. Nach wenigen Monaten, in denen nichts geschah, begannen die Menschen zu sterben. Einer nach dem anderen. Ein geringer Kollateralschaden, verglichen mit dem eingenommenen Profit. Reservatsland war billig zu erwerben. Man umging teure Sicherheitsbestimmungen, ver-

seuchte nach Herzenslust das Land und erfreute sich an der Tatsache, dass kaum ein Hahn danach krähte, was in den Dritte-Welt-Ecken der Vereinigten Staaten geschah. Zumindest nicht, solange für die richtigen Personen Geld floss.

Gekämpft hatten seine Eltern bis zuletzt, und das gegen einen Feind, der schier unbesiegbar war, getröstet und ermutigt von der Überzeugung, dass es nach dem Tod immer weiterging. Heute wusste Makah, dass sie die Behandlungen nur über sich hatten ergehen lassen, um sein Schuldgefühl zu mildern. Sie waren dagegen gewesen, von Anfang an. Aber er hatte ihnen nicht zugehört.

Angefangen hatte sein Weg zur inneren Zufriedenheit erst mit einer waghalsigen Nacht- und Nebelaktion im Dienste der Gerechtigkeit. Unter Einsatz ihres Lebens und mit wütender Entschlossenheit hatten sich Makah und seine Freunde Scott und Andy auf das Gelände der Firma geschlichen und Proben aus dem Verdunstungsbecken entnommen. Ein Dobermann zerfetzte Andys Hose, ein unter Strom gesetzter Zaun ruinierte Scotts Frisur, man schoss auf sie und verfolgte sie quer durchs Land, bis es Makah gelang, die an den Kotflügeln seines Wagens klebenden Jeeps in Lawtons Straßengewirr abzuschütteln. Im Labor wies man schließlich eine Konzentration an Giftstoffen nach, die die erlaubten Werte exorbitant überstieg. Die Erdgasfirma wurde erfolgreich verklagt, der Fall schaffte es bis in die Nachrichten und landete in mehreren Zeitschriften. Es war ein Sieg, der von den Medien schnell vergessen wurde, und doch machte er Scott, Andy und Makah innerhalb des Reservats zu gefeierten Helden. Im Nachhinein forderte das Schicksal einen hohen Preis für den Erfolg. Keine zwei Wochen später starb Scott bei einem Autounfall, nachdem ihn ein nummernschildloser Wagen mit getönten Scheiben blendete und von der Straße drängte. Andy überlebte den Vorfall nur knapp, bügelte sein Glück jedoch ein Jahr später aus, indem er in betrunkenem Zustand versuchte, an Ross' launischstem Zuchtbullen die Wasserbüffel-Hypnose-Szene aus Crocodile Dundee nachzuspielen.

Makah war zum Lachen und zum Weinen zumute. Wie immer, wenn er an seine Zeit mit Scott und Andy zurückdachte. Das Leben besaß einen makabren Humor. Immerhin, nächstes Jahr waren die Schulden abbezahlt. Danach konnte er seine aufgeschobenen Pläne verwirklichen, einen nach dem anderen. Selbst der verreckte Pick-up hatte seine guten Seiten. Cezi war überglücklich, bot der Winter doch nicht viele Gelegenheiten für den Hengst, sich auszutoben.

Zusammen sehnten sie sich die Zeit der Wanderritte herbei. Noch ein, zwei Wochen, wenn das Wetter mitspielte, dann rückte der nächste Termin in greifbare Nähe. Ross zahlte Makah gutes Geld dafür, Touristen hinter sich herzockeln zu lassen, doch in erster Linie bedeutete es für

ihn eins: Freiheit pur. Das weite Land, gut gelaunte Menschen, die seine Geschichten hören wollten, ein gemütliches Lagerfeuer am Abend. Was gab es Schöneres? Wenn er Glück hatte, trudelten schon übermorgen die Termine für das erste Halbjahr ein.

In der Ferne sah er sein Haus auftauchen, an einen Hügel geschmiegt, behütet von zwei Pekannussbäumen, die ihre Äste über das Dach ausstreckten. Nach der Rückkehr in das Reservat hatte er es gebaut, um seine Eltern vom vergifteten Land wegzuholen, doch gesehen hatten sie es nur einmal. Und das auch nur von außen.

„Ein Traum", war die Meinung seiner Mutter gewesen. „Es ist wunderschön."

Sein Vater hatte nicht an liebevoller Nörgelei gespart. „Sag mal, Sohn. Ist das der neueste Krumm-und-Schief-Stil aus der Großstadt?"

Krumm und schief war es tatsächlich. Ein wenig. Andeutungsweise. Aber zur Hölle, er war weder Architekt noch passionierter Hausbauer. Knorrige Zwergeichen säumten den zugefrorenen Bach, der sich neben dem Pferdestall dahinschlängelte. Während er darauf zuritt, zog die Nacht herauf und brachte eisiges, sternloses Grau. Cezi trug ihn durch die winterliche Leere, Frieden berührte Makahs Seele und umgab die Gedanken an Sara mit sehnsuchtsvoller Wärme.

Sie würden sich wiedersehen. Er wusste es. Etwas verband ihn mit dieser Frau, und diese Tatsache würde dafür sorgen, dass sich ihre Wege noch einmal trafen. Vielleicht würde sie morgen im Gemeindehaus anrufen. Oder gar hierherkommen. Und falls sie das tat, was tat er dann? Sein Charme, der ihm früher so manchen Weg geebnet hatte, war zusammen mit der letzten, desaströsen Beziehung gestorben. Besser war es, wenn Sara sich nicht mehr meldete und ihn vergaß. Was vielleicht bereits geschehen war. New York war riesig, turbulent, und voller Menschen, die spannenderer waren als er. Wenn er die Dinge nüchtern und realistisch betrachtete, war eine Beziehung das Letzte, was er gebrauchen konnte.

Makah brachte Cezi in den Stall, füllte Futter und Wasser auf und gönnte dem Tier einige Streicheleinheiten. „Schlaf gut. Morgen wartet wieder eine Menge Arbeit auf uns."

Das Pferd stieß ihn sanft mit dem Maul an, als wollte es ihm vermitteln, dass es sich nichts Schöneres vorstellen konnte. Zu guter Letzt stattete er Sam und Goliath einen Besuch ab, zwei Wallache von Ross' Ranch. Einer weiß wie Schnee, der andere schwarz wie die Nacht. Beide waren zu alt geworden, um Reiter zu tragen, nun verbrachten sie ihren Lebensabend damit, Cezi Gesellschaft zu leisten. In der hintersten Ecke des Stalls schliefen ein paar herrenlose Hunde neben dem aufgehäuften Heu, in Zaum gehalten von Paul. Eines der Tiere, ein riesiges schwarzes Monstrum, fletschte die Zähne und knurrte.

„Benimm dich.“ Er drohte ihm mit erhobenem Zeigefinger. „Sonst schläfst du draußen. Und Paul, du sorgst dafür, dass deine Freunde hübsch brav bleiben.“

Paul brummte bestätigend. Schon halb in Narkose, schlurfte Makah durch den Schnee auf das Haus zu. Inzwischen lag das Zeug knietief. Wenn es nach ihm ginge, hatte er genug Schnee für den Rest seines Lebens gesehen. Die Schönheit der weiß glitzernden Landschaft war ihm schon im Januar gleichgültig gewesen, zumal er seit Wochen keinen einzigen Stern mehr gesehen hatte und den Anblick des mit Licht gesprenkelten Himmels vermisste. Immerhin, dass ihm das Heizmaterial seit einer Woche ausgegangen war, war heute nicht von Bedeutung. Er war viel zu müde, um zu frieren. Inzwischen waren die Fenster des Hauses mit Eisblumen zugewuchert und ließen sich nicht mehr öffnen. Ohnehin ein überflüssiger Akt, denn dank zahlloser Ritzen und Spalten wehte unaufhörlich ein frischer Wind durch das Haus. Sein Plan war, das notdürftig auf die Schnelle hochgezogene Haus so bald wie möglich ordentlich auszustatten, aber dieses Vorhaben musste warten. Zumindest bis nächstes Jahr, wenn er das Geld für vernünftiges Material beisammenhatte.

Probeweise schaltete Makah das Licht ein. Zu seiner Überraschung erhellte sich das Zimmer. Wie nett. Der Strom funktionierte ausnahmsweise. Während er sich einen Tee aufsetzte und die klammen Kleider gegen ein graues Flanellhemd und eine weite, schwarze Hose austauschte – nicht zu vergessen drei dicke Socken übereinander –, kam ihm der Gedanke, dass Sara diese bessere Bretterhütte grauenvoll finden würde. Sie war eine Geschäftsfrau aus New York. Wie musste ihr da diese Kaschemme erscheinen, in der es nicht einmal fließendes Wasser, dafür aber Unmengen an Spinnen gab? Spätestens, wenn er sie hierher einlud, würde sie schreiend davonlaufen. Sei es drum. Eine feine Lady war das Letzte, was er brauchte. Andererseits, so fein konnte sie nicht sein, wenn sie die Sitze seines Wagens nicht moniert hatte. Sara war anders. Gar keine Frage. Trotzdem hatte er schlicht und einfach keine Zeit für eine Beziehung.

Makah zog an seiner Tasse. Vergeblich. Sie war am Tisch festgefroren. Ein zweiter Ruck, und das ramponierte, blau-weiß gepunktete Ding löste sich mit widerspenstigem Knirschen vom Untergrund. Er bröselte etwas getrocknete Minze hinein, dazu ein wenig Kandis, etwas Zitronensaft und zuletzt kochendes Wasser. Süßer, frischer Duft wehte durch die Hütte. Dem Ausklang des Tages stand nichts mehr im Weg. Mit einem Stoßseufzer fiel er auf das Sofa. Staubwolken wirbelten auf, die ausgeleierten Federn quietschten. Eine Dusche wäre dringend nötig gewesen, doch der Brunnen samt Pumpe war hoffnungslos eingefroren, und nach

einem Bad im Schnee stand ihm absolut nicht der Sinn.

Es gab keine Frau, für die es sich lohnte, die Dreckkrusten abzuspachteln, von daher konnte er das Entkeimen getrost auf morgen früh verschieben. Eingewickelt in drei Decken umklammerte er seine Tasse und begutachtete den Bücherstapel, der seit Monaten darauf wartete, abgearbeitet zu werden. Heute war er ungewöhnlich früh zu Hause, eine perfekte Gelegenheit, sich dieser Aufgabe anzunehmen. Während das Pfeifen des Windes im Dach das vor Wochen kaputtgegangene Radio durchaus melodisch ersetzte, nahm er das oberste Buch vom Stapel und schlug es auf. Christopher Ride's *Die Frequenz*.

Drei Seiten schaffte er mit wachem Verstand, die vierte verschwamm vor seinen Augen. Er nickte ein, zuckte hoch und goss sich fast den Tee über das Hemd. Verdammte Müdigkeit. Für das letzte Buch hatte er dank des Umstands, dass ihn bleierne Erschöpfung übermannte, sobald er eine Ruheposition einnahm, ganze vier Wochen gebraucht. Makah stellte die Tasse auf dem Boden ab, wo sie vermutlich wieder festfrieren würde, und versuchte sein Glück mit Seite fünf.

Seite sechs, Seite sieben.

Die Augen fielen ihm zu, das Buch sackte auf seine Brust. Ein zweites Mal kämpfte er sich hoch, las vier Sätze und driftete erneut weg. Diesmal kippte sein Kopf nach hinten. Der Schlaf riss ihn fort. Unwiderstehlich.

Nocona, 1836

Nocona erwachte, weil sein Kopf auf die Brust gesackt war. Verwirrt blinzelte er in den ihn umgebenden Nebel hinaus. Zuerst wusste er nicht, wo er war und was er hier tat. Dann, als es ihm wieder einfiel, stieß er ein wütendes Knurren aus. Schon wieder war er eingeschlafen. Schon wieder hatte er versagt.

Ärgerlich griff er nach der Schale mit dem Kräutersud, trank einige Schlucke und versuchte, munter zu werden. Er ging im Kreis um den Ritualplatz herum, atmete tief durch, stieß seine Stirn gegen den Baumstamm und setzte sich wieder. Das Wetter hatte sich gegen ihn verschworen. Während seine Freunde Icabu und Makamnaya bei Sonnenschein und Wärme ihrer Visionssuche nachgegangen waren, herrschte für ihn nur Nebel. Seine Webdecke richtete kaum etwas gegen die klamme Kälte aus. Nocona fror und schämte sich für diese Schwäche. Visionssuchende versetzten sich in einen Zustand, der Hunger, Durst und Kälte auslöschte, doch er sah sich außerstande, dieses Ziel zu erreichen.

Zwischen vier mit Seilen umspannten Pecannussbäumen saß er auf seinem Bisonfell und beobachtete die Nebelschwaden, kläglich darum bemüht, seine Gedanken zu reinigen. Bunte Stoffe hingen von den Ästen herab. Ein schwarzes Stück für den Norden, ein Rotes für den Süden, ein Gelbes für den Osten und ein Grünes für den Westen. Kein Wind ging, kein Vogel sang. Er schloss die Augen und versuchte, seinen Geist auf Reisen zu schicken. Am Rande des Ritualplatzes hatte man Salbei angepflanzt, dessen Duft sich mit dem Aroma des an den Seilen festgeknüpften Tabaks vereinte und die feuchte Luft schwängerte.

Im Halbschlaf murmelte er Gebete. Wenn ihm wenigstens ein Vogel erschienen wäre, ein Streifenhörnchen oder ein Skunk. Dann hätte er immerhin sein Krafttier gekannt. Aber alles um ihn herum bestand aus schweigender Leere und Trübsal. Langsam kroch die Verzweiflung in ihm hoch. Seit Tagen saß er hier und sah nichts. Keinen Geist, keine Vision.

Nocona atmete tief und regelmäßig und versuchte, seine Sinne beisammenzuhalten. Wie sollte er bei diesem nebelhaften Grau irgendeinen Haltepunkt finden? Noch nie hatte er von einem Krieger gehört, der während seiner Visionssuche gar nichts sah. Das musste ein böses Omen sein. Vielleicht nahte sein Tod und er sah nichts, weil es keine Zukunft für ihn gab.

Kaum war ihm dieser Gedanke gekommen, hörte er etwas. Eine Kinderstimme, die ein Lied sang. Sie schien überall zu sein, schwoll auf und ab, liebkoste ihn aus der Ferne und klang so lieblich, dass jede Wut aus

seinem Herzen wich. Mal war sie ganz nahe, mal glich sie einem weit entfernten Säuseln.

„Ihr gabt mir den Namen Ptesawin. Ich bin hier, um dir etwas zu schenken."

Vor ihm im Nebel tauchte eine kleine Gestalt auf. Es war ein Mädchen mit einem Gesicht so zart wie das eines Zaunkönigs.

„Ptesawin?" Nocona ließ die Decke von seinen Schultern gleiten und richtete sich auf. Jeder Knochen tat ihm vom tagelangen Sitzen weh, doch er kümmerte sich nicht darum. „Du bist es, Heilige Mutter?"

„Das ist nur einer von vielen Namen, die man mir gab."

Das Mädchen kam näher heran. Ihre Haut war die eines weißen Kindes, doch es trug ein Hemd aus hellem Rehleder, wie es die Nunumu nähten, und seine winzigen Füße waren verbunden.

„Meine Stimme bringt dich zurück. Hör ihr zu, Wanderer."

Die Heilige Mutter blieb hinter den aufgespannten Seilen stehen und lächelte. Ihr Haar, das bis zu den Hüften hinabreichte, war gewellt und hellbraun wie der Pelz eines Bisonkalbes.

„Deine Zeit ist noch nicht gekommen. Erst, wenn ich dir das vierte Mal erscheine, will ich dich sterben lassen."

„Warum bist du ein Kind?"

„Es ist nur eine Gestalt, die ich nahm, um dich nicht zu erschrecken."

„Ich kenne das Mädchen." Er blickte in ihre außergewöhnlichen Augen, die die Farbe heiliger Türkissteine besaßen. Der Gestank nach verbrannter Haut kam ihm in den Sinn. Er hörte Feuer prasseln. Heißes Blut floss in pulsierenden Strömen über seine Haut. Verwundete schrien. „Woher kenne ich sie?"

„Du liegst im Sterben, Wanderer, und sie ist in diesen Momenten bei dir. Sie wird immer bei dir sein. Selbst über dieses Leben hinaus."

„Dann ist das ein Traum?"

„Ja. Aber wir haben keine Zeit mehr. Nimm ein Stück vom getrockneten Fleisch aus deinem Beutel und halte es hoch. Ich will dir deinen Schutzgeist bringen. Wenn er kommt, wird er hungrig sein."

„Ich habe kein Fleisch bei mir."

Ptesawin neigte den Kopf und sah dabei aus wie ein kleiner, neugieriger Vogel. „Es ist etwas in deinem Beutel. Hol es heraus."

Er gehorchte. Tatsächlich fanden seine tastenden Finger einen zusammengerollten Streifen trockenes Fleisch. Er hielt seinen Arm hoch, streckte die Hand aus und bot dem Schutzgeist, der kommen würde, seine Gabe an.

„Gut", sagte Ptesawin. „Wenn du wieder bei den Lebenden bist, dann suche nach dem Knochen eines Hähers, nach einem gelben Flussstein, einer Bärenkralle und einem Stück Rinde deines heiligen Baumes."

„Was ist mein heiliger Baum?“

„Du findest ihn weit im Westen hinter dem Gebirge. Er ist so hoch, dass sein Wipfel über die Wolken reicht, und so dick, dass viele Männer nötig wären, um seinen Stamm zu umfassen.“

„Einer der Rotholzbäume?“ Nocona glaubte, sich verhört zu haben. „Das ist mein heiliger Baum?“

Ptesawin nickte. „Suche danach, nimm ein Stück seiner Rinde und trage es mit den anderen Dingen immer bei dir. Ich werde dich jetzt verlassen, Wanderer. Noch zweimal wirst du mich sehen, und wenn du mich das vierte Mal siehst, werde ich kommen, um dich in die andere Welt zu führen. Zurück nach Hause.“

Die Heilige Mutter lächelte ihm noch einmal zu, dann löste sie sich auf. Lautlos und heimlich wie in der Sonne schmelzende Nebelschleier. Zurück blieb eine Leere, die ihm das Herz zusammenschnürte. Der kalte Schatten des Alleinseins drückte auf seine Seele. Nocona wusste, dass er gefangen war in einer Zwischenwelt, die weder im Hier noch im Jetzt lag. Und er wusste, dass er zurückkehren musste.

Über ihm erklang ein hoher Schrei. Ein Schatten stieß aus dem Grau des Himmels herab. Mächtige Schwingen zerteilten den Nebel, ließen reißenden Sturmwind aufbrausen und raubten ihm den Atem. Es war ein Adler. Ein riesenhafter Raubvogel mit ausgestreckten Klauen, dessen scharfe Augen das Fleisch entdeckten. Seine Krallen griffen danach, die Federspitzen gewaltiger Flügel streiften Noconas Gesicht. Wieder und wieder packte der Adler zu, riss tiefe Wunden und zerhackte seinen Arm. Ungeachtet der Qual blieb er vollkommen ruhig, ertrug die Klauen ebenso wie den Schnabel und den reißenden Wind, der ihm den Atem aussaugte.

„Nichts lebt lange“, sang er das Totenlied. „Nur die Erde und die Berge. Nichts lebt ewig, nur die Erde und die Berge. Dieses uralte Wasser, mein Geist zieht darüber hinweg.“

Der Adler hatte das Stück Fleisch verspeist, stieß einen markerschütternden Schrei aus und schwang sich in den Himmel hinauf. Nocona glaubte, schreckliche Wunden vorzufinden, doch als er die Augen öffnete und seine Haut betrachtete, war sie vollkommen unversehrt.

„Kehr zurück“, erklang die Stimme aus dem Nebel. „Du darfst nicht hierbleiben.“

Er verspürte bleierne Müdigkeit, sank zur Seite, rollte sich zusammen und schlief ein … nur um nach Momenten stiller Schwärze wieder zu erwachen. Zunächst glaubte er, noch immer oben auf dem Hügel zwischen den Pecannussbäumen zu sitzen. Doch da war keine Kälte mehr, sondern Wärme. Durchmischt vom Geruch nach Rauch, ungegerbten Pelzen und Bisonfett.

Seine Augen öffneten sich. Er erkannte die aufschlagenden Flammen eines Feuers und das Tipi seiner Familie. Sein Blick streifte jede Kleinigkeit mit ungläubiger Verwunderung. Da waren die roten Malereien, die sein Vater von außen auf die Zeltwände aufgetragen hatte. Auf der Leine, die zwischen den Zeltpfosten aufgespannt war, hingen zwei Paar Beinlinge aus Gabelbockleder und ein großes Stück dunkelblau gefärbter Stoff. Noconas Blick wanderte weiter. Er sah ein Hemd auf dem Lehmboden liegen. Daneben befanden sich ein Knäuel Sehnengarn, ein Haufen aus Stachelschweinborsten und eine Nadel aus Knochen.

Der Krieg ... das Fort am Navasota River ... die Kugel ...

Seine Erinnerung troff vor Blut. Er hatte viele getötet. Dutzende. Ohne etwas dabei zu fühlen. Sein Verstand war ertrunken in einem rauschhaften Wahn, der nur ein Ziel zugelassen hatte: den Sieg.

Er hob den Kopf. An ihn geschmiegt lag ein schlafendes Kind mit langem, goldbraunem Haar, in ein Hemd aus hellem Rehleder gekleidet. Mit beiden Armen hielt es ihn umfangen. Beinahe, als wollte es ihn beschützen. Ptesawins Gestalt. Er sah dem Mädchen beim Schlafen zu. Ihre winzigen Finger krallten sich in eine Strähne seines Haares, während der rosenfarbene Mund sich bewegte, als würde er lautlose Worte formen.

„Pass auf! Hinter dir!“

Ihre Worte wehten als scharfes, hallendes Echo durch seine Erinnerung. Er war gekommen, um den Tod über ihr Volk zu bringen, und sie rettete ihm das Leben. Seine Schuld war beglichen, indem er ihr Geschenk zurückgegeben und sie vor dem Tod durch Oowesicas Axt bewahrt hatte. Doch wie sollte er sich die Tat des Kindes erklären? Was hatte sie dazu gebracht, sich mit dem Feind zu verbünden?

Zart wie ein Rehkitz war das Kind. Eine noch nicht erblühte Knospe, deren Anmut unter der Maske ihrer Jugend hervorschimmerte und große Schönheit versprach. Fest wie eine Klette hing sie an ihm, als hätte sie sich entschieden, ihn für den Rest ihres Lebens nicht mehr loszulassen. Zu gern hätte er sie berührt, doch sein Körper war noch nicht bereit, ihm zu gehorchen. Also lag er einfach da, beobachtete das Kind im Schlaf und hoffte, dass seine Kraft bald zurückkehren würde.

Er musste kurz eingenickt sein, denn als er wieder hochsah, kauerte sie neben ihm. Hellwach starrte sie ihn an. Ihre Augen waren so blau, dass es ihm den Atem raubte. Sie umarmte ihn, küsste seine Wangen und redete ohne Unterlass in der Sprache der Gelben Haare. Die Hände auf seinen Schultern fühlten sich an wie warme Eidechsen. Dann weinte sie plötzlich. Ihr Gesicht vergrub sich in seinen Haaren, ihr Körper zitterte wie Pappellaub im Wind.

Er war einmal mehr bestürzt. Es war gut möglich, dass einer seiner

Pfeile ihren Vater oder ihren Bruder getötet hatte. Dennoch klammerte sie sich an ihn, als wäre er ihre Rettung.

„Was machst du hier?“ flüsterte er. Seine Zunge war so schwer und trocken, als hätte er seit Ewigkeiten nicht mehr gesprochen. „Warum tust du das?“

Das Mädchen starrte ihn an. Stumm und verblüfft. Schnell wie ein Wiesel sprang sie auf und stürmte aus dem Zelt hinaus. Enttäuschung befiel ihn. Ihre plötzliche Abwesenheit hinterließ schale Leere, und als seine Augenlider wieder schwerer wurden, kaum dass sie verschwunden war, befiel ihn der Gedanke, dass allein dieses zarte Wesen ihm die nötige Kraft schenkte, zu den Lebenden zurückzukehren.

Mit der Zufriedenheit eines zu Tode Erschöpften mutmaßte er, dass es keine stärkeren Totems für einen Mann geben konnte als die, die Ptesawin ihm gebracht hatte. Der Rotholzbaum, der Adler. Unsterblichkeit und kämpferische Kraft. Mit diesem Gedanken und einer großen Hoffnung im Herzen lieferte er sich erneut der Dunkelheit aus.

Als er das nächste Mal erwachte, schien die Sonne heiß durch das Leder des Tipis. Reglos lag er da und blinzelte in das goldfarbene Licht hinauf. Staubflocken tanzten umher. Irgendwo in einer dunklen Ecke summte ein Insekt. Als seine Gedanken halbwegs in die Wirklichkeit zurückgekehrt waren, versuchte er erneut, sich aufzurichten. Ihm war, als hätte er Ewigkeiten lang geschlafen. Jeder Muskel seines Körpers schmerzte, doch immerhin gehorchten sie ihm wieder.

Seine Gedanken kreisten zuerst um das Mädchen. Erst dann erinnerte er sich an Tatezi und spürte, wie sein schwereloses Staunen zu einer drückenden Last wurde. Hatte jemand das Herz des Pferdes mitgenommen und es am Fluss begraben? Die Trauer wollte ihn überwältigen, doch er verschloss seinen Geist davor. Vorsichtig betastete er den Verband aus Rehleder, der sich um seine Brust schlang, zupfte daran und fühlte mehrere steife Fäden. Energisch begann er, Streifen für Streifen abzuwickeln. Es fand sich kaum Blut auf dem Leder, lediglich die unterste Lage war von ein paar Flecken verschmutzt. Vorsichtig betastete er das sorgfältig vernähte Schussloch auf seiner Brust. Die Kugel hatte sein Herz nur knapp verfehlt. Ein Fingerbreit weiter links, und er hätte seinen Platz am Feuer der Großen Jäger eingenommen.

Die Haut um die Wunde herum fühlte sich dünn und geschwollen an. Wie eine überreife Frucht. In stoischer Ruhe begann Nocona, einen Faden nach dem anderen herauszuziehen. Das Zwicken der Prozedur trieb ihm Tränen in die Augen, doch zufrieden war er erst, als er den letzten Faden in das Feuer geworfen hatte. Matt wie ein Greis nahm er sich eine der rostbraunen, schwarz gemusterten Webdecken, die in ei-

nem Stapel neben der Feuerstelle lagen, legte sie um seine Schultern und stemmte sich hoch.

Kaum stand er aufrecht, begann sich das Zelt zu drehen. Die bemalten Wände verschwammen zu wabernden Strudeln und zogen sich in die Länge wie frische Sehnen. Blinzelnd hielt er sich an einem Zeltpfosten fest. Wie erbärmlich. Seine Beine zitterten wie die eines neugeborenen Rehs, sein Rücken tat weh und die Hände waren so schwach, dass kaum etwas mit ihnen anzufangen war. Aus reiner Sturheit tat er einen Schritt und fand sich, nachdem ihm ein Herzschlag lang schwarz vor Augen geworden war, auf dem Boden kniend wieder. Beim verrotteten Kojoten, so muss sich der alte Woksapa mit seinen einhundert Wintern fühlen. Nocona stieß einen Fluch aus. So weit würde es noch kommen, dass seine Mutter ihm eine Kürbisflasche zum Wasserlassen brachte oder ihm das Essen kleinschnitt.

Die nächsten Schritte ließen sich glücklicherweise leichter bewältigen. Er hoffte, von niemandem gesehen zu werden, doch kaum hatte er das Kunststück vollbracht, seinen schlotternden Körper aus dem Zelt zu bugsieren, fiel ihm seine Mutter in die Arme.

„Mein Wanderer." Vor Schmerz biss er sich auf die Zunge, als Peta ihn an ihre Brust zog. „Du bist wieder bei uns. Wenn du nur wüsstest, wie viele Tage und Nächte wir um dich gebangt haben."

„Wie viele waren es denn?"

„Drei Tage nach der Schlacht. Nachdem Mahto und das Mädchen wieder gegangen sind, waren es noch einmal sechs Tage. Manchmal warst du wach, sodass ich dir Suppe und Wasser geben konnte. Nicht ein Mal habe ich mich vom Zelt entfernt. Ich war immer bei dir, und wenn ich gegangen bin, dann nur, um hier draußen zu sitzen." Peta wich zurück und beobachtete mit forschendem Blick, wie er die Wunde betastete. „Du hast dir die Fäden selbst hinausgezogen, habe ich recht?"

Nocona spitzte die Lippen, ohne zu antworten.

„Du kannst es mir sagen. Ich kenne dich doch."

Er gab sich mit einem Nicken geschlagen. Seine Zunge fühlte sich an wie eine aufgequollene Froschleiche, ganz zu schweigen von dem widerwärtigen Geschmack, der seinen Mund ausfüllte und an verfaulte Siebenschläfer erinnerte. „Was ist mit dem Mädchen?"

Peta schmunzelte. „Sie ist wieder im Dorf der Wasps. Mahto wäre gern noch geblieben, aber zu viel Arbeit wartete auf ihn. Die Bisonjagd rückt näher."

„Haben er und Huka sie bei sich aufgenommen?"

Peta bückte sich mit der Schnelligkeit einer Schlange, hob einen Stein und warf ihn nach einem Hund, der soeben darin begriffen war, gegen ihre halb fertige Webdecke zu pinkeln. Jaulend gab das Tier Fersengeld.

„Das Mädchen hat dich sehr beeindruckt, nicht wahr?“ Ein verschmitztes Glänzen huschte durch ihre Augen, als sie sich ihm wieder zuwandte. „Kein Wunder, denn euer Blut hat sich vereint.“

Er runzelte die Stirn. „Was meinst du?“

„Die Kugel verletzte sie ebenfalls. Als sie auf dir lag und sich an dich klammerte, vermischte sich euer Blut.“

Nocona war sprachlos. Dieses Band war das engste, das unter Menschen geschlossen werden konnte. Es war magisch, unsterblich und durch nichts zu lösen. Von nun an war das Mädchen seine Blutsschwester. Das Große Mysterium hatte sie vereint bis ans Ende ihrer Tage und über das Leben hinaus.

„Sag schon“, drängelte Peta. „Was denkst du von ihr?“

„Wir sind miteinander vereint.“ Nocona musste die Worte laut aussprechen, um sie zu begreifen. „Im Traum erschien mir Ptesawin in Gestalt des Mädchens. Sie brachte meine Schutzgeister und führte mich zurück zu euch.“

Peta rang die Arme wie zum Gebet. „Dann ist das geschehen, was Huka vorhergesehen hat. Beim Großen Geist, sie wusste, dass nur dieses Kind dich zurückholen konnte. Deine Schwester im Blute.“

Nocona schlang die Arme um seinen Brustkorb. In ihm nagte noch immer das kalte, beklemmende Gefühl des überwundenen Todes. Mehrere Quohadis starrten zu ihm herüber, warteten ungeduldig auf ein einladendes Zeichen, doch Nocona fühlte sich noch nicht bereit für ihre Neugier.

„Hat man Tatezis Herz am Fluss begraben?“, fragte er.

„Ja. Makamnaya brachte es mit und befreite seine Seele.“

„Das ist gut.“ Er verschloss sein Herz vor dem aufklaffenden Schmerz. „Wie ist der neue Name des Mädchens?“

„Sie hat noch keinen. Wenn du nur gesehen hättest, wie sie kämpfte, als Mahto sie fortbringen wollte. Tapfer und wild wie eine Wölfin.“

Nocona lächelte. Wärme floss durch sein Herz und milderte den Verlust seines treuen Freundes. „Ich will ein wenig allein sein. Danke für alles, Mutter.“

Peta nickte, strich ihm über das Haar und deutete zum Fluss hinunter. „Du bist ganz verschwitzt, mein Sohn. Geh und nimm ein Bad. Es wird dir guttun.“

Nocona hielt den Blick ins Leere gerichtet und sah niemanden an. Alles schien sich verändert zu haben. Die Erde, auf der er lief. Der milchig blaue Himmel. Das trockene, unter seinen Füßen knirschende Gras. Glutheißer Wind strich durch die Feigenkakteen, leise kratzten die Fleischschaber, mit denen die Frauen Häute säuberten. Umhertollende

Kinder lärmten. Eine der zahmen Gabelantilopen verpasste einem vorbeilaufenden Hund einen Tritt, sodass das Tier winselnd hinter einen Stapel getrockneten Dungs kroch. All das zeigte Nocona, dass er zurückgekehrt war, und doch war das hier nicht seine Wirklichkeit. Ein Teil seiner Seele saß noch immer unter den Pekannussbäumen der anderen Welt.

Irgendwo in der Nähe gerbte jemand Häute. Der beißende Gestank des dafür verwendeten Mittels aus Schwarzlindensaft, Bisonhirn, Fett und Leber drehte ihm den Magen um. Erst am Flussufer fand er Erlösung vom Gestank der Vergänglichkeit. Hier duftete es nach reifenden Pflaumen, süßen Beeren und Salbei. Die Hitze des Sommers hatte das Wasser blassgrün verfärbt, über das Ufer neigten sich Zwergeichen und Pappeln.

Nocona sank in das Gras, warf die Decke beiseite und ließ flirrende Sonnenhitze über seine Haut kriechen. Er wollte nichts anderes als den Wind in seinem Haar spüren und nach dem zurückgebliebenen Teil seiner Seele forschen, doch die Bilder seines ersten Kampfes schossen unerbittlich ihre Pfeile auf ihn ab.

Das Fort, der Schlamm und der Dreck. Weiße, die auf der enthäuteten Erde dahinvegetierten, freiwillig in finsteren, eckigen Hütten hausten und alles, was sie umgab, mit Wut und Hass behandelten. So viele der mageren, ausgelaugten Gestalten hatte er getötet, als wären es keine lebenden Wesen gewesen, sondern Traumgestalten. Man würde ihren Angriff rächen. Vermutlich im Winter, wenn Ruhe in das Lager eingekehrt war und man traditionell eine Zeit des Friedens beging, auf die die Haarlippen nichts gaben. Oder während der Zeit der Großen Jagd, wenn alle Jäger das Dorf verließen und die Zurückbleibenden schutzlos waren.

Auf den Lidern seiner geschlossenen Augen verwandelte sich das Rot der hindurchscheinenden Sonne in lodernde Feuersbrünste. Der Schuss hatte sich angefühlt wie ein Stock, den ihm Icabu zu fest zwischen die Schulterblätter gestoßen hatte. Seine Sinne zu verlieren war ein schönes Gefühl gewesen. Endgültig, befreiend. Nichts spielte mehr eine Rolle, wenn die andere Welt einen rief.

Nocona öffnete die Augen. Ein Bussard zog über ihm seine Kreise, unberührt vom Lauf der Dinge. Drei Wolken glitten über die Bäume. Kleine, zarte Fetzen, die sich über den Hügeln auflösten, ohne einen Tropfen Regen zu bringen. Allmählich spürte er, wie die Schwere des Schlafes ihn übermannte. Die Erde sog ihn in sich auf. Er versank, wurde leichter und leichter. Konnte endlich vergessen …

„Mein Wanderer!"

Jemand fiel über ihn her wie ein Wirbelsturm. Hände pressten sich auf seine Brust und drückten ihn gegen den Boden.

„Er ist wieder zu uns zurückgekehrt!“

„Kehala!“ Nocona sog die Luft zwischen den Zähnen ein. „Wenn mich die Kugel nicht umbringt, wirst du es schaffen, kleine Schwester.“

„Es tut mir leid. Ich freue mich nur so sehr, dass du wieder bei uns bist.“

Ihre Augen, deren Braun von Goldstaub durchzogen war, leuchteten hell wie die Sterne. Als sie sich über ihn beugte und seine Stirn küsste, strichen zwei schwere, geflochtene Zöpfe über seine Brust.

„Wie geht es dir?“, zwitscherte Kehala. „Tut es noch sehr weh?“

„Nein.“ Nocona sah seine Schwester an, als erblickte er sie zum ersten Mal. Obwohl sie erst zwölf Jahre zählte, erahnte man wie bei dem weißen Mädchen schon die wunderbare Frau, die sie einst sein würde. Eines nicht mehr fernen Tages würde ein Mann viele Pferde für sie hergeben. Er würde mit den Tieren vor ihrem Zelt stehen, Zuzueca in Grund und Boden schmeicheln und Kehala nach dessen Zustimmung in seine mitgebrachte Decke hüllen. Als Zeichen für jene Verbundenheit, die ein ganzes Leben lang andauern würde. Oder es zumindest tun sollte.

„Vater ist auf der Jagd“, plapperte sie. „Aber man hat jemanden losgeschickt, um ihm von deiner Genesung zu erzählen. Wie war es, Bruder? Wie hat es sich angefühlt? Was hast du gesehen, als du nicht bei uns warst?“

Er erzählte ihr von seiner Vision, von Ptesawin und den Geschenken, die sie ihm gebracht hatte, während das Leuchten in Kehalas Augen mit jedem Wort zunahm. Als er endete, stemmte sie sich hoch und drückte beide Hände auf seine Brust. Überrascht vom Schmerz zuckte er unter ihrer Berührung zusammen.

„Oh, es tut mir leid.“ Kehala schlug sich vor die Stirn. „Ich bin so ungeschickt. Als sie dich hergebracht haben, war alles voller Blut. Ich dachte, dass gar nichts mehr in dir drin sein könnte, so viel war es. Aber wenn ich an das denke, was die Krieger über dich erzählt haben, hast du dir deine ersten Federn mehr als verdient.“

„Ich will nichts davon hören.“ Nocona legte einen Finger auf ihre Lippen. „Nichts mehr, hörst du?“

Kehala küsste seine Fingerspitzen, nahm seine Hand und legte sie auf ihre Wange. „Man wird viele Geschichten von dir erzählen. Du wirst ewig leben, Bruder. Niemand von uns hat einen solch starken Kraftbaum wie du. Man sagt, er ist zu stark für einen Sterblichen.“

„Ich muss ein Stück seiner Rinde in meinen Medizinbeutel legen.“

„Aber dieser Baum wächst weit hinter dem Gebirge.“

„Ja. Deswegen muss ich bald auf eine weite Reise gehen.“

„Das wirst du.“ Kehalas Miene wurde feierlich. „Mit mir zusammen.“

„Wie kommst du darauf?“

„Ganz einfach. Weil ich mitkommen werde."

„Das wirst du nicht. Es ist zu gefährlich. Niemand aus unserem Stamm war je so weit im Westen. Wir kennen nur Geschichten und Legenden."

„Siehst du? Das meine ich, Bruder. Es ist ein Abenteuer. Ich will sehen, was noch keiner von uns gesehen hat. Stell dir nur vor. Wir beide unter den Rotholzbäumen. Wir beide am Ufer des uralten Wassers."

„Ja, und wir beide in den Töpfen der Tonkawas. Unter den Krallen eines Bären oder am Galgen der Weißen."

„Dann ist es unser Schicksal und wir nehmen es mit Würde hin."

„Nein!" Nocona setzte seinen finstersten Blick auf. Früher, als Kehala die Größe eines Waschbären besessen hatte, war er damit erfolgreich gewesen. Jetzt war es nur noch ein Akt der Verzweiflung. „Schlag dir das aus deinem Sturkopf."

„Ich will aber mit."

„Frag Vater und Mutter. Sie werden es dir nicht erlauben."

„Das ist mir egal." Kehala fauchte wie ein wütender Luchs. „Ich werde so tun, als würde ich gehorchen. Ich werde dir einen Tagesritt Vorsprung gewähren, und du wirst denken, dass du mich überzeugt hast. Aber dann schleiche ich mich davon und folge dir."

„Du solltest wissen, dass ich dich in diesem Fall zur Strafe in kleine Stücke schneiden und dich an die Kojoten verfüttern werde."

„Du würdest deiner kleinen Schwester nie etwas zuleide tun. Du würdest sie mit deinem Leben verteidigen."

„Bist du sicher?"

„Oh ja. Und jetzt komm. Icabu und Makamnaya warten auf dich."

Nocona wurde auf die Beine gezogen. Ehe er wusste, wie ihm geschah, zerrte ihn Kehala zum Dorf hinüber. Er strafte sie mit bösen Blicken, doch das Mädchen kicherte nur. Was hatte sich der Große Geist nur dabei gedacht, ein solches Geschöpf zu erschaffen, das in gleichem Maße unerträglich wie liebreizend war?

Unter der Krone einer alten Pappel stand ein Zelt, auf dessen Wand eine rote Schildkröte gemalt worden war, umringt von schwarzen Schlangenlinien. Das Zelt von Makamnayas Familie. Nocona rollte mit den Augen, empfand er doch keinerlei Lust darauf, hier und jetzt seinen geschwätzigen Freunden zu begegnen.

„Aus dem Land der Großen Jäger kehrte er ruhmreich zurück."

Der dürre Icabu kam ihm als Erster entgegen, gefolgt vom fetten Makamnaya, dessen in Otterfell gewickelte Zöpfe über seine Brust fielen und erst auf dem gewaltigen Bauch zum Liegen kamen. Die beiden boten einen absonderlichen Anblick. Icabu glich einem drahtigen, spitzgesichtigen Wiesel, das unaufhörlich zappelte und schwatzte. Makamnaya

war ein fetter Grizzly, der die Trägheit des Winterschlafs nie ganz überwand. Etwas tauchte hinter den Jungen auf, zitternd und mit einem Seil um den Hals. Ein halbwüchsiges Fohlen von rauchgrauer Farbe. Tatezis Fohlen. Wortlos starrte er auf das Tier.

„Willkommen zurück, mein Freund." Makamnayas Gesicht glich einem ausgebeulten Riesenkürbis. „Dich kann nichts umbringen. Das sagte ich jedem, der schon dein Begräbnis im Kopf hatte. Und wir haben ein Willkommensgeschenk für dich."

Nocona malte sich aus, Makamnaya und Icabu kopfüber in einen Haufen frischen Bisondung zu stecken.

„Es gehört dir", brummte er. „Ich danke dir, dass du Tatezis Herz begraben hast, aber ich kann dieses Fohlen nicht annehmen. Mein Vater hat es dir geschenkt."

„Ich weiß." Makamnaya gluckste wie ein balzender Truthahn. „Aber sieh mich an. Du kannst dem armen Ding nicht zumuten, dass ich auf ihm reite. Ich brauche etwas Schweres. Die mexikanische Stute meines Großvaters ist tragend. Ich werde ihr Fohlen nehmen. Es dürfte weitaus massiger werden als dieses kleine Knochengestell."

„Ich will es nicht."

„Unsinn." Icabu vollführte eine herrische Geste. „Es gehört zu dir. Also nimm es an. Sonst bekommst du es mit mir zu tun. Außerdem wirst du ein neues Pferd brauchen. Wie willst du sonst jagen? Wie willst du kämpfen und Frauen beeindrucken?"

Nocona kniff ein Auge zusammen. Ihm war völlig klar, was als Nächstes kam.

„Wie ich gehört habe, hast du dir ein ganz besonderes Andenken aus dem Kampf mitgebracht." Icabu züngelte wie eine Schlange. „Ein kleines Blauauge. Und wie ich nicht nur gehört, sondern auch gesehen habe, wehrte sich wie ein Skunk, als man sie dir entreißen wollte. Ein so junges Reh, und es bekommt jetzt schon nicht genug von dir."

„Du keckerst wie ein Eichhorn." Nocona winkte ab. „Such dir jemand anderen, den du piesacken kannst."

„Bestimmt wird sie zu einer schönen Blume", stichelte Icabu seelenruhig weiter. „Aber ich sage dir, wähle lieber eine Frau aus unserem Volk. Sie wärmen dein Bett besser als so ein sprödes Blauauge. Sie wird dir die Augen auskratzen, anstatt dich zu streicheln. Sie wird dir nachts Stechwanzen unter die Decke tun. Sieh dich um, die Mädchen gurren dir hinterher wie verliebte Täubchen. Nimm dir eine von ihnen und vertrau dem Rat deines Freundes."

Nocona warf herausfordernd sein Haar zurück. „Du hältst Honigreden über Frauen? Kümmere dich lieber um dein eigenes Leben. Du bist älter als ich und hast noch nie ein Mädchen in deine Decke gehüllt. Ge-

schweige denn, dass du neben einer gelegen hast."

„Was kann ich dafür, wenn sie jedes Mal schreiend davonlaufen?" Icabu zog eine säuerliche Miene. „Meine Kriegslanze ist ihnen zu gewaltig. Du magst dieses Blauauge, nicht wahr? Sie müsste dich hassen und dir die Augen auskratzen. Stattdessen gebärdete sie sich wie ein wildgewordenes Präriehündchen, als man sie von dir trennen wollte. Vielleicht hat sie ja, während du schliefst, unter deinen Schurz gelugt und etwas gesehen, dass ihr den Verstand vernebelt hat."

Nocona winkte ab und marschierte zu seinem Zelt zurück. Icabus nicht enden wollende Sticheleien verfolgten ihn, doch er kümmerte sich nicht darum. Später, wenn er wieder ganz zu Kräften gekommen war, würde er ihn zu einem Wettkampf herausfordern und ihm zeigen, wer nicht nur mit Worten, sondern auch mit Fäusten umgehen konnte. Jetzt war er zu müde. Schwer wie ein Felsklotz sank er neben dem erloschenen Feuer nieder und rollte sich zusammen.

Ein Blutband … ein weißes Mädchen, das ihm das Leben gerettet hatte. Und dem er das Leben gerettet hatte. Zwei Feinde, auf ewig miteinander verbunden.

Die Dunkelheit des Schlafes kam, kaum dass er die Augen schloss, doch als sein Bewusstsein begann, in angenehme Tiefen zu entschwinden, brach die Hölle auf ihn ein. Jemand schlug das Fell vor dem Eingang zurück und entließ einen Dämon ins Zelt, der unvermittelt zu toben begann. Im letzten Moment brachte sich Nocona mit einem Hechtsprung in Sicherheit, als das Fohlen über die Feuerstelle setzte und den Kessel mitriss. Es prallte gegen die Zeltwand, stürzte, strampelte mit den überlangen Beinen und sprang wieder auf, um wie ein Wirbelwind im Kreis herumzujagen.

„Hoh." Nocona streckte die Arme aus. „Hoh, ganz ruhig."

Panisch rollte das Fohlen die Augen, vollführte einen wilden Sprung, wieherte und katzbuckelte durch das Zelt. Klappernd flogen Petas Töpfe durcheinander. Der dunkelblaue Stoff nebst den Beinlingen wurde von der Schnur gerissen, Schalen und Holzscheite purzelten durch das Zelt. Draußen klang es, als rollten sich Makamnaya und Icabu vor Lachen auf dem Boden, während Peta in höchsten Tönen zu schimpfen begann.

„Wartet nur!", spie Nocona ihnen entgegen. „Eure Hintern werden noch heute Abend mein Messer zu spüren bekommen."

Das Gackern nahm an Lautstärke zu. Ein Fluch, das laute Klatschen von Haut und Haut, und zumindest Icabu suchte den Geräuschen nach zu urteilen sein Heil in der Flucht. Erschrocken vom Knall der Ohrfeige blieb das Fohlen wie angewurzelt stehen.

„Ganz ruhig, kleiner Grauer."

Er tat einen Schritt, ohne dass das Tier vor ihm zurückwich. Endlich

konnte er es berühren. Langsam ging er vor ihm in die Knie, strich über den bebenden Pferdeleib und raunte ihm beruhigende Worte ins Ohr. Er streichelte Hals, Brust und Kruppe, umfasste nacheinander die dünnen Beine und fuhr langsam an ihnen auf und ab. So lange, bis er spürte, wie das Zittern langsam verebbte.

„Siehst du? Alles ist gut. Weißt du was, kleiner Grauer? Der erste Skalp, den ich nehmen werde, gehört dem dürren Wiesel da draußen. Ich werde ihn an deinen Zügel binden, sobald du groß genug bist, ihn zum Gespött aller durch die ganze Prärie zu tragen."

Das Fohlen schmiegte sich an ihn, als hätte es sich in diesem Augenblick in sein Schicksal gefügt. „Wie soll ich dich nennen, kleiner Grauer? Willst du mir deinen Namen sagen?"

Von fern glaubte er, einen Falkenschrei zu hören. Damit war die Entscheidung gefallen.

„Ich nenne dich Cetan. Du wirst mein Falke sein. Wachse schnell, denn wir müssen auf eine lange Suche gehen."

Makah, 2011

Ein gewaltiger Lärm ließ ihn hochschrecken. Desorientiert glaubte Makah, sich noch in dem Zelt zu befinden. Seine Sinne, zurückgeblieben in der anderen Welt, narrten ihn mit dem Geruch nach Pferd und dem Gefühl von Pelz unter den Fingerspitzen, bis die Wirklichkeit alle Kraft aus dem Traum gesaugt hatte. In surrealen Momenten, die beide Dimensionen miteinander verflocht, sah er die Holzwände, den Schrank, den Tisch und den Herd, Bücherstapel und Schränke voller Werkzeug, überlagert vom schwindenden Schatten eines Tipis und dem ursprünglichen Aroma nach Feuerrauch und ungegerbten Fellen.

Makah brauchte lange, um zu begreifen, dass er hier war. In der Gegenwart. Er brauchte zu lange, als es für einen Traum üblich war. Die vom Schneesturm aufgerissene Tür schlug klappernd gegen die Wand. Auf dem Boden lag seine zerbrochene Teetasse. Wieder durchzuckten ihn Bilder wie grelle Splitter im Nebel seines schlaftrunkenen Geistes. Quanahs Gesicht, Saras Gesicht. Naduahs leerer Blick, während sie Topsannah im Arm hielt. Alle drei Antlitze überlagerten sich.

QuanahSaraNaduah.

Stöhnend richtete er sich auf. Alles begann sich zu drehen, die Wirklichkeit wurde zu einer gehirnvernebelnden Illusion. Der Traum saugte an seinem Geist. Oft war es vorgekommen, dass er in schlafendem wie in wachem Zustand von alten Zeiten träumte und sich ausmalte, wie sein Leben zweihundert Jahre früher hätte verlaufen können. Aber das hier war etwas anderes. Es war kraftvoll, lebendig und echt. So echt, dass ihm die Realität blasser erschien als der Traum. Angefangen hatte es nach dem Besuch des Museums. Als er, innerlich und äußerlich wie versteinert, vor den Ausstellungsstücken gestanden hatte.

Als er Sara begegnet war.

Unwirsch schälte er sich aus den Decken, schlurfte zur Tür und schlug sie zu. Schnee bedeckte sein Gesicht, seine Kleidung und den Boden. Die Papierstapel, die er auf dem Regal abgelegt hatte, waren quer im Raum verteilt. Warum war es schon so hell, zum Teufel? Er schob eine der überfälligen Rechnungen beiseite und beäugte die Uhr an der Wand. Unmöglich. Halb neun morgens? Er rieb sich die Augen. An der Wirklichkeit änderte sich nichts. Verflucht, er hatte das Gefühl, höchstens ein paar Minuten geschlafen zu haben. Normalerweise wachte er mehrmals in der Nacht auf, wenn er überhaupt zur Ruhe kam, und jetzt hatte er fast neun Stunden ununterbrochen im Koma gelegen?

Abgefahren!

Eine durchgeschlafene Nacht war beileibe nichts, worüber man sich

beschweren durfte, dummerweise ging der Erholungseffekt dieser Stunden nicht nur gegen null, sondern bewegte sich sogar im tiefsten Minusbereich. Sein Kopf dröhnte, seine Gliedmaßen fühlten sich an wie gerädert. Und das, obwohl er noch keinen Handschlag getan hatte. Zuerst musste er sich waschen, sonst würde Julie trotz aller Zuneigung zu seinem Hintern in Ohnmacht fallen. Dann galt es, das Werkzeug zusammenzusuchen und ... Moment, das Werkzeug stand noch vom Vortag im Stall. Also schon mal eine Aufgabe weniger.

Schlaftrunken trank er ein Glas Cranberrysaft, würgte eine Müslischale, einen Bagel vom Vortag und zwei Snickers-Riegel hinunter, band sich das Haar zusammen und zog sich aus. Nackt trat er in den Sturm hinaus, nahm eine Handvoll Schnee und rieb sich damit ab. Die Kälte spottete jeder Beschreibung. Mit klappernden Zähnen schrubbte und rieb er, bis er sich einigermaßen sauber fühlte, huschte ins Haus und stieß, während er in die Sachen vom Vortrag schlüpfte, ein paar lautstarke Flüche aus. Jeans und Hemd müffelten männlich-markant vor sich hin. Das Zeug würde Julies Schwärmerei auf eine harte Probe stellen. Sei es drum. Er konnte sowieso konzentrierter arbeiten, wenn man gewisse prägnante Körperstellen nicht mit zweideutigen Blicken durchbohrte.

Draußen begann es schon wieder zu schneien. Noch ein, zwei Tage dieselbe Niederschlagsmenge, und er würde sein Haus nicht mehr wiederfinden. Dem Nächsten, der etwas von Klimaerwärmung schwadronierte, würde er etwas von rechten Haken erzählen. Okay, alle Ausgeglichenheit der Welt schützte nicht vor Morgenmuffeligkeit. Vor elf Uhr mittags erreichten ihn keinerlei Weisheiten oder gute Ratschläge. Aber zum Teufel, war es nicht genauso irrsinnig, um fünf Uhr morgens Lieder zu plärren und Bäume auszureißen?

Cezi erwartete ihn bereits mit sichtlicher Ungeduld. Sam und Goliath kauten mit halb geschlossenen Augen Heu, in der Ecke lagen die drei Hunde genau in derselben Pose, wie er sie gestern Abend angetroffen hatte. Nicht mal Paul ließ sich dazu herab, ihm einen Blick zuzuwerfen. Was für ein netter Gedanke, den Winter einfach zu verschlafen. Im nächsten Leben würde er den Antrag stellen, ein Köter zu werden. Oder ein Bär. Egal, Hauptsache, er durfte Winterschlaf halten.

Cezi schnaufte glückselig, als Makah sich in den Sattel zog.

„Stell dich drauf ein." Vom Rücken des Pferdes aus öffnete er die Stalltür. „Das wird wieder ein langer Tag."

Enthusiastisch trabte der Hengst durch den Schnee. Alles schwieg unter einer erstickenden Schicht, als hätte sich die Welt entschlossen, in einem immerwährenden Schlaf zu verharren. Makah ließ sich in die Stille fallen, leerte seinen Geist und lauschte dem Knirschen, das in einer großen Leere widerzuhallen schien. Sanft rieselten die Flocken auf ihn nie-

der. Nebel verwischte die Konturen der kahlen Bäume. Die Stimmung eines verwunschenen, leblosen Zauberreichs, durch das er sich wie ein Geist bewegte. Wie ein Abenteurer auf seiner großen Suche, der in fremde Dimensionen vordringt.

Makahs Gedanken wanderten ziellos umher, versuchten, wirbelnde Bruchstücke zu einem logischen Ganzen zusammenzufügen. Ein Brief, in dem der Sohn um die Gebeine der toten Mutter bittet. Eine abgegriffene Schreibfeder. Ein kleines, weißes Mädchen, dessen Blut sich mit dem seines Feindes vermischt. Es war kein Zufall, dass er auf Sara getroffen war. Eine Absicht lag dahinter. Aber welche? Wie magisch war ihm der Drang erschienen, die Sonderausstellung zu besuchen, gleichgültig ob des riesigen Umwegs, den er hatte fahren müssen. Und ebenso magisch war das Bedürfnis gewesen, sich von Sara fotografieren zu lassen. Er wollte in ihrem Gedächtnis haften bleiben. Spuren in ihrem Leben hinterlassen. Selbst, wenn sie sich nie wiedersahen.

Irgendwann, als er bereits glaubte, das Haus der Witwe sehen zu können, tauchte ein dunkler Schatten keine fünfzig Meter neben ihm auf. Cezi verharrte, noch ehe Makah an den Zügeln zog. Ein Wagen zockelte über die notdürftig geräumte Straße, die von Lawton ins Reservat führte. Es sah ganz nach einem Taxi aus. Niemand der hier lebenden Menschen konnte sich ein Taxi leisten. War es die Frau aus dem Museum? Paralysiert sah er dem Wagen hinterher. Dieses Lied, das das Mädchen in seinem Traum gesungen hatte … die Worte des Geistwesens …

Du liegst im Sterben, Wanderer. Sie ist in diesen Momenten bei dir. Sie wird immer bei dir sein. Selbst über dieses Leben hinaus.

Das goldbraune Haar des Kindes, seine türkisfarbenen Augen. Es hätte Sara sein können. Sara als kleines Mädchen. In ihm regte sich etwas Seltsames. War es wirklich nur ein Traum gewesen? Jedes einzelne Zelt des Dorfes war ihm so vertraut, selbst jetzt, da er in die Wirklichkeit zurückgekehrt war. Er kannte die beiden Jungs, die ihn erwartet hatten, er kannte Kehala und den Fluss. An seiner Biegung stand das Zelt der Medizinfrau. Daneben graste ihre weiße Stute. Abseits des Dorfes gab es eine aufgewühlte Fläche, auf der man Lacrosse spielte, und dort, wo die Walnussbäume sich an das Wasser drängten, hatten Bienen ihre Nester in die Äste gebaut. Durch das Heulen des Windes hörte Makah helles Geklimper. Messingkegel, an Beinlingen befestigt, die bei jedem Schritt sangen. Dazwischen hohl klingende, melodische Geräusche. Zusammengebundene, über dem Zelteingang aufgehängte Rehhufe.

Kaum lauschte er bewusst nach diesen Geräuschen und versuchte, sie mit dem Verstand zu begreifen, verschwanden sie aus seiner Wahrnehmung. Instinktiv tastete er über seine Brust. Ein stechender Schmerz durchfuhr ihn. Wie von einer frischen Narbe. Doch als er Jacke und

Hemd aufknöpfte, war natürlich nur unversehrte Haut zu sehen. Sonst nichts. Kein Mal, kein Zeichen.

Atemlos blickte er auf und musste erkennen, dass der Schnee den Wagen längst verschluckt hatte.

Sara, 2011

Die Art, wie der Mann auf dem Rücken des Tieres saß. Selbstvergessen wie eine Illusion aus fernen Zeiten. Sara hätte schwören können, dass es Makah war. Seine Gestalt verschwand im Vorhang des fallenden Schnees wie ein Traumgebilde und ihre Frage, ob er es wirklich war, blieb unbeantwortet. Erschüttert sank sie zurück in den Sitz. Seine schlanke Gestalt, sein wehendes Haar. Schnee, der darin glitzerte.

„Déjà-vu", flüsterte sie und presste die Reisetasche an ihre Brust, als wäre sie ein Haltepunkt in einer davontreibenden Realität. Vor ihr tauchten die ersten Häuser des Reservats auf, gezeichnet vom allgegenwärtigen Geldmangel. Es war ein Anblick, der Sara nach all ihren Reisen vertraut war. Inzwischen empfand sie keine Wut mehr und keine wilde Empörung, nur etwas, das sich anfühlte wie stille, schicksalsergebende Akzeptanz, sofern man himmelschreiende Ungerechtigkeit jemals akzeptieren konnte.

Ohrenbetäubendes Geknatter schreckte sie auf. Ein grauhaariger Mann auf einem Moped raste vorbei. Auf dem Rücken seiner Lederjacke entzifferte sie die Worte: *Wenn ihr das lesen könnt, ist meine Frau runtergefallen.*

Sara grinste. Elend und Humor waren Freunde, die einander treu ergeben waren. Vor einem blau gestrichenen, zweistöckigen Holzhaus mit großzügiger Veranda brachte der Fahrer den Wagen zum Stehen. Ihm fiel vor Begeisterung die Kinnlade nach unten, als Sara ihm ein üppiges Trinkgeld zugedachte. Er murmelte eine Salve an Komplimenten und höflichen Floskeln, öffnete ihr die Tür, nahm Tasche und Koffer und schleppte beides zur Veranda.

Gemeindehaus stand auf einem windschiefen Schild neben der Tür.

„Schaffen Sie es mit heiler Haut zurück?" Sara fühlte sich nicht wohl bei dem Gedanken, ihm die weite Fahrt bei einem solchen Wetter zugemutet zu haben. Noch dazu wurde der Schneefall zunehmend dichter. Aber dieser Kerl hatte so energisch darauf bestanden, sie heute noch abzuliefern, als wäre jedes Warten auf bessere Witterung ein Angriff auf seine Männlichkeit. „Ich bezahle Ihnen ein Zimmer. Dann können Sie morgen früh fahren."

„Kein Problem, Ma'am. Hab schon ganz andere Katastrophen mitgemacht. Machen Sie's gut."

Der Lebensmüde setzte sich ins Taxi und brauste davon, als wären meterhohe Schneewehen nicht von Bedeutung.

Nervosität schnürte ihre Kehle zu. Wie lange würde sie diesmal brauchen, um das Vertrauen der Bewohner zu erlangen? Sie hatte eine Menge Erfahrungen gesammelt, doch die Unsicherheit, verbunden mit dem

Eindringen in eine Welt, in der man sie nicht wollte, hielt sich hartnäckig. Durch die Scheiben des Gemeindehauses fiel heimeliges Licht. Drei alte Frauen standen an einem Sperrholz-Tresen und füllten Formulare aus.

Sara trat ein. Ehe es ihr gelang, die vom Sturm geschüttelte Tür wieder zu schließen, war der Holzboden von einer Schicht Schnee bedeckt. Finstere Blicke fixierten sie. Na wunderbar. Schwierigkeitsgrad fünf, wie es aussah. Wobei sechs die schlechteste Note darstellte. Was soll's, sie war schon über höhere Mauern der Ablehnung geklettert. Dennoch war es diesmal etwas anderes. Sie hatte ein Ziel vor Augen, von dem ihr Seelenheil abhing, auch wenn das völlig idiotisch klang.

„Entschuldigen Sie bitte. Ich würde gern mit jemandem namens Isabella sprechen. Ist sie hier?"

„Dann musst du mit mir reden."

Erwartungsgemäß wurde ihre Frage von der Frau hinter dem Tresen beantwortet. Sie war groß und hatte die Grenze zur Magerkeit auf erschreckende Weise überschritten. Ihre nussbraunen Augen mussten einmal sehr schön gewesen sein, jetzt waren sie umschattet von Ringen, lagen in tiefen Höhlen und hatten jeden Glanz verloren. Auf gewisse Weise war diese Frau dennoch hübsch. Ihr stolzes Raubvogelgesicht und das hüftlange, dichte Haar milderten die Ausgezehrtheit ihres Körpers und erzählten von verlorener Schönheit.

„Was willst du hier?", fragte Isabella, ohne sich mit unnötigen Dingen wie Höflichkeit aufzuhalten. „Warum willst du mich sprechen?"

„Es geht um Makah." Sara lief es eiskalt den Rücken hinunter. Sie hatte einiges erwartet, doch die abrupte Verfinsterung im Gesicht ihres Gegenübers war geradezu spektakulär. Irgendwo schnaufte jemand abfällig. „Können Sie mir weiterhelfen? Wo finde ich ihn?"

„Nirgendwo." Das Wort klang wie das Zuschnappen einer Klapperschlange. Und schlangenhaft war auch Isabellas Blick. „Er ist unterwegs und kommt so schnell nicht zurück. Worum geht es?"

Sara seufzte. Wie umschiffte sie die Felsen des Misstrauens? Am besten mit der Wahrheit. „Es geht um die Fotos, die ich von ihm gemacht habe. Ich muss ihm einige Fragen dazu stellen."

„Das soll wohl ein Scherz sein."

Isabella stützte ihre Ellbogen auf den Tresen. Jetzt war sie keine Klapperschlange mehr, sondern ein Raubvogel, der sich über seine frisch geschlagene Beute kauert. Die drei alten Frauen gafften mit arglistig funkelnden Augen. *Verschwinde*, drückten sie ohne Worte aus. *Wir wollen dich hier nicht.*

„Er würde sich niemals fotografieren lassen", zischte Isabella. „Also mach, dass du wegkommst. Makah hat keinerlei Interesse an Frauen wie dir."

Sie unterdrückte einen Seufzer. Wenn man es genau betrachtete, war Isabellas Abneigung alles andere als an den Haaren herbeigezogen. Eine Menge weißer Touristinnen kamen in dieses Land, um nach einer exotischen Liebschaft zu suchen und ihre Sehnsucht nach wilder Romantik zu befriedigen. Oder, um es knapper auszudrücken, mit einem Indianer ins Bett zu steigen. Das Saatkorn einer neuen, erbitterten Feindschaft.

„Es ist nicht so, wie Sie denken." Sara ließ ihre Stimme reumütig klingen und senkte den Blick, um ihrem Gegenüber Respekt zu zollen. Körpersprache war manchmal effektiver als Worte. „Ich komme wegen einer geschäftlichen Angelegenheit. Sehen Sie, ich arbeite für einen Verlag mit Sitz in New York, und Makah willigte ein, mich bei einem Projekt zu unterstützen."

„Unsinn." Isabella schaltete auf stur. Ruppig riss sie einer der Frauen das Formular aus der Hand, die erschrocken blinzelte. „Wenn es so wäre, wüsste ich davon. Abgesehen davon ist Makah der Letzte, der sich ablichten lassen würde. Geschweige denn, dass er eine arrogante New Yorkerin unterstützt. Verschwinde, bevor ich dich rauswerfen lasse."

Sara presste die Lippen zusammen. Die auf ihrer Zunge brennende Erwiderung entbehrte jeder Höflichkeit und kämpfte darum, hinausgelassen zu werden. Sie könnte der Frau die Fotos zeigen, die bewiesen, dass Makah sich sehr wohl hatte ablichten lassen, doch sie wusste, dass es nichts bringen würde. So kam sie nicht weiter. „Es tut mir leid, Sie gestört zu haben. Da ich heute keinen Flieger mehr bekomme, könnten Sie mir zumindest ein Hotel empfehlen?"

Isabella schnaufte. „Hotel? Hier gibt es kein Hotel. Frag nebenan. Da bekommst du vielleicht ein Klappbett. Mit etwas Glück sind die Kakerlaken kleiner als ein Pitbull-Terrier."

„Vielen Dank." Sara nahm Tasche und Koffer, lächelte galant und suchte das Weite. Sie war nicht so weit gekommen, weil sie niederen Gefühlen die Zügel überließ, sondern weil Vernunft ihr Leben regierte. Kam Zeit, kam Rat. Aus Erfahrung wusste sie, dass jede ablehnende Haltung irgendwo ihr Gegenstück fand. Und diesmal musste sie nicht lange nach diesem Gegenstück suchen. Als sie das ockergelb gestrichene Haus neben dem Gemeindegebäude betrat, empfing sie das Lächeln einer alten, geradezu absurd dickleibigen Frau.

„Wie kann ich Ihnen helfen, Liebes?"

Na bitte. Hier schien sie jemanden vor sich zu haben, der ihr nicht in den Hintern treten würde, nur weil sie als Weißbrot zur Welt gekommen war. „Guten Tag. Haben Sie vielleicht ein Zimmer frei?"

„Aber natürlich."

Das Kinn der Frau bebte wie eine dreischichtige Götterspeise. Sie trug ein grünes, mit weißen Blüten gesprenkeltes Wollkleid, was ihr das Aus-

sehen eines kugelrunden Apfelbaums gab. Ihr silbergraues Haar war zu einem Zopf geflochten, und sie besaß Finger so dick wie Würste.

„Ich habe noch nie erlebt, dass wir ausgebucht waren. Uns besuchen höchstens Klugscheißer, die aus Geschäftsgründen kommen, und die wollen selten in so einer Kaschemme übernachten."

„Wer schläft dann hier?"

„Meistens Verwandte oder Freunde der Reservatsbewohner. Ich nehme an, Sie wollen ein Einzelzimmer?"

„Ja, bitte."

„Was führt Sie bei so einem Sauwetter hierher?"

Sara setzte ihr schönstes Lächeln auf. Indem sie über dem Tresen zusammensank, gestand sie sich und ihrem Gegenüber ein, wie dringend sie ein Zimmer brauchte. „Geschäftliche Absichten. Aber eigentlich … nein, nicht direkt. Ich suche jemanden." Oh je, sie hatte sich verhaspelt. „Genauer gesagt, suche ich jemanden mit Namen Makah. Er gab mir die Adresse des Gemeindehauses, aber dort empfingen mich nur ein paar bissige Stuten."

„Ich verstehe." Die Frau konnte sich den Rest offenbar zusammenreimen. „Sehen Sie es ihnen nach. Die Ladys hier sind eifersüchtig auf jede Weiße, die in unsere Welt stolpert. Insbesondere, wenn sie sich für den begehrtesten Junggesellen weit und breit interessiert."

„Nein!" Sara wedelte energisch mit der Hand. „Ich bin nicht hier, um mir einen Mann unter den Nagel zu reißen. Ehrlich nicht. Ich …" Wie sollte sie es formulieren? Sie war hier wegen eines ominösen Instinkts. Sie war hier, weil Makah irgendetwas Metaphysisches in ihr ausgelöst hatte. Weil sie einfach hier sein wollte. „Es ist schwer zu erklären. Wir trafen uns in Quanah in einem Museum. Während unseres Gespräches wurden einige Fragen aufgeworfen, die ich unbedingt klären muss. Und das kann ich nur mit Makahs Hilfe."

„Verstehe." Die Frau schien ihr nicht zu glauben. Trotzdem lag nichts Negatives in ihrem Blick. „Momentan weiß ich nur, dass er ein Dach repariert. Der Schnee hat viel kaputt gemacht. Sobald ich etwas von ihm höre, gebe ich Ihnen Bescheid. Wie lange haben Sie Zeit?"

„So viel wie nötig."

„Gut. Die werden Sie auch brauchen. Mein Name ist übrigens Anna."

„Ich heiße Sara. Und vielen Dank. Ich dachte schon, ich müsste unter einem Baum nächtigen."

„Keine Ursache. Hier, Ihr Schlüssel. Zimmer Nummer vier ist das Netteste, das ich Ihnen anbieten kann. Um Verpflegung müssen Sie sich selbst kümmern, aber keine hundert Meter Luftlinie von hier gibt es einen kleinen Lebensmittelladen. Ich hoffe, Sie haben sich ein paar Bücher mitgebracht. Hier steppt nicht gerade der Bär."

Diese gute Seele hatte ja keine Ahnung, wie sehr sie genau das brauchte. Ein Plätzchen am Ende der Welt, das sich keiner Sensation rühmen konnte, außer himmlischer Ruhe. Mit neuem Enthusiasmus schnappte sich Sara ihr Gepäck. „Kein Problem. Ich werde sowieso erst mal drei Tage durchschlafen."

„Nun", scherzte Anna, „da haben Sie sich das richtige Nest ausgesucht. Laut wird's hier nicht, es sei denn, jemand tritt auf einen Präriehund."

Sara grinste. Als sie die knarzende Treppe zu den Zimmern hinaufstieg, fühlten sich ihre Beine wie Felsbrocken an. Vielleicht sollte sie sich besser an einen Tropf und einen Katheter anschließen lassen, um aus den drei Tagen drei Wochen zu machen. Ihr Handy besaß keinen Empfang, ihr Laptop lag zu Hause. Perfekte Voraussetzungen. Im Zimmer Nummer vier erwartete sie eine weitere positive Überraschung. Es war nicht nobel, nicht mal im Ansatz, aber liebevoll gestaltet. Das Bett sah gemütlich aus, die Decke und das Kissen dufteten nach Weichspüler und strahlten in ungetrübtem Weiß. Es gab einen alten Polstersessel, einen noch älteren Fernseher, bei dem man die Sender offenbar mit einem Rädchen einstellte, einen runden Tisch und einen wackeligen Schrank. Sonst nichts. Dafür bot das Fenster einen wunderbaren Ausblick auf verschneite Wiesen, Gatter und Weiden. Kahle Bäume neigten sich im Wind. Glitzernde Schneewolken stoben durch wohltuende Trostlosigkeit. Sara genoss die Stille, die in ihren Ohren summte. Sie genoss den Geruch von Holz und Weichspüler, das weite Land, das sich draußen vor dem Fenster erstreckte, und vor allem das Gefühl der auf sie einströmenden Ruhe. Dieser Flecken Erde war voller Geheimnisse.

Geheimnisse, die sie lösen würde.

Eine herrlich ausgeleierte Matratze fing Sara auf, als sie sich auf das Bett fallen ließ. Ob sie wieder von dem Mädchen träumen würde? Und von Nocona? Während ihres Fluges war sie ein paar Mal eingenickt, ohne etwas gesehen zu haben. Vielleicht würde sie jetzt, da sie die nötige Ruhe fand, endlich zurückkehren können. Ihre Sehnsucht nach den Träumen war ebenso stark wie der Drang, Makah wiederzusehen. Den geheimnisvollen Fremden, der ihre Gefühle in Rekordgeschwindigkeit auf den Kopf gestellt hatte.

Irgendwo im Haus gluckerte eine Kaffeemaschine, Saras Gedanken begannen zu schweben. Langsam sank ihr Körper in die Matratze, immer tiefer, bis sie umhüllt wurde von warmer Dunkelheit. Der Schlaf kam, und mit ihm ein nach Salbei duftender Wind.

Naduah, 1843

Barfuß lief Naduah durch das Gras. Ihre Muskeln bebten vor Genuss. Sie streckten und dehnten sich, zitterten, wenn sie übermütige Sprünge vollführte, über stachelige Mesquitsträucher sprang oder Felsen erklomm, mühelos wie ein Eichhorn, und dachten nicht entferntesten daran, zu ermüden.

Das neue Winterlager hätte schöner nicht sein können. Sie waren den Spuren einer gewaltigen Bisonherde gefolgt, so weit, bis nicht nur die Tiere, sondern auch die Instinkte ihnen gesagt hatten, dass dies der perfekte Ort war. Das Lager schmiegte sich an das Ufer des Flusses und war umgeben von Wäldern aus Wacholder, Zwergeichen und Pappeln. In diesen Hainen wuchsen wilder Wein, Pflaumenbäume und Beerensträucher, die sich noch immer vor Früchten bogen und ihre Schätze mit einer überschäumenden Lust an der Üppigkeit verschenkten. Überragt wurde das Lager von einem Tafelberg, der mittags golden, nachmittags ockerfarben und im Licht des Sonnenuntergangs blutrot leuchtete. Ganz besonders liebte Naduah die verborgene Stelle, an der sich das Wasser eines Nebenstromes staute und aussah wie grünes Glas. Ihr geheimer Tümpel. Er wurde an einer Seite geschützt von Felsen und war auf zwei weiteren von weißen Kalkterrassen umrahmt. Es war ihr Refugium. Ihr heiliger Ort. Um zu zeigen, dass er ihr gehörte, hatte sie oben auf den Felsen aus weißen Steinen das heilige Medizinrad gelegt und die Symbole ihrer Familie hinzugefügt. Die meisten Jungen störten sich nicht an solchen Dingen, doch sie fand es gut und richtig, ihren geheimen Ort zu markieren. Jeder respektlose Halbwüchsige, der es wagte, ihre Zuflucht zu entweihen, würde ihren Zorn zu spüren bekommen. Sich verteidigen konnte sie, das wussten inzwischen alle Jungen, auch wenn sie so manche Zahnlücke und gebrochene Nase davontragen mussten, ehe sie ihr Respekt zollten.

Sie rannte durch Wiesen aus violetten, gelben und blauen Herbstblumen, streckte die Arme aus und sog den Rausch des Lebens ein. Vor ihr tauchte der Abgrund auf. Sie riss sich das Kleid vom Leib, stieß sich vom Felsen ab und sprang. Mit lautem Platschen tauchte sie in das Wasser ein, ließ sich tiefer sinken, bis ihre Zehen die Kieselsteine des Grundes berührten. Kraftvoll stieß sie sich ab, schwamm wieder hinauf und durchbrach prustend die Oberfläche. Die Kälte raubte ihr den Atem. Nirgendwo sonst war das Wasser so kalt und klar, denn ganz in der Nähe gaben die Tiefen der Erde eine Quelle frei, die den Tümpel füllte.

Allmählich ließ die Kälte nach. Ihre steifen Muskeln wurden wieder geschmeidig, ihr Herz beruhigte sich. Sie ließ sich auf dem Rücken treiben und spürte einen Nachhall ihres alten Lebens, in dem sie den Namen

Cynthia getragen hatte. Es waren ungeliebte Erinnerungen, und doch waren sie allgegenwärtig wie ihr Schatten. Dieses Dasein, das in weite Ferne gerückt war, wurde durchdrungen von einem Übelkeit erregenden Schrecken. Manchmal sprach sie ein Gebet für ihre Mutter und für John, doch war es keines der weißen Gebete. Sie sprach und dachte in der Sprache der Nunumu. Seit Jahren hatte sie kein einziges altes Wort mehr auf ihrer Zunge gespürt. Nur im Traum kehrte die Sprache ihres früheren Lebens zurück.

„Unter den Tisch … ich sagte, unter den Tisch … räudige Ratten … ihr bekommt meine Familie nicht."

Naduah trieb mit ausgebreiteten Armen dahin und sah in den weiten Himmel. Hier und nirgendwo anders war ihre wahre Heimat. Man bestrafte sie nicht, wenn sie umherstreifte anstatt zu arbeiten. Sie ging, wann sie wollte und sie kam wieder, wenn ihr danach war. Dank Mahtos Unterricht besaß sie nicht nur Geschick im Umgang mit Pfeil und Bogen, sie hatte auch die Kunst des Steinewerfens perfektioniert und damit so manchen frechen Halbstarken Respekt gelehrt. Sie konnte nähen, weben und eine Antilopenhaut in ein samtweiches Kleidungsstück verwandeln, dem weder Sonne noch Wasser schadete und das viele Jahre lang so schön blieb wie am ersten Tag.

Während all der Jahre war sie zu einem neuen Menschen geworden. Sie war jetzt sechzehn, zu einer Frau herangereift und fürchtete sich vor nichts. Sie war geschickt, klug und niemals um eine einfallsreiche Bemerkung verlegen. Es gab nichts mehr, das sie mit dem schwachen Mädchen namens Cynthia verband.

Die Sonne stand senkrecht am Himmel, als sie das Bad beendete. Naduah erklomm die Kalkterrassen und legte sich in eines der flachen Becken, die durch den Regen mit warmem Wasser gefüllt waren. Ihr Körper entspannte, ihre Sinne blieben wachsam. Seit sie im vergangenen Winter zu einer Frau geworden war, ließ Naduah beim Baden Vorsicht walten. Scham war ein Gefühl aus ihrem alten Leben, das sie nie ganz hinter sich lassen konnte. Ihre Freundinnen zogen sie deshalb auf, doch der Gedanke, von einem Jungen nackt am Fluss überrascht zu werden, war nach wie vor unangenehm.

Wasser kitzelte ihren Bauch, die hoch stehende Sonne narrte die Natur mit der Wärme eines längst gestorbenen Hochsommers. Mond der fallenden Blätter nannte man diesen Monat in ihrem Volk. In der alten Welt hieß er einfach nur Oktober. Schon darin erkannte man, so fand Naduah, wie anders die beiden Leben waren.

Ihr Herz wurde schwer und leicht zugleich, als sie an den gestrigen Tag dachte. Ihr Körper bebte vor Sehnsucht, füllte sich mit einer ziehenden Leere, die noch schlimmer wurde, als sie spürte, wie der Wind ihre von

der Kälte steif gewordenen Brustwarzen berührte. In Gedanken reiste sie erneut zurück zu jenem Moment, da sie Nocona inmitten der Kriegerschar erblickt hatte.

Die Nachmittagssonne brannte. Kein Windhauch ging, als die Krieger sich dem Dorf näherten. Fünfundzwanzig Quohadis, die gekommen waren, um mit den Wasps die Große Jagd zu begehen. Sie schnitt mit Huka Fleisch und Rüben klein, als die Kriegergruppe über die Hügel auf sie zugeritten kam. Das Herz schlug bis zum Hals, denn sie hoffte, Nocona wäre unter ihnen. Vier Jahre hatte er mit seinem Vater die südlichen Wälder bereist, um zu lernen, was einen perfekten Jäger ausmachte. So lange Zeit, in der sie ihn nicht gesehen hatte. Plötzlich erschien es ihr, als wären ganze Leben verstrichen. Sie fragte sich, ob er sich wohl sehr verändert hatte. Der Eintopf war vergessen. Stocksteif blickte sie den Kriegern entgegen.

Adlerfedern und Fächer aus Stachelschweinborsten schmückten die Haare der Krieger, Fransen und Messingkegel ihre Beinlinge und Mokassins. Sie sah vier Meter lange, mit Otterfell und Federn bestückte Lanzen, prachtvolle Köcher aus Wolfspelz, deren Riemen sich um nackte Oberkörper schlangen, bunt bemalte Pfeile und hell blinkende Silberplättchen, die Brustharnische und Zöpfe zierten.

Die erste Gruppe zog vorbei, ohne dass sie Nocona unter ihnen ausmachen konnte. Die zweite ebenso. Dann bildete eine Schar aus fünf Kriegern das Ende der Prozession.

„Da ist dein Wanderer“, flüsterte Huka. „Sieh nur, was für ein Mann er geworden ist.“

Sie vergaß zu atmen. Der Junge … der Mann, mit dessen Blut sich das ihre vereint hatte. Ihr wurde schwindelig und sonderbar zumute. Pulsierende Hitze kroch durch ihren Körper, als hätte sie zu lange in der heißen Sonne gelegen. Inmitten der Kriegerschar erschien ihr der Wanderer wie ein Wolf unter Kojoten. Wie ein Adler unter Finken. Noconas Gesicht war reglos, als er an ihr vorbeiritt, doch sie nahm es ihm nicht übel, denn sie sah, dass seine Gedanken in weiter Ferne weilten.

In den letzten vier Jahren hatte er alles Jungenhafte hinter sich gelassen. Während die meisten der Krieger von eher kleinem Wuchs waren, mit kurzen, sehnigen Gliedmaßen und den für Nunumu typischen, runden Gesichtern, erkannte man in Noconas Gestalt das Blut seiner texanischen Großmutter. Seine Größe war für weiße Maßstäbe nicht beachtlich, wohl aber für die des Stammes, sodass er jeden anderen Mann um mindestens einen halben Kopf überragte. Das Gesicht mit der hauchfein gebogenen Nase war schmal und vornehm, voll stolzer Würde, und seine Haut glich dem goldbraunen Honig, den man nur in den Bienennestern

unterhalb des Tafelbergs fand.

Skorpione krabbelten in ihren Eingeweiden. Der Anblick dieses Mannes machte ihr Angst. Würde er vergessen, was sie miteinander verband, wenn zahllose Frauen darum buhlten, von ihm erwählt zu werden?

Jetzt, da er ihr immer näher kam, sahen ihre Augen weitere Details. Die Querstreifen auf seinem Lendenschurz erzählten von einem Dutzend errungener Coups, aufgemalte Handabdrücke und Hagelstürme bedeckten die Kruppe seines Hengstes und zeichneten ihn als tapferen Krieger aus. Dem damaligen Überfall auf ihr Fort mussten weitere gefolgt sein. Kämpfe, in denen Nocona bewiesen hatte, dass er dem wilden Gemüt der Quohadis Ehre machte. Kämpfe, in denen viel Blut geflossen und viel Tod gesät worden war.

Doch nichts, was geschehen war, hatte die Ruhe des Wanderers aus ihm hinausreißen können. So versunken war er in seiner Gedankenwelt, dass sie am liebsten vorgesprungen wäre, um seinem unnahbar stolzen Gesicht ein Lächeln zu entlocken.

Ich bin hier!, wollte sie rufen. *Ich bin hier! Deine Blutsschwester. Siehst du mich nicht?*

Ohne den Blick auch nur einmal zur Seite zu wenden, ritt Nocona an ihr vorbei. Das mitternachtsblaue Haar, das ihm lang und schwer über den Rücken fiel, war geschmückt von drei Adlerfedern. Eine rot Gepunktete, die Verwundung in der Schlacht symbolisierte. Zwei Gezackte zum Zeichen, dass viele Feinde durch seine Hand gestorben waren.

„Er hat dich nicht vergessen", raunte Huka. „Glaube mir, Tochter."

„Und wenn es so wäre, würde ich niemals um ihn herumtanzen wie eine Taube."

„Dein Wanderer ist etwas Besonderes." Huka schüttete die Rübenstückchen in den großen Kessel und legte Zweige nach, um das Feuer zu schüren. „Genau wie du etwas Besonderes bist. Solche Menschen finden einander. Euer Blut hat sich vermischt, und diese Verbindung spürt er jeden Tag und jede Nacht. Du bist in seinen Gedanken. Für immer und ewig. Seine Großmutter sah dir übrigens recht ähnlich. Sie wurde wie du bei einem Überfall geraubt und fand bei den Quohadis eine neue Heimat. Noconas Großvater war berauscht von ihrer Anmut. Und die hat sie an ihren Enkel weitergegeben, wie ich sehe."

„Und ich sehe, dass er mich gar nicht wahrnimmt." Naduah schüttete das Fleisch so ruppig in den Kessel, das heißes Wasser auf ihren Arm spritzte. Oh, solch ein Elend! Alles war anders gekommen als sie es sich ausgemalt hatte. Sie trug eines ihrer besten Kleider aus weißem Rehleder und hatte ihr Haar zu einem glänzenden Zopf geflochten. Sie hatte ihren schönsten Schmuck aus Hirschgrannen, Federn und Perlen angelegt, doch nicht einen Blick war es ihm wert. Dieser arrogante Königsvogel.

„Er nimmt dich sehr wohl wahr, Tochter“, sagte Huka. „Du merkst es nur nicht. Das macht einen guten Jäger aus. Seine Beute sieht ihn erst, wenn es bereits zu spät ist. Du spürst ihn erst, wenn er sich bereits lautlos und ungesehen so nah an dich herangepirscht hat, dass du seinen Atem in deinem Nacken spürst.“

Gänsehaut überzog ihren Körper, die Sehnsucht in ihrem Inneren wurde heftiger, obwohl sie sich gerade noch geschworen hatte, Nocona aus ihren Träumen zu streichen. Ihre Unbeherrschtheit machte sie wütend. Kein Mann würde ihren Geist vernebeln, kein Mann ihr den Schlaf rauben. Mit einem wissenden Lächeln auf den Lippen strich Huka über ihren ergrauten Zopf.

„Geduld, meine Tochter. Geduld.“

Im Schein der Herbstsonne widmeten sie sich wieder dem Eintopf. Hin und wieder streute ihre Mutter getrockneten Salbei in das Feuer, damit wohlduftende Aromen sie umschmeichelten, und manchmal summte sie mit ihrer rauchigen Stimme Lieder vor sich hin.

Bis zum Abend kochten und buken sie gemeinsam. Als sich die Dämmerung über das Dorf legte, wurde erwartungsvolle Trägheit von Hektik abgelöst. Naduah und ihre Mutter stellten alles, was sie zubereitet hatten, zu all den anderen Schlemmereien, die sich bereits unweit des großen Feuers zu einem wahren Berg angesammelt hatte.

Schließlich, als alle Pflichten getan waren, gesellte sich Huka zu Mahto. Sie tuschelten und kicherten miteinander wie ein frisch verliebtes Paar, rauften, liebkosten sich und fanden erst zu ihrer alten Würde zurück, als der Häuptling erschien. Abrupt strafften sich ihre Gestalten, noch immer geschüttelt von unterdrücktem Gekicher.

Naduah stand nicht der Sinn nach Gesellschaft. Abseits der schnatternden Mädchen, unter denen sich ihre Freundinnen tummelten, nahm sie am Fuße eines Walnussbaums Platz. So war sie zwar zu weit vom Feuer entfernt, um seine Wärme zu spüren, doch ihr Umhang aus Kaninchenfell war dick genug, um die Kälte abzuhalten. Vor allem aber hatte sie von hier aus einen guten Blick auf Makamnaya, Icabu und Nocona.

Naduah kuschelte sich in das Fell und knabberte an einer Präriehuhnkeule. Süße Schwermut lag in der Abendluft. Männer spielten auf Knochenflöten, Mahtowin gab, umlagert von einer gebannt lauschenden Schar, ihre Erzählkunst zum Besten. Für Naduah waren ihre Worte nur ein unverständliches Murmeln, doch die Gesten der Medizinfrau waren so lebendig, dass sie ihre eigene Geschichte erzählten. Zufrieden mit ihrem abgeschiedenen Platz beobachtete Naduah den goldenen Widerschein der Flammen auf den Gesichtern. Musik, Gelächter und das Dröhnen der Trommeln ließen ihren Zorn verrauchen. Dies war ihr

Volk. Dies war ihr Zuhause.

Beseelt von neuem Mut wagte sie es endlich, zu den drei jungen Kriegern hinüberzublicken. Trotz der Kühle des Abends trugen sie lediglich Lendenschurz, Beinlinge und leichte Mokassins. Nocona zog das Blatt einer Pappel aus seinem Beutel, den er am Hüftriemen befestigt hatte, legte Tabak darauf und rollte es eine halbe Ewigkeit auf seinem Schenkel hin und her. Irgendwann, als er mit der Form des Blattes zufrieden war, nahm er einen Zweig und ging hinüber zum Feuer. Naduah verfolgte jede seiner Bewegungen. Jeden Schritt, in dem sich Kraft und Anmut paarten. Wenn noch ein Rest Zorn übrig geblieben war, so war er jetzt verraucht. Gewiss hatte er sie nicht absichtlich übersehen. Er musste in Gedanken weit fort gewesen sein. Als er mithilfe des brennenden Zweiges sein Pappelblatt anzündete, ein paar Mal fest daran saugte und genüsslich den Kopf in den Nacken legte, entfloh ihr ein Seufzer. Oh, sie war genauso dumm wie die gurrenden Täubchen, die den ganzen Tag nur kicherten und zwinkerten. Aber beim Großen Geist, er war so schön. Flammenschein schimmerte auf seinem Gesicht. Der heiße Wind des Feuers wehte zwei Haarsträhnen über seine Brust, während er still und versunken dastand. Ob er an sie dachte?

Plötzlich spürte Naduah ein Kitzeln im Nacken. Icabus und Makamnayas Blicke fixierten sie, während Ersterer ein derart breites Grinsen zeigte, dass sein Gesicht in Falten gelegt wurde. Sollten doch Taranteln ihre Eingeweide fressen! Wütend kaute sie auf ihrer Keule herum und tat, als wäre Nocona völlig uninteressant. Blieb nur zu hoffen, dass man ihm nichts von ihrer heimlichen Beobachtung erzählte. Oder wünschte sie sich viel eher, dass sie es taten?

Naduah war verwirrt. Besser, sie dachte nicht weiter darüber nach. Im Augenwinkel sah sie, dass die drei Freunde inzwischen wieder nebeneinander saßen, in das Feuer starrten und ihre Pappelblätter rauchten. Was dachte Nocona in diesen Momenten? Was erhoffte er sich und wovor fürchtete er sich? Manchmal wirkte sein Gesicht zu starr. Zu maskenhaft. Als gäbe es irgendetwas, das ihn quälte.

Unter dem Atem der nach Winter duftenden Kälte zog sie ihren Kaninchenumhang fester um sich. Allein der Anblick von Noconas nacktem Oberkörper ließ sie frösteln, und wieder nutzte sie jeden günstigen Augenblick, um ihn anzustarren. Der Schein der Flammen übergoss gewölbte Muskeln mit flüssiger Bronze. In Gedanken malte sie sich aus, wie es wäre, ihn zu berühren, jetzt, da er kein Junge mehr war, sondern ein Mann. Wie es wäre, sich an ihn zu schmiegen und die Lippen über seine Haut gleiten zu lassen. Die Tatsache, dass sie es einst getan hatte, in ihrem schwachen alten Leben, erschien ihr fern und sonderbar.

Naduah seufzte. Sie warf die Hühnerkeule einem in der Nähe dösen-

den Hund zu, der sein Glück kaum fassen konnte. Ihr Hunger war wie weggeweht. Vielleicht sollte sie kurzerhand zu den Männern gehen und um einen Platz an ihrer Seite bitten. Der Gedanke gewann an wilder Verführungskraft. Sie war eine stolze Frau, die wusste, was sie wollte. Doch was, wenn sie Spott oder Abweisung in Noconas Augen entdecken würde? Was, wenn Makamnaya und Icabu sich vor seinen Augen über sie lustig machten? Eine solche Schmach war unerträglich. Zerknirscht blieb sie, wo sie war, betrachtete den aufgehenden Vollmond und schalt sich eine Närrin für ihre Träumereien.

Stunden vergingen, die Nacht wurde tief und verwunschen. Sie tauchte in oberflächlichen Schlaf ab, als wildes Gezeter sie aufschreckte. Irgendetwas versetzte Icabu in Rage. Er sprang auf, schimpfte und zankte, überschüttete Nocona mit Worten, die wie das Knurren eines Hundes klangen, warf sich schlussendlich mit einem Schnaufen herum und verschwand in der Nacht. Makamnaya bemühte sich, seinen aufgebrachten Freund zu besänftigen. Es nützte nichts. Noconas sonst allgegenwärtige Ruhe war wie weggeweht. Wild gestikulierend fuhr er hoch, zertrat sein halb aufgerauchtes Tabakblatt und marschierte mit ausladenden Schritten zu den Mustangs hinüber.

„Sieh es ihm nach“, rief der dicke Krieger. „Als er ein Baby war, fraß ein Kojote sein Gehirn. Er kann nichts dafür.“

Nocona vollführte eine abwinkende Geste. Fahrig streichelte er seinem Hengst über den Hals, knurrte einen unverständlichen Fluch und schwang sich auf den Rücken des Tieres.

In diesem Augenblick fing sie Makamnayas Blick ein. Naduah stutzte. Hatte er eben zu Nocona hinübergenickt, so als wollte er, dass sie zu ihm ging? Nein, ganz sicher täuschte sie sich. Der dicke Krieger wiegte seinen Kopf, hob einen Arm und vollführte eine sehr viel deutlichere Geste. Ihr rutschte das Herz in den Magen. Er wollte wirklich … nein, unmöglich. Was sollte sie sagen? Was tun?

Nocona lenkte seinen Hengst hinunter zum Fluss, zügelte ihn am Ufer und lehnte sich mit locker hinabhängenden Armen zurück. Auf ein unsichtbares Zeichen trottete das Pferd vier Schritte rückwärts, blieb stehen, drehte sich gemächlich um die eigene Achse und vollführte vier Schritte nach vorn, bis seine Hufe das Wasser berührten. Es trabte einmal im Kreis, verfiel in lockeren Galopp und beschrieb eine Acht um zwei Eichen herum. Schließlich ging es mit den Vorderläufen in die Knie, sackte zur Seite und legte sich auf den Boden. Nocona beugte sich über das Tier. Mit den Fingern teilte er die Mähne des Hengstes, versunken in einer Zwiesprache, die Ahnungslose für Magie hielten. Nicht umsonst lautete ein Name, den man ihrem Stamm gegeben hatte, die „Herren der Pferde“.

In einer wunderbar fließenden Bewegung richteten sich Mensch und Tier wieder auf. Mondlicht versilberte den Körper des Zentauren. Fell und nackte Haut. Schwarze Mähne, schwarzes Haar.

„Es ist erst richtig", hörte sie im Geiste Mahtos Stimme, „wenn du weißt, was dein Tier denkt und wenn dein Tier weiß, was du denkst. Ihr verständigt euch durch Zeichen, die andere nicht einmal wahrnehmen. Du liest aus dem Zucken der Pferdeohren, ob Gefahr naht und von welcher Art sie ist. Du spürst die winzigste Regung der Muskeln unter deinen Beinen und weißt, was dein Pferd tun wird, wie es sich bewegen wird und was es fühlt. Eine Regung von dir, und sei es nur ein Blinzeln, die Art wie du atmest, oder ein unauffälliger Blick, wird genügen, um dein Tier verstehen zu lassen. Wenn es richtig ist, Tochter, dann redet der Nunumu ohne Worte mit seinem Freund. Leben und Tod hängen davon ab, wenn du im Krieg bist oder die Büffel jagst."

Unter Naduahs Faszination wurzelte Neid. Jeder Mann und jede Frau des Stammes waren gute Reiter, doch nicht jedem Nunumu gelang es, mit seinem Tier eine Einheit zu bilden. Sie bezweifelte, ob sie es Nocona jemals gleichtun konnte. Aufmerksam beobachtete sie das Miteinander zwischen den beiden und hoffte, daraus zu lernen. Träumerische Leichtigkeit lag über dem Paar. Ihr Neid versickerte, während sie spürte, wie Noconas Ruhe in sie überging. Offenbar war er niemand, der sich lange mit Zorn und Enttäuschung aufhielt. Huka hatte Recht. Ihn zu beobachten schenkte Frieden. Seine Bewegungen, seine gesamte Präsenz besaß etwas, das außerhalb dieser Welt lag, und jeder, der sie auf sich wirken ließ, konnte nicht umhin, alles andere auszublenden.

Lange währte dieser träumerische Augenblick nicht. Ein Schrei zerriss den Zauber, beantwortet aus vielen Kehlen. Der Büffeltanz begann. Mädchen stoben durcheinander, holten Muschelschalen voller Farbe und nahmen Aufstellung. Alle Krieger, die tanzen würden, fanden sich abseits der Menge zusammen. Auch Nocona gesellte sich zu ihnen, widerwillig, wie es den Anschein machte.

Nackt bis auf den Lendenschurz legten die Tänzer ihren Schmuck an. Ketten aus Bärenklauen, Harnische aus Knochen, Adlerfedern, Streifen aus Fell und Büschel aus Rosshaar, die sie sich in das Haar steckten. Manche Männer befestigten Bisonfelle an ihren Schultern und setzten gehörnte Masken auf. Zu guter Letzt marschierte eine Gruppe kichernder Mädchen auf sie zu. Naduah sah, wie mehrere gackernde Präriehühner darum stritten, Nocona bemalen zu dürfen. Eifersucht kochte auf. So manches Band wurde während dieser Zeremonie geknüpft. Auch sie hätte unter diesen Frauen sein können, doch was war beeindruckend daran, inmitten einer schnatternden Schar um die Aufmerksamkeit eines Mannes zu buhlen?

Aus zusammengekniffenen Augen beobachtete sie das Geschehen. Ein Mädchen trug nach wildem Gezänk den Sieg davon, drängte ihre Konkurrentinnen beiseite und zog sich mit Nocona auf eines der am Boden liegenden Felle zurück. Mit Genugtuung nahm sie seine stoische Gelassenheit wahr, die durch keine zärtliche Bemühung beseitigt werden konnte. Das Mädchen war ihm gleichgültig. Mit wachsender Verzweiflung bemalte sie seine Haut, ohne dass ihre Liebkosungen auch nur die leiseste Reaktion auslösten. Weiße Schlangenlinien im Gesicht, auf den Armen und schließlich – Naduah durchfuhr ein heißer Stich – auf seinen nackten Schenkel.

Nach Vollendung des kleinen Rituals stand er auf und marschierte zum Entsetzen des Mädchens wortlos davon. Fassungslos starrte sie ihm hinterher. Naduah wusste, dass Schadenfreude etwas Niederes war, und doch sie aalte sich darin. Der Rhythmus der Trommeln schwang sich mit ihrem Herzschlag höher und höher. Dumpfes Beben hallte durch ihren Körper. Sie verließ ihren dunklen Platz und rückte näher an den Tanzplatz heran, erfüllt von wilder Erregung.

Unter plötzlich einsetzendem Geschrei stürmten Bisons und Jäger herbei. Die Männer mit den Tiermasken sprangen um die Flammen herum und versuchten, ihren Verfolgern zu entwischen, die ihrerseits mit Lanzen nach ihrer Beute stießen und unsichtbare Pfeile auf sie abschossen. Es war kaum möglich, Nocona in diesem ungezügelten Reigen ausfindig zu machen. Manchmal erhaschte sie das geisterhafte Leuchten seiner Bemalung und wenn das geschah, spannte sich jeder Muskel ihres Körpers an. Der Tanz wurde wilder. Schreie, Trommeln, Triumphlaute, das Stampfen von Füßen und helles Trällern vermischten sich zu einer schwindelerregenden Vision, die Naduahs Geist in einen Strudel aus Entzückung riss.

Ein Bison schien aus der Reihe zu tanzen. Es war Noconas Beute. Die Sprünge des verkleideten Mannes wurden hektischer, während er vergeblich versuchte, seinen Jäger abzuschütteln. Wieder und wieder wurde er von ihm bedrängt. Nocona schnitt ihm mit seiner Lanze den Fluchtweg ab, stieß ihn zu Boden, ließ ihn sich aufrappeln und brachte ihn mit einem geschickten Schlag in die Kniekehlen erneut zu Fall. Dreimal, viermal, fünfmal. Naduah konnte nicht sagen, wo Schrecken endete und Faszination begann. So viel Wucht lag in Noconas Angriffen, so viel Präzision und schreckliche Kraft, dass sie ihn vor sich sah, wie er einen Feind nach dem anderen tötete. Gnadenlos, erbittert. Ein Fleisch gewordener Dämon, in dessen Gestalt sich Schrecken mit Anmut vermischte. Der Kampf der beiden überschritt die Grenze zwischen Spiel und Ernst. Unter der weißen Farbe war Noconas Gesicht verzerrt vor Wut.

Nach einem neuerlichen Ausweichmanöver brüllte der Bison vor

Schmerz. Die Tänzer hielten inne und begafften den wild herumhüpfenden Krieger, der aus Leibeskräften Verwünschungen brüllte und sich den Hintern hielt. Naduah war nicht überrascht, als sie Icabu in dem Unglücklichen wiedererkannte. Er fluchte und zeterte, bis er einen markerschütternden Kampfschrei ausstieß und sich auf seinen Gegner stürzte. Überrascht von dem ungestümen Angriff verlor dieser das Gleichgewicht. Ineinander verkeilt gingen beide zu Boden. Nocona versuchte noch, sich mit einer Drehung zu befreien, doch er scheiterte kläglich. Geifernd vor Wut würgte Icabu seinen Freund. Einige Männer mischten sich ein, doch ehe ihnen ein Einschreiten gelang, entfesselte Nocona mit einem Aufbäumen all seine Kraft, warf Icabu zurück und stürzte sich auf ihn. Festgenagelt von zwei unerbittlichen Händen, die seine Schultern gegen die Erde pressten, brüllte Icabu seinen Zorn hinaus.

„Hör auf!", schrie Nocona, als seinem Freund endlich der Atem ausging. „Was soll das? Bist du tollwütig geworden? Hast du das Dummheitswasser der Weißen getrunken?"

„Lausiges Stinktier!" Icabu schaffte es, seinem Freund einen Schlag in die Rippen zu verpassen, was dieser mit einem Kinnhaken beantwortete.

„Hör auf damit!"

Icabu spuckte aus. „Sollen die Krähen dir die Augen auskratzen, während du am Galgen baumelst."

„Schluss damit!" Hunkapi, der Häuptling der Quohadis, kam armwedelnd herbeigewankt. „Nocona hat recht. Du führst dich auf wie ein tollwütiges Tier."

„Er hat mir die Lanze ins Fleisch gerammt!", brüllte Icabu. „Er hat mich aufgespießt!"

„Wo genau?" Hunkapi schob Nocona beiseite und half dem unterlegenen Krieger auf die Beine. Ehe Icabu es verhindern konnte, hob der Häuptling vor allen Augen seinen Lendenschurz an. Eine kleine, aber heftig blutende Wunde prangte auf der Hinterbacke. Die Menge brach in schallendes Gelächter aus.

„Bei allen Flussgeistern!" Hunkapi zog eine bedeutungsvolle Grimasse. „Wie ich sehe, bist du nur knapp einer tödlichen Verwundung entgangen. Schätze dich glücklich, morgen mit so einem vorzüglichen Jäger reiten zu dürfen. Vielleicht wird er dir mit seiner Treffsicherheit den Pelz retten."

Icabu schäumte vor Wut. Er öffnete den Mund zu einer Entgegnung, schien es sich anders zu überlegen und verschwand wortlos in der Nacht. Nocona währenddessen, zurückgekehrt zu seiner würdevollen Ruhe, hob das Bisonfell seines Freundes vom Boden auf und verließ erhobenen Hauptes den Festplatz. Vermutlich, um seinem Freund zu folgen. Oder um allein zu sein.

In Naduah brannte der Wunsch, ihm hinterherzulaufen. Alles in ihr sehnte sich danach, unter vier Augen mit ihm zu reden. Es gab so viele Fragen, die sie ihm stellen wollte. So viele Dinge, die zu sagen waren. Warum war er ihr niemals wieder nahe gekommen? Warum tat er, als existierte ihr heiliges Blutsband nicht mehr?

Betrübt blickte sie in das Feuer und nahm den erneut einsetzenden Tanz nur entfernt wahr. Irgendwann übermannte sie der Wunsch, allein zu sein. Sie verließ den Festplatz, flüchtete sich in das Tipi ihrer Familie und kuschelte sich in die Felle, um Vergessen zu suchen. Kaum schloss sie die Augen, sah sie sein Gesicht vor sich. Sein im Feuer leuchtendes, wunderbares Gesicht, das so unnahbar war wie eine Vision.

Würde es jemals anders sein?

Mit diesem Gedanken glitt sie in einen unruhigen Schlaf, und als sie nach gefühlten Augenblicken wieder erwachte, lagen Huka und Mahto schnarchend neben ihr. Erinnerungen durchdrangen die Betäubung des Schlafes. In der Öffnung des Rauchfangs glommen sieben Sterne. Ihr Anblick erinnerte an einen tiefblauen, mit Edelsteinen geschmückten Porzellanteller. In der Luft lag bereits der Geruch des Morgens, und der Gedanke, sich am Ufer des Flusses den Sonnenaufgang anzusehen, gewann an Verführungskraft.

Vorsichtig schälte sie sich aus den Fellen, zog ihren Kaninchenfellumhang über und schlich in die Kälte hinaus. Obwohl Mahtos Ohren scharf waren wie die eines Luchses, ließen sie ihn diesmal im Stich. Tief und fest schlief ihr Vater, berauscht vom vergorenen Beerensaft.

Auf leisen Sohlen folgte Naduah dem Pfad zum Wasser. Vielleicht war Nocona noch immer am Fluss, lag irgendwo schlafend unter einem Baum oder war bereits wach, um die Dämmerung zu begrüßen. Falls sie ihn sah, würde sie genügend Mut aufbringen, um zu ihm zu gehen? Vermutlich nicht.

Naduah bedachte sich mit einem Fluch. Sie hatten einander das Leben gerettet, also warum fürchtete sie sich davor, ihm nahe zu kommen? Was war sie für ein feiges, erbärmliches Ding.

Hauchzarte, hoch in den Sträuchern hängende Spinnennetze verkündeten, dass das sonnige Wetter bleiben würde. Standen Regen und Kälte bevor, bauten die Tiere ihre Netze nah am Boden und webten dickere Fäden. In diesen Tagen hatten sie filigrane Ketten gewebt, die der Morgen mit Kristallen aus Tau verzierte. Mutter Erde redete durch viele Zeichen. War Naduah anfangs taub für ihre Sprache gewesen, gehörte es inzwischen zu ihrem Alltag, tausend Geheimnisse aus ihr herauszulesen.

Als sie den Fluss erreichte, begannen die ersten Zaunkönige zu zwitschern. Irgendein Frühaufsteher frönte seinem schiefen Gesang, der nach wenigen Strophen mit einem Keuchen endete. Vielleicht, weil seine

Frau mithilfe ihrer Keule Ruhe eingefordert hatte.

Genießerisch tauchte Naduah ihre Zehen in das Wasser. Es war kalt, klärte ihren Geist und vertrieb den letzten Rest Müdigkeit. In ihren Umhang gekuschelt sah sie dem Nebel zu, der über das Wasser kroch. Aufmerksam suchte sie nach verräterischen Zeichen, die auf Noconas Nähe hindeuten konnten, doch es gab nichts zu entdecken. Am anderen Ufer tauchte ein Kojote auf. Das Tier musterte sie argwöhnisch und begann, als es sich von ihrer Harmlosigkeit überzeugt hatte, mit dem Trinken.

Sie schloss die Augen und wippte vor und zurück. Plötzlich erklang hinter ihr ein leises Atmen. Ihr tadellos funktionierender Instinkt ließ sie mit der Schnelligkeit einer Klapperschlange herumfahren, doch konnte er nicht verhindern, dass ihr rechter Fuß auf dem glitschigen Schlamm ausrutschte. Sie verlor das Gleichgewicht. Ehe sie mit rudernden Armen im Wasser landete, sah sie Nocona, in ein Bisonfell gehüllt, mit feuchtem Haar und diebischem Funkeln in den Augen. Kälte, Überraschung und Scham prasselten auf sie ein, durchmischt von Wut. Ihr stockte der Atem.

„Es tut mir leid."

Seine Stimme klang unwirklich in der Stille des Morgens. Stocksteif lag Naduah im Wasser. Wäre der Große Geist gnädig gewesen, hätte er diesem Mann ein weniger schönes Lächeln geschenkt. Doch da er es nicht war, brachte Noconas Strahlen ihr Herz aus dem Gleichtakt.

„Ich hätte mich nicht anschleichen dürfen. Komm, ich helfe dir."

Er streckte ihr seine Hand entgegen. Naduah ergriff sie, spürte ihren warmen, festen Druck und stand wieder aufrecht. Tropfend, sprachlos, zähneklappernd. Das vollgesogene Fell hing felsenschwer auf ihren Schultern. Es war das erste Mal seit jenem Tag vor vielen Jahren, da sie Nocona nahe war.

„Ich wollte dich nicht erschrecken."

Er nahm ihr den vollgesogenen Pelzumhang ab, legte ihn über einen Ast und zog das Bisonfell von seinen Schultern. Behutsam legte er es ihr um. Sie sog scharf die Luft ein. Seine Finger hatten ihren Hals gestreift. Sein Körper war ihr so nah gewesen, dass sie die Wärme gespürt hatte.

„Kannst du mir verzeihen, Naduah? Ich wollte nur herausfinden, ob ich gut bin."

Sie spürte seinen Blick auf ihrem Gesicht, auf ihren Händen und auf den nackten Waden. Seine Aufmerksamkeit galt ihr allein. Wie lange hatte sie sich danach verzehrt, nach so vielen Jahren des Getrenntseins und der Zweifel. Ihr Blick klebte auf seiner nackten Brust. Sie sah die aufgewölbte Narbe der Schusswunde, und das Verlangen, sie zu berühren, ließ ihre Fingerspitzen prickeln.

„Gut worin?"

„Im Anschleichen."

Wieder erschien dieses wölfische Lächeln auf seinen Lippen, das seinen Weg direkt in die weiblichste Stelle ihres Körpers fand und ein glimmendes Feuer entfachte. Angesichts des feuchten Haares, das auf seinen Schultern klebte, kam Naduah ein Gedanke von wilder Verführungskraft. Wäre sie nur ein wenig früher an den Fluss gekommen, hätte sie ihn vermutlich beim Schwimmen überrascht.

„Dann weißt du jetzt, dass du gut bist." Sie berührte den feinen Strich auf ihrem Oberarm. Dort hatte sich ihr Blut mit dem seinen vereint. Durch diese Wunde waren sie für immer vereint worden. „Wärst du ein Feind gewesen, würde ich nicht mehr leben."

Er kam noch einen Schritt näher. So nah, dass sie den Duft seiner Haut wahrnahm. Erde, Rauch und Leder.

„Doch, das würdest du. Du hättest mich angesprungen und niedergeworfen wie eine Berglöwin. Habe ich mich eigentlich jemals bei dir bedankt? Dafür, dass du mir zweimal das Leben gerettet hast?"

„Nein." Sie biss sich auf die Unterlippe. Er war so nah. Viel zu nah. Und doch nicht nah genug. „Aber das ist nicht wichtig."

„Doch, das ist es. Danke, Naduah. Danke, dass du mich zurückgeholt hast. Ich habe immer daran gedacht. Die ganzen Jahre."

Moskitoschwärme summten in ihrem Bauch. Sie wollte etwas sagen, doch die Zunge klebte ihr am Gaumen fest. *Mach schon*, beschwor sie sich. *Sag irgendwas, bevor es ihm zu langweilig wird.* Endlich, nach einer gefühlten Ewigkeit, fiel ihr etwas ein. „Warum hast du dich mit Icabu gestritten?"

Sein Gesicht blieb reglos, doch sie wusste, dass diese Ruhe lediglich eine Maske war. An seinem Hals schwoll eine Ader an. „Er nannte dich eine blauäugige Krötenechse", raunte er zwischen zusammengebissenen Zähnen. „Er sagte, du seist eine Stechwanze in Gestalt einer Frau."

„Was?" Die Erkenntnis traf sie wie ein Blitz aus heiterem Himmel. „Ihr habt wegen mir gestritten? Aber ich dachte …"

„Was dachtest du?" Sein sanfter Blick ließ ihre Knie schmelzen. Warum sie dennoch aufrecht stehen konnte, schrieb sie dem Umstand zu, dass der Rest ihres Körpers wie versteinert war. „Sag es mir. Was dachtest du?"

Sie rang nach Luft. Die Welt begann sich zu drehen. *Sag es schon. Sag ihm die Wahrheit. Jetzt oder niemals.* „Ich dachte, dass ich dir gleichgültig wäre. Dass du mich nicht wahrnimmst."

„Natürlich habe ich dich wahrgenommen. Immer, wenn du mich nicht angesehen hast, habe ich dich angesehen. Was glaubst du, warum Icabu sich über mich lustig gemacht hat?"

War das hier Wirklichkeit? Stand er vor ihr und sagte diese Dinge? War

er ihr so nah, dass sie sich fast berührten und sie seinen Atem auf ihrer Haut spüren konnte? Sie blickte auf die Lederbänder, die sich um seinen Hals schlangen. Vogelknochen, Hirschgrannen, Knochenplättchen und Federn waren darauf aufgezogen. Sein Schurz und die Beinlinge waren schmucklos und einfach. Er trug bereits seine Jagdkleidung. Heute Morgen würde man die Krieger zusammenrufen. Der Winter nahte, Fleisch musste beschafft werden. Und nichts war gefährlicher als die Große Jagd auf ihren Bruder, den Büffel. Im Geiste sah sie Nocona bei diesem wilden, gefährlichen Spiel, sah den Glanz seiner nackten Haut, die Wölbungen der angespannten Muskeln und die kraftvollen Schenkel, die sich um den Leib seines Pferdes pressten, während er den Bogen spannte. Eins mit dem Wind und dem uralten Akt des Tötens.

„Du hast so getan, als würdest du mich nicht wahrnehmen.“ Eine Härte lag in ihrer Stimme, die sie nicht beabsichtigt hatte. „Warum?“

Die Momente des Schweigens zogen sich wie eine Ewigkeit dahin. Sie sah auf seine Lippen, die hin und wieder leicht zuckten, und plötzlich stellte sich vor, wie es wäre, ihn zu küssen. Hier und jetzt im Nebel des Flusses.

„Du hast es mir nicht gerade leicht gemacht“, sagte er. „Wann immer ich versucht habe, dir nahe zu kommen, bist du mir ausgewichen.“

„Nein.“

„Oh doch.“

„Erinnerst du dich an das Fest vor vier Jahren?“

„Natürlich.“

„Warum stand ich während des Tanzes so weit weg von den anderen?“

„Weil du allein sein wolltest?“

Nocona lachte. Der auffrischende Wind erfasste sein Haar und ließ es Naduahs Wange streifen. Schauder durchflossen ihren Körper. Sie versuchte, nichts von ihrem inneren Aufruhr nach außen zu kehren, doch seinem forschenden Blick entging nichts.

„Nein“, sagte er. „Ich stand allein da, weil ich hoffte, dass du zu mir kommen würdest. Und am Tag darauf, als die Hitze unerträglich war und wir beide im Fluss badeten, weißt du noch? Du bist mit den Mädchen stromabwärts geschwommen, ich und die anderen Jungen stromaufwärts. Irgendwann kamst du zu uns geschlichen und hast dich hinter einem Mesquitstrauch versteckt.“

Ihr entfloh ein Keuchen. Sie wollte sterben vor Scham, hier und jetzt. Auf der Stelle. Wie ein dummes Waldhuhn hatte sie sich hinter einen Busch gehockt und geglotzt. Im Geiste spielte sie die Möglichkeit durch, sich von der nächstbesten Klapperschlange totbeißen zu lassen. Was für eine Schmach, dass er ihr Versteckspiel entdeckt hatte.

„Warum bin ich allein zurückgeblieben?", bohrte er weiter. „Warum bin ich den Jungen nicht ins Lager gefolgt?"

Sie blieb stumm, zog das Fell bis über die Nase hoch und flehte die Erde an, sie zu verschlingen.

„Ich wollte mit dir reden. Deshalb. Ich dachte, dass du hervorkommen würdest, wenn wir allein wären. Stattdessen hast du dich davongeschlichen und bist mir den Rest des Tages aus dem Weg gegangen."

„Warum hast du mich nie angesprochen? Warum hast du nie mit mir geredet?"

„Warum hast du es nicht getan?"

„Ich weiß es nicht. Es war … ich hatte …" Das Wort *Angst* lag ihr auf den Lippen, doch sie würgte es hinunter. Niemand sollte wissen, dass sie Angst hatte. Am allerwenigsten Nocona. „Ich war nicht sicher, ob du meine Nähe dulden würdest."

„Du hast mir das Leben gerettet. Wir sind vereint, Naduah. Wie könnte ich deine Nähe nicht wollen?"

Er nahm sie bei den Schultern und fing ihren Blick ein. Seine Berührung, seine Nähe, seine Augen. Sie glaubte, den Verstand zu verlieren.

„Schon gut", raunte er. „Du hattest Angst. Genau wie ich."

Sein Lächeln rieb ihre Mauer aus Trotz und Scham bis auf die Grundfesten ab. Die Distanz zwischen ihnen schmolz dahin. Er kam näher, immer näher. Warmer Atem strich über ihre Lippen.

Der trällernde Schrei einer Eule zerriss die Stille. Sie zuckte zusammen. War das nicht der Jagdruf der Quohadis? Das Zeichen für den Aufbruch? Die Antwort aus zahllosen Kehlen bestätigte ihren Verdacht. Sie hätte am liebsten laut aufgestöhnt. Ausgerechnet jetzt, wo ein Kuss so nah gewesen war.

Nocona schüttelte sich, als wäre er aus einem Traum aufgewacht. Er nahm die Hände von ihren Schultern, zog den Umhang vom Ast und reichte ihn ihr. „Die Jagd beginnt. Komm, begleite mich."

Sie glaubte, ihren Ohren nicht zu trauen. Er wollte, dass sie an seiner Seite ging. Hier und heute, wo das gesamte Dorf ihr Beisammensein sehen würde. Noconas grauer Hengst graste unter einem Walnussbaum. Als er ihn am Zügel nahm, schmiegte das Tier den Kopf zutraulich an seine Brust.

Sie schritt neben ihm her, den nassen Pelz unter einen Arm geklemmt. Würdevoll für jeden, der sie nur flüchtig anblickte, nervös wie ein kleines Mädchen für alle, die einen zweiten Blick riskierten. Ihr Herz setzte einen Schlag aus, als er ihre Hand umfasste, leicht und schwerelos, doch mit eindeutiger Botschaft. Blicke bohrten sich wie Eissplitter in ihren Nacken. Getuschel und Geflüster erhob sich. Längst war das gesamte Dorf auf den Beinen. Die Jäger bemalten ihre Pferde, prüften ihre Waffen,

verabschiedeten sich von Frau und Kind. Jeder Anwesende, so erschien es, bedachte Nocona und sie mit erstaunten, überraschten oder verärgerten Blicken.

„Mögen die Bisons ewig wiederkehren." Es war der Spruch, den die Zurückbleibenden den Jägern mitgaben. Die Worte, mit denen Liebende sich verabschiedeten. Und diesmal schenkte sie ihren Segen jenem Mann, den sie seit ihrer Kindheit liebte. „Mögen sie die Erde bis zum Horizont bedecken und der Staub ihrer Hufe den Himmel verdunkeln. Ich flehe den Großen Geist an, dass er dich gesund zu mir zurückbringt."

Nocona schwang sich auf Cetans Rücken und lächelte ihr zu. Peta tauchte auf, mit einem prachtvollen Köcher aus Wolfspelz und einem Bogen beladen. Beides reichte sie ihrem Sohn, während der Schmerz einer Mutter in ihren Augen brannte, die nicht wusste, ob sie ihr eigen Fleisch und Blut lebend wiedersehen würde.

„Ich werde an dich denken, Naduah", sagte Nocona. „Ich denke immer an dich."

Sie wollte diese Worte erwidern, wollte ihm sagen, was seit Jahren in ihrem Herzen brannte, doch die Männer drückten ihren Pferden die Hacken in die Flanken und stürmten davon. Glücklich und traurig blickte sie ihnen nach. Federn, Mähnen und Haare flatterten in den Strahlen einer goldenen Herbstsonne. Eine wilde, furchtlose Meute jagte hinaus in die Prärie und ließ sie bekümmert zurück. Wie gern wäre sie mit ihnen geritten.

Das Kreischen einer Spottdrossel riss Naduah aus ihren Tagträumen. Mürrisch warf sie einen Kiesel nach dem vorbeifliegenden Vogel, der vor Schreck seine Notdurft verrichtete. Ein Klecks weißen Breis fiel in das Wasser, wurde fortgespült und löste sich auf.

Sie verließ das Becken, kletterte an den steilen Felsen hinauf und suchte nach ihrem Kleid. Ein paar Mal war es geschehen, dass Jungen es ihr gestohlen hatten, doch diesmal lag es genau dort, wo sie es fallengelassen hatte. Warm brannte die Sonne auf ihren Rücken, während sie ihren Zopf auswrang. Hier und jetzt fühlte sie sich schön, begehrenswert und erwachsen. Kein Nunumu hielt Bescheidenheit für eine Tugend. Hatte man einen Grund, stolz auf sich zu sein, war man das auch und tat es unbekümmert kund. Fünf Tugenden gab es unter den Menschen. Stärke, Tapferkeit, Großmut, Weisheit und Schönheit. Jedes Kind kam mit einem dieser Vorzüge auf die Welt. Manche auch mit zweien und sehr wenige mit dreien.

Naduah wusste, dass man sie für schön hielt. Ihr zu bernsteinfarbenem Gold ausgebleichtes Haar war unter den Nunumu so außergewöhnlich wie ihre türkisblauen Augen, was die Blicke vieler Männer auf sich zog.

Ob sie großmütig war, wusste Naduah nicht mit Sicherheit zu sagen, hoffte es aber. Ging sie mit ihren Freundinnen auf die Jagd nach Antilopenhasen und Präriehühnern, schreckte sie vor keiner Herausforderung zurück, durchschwamm reißende Flüsse, sprang vom höchsten Felsen ins Wasser und schlich sich an schlafende Bären heran. Bedeutete das Stärke und Tapferkeit? Bestimmt.

Ihre Gedanken kreisten erneut um Nocona, was die Glut in ihren Eingeweiden von Neuem entfachte. Bald würde man die erfolgreiche Jagd mit einem rauschenden Fest krönen. Unverheiratete Männer putzten sich heraus und umwarben die ledigen Frauen nach allen Regeln der Kunst. Jede Seite versuchte der jeweils anderen zu gefallen, weshalb sich Naduah schwor, ihr schönstes Kleid aus weißem Rehleder zu tragen. Sie würde Siyo, ihre gefleckte Stute, besonders lange striegeln und auf ihrem Rücken beweisen, wie viel sie gelernt hatte. Nocona würde sie nicht als ungeschicktes, schreckhaftes Mädchen sehen wie heute Morgen am Fluss. Sie würde ihm eine schöne, stolze Frau zeigen. Eine Frau, für die jeder Mann viele Pferde gab.

Als sie ihre Hand betrachtete, glaubte sie, noch immer den warmen Druck seiner Finger zu spüren. Kein größeres Geschenk hätte er ihr geben können als diese Berührung, und doch fühlte sie sich im Innersten elend. Der Gedanke, im Dorf zu hocken, während draußen in der Prärie die Große Jagd stattfand, quälte sie zutiefst.

Nicht einmal die neidvollen Blicke, die man ihr zuwarf, vertrieben diesen Schatten über ihrer Seele. Ihre Schritte waren schwer vor Sorge. Es war gut möglich, dass Nocona etwas zustieß. Im letzten Jahr waren viele Männer ums Leben gekommen. Auf Tragen hatte man ihre zerschundenen Körper ins Dorf geschleppt und der Gedanke, vielleicht nur seine Leiche wiederzusehen, war unerträglich.

Mahtos Stimmung schien kaum besser zu sein. Trübsinnig hockte er vor dem Tipi, schnitzte an einer Knochenflöte herum und suchte Trost in seinem Leibgericht: Walnuss-Pemmikan mit getrockneten Pflaumen.

Sie setzte sich neben ihren Vater auf das Fell und beobachtete ihn. Mit einem nadelspitzen Stein ritzte Mahto filigrane Muster in die Flöte, ebenso geschickt, wie er damals die Tiere in den Flussschlamm gezeichnet hatte. Sie liebte es, ihm beim Arbeiten zuzusehen. Seine großen, rissigen Hände gingen mit allem behutsam um.

„Wie geht es dir? Was macht dein Bein?“

„Wie soll es mir gehen?“ Er zog eine mürrische Grimasse. „Sie sind ohne mich jagen gegangen.“

„Bald bist du wieder gesund. Ich weiß es.“

Sie strich ihm über die Schulter. Die grauen Strähnen in seinem offen hinabfallenden Haar erinnerten an die verrinnende Zeit und an ihre Un-

fähigkeit, den Lauf der Dinge aufhalten zu können. Vielleicht würde Mahto niemals wieder laufen können, ohne zu hinken. Wäre er doch niemals auf diese Antilopenjagd gegangen. Das Präriehundloch hatte das Bein seines Pferdes wie einen dürren Zweig zerbrechen lassen. Ihr Vater war untröstlich über den Tod seines treuen, alten Freundes. Er kehrte den Schmerz nicht nach außen, doch sie sah in jedem seiner Blicke, wie schlecht er sich fühlte. Gemeinsam mit Huka hatten sie das Herz seines Mustangs am Fluss begraben und jedes seiner Körperteile für das Wohl des Stammes genutzt. Das Fleisch war gegessen worden, die Sehnen, Knochen und Haare hatte man in nützliche Dinge verwandelt. Selbst die Hufe waren zu Leim zerkocht worden, mit dem Mahto seinen bei dem Sturz beschädigten Bogen repariert hatte. Auf dem Pferd, dessen Fell nun in ihrem Tipi hing, war sie damals in Noconas Dorf geritten. Auf ihm hatte sie das erste Mal wahre Freiheit gekostet.

„Es geht vorbei", sagte sie. „Alles braucht seine Zeit. Alles, was war, ist immer noch. Nur in einer anderen Form. Das hast du mir selbst beigebracht."

„Oh ja, mein Bein hat ohne Frage eine andere Form bekommen." Er rollte mit den Schultern, um seinen Nacken zu lockern. „Ich bin alt geworden, kleines Feuer. Vielleicht wird es nie wieder richtig heilen. Man sagt, im Alter fände man Frieden, aber ich scheine nicht zu den Glücklichen zu gehören. Alles knackt und knirscht. Was ist daran würdevoll? Letztens musste Huka mir beim Aufstehen helfen, weil mein Rücken sich anfühlte, als hätte sich ein Wolf darin verbissen."

„Es tut bald nicht mehr weh", beschwor ihn Naduah. „Mutter ist eine gute Heilerin."

„Ja, das ist sie." Ein Lächeln huschte über Mahtos sanftes Gesicht. „Aber was ist mit dir?"

„Mit mir?"

„Ich habe deinen Blick heute Morgen gesehen. Gibt es da nicht etwas, das du mir erzählen willst? Wonach verzehrst du dich?"

„Nach etwas, das unmöglich ist." Sie presste die Lippen aufeinander, nahm eine Handvoll Pemmikan aus der Rohlederschachtel, rollte die Masse zu einer Kugel zusammen und naschte davon. Das Gemisch aus getrocknetem Fleisch, geschmolzenem Fett und Walnüssen war gewöhnungsbedürftig, aber über die Jahre hatte sie gelernt, es zu mögen. „Sie werden mich nie mit auf die Bisonjagd nehmen. Ich bin eine Frau."

„Aha." Mahto fuhr damit fort, seine Flöte zu verzieren. „Du willst eine Jägerin sein. Das dachte ich mir. Dein Körper und dein Geist sind stark, du musst den arroganten Kerlen nur beweisen, dass du mithalten kannst."

„Ich habe noch keine Frau gesehen, die Bisons jagt."

Naduah schloss die Augen und sah sich auf Siyo über das Meer aus Gras fliegen. Die Erde bebte unter den Hufen abertausender schwarzer Leiber, als müsste sie jeden Augenblick zerbrechen. Todesmutig jagte ihre Stute hinein in die Masse aus galoppierenden Büffeln. Muskeln und Sehnen spannten sich an, Pfeile zerschnitten sirrend die Luft. Schaudernd sank sie in sich zusammen. Es war ein Traum. Und es würde ein Traum bleiben.

„Wenn du ihnen beweist, dass du gut genug bist, wird man es dir erlauben." Mahto legte eine Hand auf ihre Schulter. „Und du wirst keineswegs die erste Frau sein, der das gelingt. Geh mit mir diesen Winter auf Jagd. Ich werde dir alles beibringen, was ich weiß. Im nächsten Herbst wirst du so weit sein, die Krieger zu begleiten. Nicht als eine der Frauen, die das Jagdlager bauen oder das Fleisch zerteilen. Sondern als Jägerin. Du wirst sehen, dass dein Wanderer gar nicht anders kann, als dich zu bewundern."

Naduah verschluckte sich an ihrem Pemmikan. „Mein Wanderer?"

„Du warst heute Nacht mit ihm am Fluss." Ein Funkeln huschte durch die Augen ihres Vaters. „Wir alten Kojoten mögen den Ritt der Jäger verschlafen haben, aber Nachrichten wie diese verbreiten sich schnell im Dorf. War es schön, Tochter? Hat er dir das gesagt, was du hören wolltest?"

„Ja … nein … ich …"

Mahto schüttelte sich vor Lachen. Der gewohnte Schalk kehrte in seine Augen zurück. „Der Gedanke an dich wird Nocona während seiner gesamten Reise begleiten. Du hast ihn damals aus der Zwischenwelt befreit und ich glaube, dass du ihn auch durch seine große Suche führen wirst."

„Was für eine große Suche?"

„Er wird nach der Jagd nicht mit den anderen Kriegern hierherkommen, sondern auf die Suche nach seinem heiligen Baum gehen. Zusammen mit seiner Schwester. Sie werden weit nach Westen reisen, bis hin zu dem Meer, das die Weißen den Pazifischen Ozean nennen. Hat er dir nichts davon erzählt?"

„Nein." Ihr Herz verwandelte sich in einen Eisklumpen. Mahtos Worte trafen sie wie scharfe Pfeile. Unwirklich, schmerzhaft und qualvoll. Ihre Träume zerplatzten. Ihre Hoffnungen fielen vom Himmel wie abgeschossene Vögel.

„Sei nicht traurig." Er streichelte zärtlich über ihr Haar. „Nutze die Zeit, um die Frau zu werden, für die er alles tun wird. Sobald ich wieder richtig laufen kann, reiten wir in die südlichen Wälder. Du wirst wie Nocona auf die Suche gehen. Bist du einverstanden, Tochter?"

Sie wischte sich eine Träne aus dem Augenwinkel und nickte.

Sara, 2011

Ihre Seele klammerte sich an den Traum wie eine Zecke. Etwas klingelte penetrant und Sara fühlte, wie die Wirklichkeit sie packte und in kaltes Wasser tauchte. Sie wollte nicht zurückkehren. Nicht einmal trotz der Enttäuschung, die sich wie eine Faust um ihren Magen schloss.

Nocona …

Seine Stimme, der Geruch seiner Haut. Weiches Haar, das über ihre Wange strich. Die Taufrische des Morgens, durchdrungen vom Atem vergangener Zeiten. Verdammt! Dieses bescheuerte Handy. Warum hatte das blöde Ding überhaupt Empfang?

„Merger“, knurrte sie hinein.

„Sara, Gott sei Dank!“

Die kreischende Stimme wischte den letzten Rest Schlaf beiseite und mit ihm den Zauber des Traumes. Frustriert vergrub sie ihr Gesicht im Kissen, während ihre Chefin weiterplapperte.

„Aufgrund des Klimawandels und des damit verbundenen Zwangs, Energie zu sparen, wird das Licht am Ende des Tunnels bis auf weiteres abgeschaltet.“

„Hä?“

„Ich will sagen, dass ich dich leider aus deinem Traumland zurückziehen muss. Ich habe den ganzen Tag versucht, dich anzurufen. Gibt es in dem verteufelten Nest keinen Empfang?“

„Nein. Das heißt, nur phasenweise.“ *Blöderweise*, fügte sie stumm hinzu. Saras Gehirn verarbeite die Informationen nur schleppend. Den ganzen Tag? Warum war es schon dunkel? Sie konnte unmöglich so lange geschlafen haben. Oder doch? Und was meinte Ruth damit, sie müsse sie zurückziehen? „Wie spät ist es?“

„Kurz vor zehn, vermaledeite Scheiße.“

„Was?“ Sie fuhr hoch und blinzelte ins Dunkel hinein. Ein Blick auf das leuchtende Display des Handys brachte Gewissheit. 20:55 Uhr, knapp eine Stunde früher als in New York. Teufel aber auch, sie hatte den kompletten Tag verschlafen. Ihr Schädel dröhnte wie eine riesige Glocke.

„Was treibst du, Sara? Muss doch stinklangweilig sein.“

„Mitnichten. Ich habe am Feuer gehockt, Präriehuhn gegessen, war in einem einsamen Weiher baden und habe morgens am Fluss um ein Haar einen wunderschönen Mann geküsst.“

Diesmal war es Ruth, die auf der Leitung stand. „Bitte was?“

„Ach nichts. Sag schon, was los ist.“ Sie zog das Kissen über ihren Kopf und verwünschte ihren Wachzustand. „Warum klingelst du mich

aus dem Bett?"

„Du musst deinen Hintern wieder nach New York schwingen, das ist los. Albert und Nick hatten einen Unfall, diese Volltrottel."

Sara rieb sich die Augen. „Was ist passiert? Wie geht es ihnen?"

„Na ja, sie leben. Gehirnerschütterung, ein paar gebrochene Knochen, so was eben. Nick hat's das Schambein zerhauen. Die Typen mussten nach der Arbeit unbedingt noch einen bechern, setzten sich stockbesoffen in ihre Karre und bretterten schlechte Lieder grölend gegen den nächstbesten Brückenpfeiler. Das Bußgeld wird saftig, zumal noch Beamtenbeleidigung dazukommt."

„Oh weh."

„Genau. Oh weh. Ich brauche dich, hörst du? Der Laden geht unter. Ich weiß, du bist verknallt. Na und? Erzähl mir von dem Mann, den du brauchst, und ich sage dir, wie du bestens ohne ihn auskommst."

„Ich kann nicht."

„Mag sein. Aber es ist, wie es ist. Nimm morgen früh den ersten Flieger und rette mein Leben."

„Ruth, ich kann nicht." Sie war gerade erst angekommen und hatte noch nicht mal Makah gesehen. Unmöglich, jetzt schon zu verschwinden.

„Sara, verdammt, ich brauche dich hier." Ruth geriet in Rage. „Klar laufen hier noch andere rum, aber diesen hirnamputierten Zombies traue ich nicht mal im Ansatz deine Kreativität und dein Empfinden für Farbharmonie zu."

„Aber ich …"

„Keine Widerrede. Ich bin noch immer deine Chefin, auch wenn wir gern zusammen Cocktails trinken und unsere Lippenstifte tauschen. Schwing deinen Hintern hierher und zwar hurtig."

Ruppig legte sie auf. Sara warf das Handy mit Schwung in Richtung Koffer und rieb sich die Schläfen. Nein, nein, nein! Unmöglich. Kaum war sie hier, wurde sie schon wieder zurückgepfiffen. In ihr erwachte der Rebell und wollte Ruths Nummer wählen, um ihr einen saftigen Fluch nebst einer Absage um die Ohren zu hauen, doch die Vernunft gewann in letzter Sekunde Oberhand. Sie brauchte diesen Job. Wo sonst fand man gute Bezahlung und freundschaftliches Flair miteinander vereint? Ruth war ein einnehmender, aber leider auch kompromissloser Charakter, der nicht zögerte, hart durchzugreifen. Passte jemand nicht ins Team und störte den reibungslosen Ablauf der Dinge, fand sich derjenige auf dem Gehweg vor dem Verlagsgebäude wieder. Sara zweifelte keine Sekunde, dass auch sie dieser Gefahr ausgesetzt war.

Vor sich hinschimpfend stand sie auf und packte ihre Koffer, die sie vor ein paar Stunden erst ausgeräumt hatte. Ihr war zum Heulen zumute.

Bei diesem Wetter würde es ewig dauern, bis sie den Flughafen erreicht hatte. Besser, sie machte sich schon jetzt auf den Weg. Irgendein wagemutiger Taxifahrer würde sich ihrer schon annehmen. Hinter den rieselnden Flocken herrschte absolute Stille und unverfälschte Nacht. In New York tobte tags wie nachts das Leben. Es gab keine Sekunde des Innehaltens. Die Stadt, die niemals schlief, bot ihr keinen Platz mehr, um die Seele ausruhen zu lassen. Saras Hoffnung, diesen Tretmühlen für ein paar Wochen entfliehen zu können, zerplatzte wie eine Seifenblase. Sie nahm ihr Gepäck und schlafwandelte die Treppe hinunter. Ein winziger, kaum tröstender Hauch von Erleichterung stellte sich ein, als sie sah, dass Anna noch immer am Empfang saß. Mit einem gewaltigen Eisbecher auf dem Schoß hockte sie vor einem Schwarz-Weiß-Fernseher, der die Größe eines Radios besaß.

„Haben Sie etwas von Makah gehört?“ Ihre Augen brannten. Herr im Himmel, am liebsten hätte sie auf der Stelle losgeheult. „Man hat mich zurück nach New York beordert. Die Hütte brennt.“

Anna lächelte mitfühlend. Das war zu viel. Sara spürte, wie ihr die Kontrolle entglitt. Tränen stiegen ihr in die Augen, alles begann sich zu drehen.

„Tut mir leid, Schätzchen. Es hat wohl wieder ein paar Notfälle gegeben, zu denen er gerufen wurde. Wahrscheinlich wird es später Abend, ehe er auftaucht. Soll ich dir ein Taxi rufen?“

„Ja, danke.“ Da ihr schwindelig war, fiel sie auf einen der Stühle und hielt sich an ihrem Koffer fest. Schmerzimpulse zuckten durch ihr Gehirn. Was war nur mit ihr los? Wurde sie krank? Ausgerechnet jetzt, wo sie Kopfschmerztabletten dringend nötig hätte, befanden sich keine in ihrem Gepäck.

„Es kann aber dauern, bis es hier aufkreuzt.“ Anna stellte ihr Eis beiseite und zückte das Telefon. „Du hast ja gesehen, wie die Straßen aussehen.“

„Mein Flug geht erst morgen früh. Haben Sie vielleicht Kopfschmerztabletten?“

„Nein, tut mir leid. Ist es sehr schlimm?“

„Es geht. Hören Sie, könnten Sie mir einen Gefallen tun?“

„Aber sicher doch.“

„Geben sie Makah das hier.“ Sie reichte Anna eine Visitenkarte, wobei es all ihre Kraft erforderte, die drei dafür nötigen Schritte aufrecht zu vollführen. „Er soll mich bitte anrufen. Es ist dringend.“

„Natürlich. Mach ich doch gern. Aber Sie sehen nicht gut aus. Soll ich Ihnen einen Tee machen? Kaffee? “

„Nein, danke.“

Sara setzte sich wieder. Etwas Eigenartiges ging hier vor sich, und sie

war dem hilflos ausgeliefert. Verflucht, sie kannte Makah nicht einmal. Er war ein Fremder. Ein faszinierender Fremder, sicher, aber niemand, der sie krank machen durfte vor Sehnsucht. Jahrelang war sie als starke, unerschütterliche Frau durchs Leben gegangen, die nichts aus der Bahn werfen konnte. Sie hatte ihren Schulabschluss mit Bestnote abgeschlossen, Praktiken auf drei Kontinenten absolviert, in einem Tempel in Indien ihre Faszination für alte Kulturen entdeckt, zahllose Erfahrungen gesammelt, ihr Studium mit glänzender Note abgeschlossen und sich in sämtlichen Staaten beworben, um letztlich den Sprung von Quebec nach New York zu wagen, raus aus ihrem vertrauten Leben … und jetzt hockte sie hier und fühlte sich wie ein hilfloses Kind. Vielleicht lag darin der Knackpunkt. Sie hatte sich nie um etwas sorgen müssen. Alles war ihr in den Schoß gefallen. Ein behütetes, gut situiertes Elternhaus, der Besuch der besten Schule Montreals, Reisen durch die Welt, ein gut bezahlter Job in New York. Sie war einem sanften, ihr wohlgesinnten Strom gefolgt, der sich plötzlich in reißendes Wildwasser verwandelte.

Die undichten Fenster ließen kalte Zugluft herein. *Wenn der Wind mir durch das Haar weht, weiß ich, dass du dich in meinem Herzen bewegst.*

Sie massierte sich die Nasenwurzel. Versuchte, alle Gedanken an Makah und an ihre Träume beiseite zu wischen. Ein klarer Kopf war das, was sie brauchte. Doch mit jedem Atemzug fiel es ihr schwerer, sie selbst zu bleiben. Ein Schleier legte sich vor ihre Augen. Selbst, als sie blinzelte, verschwand er nicht.

Frà Martino, campanaro. Dormi tu? Dormi tu? Suona le campane, suona le campane! Din don dan, din don dan.

Eine Kinderstimme erklang. Cynthias Stimme. Leise sang sie, lieblich und verwunschen. Wie zarte Vögel erhoben sich ihre Worte. Etwas packte Sara und stieß sie zu Boden. Ein Schrei gellte. Ihr eigener. Jahre vergingen, ganze Jahrzehnte. Sie sah einen wirbelnden Fluss aus beschleunigter Zeit, der sie fortriss und durch ein stilles Universum schleuderte. Unter ihren Händen fühlte sie staubige Holzdielen. Ein Schmerz loderte in ihrer Brust, der unbeschreiblich war. Sie weinte, wie nur ein Mensch ohne Hoffnung weinen konnte. Sie schrie, wimmerte und schluchzte, geschüttelt von Krämpfen, die ihre Seele zerreißen wollten. Wie von Sinnen zerkratzte sie das Holz, bis ihre Nägel sich vom Fleisch lösten und Blut das Holz tränkte. Schwindel übermannte sie. Kraftlos kippte sie zur Seite. Verschwommen erkannte Sara eine Frau, die ein Kind in ihren Armen hielt. Seltsam war sie gekleidet, in ein braunes Kleid mit Schürze, und ihre Haare waren bedeckt von einer Haube, wie man sie seit hundert Jahren nicht mehr trug. Das Mädchen in ihren Armen konnte kaum älter sein als fünf Jahre. Es war aschfahl, seine Lippen blau. Der Tod hatte es genommen. Es war ihr Kind. Ihre Tochter.

„Nein!“ Sara schrie dieses Wort mit aller Kraft hinaus. Blut tropfte von ihren zerschundenen Händen, doch sie spürte keinen körperlichen Schmerz. Schon lange nicht mehr. „Nein, nein, nein!“

Ein schwarz gekleideter Mann kam auf sie zu. Der Pastor. Sein Blick war unbeseelt und streng. „Finde zurück zu Gott. Höre sein Wort. Lass dich erlösen.“

Sie sprang auf ihn zu, stieß ihn mit übermenschlicher Kraft beiseite und entriss der Frau das tote Kind. Dann rannte sie. Rannte wie von Furien gejagt aus dem Haus und der offenen Weite der Prärie entgegen. Dort draußen hinter dem Horizont wartete er und suchte nach ihr. Seit so vielen Jahren. Sie musste es schaffen! Sie musste! Alles würde gut werden, wenn sie wieder zu Hause war. Bei ihrer einzig wahren Familie.

Sie musste laufen. Immer weiter laufen. Niemals würde man sie wieder einsperren. Ihre Beine waren einst stark gewesen, damals, als sie mit dem Wind gerannt und mit dem Sturm geritten war. Doch jetzt, nach langen Jahren der Trauer und des Gefangenseins, versagten sie ihr den Dienst.

Sara stürzte. Das Kind glitt aus ihren Armen und rollte über staubige Erde. Entsetzen durchfuhr sie. Hatte Topsannah sich wehgetan? Nein, sie weinte nicht. Lag ganz still da. Tapfere Kleine. Sie wollte zu ihrer Tochter hinüberkriechen, doch jemand packte sie bei den Schultern. Sara kreischte und schlug um sich. Niemals würde sie zurückgehen. Niemals. Lieber starb sie an Ort und Stelle. Ihr Leben war dort draußen. Dort, wo ihre Seele frei atmen konnte. Nur deshalb war Topsannah krank. Sie musste zurückkehren, um ihre Tochter zu heilen.

„Liebes, so kommen Sie doch zu sich. Hören Sie mich? Alles ist gut.“

Sara riss die Augen auf. Sie stürzte, wurde aufgefangen und an einen weichen Körper gedrückt. Da war keine Frau mit einer Schürze. Kein krankes Kind. Keine brüllenden Männer, die sie packten und zurück in ihr Grab brachten. Es war Anna.

„Was ist mit Ihnen? Sagen Sie doch was. Geht es wieder?“

Sara blinzelte. Was war geschehen? Warum lag sie auf dem Boden? Und – großer Gott! – warum bluteten ihre Hände? Die Haut an den Fingerspitzen war aufgescheuert, die Nägel eingerissen. Wie war das möglich? Sie musste sich beim Sturz verletzt haben. Aber es waren nicht die Wunden eines Sturzes. Langsam, sich freikämpfend aus der Betäubung, kam der Schmerz. Er wuchs und wuchs, bis ihre Finger in Flammen standen.

„Alles okay“, presste sie hervor. „Es geht schon wieder.“

Hatte Topsannah sich wehgetan? Nein, sie weinte nicht.

Lag ganz still da. Tapfere Kleine.

Großer Gott! Sara hielt sich den Kopf und schwankte.

„Kind, Sie bluten ja wie verrückt. Ich rufe besser einen Arzt.“

„Nein." Mühsam kämpfte sie sich auf die Füße, gestützt von Annas Armen. „Mir geht es gut."

Noch immer war er in ihr. Dieser gewaltige Schmerz. Diese unerträgliche Leere, die jeden Moment des Lebens in ein Martyrium verwandelte. Das, was sie für Momente gespürt hatte, musste die furchtbarste Verzweiflung sein, die ein Mensch empfinden konnte. Es war, als hätte sie in die Abgründe der Hölle geblickt.

„Oh je, oh je." Anna rieb sich das kreidebleiche Gesicht. „Was tun Sie einer alten Frau nur an? Man hätte meinen können, ein Dämon sei in Sie gefahren. Sehen Sie sich das an. Sie haben die ganzen Dielen zerkratzt."

„Es tut mir leid." Sara sank in den Stuhl. Sie fühlte ihren Körper nicht mehr. Alles war fern. „Bitte geben Sie Makah unbedingt die Karte."

„Natürlich mache ich das. Keine Sorge, Liebes. Er bekommt sie."

Sie brach in Tränen aus. Es war unmöglich, etwas dagegen zu tun. Ebenso gut hätte sie mit bloßen Händen eine Flutwelle aufhalten können. „Ich muss ihn wiedersehen. Ich weiß nicht warum, aber …"

Ihre Stimme brach. Schluchzend sank sie zusammen, während Anna sie umarmte. Alles entglitt ihrer Kontrolle. Ihre Gefühle, ihre Träume, ihr gesamtes Leben.

Makah, 2011

„Sie war hier!" Makah war außer sich. Isabella gab hektisch Daten in den Computer ein, ohne zu ihm aufzublicken. „Ich weiß es. Warum hast du mir nichts gesagt?"

„Keine Ahnung, was du meinst."

Zorn ließ ihr Gesicht noch ausgezehrter wirken. Ungeachtet dessen hätte er sie am liebsten über den Tresen gezogen. Dass die höllischen Kopfschmerzen ihn seit heute Nachmittag fast umbrachten, machte eine Kontrolle seiner Gefühle nicht leichter. In seiner Unbeherrschtheit war er sich selbst fremd, doch Makah konnte nichts dagegen tun. Höchstwahrscheinlich war es sein dröhnender Schädel. Oder er wurde krank. Oder er war zum ersten Mal seit Langem wirklich sauer.

„Wie du siehst, habe ich zu tun", murmelte Isabella. „Außerdem weiß ich nicht, was du meinst. Wer soll hier gewesen sein?"

Makah schlug mit der flachen Hand auf den Tresen. „Lüg mich nicht an. Ich kenne dich. Raus mit der Sprache."

Endlich blickte sie auf, während ihre Finger wie eingefroren über der Tastatur schwebten. „Also gut. Sie war hier. Aber deine neue Freundin hat es keinen Tag hier ausgehalten. Wichtige Termine trieben sie wieder nach New York. Hast du was anderes erwartet?"

Makah schloss die Augen und versuchte, ruhig zu atmen. Isabella hatte recht. Er war dumm, wenn er sich rosaroten Träumereien hingab. Was zum Teufel hatte er erwartet? Dass diese Frau hier einfiel, ihn in den siebten Himmel beförderte und seine Askese in liebestechnischen Dingen mit leidenschaftlicher Inbrunst beendete? Am liebsten hätte er den Tresen kurz und klein gehauen. Noch dazu log Isabella ihn an. Nach allem, was er für sie getan hatte. Sein Kopf reagierte auf diese Erkenntnis mit tanzenden Messerklingen. Er musste dringend wieder runterkommen. Dieser hormongebeutelte Steinzeitmensch war nicht der Makah, den er kannte.

„Bevor du dich verliebst, sollte ich dich vielleicht mal aufklären, was deine neue Bekanntschaft von dir hält." Isabellas Stimme war so kalt wie der Schneesturm. „Sie bezeichnete dich als geschäftliche Angelegenheit. So sieht es aus. Als du nicht sofort zur Verfügung standest, rief sie sich ein Taxi und entschwand wieder nach New York." Ihr Lächeln mutierte zu einem maskenhaften Grinsen und nahm Isabella den letzten Rest Liebreiz.

„Sie hat nichts hinterlassen?"

„Nein."

Makah würgte an einem Klumpen tief schürfender Enttäuschung, der sich in seiner Kehle einnistete. *Hör auf damit*, beschwor er sich. *Lass es gut*

sein. Du wusstest von Anfang an, dass das nichts wird.

„Nach deiner letzten Erfahrung mit weißen Frauen hättest du es besser wissen müssen."

Isabella griff nach seiner Hand. Wie versteinert starrte er auf ihre dünnen Finger, die sich um seine schlossen. Wenn sie doch nur zu Sara gehören würden. Bei Gott, er war wirklich triebgesteuert. Oder hoffnungslos romantisch.

„Sie sind nicht so wie wir", hörte er seine Freundin säuseln. „Sie denken immer noch, sie wären was Besseres. Es tut mir leid. Lass dich davon nicht runterziehen."

Makah fuhr herum. Jeder Schritt fühlte sich an, als trüge er ihn ein Stück weiter hinaus aus dieser Wirklichkeit. Ob er heute Nacht wieder von der Vergangenheit träumen würde? Er hoffte es sehr. In diesen Träumen fühlte er sich zu Hause. Er fühlte sich richtig. Die Begegnung mit Sara schien sie ausgelöst zu haben, vielleicht auch das Bild von Quanah oder beides zusammen – eine in Gedanken versunkene Frau, die das Foto anstarrte und dabei so verletzlich und wunderschön aussah. Er wollte Antworten. Nein, er brauchte Antworten. Was war das Geheimnis ihrer Begegnung? Was war das Geheimnis der Träume? Und wenn wirklich ein tieferer Sinn hinter allem lag, warum hatte das Schicksal etwas dagegen, dass sie sich wiedersahen? Warum ließ es Sara nicht dasselbe fühlen, was er fühlte? Wäre es so, hätte sie nicht einfach so verschwinden können, als wäre er nur ein weiterer ihrer zahllosen, verpassten Geschäftstermine.

„Warte", hörte er Isabella rufen. „Wo willst du hin? Ich habe dich noch bei Robert angemeldet. Er braucht Hilfe bei der eingestürzten Turnhalle."

„Isabella, es ist fast halb zwölf. Ich bin keine Giraffe, die mit vier Minuten Schlaf auskommt."

„Ich weiß, aber für morgen Abend ist ein neuer Schneesturm angesagt. Bis dahin muss alles ..."

„Bella, ich muss morgen um sechs Uhr raus und diese alte Dame zwecks Behördenmarathon nach Lawton bringen. Weißt du noch? Den Termin hast du mir letzte Woche aufs Auge gedrückt."

„Ja, aber ..."

„Okay, du hast recht. Warte einen Moment. Ich gehe eben raus, tanze im Kreis, singe ‚Heja Heja' und lade mich an der Energie des Großen Mysteriums wieder auf. Danach stehe ich dir mit Bärenkräften achtundvierzig Stunden am Stück zur Verfügung."

Isabella blickte zerknirscht drein.

„Ach ja", fügte er hinzu. „Denke bitte daran, dass ich Roberts Wagen brauche. Ich kann eine achtzigjährige Lady unmöglich auf mein Pferd

hieven und mit ihr nach Lawton reiten. Der Bus dürfte nicht kommen und meine Karre scheppert im Jenseits vor sich hin."

Ehe er wusste, wie ihm geschah, hatte er mit wütendem Schwung die Tür hinter sich zugeworfen. Was war das denn gewesen? Seine erste Abfuhr seit zehn Jahren? Nicht zu fassen. Er konnte Isabellas schockiertes Gesicht deutlich vor sich sehen, mit dem sie die geschlossene Tür begaffte. Vermutlich war sie sicher, dass er mit reumütig gesenktem Blick und eingekniffenem Schwanz zurückkehrte und sich flugs zur Turnhalle aufmachte. Tatsächlich spielte er ein paar Sekunden mit dem Gedanken, doch nach kurzen Hin und Her siegte der Egoist. Er war müde und wollte verdammt noch mal schlafen. Isabella musste endlich begreifen, dass er nicht rund um die Uhr funktionieren konnte, ohne früher oder später zusammenzubrechen.

Cezi empfing ihn mit hängendem Kopf und schien zutiefst erleichtert, als Makah sich auf seinen Rücken zog. Noch einer, der es kaum erwarten konnte, nach Hause zu kommen. Die Nacht hüllte sich in einen nebulösen Schleier, was nicht an dem Schnee lag, der durch die Dunkelheit fegte. Die wohltuende Ödnis der Plains besänftigte sein erhitztes Gemüt, doch das Blut in seinen Adern brodelte noch immer. Im Geiste sah er Kehala vor sich, seine Schwester in der anderen Welt. Schon einmal war er wie jetzt auf den Horizont zugeritten und hatte eine Reise auf sich genommen, wie sie kein Nunumu zuvor gewagt hatte. Wie war sie geendet? Welche Abenteuer und Gefahren hatten sich ihnen in den Weg gestellt? In seinem letzten Traum war er ein Krieger auf der Großen Jagd gewesen, verliebt und erfüllt von Furcht, Naduah niemals wiederzusehen. Er erinnerte sich an den letzten Blick, den er ihr zugeworfen hatte. Kurz war er gewesen, erfüllt von der Hoffnung, ihr Gesicht und ihre Augen bewahren zu können, bis das Schicksal sie wieder zusammenführte.

Träume … Visionen … uralte Erinnerungen? Vielleicht auch nur lebhafte Bilder, zusammengefügt aus allem, was er je gesehen, gehört und erlebt hatte. Dieser Blick, mit dem Sara das Bild von Quanah angestarrt hatte. Ihre Tränen angesichts der Utensilien in der Vitrine. Echos seiner eigenen Gefühle, die ihm das Gefühl vermittelt hatten, in dieser Frau eine andere Version seiner selbst zu sehen.

Makah schloss die Augen und nahm einen Geruch wahr, der ihm unbekannt war. Herb. Schwer und ein wenig ranzig. Unvermittelt setzte der Sog ein, obwohl er hellwach war. Es war nicht die Dunkelheit der Nacht oder des Schlafes, die ihn umgab. Es war ein Strudel, der ihn in eine Welt neben dieser Wirklichkeit führte. Dorthin, wo die verstrichenen Jahrhunderte keine Rolle mehr spielten. Irgendwo knisterte ein Feuer, von fern erklang das Lachen eines Mädchens. Mit betäubender Wucht riss ihn der Sog in die Tiefe und verwirbelte die Flüsse von Zeit und Raum.

Nocona, 1841

Während er die Schnüre seines Wamses zuband, saßen Peta und Zuzueca stumm am Feuer und beobachteten ihn. Ihre Traurigkeit war spürbar, doch er ließ sie nicht an sich heran. Der Bequemlichkeit wegen trug er nur seine schlichte Jagdkleidung. Hohe, mit Stachelschweinborsten verzierte Mokassins über einfachen Beinlingen, einen Schurz und das Wams, dessen Fransen seine nackten Arme kitzelten. Am Hüftband hingen all die Dinge, die immer griffbereit sein mussten. Sein Medizinbeutel, dessen wichtigste Zutat noch fehlte, ein Behälter mit Heilkräutern und einer mit Zündsteinen, Sehnen, Nadel und Ahlen.

Er trug seinen Bogen, den Wolfspelzköcher, ein Messer und eine kleine Steinklinge, die unauffällig an seine Wade gebunden war. Die flachen, mit Gras gefüllten Ledersäcke, die auf die Rücken ihrer Pferde gebunden waren, waren mit weiteren Waffen, Kleidung, Proviant, ein paar Fellen und dem Nötigsten an Werkzeug behangen. Nocona war sich sicher, nichts vergessen zu haben. Draußen hörte er Kehala mit einer Freundin schwatzen. Dank ihr wusste inzwischen jeder im Dorf, wohin sie gehen würden.

Peta erhob sich und gab ihm die Schachtel, in der seine Adlerfedern lagen. Zärtlich strich sie ihm über das Haar. Damit es nicht vom Wind verfilzt wurde, hatte er Biberöl hineingerieben, es zu zwei Zöpfen geflochten und beide mit Pelz umwickelt.

„Macht euch keine Sorgen." Nocona legte seine Hand auf Petas Wange. „Wir kehren gesund zurück. Ich weiß es. Die Geister sprachen in vielen Träumen zu mir."

„Meinem Bruder ist niemand gewachsen." Wie ein Wiesel huschte seine Schwester ins Zelt und baute sich vor ihm auf. „Wenn uns jemand Böses will, stopft er ihm seinen eigenen Skalp in den Mund. Bitte, lass uns endlich aufbrechen. Ich halte deine Trödelei nicht mehr aus. Komm endlich, Bruder!" Kehala warf sich ihre Robe aus cremefarbenen Kaninchenfellen um und rannte nach draußen. „Es ist ein wunderschöner Morgen."

„Ihr hättet es ihr nicht erlauben sollen", knurrte Nocona. „Warum habt ihr kein Machtwort gesprochen?"

Zuzueca zog eine Grimasse. „Wenn deine Schwester schmollt, sind wir wie Schnee in der Sonne. Selbst das kälteste Kriegerherz kann ihr nicht widerstehen."

„Ich sollte sie an einen Zeltpfosten binden. Da kann sie zappeln, bis sie schwarz wird."

Peta lächelte freudlos. „Nein, mein Sohn. Nicht einmal ein Dämon

könnte deine Schwester zu etwas zwingen, was sie nicht will. Ebenso kann man versuchen, einen Präriebrand zu zähmen."

Nocona winkte ab, schlüpfte aus dem Zelt und streckte sich, um seine Muskeln zu lockern. Ihn empfing ein prachtvoller Morgen. Die herbstlich gefärbte Prärie leuchtete im ersten Sonnenschein, überzogen von Nebelschleiern und glitzerndem Tau. Weder Icabu noch Makamnaya waren in der Nähe. Nichts anderes hatte er erwartet. Der eine war nachtragend ohnegleichen, der andere zu träge, um so früh aufzustehen.

„Seid bis zur nächsten Bisonjagd zurück." Zuzuecas Mauer aus unerschütterlicher Würde bröckelte. „Ich brauche euch beide. Nur wenn ihr bei uns seid, bin ich ein glücklicher Mann."

Nocona sah davon ab, seine Eltern zu umarmen. Kehala tat es ihm gleich. Zu viele Augen ruhten auf ihnen, zu verletzlich war die Beherrschung, die Zuzueca und Peta aufrecht hielten.

„Möge der Große Geist mit euch sein", sagte ihr Vater. „Mögen eure Schutzgeister stets in eurer Nähe sein."

Er antwortete mit einem Lächeln und schwang sich auf sein Pferd. Einen letzten Blick warf er auf das Tipi seiner Familie, prägte sich jede Einzelheit ein und legte sie in seinem Geist ab, sodass er sich jeden Abend und jeden Morgen mit dieser Erinnerung trösten konnte, wenn er der Heimat fern war. Kehala hingegen, trunken vor Abenteuerlust, stieß ihrer Fuchsstute die Hacken in die Flanken und stürmte mit wilden Freudenschreien voraus.

„Vielleicht schaffst du es während eurer Reise, sie zu zähmen", hoffte Peta. „Ich gebe dir die Erlaubnis, sie im Notfall zu züchtigen."

Nocona antwortete lediglich mit einem Seufzen. Wenn etwas aussichtslos war, dann der Versuch, Kehala in ein Mädchen zu verwandeln. Unter ihm tänzelte Cetan und brannte darauf, über die Prärie zu jagen, die Kraft seiner Muskeln explodieren zu lassen und das zu tun, wofür er geschaffen worden war. Eins mit dem Wind zu werden.

Er verabschiedete sich mit Blicken und einem Lächeln, trieb Cetan an und sog, während er durch das Dorf ritt, die vielfältigen Düfte ein. Rauch, Pferde, eingekochte Pflaumen und verrottete Maulbeerrinde, die Leder beim Gerben so gelbbraun färbte wie Kehalas Kleid. Erst, als er die letzten Zelte passiert hatte, ließ er die Zügel des Hengstes locker. Wie ein befreiter Sturm jagte Cetan los. Er ließ das Dorf in Windeseile hinter sich, holte Kehalas Stute ein und vollführte bei der Durchquerung des Flusses übermütige Bocksprünge, die jeden ungeübten Reiter abgeworfen hätten. Eiskaltes Wasser durchnässte seine Beinlinge. Erschrockene Gänse stoben aus dem Schilf auf und flatterten in alle Richtungen davon.

„Ist es nicht wunderbar?", rief Kehala. „Hör auf, dir Sorgen zu machen. Wir beide werden als Helden zurückkehren."

„Als Helden?“ Er stieß ein schnaubendes Lachen aus. Es war schwer, wütend zu sein, wenn man auf dem Rücken eines Pferdes saß und im Herbstwind der Geruch nach Abenteuer lag. „Du meinst als Skalps, die an einem Planwagen oder an einer Kriegslanze baumeln. Oder als Berglöwen-Futter.“

„Bruder, man könnte meinen, du hättest dir einen Skunk auf das Gesicht gebunden.“

„Warum?“

„Immer siehst du nur schwarz und weiß.“

Er kapitulierte mit einem Kopfschütteln. Mochte sie ihren Willen bekommen, spätestens in den Bergen würde Kehala ihre Abenteuerlust bereuen und freiwillig zurückreiten. Er lehnte sich zurück und passte sich dem Rhythmus des Pferdes an. Cetans Hufe trommelten auf den Boden, Wind rauschte in den Bäumen. Hinter all der Sorge kochte Noconas Blut und glühte sein Herz. Was würde dort hinter dem Horizont auf sie warten?

„Weißt du noch damals?“ Kehala kam so dicht an ihn heran, dass ihre Knie sich streiften. „Als Makamnaya seine Notdurft hinter einem Busch verrichten wollte und von einem Skunk eingesprüht wurde? Einen Mond lang musste er außerhalb des Zeltes schlafen. Man schrubbte ihn, steckte ihn in eine Schwitzhütte und ersäufte ihn fast mit diesem fürchterlichen Aufguss.“

„Ich liebe deine Art, die Dinge zu sehen, kleine Schwester. Aber du hast keine Ahnung, auf was du dich eingelassen hast.“

„Oh doch, die habe ich.“

„Wir müssen das himmelhohe Gebirge überqueren. In ihm hausen die Dämonen des Frostes und Schlimmeres.“

„Und Schlimmeres?“

Kehala dachte nicht daran, Angst zu bekommen. In lockerem Galopp durchmaßen ihre Pferde den Wald aus goldenen Pappeln. Noch lag das Gebirge in weiter Ferne, aber Nocona glaubte, bereits den drohenden Atem des Eises zu spüren. Sein von sanften Grashügeln geprägter Geist konnte eine solch gigantische Mauer aus Fels und Schnee kaum begreifen. Er hatte sich entschieden, seine körperlichen und seelischen Grenzen auszuloten. Sein Schicksal war es, diesen Bergen die Stirn zu bieten und sich den Dämonen auszuliefern. Aber es war nicht das Schicksal seiner Schwester.

Dann gab es noch die Skalpjäger, die das Papiergeld höher schätzten als das menschliche Leben. In den großen Dörfern der Weißen zahlte man viel davon für die Kopfhaut eines Nunumu.

„Was hast du, Bruder? Geht es dir nicht gut?“

„Nein. Mir geht es nicht gut. Ich habe Angst um dich.“

„Hör auf damit. Ich fürchte nicht die Berge und ich fürchte nicht die Weißen."

Der Pappelwald endete, vor ihnen lag nichts als die Weite der Großen Ebenen. Hügel um Hügel, bis der Blick die Ferne nicht mehr ermessen konnte.

„In unseren Adern fließt das gleiche Blut", sagte Nocona. „Du stehst mir in nichts nach. Abgesehen von deiner Dreistigkeit. Darin übertriffst du jeden Menschen bei Weitem."

„Wo du gerade von gleichem Blut sprichst, was ist mit deinem Blauauge?" Kehalas Augen glitzerten fröhlich. „Wirst du um sie werben, wenn wir zurück sind?"

Im Geiste sah er Naduahs Gesicht. Das Glänzen ihres goldbraunen Haares, die unwirkliche Farbe ihrer Augen. Ihr scheuer, stolzer Blick. Er sah ihre Gestalt, deren Bewegungen die Anmut eines Rehs besaßen, und er sah, wie ihr Kleid sich bei jedem Schritt an ihrer Hüfte und an ihren Brüsten rieb.

„Bruder?" Kehala stieß ihn gegen die Schulter. „So, wie du ins Leere starrst, beantwortest du meine Frage auch ohne Worte."

Er spürte, wie er errötete. Ein Spinnenfaden flog ihm ins Gesicht. Er wischte ihn mit einer beiläufigen Geste fort und überlegte, was er antworten sollte.

„Ich werde es versuchen", sagte er schließlich. „Aber sie ist um vieles stolzer als die anderen Mädchen. Mahto liebt sie sehr. Es wird schwer sein, ihn zufriedenzustellen."

„Wie viele Pferde würdest du für sie geben?"

„So viele, wie ich auftreiben kann. Vielleicht ist sie auch schon verheiratet, wenn wir zurück sind."

„Oh nein. Sie wird keinen anderen heiraten als dich."

„Woher willst du das wissen?"

„Ich weiß es, seit du mir von eurer Begegnung am Fluss erzählt hast. Nein, halt. Ich weiß es seit damals, als sie sich hinter einen Busch hockte, um dich zu beobachten. Und dann euer Gespräch vor der Großen Jagd." Kehala blickte entrückt in den Himmel hinauf. „Eins weiß ich sicher, Bruder. Sie wird auf dich warten. Obwohl es einige Mädchen geben wird, die ihr Pulver aus Weidenrinde in den Tee mischen. Weißt du noch letztes Jahr, als Icabus Verehrerin sich so an ihm gerächt hat?"

„Das wird keiner im Dorf je vergessen."

„Sie muss ihm viel Pulver hineingetan haben. Es klang, als wäre eine ganze Meute tollwütiger Wölfe in seinen Eingeweiden eingesperrt. Und als der böse Geist aus ihm herausfuhr, war es, als schössen die Kanonen der Weißen mehrere Salven ab. Ich frage mich, wie er genug Moos und Blätter zusammenkratzen konnte."

„Icabu würde dir die Fußsohlen abschneiden, wenn er dich reden hören könnte. Er würde dich mit Honig beschmieren und in ein Ameisennest setzen. Er würde dich nackt auf ein Stachelschwein werfen."

„Manche sagen, dass er sogar seine Eingeweide verloren hat und sie anschließend wieder reinstopfen musste."

„Er hätte seine Verehrerin nicht so behandeln sollen. Vor ihrer Familie nannte er sie eine fette, lüsterne Wachtel."

„Es wundert mich, dass Icabu überhaupt Verehrerinnen hat." Kehala schüttelte sich. „Er sieht aus wie ein verhungertes Wiesel und riecht wie der Hintern eines Grizzlys."

Nocona lachte. „Aber wenn er trommelt, vergessen das alle Frauen."

„Was es auch ist, mir ist es egal." Vier Gabelantilopen galoppierten mit aufgestellten Schwänzen über die Hügel. Kehala beschattete ihre Augen mit der flachen Hand und blickte ihnen nach. „Ich glaube, es ist gut, dass wir eine Weile fort sind. Icabu wird lange brauchen, um dir zu verzeihen."

„Ich werde lange brauchen, um ihm zu verzeihen."

„Wie war die Jagd für ihn? Mit einem Lanzenstich am Hintern lässt es sich nicht gut reiten."

„Er hat gelitten wie ein räudiger Kojote. Der Hintern tat ihm dermaßen weh, dass er am laufenden Band fluchte. Und er fluchte noch lauter, als kein einziger seiner Pfeile traf. Im Jagdlager habe ich ein Zelt weitab von seinem bezogen, sonst hätte er mich im Schlaf mit Taranteln überschüttet."

Nocona ließ Cetan die Zügel frei. Schnell wie der Sturmwind jagte das Pferd über die Ebene, streckte sich und flog dahin, bis seine Hufe kaum mehr den Boden berührten. Kehala folgte ihm dichtauf. Aufgelöst im Rausch des Fluges malte er sich aus, wie er mit vielen Pferden vor Naduahs Zelt auftauchte. Wie er Mahto umgarnte und Huka schmeichelte. Wie er das blauäugige Mädchen umwarb, es neckte und verführte, bis es willig mit unter seine Decke kam. Dann ging er mit Naduah hinaus in die Prärie, suchte sich einen der höchsten Hügel und setzte sich mit ihr in das Gras, um auf den Sonnenaufgang zu warten. Das uralte, wortlose Ritual der Vereinigung.

Noconas Träume malten sich all das aus und gingen noch weiter. Sehr viel weiter. Sie gingen so weit, bis er mit seligem Grinsen darum betete, dass die Zeit schnell verging, damit er die Traumbilder endlich Wahrheit werden lassen konnte.

Makah, 2011

„Sag was, Makah. Hey, sieh mich an. Was ist passiert?"

Er lag rücklings im Schnee und sah den Himmel über sich. Eine Frau rüttelte mit zunehmender Brutalität an seinen Schultern. Wo war er? Wer war er? *Das ist Isabella*, vermittelte ihm seine langsam zurückkehrende Erinnerung. *Du bist nach einem verdammt anstrengenden Tag vom Pferd gefallen und hast dir wahrscheinlich den Kopf angeschlagen. Den Kopf, der sowieso seit Stunden durch einen Fleischwolf gedreht wird.*

Vom Pferd gefallen? Ach was. Unmöglich. Er fiel niemals vom Pferd.

„Was?", brachte er hervor.

„Du standest eine halbe Stunde auf dem Hügel." Isabella raufte sich die Haare. Sie sah aus, als würde sie ihn am liebsten schlagen. „Wie eine Bronzefigur von Crazy Horse. Dann bist du runtergefallen."

„Ich bin runtergefallen?"

„Glaub es oder nicht."

„Ich falle nicht vom Pferd. Oder doch? Scheiße."

Makah brachte sich in eine sitzende Position, was sein Schädel mit einem wahren Paukenschlag beantwortete. Um ein Haar wäre er rückwärts wieder umgekippt. Es waren keine Kopfschmerzen wie von einem Sturz, sondern die Nachwehen der Vision. Diesmal hatte er ganz sicher nicht geschlafen, es war kein Traum gewesen. Dieses Wissen schockierte und faszinierte ihn und ließ ihn eine Weile fassungslos ins Leere starren. Dass Isabella ihm mit fahrigen Gesten das Haar aus dem Gesicht strich, nahm er kaum wahr. Visionen waren seit jeher ein bedeutender Teil der Selbstfindung im Glauben seines Volkes, doch nie hätte er erwartet, dass sie ihn mit solcher Heftigkeit überfallen würden.

In seinen Visionen war er Nocona. Er teilte seine Gefühle und Erlebnisse, er teilte das Leben dieses Mannes. Aber warum? Er musste Antworten finden. Und zwar schnell. Visionen dieser Stärke konnten zerstörerisch werden, wenn man es nicht schaffte, sie zu begreifen. Vor allem musste er herausfinden, was Sara damit zu tun hatte. Makah stieß ein unwirsches Schnauben aus. Sara, die Frau, die ihn lapidar als geschäftliche Angelegenheit bezeichnet hatte und inzwischen wieder im Flugzeug nach New York saß.

„Redest du bitte mal mit mir?" Isabella schüttelte ihn. Vermutlich zum hundertsten Mal. „Ist alles okay? Brauchst du einen Arzt?"

„Es geht schon wieder. Mir ist nur kurz schwindelig geworden."

Höchstwahrscheinlich sah er erbärmlich aus, wie er versuchte, sich auf seine wackligen Beine zu stellen. Großer Gott, wie entwürdigend! Er hätte Isabellas Sorgen gern ausgeräumt, aber wie sollte er das bewerkstelligen, wenn seine Muskeln sich anfühlten, als bestünden sie aus Götter-

speise?

„Schaffst du es nach Hause? Soll ich dich fahren?"

„Es geht schon. Alles in Ordnung. Ehrlich. Zumindest, solange keiner gefilmt hat, wie ich vom Pferd falle, und das Ganze auf YouTube stellt."

„Makah." Isabella seufzte und sah ihn an, wie man ein uneinsichtiges Kind ansah. „Du fällst nicht vom Gaul, wenn alles in Ordnung ist."

„Kannst du das einfach vergessen, ja? Mein männliches Ego wäre dir sehr dankbar dafür."

Sanft strich sie ihm über das Haar. Seine Wut auf Isabella verrauchte, als er ihre Sorge sah. Aber es war nicht nur das. Die Maske war von ihren Gefühlen gerissen worden und zeigte ihm zum ersten Mal, wie viel Isabella wirklich für ihn empfand. Aus irgendeinem Grund schockierte es ihn. Ihre heimlichen Blicke, die nichts Platonisches besaßen, waren ihm seit Langem aufgefallen, doch ihm war nicht klar gewesen, wie tief Isabellas Liebe reichte. Nein, er wollte nicht darüber nachdenken. Nicht jetzt, wo sich ein Geheimnis vor ihm auftat, dessen Lösung sich auf sein gesamtes Leben auswirken würde.

„Mach morgen frei. Ich schicke jemand anderen zu Esther, der mit ihr nach Lawton fährt."

„Nein, ich schaffe das schon."

„Aber ich will nicht, dass du kommst. Wage es ja nicht, bei mir aufzukreuzen. Du hast morgen frei, das ist ein Befehl."

Sie beugte sich vor, war kurz davor, ihn zu küssen. Doch kaum spürte er ihren Atem auf seinen Lippen, zuckte Isabella zurück. Vielleicht, weil sie gespürt hatte, dass er ihr eine Sekunde später ausgewichen wäre. „Es war ein bisschen viel in letzter Zeit."

„Wenn jemand eine Pause machen sollte, dann du." Makah wartete, bis der Schwindel verging, zog sich auf Cezis Rücken und atmete ein paar Mal tief durch. Sein Kopf fühlte sich noch immer an wie ein gespaltener Kürbis, aber es war zu ertragen. Die Schwerkraft der Erde schien sich verdreifacht zu haben. Er fühlte sich in der Tat wie eine Crazy Horse-Statue. Allerdings keine aus Bronze, sondern aus Blei.

„Kümmre dich einfach mal um dich selbst, Bella. Du bist nicht unkaputtbar."

„Ach ja?" Sie lächelte dürftig. „Wer hat seine eigenen Holzrationen weggegeben und friert sich schon den ganzen Winter den Hintern ab?"

„Das ist nicht wahr. Ich habe die meisten behalten."

„Ja, ungefähr jede vierte Lieferung, die für dich bestimmt war. Es tut mir leid, dass ich sauer war. Meine Nerven liegen blank."

„Schon okay. Wir sehen uns morgen." Makah nickte ihr zu und drückte dem Pferd die Hacken in die Flanken. Er wollte allein sein. Er musste noch einmal in die Vision zurückkehren, um bei Kehala zu sein. Sie

brauchte ihn, er fühlte sich verantwortlich für ihr Schicksal. Das dumpfe Gefühl in seinem Magen verstärkte sich, sickerte höher und schnürte ihm den Atem ab. Etwas Furchtbares würde geschehen. Da war ein namenloses Entsetzen, versteckt in den Tiefen seiner Seele, wo es ruhte wie ein schlafendes Monstrum. Vielleicht lag darin der Grund dieser Visionen. Er musste Kehala vor irgendetwas oder irgendwem beschützen.

Als die Häuser in der Ferne verschwanden und ihn nur noch die schneefunkelnde Prärie umgab, glitt er von Cezis Rücken und lief zu einer abgestorbenen Baumwollpappel. Darunter blieb er stehen und sah in den Nachthimmel. Silbern umrandete Wolkenfetzen trieben dahin. Der Wind war wie der Atem eines uralten, namenlosen Geschöpfs.

Um Himmels willen, jetzt wurde er schon poetisch. Konnte es sein, dass ein Teil von Noconas Wesen in ihm zurückblieb und sich mit ihm vermischte? Diese blumigen, farbenfrohen, irgendwie altmodischen Metaphern in seinem Kopf … früher wäre er nie darauf gekommen.

Makah schloss die Augen und konzentrierte sich auf das letzte Bild, das er von der anderen Welt wahrgenommen hatte. Kehala, die fröhlich neben ihm herritt. Das unendliche, wogende Gras, hinter dem das Ziel ihrer waghalsigen Reise lag. Sein Atem verlangsamte sich, passte sich dem Herzschlag an. Blut gerann zu dicker Melasse und machte jeden klaren Gedanken unmöglich. Die Stille des Winters säuselte in den kahlen Zweigen der Pappel. Und als er tief in seine Seele hinabgesunken war, dort, wo die Erinnerungen vieler Leben zusammenkamen … riss ihn etwas zurück.

Das Lärmen eines Schneepflugs. Dahinter das Knattern mehrerer Mopeds. Ein paar Wagemutige machten sich einen Spaß daraus, mit ihren lärmenden Klapperkisten über die frisch geräumte Straße zu schlingern. Grelle, orangefarbene Scheinwerfer huschten über den Schnee. Das Grölen der Jugendlichen vermischte sich mit dem Motorenlärm und dem Röhren des Schneepflugs zu einem Stakkato, das sein Gehirn in Brei verwandelte. Makah sackte gegen den Baumstamm. War er irre, hier draußen in der Kälte sein Bewusstsein aufzugeben? Seine Finger waren blau gefroren, seine Zehen kaum mehr spürbar. Offenbar funktionierte der instinktive Alarmmelder seines Körpers tadellos. Wäre er hier und jetzt in die Vision versunken, hätte er sich möglicherweise von ein paar Fingern oder Zehen verabschieden können. Das andere Leben jenseits dieser Wirklichkeit war unglaublich stark. Es zerrte an ihm, lockte ihn, brandmarkte ihn. Die Visionen waren machtvoll, vielleicht zu machtvoll für seinen Körper, und der Wille, in vergangene Zeiten zurückzukehren, hatte für einen Moment jede Vernunft ausgelöscht. Seine Schritte waren mühsam. Sich auf das Pferd hinaufzuziehen, gestaltete sich als schweiß-

treibender Akt. Das konnte unmöglich allein an seiner Erschöpfung liegen. In den letzten Wochen war er am Abend immer erschöpft gewesen, aber das hier fühlte sich anders an. Als machte ihm sein Körper deutlich, dass er zurückwollte. Um jeden Preis. Und wenn er nicht gehorchte, strafte er ihn mit ein paar Tonnen zusätzlichem Gewicht.

Wenigstens war ihm jetzt warm. Aber ein Stück von ihm war in der anderen Welt zurückgeblieben. Seine Seele war ein Puzzle, in dem Teile fehlten, und mit jeder Vision ging ihm ein weiteres Stück verloren.

Naduah … Sara … Kehala.

Er konnte Isabella nichts davon erzählen. Sie glaubte nicht an die Lehren ihrer Vorfahren und ebenso wenig an Visionen oder vergangene Leben. In dieser Hinsicht war sie wie viele andere. Was auch immer seine Aufgabe war, er würde sie allein bewältigen müssen.

Makahs Magen knurrte wie ein wütender Grizzly. Er fischte einen der mit gefrorenem Eintopf gefüllten Glasbehälter aus dem Schnee, die er hinter dem Haus deponiert hatte, entfernte den Deckel und stellte ihn in den Herd. Einen Vorteil hatte der Winter. Man kam prima ohne Tiefkühltruhe und Kühlschrank aus.

Während die Suppe taute, aß er ein Stück von dem Käse, den Julie ihm mit glühenden Wangen und klimpernden Wimpern überreicht hatte, ließ einen Snickers-Riegel folgen und fiel, fürs erste vom gröbsten Hunger erlöst, auf das Sofa. Der aufwirbelnde Staub ließ ihn niesen. Das Wort Frühjahrsputz wehte durch Makahs Gedanken, versuchte, sich an seiner To-Do-Liste festzuklammern und scheiterte. Stattdessen wurde es rüde in der Irgendwann-aber-eilt-nicht-Schublade verstaut.

Kaum schloss er die Augen, wurde seine unheilvolle Ahnung zu bitterer Gewissheit. Er schiffte schnurstracks in ein Unwetter hinein. Ein Träumer war er nie gewesen. Sein Leben war zu eng mit der Realität verknüpft, um mit den Gedanken über den Wolken zu schweben. Damals, als die letzten Aufstände seines Volkes in den Boden gestampft worden waren, hatten sich die Menschen noch einmal zum größten gemeinsamen Kult zusammengeschlossen, den das Land je gesehen hatte. Der Geistertanz. Abertausende Menschen aus zahllosen Stämmen, verteilt über den ganzen Kontinent, waren zu einer gewaltigen Einheit zusammengeschmolzen, die zu den Ahnen sprach und sie um Hilfe anflehte. Sie waren zu einer Seele, zu einem Herzen geworden. Wenn man nur fest genug daran glaubte, und wenn nur genug daran glaubten, würde der Sieg kommen. Davon waren die Geistertänzer überzeugt gewesen. Doch geendet war all das in einem Massaker. Die Schlacht am Wounded Knee. Das Ende aller Hoffnungen.

Trotz dieser bitteren Lehre weigerte sich Makah, seinen Glauben an

die Kraft der Überzeugung aufzugeben. Was blieb den Menschen hierzulande anderes übrig, als die Zitrone zu nehmen, die das Leben ihnen gab, und Limonade daraus zu machen? Das Leben, in das ihn die Visionen entführten, schmeckte nach Freiheit. Er schwelgte in der Erinnerung an Feuer in bunt bemalten Zelten, an Fellen auf seiner nackten Haut und dem Geruch des Flusses am Morgen. Doch all das war vorbei. Der Weg war geendet in heruntergekommenen Häusern, Armut und Alkohol. Jetzt war er hier, in dieser Zeit, um den Menschen seines Volkes zu helfen. Auf gewisse Weise hatte Nocona dasselbe getan. Er war in zahllose Kriege gezogen, um für die Freiheit seines Stammes zu kämpfen. Makah kämpfte ebenso, nur, dass er Lanze, Kriegsaxt und Bogen gegen eine Werkzeugkiste ausgetauscht hatte.

Der Duft nach Eintopf wehte durch das Haus. Makah wollte aufstehen und einen Blick in den Herd werfen, doch sein Körper klebte wie paralysiert am Sofa fest. Unmöglich, sich zu bewegen. Eine Schicht aus unsichtbarem Eis hüllte ihn ein. Seine Finger froren steif, seine Lippen wurden spröde und trocken. Im Augenwinkel sah er Frost in seinem Haar glitzern. Panik wollte in ihm aufsteigen, doch er wusste, dass in diesen Momenten beide Welten dabei waren, sich zu vereinen. Er musste es ertragen, wollte er Antworten finden.

Verdammt, der Eintopf würde verbrennen. Egal. Es gab Wichtigeres.

Fauchende Winde jagten um das Haus. Eiskristalle sangen. Er reiste zurück in die Dunkelheit vor seiner Geburt und weit darüber hinaus. Die Kälte nahm zu. Sie wurde noch gnadenloser, bis er glaubte, jeder Atemzug ließe seine Lungen gefrieren. Unter ihm war Eis. Über ihm, neben ihm. Überall.

Nocona, 1844

Ihm war klar gewesen, dass die Reise hart werden würde. Doch die Hölle, durch die sie sich bewegten, übertraf seine Vorstellungskraft. Es gab kein Leben in diesen Bergen. Nur Schneestürme, schroffe Felsgrate, Gletscher und Geröll, auf dem die Pferde kaum Halt fanden. Es gab die schreckliche Erhabenheit des Gebirges, in dessen Endlosigkeit sie sich winzig und verloren fühlten. Der fauchende Wind machte jedes Stück ungeschützter Haut taub. Nocona spürte nicht einmal mehr den Zügel in seiner Hand, und seine Füße, obwohl sie in mehrere Lagen Leder eingewickelt waren, schienen nicht mehr zu ihm zu gehören.

Bei der Überquerung eines reißenden Flusses hatten sie zwei Bisonfelle verloren. Ein unersetzbarer Verlust, denn nichts schützte besser vor der Kälte. Jetzt besaßen sie nur noch einen Pelz. Nocona bestand darauf, dass Kehala ihn trug, während er sich mit dem Fell einer Schneeziege begnügte, die er vor zwei Tagen erlegt hatte. Vor Kälte konnte er kaum noch aufrecht sitzen. Sein Geist trübte sich und gaukelte ihm Wärme vor, wo keine war. Kehala erging es nur wenig besser. Schneeflocken glitzerten in ihren Haaren und verwandelten sie in einen Geist des Frostes.

Längst war ihm das Eis bis in die Knochen gekrochen. Seine Muskeln verkrampften sich, jeder Atemzug wurde zur Qual. Manchmal begriff er, wie schlecht es um sie stand, dann wieder erging er sich in hilflosen Träumen. Obwohl sie am Fuße der Berge erfolgreich gejagt und ihre Vorräte aufgefüllt hatten, war die Nahrung gefährlich zur Neige gegangen. Um ihre Körper in der Kälte am Leben zu erhalten, mussten sie mehr essen als sonst, und so war der Proviant, der für viele Wochen hätte reichen sollen, nahezu aufgebraucht.

Hier oben gab es kaum Tiere, geschweige denn essbare Pflanzen. Alles, was sie auf ihrem Weg sahen, waren ein paar verkrüppelte Kiefern, Felsentannen und dürre Sträucher, die sich mit verzweifeltem Trotz in den Stein krallten. Heute Morgen hatte Kehala versucht, einen Schneehasen zu erlegen, doch das Tier war zu schnell gewesen. Alles, was sie mit ihren trägen Körpern noch hätten fangen können, waren Schnecken. Doch hier oben gab es keine.

Nocona sah sich außerstande, mit ihr zu reden. Sein Körper war ein Kokon, den das Insekt verlassen hatte. Er vermisste das Dorf. Die Wärme des Tipis, den Gesang und die Trommeln, die flackernden Feuer und die Geschichtenerzähler, die es fertigbrachten, sogar tausend Mal erzählte Legenden noch spannend zu gestalten. Er fühlte sich schuldig und einsam. Vielleicht hätte er sich, wäre Kehala nicht gewesen, einfach

in eine Schneewehe gelegt, um dort für immer einzuschlafen. Hörten diese Berge niemals auf? Er wusste nicht einmal mehr, wie lange sie bereits unterwegs waren. Monde. Tage. Augenblicke oder Ewigkeiten.

„Hinter diesem Pass sehen wir Wälder." Kehala brachte ein klägliches Lächeln zustande, was ihm längst nicht mehr gelang. „Es ist nicht mehr weit. Ich weiß es. Wir sind schon so lange geritten. Irgendwann müssen diese Berge enden."

Er antwortete nichts darauf. Immer, wenn sie geglaubt hatten, das Gebirge endlich bewältigt zu haben, öffnete sich vor ihnen eine weitere Endlosigkeit aus himmelhohen Gipfeln. Stürme peitschten den Pulverschnee zu Nebel auf. Es gab nichts außer lebloser Kälte. Nachts flackerte der gespenstisch grüne Atem der Götter über den Sternenhimmel, und manchmal regnete es Kristalle. Alles glitzerte und flimmerte im Widerschein dieses Wunders, doch was ihnen zuerst wunderschön erschienen war, bildete nun einen weiteren Teil ihres Martyriums.

„Mir ist warm." Nocona zog an seinem Schneeziegenfell. Sie ritten am Grund einer Schlucht entlang. Rechts und links ragten zerklüftete Felswände auf, die den Eindruck vermittelten, als könnten sie sich jeden Augenblick auf sie zubewegen und die winzigen Eindringlinge, die sich zwischen sie gewagt hatten, wie Mücken zerquetschen.

„Mir ist furchtbar warm."

Hitze verbrannte die Kälte. Wütend zerrte er das Ziegenfell von seinen Schultern, doch es half nichts. Sein Körper kochte innerlich. Hastig begann er, an den Schnüren seines Hemdes zu zerren. Ihm wurde schwindlig. Die Felswände lösten sich auf, zerschmolzen zu strudelndem Wasser. Vor ihm tauchte der Fluss auf, an dessen Ufer sie ihr Sommerlager errichtet hatten, umkränzt von einem seltsamen Ring aus Licht. Kinder nahmen Anlauf und sprangen lachend in seine Fluten. Die Sonne übergoss die Welt mit schwerem, goldenem Schein. Er war zu Hause. Alles war nur ein böser Traum gewesen. Alles war gut.

„Nein!" schrie eine helle Stimme. „Das bildest du dir nur ein. Hör auf damit. Du weißt, was Vater gesagt hat. Wenn man kurz vor dem Erfrieren steht, wird einem warm. Hör auf, Bruder! Bitte hör auf. Du darfst dich nicht ausziehen. Sonst stirbst du."

Verwundert starrte er die Felsen an, die plötzlich vor ihm auftauchten. Kein Sommerlager mehr. Keine Sonne, keine Kinder, die im Fluss nach Abkühlung suchten. Vor ihm berührten graue Gipfel einen kristallblauen Himmel. Schleier aus Pulverschnee tanzten über ihren Köpfen. War er wirklich hier? Träumte er? Er war müde. So unendlich müde.

„Für heute sind wir weit genug geritten." Kehala zerrte ihn vom Pferd. „Komm, wir ruhen uns aus. Alles wird gut, das verspreche ich dir."

Keuchend schleppte sie ihn zu einer Nische, legte ihn ab und holte

Felle und Decken. Hastig begann sie, ihn und sich auszuziehen. Noconas Sinne schwanden. Als sie wie trübes Dämmerlicht zurückkehrten, kauerte er in der Nische, eingewickelt bis zur Nase und an Kehalas nackten Körper geschmiegt. Ihm entkam ein Lächeln. Hier hockten sie, halb erfroren in einem nie endenden Labyrinth aus Fels, Eis und Schnee. Ihre Heimat war weit entfernt, ihr Leben verwirkt. Nocona hatte gelernt, das Schicksal zu akzeptieren und in allem einen Sinn zu sehen, doch hier und jetzt fiel es ihr schwer. *Es tut mir leid*, wollte er sagen. *Es tut mir leid, dass du wegen mir sterben musst.*

Doch kein Wort kam über seine tauben Lippen.

Draußen heulte der Sturm durch die Schlucht. Er war erfüllt vom Klagen all der Seelen, die hier einsam den Tod gefunden hatten. Vielleicht würden auch bald ihre Stimmen darin zu hören sein, gefangen in der Zwischenwelt für den Rest aller Zeiten. Mit jedem Atemzug wurde er müder. Sein Herz schlug langsamer, die Wärme kehrte zurück. Oder war es nur eine trügerische Illusion des Todes? Er dachte an den großen, runden Felsen, auf dem er seine Geschichte in Bildern verewigt hatte. Mit einem kleinen Stein hatte er sie hineingekratzt, weil ihm der Gedanke gefiel, jemand könnte in naher oder ferner Zukunft diese Zeichnungen sehen. Wenn sie hier starben, würde die Erinnerung bleiben. Der Fels bewahrte sie. Seine erste Jagd, der Überfall auf das Fort, Naduah und Ptesawin und die große Reise. Er hatte den Platz für ihre Geschichte gut gewählt. Weder Regen noch Wind berührte es unter dem Vorsprung.

Erfüllt von Frieden, den ihm diese Gewissheit schenkte, konnte er endlich einschlafen.

Sara, 2011

Lustlos rührte Sara in ihrem Kaffee herum. Warum war sie hier? Was tat sie hier? Das alles war doch vollkommen …

„Genial!" Ruth klatschte in die Hände. „Sieh dir das an. Das wäre das perfekte Cover. Findet ihr nicht?"

Sara ließ sich Zeit mit dem Aufblicken. Normalerweise liebte sie es, Brainstorm-Meetings wie dieses abzuhalten, in der höchsten Etage des Verlagshauses, mit der gewaltigen, pulsierenden Stadt zu Füßen. Diesmal aber fühlte sie sich schlichtweg fehl am Platz. Zwei Plätze weiter säbelte der Grafiker an einer wagenradgroßen Pizza herum und stopfte sich ein Stück in den Mund.

„Geil!", pflichtete er Ruth bei, wobei eine Salve aus Pizzakrümeln über den Tisch flog. „Lernen wir den Hübschen mal kennen? Würde ihm gern ein paar Insider-Clubs zeigen."

„Selbst wenn er hierherkommt, würde ich ihn keine Minute lang mit dir allein lassen." Ruth schnalzte missbilligend mit der Zunge. „Und was meint ihr dazu?"

Die beiden dunkelhaarigen Damen, in Insiderkreisen gern als Ideen-Assistentinnen bezeichnet, waren sich einig: „Perfekt."

Sara seufzte in ihren Kaffee hinein. Diese kalten, grauen Farben, das grelle Licht. Die Papierstapel, die schnarrenden Laptops und der stinkende Drucker. Die angespannten Gesichter, in denen sich der permanente Zeitdruck verewigt hatte. Das hier war nicht das Leben, das sie glücklich machte. Aber sie brauchte das Geld, das es einbrachte.

Ihr Unwohlsein schaukelte sich zu echtem Ärger auf, als sie den Coverentwurf auf der Leinwand sah. Das durfte doch wohl nicht wahr sein!

„Nein!" Entschieden schüttelte sie den Kopf. „Eindeutiges Nein."

Ruth hatte mit garstiger Treffsicherheit ausgerechnet ihr Lieblingsbild von Makah ausgewählt, es zu einem Cover verwurstet und mit dem Verlagslogo versehen. Sie starrte ihn an wie eine Erscheinung. Sein wunderbares Gesicht, sein in die Ferne gerichteter Blick. Wind in seinem Haar, Schneekristalle. Tiefdunkle Augen, in denen sich der Winterhimmel spiegelte. Er war die personifizierte Melancholie. Sein Gesicht gehörte nicht hierher. Nicht auf dieses Cover und nicht vor die Augen dieser profitsüchtigen Hyänenmeute.

Um Himmels willen, wie dachte sie eigentlich über ihre Brötchengeber? Sara biss sich auf die Zunge. Seit dieser Makah-Geschichte balancierte sie gefühlsmäßig auf verflucht dünnem Eis und brach regelmäßig ein.

„Warum denn nicht?" Ruth fiel aus allen Wolken. Ihre unnatürlichen

langen, blau getuschten Wimpern klimperten entrüstet. „Wir waren uns doch einig, dass er perfekt ist. Die Leser werden uns das Buch aus der Hand reißen und es mit ins Bett nehmen."

„Ja." Sara spielte mit dem Gedanken, einen Stuhl durch das Zimmer zu werfen. Sie ärgerte sich über ihre Unbeherrschtheit, konnte aber nichts dagegen tun. In ihrem Kopf loderte es. „Genau das meine ich. Das ist … ach verflixt, können wir nicht einfach ein anderes Cover nehmen? Bitte."

„Also ich würde ihn auch mit ins Bett nehmen", schnurrte der Grafiker. „Und ganz woanders hin."

„Sehr witzig", fauchte Ruth. „Und bitte plappere nicht immer dazwischen, sonst isst du deine Pizza im Keller weiter."

Der Grafiker stöhnte. Zerknirscht schloss er die Pizzaschachtel und schob sie von sich.

„Also, meine Liebe." Ruth wandte sich wieder Sara zu – nein, sie fuhr herum wie eine wütende Klapperschlange – und gab den Worten *meine Liebe* einen Klang, als spräche ein sadistischer Henker voller Vorfreude zu seinem Opfer, während das Hackebeil bereits in seiner Hand lag. „Wie war das gerade? Du willst nicht, dass wir ihn für das Cover verwenden?"

Sag nein, vervollständigte Sara in Gedanken, *und ich bestelle einen wütenden Mob mit Forken und Fackeln, der dich quer durch New York jagt.*

„Korrekt", antwortete sie ungeachtet dessen. „Ich will es nicht. Das hier ist ein Brainstorm-Meeting, nicht wahr? Was bedeutet, dass hier jeder das Recht auf seine eigene Meinung hat."

Der scharfe Blick versuchte, ihr das Selbstbewusstsein auszusaugen, doch Sara war immun dagegen.

Ruths Paragraph 1: Ich habe immer Recht.

Ruths Paragraph 2: Sollte ich mal nicht Recht haben, tritt automatisch Paragraph 1 in Kraft.

Sie wusste, dass es keine gute Idee war, ihre Chefin zu verärgern, und so freundschaftlich ihr Verhältnis auch war, diese Weigerung würde Konsequenzen haben. Aber was sollte es. Es gab Schlimmeres. Letztlich war es irgendwie witzig. Ruth rief regelmäßig zu Treffen wie diesem, aber am Ende trug ausnahmslos ihre Meinung den Sieg davon. Immerhin war sie so nett, ihren Mitarbeitern die Illusion eines Mitspracherechts einzuräumen. Oh ja, diese Frau beherrschte die Kunst, einen Kuchen so zu teilen, dass sie den Kuchen bekam und alle anderen mit den Krümeln glücklich waren.

„Tut mir leid", murmelte Sara. „Aber es fühlt sich für mich nicht gut an."

Ruths Blick blieb hart. „Er hat die Einwilligung zum Veröffentlichen

gegeben. Ist es nicht so? Das hat er doch?"

„Nur mündlich."

„Dann ist es beschlossene Sache. Dieser Entwurf bleibt bestehen, am Ende entscheidet die Mehrheit."

„Nichts macht das Leben so einfach wie eine Diktatur, was?" Die Worte platzten aus ihr heraus, ehe sie sie zurückhalten konnte. „Selbst, wenn die Mehrheit gegen das Cover spricht, manipulierst du so lange an unseren Gehirnen herum, bis du doch deinen Willen bekommst."

Chefin, Grafiker und Ideen-Assistentinnen starrten sie an, als hätte sie mit lebenden Entenküken geworfen.

„Tut mir leid." Sara verschränkte die Arme vor der Brust, um nicht dem Impuls nachgeben zu müssen, auf den Tisch zu hauen. „Ehrlich. Ich hatte wohl kurzzeitig eine eigene Meinung. Keine Ahnung, wie das passieren konnte."

„Liebes." Wieso war Ruths Stimme so sanft, ja beinahe mütterlich? „Was ist los mit dir? So kenne ich dich gar nicht."

„Mit einer eigenen Meinung?"

„Nein, verdammt. Du stehst irgendwie neben dir. Bist du krank?"

„Wann kann ich wieder zurück?" Jetzt war er heraus. Der Gedanke, der sie durch die letzten Stunden getragen hatte. „Viel Zeit bleibt nicht mehr bis zur Deadline."

„Vor Mitte Mai wird das nichts." Ruth schüttelte sich, als wollte sie einen surrealen Traum loswerden, und klickte weiter. Ein schlichtes, farbharmonisches Cover erschien vor ihnen. Eine Feder und eine Muschel, auf altem, brüchigem Leder gebettet. „Zur Not verschieben wir die Deadline nach hinten. Das sollte aber kein Problem darstellen. Vor dem Bildband müssen sowieso noch drei andere Projekte abgeschlossen werden."

Das sollte aber kein Problem darstellen? Sara biss die Zähne zusammen, um ihren Fluch für sich zu behalten. Das durfte doch wohl nicht wahr sein. Mitte Mai, wie sollte sie das ertragen? Der Gedanke, so bald wie möglich nach Oklahoma zurückzukehren, hatte sie durch den Tag getragen. Er war ihr Licht am Ende des Tunnels gewesen. Falls Makah ihr Kärtchen erhalten hatte, war es gut möglich, dass er jede Minute hier anrief. Und was dann? War sie tatsächlich verliebt? Oder nur Opfer einer Chemieverseuchung? Seit sie für den Verlag arbeitete, hatte sich ihr Kopfschmerztablettenkonsum verdreifacht. Ohne Pillen war sie nur während ihrer Reise ausgekommen. Dann gab es da noch diese Geschichten über absichtlich ins Trinkwasser gemischte, gesundheitsschädliche Stoffe. Vielleicht lag es auch an ihrer Nahrung, die ihr das Gehirn verrunzelte. Konservierungsstoffe, Farbstoffe, Glutamat, Weichmacher, Aspartam.

Oder sie war tatsächlich in ein großes Mysterium geschlittert.

„Das gefällt mir“, knurrte Sara und deutete auf das Feder-Muschel-Cover. „Warum nehmen wir nicht das? Es symbolisiert Nostalgie. Die Muschel steht für Dauerhaftigkeit, die Feder für Vergänglichkeit.“

„Langweilig“, konterte der Grafiker. „So was in der Art gab es schon tausend Mal. Ich bin für den edlen Wilden.“

Ruth klickte weiter. Auf der Leinwand erschien eine auf braunem Pelz liegende antike Taschenuhr. Ihr folgte das sepiafarbene Portrait einer Gruppe unglücklich dreinblickender Kiowa, die man laut der handgeschriebenen Anmerkung frisch im Militärlager abgeliefert hatte. Ruth klickte weiter, fünfmal, sechsmal. Saras Gedanken schweiften zunehmend ab. Hier saß sie als neu ernannte rechte Hand der Chefin und war so hilfreich wie eine Toastscheibe. Sie wollte heulen. Nein, lieber irgendwas zerschlagen. Verdammt und zugenäht, nur dieser elenden Abhängigkeit vom Geld war es geschuldet, dass ihr Leben von Fremden bestimmt wurde. Menschen, die ihr vorschrieben, was sie wann und wie tun sollte. Oder die ihr verboten, das zu tun, was sie wollte.

Erst, als Ruth zum elften Mal den Knopf drückte, wurde Saras Mauer aus Frust durchbrochen. Ungläubig starrte sie auf das vor ihr erscheinende Cover. Es zeigte eine breite, flache Schlucht inmitten sich endlos wellender Prärie. Haine aus Pappeln und ein jadegrüner Fluss schimmerten in ihren Tiefen, die Hänge leuchteten ockerfarben, golden, rostrot und braun. Ähnlich dem Antelope Canyon, der je nach Tageszeit ein Feuerwerk aus sich verändernden Farben zeigte.

Sara lief es kalt den Rücken hinunter. Sie kannte diese Schlucht. Sie war schon einmal dort gewesen, aber das war unmöglich. Laut Bildunterschrift befand sich diese Landschaft inmitten der Staked Plains, und dort war sie nachweislich niemals gewesen. Zwar war der Besuch dieses Landstrichs, in dem Nocona und Naduah viele Jahre ihres Lebens verbracht hatten, in ihren Plänen vorgesehen gewesen, doch allerlei Fügungen und Zufälle hatten dazu geführt, dass ihre Pläne durchkreuzt worden waren. All ihre Sinne fokussierten sich auf das Bild. Ruth redete auf sie ein, doch Sara verstand kein Wort.

Dort, wo der Fluss vom flachen, rotsandigen Ufer gesäumt wurde, hatten einmal Zelte gestanden. Im Schutz der Felsen, die die Farbe von getrocknetem Blut besaßen, wuchs das Schilf mannshoch. Es gab eine Sandbank, auf der sie oft gelegen und vor sich hingeträumt hatte. Halb vom grünen Wasser umspült, halb von der Sonne umschmeichelt. Sie konnte sie spüren, die Wärme der Strahlen auf ihrer Haut. Den feinen Sand, das Rascheln des Schilfs. Nocona lag an ihrer Seite, nackt wie sie. Sara … nein, Naduah wand sich unter den streichelnden Fingern, die jeden Zentimeter ihres Körpers erforschten. Sie versank in seinen Küs-

sen, die mal zärtlich waren, mal ihre Lippen mit gierigem Hunger verschlangen. Alles, was sie fühlte, bestand aus Erregung und Wonne. Er beugte sich über sie, und während sie sein wunderschönes Lächeln sah, glitt sein Haar über ihre nackte Brust und berührte die Spitzen. Sie begehrte ihn mit einer Heftigkeit, die ihren Körper in einen einzigen, ziehenden Schmerz verwandelten. Ein tiefes Grollen vibrierte in seiner Kehle, als er ihre Brustwarze zwischen seine Lippen nahm. Er zwickte sie mit seinen Zähnen, reizte sie mit der Zunge, saugte und liebkoste, bis sie sich unter dem Gewicht seines Körpers wand und glaubte, zerspringen zu müssen, wenn sie ihn nicht in sich spürte. Ungeduldig drängte sie ihn zwischen ihre gespreizten Beine. Der Wind flüsterte im Schilf, während er in sie eindrang. Behutsam, auch wenn es ihm schwerfiel, denn in ihrem Leib wuchs ein Kind heran. Naduah drängte sich ihm entgegen, seufzend vor Sehnsucht, zitternd vor Lust. Und während er langsam in sie glitt, sie nach endlosen Augenblicken endlich ganz erfüllte, flüsterte er ihr Worte ins Ohr. *Wenn der Wind mir durch das Haar weht, weiß ich, dass du dich in meinem Herzen bewegst …*

„Sara? Hallo? Wo bist du mit deinen Gedanken?"

Eine ferne Stimme. Unwirklich, falsch. Sie wollte sie nicht hören. Wollte nicht, wollte nicht …

„Sara, verdammt!"

Ein heftiger Knall. Dann die Wirklichkeit. Grelle Splitter, laute Scherben. Ihr Kopf war unsanft mit der Tischplatte kollidiert. Durch ihren Unterleib brandete noch immer die Lust. Welle um Welle. Um ein Haar hätte sie laut aufgestöhnt. Mein Gott, konnte man so viel Sehnsucht empfinden, dass man daran zugrunde ging? Was passierte nur mit ihr?

„Hey." Ruth nahm sie bei den Schultern. Als sie sie behutsam schüttelte, fühlte sich Saras Körper wie eine knochenlose Stoffpuppe an. „Was ist los mit dir?"

Verwirrt sah sie sich um. Auf der Leinwand prangte noch immer das Bild der Schlucht. Sara legte beide Hände vor ihr Gesicht und schüttelte den Kopf. Sie gehörte nicht hierher. Oder doch? Mein Gott, irgendetwas lief hier völlig falsch. Sie verlor den Verstand. Ja, das musste es sein. Scheiße.

„Tut mir leid." Ihr wurde übel. Wenn sie jetzt aufstand, wenn sie sich auch nur ein wenig bewegte, würde sie sich übergeben müssen. „Ich weiß nicht, was … keine Ahnung."

Ruth rang die Hände. „Nicht auch noch du, Sara. Ich brauche dich. Hör zu, verschwinde im Ruheraum und schlaf dich aus. Ständig hin und her zu reisen bekommt dir nicht gut. Versprich mir nur, dass du heute Abend wieder fit bist."

Sara murmelte eine Floskel. Ihr war, als hätte ein namenloses Wesen

die Kontrolle über ihren Körper übernommen. Es agierte und sprach für sie. Es sorgte dafür, dass sie einen Schritt vor den anderen setzte und den Konferenzraum verließ, ohne zusammenzubrechen oder in den Mülleimer zu reihern. Sara nahm nicht bewusst wahr, wie sie in den Ruheraum gelangte. Plötzlich lag sie auf der schwarzen Lederliege und irgendjemand – vielleicht sie selbst? – hatte die Rollläden heruntergelassen und die schalldichten Fenster geschlossen. Es roch nach Hyazinthen. Ruth liebte diesen Duft und ließ überall kleine Porzellangefäße mit Aromaöl aufstellen. Ihr Kopf sackte zur Seite. Staubige Erde unter ihren nackten Füßen, das Rascheln der Pappeln. Mahtos Stimme. Ein sanfter Strudel erfasste sie und hob sie empor. Ihre Sinne wurden noch trüber, versanken in taumelnder Schwärze und erwachten neu.

Naduah, 1844

Naduahs Pfeil zitterte. Sie atmete ein und aus. Langsam. Lautlos. Ihr Herz klopfte. Sie biss sich so fest auf die Lippe, dass sie Blut schmeckte, zielte, kniff ein Auge zusammen … und sank in sich zusammen.

„Ich kann es nicht."

Die Hirschkuh stand keine zwanzig Schritt vor ihr. Ihr Pfeil hatte genau auf das Herz des Tieres gezielt. Sie hätte sein Leben beenden können. Schnell und einfach. Es musste sein, denn sie brauchten Nahrung. Doch Naduah ließ ihren Bogen sinken und wischte mit einem Fuß durch die trockenen Zedernnadeln. Die Hirschkuh schrak hoch, warf sich herum und verschwand prasselnd im Dickicht.

„Ich bin eine schlechte Jägerin, nicht wahr?"

Mahto lächelte und strich versonnen über das Otterfell, das um seine beiden Zöpfe gewickelt war. „Wenn du damit leben kannst, heute Abend nur Stockbrot zu essen, war deine Entscheidung gut."

„Das ist jetzt schon der dritte Hirsch, den ich nicht töten konnte. Vielleicht sollte ich es mit etwas weniger Schönem versuchen. Einem Stachelschwein vielleicht."

„Mitleid ist niemals schlecht. Du weißt, dass jedes Leben einzigartig ist. Und du weißt, dass dein Pfeil für dieses Tier alles beendet hätte. Ich habe dich nicht nur hierher geführt, damit du das Töten lernst. "

„Ja." Sie schnaufte und steckte den Pfeil zurück in ihren Köcher. „Du hast mich auch hierher gebracht, damit ich das Behandeln von Verletzungen lerne, das Spurenlesen, das Verstehen von Tieren und die Vorhersage, was sie wann und wo und wie tun. Außerdem bringst du mir bei, ein Ziel in vierzig Pferdelängen Entfernung zu treffen, einen Feind auf tausend Arten zu töten und zahllose Sachen aus einem Kothaufen herauszulesen."

„Sehr richtig." Mahto zuckte zusammen, als er sein krankes Bein unglücklich belastete. Der Anblick des Schmerzes, der für einen verschwindend kurzen Moment über sein Gesicht huschte, tat ihr im Herzen weh.

„Und was kann ich davon mittlerweile? Nichts. Jedenfalls nicht so gut, wie es sein sollte."

„Unsinn. Du kannst das meiste. Und zwar besser als ich." Er grinste auf seine unvergleichliche Art, verschmitzt wie ein zu Streichen aufgelegter Junge. Wenn er das tat, konnte man sein Alter leicht vergessen. „Hätte dein Mitleid dich nicht vom Schießen abgehalten, wäre der Pfeil mitten ins Herz gegangen. Du hättest dem Hirsch einen schnellen Tod geschenkt. Das ist gut. Vielleicht werde ich nach diesen Leben auch zu einem solchen Tier, und wenn das so sein sollte, kann ich mir nur wün-

schen, durch eine Jägerin wie dich zu sterben."

Sie klopfte die Nadeln von ihrem Jagdhemd, schulterte den Bogen und stapfte in Richtung Lager. „Die Sonne geht bald unter. Wir sollten zurück. Und bitte, Vater, hör auf, vom Tod zu reden."

„Was ist los mit dir, Tochter? Woran denkst du??"

Beschämt blickte sie auf ihre nackten Füße. Kaum ein Geräusch war zu hören, während sie mit ihrem Vater Seite an Seite durch das Gebüsch lief. Anfangs hatte sie all ihre Konzentration darauf verwenden müssen, trockenen Zweigen auszuweichen und die richtigen Stellen zum Auftreten zu finden, doch nach mehreren Monden des Lernens war ihr die lautlose Fortbewegung in Fleisch und Blut übergegangen. Ein wenig vermisste sie das Klingeln der Messingkegel, die sonst Mahtos Beinlinge schmückten. Im Dorf war es überall zu hören, jeder Mann trug diese Schmuckstücke an seinen Kleidern. Es war eines dieser Geräusche, die so natürlich waren, dass man sie nicht bewusst wahrnahm. Erst, wenn sie fehlten, begriff man, wie allgegenwärtig und vertraut sie gewesen waren.

„Du hast mir noch nicht geantwortet, Tochter."

„Ich will nicht antworten."

„Sag mir, was dich bedrückt."

Sie betrachtete die Zedern. Bärte aus Flechten schwangen wie Spinnweben in einem kaum zu spürenden Windhauch. Die Stämme der düsteren Douglasien waren so gigantisch, dass sie wie Teile eines Gebirges wirkten. Wenn man über Moosteppiche lief, umgeben von diesem uralten, dämmerigen Wald, fühlte man sich wie in einem Traum. Hier in den südlichen Wäldern gab es zahllose Maultierhirsche, Bären, Pumas und Rehe. Es gab Unmengen von Vögeln, Otter, Kaninchen und Insekten. In den Flüssen schwammen gewaltige Fische und gepanzerte Echsen, deren Mäuler vor Zähnen nur so starrten.

Die Weißen kamen niemals hierher. Sie fürchteten die Sümpfe, die Krankheiten und die Tiere.

„Sag es mir endlich, Tochter." Mahtos Stimme wurde streng. „Was hat dich so verschreckt?"

Naduah blickte zu Boden. Sie wollte stark sein, unerschütterlich und tapfer. Aber das, was sie kurz vor ihrem Aufbruch zur Reise gesehen hatte, quälte sie bis in den Schlaf hinein. „Wiyukcan Mani. Die Frau, ihren Mann bei der Großen Jagd verloren hat. Jede Nacht träume ich davon."

„Dann reinige deinen Geist von diesen Bildern. Trage es nicht mit dir herum wie eine Last, die deinen Körper in die Knie zwingt."

„Das versuche ich."

Erinnerungen flackerten in ihrem Geist auf. Sie sah den Krieger namens Hehaka, zerstampft von Bisonhufen. Sie sah seine Frau Wiyukcan

Mani, die weinend sein zerfetztes Fleisch küsste. Sie sah, wie die Witwe ein Abziehmesser zückte, ihren Poncho zerriss und sich die Klinge über ihre Brüste zog. Fleisch klaffte auf, Blut floss in Strömen auf den staubigen Boden. Stöhnen ging in ein blubberndes Gurgeln über, als Wiyukcan Mani das Messer erneut gegen sich richtete und diesmal ihre Kehle aufschlitzte.

Jemand führte Hehakas Pferd herbei und erschlug es mit einer Keule. Das Ehepaar wurde gewaschen und in kostbare Kleider gehüllt. Man bemalte ihre Gesichter mit roter Farbe, versiegelte ihre Augen mit Lehm und gab alles, woran ihr Herz gehangen hatte, mit ins Grab. Die nahen, weiblichen Angehörigen der Toten zerschnitten sich die Arme und trennten ihre Zöpfe ab, während die Blutlache von Wiyukcan Manis aufgeschnittener Kehle Naduah noch viele Tage später eisige Schauder über den Rücken jagte.

„Wie kann man sich nur selbst den Hals durchtrennen, Vater? Ich habe gesehen, wie viel Schmerzen es ihr bereitet hat. Ich habe gesehen, wie oft sie hin und her schneiden musste, bevor es tief genug war."

„Sie hat ihren Mann über alles geliebt", antwortete Mahto. „Ihre Trauer war zu groß, um weiterleben zu können. So würde es auch Huka ergehen, wenn ich sterbe. Und mir, wenn sie stirbt."

„Wirst du dir auch die Kehle durchschneiden?"

„Nein. Ich würde an einen Ort gehen, der mir gefällt, und dort sterben. Oder ich suche meinen Tod in der Jagd oder im Kampf."

„Ich will nichts mehr davon wissen."

„Aber der Tod gehört dazu. Ihn zu ignorieren wäre, als würdest du Herbst und Winter den Einzug verbieten. Alles würde vertrocknen im ewigen Sommer. Nichts könnte sich schlafen legen und wiederauferstehen."

„Ich will nichts mehr vom Tod hören", beharrte sie, griff nach ihrem Zopf, der inzwischen bis zur Hüfte hinabfiel, und zupfte an den Elsterfedern, die sie sich darin eingeflochten hatte. Ihr Körper war stark, doch in der Seele fühlte sie sich hilflos und krank.

„Was du gesehen hast", sagte Mahto, „hat dein inneres Gleichgewicht zerstört. Wir sollten nach unserer Rückkehr in die Schwitzhütte gehen."

Naduah lächelte. Ja, diese Aussicht war tröstend. Die warme Dunkelheit der Schwitzhütte vermittelte das Gefühl, tief im Schoß von Mutter Erde zu ruhen. Das monotone Dröhnen der Trommeln war wie der Herzschlag des Großen Geistes, der bis in die hintersten Winkel der Seele drang und sichtbare wie unsichtbare Wunden heilte.

„Was macht dich krank, Vater? Ich weiß, was es bei mir ist. Aber warum leidest du? Ist es dein Bein?"

„Nein. Es sind die Geschichten deiner Mutter."

„Was für Geschichten?"

„Geschichten davon, was passieren wird. Viele tausend Weiße bereiten sich darauf vor, den Westen zu überschwemmen. Unsere Krieger werden bald nach Dummheitswasser schreien und die Frauen nach Glasperlen und bunten Bändern. Kinder prügeln sich um sinnlosen Tand und Missionare führen uns mit Honigreden in die Irre. Die Gelben Haare bringen Angst und Habgier in unser Volk. Beides ist schlimmer als der Krieg. Huka kennt das Schicksal der Stämme, die weiter im Osten leben. Sie werden gespalten, weil manche dem alten Weg und andere dem neuen Weg folgen wollen. Mütter verbannen ihre Kinder, wenn sie sich erbrechen oder Durchfall bekommen. Kranke werden ausgesetzt und dem sicheren Tod überlassen, damit sie nicht den restlichen Stamm anstecken. Das wird es sein, was uns irgendwann tötet. Die Angst. Sie zerstört alles, was uns stark macht. Deine Mutter hat mir zu viel von den Weißen erzählt."

Was sollte sie erwidern? Dass diese düsteren Träume auch sie verfolgten und ihr Nacht für Nacht eine Zukunft zeigten, die sie nicht sehen wollte? Damals, in ihrem alten Leben, hatten Reisende von den Navajos im Süden erzählt. Man hatte den Stamm aus seinem Land vertrieben und in ein Reservat gesperrt, das mitten in der Wüste lag. Dort, wo es weder Nahrung noch Wasser unter der sengenden Sonne gab.

„Fresst doch eure eigene Scheiße." Mit diesen Worten hatte man Männer, Frauen, Greise und Kinder dem sicheren Tod überlassen.

„Du bist eine aus dem Volk." Mahto erahnte ihre Gefühle. Wie so oft. „Du bist eine von uns. Fühle dich nicht schuldig. Sag mir lieber, was du alles darin erkennst."

Er deutete auf einen Haufen Dung. Sie seufzte lustlos.

„Ich möchte nicht."

„Aber dazu bist du hier."

„Können wir nicht einfach zurückgehen und es für heute gut sein lassen?"

„Sag mir, was du daraus liest."

„Ein Maultierhirsch." Widerstrebend hockte sie sich nieder und untersuchte den Haufen. „Ein ausgewachsenes Weibchen. Es scheint gesund zu sein, seine Verdauung ist gut. Aber es war auf der Flucht."

„Woran siehst du das?"

„Seine Köttel sind verteilt. Hier liegt einer, da hinten zwei andere. Das Tier ist gerannt. Erst vor kurzem, denn seine Hinterlassenschaft ist noch feucht."

„Könntest du sie verfolgen? Kannst du ihre Spuren sehen, dort, wo nur die besten Jäger sie sehen können?"

Naduah richtete sich auf und spähte in das Dickicht aus Farnen, Bü-

schen und schuppigen Baumstämmen. Sie brauchte keine Abdrücke in der Erde mehr, um zu wissen, wohin das Tier geflüchtet war. Ihre Augen entdeckten jene Stellen, an denen die Tautropfen auf dem Moos fortgewischt worden waren. Sie sah winzige, abgebrochene Zweige und Unregelmäßigkeiten im Gebüsch, dort, wo das Tier hindurchgerannt war.

„Bei der zweigeteilten Zeder ist es nach rechts geflüchtet."

„Wie ich sehe, habe ich meine Aufgabe erfüllt." Mahto schien zufriedengestellt. „Und was schließt du daraus, wenn hier irgendwo Spuren eines Menschen auftauchen?"

Naduah grinste. „Dass es kein Nunumu gewesen sein kann."

„Warum?"

„Weil ich seine Spuren sehe."

Mahto lachte, legte einen Arm um ihre Schulter und zog sie mit einem Ruck an sich. „Ganz recht, meine Tochter. Wir sind leise wie der Schritt eines Luchses, geduldig wie ein jagender Puma und schnell wie ein Wiesel. Wir fallen über unsere Feinde her und verschwinden im Dunkeln, ehe sie uns überhaupt wahrgenommen haben. Ich bin stolz auf dich, kleines Feuer. Ich wusste von Anfang an, dass du starke Medizin besitzt. Und jetzt sage mir, was du tust, wenn du dich verletzt hast und die Wunde sich entzündet?"

Diese Frage hatte sie gefühlte tausend Mal beantwortet. Aber da sie Mahto kannte, versuchte Naduah nicht, sich vor der Antwort zu drücken. „Ich suche mir einen Baum, auf dem Schimmel wächst. Ich kratze ihn ab und streiche ihn auf die Wunde. Oder ich nehme den Saft von Tabak. Findet man Sonnenhut, kann man die Wurzeln zu Pulver zermahlen und es auf die Wunde streuen. Als Auflage nutzt man Sonnenhutblätter. Sein Sud hilft auch gegen Blutvergiftung. Er hilft jedoch nicht gegen eine Kriegsaxt im Kopf."

„Und was machst du, wenn Parasiten deine Eingeweide befallen haben?"

„Lilienwurzeln."

„Woher wissen wir, dass sie gut dafür sind?"

„Weil kranke Bären sie fressen. Bären kennen viel Medizin. Wenn man sie beobachtet, lernt man, was gut für einen ist."

„Wie findest du Wasser in der Prärie, wenn du dich verirrt hast?"

„Vater!" Naduah stöhnte. „Kannst du es nicht gut sein lassen?"

„Je öfter du es wiederholst, umso stärker brennt es sich in deinen Geist ein."

„Ich achte auf Vögel", leierte sie lustlos herunter. „Besonders auf Tauben und Spechte. Sie kommen nicht lange ohne Wasser aus. Oder ich achte auf Mesquitsträucher."

„Warum?"

„Wildpferde fressen die Bohnen. Wenn sie sie ausscheiden, keimen die Samen. Pferde entfernen sich nie weit vom Wasser."

„Noch eine letzte Frage." In Mahtos von Falten umrahmten Augen blitzte der Schalk. Was kam jetzt schon wieder? Wenn er so aussah wie gerade, hatte das meist zur Folge, dass ihr Kopf vor Schamesröte anschwoll. „Es gibt eine Krankheit, bei der du kein Wasser mehr lassen kannst. Es tut schrecklich weh, und jeder Tropfen, der dich unter Qualen verlässt, brennt wie Feuer. Wie hilfst du jemandem, der von so etwas geplagt ist?"

Diese Frage war ihr neu. „Schafgarbe?" mutmaßte sie. „Das hilft gegen fast alles. Oder ein Sud aus Fenchelbaumrinde? Die ist gut gegen Nierenschmerzen."

„Ein weiser Vorschlag und durchaus nicht falsch. Aber wenn der Kranke kein Wasser mehr lassen kann und das Gefühl hat, seine Blase müsse platzen, dann nimmst du einen dünnen, harten Schilfhalm, spitzt ihn schräg an und stichst ihn genau hier rein." Mahto deutete auf seinen Unterleib. „Alles, was auf natürlichem Wege nicht herauskommt, kann so abfließen."

Sie schüttelte sich. Blieb nur zu hoffen, dass sie so etwas niemals tun musste.

„Du wirst dir bald einen Ehemann suchen müssen", sagte Mahto, während er versonnen zwei durch die Dämmerung sirrende Kolibris betrachtete. „Hast du dir schon jemanden ausgesucht? Einen tapferen jungen Krieger, der viele Pferde bieten wird?"

Ihr Herz begann zu hüpfen wie ein Kaninchen. „Du kennst doch die Antwort, Vater."

„Oh, dein Wanderer also?" Er warf ihr einen verschmitzten Seitenblick zu. „Eine gute Wahl. Ich frage mich, wie viele Pferde er für meinen kostbarsten Schatz bieten wird. Das höchste Gebot, von dem ich weiß, lag bei dreißig Pferden. Soviel gab ich für Huka."

„Vater!"

„Was denn? Er gefällt dir doch, oder nicht?"

„Ja, aber allen anderen Mädchen auch. Er wird sich eine Frau aus dem eigenen Dorf nehmen. Eine von seinem Volk."

„Mein kleines Feuer." Mahto blieb stehen und fuhr ihr zärtlich über das Haar. „Du bist zu einer bezaubernden Prärierose erblüht. Andere Frauen sind auch schön, aber sie sind wie langweilige Hennen, die den ganzen Tag nur gackern und scharren. Du hingegen wirst zu einer Jägerin werden. Zu einer stolzen, starken Frau, die jedem Mann das Wasser reichen kann. So etwas sucht dein Wanderer. Eine Frau, die ihm ebenbürtig ist, keine brave Henne, die zufrieden damit ist, seine Hemden zu flicken und sein Bett zu wärmen. Das bringt mich zu einer anderen Fra-

ge. Nimm einmal an, dein Wanderer nimmt dich zu seiner Frau und ihr beide liebt euch so sehr, dass ihr nicht voneinander lassen könnt. Was nimmst du, wenn du ihn jede Nacht bei dir haben möchtest, aber keine zwanzig Kinder im Tipi gebrauchen kannst?"

„Vater! Was soll das?"

„Antworte mir."

„Yamswurzel." Sie blickte starr zu Boden. Der Gedanke, Noconas Frau zu sein und das mit ihm zu tun, was Mahto angedeutet hatte, war faszinierend, herrlich und erschreckend aufregend. Ihre Knie wurden weich. Kaum gelang es ihr, einen klaren Gedanken zu fassen. „War das richtig?"

„Ja, das war richtig. Sieh nur, Tochter, wir sind endlich da."

Er nickte zum Lager hinüber, das zwischen rot schimmernden Zedernstämmen auftauchte. Es bestand aus einer kleinen Rindenhütte, die sie nach Mahtos Anweisungen gebaut hatte, aus einem Gestell für Fleisch und einer Feuerstelle. Dahinter ragten Felsen auf, die einen natürlichen Korral bildeten und den ausschlaggebenden Grund geliefert hatten, das Lager hier zu errichten. Nachdem sie ein Tor aus Ästen und Farnwedeln errichtet hatte, waren die Pferde vor den zahlreichen Pumas geschützt.

Wie an jedem Abend entfachte sie ein Feuer und richtete das Essen her, das aus einem dünnen Fladenbrot aus Rohrkolbenmehl und den letzten Streifen Trockenfleisch bestand. So schlecht hatten sie schon lange nicht mehr gegessen, doch der Hunger trieb es in ihre Mägen. Als sie satt waren und die Nacht auf den Wald herabsank, holte Mahto seine Knochenflöte hervor. Zarte Töne tropften durch die Nacht.

Es gab nichts Schöneres, als hier zu sitzen und diesen Klängen zuzuhören. Und doch nistete sich ein seltsames Gefühl ein.

„Vater?", fragte sie irgendwann.

„Ja, mein kleines Feuer?"

„Was glaubst du, was der Tod ist?"

Mahto antwortete nicht sofort, sondern sah eine Weile in den Nachthimmel hinauf. Viel war nicht zu sehen, denn die Kronen der Bäume waren dicht.

„Er ist eine Reinigung. Eine Erneuerung. Du kannst dieses Gleichgewicht überall spüren. Auf toten Bäumen wachsen neue Schösslinge. Die Knochen der toten Büffel düngen das Gras und lassen Nahrung für all die Tiere wachsen, die nach ihnen über die Ebenen ziehen. Sieh es nicht als Ende, sondern als Tor in ein neues Leben."

Sie wickelte eine Franse ihres Jagdhemdes um den Zeigefinger und fragte sich, welcher Sinn hinter allem lag. Hier saß sie, weit entfernt von ihrem Dorf, lernte alles von ihrem Vater, was sie für ihr zukünftiges

Leben brauchte, und bewegte sich unaufhaltsam auf den Tod zu. Da war diese namenlose Furcht in ihren Eingeweiden. Etwas wie ein kalter Hauch, eine dunkle Ahnung, deren gespenstische Finger nie aus ihrem Nacken wichen.

„Mach dir keine Sorgen." Mahto stand auf und holte seinen kostbarsten Beutel aus der Hütte. „Wir sind hier, um zu leben, nicht, um uns zu sorgen. Beide haben wir unser Gleichgewicht verloren und müssen es wiederfinden. Sonst werden wir mit jedem Tag mehr krank."

Behutsam packte er seine Pfeife aus. Seelenruhig rauchte er den mit Kräutern vermischten Tabak, blies weiße Wolken in jede Himmelrichtung und summte Gebete vor sich hin. Naduahs Sorgen strömten dahin wie das Wasser eines Flusses. Es gab nur noch sie und die Nacht. Das Feuer, den Duft des Tabaks, die Rufe der Eulen und Mahtos tröstende Nähe.

Irgendwann, als der Mond durch die Zweige der Zedern leuchtete und Zikaden ihr wehmütiges Lied anstimmten, ging sie in die Hütte, wickelte sich trotz der Schwüle in eine Decke und versuchte, zu schlafen. Mahtos Flötenspiel schenkte ihr Ruhe. Langsam, wie Nebel über die Hügel kriecht, senkte sich das Vergessen über sie. Sie vergaß, dass sie hier war, in den südlichen Wäldern, und sie vergaß ihre Angst. Knisternde Flammen erfüllten das Tipi ihrer Familie mit warmem Schein, die Luft war geschwängert vom Duft nach Salbei.

„Naduah..." Eine Stimme durchdrang das Schweigen. „Endlich bist du zurück."

Ihr Name klang so wunderbar, wenn er ihn aussprach. So verführerisch und köstlich. Sie blinzelte zu Nocona auf, erfüllt von so viel Müdigkeit, dass selbst das Offenhalten der Augen unendliche Mühe bereitete. Er stand neben ihr und lächelte. Ein Wolfspelz hing um seine Schultern, und während sie zu ihm aufsah, legte er ihn ab. Langsam, unverhohlen verführend, den Blick auf sie gerichtet. Bronzene Haut schimmerte im Licht der Flammen, spannte sich über seinen Muskeln wie Spinnenseide über einen Kokon und wölbte sich dort, wo die Kugel ihn getroffen hatte, zu einem sternenartigen Muster auf. Offen fiel sein Haar herab. Mitternachtsblau wie Krähenfedern. Sie wollte es auf ihrer nackten Haut spüren. Sie wollte es durch ihre Finger gleiten lassen und seinen Duft einatmen.

Langsam löste er den Hüftriemen seines Schurzes. Leise raschelnd fiel das Kleidungsstück zu Boden, gefolgt vom Gürtel und den Mokassins. Vollkommen nackt stand er vor ihr. Sie wagte kaum zu atmen. Beim Großen Geist, war dieser wunderschöne Mann wirklich wegen ihr gekommen?

Nocona kniete sich neben sie, hob das Fell und kroch darunter. Warm

schmiegte sich sein Körper an den ihren. Haut an Haut.

„Bist du wirklich hier?" Ohne dass sie sich dazu entschieden hatte, legte sich ihre Hand auf die Narbe des Schusses. Damals hatten sie sich inmitten von Tod und Zerstörung aneinander festgehalten. Wie Liebende, die niemals ohne einander sein wollten.

„Ich bin hier." Seine Stimme war raunend und weich. „Wir sind jetzt zusammen."

Zitternd strichen ihre Finger über seine Brust, berührten die schimmernde Haut, ertasteten seine Schulter, das Schlüsselbein und all die wundervollen Linien seines Oberkörpers, die sie am Festfeuer sehnsuchtsvoll betrachtet hatte. Reglos ließ er sie gewähren. Geduld lag in seinem Blick. Erregung und Liebe.

Etwas Hartes drückte sich gegen ihren Oberschenkel. Naduah wusste, was das bedeutete. Sein Körper verzehrte sich nach ihr. Er brannte danach, sich mit ihr zu vereinen, so, wie es für Frauen und Männer bestimmt war. Allein der Gedanke, ihm bald so nah zu sein, ließ ihre Sinne schwinden.

Sie wollte ihn küssen. Sie wollte seine Lippen auf ihren spüren, auf ihrem Körper, überall. Doch als sie sich ihm entgegenstreckte, drückte er sie wieder zurück.

„Schschsch..."

Seine Stimme, sein Blick, sein Körper. Ihr Sein bestand nur noch aus Sehnsucht.

Gib dich nicht der Sünde hin. Worte aus ihrem alten Leben tauchten auf. *Der Teufel versucht, dich zu verführen. Gibst du dich ihm hin, ist deine Seele verdammt. Kein Himmelstor wird sich je für dich öffnen.*

Doch sie empfand keine Angst mehr. Wenn dies ein Abgrund war, wollte sie sich nur zu gern fallen lassen. Wenn es ihren Untergang bedeutete, Nocona nahe zu sein, wollte sie mit Wonne untergehen. Seine Hand legte sich auf ihre Schulter, glitt langsam nach unten und streichelte über ihre Brust. Er umschloss sie, bis nur noch die Knospe zwischen seinen Fingern hervorlugte. Hart und steif reckte sie sich seinen Lippen entgegen, pulsierende Nässe erwachte zwischen ihren Beinen. Nocona beugte sich noch tiefer, betupfte ihre Brustwarze mit seiner Zunge, ließ sie darum kreisen und entfachte einen solchen Schmerz in ihr, dass sie weder ein noch aus wusste. Sie hielt es nicht mehr aus. Sie musste ihn spüren. Mit ihrem ganzen Körper.

Endlich saugte er an ihrer Knospe, gierig wie ein hungriges Kind, doch der Schmerz wurde nicht gemildert. Er wurde noch schlimmer. Noch brennender. Seufzend wand sie sich hin und her. Jede seiner Berührungen zog eine brennende Spur über ihre Haut. Jede Bewegung seiner Lippen brachte sie um den Verstand. Als Nocona sich ihr entzog, hätte

sie am liebsten laut protestiert.

„Du bist wunderschön, mein Blauauge.“ Sein Blick glitt über ihren Körper, während er das Fell beiseite zog. „Ich würde ewig auf dich warten, Naduah. Ewig und bis an das Ende aller Tage.“

Noconas Hand wanderte tiefer. Er streichelte über den Bogen ihrer Rippen, dann über die Rundung ihrer Hüfte.

„Lass mich dich berühren, Naduah. Ich tue dir nicht weh.“

Ihr stockte der Atem. Als er ihre Beine umfasste, erlaubte sie ihm, sie zu spreizen. Wie der Schlag der Trommeln dröhnte das Blut in ihren Ohren. Sie wusste, was Männer und Frauen miteinander taten. Sie hatte oft zugesehen, wenn Huka und Mahto sich im Zelt liebten. Für ihre Eltern war es etwas vollkommen Natürliches gewesen, was im Gegensatz stand zu dem Glauben aus ihrem alten Leben. Sie hatte Gespräche mit verheirateten Frauen geführt und glaubte, alles zu wissen. Doch jetzt, da sie mit weit geöffneten Beinen vor ihm lag, verletzlich und ausgeliefert, nützte all ihr Wissen nichts.

Seine Finger teilten das krause Haar zwischen ihren Beinen. Nichts hätte sie auf dieses Gefühl vorbereiten können, dass wie ein Präriefeuer durch ihren Körper schoss. Sie schnappte nach Luft. Ihre Finger krallten sich in den Pelz, auf dem sie lag, und ehe sie es verhindern konnte, drückte sich ihr Becken gegen die Berührung seiner Hand.

Nocona lächelte. Es war nicht das unschuldige Lächeln eines Jungen, wie sie es am Fluss gesehen hatte. Es war der hungrige Blick eines Mannes, der ihren Körper in Besitz nehmen wollte. Ungläubig starrte sie auf seine vollen, sich sinnlich kräuselnden Lippen. Nichts wünschte sie sich sehnlicher, als sie mit einem stürmischen Kuss zu verschlingen.

„Willst du mich?“ raunte er leise.

„Ja“, hörte sie sich antworten. „Mehr als alles andere.“

„Dann gehöre ich dir. Für den Rest meiner Tage.“ Nocona Finger teilten das feuchte, zarte Fleisch, ließen ihren Körper erschauern, glitten weiter vor und begannen, in sie einzudringen. Ein winziges Stück, köstlichen Druck ausübend. Sie hob sich ihm entgegen, drückte ihre Hand auf die seine und wollte ihn zwingen, seinen Finger ganz in sie dringen zu lassen. Doch er war stärker als sie und hielt still. Sein Atem strich über ihre geschwollenen Lippen. Er beugte sich noch weiter vor, während sein Finger sie zärtlich streichelte, ohne weiter vorzudringen. Fast berührten sich ihre Münder. Sie glaubte, ihn bereits schmecken zu können. Doch plötzlich wurde alles dunkel …

Naduah erwachte von ihrem eigenen Stöhnen. Eine niedrige Decke aus Rinde war über ihr. Sie fuhr hoch, starrte mit aufgerissenen Augen in die Finsternis und wollte aufspringen, um aus der ihr unbekannten Behausung zu flüchten. Doch wie ein Schlag kam die Erinnerung zurück.

Sie war in den südlichen Wäldern. Sie war in der Hütte, die sie selbst gebaut hatte.

Naduah fiel wie ein Stein auf ihr Lager zurück. Ihre Haut brannte lichterloh. Die Stelle zwischen ihren Beinen, die zum ersten Mal von einem Mann berührt worden war, pulsierte vor Lust. Am ganzen Leib zitternd drehte sie sich um und erblickte ihren Vater. War da etwa ein Grinsen auf seinen Lippen? Erschrocken sog sie die Luft ein. Ja, sein Mund zuckte. Großer Geist! Ihr Herz raste, als sie sich wieder umdrehte und die Decke bis zur Nase hochzog.

Was, wenn er sie gehört hatte?

Sara, 2011

Sara fuhr auf. Ihr Körper glühte. Nein, er stand in Flammen. Mit den Händen fuhr sie sich durch das schweißfeuchte Haar. Glücklicherweise war sie noch immer allein. Ihr Atmen hallte in dem leeren Zimmer wider, das Pochen in ihrem Schoß nahm noch zu. Sie war halb wahnsinnig vor Lust. Vor Verwirrung. Vor Erregung. Was um Himmels willen war das schon wieder gewesen?

Ein Traum in einem Traum, wenn man Edgar Allan Poe glauben wollte. Die Nachwehen der Geschehnisse brandeten in unaussprechlich köstlichen Wellen durch ihre Fasern, als wollten sie ihr den letzten Rest Verstand aussaugen. Shit, shit, shit. Sie konnte sich nicht erinnern, jemals so erregt gewesen zu sein. Gott, wo führte das alles nur hin? Sein Geschmack lag noch immer auf ihrer Zunge, sein Geruch vernebelte ihre Sinne. Sie streckte die Finger aus und konnte sie spüren, die weiche, bronzene Haut, auch wenn das, was sie berührte, nur Luft war. Sie wand sich auf der Liege. Es war unmöglich, stillzuhalten. Rote Flecken überzogen ihr Dekolleté, wie immer nach einem Höhepunkt. Aber das Gefühl, das sie diesmal überwältigt hatte, war ungleich stärker gewesen als alles, was sie kannte. Ein Vulkan im Vergleich zu einem Flämmchen. Ein Sturm im Vergleich zu einem Windhauch. Sie gluckste. Die Sprachweise des anderen Lebens färbte langsam auf sie ab. Noconas Essenz schien die Luft des Raumes zu schwängern und klebte auf ihrer Haut. Salbei, Rauch und Leder.

Oh, was gäbe sie dafür, ihn noch einmal zu sehen. Aber wen genau meinte sie? Nocona oder Makah? Nüchtern betrachtet erging sie sich in erotischen Träumen von einem Mann, den sie nicht kannte. Nein, halt, so einfach war es nicht. Sie hatte einen Ort wiedererkannt, an dem sie nie zuvor gewesen war. Wie wollte sie das erklären?

Jemand klopfte. Sara benötigte eine Weile, bis sie ihre Gedanken auf die Realität fokussieren konnte. Dass derjenige geduldig wartete, bis sie soweit war, rechnete sie ihm hoch an. „Ja?“, rief sie mit zittriger Stimme.

Alexandra trat ein, eine der Sekretärinnen. „Entschuldigung, aber jemand ist für Sie am Telefon. Leitung zwei.“

Sara sprang auf, Alexandra wich verblüfft zurück. „Wer ist es?“

„Er wollte seinen Namen nicht nennen. Aber er war sicher, dass Sie ihn trotzdem erkennen würden.“

Makah! Es konnte niemand anderes sein. Sara schoss das Blut in den Kopf. Vermutlich leuchteten inzwischen an ihrem gesamten Körper rote Flecken.

Makah, 2011

In schrägen Strahlen fiel die Frühlingssonne durch das Dach des Schuppens. Behutsam klebte Makah die zugeschnittenen Truthahnfedern mithilfe von Birkenpech an die Pfeilschäfte. Die dafür nötige Konzentration tat gut. Es gab nur ihn, die Federn und das Holz. Alles musste perfekt sein. Pure Meditation. Während er den frisch präparierten Pfeil trocknen ließ, begann er bei den Älteren mit dem Anpassen der Spitzen. Früher hatte er klassische Jagdspitzen verwendet, jetzt, da das Geld knapp war, mussten einfache Messingkappen genügen. Nach zwei Schüssen auf härtere Untergründe waren die Spitzen zwar platt, aber das spielte keine nennenswerte Rolle, denn die Pfeile wurden in den meisten Fällen ohnehin nur zur Dekoration verwendet.

Sobald das Wetter besser wurde, begannen wieder die Kunsthandwerkermärkte. So oft wie nur möglich nahm er daran teil, weil seine traditionell hergestellten Bögen, Pfeilen und Traumfänger gutes Geld einbrachten, und das innerhalb kurzer Zeit. An manchen Tagen verdiente er mit seinem Stand in zwölf Stunden mehr als in einem ganzen Monat, den er mit Reparaturen und Rancharbeit verbrachte. Erstens war es eine angenehme Arbeit, zweitens gab sie ihm das Gefühl, die alten Zeiten seien nicht gänzlich vergessen. Es fühlte sich richtig an. Es war richtig, beim Geruch von Birkenpech, Holz und Rauch in den Tag hinein zu arbeiten. Es war richtig, nach uralten Traditionen wunderschöne Dinge zu erschaffen, und es war richtig, dass seine Jeans vor Teer starrte und die Haare ihm wirr und zerzaust über das dreckige, einstmals weiße T-Shirt fielen. Obwohl er erst seit ein paar Stunden auf den Beinen war, kroch ihm schon wieder die Müdigkeit in die Knochen. Es war keine gewöhnliche Müdigkeit, sondern der Lockruf der Visionen. Er spürte, dass sie auf ihn warteten. Nocona und Kehala würden nicht im Schnee sterben. Der Grund für die Vorahnung lauernder Grausamkeit lag nicht im Gebirge. Nicht in Schnee, Eis und frostglitzernden Felshöhlen. Wäre nicht so viel Arbeit zu erledigen gewesen, hätte er sich an Ort und Stelle hingelegt und wäre in die andere Wirklichkeit gegangen. Aber zuerst verlangte die Gegenwart seine Aufmerksamkeit.

Während er arbeitete, schmolz draußen der Schnee mit einer Schnelligkeit, als wollte die Natur ihre in den Wochen zuvor gezeigte Härte reumütig ausgleichen. Die ersten Vögel erwachten aus ihrem Winterschlaf. Ihr Gezwitscher erfüllte den dunstigen Tag.

Makah trank einen Schluck Aronia-Saft, der besser als jedes Medikament für Ruhe und Ausgeglichenheit sorgte. Er streckte sich ausgiebig, wischte sich mit dem Unterarm den Schweiß von der Stirn und nahm

den nächsten Schwung Pfeile in Angriff. Behutsam steckte er eine Spitze nach der anderen auf. Über dem Feuer blubberte der Birkenteer und verströmte sein angenehmes Aroma. Durch die offen stehende Schuppentür sah er Cezi ausgelassen in seinem Korral herumspringen, während Sam und Goliath gegenseitige Körperpflege betrieben und sich die Kruppen beknabberten. Später würde sicher noch Zeit für einen Ausritt bleiben. Vielleicht sollte er erst morgen früh zurückkehren und die Nacht irgendwo dort draußen verbringen. Am Feuer, unter den Sternen. Ein verlockender Gedanke. Es war ewig her, dass er das letzte Mal auf alten Pfaden gegangen war.

Er hielt sich an diesem Gedanken fest und arbeitete weiter. Ein Pfeil nach dem anderen. Danach die Rahmen für die neuen Traumfänger, gefolgt von einem Zedernholzblock, in dem eine noch unsichtbare Figur verborgen lag und freigelassen werden wollte. Eine halbe Stunde lang kreiste er um das Holz herum, blieb stehen, kratzte sich am Hinterkopf und ging weiter, so lange, bis die Figur langsam vor seinem inneren Auge auftauchte.

Eine drohend aufgerichtete Klapperschlange. Nicht besonders originell, aber ausschlaggebend war, was man am Ende daraus machte.

Es ging auf späten Mittag zu – inzwischen hatte er den Kopf der Schlange grob aus dem Block geschnitzt –, als ein klappriger, froschgrüner Wagen auf sein Haus zurumpelte. George mit seiner Frau Anna. Makah legte das Schnitzmesser beiseite, beschattete seine Augen mit der flachen Hand und trat aus dem Schuppen. Seit Monaten hatten die beiden ihn nicht mehr gemeinsam besucht.

Die Sonne brannte von einem wasserblauen Himmel. Schweiß lief ihm in den Nacken. Kein gutes Zeichen. Wetterumschwünge von solcher Heftigkeit, noch dazu innerhalb weniger Stunden, brachten Unwetter mit sich. Tornados zum Beispiel, die binnen weniger Minuten ganze Dörfer und Kleinstädte dem Erdboden gleichmachten. Ganz zu schweigen von Häusern und Schuppen, die nur notdürftig zusammengeflickt waren.

Makah sah den beiden Alten zu, wie sie aus ihrem Wagen kletterten. Anna watschelte freudestrahlend auf ihn zu, George hielt sich mit höflichem Lächeln im Hintergrund. Zumindest bisher war alles wie eh und je.

„Wie geht es dir, mein Junge?“ Sie umarmte ihn mit solcher Inbrunst, als wollte sie ihn nicht begrüßen, sondern durch Luftabschnüren töten. „Lange nicht gesehen. Gut siehst du aus. Kein Wunder, dass dir die Frauen nachsteigen.“

Er schob Anna behutsam von sich und schnappte nach Luft. „Ich wollte euch besuchen, ehrlich. Aber ich wusste vor lauter Arbeit nicht, wo mir der Kopf steht. Pro Tag müssen gefühlte zwanzig Dächer eingebrochen sein.“

„Der Winter hat uns schwer erwischt." Anna wiegte den Kopf von links nach rechts. Ihr Zopf schlang sich wie eine silberne Schlange um ihren feisten Hals. „Ohne gute Seelen wie dich wäre alles noch schlimmer gekommen. Sag, wie geht es dir? Was macht das Seelenheil?"

„Alles bestens", log er. „Was einen nicht umbringt ..."

„... macht einen härter, ja, ja. Hör zu, warum ich gekommen bin, steht auf diesem Kärtchen."

Sie hielt ihm ein solches entgegen. Klein und cremefarben war es, bedruckt mit dem Namen Smith, Bloomer & Co. und einem Symbol in Gestalt einer gefleckten Eidechse. Unter dem groß gedruckten Namen befand sich ein deutlich kleinerer. Sara Merger. Dazu Telefonnummer und E-Mail-Adresse.

Makahs Magen verknotete sich.

„Ich werde sie nicht anrufen, wenn du deswegen gekommen bist."

„Warum denn nicht?" Anna gab ein missbilligendes *Tzzzz* von sich. „Es war ihr sehr wichtig, dass ich dir das gebe."

„Ach ja? So wichtig, wie eine geschäftliche Angelegenheit eben sein kann. Ich weiß Bescheid. Sie arbeitet für einen Verlag in New York und ist nur darauf aus, mich für ihr komisches Projekt zu drangsalieren."

Jetzt schien Anna die Welt nicht mehr zu verstehen. „Glaubst du das wirklich?"

„Ja. Ich hätte mich nie von ihr fotografieren lassen sollen."

„Junge, ich bin alt, aber nicht blind. Dieses Mädchen kam ganz gewiss nicht aus geschäftlichen Gründen. Du hättest sie sehen sollen. Als man sie überraschend nach New York zurückrief, war sie am Boden zerstört. Makah, sie weinte. Sie war so verzweifelt, wie ich es selten erlebt habe. Und es ist unerhört, dass Isabella so mit ihr umgesprungen ist. Unfreundlich ist gar kein Ausdruck. Sie hat das arme Mädchen geradezu mit einem Tritt nach draußen befördert. Es wundert mich, dass sie ihr nicht die Augen ausgekratzt hat."

Makah stutzte. Was sollte er davon halten? Anna log niemals, aber dasselbe hatte er von Isabella gedacht. Einer von beiden warf also seine Prinzipien über Bord.

„Wir kennen uns kaum." Er wischte seine dreckigen Hände am T-Shirt ab. Ein idiotischer Versuch der Säuberung, wenn man bedachte, dass die ursprüngliche Farbe dieses Kleidungsstücks nur noch an zwei winzigen Stellen zu erkennen war. „Wir haben vielleicht zwanzig Wörter miteinander gewechselt. Und seit wann ist Isabella unfreundlich?"

„Ich weiß nicht, was zwischen euch war." Annas Stimme wurde energisch. Mit ihrem berüchtigten Du-tust-was-ich-sage-Blick drückte sie ihm das Kärtchen in die Hand. „Ich will es auch gar nicht wissen. Aber was ich weiß, ist, dass du dieses Mädchen anrufen wirst. Versprich es mir,

Junge. Wenn du sie nicht anrufst, bekommst du es mit mir zu tun."

Makah rollte mit den Augen. „Die Geister mögen mich vor diesem Albtraum beschützen. Was willst du tun? Mich fesseln und mir die Gedichte deines Mannes vorlesen?"

„Zum Beispiel", drohte Anna. „Jungchen, du musst blind wie ein Maulwurf sein, wenn du nicht mitbekommst, dass Isabella vor Eifersucht die Wände hochgeht. Deswegen hat sie Sara rausgeworfen und erzählt dir diesen gequirlten Blödsinn."

Makah fiel nichts dazu ein. Isabella war eifersüchtig und log ihn an. Versteh einer die Frauen. Deswegen vermied er Beziehungen. Genau deswegen. Es wurde Zeit, ein paar Dinge klarzustellen.

„Okay", kapitulierte er. „Von mir aus."

„Gut. Dann komm am besten gleich mit. George bringt dich nachher zurück."

Makah stöhnte. Sein Plan war gewesen, heute Abend einen Umweg zum Dorf zu machen, aber er kannte Anna. Eine Weigerung hätte eine Naturkatastrophe in Gestalt eines renitenten Drachens heraufbeschworen. Ehe er wusste, wie ihm geschah, fand er sich auf der Rückbank des quietschenden Wagens wieder, dreckig wie er war und mit tausend Gedanken im brummenden Schädel. Was sollte er zu Sara sagen? Was wollte sie wirklich von ihm? Wie sollte er Isabella schonend klarmachen, dass er nichts von ihr wollte, und – verdammt! – was sollte er am Telefon sagen? Er telefonierte so gut wie nie, deswegen besaß er auch keinen eigenen Apparat, geschweige denn ein Handy.

Die Tatsache, dass er das Gespräch im Gemeindehaus führen musste, brachte ein weiteres Problem mit sich. Höchstwahrscheinlich würden mehrere Leute mithören. Und Zeuge werden, wie er sich in Grund und Boden blamierte.

Er verspürte keinerlei Lust auf solchen Unsinn. Er war nicht gemacht für ausführliche Konversationen, verflucht noch mal. Geschweige denn, dass er in gepflegtem Umgang mit vornehmen Großstadtfrauen geübt war. Seine letzte Beziehung mit einem solchen Exemplar war die Hölle gewesen. Blind vor Vernarrtheit hatte er die Einladung einer schönen Rothaarigen namens Viktoria angenommen und war mit ihr nach London geflogen. Geendet war seine überstürzte, abenteuerlustige Dummheit in einem Martyrium. Während er auf die vorbeiziehende Landschaft starrte, driftete er in unliebsame Erinnerungen ab.

Viktoria, die an einem der Touristen-Wanderritte teilnahm, deren Leitung Ross ihm zugewiesen hatte. Viktoria, die ihn nach allen Regeln der Kunst um den Finger wickelte und so weit brachte, sich einen Flug bezahlen zu lassen und dem Reservat den Rücken zu kehren. Viktoria, die ihn in London von einer Party zur anderen schleifte und ihn präsentierte,

als wäre er ein exotisches Haustier. Ihr Hochmut und ihre Kälte waren bald durch den Schleier seiner Verliebtheit hervorgeschimmert. Ja, sie hatte für ihn einen Raum hoch über der Stadt angemietet, in dem er nach Herzenslust schnitzen, basteln und werkeln konnte. Sie hatte ihm die nötigen Beziehungen verschafft und dafür gesorgt, dass man ihm seine Kreationen nur so aus den Händen riss. Und doch konnte er sich ihrer nur im Negativen erinnern. Drei Jahre in der Stadt, von Tag zu Tag wachsendes Heimweh, das er nur ertragen hatte, weil sein Verantwortungsgefühl ihn bei Victoria hielt.

Makah, ich brauche dich.

Ich liebe nur dich allein. Ohne dich kann ich nicht weiterleben.

Alles nur Schauspielerei. Wenn sie ihn gebraucht hatte, dann höchstens fürs Bett. Victorias Sammelleidenschaft bezog sich auf alles, was ihr gefiel. Auf gewisse Weise hätte er sich vielleicht geschmeichelt fühlen sollen, denn wie man ihm glaubhaft versichert hatte, besaßen Männer in Victorias Welt eine Halbwertzeit von maximal einem halben Jahr. Er hatte ganze drei Jahre geschafft, aber was sagte das aus? Der einzig annehmbare Grund für seine Passivität lag in seiner Jugend und Unerfahrenheit. Viktorias Liebesschwüre waren nichts anderes gewesen als Nadeln, die sich zielgerichtet in seine schwache Stelle bohrten. Sein Verantwortungsgefühl.

Doch er hatte den Absprung geschafft und war einfach gegangen. Er hatte nichts aus seinem Leben mit ihr mitgenommen, abgesehen von seiner Brieftasche und dem schwarzen Eintausend-Pfund-Anzug, den er am Leib trug. Zumindest ein positiver Effekt war im Kielwasser dieses gescheiterten Abenteuers mitgeschwommen. Seitdem wusste er, dass er hierher gehörte und nirgendwo anders hin. Mochte es jedem anderen als trister, verarmter Landstrich erscheinen, für ihn bedeutete es Heimat. Sein Glaube, draußen in der Welt erwartete ihn ein mit Spannung und Glamour angefülltes neues Leben, war in London auf den Boden der Tatsachen gestürzt. Zurückgeblieben war das wohltuende Wissen, genau dort zu sein, wo er hingehörte.

Draußen tauchte das Gemeindehaus auf. Makah wischte die Erinnerungen an Viktoria beiseite, möglichst für den Rest seines Lebens. Es war nicht gut, die Gegenwart mit der Vergangenheit zu belasten. Sara war nicht Viktoria, und er war nicht mehr der junge, verknallte, blinde Dummkopf, der sich gebeutelt von Hormonen sehenden Auges ins Unglück stürzte.

Als er das Haus betrat und Isabella vor dem Computer sitzen sah, hätte er am liebsten auf jede Contenance gepfiffen und ihr die Meinung gegeigt. Allein die Tatsache, dass sie in ihrem dunkelgrauen Wollkleid geradezu erschreckend ausgelaugt aussah, ließ seinen Beschützerinstinkt

einen wackligen Sieg davontragen. Isabella sah, um nicht stärkere Ausdrücke zu bemühen, erbärmlich aus. Lag das in ihrer Absicht? Baute sie wie Viktoria auf sein gutes Herz? Ihre Körperhaltung drückte Anspannung aus. Keine Freude huschte durch ihre Augen, wie sonst, wenn sie ihn sah. Diese Frau war wütend. Nicht auf ihn, sondern auf das Leben. Makahs Zorn verdampfte zu Nichts.

„Warum hast du mich belogen?" Er ließ seine Stimme vorwurfsvoll, aber sanft klingen. „Sara war nicht aus dem Grund hier, den du mir vorgemacht hast."

„Sara?" Isabellas Gesicht bestand nur noch aus harten Schattenspielen und holzschnittartigen Linien. „Du redest, als würdest du sie kennen."

„Vielleicht tue ich das." Makah sah sich um. Ein paar der Anwesenden gafften neugierig. Andere hockten über ihren Formularen und Anträgen, kritzelten herum und taten, als wäre die Welt um sie herum nicht existent. „Gib mir dein Telefon. Ich muss sie anrufen."

„Warum?"

„Gib mir das Telefon."

Isabella packte den Apparat und schmetterte ihn vor Makah auf den Tresen. Eifersucht funkelte in ihren Augen. Haargenau dieser Ausdruck war zahllose Male in Viktoria Augen aufgeflammt, wenn er mit einer Frau für ihren Geschmack zu lange geredet hatte oder wenn ihm auf einer der pompösen Feiern mehr Aufmerksamkeit entgegengebracht worden war als ihr. Diese Anwandlung jetzt bei seiner langjährigen Vertrauten, seiner Freundin zu sehen, verursachte ihm Magenschmerzen. Zum Teufel, wenn sie ihm mehr entgegenbrachte als Freundschaft, warum hatte sie ihm nie gezeigt, was sie empfand? Er war verdammt noch mal kein Hellseher und hatte andere Sorgen am Hals, als den Höllenschlund der weiblichen Psyche zu analysieren.

Ohne Isabella eines Blickes zu würdigen, zog er das Kärtchen hervor. Die Sekunden, in denen er Saras Nummer anstarrte, zogen sich zu einer zähflüssigen Ewigkeit. Diese Frau war für einen winzigen Moment durch sein Leben geweht worden und hatte es mit einer einzigen, kurzen Begegnung von Grund auf geändert. Sie war der Grund für seine Visionen. Er spürte, nein, er wusste es. Jetzt stand er hier, überwältigt von dem Gefühl, sein ganzes Dasein wäre auf dieses eine Telefonat hinausgelaufen. Makah dachte an ihre goldbraunen Haare, an das Türkis ihrer Augen und die Art, wie sich ihre Hüften unter dem Wollmantel bewegt hatten. Genauso wie …

„Mach schon!" Isabellas Stimme wehte kalt durch seine Wahrnehmung. „Ich muss selbst gleich telefonieren."

Er warf ihr einen finsteren Blick zu. Sein Nervenkostüm lag in Trümmern. Die Zahlen verschwammen vor seinen Augen, als er zu tippen

begann. Es klingelte zweimal, dreimal, viermal. Isabellas Blick hing wie ein Eispickel in seinem Nacken, zwei alte Frauen starrten ihn an, als hätte er sich aus dem Nichts materialisiert. Seine Hände rochen nach Birkenpech und Kleber. Sein ganzer Körper roch danach. Überdeutlich hörte Makah sein Herz klopfen. Es klang wie ferne Trommeln. Sie riefen nach ihm, nach seiner Seele. Nach ihrer Seele. Alles begann sich zu drehen. Und dann, als endlich eine Stimme ertönte, setzte die Trommel für zwei Schläge aus.

„Smith, Bloomer & Co. Guten Tag?"

„Ich … ähm …" Verflixt, reiß dich zusammen. Bring das würdevoll über die Bühne. Mach schon! „Ich würde gern Sara Merger sprechen."

„Wie ist Ihr Name, bitte?"

„Sie wird wissen, wer ich bin."

„Wie Sie meinen. Ich gehe Sie suchen. Moment bitte."

Es wurde wieder still. Makah warf Isabella einen zweiten, giftigen Blick zu. „Hör auf, mich so anzustarren."

Sie schnaufte nur, drehte sich um und begann, ihre Wut am Computer auszulassen. Der Abgrund, der zwischen ihnen klaffte, fühlte sich endgültig an. Er hatte so viel für sie getan. Er widmete ihr seine gesamte Lebenskraft und arbeitete tagein, tagaus, um ihren gemeinsamen Traum von einem besseren Leben zu verwirklichen. Stets war er sich sicher gewesen, nichts und niemand könnte zwischen ihn und Isabella geraten, doch jetzt entpuppte sich ihr Verhältnis als dünner Faden, den eine einzige Begegnung gekappt hatte.

Ruppig hämmerte sie auf die Tastatur ein. Die Stille dehnte sich. Sein Puls raste. Irgendwo hustete jemand. Ob hier oder im fernen New York, wusste er nicht zu sagen.

„Sara Merger?", säuselte plötzlich eine Stimme aus dem Hörer.

Makahs Gedanken wurden schockgefrostet. Was sollte er sagen? Warum zum Teufel hatte er sie angerufen? Ah ja, weil sie ihn darum gebeten hatte. Und weil er gewisse Dinge klären wollte. Welche Dinge eigentlich?

„Du wolltest, dass ich mich bei dir melde."

Heiliger Strohsack, er klang unhöflich. Plump. Idiotisch. Völlig bescheuert.

„Ja … ich …" Saras Nervosität stand der seinen in nichts nach. Unpassenderweise musste er grinsen. Hier standen sie, eintausendfünfhundert Meilen voneinander getrennt, und drucksten herum, als wären sie hormongebeutelte Jugendliche.

„Ich muss mit dir reden", hörte er sie flüstern. „Es ist dringend. Und ganz bestimmt nicht geschäftlich."

„Und ich höre dir zu." Makah schauderte. Ihre Stimme schaffte es mit mühelosem Liebreiz, einen Panzer zu durchdringen, den er für unüber-

windbar gehalten hatte. Er wollte ihr zuhören. So lange sie wollte. Gern für den Rest seines Daseins. Wenn er die Augen schloss, konnte er ihr Haar riechen. Er spürte die warmen Bewegungen ihres Körpers unter seinen Händen und ihren Atem auf seinen Lippen. Großer Gott, er wollte diese Frau. Mit Haut und Haaren und in jeder Hinsicht.

„Es ist … schwierig." Sara klang wie ein unsicheres Kind. In ihm erwachte der überwältigende Drang, sie zu beschützen und in seinen Armen zu trösten. Leider war das unmöglich. Er war hier, irgendwo im Nirgendwo, und sie in einem Hochhaus in New York.

„Wäre es möglich, dass du zu mir kommst?", stieß sie hervor.

„Du meinst nach New York?"

„Ja."

„Unmöglich, tut mir wirklich leid." Zu seiner eigenen Verblüffung war das absolut ernst gemeint. Seit seiner Rückkehr aus London verabscheute er Städte, und doch verspürte er den überwältigenden Wunsch, sich augenblicklich in den nächsten Flieger zu setzen. „So gern ich auch würde, aber ich kann nicht."

„Ich komme für alle Kosten auf." Ihre Stimme nahm einen flehenden Ton an. Nur noch eine hauchdünne Membran trennte ihn von einer unvernünftigen Tat. Wenn sie nicht aufhörte, würde er alle Verpflichtungen sausen lassen. Er würde „Ja!" rufen, ihr Angebot annehmen und schnellstmöglich nach New York eilen.

„Flug, Hotel, Verpflegung", beeilte sie sich zu sagen. „Der Verlag übernimmt alles."

„Das ist nett von dir." Er seufzte. Seine Sehnsucht, Sara wiederzusehen, kämpfte mit dem Wissen um Dutzende Menschen, die auf seine Hilfe angewiesen waren. Und mit seinem Stolz, der keine Almosen akzeptieren konnte. „Warte bitte einen Moment, ja?"

„In Ordnung."

Er drückte eine Hand auf den Hörer und wandte sich an Isabella. „Kann jemand für mich einspringen? Es geht nur um zwei Tage. Höchstens drei."

Ihre Reue schien echt zu sein. „Tut mir leid, aber wir brauchen dich. Rick und Thomas sind krank, Roberto in Great Falls. Wir haben längst nicht genug Helfer, um alle Anfragen zu erledigen. Wenn du auch noch weggehst, dann …"

Isabellas Stimme brach, in ihrem Blick schwammen Tränen. Makah gab einen Stoßseufzer von sich. „Tut mir leid", sagte er in den Hörer, „ich kann hier nicht weg. Es gibt niemanden, der für mich einspringen kann. Wäre das nicht so, würde ich kommen. Das musst du mir glauben."

Sara gab etwas von sich, das wie ein Lachen klang. „Was soll ich sagen?

Mir geht es wie dir. Ich kann nicht weg. Frühestens Mitte Mai."

„Dann nehmen wir Mitte Mai. Ich weiß, dass du letztens nicht freundlich empfangen wurdest, aber ich werde dafür sorgen, dass es beim nächsten Mal besser läuft. Versprochen. Gib mir deine Ankunftszeit durch, und ich hole dich vom Flughafen ab."

„Mache ich." Ihre Stimme klang nicht mehr ganz so unglücklich. Ein warmes, zärtliches Gefühl regte sich in seinem Inneren. Der Drang, Sara an sich zu ziehen und sie festzuhalten, war unerträglich. Niemals hatte eine Frau seinen Beschützerdrang derart gefordert. Nicht einmal Isabella. Zu wissen, dass Sara unerreichbar war, tat körperlich weh.

„Sobald ich meine Zeiten weiß, rufe ich dich an. Und bitte, ich will nicht, dass du denkst, ich würde … du weißt schon."

„Keine Sorge, das denke ich nicht." Und ob er daran dachte. Falls Sara im Mai zu ihm kam, würde er für nichts garantieren können. Im Geiste lagen sie bereits ineinander verkeilt auf seinem Sofa. Oder im Heu. Oder auf der Wiese. Er musste dringend aufräumen, bevor Sara zu ihm kam. Nicht einfach nur die Sachen von A nach B schieben oder unter den Teppich kehren, sondern richtig aufräumen. Inklusive Staubwischen und Fensterputzen.

„Ich glaube zu wissen, warum du mit mir reden willst", fügte er hinzu. „Wegen der Visionen, oder?"

Sara schwieg. Er hörte ihren schleppenden Atem. Kleine Seufzer, leises Geraschel. „Du etwa auch?"

Er hätte nicht überrascht sein sollen, und doch erschreckte ihn die Tatsache, dass er mit seiner Vermutung Recht behielt. Das Schicksal heckte Pläne mit ihnen aus. Es verband Sara und ihn, und er wäre ein Lügner gewesen, hätte er behauptet, es würde ihm keine Angst einjagen.

„Wir reden darüber, wenn du hier bist, okay? Vielleicht brauchen wir die Zeit, um nachzudenken. Und wenn die Visionen wieder zu dir kommen, dann wehre dich nicht dagegen. Sie gehören zu dir. Sie sind dein Schicksal. Genauso wie meines."

„Aber …"

„Es ist besser, wenn wir das unter vier Augen besprechen. Hab keine Angst. Du bist nicht verrückt."

„Also gut. Dann sehen wir uns in ein paar Wochen?"

„Versprochen. Mach's gut, Sara."

„Du auch. Bis bald."

Wie betäubt legte er auf. Ihm war, als wäre da eine Erkenntnis, ganz nah, doch es gelang ihm nicht, danach zu greifen. Er schwebte zwischen den Welten. Zwischen Traum und Wirklichkeit. Zwischen Gegenwart und Vergangenheit. Seine Reise war noch nicht abgeschlossen. Bevor Sara zu ihm kam, musste er noch einige Wahrheiten aufdecken.

„Sag mir, wenn sie anruft." Er wich Isabellas Blick aus und wandte sich zur Tür. „Hast du verstanden?"

„Was meintest du gerade mit den Visionen?"

„Nichts. Versprich mir, dass du mir Bescheid gibst, sobald ihr Anruf kommt. Nein, schwöre es mir."

„Von mir aus." Wieder kroch diese Kälte in ihre Stimme. „Ich schwöre es. Kann ich dich morgen wieder zur Arbeit einteilen?"

„Ja. Kannst du."

Seine Gedanken entglitten ihm. Wurden immer wirrer, immer blasser, während er auf Georges Wagen zuging, die Tür öffnete und sich in den Sitz fallen ließ. Das Geplapper des alten Mannes nahm er kaum bewusst wahr. Am Horizont zogen die Berge vorbei, vom hellen Sonnenlicht in scharfe Kontraste getaucht. Wolkenschatten trieben über ihre schneegesprenkelten Hänge. Makah lehnte die Stirn gegen die Scheibe und blendete alles aus, was ihn umgab. Sein Blick schweifte in die Ferne, sein Geist löste sich aus dem Körper und folgte ihm. Hinaus in den Fluss der Zeit.

Nocona, 1844

Es war das Schönste, was Nocona jemals erblickt hatte.

Nach langer Zeit, die sie in einer Höhle verbracht, sich von geschmolzenem Schnee, Flechten und ein paar dürren Tieren ernährt hatten, glaubte er, sich in einem Traum zu befinden. Während des Winters hatten sie nicht gelebt, sondern existiert. Halb wachend, halb schlafend, nicht von den Schmerzen gepeinigt, die bald alltäglich geworden waren, sondern von der schwindenden Hoffnung, zu überleben. Alles, woran sich Nocona erinnerte, waren das Heulen des Windes, das Sirren der Schneekristalle und der Donnerhall abstürzender Lawinen.

Jetzt, nach einer Odyssee durch die Berge, in deren Ödnis das Auge kaum einen Halt gefunden hatte, endete das Felsenlabyrinth. Eine von Wäldern bedeckte Hügellandschaft ruhte unter blauem Himmel. Das Grün tat den Augen beinahe weh. Fast hatte er vergessen, dass diese Farbe überhaupt existierte. Wolkenschatten huschten über die Wipfel der Tannen, flirrende Lichter funkelten auf einem See, dessen Blau der Gletscherfluss mit einem schmutzig grauen Delta bemalte. Wie lange war es her gewesen, dass er Sonnenlicht gesehen, Wärme auf der Haut gespürt und Vogelgezwitscher gehört hatte? Mondelang? Jahrelang? War es überhaupt jemals wirklich gewesen?

Kraftlos stieg er ab und führte Cetan am Zügel den Hang hinab. Mehr als einmal rutschte er auf dem lockeren Untergrund aus und schlug sich die Knie auf, doch er spürte keine Schmerzen mehr. Sein Körper war schwer wie ein Fels und ebenso gefühllos. Dort, wo der Geröllhang endete, erstreckte sich eine Wiese bis an das Ufer des Sees. Überall wuchs herrliches, saftiges Gras. Farne gediehen üppig, ein Meer aus Königskerzen und gelben Flockenblumen narrte seine Augen mit strahlenden Farben.

Während Nocona inmitten der Blumen verharrte und zu begreifen versuchte, dass ihre Marter ein Ende gefunden hatte, machten sich die Pferde über das Gras her. Kehala labte sich an den eingerollten Blattspitzen der Farne, grub nach Wurzeln und löste ihren Zopf, damit der Wind durch ihr Haar wehen konnte. Nocona wusste, dass er dringend Pflanzen zu sich nehmen musste, und doch stand er da und konnte sich nicht überwinden, das Nötige zu tun. Während der langen Zeit des Hungers hatte die karge Nahrung ihren Tribut gefordert. Schwäche, Zahnfleischbluten und Fieber. Er kannte diese Krankheit. Wenn er keine Pflanzen zu sich nahm, würde es bald schlecht um ihn stehen.

Also ging er durch das sonnenflirrende Grün, sammelte Farntriebe, grub am Seeufer die Wurzeln des Rohrkolbens aus und pulte Schnecken

aus ihren Häusern, auch wenn sie in rohem Zustand nicht sonderlich schmeckten.

Als Kehala neben ihm auftauchte, schloss er sie in die Arme und wirbelte sie herum wie ein kleines Kind. „Wir werden hier am Ufer eine Hütte bauen, Schwester." Langsam kehrte das Leben in ihn zurück. „Wir werden so lange bleiben, bis man bei uns und den Pferden nicht mehr alle Knochen zählen kann."

„Fangen wir gleich damit an?" Sie sah immer noch aus wie ein Gespenst, doch die Freude war in ihre Augen zurückgekehrt. „Es gibt hier viel gutes Holz. Viel Moos für ein weiches Lager. Viel Nahrung. Es wird nicht lange dauern, bis wir wieder so aussehen wie früher."

Aussehen wie früher? Ob das noch möglich war? Ihre Haare waren glanzlos und verfilzt. Ihr Gesicht bleich und eingefallen und ihre Augen umrahmt von dunklen Schatten. Nocona befreite die Pferde von Sätteln, Gepäck und Zügeln, zog sich bis auf den Lendenschurz aus und machte sich daran, mithilfe seines Messers ein paar junge Fichten zu fällen. Er sammelte Äste, verdrehte Rindenstreifen zu Seilen und häufe einen Berg Tannenwedel auf. Irgendwann, als sein Körper bedeckt war von Schweiß und die Nachmittagssonne auf ihn niederbrannte, fühlte er sich unbeschreiblich herrlich. Stark wie ein Dutzend Bären und bereit, einer Armee die Stirn zu bieten. Sie hatten etwas vollbracht, das die meisten für unmöglich hielten. Sie hatten dem Tod ins Auge geblickt und den Dämon des Frostes besiegt. Ein Spruch besagte: Wenn du alle Schmerzen dieser Welt durchlitten hast, dann kommt die Weisheit.

Nocona grinste vor sich hin. Wenn sie zurückkehrten, würde Naduah ihn bewundern und besingen. All die fiebrig heißen Träume, in denen er sein goldhaariges Blauauge nackt durch das Zelt jagte, würden endlich Wirklichkeit werden. Ihm wurde schwindlig vor Erregung.

Bald, beschwor er sich, würden sie zueinanderfinden.

Keine hundert Schritte vom Lager entfernt stieß er auf einen prächtigen Weißwedelhirsch. Furchtlos stand das Tier da, und als es ihn lang genug angestarrt hatte, schritt es graziös zum See, ohne sich weiter um ihn zu kümmern.

Lange lag sein Pfeil still auf der Sehne. Als der Hirsch das Trinken beendete und sich anschickte, in den Wald zurückzukehren, traf ihn die Steinklinge mitten ins Herz.

„Ich war bedürftig", sprach Nocona das Dankgebet. „Ich habe dir Schönheit und Anmut genommen. Ich habe deine Seele von ihrem weltlichen Leib getrennt. Nie mehr wirst du in Freiheit laufen, weil ich be-

dürftig war. Ohne dich muss ich hungern und werde schwach. Ohne dich bin ich nichts."

Er brach das Tier auf, fertigte aus Ästen und Tannenzweigen eine Trage und schleppte es im schwindenden Licht der Abenddämmerung zum Lager. Die Leber verspeisten sie roh, die besten Stücke vom Fleisch rösteten sie über dem Feuer.

Halb verrückt durch den köstlichen Duft, verschlangen sie das Fleisch, noch ehe es gar war, machten sich über das frisch gebackene Rohrkolbenbrot her und labten sich an den Farntrieben, die Kehala gesammelt hatte. Zwei Graufüchse tauchten aus dem Dickicht auf, wagten sich bis auf zwei Pferdelängen heran und verfolgten das Mahl mit hungrigen Blicken. Nocona warf ihnen Fleischstücke zu, was die Tiere noch näher herantrieb. Bald lagen sie im Schein des Feuers wie zahme Hunde und leckten sich die Schnauzen. Eulenrufe leiteten sie durch die Nacht, und als der Halbmond über dem See aufging, huschten wie zu Hause in den Plains Fledermäuse über das spiegelglatte Wasser.

So verbrachten sie jeden Abend und jede Nacht, während sie die meiste Zeit des Tages verschliefen im Dämmerlicht der Hütte. Langsam kehrten ihre Körper zu ihrer früheren Stärke zurück. Sie badeten im See, sammelten Schaumkraut und wuschen sich die verfilzten Haare. Stundenlang saßen sie nackt im Sonnenschein auf einem der flachen Steine, kämmten sich gegenseitig oder fertigten Schmuck aus Muscheln, Federn und Vogelknochen, ganz so, wie es die ersten Menschen getan hatten, erschaffen am Anfang aller Zeiten.

Abends stopften sie Fleisch in sich hinein, Fett, Rohrkolbenbrot, in Ahornsaft geschwenkte Farntriebe und Wurzeln, während die Graufüchse so zutraulich wurden, dass sie streichelnde Hände duldeten und sich neben dem Feuer zusammenrollten. Nocona verspürte eine sonderbare Form von Glück, die von dem Wissen rührte, das natürlichste aller Leben zu führen. Doch durch die Benommenheit kämpfte sich von Tag zu Tag mehr Sehnsucht nach seinem Dorf, nach seinen Eltern. Nach Naduah. Ein verblasstes Leben verließ den Nebel der Ferne und gewann wieder Macht über ihn.

„Wir müssen weiter." Eines Abends, als der Frühling sich dem Ende zuneigte, betrachtete er die Mondsichel. Hauchzart schwebte sie auf dem tiefen Blau der Dämmerung. „Ich will nach Hause."

Kehalas Traurigkeit schlug ihm entgegen. Sie liebte diesen Ort, und sie liebte ihr neues Leben, doch es kam kein Wort der Klage über ihre Lippen. Nicht an jenem Abend und nicht, als sie am nächsten Morgen die Hütte abrissen, die Feuerstelle mit Steinen bedeckten und ihre Pferde beluden.

Viele Tage lang ritten sie nach Westen. Sie durchquerten weite Täler, in

denen die Bäume licht standen und das Wild zahlreich war. Bald darauf kamen Wälder, so dunkel und finster, dass Nocona glaubte, den Atem der Geister in seinem Nacken zu spüren. Granitfelsen, bleich wie ausgedörrte Knochen, ragten über ihnen auf. Manche glichen dem Himmel zustrebenden Pfeilern, andere bildeten Tore und Bögen, in denen der Wind seine uralten Geschichten erzählte.

Als der Mond wieder abnahm, durchquerten sie eine trockene, karge Wüste. Mit jedem Tag wurde es wärmer. Fast glaubte Nocona, bereits das ferne Donnern des ewigen Wassers zu hören.

„Die Weißen, die wir gestern gesehen haben, waren das Landvermesser?“ Kehala sprach zum ersten Mal an diesem Tag. Sie hatten sich angewöhnt, ihre Gespräche auf das Nötigste zu beschränken, sodass sie inzwischen mehr Gesten und Blicke benutzten als Wörter. Niemals waren sie einander so nah gewesen. Es schien fast, als verstünden sie sich jetzt, da sie kaum mehr Sprache benutzten, auf einer viel tieferen, natürlicheren Ebene.

„Ich denke schon.“

„Sie bestimmen, wem welche Erde gehört, nicht wahr? Und dann ziehen sie Zäune, damit niemand ihr Stück Land betritt.“ Kehala senkte den Blick. Ihre Finger teilten die Mähne der Stute. „Denkst du, sie werden das auch mit dem Land machen, auf dem wir leben? Wie viele Weiße kann es denn noch geben? Wie viele können noch kommen, wenn schon Tausende hier sind?“

„Ich weiß es nicht. Ich weiß nur, dass ihr Stamm gewaltig ist und dass sie nie genug bekommen. Das Land ist groß, aber wenn noch viele Menschen mit solchem Hunger kommen, wird es nicht groß genug sein.“

Kehala schwieg. Wieder vergingen Tage, ehe sie erneut miteinander redeten, und dann auch nur, weil seine Schwester aus einem Albtraum erwachte.

Irgendwann wurden die Wälder, die die Wüste abgelöst hatten, von unbekannten Bäumen durchmischt. Es gab Farne und dicke Teppiche aus Moos, Flechten, feuchtwarme Luft, gewaltige Bäume und gurgelnde Bäche. Diese Wildnis war uralt und totenstill. Entstanden am Beginn aller Zeiten und erfüllt von mächtigen Geistern.

Dann, als die Strahlen der Mittagssonne Säulen aus Licht in den finsteren Wald malten, sah er ihn.

Seinen Rotholzbaum.

Er war makellos gerade, strebte in vollkommener Perfektion dem Himmel zu und bildete erst weit jenseits aller anderen Wipfel seine ersten Äste aus. Es war ein Wesen von solch majestätischer Schönheit, dass ihm keine Beschreibung gerecht werden konnte. Ein Baum der Götter. Ein wahrhaft heiliger Schatz, der ihm die beste Medizin geben würde, die

ein Mensch sich wünschen konnte. Wortlos glitten sie von ihren Pferden. Nocona legte eine Hand auf die Rinde des Baumes, erfühlte das Leben darunter und ließ seinen Blick an dem Stamm emporgleiten, der so dick war, dass ein Dutzend Menschen ihn nicht hätte umfassen können. Der Wipfel mit seinen fedrigen Zweigen verschwamm im Hochnebel. Er lehnte seine Stirn gegen den Baum. Ihm war, als berührte er eine Gottheit. Behutsam zog er ein Stück Rinde vom Stamm ab, steckte es in seinen Medizinbeutel und murmelte ein Dankgebet. Sein Ziel war erreicht. Endlich konnten sie nach Hause. Endlich würde er Naduah wiedersehen und um sie werben können.

„Bruder", raunte Kehala. „Hörst du das?"

Er vernahm nichts, nur diese absolute, gespenstische Stille. „Was meinst du?"

Kehala legte beide Hände um ihr Gesicht und strahlte wie das kleine Mädchen, das längst der Vergangenheit angehörte. „Das ewige Wasser ist ganz nah. Ich höre die Wellen. Du etwa nicht?"

Kehala schwang sich auf ihre Stute, ohne seine Antwort abzuwarten, und ritt davon. Nach und nach wurde der Wald immer dichter. Die Rotholzbäume nahmen an Zahl zu, einer gewaltiger als der andere, bis sie mit ihren dichten Kronen jegliches Sonnenlicht verschluckten und alles, was unter ihnen lag, in immerwährende Dämmerung tauchten. Teppiche aus Moos wuchsen auf schwarzer Erde.

„Wie seltsam hier alles ist." Angesichts einer riesigen, gelben Nacktschnecke gingen Kehalas Augen über vor Staunen. „Niemand wird uns glauben, wenn wir davon erzählen. Sieh dir nur diese Blüten da hinten an. Sie sind größer als meine Hand."

Wieder trieb sie ihre Stute an und verschwand im Nebel zwischen den Baumstämmen. Nocona stand nicht der Sinn nach Eile. Gemächlich folgte er Kehalas Spuren, und da sie seit Langem keiner einzigen Menschenseele mehr begegnet waren, erlaubte er sich, die Vorsicht außer Acht zu lassen und seine Sinne ganz der Pracht zu öffnen, die ihn umgab.

Irgendwann, als die Sonne bereits tief stand, hörte er es. Ein monotones Rauschen. Rhythmisch und verlockend.

„Bruder!" Der Ruf seiner Schwester klang leise und fern. „Komm schnell und sieh es dir an! Sieh dir das ewige Wasser an!"

Er drückte Cetan die Hacken in die Flanken, hörte den Waldboden unter den Hufen schmatzen, trieb ihn wieder und wieder an, bis Kehala und die Stute vor ihnen auftauchten. Er hatte Geschichten gehört, Legenden, Mythen. Doch in seiner Vorstellung war nie ein Bild zu dem entstanden, was er gehört hatte. Ein Fluss, so breit, das seine Wellen gewaltig und sein Ende nicht sichtbar war. Ein See, so gigantisch, das

man ihn selbst in zwei Monden nicht überqueren konnte. Und dann sah er es. Das tiefe, strahlende Blau. Dort, wo moosbedeckter Boden in Sand überging, saß Kehala auf ihrer Stute und regte sich nicht. Starr blickte sie auf das Wasser hinaus.

Sein Atem verdorrte in der Kehle. Vor sich sah er einen Strand von unermesslicher Länge, übersät mit Treibholz. Riesige Baumstämme lagen im hellen Sand, zerschlissen vom Zahn der Zeit. Er erinnerte sich an Legenden, die von gewaltigen Gottwesen erzählten. Sie hatten Wälder und Gebirge, Prärien, Flüsse und Seen erschaffen, um zuletzt dem Menschen Leben einzuhauchen. Wenn diese Gottwesen ebenso starben wie Menschen, musste dies hier ihr Friedhof sein.

Wellen von der Farbe reinster Türkissteine rollten an den Strand. Diese Weite war noch unermesslicher als die der Prärie. Sie tat im Herzen weh und erfüllte ihn mit Ehrfurcht, und plötzlich wünschte er sich nichts sehnlicher, als Naduah bei sich zu haben. Er wollte diesen Anblick mit ihr teilen. Er wollte das Leuchten in ihren Augen sehen, das Strahlen ihres Gesichtes und das Zittern ihres Körpers angesichts solch unbegreiflicher Schönheit. In jedem Geschöpf lag die Energie des Lebens, doch dieses Wasser schien die Quelle aller Energie zu sein. Das Rauschen der Wellen, das Summen des Bodens unter gewaltiger Macht. Die Schreie der Vögel und das Heulen des Windes. Er wollte all das spüren. Mit jedem seiner Sinne.

Schnell befreite er Cetan von Sattel und Gepäck und ließ ihn mit Kehalas Stute davongaloppieren. Er zog sein Jagdhemd aus, ließ Mokassins und Beinlinge folgen und berührte mit nackten Füßen den Sand.

Kehala riss sich die Kleider vom Leib, raffte sie sich unter den Arm und rannte dem Ufer entgegen. Sie stürzte sich in die Wellen und schleuderte mit beiden Händen glitzerndes Wasser empor. „Komm Bruder, es ist herrlich."

Er beobachtete seine Schwester eine Weile, bezaubert von dem Glück, das sie ausstrahlte. Daheim würde sie heiraten und ihre eigene Familie gründen. Genauso wie er, gemeinsam mit Naduah. Mit der wunderschönen, türkisäugigen Frau, die er kaum kannte und die ihm doch näher war als jeder andere Mensch. Allein der Gedanke ließ seinen Körper glühen. Er zog seine Kleider aus, legte sie auf einen der toten Baumstämme und ging zum Wasser hinunter. Naduah und er waren noch jung. Vielleicht erlaubte es ihnen das Schicksal, hierher zurückzukehren. Bevor sie Kinder bekamen, oder irgendwann gemeinsam mit ihren Kindern. Im Glauben, das Wasser müsse ähnlich warm sein wie die Luft, hechtete er kurzerhand in die nächste Welle. Aufgefangen wurde er von eisiger Kälte. Sein Körper verkrampfte sich, der Atem blieb ihm im Hals stecken. Kehala half ihm über den Schrecken hinweg, indem sie ihn mit einem

Bündel glitschiger Pflanzen bewarf. Er stürzte sich auf sie, riss sie von den Füßen und drückte sie unter Wasser, doch sie wehrte sich aus Leibeskräften und triumphierte, als er einen Schwall Wasser schluckte. Was war das für ein dämonisches Zeug?

Er wollte fluchen, stattdessen hustete er sich die Seele aus dem Leib. War das ein Meer voller Gift, schlimmer als Dummheitswasser? Er würgte und schüttelte sich, bis das Brennen langsam verebbte.

Während Kehala wie ein junges Fohlen herumtobte und nicht zu bemerken schien, wie es ihm erging, zog er sich auf einen der aus dem Wasser ragenden Felsen und streckte sich darauf aus. Sonnenstrahlen kitzelten seine Haut, Schaum strömte über seinen Körper und erinnerte an zärtliche Berührungen.

Naduah …

Beim Großen Geist, er dachte nur noch an Naduah. Sein Gebot an Pferden würde das höchste sein, von dem man jemals gehört hatte. Das kleine Blauauge war ihm hundert Pferde wert. Nein, tausend. Er schmiedete Pläne, während der Wellenschaum über seinen Bauch strich. In seiner Vorstellung waren es Naduahs Finger, die ihn berührten. Ihr schweres Haar floss über seinen Körper, ihre schweißnasse Haut presste sich an die seine. Ihre Schenkel öffneten sich für ihn, und er schob sich über sie, um ….

„Wovon träumst du?“

Ehe Nocona wusste, wie ihm geschah, wurde er vom Felsen hinuntergestoßen. Unsanft landete er im Wasser, schluckte aufs Neue einen Schwall und spuckte ihn würgend aus.

Kehala erblasste angesichts des Blickes, den er ihr zuwarf. Kreischend ergriff sie die Flucht. Dieses garstige Wiesel! Nach kurzem Lauf holte er sie ein, warf sie zu Boden und rollte sich mit ihr in der Brandung herum. Sie balgten miteinander, tanzten umeinander herum und bedrohten sich mit wilden Grimassen. Irgendwann brachen sie in Gelächter aus, beenden ihr Geplänkel mit einer abwinkenden Geste und kehrten zu den Kleidern zurück. Es wurde Zeit. Sie mussten zurückkehren, so berauschend dieses Land auch war. Gewiss waren zwei Jahre vergangen, vielleicht auch mehr, denn er konnte unmöglich ermessen, wie lange sie als Geister durch das Gebirge geirrt waren.

„Wir müssen mehr Essen mitnehmen.“ Er streckte sich noch einmal in der Sonne und sog die würzige Luft in sich hinein. „Vor allem fetten Pemmikan. Und wir brauchen mehr Felle.“

„Es war Winter, als wir die Berge überquerten.“ Kehala untersuchte ein stacheliges Schneckenhaus, schien zu überlegen, ob sie es mitnehmen sollte, und warf es nach kurzer Überlegung zurück ins Wasser. „Die Händler erzählten, dass im Frühling Teppiche aus Blumen wachsen, wo

es sonst nur Eis gibt.“

Sie konnten nur darauf hoffen. So viele Monde würden noch vergehen, bis er sein Dorf wiedersah. So viele Monde, bis er Naduah wiedersah. Jeder Tag würde ihm wie eine Ewigkeit vorkommen.

Er hatte Schurz und Beinlinge angezogen und hob gerade sein Jagdhemd auf, als ihm eine Bewegung im Augenwinkel auffiel. Er erstarrte. Zu unwirklich war der Anblick, der sich ihm bot. Nein, beharrte sein Verstand. Unmöglich, dass sie wie aus dem Nichts aufgetaucht waren. Unmöglich, dass er sie nicht gehört hatte.

Sechs Männer auf Pferden standen am Waldrand und beobachteten sie. Ihre Lederkleidung war schmutzig und schlecht gegerbt, ihre Bärte verfilzt. Gewehre und Biberfallen hingen an den Satteltaschen, zwei Maultiere trugen Bündel aus zusammengeschnürten Fellen. Die Trapper grinsten. Es war das triumphierende Lächeln von Jägern, die ihre lang verfolgte Beute endlich in der Falle wussten. Man hatte sie verfolgt. Wie lange schon? Wann hatte der Nebel des Waldes begonnen, ihre Sinne so zu betäuben, dass ihnen sechs Männer auf Pferden entgingen?

Nocona zog das Messer aus der Scheide. Ihr Gepäck samt den Waffen lag am Waldrand, keine fünfzehn Schritte entfernt und doch unerreichbar. Alles, was er besaß, war diese Klinge. Eine lächerliche Waffe gegen einen solchen Feind.

Kehala presste sich schutzsuchend an ihn. Er musste ruhig bleiben, seine Gedanken ordnen, einen Weg finden, ihr Leben zu retten. Konnten sie in das Wasser flüchten? Nein, unmöglich, er hatte die Macht der Strömung gespürt. Wenn sie weiter hinausschwammen, würden die Wellen sie verschlingen.

Er musste Kehala beschützen, selbst wenn es bedeutete, ihr einen schnellen, schmerzlosen Tod zu bereiten. Sein Verstand arbeitete fieberhaft. Was sollte er tun? Es musste einen Weg geben. Sie waren schnell, möglicherweise konnten sie den Männern im Wald entkommen. Doch dafür mussten sie den Wald zuerst erreichen. Ehe ihnen das gelang, würden Kugeln sie durchsieben.

Seine Hand krampfte sich um den Griff des Messers, jeder Muskel spannte sich an. Plötzlich, so schnell, dass er nichts dagegen tun konnte, riss sich Kehala los. Sie rannte, schlug einen Haken und stürmte auf den Waldrand zu, flink wie ein Reh. Einer der Männer trat seinem Pferd die Hacken in die Flanken und nahm die Verfolgung auf. Er hob ein zu einer Schlinge gebundenes Seil, wirbelte es über seinem Kopf herum und wollte es nach ihr werfen, doch ehe ihm das gelang, drang Noconas Messer bis zum Heft in seinen Rücken ein. Der Mann fiel vom Pferd, ohne einen Laut von sich zu geben.

Kehala tauchte im Dickicht unter, verfolgt von drei Trappern. Gepackt

von Jagdfieber, widmeten sie ihrem toten Gefährten keinen Blick. Die beiden Männer, die zurückblieben, wandten sich Nocona zu. Selbstsicher wie Berglöwen, die ein Kaninchen umstellt hatten, bewegten sie sich vorwärts. Der Größere, ein rothaariger Hüne von der Massigkeit eines Büffels, zog ein Lasso vom Sattelknauf. Nocona sah Wahnsinn in den Augen der Männer. Eine glühende Gier, die kein Gewissen mehr kannte. Was hatte Mahtowin über die Haarlippen gesagt?

Stille und Einsamkeit sind nichts Gutes für sie. Beides raubt ihnen den Verstand.

Bewegungslos wartete er, zwang sich zur Ruhe, bis der Hüne das Seil über seinen Kopf hob, um unvermittelt loszurennen. Die Pferde stiegen, als er dicht vor ihnen einen Haken schlug. Der rothaarige Trapper grunzte. Ein Schuss krachte, doch die Kugel schlug ein gutes Stück neben ihm in den Sand ein.

Nocona rannte. Er lief, so schnell er konnte, und verschwendete keinen Gedanken daran, dass die nächste Kugel treffen könnte. Kehala! Er musste zu ihr! Er erreichte sein Gepäck, griff Bogen und Köcher auf und rannte weiter. Zweimal schoss man auf ihn, doch wieder gingen die Kugeln so weit fehl, dass es schien, als wollte man ihn gar nicht treffen.

Wenn sie nicht danach trachteten, ihn zu töten, was lag dann in ihrer Absicht? Jedem Sorglosen führte das Leben schnell vor Augen, dass es weit schlimmere Dinge gab als zu sterben. Wenn er versagte, würden diese Männer seine Schwester zu Tode foltern. Oder man gab sie in die Sklaverei, nachdem man sich mit ihr vergnügt hatte. Nocona hatte Geschichten darüber gehört. Gefangene Frauen endeten in Gefängnissen, in denen sie gezwungen wurden, ihre Körper zu verkaufen. Männer wurden in Steinbrüche verschleppt oder zu Arbeiten gezwungen, die den Weißen zu gefährlich waren.

Als er in den Wald eintauchte, überkam ihn ein trügerisches Gefühl der Hoffnung. Hier zwischen den Bäumen lag die zweite Heimat der Nunumu. Sie verschwanden für die Augen anderer, sie bewegten sich lautlos und hinterließen keine Spuren. Wenn die Geister dieses Landes ihnen wohlgesinnt waren, würde der Wald sie beschützen. Nocona folgte der Schneise, die die Pferde der Trapper geschlagen hatten. Er hörte das Schnauben der Tiere und den Trommelschlag ihrer Hufe. Vor und hinter sich.

Dann erklang Kehalas Schrei.

Nocona rannte wie nie zuvor in seinem Leben.

Er entdeckte die Männer hinter einem Dickicht aus Heidelbeersträuchern. Wie ausgehungerte Raubtiere umkreisten sie seine Schwester. Ihre Bewegungen waren matt und langsam. Viel zu langsam. Hatte man ihr bereits wehgetan? Ein Trapper stieß sie mit seinem Gewehr zu Boden, ein anderer zerrte sie wieder auf die Beine. Hilflos taumelte sie zwischen

den Männern hin und her. Wo war ihre Schnelligkeit? Wo ihre Geschicklichkeit, die sie ihm gerade noch im spielerischen Kampf gezeigt hatte?

Nocona zog einen Pfeil aus seinem Köcher und blendete alle Gefühle aus. Er zielte auf die Stirn des vorderen Mannes, der soeben die Arme ausstreckte und auf Kehala zuschwankte wie jemand, der ein Kind erschrecken wollte. Zorn drohte, die Kontrolle zu übernehmen. Er holte tief Atem, spannte sich zum Schuss an – als der Trapper von Kehalas Körper verdeckt wurde.

Nocona verschluckte seinen Fluch. Er richtete den Pfeil auf den zweiten Mann. Das Geschoss durchschlug die Schulter des Trappers und ließ einen Schwall Blut auf den Waldboden spritzen. Augenblicklich legte er erneut an, ließ einen weiteren Pfeil fliegen und verfehlte das Herz nur, weil der Verwundete stolperte und zu Boden ging.

Die Trapper bellten unverständliche Worte. Nocona hechtete ins Gebüsch, Kugeln pfiffen durch die Luft und schlugen in Baumstämme und Boden. Der Verwundete zog den Pfeil aus seinem Fleisch, warf ihn beiseite und zückte sein Messer. Kehala nutzte die Gelegenheit. Mit vertrauter Flinkheit tauchte sie im Gebüsch unter und rannte um ihr Leben.

„Lauf, kleine Schwester“, flüsterte er. „Lauf wie ein Reh.“

Er wusste, dass sie schnell war. Und ihre Chancen stiegen, wenn er die Männer lang genug ablenkte. Schnell sprang er auf, warf Köcher und Bogen beiseite, zückte sein Messer und wandte sich den herbeistürmenden Trappern zu, als plötzlich ein gewaltiger Ruck durch seinen Körper ging. Etwas riss ihn zurück und schmetterte ihn zu Boden. Ein Seil, das sich um seinen Brustkorb schlang. Die Silhouetten zweier Männer beugten sich über ihn … der Hüne und sein dürrer Freund. Das Glitzern in den Augen der Männer sagte ihm, dass keine Gnade in diesen Seelen existierte. Kein Verstand, kein guter Funke. Er wusste, dass sie ihn erschießen würden. Die einzige Hoffnung, die ihm blieb, war Kehalas gelungene Flucht.

Schicksalsergeben schloss er die Augen und wartete auf den Tod. Doch keine Kugel zerfetzte sein Fleisch. Stattdessen stürzten sich beide Männer auf ihn.

Nocona reagierte, ohne nachzudenken. Er trat dem Dürren die Beine weg, rammte dem Hünen seine Füße in den Unterleib und stemmte sich hoch. Einen weiteren Mann brachte er mit einem Kopfschlag zu Fall. In dem winzigen Augenblick, da er frei war, zerrte Nocona an dem Seil, doch kaum hatte er es gepackt und gelockert, stürzte sich ein weiterer Trapper auf ihn. Mit einer Drehung wich er dem Angriff aus, stieß ihm das Knie in die Weichteile, wirbelte herum und entglitt nur knapp den zupackenden Händen des Dürren. Mit aller Wucht rammte er ihm den Ellbogen in den Bauch. Würgend ging der Mann in die Knie.

Noch einmal versuchte er, sich von dem Seil zu befreien. Er streifte es über den Kopf, warf es beiseite und wollte loslaufen, als ein Ast gegen seine Kniekehlen krachte und ihn zu Boden gehen ließ.

Sechs Hände packten zu. Er wehrte sich mit der Kraft der Verzweiflung, bekam Haare zu packen, biss in einen Unterarm, knurrte und fauchte wie von Sinnen und trat mit den Füßen um sich. Einer der Männer schrie vor Schmerz. Ein Knie bohrte sich in seinen Unterleib und trieb ihm Tränen in die Augen, doch er ignorierte die Qual, bäumte sich auf und rammte dem rothaarigen Trapper die Stirn gegen die Schläfe.

Ein weiterer Schlag, ein Biss in einen Finger – dann war er frei. Wieder rannte er, folgte den Schreien, die aus den Tiefen des Waldes erklangen und ihm eine grausame Wahrheit vermittelten. Kehala war ihnen nicht entkommen. Nach kurzem Lauf entdeckte er seine Schwester. Zwei Männer zerrten an ihrem Kleid. In blindwütigem Zorn stürzte er sich auf sie und warf beide zu Boden, schlug auf ihre Gesichter ein, wieder und wieder, bis das Blut ihm ins Gesicht spritzte und kupferner Gestank seine Sinne ausfüllte. Einer der Trapper blieb reglos liegen. Nocona krallte seine Hände um die Kehle des Zweiten und drückte zu, bis der Kehlkopf unter seinen Fingern knackte. Instinkte übernahmen die Kontrolle, dämpften alle Emotionen und schärften seine Sinne.

Neben ihm, gerade noch im Augenwinkel zu erkennen, erlangte der erste Mann das Bewusstsein wieder, rappelte sich hoch und holte zum Schlag aus. Nocona fuhr herum, fing den Kolben ab und verdrehte das Gewehr, bis der Trapper vor Schmerzen brüllte. Besinnungslos vor Wut riss er es ihm aus der Hand, duckte sich in der gleichen Bewegung und vollführte einen Schritt zur Seite. Die zupackenden Hände des herbeigeeilten Hünen verfehlten ihn nur knapp. Eine feuchte, heiße Berührung streifte seine Schulter. Nocona schwang das Gewehr und ließ den Kolben auf die Stirn eines Trappers niederkrachen. Noch ehe der Mann zu Boden gesunken war, wirbelte er erneut herum und fing den Faustschlag des Dürren ab. Sein Körper reagierte mit der Perfektion eines geborenen Kämpfers, doch nicht einmal die ausgereifteste Erfahrung hätte ihn vor diesem einen Fehler bewahren können. In dem Moment, da er Kehalas panischen Blick auffing, schwand seine Konzentration. Ihre rot geweinten Augen … ihr blutbefleckter Körper … ihre Angst …

Nocona fing zwei weitere Schläge ab, war jedoch nicht schnell genug, den dritten abzuwehren. Der Gewehrkolben traf ihn mit voller Wucht in den Nacken. Ein kurzer, alles auslöschender Schmerz zuckte durch seinen Körper, und noch ehe er zu Boden sank, hüllte ihn die Schwärze ein.

Nur kurz währte das gnädige Nichts. Schwerfällig tastete sich sein Bewusstsein zurück an die Oberfläche. Er nahm bizarre Geräusche wahr. Jemand stöhnte, ächzte und keuchte, dahinter erklang leises Schluchzen und etwas, das Nocona nicht einordnen konnte. Noch ehe seine Sinne sich klärten, wurde ihm bewusst, dass er gefesselt war. Sein Rücken und die nach hinten gebundenen Arme wurden schmerzhaft an die Rinde eines Baumes gepresst. Die Fußgelenke waren zusammengeschnürt, ebenso die Handgelenke. Ein Seil war um seine Brust geschlungen, ein anderes um seine Hüfte.

Es bereitete ihm unendliche Mühe, die Augen zu öffnen. Jeder Muskel schmerzte, als wollte er zerreißen, in seinem Kopf glühte pulsierende Qual. Verschwommen sah er den nächtlichen Wald vor sich. Die mächtigen Stämme der Rotholzbäume, mannshohes Farngestrüpp, im Wind wehende Flechten. Ein Feuer flackerte ... der einzig vertraute Anblick, Sehnsucht weckend ... in unmittelbarer Nähe standen die Pferde. Man hatte Cetan und Kehalas Stute die Provianttaschen abgenommen, sie festgepflockt und ihre Vorderläufe mit Seilen zusammengebunden.

Die Fesseln ... der Schmerz ...

Erinnerungen, zuerst dunkel vor Grauen, klärten sich langsam. Jede Einzelheit, die sich ihm enthüllte, glich purer Folter. Langsam hob er den Kopf. Es war kein Traum gewesen.

Kehala!

Schatten bewegten sich im Licht des Feuers. Zwei bärtige Männer saßen an einen Baumstamm gelehnt und starrten ihn an, ihre Messer ließen sie zwischen den Fingern tanzen. Ein rothaariger Hüne und sein dürrer Freund. Die Gesichter der Männer waren verfärbt und geschwollen, ihre Haut blutbefleckt. Der Triumph, ihnen Schmerzen zugefügt zu haben, war flüchtig und bitter. Drei Trapper befanden sich jenseits des Flammenscheines und waren nur als Schemen zu erkennen. Sie beugten sich über eine am Boden liegende Gestalt. Während zwei Männer die Gestalt an den Armen festhielten, lag der Dritte auf ihr und keuchte wie ein brünstiges Wildschwein.

Noconas Verstand verweigerte sich dieser Szene. Er weigerte sich, zu begreifen, was dort geschah. Die einzige Gnade, die ihm zuteil wurde, bestand in der Dunkelheit. Er sah nur Schatten. Grausame, höhnische Schatten.

Nein! Nein, nein, nein.

Nicht seine Schwester! Warum saß er hier und tat nichts? Warum half er ihr nicht? Er mochte kaum etwas erkennen können, doch hören konnte er umso besser. Zorn riss den letzten, gnädigen Schleier von seinem Bewusstsein. Es war ein Zorn von solcher Macht, dass er jedes menschliche Begreifen sprengte. Er stieß einen Schrei aus, der nicht

seiner Kehle zu entstammen schien. Ein wildes, verstandsloses, tierhaftes Brüllen. Er warf sich gegen die Fesseln, rote Schlieren tanzten auf seinen Lidern. Er zerrte und zog an den Stricken, bis ihm die Sinne schwanden und Blut auf den Waldboden tropfte, und selbst, als er wusste, dass er jeden Augenblick das Bewusstsein verlieren würde, kämpfte er weiter. Doch die Seile gaben ihn nicht frei. Bei allen Dämonen, er konnte Kehala nicht helfen. Noconas Verstand ließ nur noch einen Gedanken zu. Er musste diese Ungeheuer töten. Jedes Einzelne, unter unendlichen Qualen. Alles, was ihn umgab, alles, was er empfand, löste sich in lodernden Zorn auf. Weißes, helles Feuer, in dem selbst seine Knochen zu verglühen schienen.

Als der Hüne und der Dürre zu ihm kamen, wurde er ruhig. Der Rothaarige hockte sich vor ihn und zückte sein Messer, sein Freund bebte vor ungeduldiger Erwartung. Nocona roch den Gestank der schlecht gegerbten Lederkleidung. In der feuchten Wärme der Wälder hatte sie sich in schleimige Fetzen verwandelt. Essensreste hingen im Bart des Hünen, ein Wust aus fettigem Haar ergoss sich auf seine Schulter. Die Glut der Erregung in seinen Augen, hob er das Messer und ließ den Schein des Feuers auf der gezackten, blutverkrusteten Klinge spielen. War es Kehalas Blut? Oder seines?

Die Trapper redeten mit ihm, doch Nocona verstand kein Wort. Er musste nichts verstehen. Alles, was von Bedeutung war, sah er in ihren Augen. Sie gierten nach Schmerz und Erniedrigung. Sie hungerten danach, ihn leiden zu sehen, denn für sie waren Kehala und er keine Menschen, sondern wertlose Kreaturen, die man nach Belieben ausrottete, tötete und quälte.

Seine Ruhe wurde noch tiefer. Die Klinge schmiegte sich an seine Kehle. Es wurde so ruhig in ihm, dass er das Blut durch seine Adern rauschen hörte und das Geräusch seines Herzschlags alles erfüllte. Kein Blinzeln, kein Zucken. Allen Hass, den er empfand, legte er in seinen Blick.

Der Hüne fletschte braunfleckige Zähne und drückte die Klinge in Noconas Haut. Er lachte und schnaufte, grunzte und keuchte, bis er von seinem Gefährten in die Rippen gestoßen wurde. Der Dürre deutete hinüber zu dem Gewirr aus Körpern. Ein kurzer, scharfer Schmerz zuckte durch Noconas Wahrnehmung. Warmes Blut rann seinen Hals hinab. Der Hüne wandte sich schulterzuckend von der Vergewaltigung ab, als interessierte sie ihn nicht. Stattdessen heftete sich sein bohrender Blick auf Nocona, scharf wie eine Lanze, brennend wie Gift. Er zog die Klinge zurück, neigte andächtig den Kopf und strich mit einem Finger über den Schnitt, den er ihm zugefügt hatte. Unter dem glühenden Blick des Hänflings steckte er ihn sich in den Mund und seufzte, während er

ihn ableckte. Der Mann war ein Berglöwe vor dem Sprung, gierte danach, die Zähne in zuckendes Fleisch zu graben.

„Ihr werdet diesen Wald nicht lebend verlassen." Nocona flüsterte die Worte. Kaum lauter als ein Windhauch, und doch lag in diesem Flüstern all sein Hass und verbrannte ihm die Zunge. „Ich schwöre euch, dass ihr sterben werdet. Niemand wird jemals mehr leiden als ihr. Ihr seid keine Menschen. Ihr seid keine Tiere. Der Große Geist wird euch nicht beschützen, wenn ich mich räche."

Mit lüsternem Knurren ließ der Hüne die Spitze des Messers über Noconas Brust gleiten. Er blickte ihm fest in die Augen, hungerte nach Angst und Zeichen von Schwäche, doch die würde er nicht bekommen. Niemals. Der Trapper geriet in Wallung, als Nocona ihm nicht das gab, was er wollte. Er bellte irgendetwas, woraufhin sein Gefährte zum Feuer hinüberrannte und einen Ast mit glühender Spitze herauszog. Nocona wusste, was sie ihm antun würden, doch er empfand keine Angst. Nicht vor lächerlichen Dingen wie körperlichen Schmerz. Alles, worum sich seine Gedanken drehten, waren die matten Schmerzenslaute seiner Schwester. Jedes Wimmern traf ihn wie der Schlag einer Kriegsaxt. Jedes Schluchzen spaltete sein Herz. Seine wunderschöne, unschuldige Schwester …

Das Messer des Hünen ritzte erneut seine Haut, doch Nocona blieb stumm und regungslos. Er war starrer, fleischgewordener Hass. Der Trapper atmete in schnellen Stößen, seine Klinge ruhte direkt über dem Herzen. Wenn er jetzt starb, war Kehala verloren. Ihre letzte Hoffnung auf Befreiung lag in seinen Händen.

Er hielt den Atem an, was dem Trapper zu gefallen schien, denn dieser ließ das Messer sinken, beugte sich vor und presste ihm seine riesige Hand auf den Mund. Der Dürre, hechelnd wie ein Hund, schwang erwartungsvoll seinen Ast. Soweit es die ihn festhaltende Hand zuließ, wandte Nocona den Kopf. Er wollte seiner Schwester wenigstens mit seinem Blick einen Halt in all dem Leid geben, doch sie würde ihn nicht sehen. Kehala war nur ein Schatten, so, wie er für sie in unendlicher Ferne lag.

Das geile Schnaufen des Hünen war ihm gleichgültig, die glühende Astspitze ebenso. Er spürte fauligen Atem an seiner Wange und hörte das Zischen seines Fleisches, als der Ast sich in seine Brust drückte. Schmerz jagte durch seinen Körper, doch er gab keinen Ton von sich. Haut schmolz unter glühendem Holz. Der Hänfling fluchte und trat ihm zwischen die Rippen. Ein kurzes Verkrampfen seines Körpers war alles, was er ihnen bot. Keine Schreie, kein Betteln um Gnade.

Der Hüne brüllte seinen Zorn hinaus. Seine Hand löste sich von Noconas Mund und wanderte tiefer. Er bohrte seinen Finger in die

Wunde und drehte ihn hin und her, bis sich ein Keuchen aus Noconas Kehle löste. Verzweiflung löschte seinen Zorn. Er hatte nicht standgehalten. Er hatte ihnen gegeben, wonach sie gierten.

Geknurrte Worte. Zufrieden und triumphierend. Schnaufen, Keuchen und Stöhnen. Wimmern und Weinen. Der Dürre schlug sich auf die Schenkel und zuckte obszön mit den Hüften. Was, wenn auch diese beiden Ungeheuer über Kehala herfielen? Fünf Männer, die sie quälten. Nein, beschwor er sich. Sie würden es nicht tun. Ihre Neigungen bewegten sich in eine andere Richtung.

Der Hüne zerschnitt die Fesseln an seinen Hand- und Fußgelenken. Als auch die Seile um Brust und Hüften fielen, wollte er seine aufgestaute Wut in einem wilden Angriff entladen, doch sein Körper, der ihn sonst nie im Stich ließ, sank hilflos in sich zusammen. Seine Glieder waren taub. Gefühllos und nutzlos. Die Männer zerrten ihn hoch und schleiften ihn in die Dunkelheit jenseits des Feuers.

Sie würden ihn umbringen. Vor Kehalas Augen. Sie würden ihr die letzte Hoffnung nehmen. Das durfte nicht sein! Seine tauben Muskeln gehorchten ihm noch immer nicht. Zwischen den Heidelbeersträuchern wurde er zu Boden gestoßen. Dreck und trockene Nadeln kratzten über die Brandwunde. Nocona keuchte vor Schmerz. Seine Beherrschung ließ sich nicht mehr aufrechterhalten.

Der Dürre hielt seine Handgelenke fest, während ihm der Hüne den Schmuck vom Körper riss. Die Lederbänder mit den Federn und den Knochenstückchen, die er seit Jahren um den Hals trug. Genauso wie jene, die er gemeinsam mit Kehala am Ufer des Sees gefertigt hatte. Sie zerrissen den Lederreif am Oberarm, seinen Gürtel und den Medizinbeutel. Blankes Entsetzen packte ihn, als der Trapper seinen heiligsten Besitz in das Feuer warf. Seinen Schutz. Sein Leben. Ptesawins Kraft verließ ihn, sein Totem war vernichtet. Und was immer sie ihm antun würden, Kehala würde es mit ansehen müssen.

Wie sollte er seinen Platz am Ratsfeuer der Großen Jäger einnehmen, wenn er so sein Leben aushauchte? Wie sollte er seine Schuld jemals begleichen?

Im Geiste sah er die Kinder, die Naduah und er niemals haben würden. So viele Erinnerungen, so viele Pläne. Nichts waren sie mehr wert.

Der Hüne schnaufte. Er drückte ihn mit seinem Gewicht zu Boden, nagelte ihn fest und hechelte ihm seinen stinkenden Atem ins Gesicht. Nocona wehrte sich mit aller Kraft. Seine Gliedmaßen kribbelten und erwachten zu neuem Leben, doch er war noch nicht stark genug, um den Trapper von sich zu stoßen. Sein Zappeln schien dem Hünen nicht zu gefallen. Er knurrte seinem Freund einen Befehl zu, und das Letzte, das Nocona wahrnahm, war ein auf ihn niederfahrener Gewehrkolben.

Die Wirklichkeit hüllte sich in einen Schleier. Man band ihn und Kehala mit Seilen an den Sattelknäufen fest und zerrte sie vorwärts. Vergeblich versuchte er, den Blick seiner Schwester einzufangen. Unentwegt starrte sie den Boden an, während sie hinter dem Pferd hergezerrt wurde. Keine Regung zeigte sich in ihrem maskenhaften, grausam angeschwollenen Gesicht. Nichts war mehr von seiner Schwester übrig geblieben. Eine Nacht hatte genügt, um ihre Seele vollkommen zu zerstören. Kehalas rechtes Auge war zugeschwollen, ihre Lippen aufgeplatzt. Blut verkrustete ihre Beine. An beiden Schultern, die vom zerrissenen Leder ihres Kleides kaum verhüllt wurden, zeichneten sich die Male tiefer Bisse ab.

Nocona war es gleich, dass sein Körper kaum besser aussah. Er wusste dank seiner Ohnmacht nicht, was die beiden Männer ihm angetan hatten, und er wollte es nicht wissen. All seine Sorge galt Kehala. Ihr nicht helfen zu können, war die furchtbarste Marter.

Man zerrte sie hinter den Pferden her wie gefangene Antilopen. Wenn sie stürzten, wurden sie so lange über den Boden geschleift, bis sie von selbst wieder auf die Beine kamen. Versuchte Nocona, seiner Schwester aufzuhelfen, ging eine mit Knoten versehene Peitsche auf seinen nackten Rücken nieder, und wollte er sie mit leisen Worten trösten, brachte man ihn auf dieselbe Art zum Schweigen. Mehr als einmal gewann sein Zorn und trieb ihn zu einem Angriff, doch alles, was es ihm einbrachte, waren Stiche und Schnitte mit schmutzigen Messern, die der Hüne ihm mit Genuss beibrachte, während die anderen ihn festhielten. Manche Versehrungen am Körper seiner Schwester und an seinem eigenen zeigten bereits die ersten Anzeichen drohenden Wundbrands. Würden diese Männer sie nicht töten, dann tat es die Natur. Einen endlosen Tag lang durchquerten sie den Wald. Am Stand der Sonne und dem Wuchs des Mooses erkannte er, dass sie nach Norden gingen. Kehala und er waren für die Trapper wie Tiere, die man langsam zu Tode spielte. Nicht mehr als ein Zeitvertreib für ihren Wahnsinn.

Der Zorn in ihm gärte unberührt von jeder Schwäche. Er wuchs und wuchs, bis er seinen Geist vollkommen vergiftete und all sein Empfinden daraus bestand. Nocona schloss die Augen und vergrub sich in diesem Hass, betete darum, ihn vor seinem Tod herauslassen zu können. Irgendeine Möglichkeit musste sich ihm bieten. Irgendeine Wendung des Schicksals. Und wenn das geschah, würde er keine Gnade zeigen. Keine Gnade mehr. Niemals wieder, solange er existierte.

Offenbar des Reitens überdrüssig, errichteten die Trapper am Ufer eines Baches ein provisorisches Lager. Sie banden Nocona und Kehala an

einen Baum, tranken ihren Kaffee, aßen Bohnen. Eine weitere Nacht voller Qualen nahte. Eine Nacht, die Kehala nicht überleben würde. Als sie im Schein der Abendsonne ihre letzte Wegstrecke begannen, glomm bereits der Hunger nach Befriedigung ihrer unheiligen Gelüste in den Augen der Männer. Sein Magen verkrampfte sich. Alles, was man ihnen gab, waren Schlucke aus der Wasserflasche, doch er hätte ohnehin kein Essen bei sich behalten können.

„Ich will nach Hause", hörte er Kehala flüstern. „Bring mich nach Hause, Bruder."

„Das werde ich." Nocona schloss die Augen. Er redete, als spräche ein anderer für ihn. „Wir kommen wieder nach Hause. Vertrau mir."

„Diese Nacht … ich schaffe das nicht. Nicht noch einmal."

„Sei stark, Schwester. Ich bringe dich nach Hause. Ich schwöre es bei der Heiligen Mutter."

Nocona zwang sich zu einem Lächeln, das schlimmer schmerzte als jede Wunde an seinem Körper. Seine Schwester stimmte ihren Medizingesang an. Ihre Stimme war zittrig, doch sie sang mit hoch erhobenem Kopf und flüchtete sich in den letzten Halt, der ihr blieb. Sie sang vom Gras, von den Sternen und der nächtlichen Prärie. Von dem Fluss, an dem sie ihr Lager aufgeschlagen hatten, und dem Singen der Vögel am Morgen.

Die Männer hörten ihrem Lied eine Weile zu, bevor sie begannen, es nachzuahmen. Ihre spöttischen Stimmen besudelten die Magie der Melodie. Nach sieben Strophen verstummte Kehala und senkte den Kopf. Nocona spürte, wie die letzte Stärke in ihr zerbrach wie eine dünne, von Frost verbrannte Blüte. Seine Hände wanden sich in den Fesseln. Er zog und zerrte, nur um zu erkennen, dass sie sich unmöglich lockern ließen.

Nach einer gefühlten Ewigkeit fiel ihm ein umgestürzter Rotholzbaum ins Auge. Der tote Gigant hatte die Erde aufgerissen und einen dünnen, scharfen Stein zutage gefördert. Sein Herz klopfte. Er musste ihn bekommen. Er musste.

Nocona ließ sich zur Seite fallen, griff nach dem Stein und schob ihn zwischen seine zusammengebundenen Hände. Hatten sie gesehen, dass er ihn genommen hatte? Hatten sie ihn durchschaut? Der Hüne zerrte ihn mit einem brutalen Ruck auf die Beine. Seine Lippen zogen sich zu einem Grinsen zurück, in dem ein widerwärtiges Versprechen lag.

Nocona umschloss den Stein wie einen kostbaren Schatz. Scharf und hart schmiegte er sich an seine Haut. Heute noch, das schwor er sich, würde er Kehala befreien. Heute Nacht würden nicht sie es sein, die tausend Tode starben.

Makah, 2011

Schlagartig wurde er wach, kippte nach vorn und kollidierte mit dem Handschuhfach. Schmerzen brachen auf. Am Kiefer, in den Rippen, an Hüfte und Rücken. Sie breiteten sich aus, wuchsen und loderten, bis sein Körper in Flammen stand. Makah sah Blut an seinen Händen. Die Gelenke waren aufgeschürft … Wunden wie von rauen Seilen, mit denen er gefesselt worden war. In seinem Kopf wüteten scharfe Klauen und zerhackten sein Gehirn. Übelkeit bahnte sich ihren Weg durch seine Kehle.

„Halt an! Sofort!"

George gehorchte. Makah riss die Wagentür auf, stolperte ein paar Schritte, sackte in die Knie und übergab sich in den Matsch. Einmal, zweimal, bis sein Magen nichts mehr hergab und die Krämpfe langsam abflauten. Hustend rollte er sich auf den Rücken. Über ihm spannte sich ein klarer Himmel. Wasserblau. Die Sonne schien ihm ins Gesicht. Unter der Kleidung war sein Körper übersät von Wunden. Jedes Zeitgefühl ging ihm verloren. Jahrhunderte, Sekunden, Augenblicke. Ganze Äonen.

„Was ist los? Hey, sag was, Makah." George packte ihn unter den Armen und hievte ihn in eine sitzende Position. Blut tropfte von seinen aufgeschürften Handgelenken, sickerte durch sein T-Shirt und klebte von innen an seiner Jeans. Wunden aus einer anderen Zeit, einem anderen Leben. Visionen konnten stark sein, so stark, dass sie Menschen in den Wahnsinn trieben. Aber Verletzungen, die von einer Welt in die andere transferiert wurden? Das war nicht gut. Überhaupt nicht gut. Es bedeutete, dass ihm die Kontrolle entglitten war.

„Um Himmels willen." George packte seine Arme und starrte auf die Male. Er sah sein blutiges T-Shirt, die wachsenden, roten Flecken auf der Hose und den Schnitt an seinem Hals, der brannte wie Feuer. „Wo kommt das plötzlich her? Was hast du gemacht, Junge? Eben war noch nichts da, und dann … aber das geht doch gar nicht!"

Makah antwortete nicht. Er schob George beiseite, stand auf und justierte mit ausgestreckten Armen sein Gleichgewicht aus. Alle Schmerzen, die Nocona gefühlt hatte, tobten in seinem Fleisch und in seiner Seele. Er musste allein sein. Und zurückkehren. Kehala befreien, sich selbst befreien.

„Bring mich nach Hause!"

„Du musst zu einem Arzt. Das sieht ja schrecklich aus."

„Gar nichts muss ich. Bring mich einfach nur nach Hause."

Makah stieg in den Wagen und biss die Zähne zusammen. Egal, wie er sich hinsetzte, die Schmerzen waren kaum auszuhalten. Gab es irgendeinen Fleck an seinem Körper, der nicht versehrt war? Bilder zuckten

durch seinen Kopf, eines grausamer als das andere. Kehala, die man schändete. Schläge, Schnitte, Stiche, glühendes Holz, die knotenbesetzte Peitsche. George setzte sich ans Steuer und legte den Rest des Weges in einem wahnwitzigen Tempo zurück. Während der gesamten Fahrt sagte der Alte kein Wort. Selbst, als Makah ausstieg, blieb er stumm.

„Alles okay, George. Ich komme klar."

„Wirklich?"

„Mach dir keine Sorgen. Ich habe alles im Haus, was ich brauche. Und erzähl Anna nichts davon."

„Verliere ich den Verstand? Woher kamen die Wunden?"

Makah wandte sich um und ging auf das Haus zu. Was sollte er darauf antworten? Es gab keine Erklärung. Wieder sah er die Männer vor sich. Ihr Gestank fraß sich zusammen mit Kehalas Schreien in seine Seele. Er wollte es nicht ertragen, wollte nichts mehr sehen und fühlen. Aber er musste zurück. Egal, was es für ihn bedeutete.

Im Haus nahm er einen sauberen Lappen und eine Schüssel, ging hinaus zur Pumpe und füllte sie mit Wasser. Die Kleider auszuziehen gestaltete sich als Marter. Makah vermied es, sich die Wunden genauer anzusehen. Im Gras knieend, die weiten Hügel im Blick, wusch er jede einzelne aus. Dutzende Stiche und Schnitte, die Brandwunde auf seiner Brust, die von den Seilen aufgeschürften Gelenke. Das kalte Wasser linderte den Schmerz seines Fleisches, richtete aber nichts gegen die Erinnerungen aus.

Er musste zurück in die Hölle.

Im Haus klammerte er die tieferen Wunden, trug Salbe auf und verband sich so gut es möglich war. Als er endlich auf das Sofa sank, glühte sein Körper. Ihm fielen die Augen zu, noch ehe er sich gegen die drohende Dunkelheit wappnen konnte. Der Strudel schien nur darauf gewartet zu haben, ihn wieder mit sich zu reißen. Makah wehrte sich nicht dagegen, auch wenn die Furcht ihn mit kaltem Würgegriff packte.

Kehala brauchte seine Hilfe. Nur das zählte.

Nocona, 1844

Er beobachtete die Männer. Alle fünf saßen am Feuer und unterhielten sich in ihrer hart klingenden Sprache. Diesmal hatte man ihnen weder die Beine gefesselt noch ihre Hände hinter den Baumstämmen zusammengebunden. Lediglich zwei Seile lagen um Brust und Hüfte. Nocona nahm es als einen Wink des Schicksals. Vielleicht lag Ptesawins Schutz noch immer über ihm. Er konnte es nur hoffen, denn ohne schützende Medizin war ein Mann nichts.

Vollgesogen mit seiner Körperwärme lag der Stein in seinen Händen. Als ihm das Seil um die Brust geschlungen worden war, hatte er unauffällig eingeatmet, weshalb es locker genug saß, um weder Luft noch Blut abzuschnüren. Wieder und wieder spannte er die Muskeln seiner Arme und Beine an, damit sie nicht einschliefen, behielt die Männer im Auge und schnitt mit dem Stein an den Fesseln seiner Handgelenke. Er kam unendlich langsam voran, konnte kaum Kraft in die Schnitte legen, doch jede reißende Faser steigerte seine Willenskraft.

Kehala saß zusammengesunken am Baum neben ihm und regte sich nicht. Ihre Haare bedeckten das Gesicht, nur am Zittern der Hände erkannte er, dass sie überhaupt noch lebte.

Verbissen bewegte er die scharfe Kante des Steins vor und zurück. Die dabei entstehende Hitze begann, die Fasern zu verbrennen. Jeden Augenblick konnten die Männer ihr Essen beenden, und wenn er es bis dahin nicht schaffte, das Seil zu durchtrennen, würde sein verzweifelter Plan scheitern.

Nocona schloss die Augen, klammerte alles aus, was ihn umgab. Noch schneller schnitt er an dem Seil, ungeachtet des Schmerzes, der seine verkrampften Hände befiel. Er konnte bereits das Blut der Männer riechen. Oh ja, heute Nacht würde er darin waten. Er würde sie leiden lassen, er würde ihnen alle Qual heimzahlen und ihre Seelen dem Nichts zum Fraß vorwerfen.

Endlich, mit einem leisen, unendlich befriedigenden Geräusch, zerriss das Seil. Nocona machte sich über die Fessel her, die seine Hüfte umschlang. Gleich war es geschafft. Nur noch dieses eine Hindernis. Mit seinen freien Händen konnte er mehr Kraft in die Schnitte legen. Zehnmal bewegte er die Klinge hin und her, dann fiel auch dieses Seil. Aufatmend sank Nocona zurück. Niemand schöpfte Verdacht. Ahnungslos löffelten die Männer ihre Bohnen aus verbeulten Blechnäpfen.

Sie würden sterben. Alle. Heute Nacht.

Der Hüne hielt inne und starrte zu ihm herüber. Hasserfüllt erwiderte Nocona seinen Blick, während er die Hände zwischen seinen Beinen zusammenpresste, als seien sie noch immer gefesselt. Das letzte Seil um

seine Brust konnte er nicht durchschneiden, ohne dass es den Männern auffiel. Für diesen letzten Schritt benötigte er die Hilfe seines Feindes. Der Hüne schien seiner Gelüste nicht mehr Herr zu werden. Grunzend warf er seinen Napf beiseite, zückte das Messer und kam zu ihm. Nocona roch den Gestank seiner Erregung. Dieses Monster widerte ihn an. Er wollte es mit bloßen Händen zerfleischen, er wollte seine Haut in Streifen abziehen und seine Schreie hören.

Der Hüne hockte sich nieder, packte seine Beine, drückte sie auseinander und setzte sich zwischen sie. So vertieft war das Ungeheuer in seine Gier nach Demütigung, dass es weder das zerschnittene Seil bemerkte noch die freien Hände seines Opfers. Der Trapper leckte sich die Lippen und drückte die Spitze seines Messers gegen Noconas Kinn. Langsam wanderte die Klinge nach unten, bis sie sich gegen jene Stelle seines Halses drückte, unter der das Blut pulsierte.

Wenn er dort hineinstach, würde die Fontäne mehrere Meter weit spritzen. Der heiße, pulsierende Schwall würde ihn besudeln, seine verfaulende Kleidung durchnässen und seine Haare tränken. Nocona wusste, dass ein Mensch, den man dort aufschlitzte, binnen weniger Augenblicke starb. Er selbst hatte einen Weißen auf diese Weise getötet. Einen jungen Pelztierjäger, der es gewagt hatte, Zuzueca und ihn in den südlichen Wäldern anzugreifen. Der metallische Duft des Todes war ihm in guter Erinnerung geblieben. Enthäutete Schädel, durchschnittene Kehlen und gespaltene Köpfe. So viele Schlachten in so wenigen Jahren. Doch die Ungeheuer nahmen an Zahl zu.

Nocona lächelte. Heiße, stinkende Atemstöße streiften seine Haut. Grobe Finger tastete über seinen Körper. Der Trapper keuchte. Wurde unaufmerksam. Blitzschnell zog Nocona seine Hände zwischen den Knien des Hünen hervor. Er packte das Messer, das an seinem Hals lag, drehte es herum und stieß dem Trapper die Klinge bis zum Heft in die weiche Stelle unter dem Kinn. Das Messer durchstach Fleisch, Sehnen, Zunge und Gaumen. Als die Klinge im Kopf des Hünen verschwunden war, drehte er sie mit aller Kraft herum. Es knirschte. Blut schoss in die Augen seines Feindes. Ein heißer Schwall quoll aus der Wunde, aus Mund und Nase, ergoss sich auf seine Brust und tropfte auf die Erde. Nie hatte er tiefere Befriedigung empfunden. Süß war er, der Geruch des Todes. Unendlich köstlich.

Kein Schrei kam über die Lippen des Hünen. Die Männer am Feuer kicherten arglos. Nocona zog das Messer heraus und hielt den Leichnam mit seinem freien Arm aufrecht. Er zerschnitt das Seil um seine Brust, atmete tief ein, warf den Hünen mit aller Kraft beiseite und stürmte auf das Feuer zu.

Die Männer fanden keine Gelegenheit, zu reagieren. Nocona warf sich

auf den Trapper, der ihm am nächsten war, stieß ihn zu Boden und zog das Messer über seine Kehle. Knirschend schrammte es über seine Wirbelsäule. Blut schoss aus dem aufklaffenden Fleisch. Der Trapper öffnete den Mund zu einem stummen Schrei, versuchte noch, seine Kehle zusammenzudrücken, und hauchte röchelnd sein Leben aus.

Zwei Männer schafften es, nach ihren Gewehren zu greifen, der Dritte wurde von Noconas Faust getroffen und fiel quer über das Feuer. Glühende Scheite ließen Haut und Augäpfel schmelzen. Das Kreischen und Zappeln des Ungeheuers war Balsam für seine Seele. Er gierte nach Schmerz. Lechzte nach Qual. Wollte mehr davon, viel mehr. Ihre Schuld war lange nicht beglichen. Geschmeidig duckte er sich unter einem Gewehrkolben hinweg, warf den Angreifer zu Boden und trat nach einer blitzartigen Drehung die Waffe aus den Händen des zweiten Mannes.

Grob zerrte er den Verwundeten aus dem Feuer und packte ihn an der Kehle. Noch ehe einer der Männer einschreiten konnte, setzte er die Klinge an der Stirn des Trappers an, vollführte einen Schnitt, packte zu und riss ihm die Kopfhaut vom Schädel. Ein letzter Schrei. Dann Stille. Mordlüstern blickte er auf. Der Mann rechts neben ihm lud sein Gewehr und legte an. Nocona zog einen glimmenden Ast aus dem Feuer, schleuderte ihn gegen seinen Schädel und verfolgte zufrieden, wie sein Gegner in einem Regen aus Funken zusammensackte.

Der Dürre, der als einziger noch aufrecht stand, wich vor ihm zurück. Panisch sah er sich um, entdeckte das beiseite geschleuderte Gewehr und schien zu begreifen, dass er es nicht erreichen würde. Ein Fleck breitete sich auf seiner Hose aus. Wimmernd zückte der Dürre sein Messer. Nocona roch seine Todesangst und labte sich an ihr. Hitze stieg ihm zu Kopf, als er auf seinen Feind zuschlich.

„Was hast du?", knurrte er. „Etwa Angst vor einem fairen Kampf? Bete zu deinen Göttern, elender Feigling. Sie werden dir nicht helfen."

Der Dürre stieß mit dem Rücken gegen einen Baum. Nocona war bei ihm, noch ehe er einen Schrei ausstoßen konnte, warf ihn zu Boden, drückte ihm das Knie in die Weichteile und legte erneut das Messer an. Diesmal schnitt er langsam. Stück für Stück. Der Dürre röchelte. Keuchte und stöhnte und bäumte sich auf, als ihm die Kopfhaut Stück für Stück vom Schädel gezogen wurde.

Nocona riss die Trophäe an sich. Wild und zornig hallte sein Triumphschrei im Wald wider, trug seinen Durst nach Rache in die Nacht hinaus und erfüllte selbst den Himmel. Erst eine Bewegung im Dunkeln ließ ihn verstummen. Der vom Ast betäubte Mann hatte sich aufgerappelt und legte das Gewehr an. Nocona warf sein Messer. Mühelos bohrte es sich in den Bauch des Weißen. Der Trapper ließ das Gewehr fallen, sank in sich zusammen und umklammerte fassungslos den Griff, der aus seinem

Fleisch ragte.

Nocona hörte sich lachen. Er fuhr herum, tötete den Dürren mit einem Stich ins Herz und tauchte beide Hände in das hervorströmende Blut, schmierte es sich auf Gesicht und Brust, ließ den Geschmack seine Sinne erfüllen. Oh ja, er konnte sie fühlen, die Erlösung. Die kühle Wohltat der Rache, das Eis, das seine lodernde Wut milderte. Rote Schlieren tanzten vor seinen Augen. Alles schien sich zu verlangsamen. Der Wind in den Bäumen klang gedämpft, die Wipfel neigten sich wie im Traum. Ebenso wie der Mann mit dem Messer im Bauch, der auf ihn zugewankt kam … mit einer Keule in der Hand.

Nocona blickte verwundert auf. Träge erschienen ihm die Bewegungen des Weißen, so lächerlich träge. Er hörte den Herzschlag des Mannes. Roch seine Panik. Mühelos wich er dem Schlag der Keule aus, ließ seinen Gegner ins Leere taumeln und stieß ihn zu Boden. Sein Kopf pulsierte, sein Blut kochte. Er wand dem Mann die Keule aus der Hand und schmetterte sie gegen den Schädel. Einmal, zweimal, dreimal. Knochen zersplitterten. Nocona blickte seinem Opfer in die weit aufgerissenen Augen. Fühlte, wie all seine Empfindungen in einem heißen, pulsierenden Rausch untergingen. Taumelnd kam er auf die Beine, ging zu dem letzten noch lebenden Weißen hinüber und setzte sich auf ihn.

Der skalpierte Mann stöhnte, als er ihm das Hemd aufriss. Keine Gnade, niemals wieder, solange er existierte. Nocona setzte das Messer auf die Brust des Trappers, stach zu und zog es nach unten. Ein Schrei zerfetzte die Stille der Nacht. Er erstarb zu einem Stöhnen, als er einen zweiten Schnitt vollführte. Zufrieden betrachtete er das blutige Kreuz im Oberkörper des Mannes. Das heilige Symbol dieser Monster.

„Ich habe euch geschworen, dass ihr diesen Wald nicht lebend verlassen werdet. Sag deinen Göttern, dass ich sie verachte. Sie sind Dreck, genauso wie du."

Wie von Sinnen stach er auf den Sterbenden ein. All sein Zorn entlud sich in unmenschlichen Schreien, während die Klinge wieder und wieder das Fleisch zerteilte, so lange, bis er zur Seite kippte und nur noch die rauschenden Wipfel der Bäume über sich sah, in Schlieren aus Blut getaucht und zerhackt von klaffenden Wunden.

Sein Atem und Herzschlag hallten im Wald wider. Alles wurde schwer. Felsenschwer. Eine gefühlte Ewigkeit lang. Irgendwann gelang es ihm, die Lähmung abzuschütteln. Als er zu Kehala hinüberging und ihre Fesseln zerschnitt, spürte er sich selbst nicht mehr.

„Wir reiten nach Hause." Sanft nahm er das Mädchen in seine Arme. Kein Laut kam über ihre Lippen, keine Regung ging durch ihren Körper. „Wir kehren zurück, kleine Schwester. Nie wieder wird dir jemand wehtun-. Das schwöre ich bei meinem Blut und meiner Seele."

Sara, 2011

„Es fühlt sich echt an. Absolut echt. Das meine ich damit."

Neben ihr an der holzvertäfelten Wand des Irish Pub hing ein Rentierfell. Sara konnte nicht widerstehen. Die feinen Haare unter ihren Fingern zu spüren glich einer Reise durch die Zeit. Winternächte unter einem Sternenhimmel, wie man ihn sich heutzutage kaum mehr vorstellen konnte. Flirrend heiße Sommer am Fluss. Bemalte Zeltwände, Pelz auf ihrer Haut. Schützende Arme, die sich um sie schlangen.

„Es sind keine Träume. Wie oft muss ich das noch sagen?" Sara blickte Ruth über den Rand ihrer Kaffeetasse hinweg an. Ihre Chefin zuckte mit keiner Wimper. Sie hatte ein professionelles Pokerface aufgesetzt und es lag in der Natur der Sache, dass das so ziemlich alles bedeuten konnte. Ihr Gegenüber nicht durchschauen zu können, verunsicherte Sara.

„Nenn es Visionen", sagte sie. „Nenn es Spinnerei. Es ist mir egal. Aber wenn ich diese Träume habe, ist es nicht so, als würde ich träumen. Ich erlebe es so deutlich, wie ich das hier erlebe."

„Du sagtest, du siehst nur Etappen?" Ruth goss heißes Wasser über ihre Pfefferminzblätter und gab Kandis dazu. Bei dieser Frau war jede Geste akkurate Perfektion. Es gab Tage, an denen Sara diese Überkorrektheit den letzten Nerv raubte. Zum Beispiel heute. „War das nicht so?"

„Ja. Aber die Erinnerung an alles dazwischen ist genauso lebendig. Es ist ein anderes Leben. Oder sagen wir", räumte sie ein, „es ist wie ein anderes Leben."

„Du vermutest also, die Reinkarnation von Cynthia Ann Parker zu sein?" Jetzt klang ein unüberhörbarer Hauch von Belustigung in ihrer Stimme mit. „Und dein gutaussehender Fremder aus dem Museum ist Nocona, legendärer Kriegshäuptling der Comanchen und Vater von Quanah Parker, dem berühmten Freiheitskämpfer?"

Sara stöhnte auf. „Es klingt idiotisch, wie du das sagst. Ich habe keine Ahnung, okay? Das alles überfordert mich genauso wie dich. Ach verdammt, ich hätte dir nichts davon erzählen sollen. Vergiss es einfach, ja? Tu mir den Gefallen."

Ruth räusperte sich ein paar Mal. „Du musst zugeben, Liebes, es klingt abgefahren. Aber spannend ist es allemal. Ich hatte anscheinend den richtigen Riecher, als ich dich für dieses Projekt einteilte."

„Spannend? Du findest das spannend?" Sara spießte eine Spur zu ruppig ihre Tomate auf, die ihr durch diese rüde Behandlung fast vom Teller hüpfte. Sie bestellte niemals Salat. Warum tat sie es heute? Egal. Vermutlich war es ein Instinkt, der ihr einflüsterte, dass jedes üppigere Mahl zu

schwerwiegenden Verdauungsproblemen führen würde. Seit diese seltsamen Dinge geschahen, war alles an und in ihr sensibilisiert. Ihre Gefühle spielten verrückt, ihr Kreislauf spielte verrückt und ihre Hormone trieben sie in den Wahnsinn. Bilder durchzuckten sie, selbst wenn sie wach war. Eindrücke, die nicht in diese Zeit gehörten. Es war skurril, hier zu sitzen und draußen auf dem Hudson River die Lichter der Stadt widergespiegelt zu sehen. Sie war eine Fremde in ihrem eigenen Leben.

„Du weißt, dass mein Spezialgebiet in der Kultur der Khmer liegt." Sara verschränkte die Arme vor der Brust und ließ sich zurücksinken. „Ich habe mich lange für nichts anderes interessiert. Aber dann stand ich vor Quanahs Grabstein und ... shit, ich kann es nicht beschreiben. Alles veränderte sich. Stell dir vor, du besuchst nach Jahrzehnten die Ruhestätte deines vor langer Zeit verstorbenen Kindes. Genauso fühlte ich mich, als ich bei Quanah war. Da war dieser Schmerz in mir. Dieser gewaltige Verlust. Alt und vernarbt, klar, aber verdammt echt."

„Das klingt kryptisch." Ruth wiegte nachdenklich den Kopf. Die Skepsis, die dieser Geste anhaftete, wurde durch das faszinierte Funkeln in ihren Augen gemildert. „Und dein geheimnisvoller Fremder hat ebenfalls Visionen? Habe ich das richtig verstanden?"

„Ja, und deswegen muss ich ihn wiedersehen, verstehst du das? Ich brauche Antworten. Wenn es ihm genauso ergeht wie mir, muss etwas dran sein. Wir haben uns vorher nie gesehen, und dann steht er plötzlich vor mir und ich habe das Gefühl, ihn schon ewig zu kennen."

Ruth öffnete den Mund zu einer Erwiderung, doch Sara verlangte mit einer wedelnden Handbewegung ihr Schweigen. „Ich weiß, was du denkst", setzte sie hinzu. „Das ist ein furchtbar abgedroschener Spruch. Aber es ist so. So und nicht anders. Als ich Makah das erste Mal sah, vergaß ich alles um mich herum. Du kennst mich, Ruth. Ich werde nicht mal nervös, wenn vor mir die Kontinentalplatte auseinanderbricht. Aber als ich vor diesem Mann stand, fiel ich aus allen Wolken."

„Bei seinem Anblick wäre ich auch aus allen Wolken gefallen." Ruth rührte in ihrem Pfefferminztee, als wollte sie ein Loch durch den Boden der Tasse graben. „Das klingt wirklich alles ganz aufregend, aber verrenn dich nicht in eine Sache, die dir leicht über den Kopf wachsen könnte. Du bist eine starke Persönlichkeit, aber auch eine Träumerin. Bleib auf dem Teppich, Sara. Halte deine Gedanken beisammen."

„Verdammt und zugenäht!" Sie hieb mit der flachen Hand auf den Tisch, dass es nur so schepperte. „Glaub mir oder nicht, aber halte mich nicht für eine Spinnerin. Denkst du, ich fabuliere mir aus Lust und Laune was zusammen?"

„Nein, das denke ich nicht." Ruth hob diplomatisch die Hände. „Ich finde deine Erzählung phänomenal. Wirklich. Unsere Leser würden es

lieben. Wir sollten diese Reinkarnationsidee mit dem Bildband verknüpfen. Eine magische Reise durch die Zeit. Romeo und Julia auf amerikanisch."

Sara konnte nicht fassen, was sie hörte. „Ruth! Es geht hier nicht um unsere Leser oder um eine vielversprechende Idee. Es geht um mein Leben. Um ein Rätsel, das ich lösen muss. Klar so weit? Wie oft habe ich dir vorgejammert, irgendwas stimme nicht mit meinem Leben? Ich fühlte mich falsch, wie ein Statist in einem Film. Mir fehlte etwas, und ich hatte nie eine Ahnung, was das sein könnte. Aber als ich vor Makah stand, fanden all meine Fragen zu einer Antwort. Eine Antwort, die ich noch nicht verstehe, aber ... Mist."

Sie verlor den Faden. Wenn sie jetzt nicht aufpasste, würde sie vor ihrer Chefin in Tränen ausbrechen. Scheiße noch eins, sie wollte sich in den nächsten Flieger setzen und ihn wiedersehen. Sie wollte es endlich verstehen.

„Vielleicht bist du einfach nur verliebt?" Ruth trat zielsicher in das nächste Fettnäpfchen. „Und zwar Hals über Kopf? So einem Mann begegnet man nur einmal im Leben."

Sara hob die Arme und ließ sie mit einem Stöhnen wieder fallen. Das machte alles keinen Sinn. Welche Dämonenblähung hatte ihr nur die idiotische Idee eingepflanzt, ihre Chefin hierher zu bringen und sich bei ihr auszuheulen?

„Wonach sehnen wir uns, wenn wir in den Sonnenuntergang schauen, Ruth? Wonach verzehren wir uns, wenn wir am Meer stehen oder in den Himmel sehen? Da ist etwas, das fehlt, und manchmal spüren wir es so deutlich, dass wir fast daran zugrunde gehen. Vielleicht sind wir im Grunde unseres Herzens alle Nomaden. Es zieht uns hinaus. In die Freiheit. Ins Geheimnis. Wir wollen wissen, warum wir hier sind und wo unser Ziel liegt. Das ist doch die wichtigste Frage in unserem Dasein. Warum leben wir? Meine Antwort liegt in Oklahoma. Bei Makah."

Ruth nickte und starrte eine Weile in ihren Tee. „Was willst du mir damit sagen?", fragte sie schließlich.

„Ich muss zurück. Das will ich damit sagen. Und zwar sofort." Sie verschränkte die Arme auf dem Tisch und ließ ihren Kopf darauf sinken. Alles, was sie von einem desaströsen Kontrollverlust trennte, war ein seidener Faden aus bröckelnder Beherrschung. „Ruth, bitte. Lass mich den nächsten Flieger nehmen. Ich brauche Antworten."

„Du brauchst Antworten, und ich brauche dich. Tu mir den Gefallen und übe dich in Geduld. Auch Rom wurde nicht an einem Tag erbaut. Ich habe mit dem Krankenhaus telefoniert. Die Unglücksraben sind auf dem Weg der Besserung. Sobald sie wieder fit sind, bezahle ich dir einen Erste-Klasse-Flug und gebe dir so viel Zeit, wie du willst. Einverstan-

den?"

Ruths Gesicht strahlte eine Sturheit aus, die Sara ihr am liebsten aus dem Gesicht geohrfeigt hätte. „Liebes, ich …"

„Nein! Lass es einfach, okay? Ich kenne die Antwort schon."

„Jetzt hör mir doch mal zu. Dir scheint die Sache sehr zu Herzen zu gehen. Das verstehe und respektiere ich. Wenn da irgendeine Verbindung zwischen dir und Cynthia besteht, dann …"

„Naduah. Ihr Name war Naduah."

„Das tut doch jetzt nichts zur Sache. Wenn du wirklich Recht hast und es mehr zwischen Zeit und Raum gibt, als unser wissenschaftlicher Verstand begreift, dann sei vorsichtig. Du weißt, wie Naduahs Geschichte endete. Lass dich da nicht hineinziehen. Ich bin beunruhigt, um nicht einen stärkeren Ausdruck zu bemühen. Du bist dünn geworden, Liebes. Schläfst du eigentlich noch?"

„Mach dir mal keine Sorgen. Ich packe das schon."

Ja klar, und wie. Der Sog, der an ihrem Geist zehrte, wurde mit jedem Tag stärker. Selbst jetzt, wo sie hier saßen, umringt von plappernden Menschen, dachte sie nur an eines. An die Rückkehr in ihre Träume. An das Dorf am Fluss. An den Geruch von Gras, Rauch und Wind. Selbst wenn sie wüsste, dass diese Visionen ihr schadeten, würde sie sich nicht vor ihnen verschließen können.

„Tut mir leid." Sara erhob sich und legte zwei Scheine auf den Tisch. „Ich muss Schlaf nachholen. Mach dir keinen Kopf. Ich habe alles im Griff."

„Willst du wirklich allein sein? Du könntest bei mir …"

„Nein. Es ist alles okay. Gute Nacht."

Sie rannte aus dem Café und winkte ein Taxi herbei. Seliger Dämmerzustand umhüllte sie wie ein warmer Mantel, kaum dass sie in den Rücksitz gesunken war. Noch erreichten sie keine Visionen, aber Sara fühlte, wie nah sie waren. Wartend. Lauernd.

Es erforderte all ihre Konzentration, während der Fahrt nicht einzuschlafen. Immer wieder stieß sie ihre Stirn gegen die Scheibe, rieb sich die Augen oder kniff sich in den Arm. Die kurze Fahrt zu ihrer Wohnung zog sich zu einer Ewigkeit.

Sara bezahlte den Fahrer, stürmte die Treppen hinauf und atmete erst aus, als die Tür hinter ihr zufiel. Summende Stille. Dunkelheit. Endlich.

Normalerweise ging sie nicht schlafen, ohne sich einen Kaffee gekocht und eine Weile mit der dampfenden Tasse in der Hand auf die Stadt hinuntergeblickt zu haben, doch diesmal war jedes Alltagsritual zweitrangig. Sie duschte, schlüpfte in ihr Nachthemd, legte sich auf das Bett und wartete. Auf dem Schreibtisch tickte die Uhr. Durch das Fenster fiel das Licht eines orangefarbenen, vom künstlichen Licht ausgebleichten

Halbmondes.

Zuerst begann es mit Gerüchen. Pferdefell und Erde, ein Hauch Fäulnis und Schlamm. Die Decke ihres Schlafzimmers löste sich auf und zeigte einen weiten, klaren Abendhimmel. Nirgendwo Smog. Nirgendwo die Streifen zahlloser Flugzeuge. Es war der reine, ungetrübte Himmel der alten Welt. Leder schmiegte sich an ihre Haut. Ihre Schenkel schlossen sich um den warmen Leib eines Pferdes.

Naduah schloss die Augen und spürte, wie sie davontrieb.

Zurück nach Hause.

Naduah, 1844

Wie auf den Grund eines fliederfarbenen Himmels gemalt leuchtete der Vollmond. Naduah saß auf Siyos Rücken, betrachtete das Gestirn und fühlte, wie eine bittersüße Schwermut in ihr heranwuchs. Birken, Pappeln und wilder Roggen raschelten im Frühlingswind, der den Duft der ersten Blumen in sich trug. Grasbewachsene Hügel wellten sich wie in ihrer Heimat und ließen Naduah fast vergessen, wie viele Tagesritte sie noch vom Dorf trennten. So sehr hatte sie die Weite vermisst. Die Endlosigkeit, die dem Auge so gut tat und ihre Seele atmen ließ. Herrlich war der Abendhimmel, der das Land überspannte. Die weißen Stämme der Birken fingen sein Licht ein und spiegelten es wider.

Nocona würde noch diesen Sommer zurückkehren, dessen war sie sich sicher. Sie würde gemeinsam mit ihm die Große Jagd bestreiten und darauf warten, dass er bei Mahto um ihre Hand anhielt. Naduah betrachtete die dunklen Flecken auf dem Angesicht des Mondes, drehte ihren Zopf zwischen den Fingern und zitterte vor Ungeduld.

Am Rande einer Roggenwiese garte ein Antilopenhase über dem Feuer. Mahto machte sich einen Spaß daraus, gegen die Strömung des Flusses anzuschwimmen, während sein Mustang am Ufer graste. Doch sie war nicht hier, um zu träumen, sondern um zu lernen, also nahm sie ihr Training wieder auf.

Siyo spürte die winzigste Muskelbewegung ihrer Reiterin und trottete je nach Weisung vorwärts oder rückwärts, drehte sich oder neigte sich zu Boden wie bei einer Verbeugung. Sie wich imaginären Angreifern aus, galoppierte ein Stück, stemmte ihre Vorderhufe in die Erde und kam schlingernd zum Stehen.

Naduah empfand tiefgehenden Stolz. Es war ihr gelungen, das Band zu knüpfen. So, wie Nocona seinen Hengst auf magische Weise gelenkt hatte, tat sie es nun mit Siyo.

Ob sie die einzige Frau im Jägertrupp sein würde? Es gab nicht viele Geschlechtsgenossinnen, die nach denselben Dingen strebten wie sie. Die meisten waren zufrieden damit, über das Tipi und die Familie zu herrschen, was ihr wilder Geist nicht nachvollziehen konnte. Es war Frauen nicht grundsätzlich verboten, auf die Jagd zu gehen, hatte Mahto ihr erzählt. Meist taten sie es, weil ihre Männer verhindert waren oder weil es einfach keinen Mann mehr gab, der für die Familie Fleisch beschaffen konnte. Vielleicht würden mit ihr noch andere Frauen jagen. Vielleicht würde es aber auch keinen Nocona geben, den sie beeindrucken konnte.

Naduah sank zurück und stützte sich auf Siyos Kruppe ab. Seelenruhig

begann das Pferd zu grasen. Dunkelheit senkte sich über den Himmel, das Rückgrat der Nacht malte sein funkelndes Band in das Firmament. Lange blickte sie dort hinauf, träumte von der anderen Welt und von den Feuern der Großen Jäger, von ihrer Zukunft, von Nocona und dem, was sie miteinander tun würden, wenn das Schicksal sie wieder zusammenführte. Naduah träumte, bis Mahto schreiend und mit wedelnden Armen auf sie zugestürmt kam.

„Hooo! Heee-e-e-e!“

Siyo vollführte einen Bocksprung. Naduah versuchte instinktiv, sich in der Mähne der strauchelnden Stute festzuhalten … vergeblich. In hohem Bogen flog sie ins Gras, landete auf dem Hintern und keuchte, als ein scharfer Schmerz ihr Steißbein durchzuckte.

„Träumst du wieder von deinem Wanderer?“ Mahto schnalzte tadelnd mit der Zunge. „Heb dir das für den Schlaf auf. Auf einer Bisonjagd wärst du jetzt tot.“

Naduah presste die Lippen aufeinander. Der Schmerz war unbeschreiblich, aber wie es schien, war nichts gebrochen. Zähneknirschend stemmte sie sich hoch. „Warum hast du das getan?“

„Du willst auf die Große Jagd. Du willst den Männern ebenbürtig sein. Siyo ist ein gutes Pferd und du bist eine gute Reiterin. Aber um eine Bisonjagd zu überleben, braucht es mehr. Nur die besten Jäger dürfen sich mit unseren Heiligen Brüdern messen.“

Naduah setzte sich neben Mahto ans Feuer und sagte nichts.

„Du bist stur und nachtragend, kleines Feuer. Glaub mir, in deinem Leben wirst du dir noch viele Knochen brechen. Ein schmerzender Hintern ist dagegen nichts.“

„Ich weiß.“

„Während der Jagd“, fuhr ihr Vater mit vergnügtem Grinsen fort, „wird von Siyo dein Leben abhängen. Ein Bison mag groß und plump erscheinen, aber er ist schneller als ein Pferd. Seine Ausdauer ist grenzenlos und er gibt niemals nach. Deswegen hängt der Erfolg der Großen Jagd allein von den Pferden ab. Während ihre Reiter sich auf das Töten konzentrieren, weichen sie angreifenden Bisons aus. Du musst auf blitzschnelle Richtungswechsel gefasst sein. Siyo wird nur für kurze Zeit neben deiner Beute hergaloppieren, gerade so lange, dass du schießen kannst. Dann schwenkt sie scharf nach rechts oder links, um dich und sich selbst in Sicherheit zu bringen. Ein verwundeter Bison hätte dich viel schneller angegriffen, als ich es gerade getan habe. Wenn du bei einem solchen Angriff vom Pferd fällst, wirst du zertrampelt oder aufgespießt. Sei immer aufmerksam, meine Tochter. Halte deine Sinne wach. Die Natur verzeiht keine Fehler. Ich weiß, dass du es kannst, aber in letzter Zeit scheinst du nur an deinen Wanderer zu denken.“

Naduah wich Mahtos Blick aus. Feuerfliegen umkreisten Siyos Hintern und warteten auf einen Haufen Dung. Die Stute ließ sich von dem Gewimmel nicht stören. Gemächlich rupfte sie am Gras und trottete in Richtung Fluss.

„Vater?"

„Ja, kleines Feuer?"

„Bringst du mir bei, wie ein Bisonjäger zu reiten?"

„Natürlich." Mahto grinste, was seinem Raubvogelgesicht einen spitzbübischen Ausdruck gab. Argwöhnisch prüfte er mit einem angespitzten Stock ihr Abendessen. „Das ist meine letzte Lektion für dich. Sonst habe ich dir alles beigebracht, was ich weiß."

„Wie lange ist es noch bis nach Hause?"

„Nicht mehr weit. Wenn du die Augen schließt, kannst du fast schon die Feuer riechen."

„Wann kehren wir zurück?"

Mahto nahm den Hasen vom Feuer. Wie es seine Art war, ließ er sich viel Zeit mit der Antwort, und ehe er fortfuhr, hatte er den Braten bereits auf einem Stück Leder zerteilt. „Sobald du und Siyo eure letzte Lektion gelernt habt. Vielleicht ist dann auch dein Wanderer wieder bei uns. Ich weiß, dass er an keine andere denkt als an dich. Er wird um dich werben. Er wird mir viele Pferde mitbringen und ihr werdet ein langes, glückliches Leben führen."

„Ob es ihm gut geht?" Naduahs Herz begann zu klopfen, wie immer, wenn sie über Nocona redeten. „Ich fühle mich seltsam. Die ganze Zeit ist ein Schatten über mir."

„Hast du schlimme Dinge geträumt? Hast du in deinen Träumen Anzeichen für schlechte Medizin gesehen?"

Naduah schoss die Schamesröte ins Gesicht. Hastig griff sie nach dem Fleischstück, das er ihr entgegenhielt, schüttelte den Kopf und steckte es sich in den Mund.

„Was denkt ein Eichhörnchen, das von einem Puma überrascht wird?"

Sie stutzte. „Was ist das für eine Frage?"

„Antworte mir einfach."

„Steckt eine Weisheit dahinter?"

Mahto sagte nichts, sondern lächelte nur.

„Ich weiß es nicht. Vielleicht hofft es, dass es schnell gefressen wird."

„Nein." Ihr Vater sah sie bedeutungsvoll an, wie er es immer tat, wenn er ihr eine wichtige Lektion zukommen lassen wollte. „Es denkt: Bitte mach, dass er mich für einen Pilz mit Ohren hält."

Sie schnaufte und verpasste Mahto einen Stoß gegen die Schulter, warf ihren abgenagten Knochen den im Baum wartenden Eulen zu und starrte in den Himmel. Wenn sie in den Sternen doch nur eine Antwort fin-

den könnte. Was, wenn Nocona nicht zurückkehrte? Was, wenn dieses nagende Gefühl in ihrem Inneren bedeutete, dass er tot war?

„Ich will nach Hause", sagte sie leise. „Bitte. Ich will zurück."

Mahto antwortete mit Schweigen. Ein feines Lächeln umspielte seine Lippen.

„Lass uns morgen losreiten", flehte Naduah. „Was ich noch lernen muss, kannst du mir auch zu Hause beibringen."

„Wenn dein Herz das sagt, soll es so sein." Ihr Vater schloss die Augen und legte den Kopf in den Nacken. „Wir brechen auf, sobald die Sonne aufgeht."

Sara, 2011

Brrrrr … brrrrr … brrrr …

„Verflucht noch mal." Sara zog sich das Kissen über den Kopf. „Das darf doch nicht wahr sein."

Welcher Idiot kam in Gottes Namen auf die Idee, nachts um 1:45 Uhr zu bohren? Wer auch immer es war, er versuchte, leise zu arbeiten, was die Penetranz der Geräusche noch steigerte.

Endlich Stille. Himmeldonnerwetter noch mal. Sara wälzte sich auf den Bauch, schloss die Augen und wartete auf den Sog. Sie war todmüde. So müde, dass sie keinen klaren Gedanken fassen konnte, doch der Schlaf kehrte nicht zurück. Frustriert drehte sie sich auf den Rücken. Dann zur Seite. Links, rechts, links, rechts. Bauch, Rücken. Die Uhr zeigte zwei Uhr.

Drei Uhr … halb vier.

„Verdammt."

Sie stand auf, zog ein Buch aus dem Regal und plumpste wieder ins Bett. Amerikanische Geschichte. Ein Wälzer von 600 Seiten und gefühlten 30 Kilogramm. Schlaftrunken durchsuchte sie das Namensverzeichnis, fand Cynthia Ann Parker und schlug die entsprechende Seite auf. Zu sehen war das Übliche. Das Foto der unglücklichen Frau, die aus ihrem Leben gerissen und zurück in eine Heimat verschleppt worden war, die für sie nur eins bedeutete. Einsamkeit.

Saras Herz verwandelte sich in einen Eisklumpen. Nicht drüber nachdenken … nur nicht drüber nachdenken. Sie blätterte weiter, fand zwei Fotos von Quanah Parker und eine Illustration, auf der die junge Naduah abgebildet war, auf einem weißen Mustang sitzend. Neben ihr thronte Nocona auf einem braunen Hengst, doch es war nicht Nocona. Er hatte nie ein braunes Pferd besessen, genauso wenig, wie sie jemals ein weißes Pferd geritten hatte. Auch hatte er nie so ausgesehen wie auf dem Bild. Der Hintergrund des Gemäldes zeigte die Prärie im Abendsonnenschein. Goldenes Gras, flammender Himmel. Sanfte Hügel. Sara seufzte auf. Sie wollte zurück. Aber zum Teufel, sie konnte doch nicht nur für diese Träume leben. Nach und nach wurden ihre Verankerungen im Hier und Jetzt zerrissen. Wenn sie nicht aufpasste, würde Ruth Recht behalten. Sie verlor sich. Trieb davon. Fand kein Band mehr, das sie in die Gegenwart zurückholte.

Ein Zitat aus irgendeinem Film kam ihr in den Sinn. Wie war der Titel noch mal gewesen? Ah ja, *Inception.*

Kommen sie hierher, um zu träumen?

Nein, um aufzuwachen.

Das Buch fiel auf ihre Brust. Endlich spürte sie ihn wieder. Den

Schwindel, den Sog.

Und wenn die Visionen wieder zu dir kommen, dann wehre dich nicht dagegen. Sie gehören zu dir. Sie sind dein Schicksal. Genauso wie meines.

Oh nein, niemals hätte sie sich dagegen gewehrt. Nicht gegen etwas so Wunderschönes. Sie würden sich wiedersehen. Im Hier und im Damals. Mit Makahs Namen auf den Lippen schloss sie die Augen. Der Geruch von frisch gebackenem Brot und köchelndem Eintopf stieg ihr in die Nase. Endlich … endlich! Sie reiste zurück, immer tiefer, immer weiter. Buntes Laub raschelte im Wind. Spinnennetze funkelten im Gras.

Es war Herbst in den Großen Ebenen.

Naduah, 1844

Die Frauen kochten Eintopf, buken Brote, stellten Konfekt aus Nüssen, Früchten und Fett her und erfüllten das Lager mit fröhlicher Hektik. Naduah saß abseits des Treibens unter einem Pecannussbaum und schärfte die Spitzen ihrer Pfeile. Noch trug sie Rock und Poncho, doch heute Abend würde sie diese Kleidung gegen Beinlinge, Schurz und Hemd tauschen.

Sie fühlte sich seltsam. Einerseits, weil sie zum ersten Mal vor solch einem Anlass das tat, was die Männer taten. Ihre Waffen vorbereiten, meditieren, beten, mit dem Pferd trainieren. Andererseits rumorte es in ihrem Bauch, weil ihr Wiedersehen mit Nocona unmittelbar bevorstand. Laut den Kundschaftern hatten die Quohadi heute Morgen den Tafelberg passiert. Ihre Ankunft im Dorf stand unmittelbar bevor.

Und Nocona war unter ihnen.

All die Monde, die sie getrennt gewesen waren … hatte er sich verändert? Hatte sie sich verändert? Erinnerte er sich an jenen Morgen am Fluss, als sie das Erwachen des Tages beobachtet hatten? Erinnerte er sich an die Nähe, die sie miteinander geteilt hatten, und an sein Versprechen?

Sie fand keine Ruhe. In den Zweigen des Baumes ließ sich eine Spottdrossel von ihrer Aufregung anstecken und hüpfte kreischend durch das Geäst. Den gesamten Winter über würde die Quohadi-Gruppe bei ihnen bleiben. Eine wunderbare Vorstellung. Zahllose bunte Zelte, rauschende Feste, Wettstreite und Spiele. Ihre Vorfreude vermischte sich mit freudiger Angst, denn Naduah spürte, dass sich in diesem Winter ihr Schicksal erfüllen würde.

Ein Mädchen lief dicht an ihr vorbei. Ihr höhnisches Schnaufen weckte Naduahs Zorn. Wenn diese Schnepfen sie so sehr beneideten, warum trainierten sie nicht selbst? Es lag in ihrer eigenen Hand, sich die Teilnahme an der Jagd zu verdienen. Naduah schickte dem Mädchen eine Grimasse hinterher, steckte den fertig geschärften Pfeil in ihren Köcher und nahm sich den nächsten vor. An den Schäften befanden sich Abfolgen von roten und schwarzen Markierungen, um anzuzeigen, wem das Geschoss gehörte. Ihre sahen besonders schön aus, befand sie. Warmer Herbstwind fuhr durch ihre offen herabfallenden Haare und erzählte von den Wonnen des vergangenen Sommers. Ab und zu blickte sie auf, um das glühende Laub der Pappeln zu bewundern, das Blau des Himmels oder das stille Wasser des Flusses. Hörte sie nicht schon fernes Lachen? Das Getrappel zahlloser Pferdehufe, das Bellen von Hunden und die Rufe von Kindern?

Naduah schärfte gerade ihren elften Pfeil, als die Quohadis im Ufer-

wald auftauchten. Ihr Herzschlag setzte aus. Bebend vor Erregung stemmte sie sich hoch, beschattete ihre Augen und blickte den Herankommenden entgegen. Was für ein herrlicher Anblick. Mehr als hundert Nunumu kamen in ihr Dorf, um den Winter hier am Fluss zu verbringen. Eine bunte, lärmende Menge aus bemalten Pferdeleibern, fröhlichen Menschen und kläffenden Hunden. Federn, Schweife und Skalps wehten im Wind, begleitet vom Klingeln unzähliger Messingkegel. Kinder balgten sich im Wasser oder stürmten voraus, begierig darauf, neue Freundschaften zu schließen oder alte zu erneuern.

Während die Frauen des Dorfes den Ankömmlingen entgegeneilten, um sie zu begrüßen, verharrte Naduah im Schatten ihres Baumes. Wo war Nocona? Sie entdeckte ihn nicht, doch in der wimmelnden Masse war ein einzelner Mann kaum auszumachen. Den Kriegern der Vorhut folgten Frauen, Kinder und Greise. Mustangs liefen frei umher, Hunde huschten um ihre Beine herum und versuchten, danach zu schnappen. Eine schier endlose Schlange wälzte sich durch den Fluss, bis der Zug von den Lanzenträgern abgeschlossen wurde. Noch immer hatte Naduah ihn nicht entdeckt. Konnte es sein, dass Nocona zuletzt ritt, als einer der auserlesenen Krieger, deren Aufgabe darin bestand, als Nachhut den Stamm vor Angriffen aus dem Hinterhalt zu schützen? Der Ruf dieser Männer war legendär. Wenn Jungen träumten, dann davon, im Kreise der Lanzenträger zu reiten. Sie waren die letzten, die im Falle eines Angriffs das Dorf verließen. Selbst wenn ihre Lage aussichtslos war, blieben sie zum Schutz des Stammes zurück und hielten stand, bis der Letzte von ihnen gefallen war.

Naduah blickte zu den stolzen Kriegern auf. Ihre Erregung nahm zu, war kaum mehr zu ertragen.

Und dann sah sie ihn. Nocona. Ihren Wanderer.

Ja, er war ein Lanzenträger. Bewunderung ging Hand in Hand mit Entsetzen. Einer der Auserwählten zu sein, bedeutete große Ehre. Eine Ehre, vor der selbst der Häuptling sich verneigte. Doch im Kriegsfall konnte es die Opferung des eigenen Lebens nach sich ziehen. Während alle anderen sich in Sicherheit brachten, blieben die Lanzenträger am Ort der Schlacht zurück, um ihr Volk bis auf den letzten Blutstropfen zu verteidigen. Selbst, wenn ihr Tod damit besiegelt war.

Naduah war sprachlos. Der Wanderer erschien ihr noch schöner als in ihrer Erinnerung. Wie er dort auf seinem Pferd saß, mit aufrechter, schlanker Gestalt und unbewegtem Gesicht, war er ein Sinnbild des Stolzes. Seine Stärke strahlte wie ein Leuchtfeuer, doch etwas war nicht so, wie es sein sollte. Noconas Blick war nicht mehr sanft, sondern besaß die gefühllose Kälte eines Raubtiers. Wachsam und scharf waren seine Augen, als entginge ihnen nicht einmal der Atemzug eines Vogels in

tiefster Nacht. Narben bedeckten seinen nackten Oberkörper. Manche dünn und kaum auszumachen, andere aufgewölbt und so hell, dass sie von Weitem ins Auge stachen.

Was war geschehen? Was hatte ihn so sehr verändert?

Als Nocona an ihr vorbeiritt, sah er sie an. Naduah erstarrte. Dieser Blick war wie eine scharfe Klinge. Kalt, bohrend und fremd. Er ruhte zwei Herzschläge auf ihr, nahm ihr den Atem, füllte ihren Körper mit Feuer und Eis. Sein Gesicht blieb reglos. Er lächelte nicht, vermittelte ihr nichts. Schien sie kaum wiederzuerkennen.

Als er sich abwandte, versank Naduah in tiefem, eiskaltem Wasser. Sechs hellhaarige Skalps hingen an Cetans Zügel, über den Rücken ihres Wanderes zogen sich blasse Striemen. Nocona war nicht mehr der sanfte Junge, in den sie sich verliebt hatte. Er war ein Krieger geworden, kalt und scharf wie Eis. Ausgefüllt vom Tod.

Drei große Feuer loderten in der Nacht. Um jedes drängte sich eine wimmelnde Masse aus Männern, Frauen, Kindern und Hunden. Naduah nahm am größten Feuer Platz, dort, wo sich die Bisonjäger und ihre Familien versammelten. Man betrachtete sie neugierig, musterte ihr kostbares Jagdhemd und warf ihr Blicke zu, die mal Anerkennung, mal Zweifel ausdrückten. Naduah war es gleich. Sie fühlte sich leer und kraftlos, als hätte Noconas Anblick das Leben aus ihr hinausgesaugt. Ihre Träume waren in den Boden gestampft worden. Nichts war so gekommen, wie sie es erhofft hatte.

Die Narben, die sie an ihm gesehen hatte … manche präzise nebeneinandergesetzt, zwei andere in Form eines Kreuzes. Oberflächliche Stiche, dazu gedacht, Schmerzen zu bereiten, nicht zu töten. Dann die Peitschenstriemen auf seinem Rücken. Sechs hellhaarige Skalps. Ein Brandmal auf seiner Brust, helle Male an seinen Handgelenken, die von Seilen stammten. Jemand hatte ihn gefesselt und misshandelt. Doch es war ihm gelungen, sich zu befreien. Das Symbol seiner Rache hing für jeden sichtbar an Cetans Zügel. Wenn es den Männern gelungen war, Nocona zu überwältigen, was war dann aus Kehala geworden?

Zahllose Menschen hatten das sonst so beschauliche Dorf geflutet. Antilopen und Hirsche brieten über den Feuern, die Erde zitterte unter den Schlägen der Trommeln. Das verstärkte Echo ihres eigenen Herzschlags. Jungen tanzten um die Feuer herum, als wären sie Krieger vor der Schlacht, Männer pafften Tabakblätter oder Pfeifen, Frauen erzählten Geschichten oder schwadronierten über die kunstvollste Art, Leder zu besticken. Alle waren in Bewegung, alle ließen sich treiben in pulsie-

render Lebendigkeit, während über den Pappeln der Erntemond aufging.

Naduah fand keinen Zugang zum Rausch des Festes. Sie sah, wie ihr Vater gestenreich von ihren Taten während der Wanderung erzählte. Wie sie ihren ersten Hirsch mit nur einem Schuss erlegt hatte. Wie sie einem angreifenden Puma ausgewichen war, um sich blitzschnell umzudrehen und dem wütenden Tier einen Pfeil in den Schädel zu jagen. Er pries den Mut seiner Tochter mit derart überschwänglichen Schauspieleinlagen, dass Naduah ganz elend zumute wurde und sie sich mit heiß pulsierendem Kopf abwandte. Nirgendwo war Nocona zu sehen. Hatte er auch seine Lust am feiern verloren?

Der Trubel des Festes nahm allmählich an Hektik zu. Die Tänze standen unmittelbar bevor. Frauen schafften Farben und Schmuck herbei, Kinder hüpften aufgeregt umher, Krieger versammelten sich. Noch immer war Nocona nirgendwo zu sehen. Sein Fehlen bei dem Tanz bedeutete sein Fehlen bei der Jagd. Zu oft hatte sie sich ausgemalt, neben ihm zu reiten, seine Blicke zu spüren, die Bewunderung in seinen Augen zu genießen. Zu herrlich waren ihre Träume gewesen.

Verzweiflung krampfte ihren Magen zusammen. Sie wollte ihn sehen, mit ihm reden, ihm helfen. Was immer er erlebt hatte, es hatte sich in seine Seele eingebrannt. Möglicherweise lebte Kehala nicht mehr. Möglicherweise hatte man sie vor seinen Augen getötet. Oder Schlimmeres.

Ein Schatten fiel über Naduah. Zornig blickte sie auf, bereit, einen Fluch loszuwerden … um in Noconas Gesicht zu blicken. In seiner Hand lag eine Schale voller Farbe. Der heiße Wind, der vom Feuer herüberwehte, erfasste sein Haar und ließ es über seine Brust streichen.

Jetzt sah sie die Male aus nächster Nähe. Es waren mehr, als sie zählen konnte. Zwei wurden von frischen Sonnentanznarben verdeckt. Bei allen Geistern, was war ihm geschehen?

„Willst du es tun?“ Lächelnd, mit einem seltsamen Glanz in den Augen, ging er vor ihr in die Knie. Hinter der kalten Maske des Kriegers kam der sanfte Mann zum Vorschein, den sie sich erträumt hatte. Eine kurze Spiegelung. Der Glanz eines Sonnenstrahls im tiefen Wasser. Naduahs Herz flatterte wie ein Kolibri.

„Ich soll dich bemalen?“ Sie blickte auf die mit Kalkpaste gefüllte Schale. „Ich?“

„Wer sonst?“ Er lächelte wölfisch.

„Wie wäre es mit der Hühnermeute da hinten? Die wollen mir am liebsten die Augen auskratzen.“

Nocona sah sie an. Endlose, winzige, atemlose Momente lang.

„Ich will, dass du es tust. Du und niemand sonst.“

Sein Blick ging ihr durch Mark und Bein, Schwindel übermannte sie. Er flutete sie mit einer Erregung, die ihren Körper in Flammen stehen

ließ. Die Frauen im Hintergrund starrten sie eifersüchtig an.

„Naduah, findest du mich so abscheulich, dass du mich nicht anfassen willst?“

„Nein … aber … ich …“

„Naduah.“ Seine Stimme sprach das Wort schmeichelnd aus. Sanft und wundervoll. „Lass nicht zu, dass ich mich diesen Dämoninnen ausliefern muss.“

Sie warf einen Blick auf die lauernden Frauen. „Gut“, krächzte sie. „Wenn du es unbedingt willst.“

„Zwei Streifen auf der linken und rechten Wange.“ Er rekelte sich zufrieden. „Zehn Wellenlinien auf der Brust.“

Ihre zitternden Hände konnten die Schale kaum halten. Ihm so nahe zu sein, seinen Atem zu spüren, seine Wärme zu erahnen, erfüllte sie mit Ehrfurcht. Sie durfte nichts falsch machen. Vielleicht entschied sich in diesen Augenblicken ihre Zukunft. Dutzende Augenpaare waren auf sie geheftet. Getuschel und Geflüster klangen in ihren Ohren wie Donnergrollen.

„Ich habe gehört, dass du morgen mit uns jagen wirst.“ Nocona beobachtete, wie sie vier Finger in die Kalkpaste tauchte. Sie wagte es nicht, sein Gesicht anzusehen. Dieser Anblick hätte den Rest ihrer Beherrschung hinweggefegt. Seine Haut roch so warm. Nach sonnenverwöhnter Erde, Salbei und Männlichkeit. Im Augenwinkel sah sie ihr samtiges Schimmern.

„Ja“, flüsterte sie.

„Dann bin ich dein Bison“, sagte Nocona. „Und du mein Jäger. Was gäbe es Schöneres, als durch deine Hand zu sterben?“

Ihre Hände zitterten noch heftiger, als sie sie langsam auf sein Gesicht zubewegte. Es half nichts. Sie musste zu ihm aufblicken. Und als sie es tat, schmerzte sein Anblick so heftig, dass sie sich auf die Zunge biss. Eine feine, helle Linie verlief über die Seite seines Halses. Ohne sie zu berühren, spürte sie die Wölbung unter ihren Fingerspitzen.

„Keine Angst, mein Blauauge. Tu es einfach.“

Er gab ihr Kosenamen, wie es ein Mann nur tat, wenn er sich für ein Mädchen entschieden hatte. Ihr Herz vollführte einen Hüpfer. Plötzlich lagen ihre mit Farbe bedeckten Finger auf seinen Wangen. Vorsichtig ließ sie sie über die Haut gleiten. Wie gut er sich anfühlte. Alles um sie herum verschwand. Die Menschen, das Feuer, der Lärm und die bohrenden Blicke.

Naduah malte zwei Streifen auf jede Wange. Sie hätte am Kiefer aufhören sollen, doch ihre Finger wanderten weiter. Über den sanft gewölbten Knochen, am Hals hinab. Dünn und zart fühlte sich die Narbe an. Welche widerliche Kreatur auch immer ihm Schmerzen zugefügt hatte,

Naduah hoffte, dass deren Strafe mit dem Tod nicht beendet war.

„Woher hast du die Wunden? Was ist mit Kehala?“ wisperte sie.

Nocona schloss die Augen. „Kehala lebt. Über alles andere will ich nicht darüber reden.“

„Es tut mir leid.“

„Das muss es nicht.“

„Ein paar waren entzündet.“ Sie starrte auf die dicken, aufgewölbten Male. Narben, die nur entstanden, wenn man den Wundbrand überstand. „Du hättest sterben können.“

Er lächelte matt. „Das Wasser, das man Meer nennt, ist ein gutes Heilmittel. Trotzdem bin ich gestorben.“

Zorn wuchs in ihren Eingeweiden. Weiße hatten Nocona das angetan. Ihresgleichen. Sie presste die Lippen zusammen und tauchte ihre Finger ein zweites Mal in die Paste. Die Zunge klebte ihr am Gaumen. Sie starrte auf die Schale, sah, wie die Farbe von ihren Fingern tropfte und seidige Lichtspiele zauberte.

„Du bist keine Weiße.“ Konnte er ihre Gedanken lesen? „Du hast nie zu ihnen gehört, Naduah. In dir fließt das Blut der Nunumu. Du bist eine vom Volk und wirst es immer sein. Jetzt zeichne die Schlangenlinien. Sie sind das Wichtigste.“

Ihr Lächeln geriet zu einer gequälten Grimasse. Warum klang seine Stimme so rau und schmeichelnd? So herausfordernd, verführerisch und sinnlich wie ein wohliges, den ganzen Körper erfassendes Fieber? Sie rieb ihre Finger aneinander. Geschmeidig fühlte sich die Paste an, wie etwas Lebendiges. Vor ihr schimmerte Noconas nackte Brust im Flammenschein. Von Erlebnissen gezeichnet, die sich tief in seine Seele gegraben hatten und verborgen lagen, auch vor ihr. Vielleicht gerade vor ihr.

Sie atmete tief ein, hielt die Luft an und legte beide Hände auf seine Brust. Ein Seufzer entfloh ihrer Kehle, den er mit einem dunklen, schnurrenden Laut beantwortete. Ihre Haut schmiegte sich an die seine. Wie in ihrem Traum. Sie spürte die Bewegungen der Muskeln und das Schlagen seines Herzens. Versank darin, wurde hinfortgerissen … nein, getragen. Sanft und behutsam. Langsam ließ sie ihre Finger hinabgleiten, bewegte ihre Hände gleichmäßig von rechts nach links, bis die weißen Schlangen aus Farbe über seine Rippen glitten. Als sie ihre Hände zurückzog, schien die Paste auf ihren Fingerspitzen zu brennen. Im Traum hatte sie eine Ahnung davon bekommen, wie es sein würde, ihm nahe zu sein. Näher als jetzt. Viel näher.

„Du hast es dunkel gefärbt.“ Noconas Hand glitt auf sie zu, und plötzlich strichen seine Finger über ihr Haar. „Warum?“

Sie blickte zu ihm auf, sah in seine warmen, wunderschönen Augen. In

ihr erwachte der Drang, ihm alles zu erzählen. Sie wollte, dass er von ihren Träumen erfuhr, in denen Weiße das Dorf überfielen und sie mit sich nahmen. In denen man sie fesselte, auf ein Pferd band und ihrer Familie entriss. Sie wollte, dass er von ihrer niemals weichenden Angst erfuhr und davon, wie oft sie nachts weinend aufwachte und erst wieder atmen konnte, wenn sie die Wände des Tipis um sich sah und das Glimmen des Feuers. Nach nichts sehnte sie sich so sehr wie nach seinem Trost. Diese Erkenntnis war niederschmetternd und herrlich zugleich.

„Ich hatte Angst", sagte sie leise. „Angst davor, dass das helle Haar mich verrät."

Noconas Gesicht wurde starr. Etwas floss durch seinen Blick wie schwarzes Wasser unter einer Eisschicht dahinströmt. Der kalte, gefühllose Krieger kehrte zurück. Sie sah sich dem Antlitz eines Mannes gegenüber, der bereit war, zu töten. Nein, der danach gierte, zu töten. Langsam und anmutig stand er auf, seine Gestalt die eines sich zurückziehenden Berglöwen. Farbe glänzte wie Mondlicht auf seiner Haut. Sie hatte ihn in einen Geist verwandelt.

„Wenn sie es wagen sollten, hierherzukommen", schwor er leise, „dann nehme ich mir ihre Skalps und binde sie an die Schwänze unserer Hunde. Keine Angst, mein Blauauge. Niemand wird dich holen. Nimm das als einen Schwur. Bevor eine dieser erbärmlichen Kreaturen dir wehtut, werde ich sie töten."

Erhobenen Hauptes ging er hinüber zum Feuer. In seinem Körper bebte ein Zorn, der Naduah in gleichem Maße schockierte wie faszinierte, denn dahinter lag die Macht einer Naturgewalt. Sie wünschte sich, einmal zu sehen, wie sie entfesselt wurde … und fürchtete zugleich nichts mehr. Dumpfes Dröhnen erhob sich, tief in ihren Knochen vibrierend und Sehnsucht vertonend. Man hatte Löcher in den Boden gegraben und Bisonhäute darübergelegt, straff auf ein Gestell gespannt,. Frauen stampften mit den Füßen auf diese Häute, was einen weit beeindruckenderen Ton erzeugte als gewöhnliche Handtrommeln.

Naduah konnte nicht stillhalten. Erregung ließ sie bis in die Fingerspitzen zittern. Die Krieger begannen ihr Ritual langsam, drehten sich träge, warteten darauf, dass der Geist des Tanzes in sie fuhr und sie alles vergessen ließ. Die lauernde Trägheit wurde wilder, löste sich auf, verwandelte sich in urtümliche Ekstase. Wenn sie ihn sah, ihren geisterhaft leuchtenden Wanderer, presste sich etwas um ihren Körper zusammen und fuhr direkt in ihren Schoß. Sie wollte ihm ewig zuschauen. Für den Rest ihres Lebens und darüber hinaus. Ihn einfach nur ansehen, unberührt vom Lauf der Zeit.

Morgen würde es eine gute Jagd geben. Nicht weit von hier war die

Prärie schwarz vor Bisons, hatten die Kundschafter berichtet. Von einem Horizont bis zum anderen erstreckte sich die Herde, und während sie dem Dröhnen der Trommeln lauschte und die schweißgetränkten Körper mit Blicken verschlang, stellte sie sich vor, das Donnern der galoppierenden Büffel ließ bereits die Erde erzittern.

Wie sehr wünschte sie sich, diesen Moment festhalten zu können. Sie wollte die Wärme des Feuers auf ihrer Haut spüren, dem Rhythmus der Trommeln lauschen und den Tänzern zusehen. Alles, was sie empfand, war der Frieden eines Menschen, der ungetrübte Zufriedenheit darüber empfand, wer er war und wo er war. Nicht einmal Noconas Narben, die ihr klargemacht hatten, dass Krieg und Schmerz nie weit entfernt waren, konnten in diesem Augenblick dieses Glück zerstören.

Als der Tanz endete, kam er wieder zu ihr. Die Muster auf seinem schweißglänzenden Körper waren verwischt. Er fiel neben ihr nieder, strich sich das feuchte Haar aus dem Gesicht und rang nach Atem. Schwer, stoßweise, wie Mahto es tat, wenn er Huka liebte. Seinem Geruch entströmte pure Leidenschaft. Wie gern hätte sie noch einmal seine Haut berührt, um jeden Tropfen, jedes Rinnsal mit den Fingerspitzen aufzufangen. Sie stellte sich vor, wie sie sich nackt aneinanderpressten. Wie sie sich aneinander rieben, sich den Schweiß vom Körper leckten und ihre Seufzer tranken.

„Ist sie nicht wunderschön?" Nocona deutete auf den Tanzplatz, wo die ledigen Mädchen um Aufmerksamkeit buhlten. Zuerst entflammte in Naduahs Eingeweiden ein heißes Feuer, doch dann entdeckte sie Kehala. Noconas Schwester.

„Ja. Sie ist die Schönste von allen."

Die Ähnlichkeit der beiden war verbluffend, wie sie wieder einmal bemerkte. Ihre Gesichter schienen von demselben Künstler mit der gleichen Hingabe zur Anmut erschaffen worden zu sein. Etwas aber überlagerte diese Schönheit. Das Gesicht des Mädchens war maskenhaft. Ernst und ohne jede Freude. Kein Lächeln zierte ihre Lippen, als ihre Freundin sie bei der Hand nahm und sich mit ihr im Kreis drehte.

„Was ist euch geschehen?" Sie wagte es, Nocona anzublicken. Sein Körper bestand nur noch aus zitternden, bis zum Zerreißen angespannten Muskeln.

„Irgendwann erzähle ich es dir", presste er hervor. „Aber du musst mir Zeit geben. Kannst du das?"

Sie nickte. Die Finsternis in seinen Augen verriet ihr genug. So nah beieinandersitzend, dass ihre Körper sich gegenseitig wärmten, verfolgten sie den Tanz der Mädchen. Sie wünschte sich, dass dies der Beginn ihrer gemeinsamen Zukunft war. Vielleicht würde sie Nocona von nun an begleiten, in seiner Liebe wie in seinem Schmerz.

Etwas Seltsames sickerte kalt ihren Rücken hinab.

Der Blick ihres Wanderers war noch immer auf die Tanzenden gerichtete, doch jetzt glühte Abscheu in seinen Augen. Ein an Wahnsinn grenzender Hass, der sie zurückschrecken ließ. Seine Hände ballten sich zu Fäusten, sein Körper war pure, bebende Anspannung.

Ein junger Mann war darum bemüht, Kehala zu umgarnen. Er schmiegte sich an sie, berührte ihr Haar und legte die Hand sanft auf ihre Hüfte. Das Mädchen strahlte die Panik eines in die Enge getriebenen Tieres aus. Sie versuchte, den Annäherungen auszuweichen, doch der unerfahrene Jüngling missverstand ihre Gesten als Aufforderung zum Spiel und setzte ihr noch leidenschaftlicher nach.

Alles, was Naduah sah, war ein losstürmender Schatten von unmenschlicher Schnelligkeit. Nocona sprang den jungen Mann an und riss ihn zu Boden.

„Fass sie nicht an! Lass deine dreckigen Finger von ihr, verstanden?"

Er schlug dem verblüfften Freier die Faust mitten ins Gesicht, packte ihn an der Kehle, schüttelte ihn wie einen Hasen und schnürte ihm mit beiden Händen die Luft ab. Arme und Beine des Mannes ruderten panisch herum, Hände zerrten an Noconas Schultern. Er würde ihn töten. Diese Gewissheit brannte sich kalt wie Eis in Naduahs Wahrnehmung.

„Auseinander!"

Mehrere Krieger schritten ein. Sie packten Nocona, zerrten ihn von dem röchelnden Mann fort und hielten ihn an Armen und Beinen fest. Seine Mordlust tobte ungemildert. Er wand sich wie eine Raubkatze in den Griffen der Krieger, die sichtlich Mühe hatten, ihn zu bändigen. Frauen scharten sich um den schockierten, blau angelaufenen Freier, während Kehala weinend die Flucht ergriff.

Sara, 2011

Wieder zurück. Der Geruch der erwachenden Stadt. Falsch, störend. Verkehrslärm, Hupen, Schiffssirenen, Kräne, Trucks. Ein Geschwür erwachte zum Leben. Ein weiterer Tag auf der modernen Schnellstraße zwischen Geburt und Tod.

Sie hatte geglaubt, ihr Leben in der fernen Zeit sei vollkommen gewesen. Doch dem war nicht so. Noconas Narben führten es ihr vor Augen. Frieden war die trügerische Zeit zwischen zwei Kriegen, und Krieg würde es geben. Bald. Die Geschichte ließ sich nicht ändern, und das Ende der Nunumu war schon vor langer Zeit beschlossen worden.

Sara zwang ihren Geist zurück in den Traum. Sie wälzte sich mit wachsender Verzweiflung hin und her, bis sie den Sog endlich wieder spürte. Zart und langsam wachsend, wie ein filigranes Wurzelgeflecht, von dem sie sich gern umschlingen ließ. Alltägliche Gedanken streiften ihr schwindendes Bewusstsein. In zwei Stunden musste sie auf Arbeit sein. Vorher duschen, Haare waschen, Wäsche sortieren, den Abwasch der letzten drei Tage erledigen.

Der Lärm der Stadt verblasste und wich kühler, reiner Frische. Erregung lag in der Luft. Mannshohes Gras neigte sich, schwer vor Tau und funkelnd im ersten Sonnenlicht. Herbstwind zerzauste ihr Haar.

Die Große Jagd begann.

Naduah, 1844

Wie aus dem Nichts tauchte er auf seinem grauen Hengst neben ihr auf. Das Fell eines riesigen Wolfes hing um Noconas Schultern, die zusammengebundenen Vorderpfoten kreuzten sich auf seiner nackten Brust. Schwarze Farbe bedeckte die obere Hälfte seines Gesichts, was seinem Blick eine glühende Verwegenheit verlieh. Warum Schwarz? Es stand für Tod, Krieg oder Unglück und wurde selten während der Jagd getragen, es sei denn, jemand forderte die Dämonen heraus. Naduah versuchte, beiseitezublicken, doch ebenso gut hätte sie mit auf den Rücken gebundenen Armen gegen eine wilde Strömung kämpfen können.

Wie sie hatte Nocona allen Schmuck abgelegt. Wenn sie jagten, musste es lautlos geschehen. Nichts befand sich an ihren Körpern, was die Fähigkeit besaß, zu klappern, zu klimpern oder zu rascheln. Naduah trug aufgemalte Pfeilspitzen auf den Wangen, die Wachsamkeit und Wendigkeit symbolisierten und runde Federn für Weisheit auf den Armen. Sämtlichst in Rot, denn Rot bedeutete Erfolg und siegreiches Handeln. Ihr geflochtener Zopf war schwer von schillernden Federn. Siyos Flanken und Schultern zierten auf jeder Seite ein gelbes Sonnensymbol, auf ihrer Kruppe leuchtete eine Wolke und Regentropfen in Königsblau. Symbole für Glück und lebensspendende Kraft.

Noconas Hengst dagegen erzählte düsterere Geschichten. Rote Handabdrücke, gestreifte Schlangen in rot und schwarz, ein Hagelsturm auf der Flanke. Siege in der Schlacht, Ruhm, Ehre und Tod.

„Saß dein Hemd gestern nicht weiter?“ Nocona zog eine Augenbraue hoch. Der Schalk kehrte in seine Augen zurück und milderte die Düsternis, die ihn umgab. Naduah hätte sich gern auf diese vorgetäuschte Leichtigkeit eingelassen, doch sie spürte, dass die Dämonen in seinem Inneren nur schliefen. Wie Raubtiere in ihren Höhlen. Niemals wäre ihr in den Sinn gekommen, dass sie sich jemals vor ihm fürchten würde. Und doch war es gerade diese Furcht, diese finstere Ahnung von etwas Unberechenbarem, Zügellosem, die Nocona noch berauschender machte.

„Als ich gestern schlafen ging, sah es noch nicht so aus. Meine Mutter muss es enger genäht haben.“ Naduah zupfte an dem Hemd herum, das dank Hukas Hinterhältigkeit über ihren Brüsten spannte.

Nocona leckte sich die Lippen. Sein Blick, sein offensichtlicher Hunger, dieses wölfische Lächeln. Naduah wäre am liebsten davor geflohen. Nein, sie genoss es. Seine Musterung glich einer Berührung und ließ sie bereits die Stärke fühlen, die vielleicht … ja vielleicht … bald allein ihr gehören würde. Sich windend unter ihren Händen. Zitternd unter ihren

Küssen.

„Deine Mutter nimmt in Kauf, dass alle Männer von den Bisons zerstampft werden." Nocona blickte beiseite, doch sein Grinsen nahm an Zweideutigkeit zu. „Sie werden durch deinen Anblick ganz verrückt werden."

„Lass das." Sie funkelte ihn kampflustig an. „Huka hat es heimlich geändert, ich kann nichts dafür."

„Mir gefällt es." Wieder glitt sein Blick langsam von oben nach unten, was Naduah in eine solche Verwirrung stürzte, dass sie ihren Bogen nahm und das obere Ende in Noconas Rippen bohrte.

„Und was ist mit dir? Du bist unter diesem Pelz nackt."

„Wie viele andere Männer auch. Aber ich würde dich nicht daran hindern, wenn du das gleiche tragen willst. Falls du möchtest, gebe ich dir meinen Pelz. Dann fühlst du dich nicht allzu nackt."

Sie gab ein Schnaufen von sich. Diesem Mann musste gezeigt werden, dass sie keine leichte Beute war.

„Hat er dir verziehen?" fragte sie. „Der arme Jüngling, dem du fast die Gurgel herausgerissen hättest?"

„Ja." Nocona zügelte seinen unruhig tänzelnden Hengst. Die diebische Freude verschwand aus seinen Augen. „Wir haben im ersten Morgengrauen zusammen eine Pfeife geraucht und darüber geredet."

Naduah wusste, dass er kein weiteres Wort über die Sache verlieren würde. Zu bohren war zwecklos. In ihr wuchs der Wunsch heran, Kehalas Zuneigung zu erlangen. Sie würde für das Mädchen eine gute Freundin sein. Ein Freundin, mit der sie alles teilte. Die Verbissenheit, mit der Nocona seine Schwester beschützte, berührte sie zutiefst und ließ sie, obwohl ihr Herz ohnehin vor Liebe und Bewunderung überquoll, noch mehr empfinden.

„Ich werde mich hüten, während der Jagd neben dir zu reiten", sagte er. „Das wäre mein Ende."

„Hast du etwa Angst, ich sei nicht gut genug?"

„Ich meinte deinen Anblick." Versonnen strich er über das Otterfell, mit dem seine Lanze umwickelt war. „Wenn ich dich im Auge habe, werde ich von Bisonhufen zertrampelt, noch ehe meine Jagd begonnen hat."

Naduah revanchierte sich mit einem herausfordernden Blick, den sie genüsslich über seinen Körper wandern ließ. „Dann sollten wir uns trennen", pflichtete sie ihm bei. „Am besten jage ich am hinteren Ende der Herde und du am vorderen."

„Wir werden uns nicht einmal sehen, wenn wir nah beieinander reiten."

„Warum?"

Nocona ließ sich Zeit mit der Antwort. Sinnierend betrachtete er den herbstblauen Himmel. Die Männer der Nunumu besaßen eine Geduld, die Naduah zur Weißglut treiben konnte, doch sie zwang sich, ruhig zu bleiben. Sturmböen zerrten an Mähnen, Adlerfedern und langen Haaren. Goldene Blätter wirbelten durch die Luft. Ein Reigen aus Farben und Wind.

„Die Herde zählt so viele Tiere, dass sie die Prärie von einem Horizont bis zum anderen bedecken." Er beobachtete einen Schwarm Schneegänse, der hoch über ihnen dahinzog. Sonnenlicht fing sich auf ihren weißen Schwingen. „Stell dir den Staub vor, der aufgewirbelt wird, wenn so viele große Wesen vor uns fliehen. Wir werden kaum etwas sehen. Wir werden kaum atmen können. Vielleicht wirst du bald bereuen, eine Jägerin zu sein."

Naduah kommentierte seine Stichelei mit einem Schnaufen. Sie würde es ihm schon zeigen. Weder war sie eine leichte Beute noch gab sie den Männern die Befriedigung, zu scheitern oder sich zu fürchten. Wildes Geschrei erhob sich. Das Signal zum Aufbruch. Sie trat Siyo die Hacken in die Flanken und spürte beim nächsten Atemzug das Heulen und Toben des Sturms, als die Prärie in einem Wirbel aus Gold, Braun und Rot an ihr vorbeijagte. Der Mustang streckte seinen Hals im Rhythmus des Galopps und blähte die Nüstern. Himmel, Pferde, Jäger und Hügel verwandelten sich in ineinander verfließende Farben. Die Männer johlten euphorisch, und als Naduah in das Geschrei mit einfiel, drängte eine urtümliche Freude jede Furcht beiseite. Sie war stark und frei, bereit, jeder Urgewalt die Stirn zu bieten. Wind riss an ihrem Zopf, Kälte biss in ihre Wangen. Sie war eins mit der Leidenschaft des Lebens und des Todes. Nichts hätte herrlicher sein können. Abgesehen von Nocona. Wo war er abgeblieben? Naduah reckte sich und suchte, konnte ihn in der wilden Meute jedoch nicht ausmachen. Wie sie ihn kannte, ritt er an vorderster Spitze.

Muskeln spannten sich unter ihren Beinen, zogen sich zusammen und streckten sich. Siyos Mähne klatschte ihr ins Gesicht. Nicht lange währte der wilde Ritt. Im Windschatten eines Höhenzugs brachten sie ihre Pferde zum Stehen und noch ehe Naduah ihre nervöse Stute zügeln konnte, tauchte Nocona neben ihr auf. Leidenschaft glühte in seinen Augen. Er liebte die Gefahr der Jagd. Er liebte es, den Tod herauszufordern, und begegnete ihm wie einem alten Freund. Hatte er keine Furcht? Quälte ihn nicht der Gedanke, dass hier und heute sein Leben enden und ihre gemeinsame Zukunft vernichtet werden konnte? Viele Jäger waren bei der letzten Jagd gestorben. Viel zu viele.

Hinter dem Höhenzug dröhnte das Brüllen und Grunzen der Büffel wie ein tiefes, gewaltiges Donnergrollen. Die geballte Macht der Schöp-

fung. Unzählige Giganten, jeder von ihnen stark genug, einen Menschen wie eine Fliege zu zermalmen.

„Hast du Angst?" Vollkommene Ruhe ging von ihm aus. Als könnte nur die Gefahr seine Seele besänftigen. „Sei ehrlich zu mir."

Sie sagte nichts darauf, zog ihren Bogen aus dem Futteral und testete die Spannung der Sehne. Weder zu schwach noch zu stark. Perfekt.

„Du solltest Angst haben." In Noconas Augen lag keinerlei Spott. „Angst rettet uns das Leben. Für nicht wenige Männer, die du hier siehst, wird es die letzte Jagd sein."

„Hast du Angst?" gab sie zurück. „Sei ehrlich zu mir."

„Ja, ich habe welche. Überrascht dich das? Bist du jetzt enttäuscht von mir?"

„Nein." Ihre Zuneigung wuchs. Während er sie mit stillem Ernst betrachtete, nahm sie ein schier unerträgliches Ausmaß an. Wenn er die Jagd nicht überlebte, würde auch sie nicht überleben.

„Würdest du mir einen Gefallen tun?" fragte er leise.

„Ja. Es sei denn, du willst, dass ich zurückreite."

„Nein, das würde ich nie von dir verlangen. Ich will nur, dass du am Rand der Herde bleibst. Versuche nicht, zwischen die Tiere zu kommen. Es ist deine erste Große Jagd. Selbst für einen erfahrenen Jäger ist es gefährlich, zwischen den Büffeln zu reiten."

„Wirst du zwischen ihnen reiten?"

Er ging nicht auf ihre Frage ein. „Versprich mir, dass du am Rand bleibst."

Naduah zwang sich zu einem Nicken. Ob sie sich an ihr Versprechen halten würde, war eine andere Sache. Im Rausch der Jagd ging vieles unter.

Nocona ließ seinen Blick schweifen. Kupferfarbene Federn steckten in den geflochtenen Strähnen, die von seinen Schläfen aus nach hinten verliefen. Er saß auf dem Rücken seines Pferdes wie gestaltgewordener Stolz. Unnahbar, versunken in seiner eigenen Welt, seltsam fern von ihr.

„Ich könnte es nicht ertragen, dich zu verlieren." Seine Worte wurden vom Wind fast verschluckt, und doch hallten sie laut in ihrer Seele wider. „Nicht nur, weil unser Blut sich vereint hat. Es ist mehr. Viel mehr. Auch wenn ich es dir bisher nicht zeigen konnte."

Erwartungsvolles Schweigen senkte sich über die Gruppe. Naduah ließ sich tief in diese Stille hineinsinken.

Es ist mehr. Viel mehr. Auch wenn ich es dir bisher nicht zeigen konnte …

Die eisige Luft des Herbstmorgens begann zu summen, erhitzt von Jagdfieber und der bittersüßen Entschlossenheit, jedes Risiko in Kauf zu nehmen. Kinder und Frauen kamen über die Hügel auf sie zugelaufen. Einige Jäger murmelten Gebete, andere dehnten und streckten ihre

Muskeln, um sie geschmeidig zu halten. Manche ritten zu ihren Frauen, um sie noch einmal im Arm zu halten, und wieder andere lauschten wie Naduah stumm in sich hinein.

Irgendwann, als die Ruhe begann, sich endgültig anzufühlen, hörte sie Noconas Stimme.

„Komm mit mir, mein Blauauge. Reite an meiner Seite."

Naduah schüttelte ihre Lähmung ab. Sie presste die Schenkel zusammen, lenkte Siyo neben Cetan und erklomm Seite an Seite mit Nocona den Höhenzug. Niemand verlor mehr ein Wort. Es gab nur noch die Jagd, das Fieber und die in Fleisch und Blut übergegangene Fähigkeit, mit dem Tod zu tanzen.

Sie fühlte sich eins mit jedem Atemzug und jedem Herzschlag, während das Wissen über ihr lag, dass der winzigste Fehler sie aus dieser Welt reißen konnte. An der Spitze des Hügelkamms zügelten sie ihre Pferde. Siyo stellte die Ohren auf. Wie gebannt von dem unbeschreiblichen Anblick, der sich ihnen bot, verharrte jeder Jäger in stiller Ehrfurcht.

Die Prärie erstreckte sich bis zum dunstverhangenen Horizont und schimmerte im bleichen Licht des Spätherbstes. So weit das Auge reichte sprenkelten schwarze Inseln und Flüsse die Hügel und Ebenen. Träge flossen sie über das Land, aus unzähligen, zottigen Körpern gebildet.

Naduah sah nicht mehr den Himmel, nicht die Erde und nicht die Jäger um sich herum. Ihr Geist öffnete sich einzig und allein diesem heiligen Wunder, das jedem Menschen mit Verstand zeigen musste, welche Macht in der Schöpfung lag. In ihrem ersten Leben hatte man ihr das Zählen beigebracht. Sie wusste, was die Zahl Hundert umschrieb. Sie hatte eine Vorstellung davon, was Tausend bedeutete. Doch diese Masse an Tieren überstieg ihre Vorstellungskraft. Wie viele mochten es sein? Tausend mal Tausend und noch viel mehr?

Erst, als sich die Reihe aus Jägern auflöste und über den Hügelkamm verteilte, kehrten Naduahs Gedanken ins Hier und Jetzt zurück. Aufmerksam verfolgte sie die Strategie der Männer, wobei sie an Noconas Seite blieb und sich von ihm leiten ließ. In Form einer Sichel ritten die Jäger den Hang hinab. Langsam und behutsam, um die Herde nicht zu früh in Aufregung zu versetzen. Selbst, als sich die Sichel auf einen Teil der Herde zu bewegte und die Tiere einkesselte, zeigten die Büffel nur mäßigen Argwohn. Das dunkle, furchterregende Grollen der Bullen vibrierte in Naduahs Körper und machte ihr bewusst, dass diese Jagd all ihr Können abverlangen würde. Hier ging es nicht nur um Fleisch, das beschafft werden musste, um über den Winter zu kommen. Es ging darum, am Leben zu bleiben, während man eine Urgewalt herausforderte.

Wolken stiegen aus geblähten Nüstern auf. Sturmwind verfing sich in zottigem Fell. Noconas wachsamer Blick glitt über die Masse aus Leibern, schien bereits zu entscheiden, in welchen Körper sich seine Lanze bohren würde. Mit behutsamem Schenkeldruck lenkte er Cetan auf eine Gruppe ausgewachsener Bullen zu. Keine Kühe, keine Halbwüchsigen. Nein, dieser Wahnsinnige suchte sich die Gefährlichste aller Herausforderungen.

Die Sichel rückte näher, immer näher. Ein Schaudern durchlief die Herde. Naduah entdeckte einen riesigen Bullen, dessen Fell in Fetzen von seinen Flanken hinabhing. Grollend wühlte er die Erde auf, schüttelte seinen mächtigen Schädel und spannte seinen Körper an, der nur aus Muskeln und Sehnen zu bestehen schien. *Ich fliehe nicht!*, schien er seinen Jägern zu bedeuten. *Ich fliehe niemals.*

Am oberen Ende der Formation brach Tumult aus. Die ersten Pfeile flogen, unter den Tieren breitete sich Panik aus. Mit einer Behändigkeit, die ihre massigen Körper Lügen strafte, fielen die Bisons in Galopp. Auch der gewaltige Bulle. Mit der Schnelligkeit eines Pferdes warf er sich herum und suchte das Weite, verfolgt von Nocona, der seine Lanze zum Stoß erhob. Siyo entschloss sich, Cetan zu folgen, und noch ehe Naduah einen klaren Gedanken fassen konnte, umfing sie ein Mahlstrom aus entfesselter Gewalt.

Zottige Fleischberge umringten sie, umzingelten sie, rissen sie mit sich. Die Erde bebte. Ohrenbetäubendes Donnern zerriss die Luft, zusammengesetzt aus Grunzen, Stöhnen, Brüllen, trommelnden Hufen. Naduahs Bein streifte das dicke Nackenfell eines Bullen. Wogende Muskeln drückten sich gegen ihre Haut, der strenge Geruch des von Schlamm verkrusteten Fells biss in ihre Nase.

Siyo scherte zur Seite aus, schlängelte sich zwischen zwei Kühen hindurch und jagte mit geblähten Nüstern auf den Rand der Herde zu. Naduah presste ihre Schenkel fest um den Körper ihrer Stute, zog einen Pfeil aus ihrem Köcher und legte ihn auf die Sehne. Staub erfüllte die Luft, das Beben und Donnern nahm zu, verschluckte die Rufe der Jäger, wollte sie zerfetzen, zerreißen und in den Boden stampfen.

Der Lärm nahm ihr schier den Atem. Alle Gedanken verflüchtigten sich und überließen purem Instinkt die Kontrolle. Naduah fühlte jeden einzelnen Muskel ihres Körpers. Sie spannte den Bogen und zielte auf das neben ihr galoppierende Tier. Es gab keine Entscheidungen. Keine Angst. In vollem Lauf ging die Kuh zu Boden, von ihrem Pfeil getroffen. Einer Flutwelle gleich strömte die Masse aus schwarzen Leibern um das gestürzte Tier herum. Siyo anzutreiben war nicht nötig. Naduah und die Stute bildeten eine Einheit, reagierten wie ein Wesen, bewegten sich wie ein Wesen. Neben ihr tauchte ein halbwüchsiger Bulle auf. Sein dicker

Nackenwulst bebte im Rhythmus der Galoppsprünge. Ein zweiter Pfeil flog von der Sehne und fand sein Ziel, bohrte sich in die Schulter des Bullen und prallte am Knochen ab, ohne größeren Schaden anzurichten. Das Tier schien ihn nicht einmal zu spüren. Die rosafarbene Zunge hing ihm weit aus dem Maul, während es mit der Wendigkeit eines Kriegspferdes dahinstürmte.

Naduah legte einen dritten Pfeil an. Siyo legte noch einmal an Geschwindigkeit zu und wagte sich so nah an den Büffel heran, dass Naduah die pulsierende Hitze des gewaltigen Leibes an ihren Schenkeln spürte. Keine Armlänge trennte sie von dem Bullen. Ein Ruck mit seinem Kopf, und die Hörner würden sich in den Leib ihrer Stute bohren.

Naduah ließ den Pfeil fliegen. Er hätte das Herz des Bisons durchbohrt, wäre Siyo nicht im Moment des Schusses gestolpert. Es war nur ein kurzes Straucheln, reichte jedoch aus, um das Geschoss erneut fehlzuleiten. Die Klinge prallte am Schulterknochen ab. Der Kopf des Bullen schwang wie einen Rammbock zur Seite und traf Siyo an der Flanke. Erschreckt taumelte das Pferd zur Seite, verlor das Gleichgewicht und rammte eine Büffelkuh. Nicht einmal jetzt empfand Naduah Angst. Ein kurzes Aufkochen ihres Blutes, ein Ruck, der durch ihren Körper ging, und Siyo nahm die Jagd mit angelegten Ohren und gestrecktem Hals wieder auf.

Ihr blieb keine Zeit, Erleichterung zu empfinden. Zwei Tiere hintereinander brachte sie zu Fall, einen Jährling tötete sie mit einem einzigen Schuss ins Herz. Vier Pfeile erlegten einen Bullen, zwei weitere eine Kuh. Der nächste Büffel starb durch sein eigenes Gewicht, das ihm beim Sturz das Genick brach.

Der Staub war so dicht geworden, dass Naduah nur noch die Tiere in unmittelbarer Nähe erkannte. Blutrot kämpfte sich das Sonnenlicht durch wabernde Schlieren. Die Büffel keuchten, stöhnten und ächzten, wogten wie Wellen in einem Ozean aus Schlamm. Manche waren mit Dutzenden Pfeilen gespickt. Im Nacken eines Bullen steckte eine Lanze. Als der Besitzer der Waffe sein Werk vollenden und ein Pfeil in das Herz des Tieres jagen wollte, rammte der wütende Bulle sein Horn in den Schenkel des Mannes und riss ihn vom Pferd. Ein Meer aus zottigen Körpern brandete über den Unglücklichen hinweg.

Siyo stürmte weiter. Sieben Tiere tötete Naduah, präzise und schnell, wie Mahto es ihr beigebracht hatte. Als sie auf das Achte zielte, traf sie ein gewaltiger Schlag wie aus dem Nichts. Die Stute krachte zu Boden. Naduah spürte, wie sie durch durch die Luft flog.

Vorbei! Zu Ende!

Ein harter Aufprall. Steine in Ellbogen und Knie. Reißender Schmerz im ganzen Körper.

Alles aus. Gleich würde sie zermalmt werden.

Über ihr drohte ein blutiger, staubgetränkter Himmel. Nichts passierte. Lebte sie noch? Naduah rappelte sich auf, obwohl der Schmerz ihr die Tränen in die Augen trieb. Siyo stand in unmittelbarer Nähe, schwankte auf vier zitternden, aber unversehrten Beinen.

Nicht nachdenken … einfach aufstehen und weiterreiten.

Der Staub lichtete sich, die größte Masse der Tiere hatte sie passiert.

Naduah blickte an sich hinab. Ellbogen und Knie bluteten, ihr Steißbein schmerzte und ein kleiner, scharfer Stein hatte sich in ihren Handballen gebohrt. Überwältigt von einem unbeschreiblichen Triumph, pulte sie den Stein aus ihrer Haut, wischte über ihre Kleider und hielt schwer atmend inne. Die Welt bewegte sich wie zähfließender Honig. Sonnenlicht ließ die staubgefüllte Luft noch immer orangerot glühen.

Durch dieses gespenstische Licht raste er auf sie zu.

Ein gewaltiger, von zwei Pfeilen verwundeter Bulle.

Wie gebannt stand Naduah da. Keinen Finger konnte sie rühren, nicht einmal ein Blinzeln bewegte ihre Augen. Sie sah schwarzes, zottiges Fell, spitze Hörner, tropfenden Geifer, vermischt mit Blut. Erde, aufgeworfen von Hufen. Kleine, von Verzweiflung erfüllte Augen, die sie gar nicht hätte sehen können und die doch so deutlich zu erkennen waren. In den Antelope Hills ruhten viele gefallene Jäger unter grasbewachsenen Hügeln. Jedem gab man die Samen einer Birke mit ins Grab. Naduah sah im Geiste, wie man sie in die Erde bettete, einen Hügel aufhäufte und sie dem Lauf der Dinge überließ. Der Baum würde wachsen, genährt von ihrem Körper. Nocona würde darunter sitzen und an sie denken, wenn die Sonne hinter den Antelope Hills versank und die Dunkelheit kam.

Der Boden zitterte unter donnernden Hufen. Blut tränkte die Luft. Eine zweite Gestalt schälte sich aus dem Staub und jagte neben dem Bullen her.

Nocona. Sein Haar wehte im Wind, als er die Lanze zum Stoß erhob. Alles geschah langsam. Unendlich langsam. Ein roter Sonnenstrahl fing sich im Metall der scharfen Klinge.

Diesen Anblick wollte sie mit in die andere Welt nehmen. Menschlicher Mut, tierische Urgewalt. Für Augenblicke vereint zu einem Anblick berauschender Schönheit. Nocona warf sich vom Pferd, stieß die Lanze auf den Bullen hinab und trieb sie mit seinem eigenen Gewicht tief in den Nacken des Tieres. Die Vorderläufe des Bisons knickten ein. Durch die Wucht des Sturzes wurde er nach vorn geschleudert, überschlug sich und krachte auf die Seite. Keine zwei Schritte von Naduah kam der gewaltige Körper zum Stillstand. Ein letztes Stöhnen, und der Bulle starb zu ihren Füßen.

Reglos lag Nocona im zertrampelten Gras. Naduah sah keine Bewe-

gung. Kein Lebenszeichen. Doch plötzlich, gerade als sie spürte, wie die Beine unter ihr nachgeben wollten und ein Schmerzensschrei in ihrer Kehle brannte, bewegte er sich. Mit dem Bogen als Stütze zog er sich auf die Beine, tastete nach den Adlerfedern in seinem Haar und kam auf sie zu. Blut rann aus einer oberflächlichen Schulterwunde, sonst schien er unverletzt.

Ein Wunder, bedachte man seinen todesverachtenden Angriff.

Sie sah die Augen des Büffels, erfüllt vom letzten, ohnmächtigen Aufbegehren gegen das Schicksal. Sie hätte tot sein müssen. Zertrampelt, durchbohrt, zerfetzt. Nur noch eine tote Hülle, aus deren Herzen in der Einsamkeit der Antelope Hills eine Birke wuchs.

„Geht es dir gut?“ Nocona stand vor ihr. Zitternd, mit zerzaustem Haar, bedeckt von Kratzern und Staub. In seinen Augen funkelte das pure, wilde Leben. „Was machst du nur, du Unglücksvogel? In meinem ganzen Leben habe ich noch nie jemanden getroffen, der so viel Pech und so viel Glück besitzt. Ihr müsstet tot sein. Der Große Geist scheint viel mit euch vorzuhaben.“

Naduah war sprachlos. Er stand direkt vor ihr. Seine Hände legten sich auf ihre Schulter, während der kalte Wind sein Haar erfasste und über ihr Gesicht wehte. Himmel und Erde, alles, was sie umgab, löste sich in Nichtigkeit auf. Ein dunkler Schleier legte sich über ihr Bewusstsein, doch als er sie ganz erfüllen und in sich aufnehmen wollte, wischte ihn Noconas Stimme beiseite.

„Naduah, geht es dir gut?“ Behutsam rüttelte er an ihrer Schulter. „Antworte mir!“

Sie blickte zu ihm auf. Schwarze Farbe blätterte von seinem Gesicht. Vorsichtig zog sie die trockenen Reste von seiner Haut und wischte die Schweißtropfen fort, die auf seiner Stirn glänzten.

„Was du getan hast, war lebensmüde.“

„Ich weiß.“ Nocona schloss unter ihren Berührungen die Augen. Nicht einmal, wenn die Herde umgekehrt und auf sie zugestürmt wäre, hätte sie von ihm lassen können. „Aber ich musste sicher sein, dass er sofort zu Boden geht. Ein Wurf wäre zu unsicher gewesen.“

Sie ließ ihre Hand sinken, doch nur, um beide Arme um seine Schultern zu legen. Weich schmiegte sich der Wolfspelz an ihre Haut. Sie bebte am ganzen Körper, kam seinem Gesicht näher, immer näher, bis sein Atem ihre Lippen streifte. Naduah sog Noconas Geruch in sich ein. Ungezügelte, fiebrige Wildheit.

„Mein tapferes Blauauge.“ Er seufzte. „Du wirst irgendwann mein Untergang sein.“

Naduah überwand die letzte Kluft, die zwischen ihnen lag, und legte ihre Lippen auf die seinen. Weiche, warme Haut. So wunderbar wie in

ihrem Traum. Sie schmiegte ihren Körper an den seinen. Jede Scheu löste sich auf in verzweifeltem Verlangen. Noconas Hände umfassten ihre Hüften, überraschend grob, um sie noch fester an sich zu ziehen. Die Geschichte wiederholte sich. Sie küssten sich dort, wo alles begonnen hatte, inmitten von Staub, Blut und Tod. Sie küssten sich, bis ihr Atem erstickte und sie sich keuchend voneinander lösen mussten. Sein Geschmack berauschte sie. Hitze durchfloss ihren Körper und verwandelte ihre Gedanken in träges, glühendes Feuer. Ihr schwindelte. Geschah das hier wirklich? Hielt er sie wirklich fest, seufzend vor Lust, und streichelte mit zitternden Händen ihr Haar?

„Wir müssen weiter." Noconas Atem strich über ihre geschwollenen Lippen. „Die Jagd ist noch nicht vorbei."

„Bleibst du bei mir?" Tränen brannten in ihren Augen. „An meiner Seite?"

„Das werde ich." Er hauchte einen Kuss auf ihre Stirn. Zärtlich und behutsam, doch sie spürte, wie gern er sie an Ort und Stelle auf den Boden geworfen hätte, um seinen Hunger zu stillen. Bei allen Geistern, würde er es nur tun. Alles war ihr gleich, wenn sie nur endlich zusammen sein konnten. „Ich will nicht noch mal erleben müssen, wie du wie festgefroren auf deinen Tod wartest."

Kadaver sprenkelten die Landschaft, warfen lange Schatten und erweckten den Eindruck, als lägen sie seit Ewigkeiten hier und wären wie die Steine und das Gras ein Teil des Landes. Die tief stehende Sonne überzog die Prärie mit goldenen Pfaden aus Licht. Alles holte tief und schweigend Atem. Mensch, Tier, die Ebene selbst. Der Tod lag über dem Land.

Stolze Herrscher der Prärie verwandelten sich unter den Händen der Frauen und Kinder in Fleisch. Man schnitt die noch dampfenden Herzen aus den Leibern, vergrub sie in der Erde und sprach Dankgebete, um sicherzustellen, dass die Seelen der Tiere nicht verärgert wurden. Man weidete aus und häutete, zerstückelte und verschnürte Fleischpakete, um Lastpferde zu beladen.

Seite an Seite mit Nocona suchte Naduah nach dem Bullen, der ihr das Leben hatte nehmen wollen. Die Stille des Todes wurde durchbrochen vom Lachen der Frauen und Kinder. Ein Jäger ritt zu einer Kuh, die noch lebte und mit zuckenden Beinen ins Leere trat. Mit einer kraftvollen Bewegung stieß er ihr seine Lanze ins Herz.

Ein Mädchen in der Nähe griff mit beiden Händen in den geöffneten Leib eines Kalbes und fischte die geronnene Milch aus dem Magen.

Naduah war nicht glücklich über das, was sie da sah. Sie wusste um die Notwendigkeit dieser Jagd, doch es war eine Sache, sich im fairen Kampf mit den Bisons zu messen, eine ganz andere aber, ihrer Zerfleischung auf einem blutgetränkten Schlachtfeld beizuwohnen. Verhallende Erregung kroch durch ihre Adern. Erst jetzt spürte sie die Kälte des Herbstabends und ihre schmerzenden Muskeln. Im Osten leuchtete ein knochenbleicher Sichelmond.

„Das Gras wird besonders hoch und saftig wachsen, weil das Blut die Erde düngt." Nocona lächelte ihr zu, als wüsste er um ihre Beklemmung. „Es wird dafür sorgen, dass viele Kälber geboren werden."

Sie wollte etwas entgegnen, doch da entdeckte sie den Bullen. Schwarz und gewaltig ruhte er inmitten seiner erlegten Artgenossen, als fungierte er noch im Tod als ihr Wächter. „Sieh nur. Da vorn ist er."

Der Blutgeruch wurde immer dicker, als sie auf den Kadaver zuritten. Häute wurden abgezogen, Fleisch zerteilt. Lebern und Talg aus den Lenden an Ort und Stelle verzehrt. Die Schnelligkeit, mit der die Büffel zerwirkt wurden, grenzte an Zauberei.

„Bei allen Geistern, er ist gewaltig." Nocona zückte das Messer und sprang vom Pferd. Noch ehe Naduah abgestiegen war, hatte er das Herz des Tieres bereits herausgeschnitten.

„Am Anfang der Zeit waren wir bedürftig und hungrig." Nocona hielt ihr das tropfende Organ entgegen. „Aber der Große Geist empfand Mitleid. Er erschuf den Büffel und ließ ihn aus der Erde auferstehen. Er ist unser Heiliger Bruder. Sein Fell wird uns wärmen, sein Fleisch unsere Familien ernähren. Seine Sehnen werden unsere Bögen sicher treffen lassen, aus seinen Hörnern werden wir trinken. Die Knochen werden zu Werkzeug und die Hufe zu Rasseln, mit denen unsere Kinder spielen werden."

Sie sah zu, wie Nocona das Herz in der Erde vergrub. Dann öffnete er den Bauch des Tieres, wühlte darin herum und brachte eine gewaltige Leber zum Vorschein.

„Iss, meine tapfere Jägerin."

Gehorsam nahm sie das Fleisch entgegen, untersuchte es auf Gallenflüssigkeit und biss hinein. Warmes Gewebe zerging auf ihrer Zunge. Schmelzend und nahrhaft. Zufrieden wischte Naduah das Blut von ihrem Kinn und gab die Leber an Nocona zurück. Seltsame Fantasien überkamen sie, als er seinerseits einen Bissen nahm und mit Zunge und Fingern den Fleischsaft von seinen Lippen wischte. Während er kaute, ruhte sein Blick auf ihr. Glühend und verlangend. Sie spürte, wie sich die Spitzen ihrer Brüste durch das dünne Leder drückten. Ärgerlich schlang sie die Arme um ihren Oberkörper. Warum, bei allen räudigen Kojoten, hatte Huka dieses Hemd nur derart eng genäht?

„Was versteckst du da?" Nocona fuhr sich mit dem Handrücken über den Mund. Seine Lippen glänzten feucht vom Blut. „Zeig es mir."

„Gar nichts verstecke ich."

„Das stimmt nicht."

„Mir ist kalt." Unwillkürlich starrte sie auf seine Brust. Das Wolfsfell war verrutscht und entblößte mehr als eine Schulter. „Dir offenbar auch."

Nocona lachte und nahm einen weiteren Bissen Leber. Gemächlich schritt er um den Büffel herum, begutachtete ihn und schien in Gedanken versunken. Naduah wähnte sich in Sicherheit, und so entfloh ihr ein leiser Schrei, als er sie wie aus dem Nichts packte und mit einem Ruck an sich zog. Ungeachtet des Blutes auf seinen Finger strich er mit dem Daumen über ihre Lippen, während seine freie Hand tiefer wanderte. Sie wagte nicht, zu atmen. Seine Finger strichen über ihren Hals, glitten über ihre Schulter und legten sich sanft um die Rundung ihrer rechten Brust.

Ein Zucken wie von einem Blitz ging durch ihren Körper, als sein Mittelfinger über ihre harte Knospe glitt. Sie sog zischend die Luft ein, packte sein Handgelenk, wollte den Arm fortschieben, und schmiegte sich doch noch fester an ihn. Dann öffnete sie ihre Lippen, auf denen sein Daumen lag, und nahm ihn in den Mund. Nocona schauderte. Seine Muskeln, an ihren Körper gepresst, spannten sich an. Der Druck seiner Finger auf ihrer Brust wurde fester. Naduah hörte ein raues Knurren, als er seinen Daumen in ihrem Mund bewegte. Ihn ein Stück hinauszog, ihn kreisen ließ und wieder hineinglitt, während sie sanft daran saugte.

Als er plötzlich zurückzuckte, glaubte sie, die Sinne zu verlieren. Schwankend starrte sie ihn an.

„Es tut mir leid", stieß Nocona hervor.

„Was? Nein!" Ihre Hand legte sich auf seine Wange, doch er wich vor ihr zurück, als wäre es keine zärtliche Berührung, sondern eine Ohrfeige. „Ich wollte es. Dir muss nichts leid tun. Bitte …"

Er schüttelte den Kopf. Zwischen ihren Beinen pulsierte feuchte Hitze. Sie wusste, was das bedeutete. Sie wusste, was man tun musste, um diesen quälenden Hunger zu befriedigen, und instinktiv war ihr klar, dass es genau das war, wovor Nocona zurückschreckte. Das, was Kehala und er in der Ferne erlebt hatten, hatte ihn geprägt. In einem Maße, das er selbst nicht wahrhaben wollte.

„Naduah!" Irgendjemand schrie ihren Namen aus vollem Hals. „Du lebst, dem Großen Geist sei Dank!"

Huka und Mahto liefen auf sie zu. Ihr Vater rannte aus Leibeskräften, wobei er sein steifes Bein auf merkwürdige Weise hinterherzog. Verräterisch rötlich leuchteten Hukas Haare in den letzten Sonnenstrahlen. Mahnten daran, dass ihr Blut ebenso wenig dem Volk entstammte wie

das ihrer Tochter.

„Dunkles Gold." Nocona, dem offenbar ähnliche Gedanken gekommen waren, nahm ihren Zopf in seine Hand. Hingebungsvoll strich er darüber. „Es ist wunderschön. Alles an dir ist wunderschön."

Ihr Herz klopfte so heftig, dass sie befürchtete, es würde stehen bleiben. „Ich muss sie wieder färben. Die letzten Händler, die bei uns waren, wollten mich freikaufen. Sie sahen mich als Geisel. Niemand glaubte mir, dass ich freiwillig hier bin."

Er warf den Kopf in den Nacken und funkelte mit wütendem Stolz auf sie herab. „Ich und jeder andere Krieger würden dich mit dem Leben verteidigen. Niemals lasse ich zu, dass sie dich mir wegnehmen."

Sie blickte zu Boden. Blut und Gewebe verschmutzten das niedergetretene Gras. „Ich will nicht darüber nachdenken. Wir beide haben wohl etwas, das wir gern für immer vergraben wollen, aber es nicht schaffen."

Plötzlich war Mahto bei ihr und riss sie an sich. „Ich wusste, dass du von allen Jägern die Tapferste sein würdest! Komm her, Tochter. Jeder soll sehen, wie stolz ich auf dich bin."

Er hob sie hoch, als wäre sie ein kleines Kind, wirbelte sie herum und küsste sie. Das Glück in Mahtos Augen zu sehen, als er sie wieder absetzte, erfüllte sie mit tief gehender Freude.

„Du bist eine gute Jägerin", befand Huka. „Die Beste sicherlich."

„Und du hast deinen Wanderer tief beeindruckt." Mahtos verschmitzter Blick streifte Nocona, der soeben die Hörner des Bisons in Augenschein nahm und versonnen darüberstrich.

„Das sind prächtige Trophäen." Jetzt flüsterte Mahto verstohlen in ihr Ohr. „Ich möchte wetten, er hängt sie über sein Lager. Weißt du, was das bedeutet?"

„Nein."

„Nun ja, sie sind groß, spitz, hart und …"

„Bist du still!" Huka stieß Mahto gegen die Schulter. „Was erzählst du ihr da für Schauermärchen?"

„Keine Schauermärchen. Nur etwas, das sie wissen sollte."

„Ach, alter Kojote. Naduah ist eine erwachsene Frau. Alles, was sie wissen muss, habe ich ihr schon erzählt."

„So?" Mahto legte in unverhohlener Neugier den Kopf schief. „Was hast du ihr denn alles erzählt?"

„Nichts, das einen Mann etwas angeht."

„Weib, du redest dummes Zeug. Ein Mann wird es schließlich sein, den sie beglückt. Deshalb ist es von Vorteil, wenn sie auch mein Wissen kennt. Ich werde ihr gleich heute Abend alles erzählen. Ob du es willst oder nicht. Sie kann es bald gebrauchen."

Naduah wandte sich kopfschüttelnd ab. Sie sah, wie Nocona über den

Leib des Büffels strich, wie seine Hände sanft das zottige Fell teilten, über Nacken und Kopf des Tieres strichen und schließlich dort endeten, wo sie ihren Weg begonnen hatten. An den langen, spitzen Hörnern. Mit trägem Blinzeln wandte er den Blick zu ihr. Unter den Haaren, die der Wind in sein Gesicht wehte, sah sie ein Lächeln. Der Hunger darin war ein wildes, unmissverständliches Versprechen.

Sara, 2011

„Prasat Hin Khao Phanom Rung, was übersetzt Palast aus Stein auf dem Berg Phnom Rung bedeutet, ruht auf einem erloschenen Vulkan in Thailand. Er zählt zu den wohl beeindruckensten Baudenkmälern aus der Zeit der Khmer und symbolisiert die Wohnstätte Shivas auf dem heiligen Berg Krailasa. Den eigentlichen Tempel erreicht man durch die Naga-Brücke, welche den Übergang aus der profanen in die geheiligte Welt darstellt."

Die geheiligte Welt …

Sara starrte auf den Computerausdruck. Kaum dachte sie an ihre Vision zurück, spürte sie es wieder. Euphorie, Jagdfieber, Triumph und Erregung. Kochendes Blut, zitternde Knie. Küsse und Berührungen inmitten von Blut und Tod.

Die Buchstaben verschwammen und tanzten vor ihren Augen einen absonderlichen Reigen. Sie konnte diesen verdammten Text nicht mehr sehen. Es war das vierundzwanzigste Mal, dass sie ihn nach Ruths Anweisungen überarbeitet hatte. Sechs Stunden endlose Bastelarbeiten, Umformulierungen und Streichungen, bis sie geglaubt hatte, es sei alles bis ins kleinste Detail perfekt. Pustekuchen. Jetzt lag der Ausdruck erneut vor ihr und strotzte vor roten Markierungen.

Im Geiste stand sie zwischen erlegten Büffeln und küsste Nocona. Presste sich an ihn, atmete seinen Duft. Sog das Leben in sich auf und glühte im Rausch lustvoller Gefahr.

Bitte bis 18:00 Uhr zurück, prangte in hieroglyphenähnlicher Handschrift auf einem gelben Post-it-Zettel. Sonst Kopf ab, fügte sie im Geiste mürrisch hinzu.

Sie musste sich zwingen, den Blick wieder auf den Computer zu richten. Wie waren ihre Worte gewesen? Ich schaffe das schon.

Ja, ganz fantastisch. Und wie sie es schaffte. Inzwischen erschien ihr alles, was sie in dieser Wirklichkeit tat, sinnfrei und idiotisch. Die ständigen Blicke auf die Uhr, die Zeitvorgaben, Besprechungen und Diskussionen. Die halbstündige Mittagspause, in der sie sich abhetzte, um im Imbiss an der Ecke einen Burger hinunterzuschlingen. Ein weiteres Meeting, in der die Programmpunkte, die am Morgen noch festgestanden hatten, wieder durcheinandergeworfen wurden, nur um am Nachmittag erneut umgemodelt zu werden. Am Abend schließlich wurde wieder haargenau das beschlossen, was am Morgen bereits festgestanden hatte. Gestohlene Zeit, davonlaufende Zeit, rasende Zeit.

Sie war ein auf den Rücken gedrehter Käfer und strampelte vor sich hin, ohne Aussicht, von allein wieder auf die Beine zu kommen. Inzwischen linderten nicht einmal hochdosierte Schmerztabletten ihren

brummenden Schädel. Seit der letzten, berauschenden Vision war es sogar noch schlimmer geworden.

Bitte bis 18.00 Uhr zurück …

Damit blieben ihr noch zehn Minuten.

Sara nahm einen Schluck Kaffee, verfluchte Gott und die Welt und legte los. Ihre Finger flogen über die Tasten. Selbst, als ihr Telefon klingelte, schrieb sie weiter, klemmte die Zunge in den Mundwinkel und hob den Hörer erst ab, als sie den letzten Buchstaben der Änderungen verewigt hatte. Na bitte. Wenn sie das Ding noch mal zurückbekam, würde sie es rituell das Klo runterspülen.

„Merger", blaffte sie in den Hörer. Vermutlich war es Mum, der sie nach mehreren vergeblichen Anrufen auf die Mailbox gequatscht hatte.

„Hallo Sara. Ich bins."

Die Härchen auf ihren Armen sträubten sich. Gar keine Frage, das war die schönste Stimme auf Erden. Aller Ärger war vergessen.

„Habe ich dich sprachlos gemacht?" Zärtlich streichelten diese Worte ihre Sinne. Am liebsten hätte sie vor Sehnsucht laut aufgeschluchzt. Sie beide mitten im Rausch der Großen Jagd. Sämtliche Sinne geschärft und zugleich verwischt, weil sie nur noch eine Wahrnehmung zuließen. Die Nähe des anderen.

„Äh, ja." Sara holte tief Luft. „Tut mir leid. Ich war nur … keine Ahnung … ich habe nicht damit gerechnet, dass du anrufst."

„Soll ich wieder auflegen?"

„Nein." Sie rief es so hastig hinaus, dass er am anderen Ende der Leitung vermutlich zusammenzuckte. „Ich bin froh, dass du anrufst. Die Visionen … ich muss mehr darüber wissen."

Makahs Atem klang leise in ihrem Ohr.

„Ich habe dir gesagt", sprach er mit einem unsicheren Klang in der Stimme, „dass du vor den Visionen keine Angst haben musst. Das war gelogen."

Kalte Finger krochen über ihren Nacken. „Was meinst du damit?"

„Hast du dich je in den Visionen verletzt, und als du aufgewacht bist, waren die Wunden wirklich da?"

Saras Euphorie gefror. Das klang gar nicht gut. Sie dachte an den Blackout in Annas Pension, an ihre blutenden Hände und das Echo unfassbarer Verzweiflung. Noch immer sah man die Überreste der Kratzer und Schrammen. Mehrere Nägel waren eingerissen. Beweise dafür, dass die Visionen alles andere als harmlos waren.

„Nein, nicht direkt", sagte sie zögernd. „Aber als ich das letzte Mal bei euch war, da … aber das ist doch nicht möglich, oder?"

„Nicht möglich? Leider doch. Ich bin gerade bei Isabella. Sie fährt mich ins Krankenhaus."

Jetzt kroch blanker Schrecken in ihren Magen. „Was ist passiert?"

„Ach, nichts weiter." In seiner Stimme klang eine Kälte mit, die sie zutiefst beunruhigte. „Ich hatte nur eine, sagen wir, sehr intensive Vision."

„So intensiv, dass du ins Krankenhaus musst?"

„Na ja, bei haufenweise Messerstichen, Schnitten, Striemen und einer Brandwunde dritten Grades ist eine Klinik nicht die schlechteste Wahl. Zumal sich ein paar Wunden trotz aller Vorsichtsmaßnahmen entzündet haben. Mir ist nur bisher ein Rätsel, wie ich die Ärzte davon überzeugen kann, dass ich keine Polizei brauche."

Um Himmels willen. Saras Gedanken arbeiteten fieberhaft. Die Narben, die sie in ihrem Traum gesehen hatte. Noconas seltsame Veränderung. All das hatte Makah am eigenen Leib ausgestanden.

„Ich komme zu dir." Sie stand auf und griff nach ihrer Tasche. „Der nächste Flieger gehört mir."

„Nein. Du bleibst, wo du bist." Seine Stimme klang hart und unnachgiebig. „Du wirst nicht herkommen, Sara. Versprich mir das."

„Aber ich …"

„Versprich es mir. Ich will nicht, dass … ach verdammt, schwöre mir einfach, dass du nicht kommst."

„Warum? Makah, ich muss …"

„Gar nichts musst du", unterbrach er sie. „Bleib in New York! Das ist ein Befehl!"

Oh verdammt, warum tat er ihr das an? War es sein Stolz? Sein Schamgefühl? Er wollte nicht, dass sie ihn in seinem lädierten Zustand sah. Vermutlich war es das. Typisch Kerl. Bei Gott, es ging ihm nicht gut, und sie wollte verflucht noch mal bei ihm sein, ihm zur Seite stehen.

„Ich schwöre dir, Sara, wenn du kommst, werde ich wirklich sauer. Sag mir lieber, wie es dir geht? Ist es intensiver geworden?"

„Ja." Nur langsam überwand die Erkenntnis jene Mauern, die ihr Verstand errichtet hatte. Das war harter Tobak. Sie sackte zurück auf ihren Stuhl. Wespen schienen in ihrem Kopf zu summen und zu stechen. Könnte sie nur hier und jetzt ihren Körper verlassen, um die Grenze zwischen ihr und Makah zu überwinden. Bei jedem anderen Mann hätte sie auf seinen Befehl gepfiffen und wäre postwendend nach Oklahoma geflogen. Aber nicht bei ihm. Sie würde warten. Auch wenn es verdammt schwerfiel. So, wie er es sich von ihr wünschte.

„Makah, wie ist das möglich? Was passiert mit uns?"

Er schwieg eine Weile. Selbst, wenn er nichts sagte, war er ihr quälend nah. Allein sein Atmen zu hören krampfte ihr Herz zusammen.

„Wir sehen das Leben, das wir damals zusammen führten", antwortete er. „Wir waren sie. Nocona und Naduah. Warum sonst sehen wir dieselben Dinge? Warum habe ich die Wunden, die man ihm zugefügt hat?"

„Was ist mit dir und Kehala passiert?“ Sie spürte, wie eine Träne ihre Wange hinunterrollte, und ließ sie einfach laufen. Jeden Augenblick würde das Kartenhaus ihrer Kontrolle zusammenbrechen. „Sag es mir, Makah.“

„Nein.“

Die Stille zwischen ihnen gerann zu einer zähen, gärenden Masse. Hinter dem Schweigen lag etwas Grausames. Ein lähmender Schmerz.

„Gib mir ein paar Tage Zeit, Sara“, erklang endlich wieder seine Stimme. „Und dann sag, wann du kommst.“

„Mach ich.“

Verzweifelt umklammerte sie das Telefon, als könnte sie ihn so zu sich holen. Alles, was ihr blieb, um sich über die kommenden Wochen zu retten, waren die Erinnerungen an ein vergangenes Leben. Und ihr neuer Glauben an etwas, das ihr noch immer unmöglich erschien.

„Ab nächste Woche Freitag bin ich vier Tage lang nicht erreichbar.“ Makah sprach nur noch schleppend. Er klang abgrundtief erschöpft. Seelisch und körperlich zerschlagen. Das Wissen, ihm nicht helfen zu können, spottete in seiner Grausamkeit jeder Beschreibung. „Wenn du also kommen willst, dann erst ab dem 19. April.“

„Wo bist du? Ich meine, es geht mich nichts an. Tut mir leid.“

„Ich führe einen Wanderritt mit Touristen durch die Wichita Mountains.“

„Das dürfte schwer werden, wenn man deinen Zustand bedenkt.“

„Es wird schon gehen. Ich muss raus, sonst werde ich verrückt. Hör zu, sobald ich zurück bin, rufe ich dich an. Solange pass auf dich auf. Wenn du die Visionen vermeiden kannst, dann vermeide sie.“

Unmöglich. Aussichtslos. Und doch murmelte sie ein „Ich versuch's“ in den Hörer.

Leg nicht auf! Bitte bleib bei mir. Lass mich zu dir kommen. Leg nicht auf …

„Bis nächste Woche. Machs gut, Sara. Für den Notfall hast du ja Isabellas Nummer.“

„In Ordnung“, zwang sie sich zu sagen. „Bis bald.“

Viel zu schnell legte er auf. Mechanisch tat Sara, was getan werden musste, und vermied jedes Denken. Sie druckte den überarbeiteten Artikel aus, legte ihn in den Hefter und machte sich auf den Weg in Ruths Büro. Gesichter glitten wie Gespenster an ihr vorbei. Visionen … Wiedergeburten … frühere Leben … aus dem Nichts auftauchende Wunden … Schnitte, Messerstiche, zerkratzte Hände. Mein Gott, wo waren sie da hineingeraten? Das konnte nicht gut enden. Selbst Makah, der naturgemäß mit Visionen und Geheimnissen vertrauter war als sie, besaß keine Kontrolle über das, was geschah.

Und war gerade auf dem Weg zum Krankenhaus.

Große Scheiße.

In Ruths Büro legte sie den Hefter auf den Tisch und drehte sich auf dem Absatz wieder um.

„Alles okay?“ fragte ihre Chefin.

„Ja. Bin nur müde.“

„Mach für heute Schluss, okay? Morgen wird ein anstrengender Tag. Drei Projekte wurden vorverlegt. Die Druckfahnen müssen Montag raus. Außerdem ist das Lektorat für den Patagonien-Reisebericht seit einer Woche überfällig.“

Sara schloss die Augen und atmete tief durch. Was Ruths Worte bedeuteten, war sonnenklar. Wochenendarbeit. Im schlimmsten Fall vierundzwanzig-Stunden-Schichten.

„Gut“, presste sie hervor. „Bis morgen früh.“

Sara kehrte in ihr Büro zurück, schnappte sich die Tasche und flüchtete. Raus aus dem Gebäude. Raus aus der Stadt. Raus aus der Wirklichkeit.

Naduah, 1844

„Sie besaß schon immer viel Temperament", wusste Huka zu berichten. „Weißt du noch, als unserem Propheten die Taube vor die Füße fiel?"

„Oh ja." Mahto schlug sich auf die Schenkel. „Es war vor sechs Jahren. Unser Prophet, den alle nur Eule nannten, stand vor seinem Tipi und gab seinen Morgengesang zum Besten. Dabei fiel ihm eine tote Taube vor die Füße. Er hob sie auf und tat kund, dass ein großes Zeichen über das Dorf gekommen sei. ‚Was bedeutet es?', verlangte man zu wissen. ‚Sag uns schon, was es bedeutet!'

Eule tat nichts, außer die Taube bedeutungsvoll hin und her zu drehen, leise Grunzer auszustoßen und die Stirn krauszuziehen. Erst, als sich das ganze Dorf in heller Aufregung um ihn versammelt hatte, ließ er sich zu einer Antwort herab.

‚Ich weiß, was dieses Zeichen bedeutet', sagte Eule feierlich und ernst. Danach verstummte er wieder. So lange starrte er die Taube an, bis die Menge wütend wurde.

‚Sag uns endlich, was es bedeutet', forderten sie. ‚Wir wollen wissen, ob es ein gutes oder ein schlechtes Zeichen ist.'

Eule nickte und grunzte. Er nickte und grunzte noch eine ganze Weile, bis er sich straffte, die Taube hochhob und mit ernstem Gesicht verkündete: ‚Ich weiß, was das Zeichen bedeutet. Aber der Große Geist hat sich soeben dazu entschieden, dass ihr es selbst herausfinden müsst.'"

Mahto hob die Arme und ließ sie wieder fallen. Huka schüttelte sich vor Lachen.

„Könnt ihr euch die Gesichter vorstellen?" Sie kicherte. „Es gab nicht wenige, die Eule am liebsten in der Luft zerrissen hätten. Den ganzen Tag lang hörte man Flüche und Verwünschungen, aber Naduah gab sich damit nicht zufrieden. Sie ging zusammen mit zwei Freundinnen zum Zelt unserer Eule, stellte sich davor auf und rief, dass er nur aus einem Grund nichts verraten habe. Nämlich, weil er selbst keine Ahnung hätte, was die Taube bedeutet."

„Ist Eule jemals darüber hinweggekommen?" fragte Nocona.

„Sicher", antwortete Huka. „Aber es dauerte seine Zeit. Um seine Ehre wiederherzustellen, wollte er Naduah an Ort und Stelle verprügeln. Aber Eule war damals schon alt und unsere Tochter flinker als ein Antilopenhase."

„Das glaube ich gern." Nocona warf den wartenden Hunden ein Fleischstück zu. „Mir kommt der Verdacht, dass ich mich auf eine Berglöwin einlasse."

Mahto setzte eine Da-kannst-du-sicher-sein-Miene auf, Huka zuckte

bedeutungsvoll mit den Schultern.

Plötzlich kam Bewegung in die Menge. Der Häuptling der Quohadis erhob sich von seinem Platz am Feuer. Sein Adlerfederputz streifte den Boden, sein Jagdhemd, das ihm bis zu den Knien reichte, schillerte in zahllosen Farben und quoll über vor Stachelschweinborsten, bunten Holzperlen und Muscheln.

„Sieht er nicht aus wie ein balzender Truthahn?" flüsterte Naduah Nocona zu. „Pass auf, gleich kommt er den Flammen zu nahe. So wie im letzten Jahr unser Häuptling. Sein Federschmuck brannte lichterloh."

„Respektloses Ding." Er warf ihr ein Zwinkern zu. „Würdest du dich auch über mich lustig machen, wenn ich dir den Rücken zudrehe?"

„Niemals. Aber sieh ihn dir doch an. Ich habe recht."

Nocona schnaufte, stellte seine Suppenschale ab und sah sie an. Etwas Seltsames lag in seinem Blick. Eine wilde Entschlossenheit, die ihn übermannte und zu etwas hinreißen würde, das er sonst niemals getan hätte. Sie hielt den Atem an, als er sich mit träger Sinnlichkeit die Lippen leckte. Zögernd nahm Naduah eine Strähne seines Haares auf, nicht willens, sich noch länger nur nach seiner Nähe zu sehnen. Langsam glitt sie zwischen ihren Fingern hindurch. Nocona seufzte, legte seine Hand auf ihre Wange und neigte den Kopf. Nichts hätte erregender sein können als dieser Laut, in dem Begehren und Hilflosigkeit lagen. Er beugte sich vor, schloss die Augen und öffnete seine Lippen. Gleichgültig den neugierigen Blicken Mahtos und Hukas gegenüber, oder denen vieler anderer Augenpaare, die auf ihn gerichtet waren. Von fern erklangen die Trommeln. Zuerst träge, sinnlich und schleppend. Dann schneller, immer schneller. Endend in losgelöster Leidenschaft.

„Bald, mein Blauauge", flüsterte Nocona an ihren Lippen. „Ich schwöre es dir. Lass mir noch etwas Zeit."

Ihr wurde schwindlig, als er vor ihr zurückwich. Sie spürte seine starken Arme, die sich um sie schlossen. Spürte seine Brust an ihrem Rücken, neigte den Kopf und schmiegte ihre Wange an sein Haar. Nein, sie konnte keine Enttäuschung empfinden. Männer, Frauen und Kinder tanzten, schlemmten und lachten. Golden stand der Sichelmond über der Prärie, Flammenschein schimmerte auf Zelten, Menschen und sich wellendem Gras. Nocona hatte ihr ein Versprechen gegeben, und er würde es halten.

Ihre Welt war vollkommen.

Makah, 2011

„Wo sind wir hier?“

„Was sind das für Berge dort hinten?“

„Was können Sie uns darüber erzählen?“

Makah blockte die auf ihn einprasselnden Fragen mit erhobener Hand ab. Ehe er antwortete, drehte er sich um und blickte bedeutungsschwanger in die Runde. „Nicht jetzt, wenn ich bitten darf. Wir bewegen uns auf dem traditionellen Pfad des Schweigens. Hört der Stille zu. Sie gibt euch alle Antworten, die ihr braucht.“

Das Plappern senkte sich zu verschwörerischem Flüstern, aufgeregte Blicke wurden ausgetauscht. Ja, genau so etwas wollten sie hören. Gewissermaßen hatte er zwei Fliegen mit einer Klappe geschlagen. Ihm war die Ruhe vergönnt, die er im Moment brauchte, und die ihm anvertraute Schar schwebte auf einer Wolke aus mystischer Inspiration.

Makah rekelte sich im Sattel, ohne eine Position zu finden, die nicht wehtat. Immerhin, Visionswunden heilten schnell, wurden sie erst einmal dazu überredet, nicht den ganzen Körper zu vergiften. Die vergangenen sechs Tage hatten ihm wieder mal vor Augen geführt, weshalb er Ärzte und Kliniken im Generellen hasste, und so dankte er dem Schicksal umso leidenschaftlicher dafür, dass es ihn hierher geführt hatte. Irgendwo ins Nirgendwo, wo er den ganzen Tag lang das tun konnte, was er gern tat. Ziellos durch die Gegend reiten. Nun ja, mehr oder weniger ziellos. Gewisse Aussichtspunkte musste er abhaken, um die ihm anvertrauten Touristen glücklich zu machen.

Der düstere Schatten der Erinnerungen war von ihm abgefallen, zumindest vorerst. Er fühlte sich trotz seines ramponierten Körpers ausgeruht, steckte voller Hoffnung und fieberte Saras Besuch entgegen. Was auch immer seine neue Aufgabe war, die das Schicksal ihm gestellt hatte, er würde damit klarkommen. Und Sara helfen, die Visionen ihrerseits zu verarbeiten. Vielleicht, und dieser Gedanke war enorm verlockend, würden sie gemeinsam die Antworten finden, nach denen sie suchten. In der Gegenwart ebenso vereint wie in der Vergangenheit.

Allein der Gedanke verpasste ihm eine Gänsehaut.

Zufrieden beobachtete er den Schatten der fernen Berge. Noch nie war er dieser Richtung gefolgt. Wie sehr sich doch die Landschaft änderte, sobald man sie aus einem anderen Winkel betrachtete. Die Sonne kletterte höher und überhauchte die dem Morgenfrost entflohene Prärie mit blassem Licht. Tau klirrte auf den Grasähren. Mit hauchzarten Geräuschen zerbrachen die Halme unter den Hufen der Pferde. Ja, die Stille schenkte einem Antworten. Wenn er eines dank der Visionen begriffen hatte, dann die Lehre, dass sein Vater recht behielt. Der Tod bedeutete

nicht das Ende. Es war ein Anfang. Ein neuer Weg, eine neue Chance.

Makah wollte nicht sehen, wie der Krieg über Noconas Leben kam und sein Volk zerstörte. Er wollte nicht sehen, wie ihm alles, was er liebte, entrissen wurde. Aber jetzt, da er wusste, dass Liebe Zeit und Raum überwand, fühlte er sich stark genug dafür.

Er schloss die Augen, atmete tief ein und öffnete sie wieder. Das weite Land war Balsam für seine Seele. Und nicht nur für ihn, wie er an den verklärten Blicken seiner Schützlinge erkannte. Die sich dem Horizont öffnende Erhabenheit stand über allem, selbst über der Zeit. Schneereste betupften die ockerfarbenen Hügel mit weißen Flecken und gleißten auf den fernen Bergspitzen. Dunkel ragten Eichen und Hickorybäume empor. Das Plätschern kleiner Schmelzwasserbäche, die von den Wichita Mountains herkamen und danach strebten, sich mit dem Fluss zu vereinen, durchdrang die allgegenwärtige Stille.

Er erkannte diese Gegend wieder. Hier war er schon einmal entlanggereist, vor langer Zeit. Die Erinnerungen waren so deutlich, so lebendig, dass er erwartete, die Visionen würden ihn überwältigen. Doch alles, was kam, war Nostalgie und eine bittersüße Melancholie.

Blicke prickelten in seinem Nacken. Er wandte sich um, erwiderte das Starren mit einem Zwinkern und sah, wie sich die Gesichter seiner weiblichen Begleiter aufhellten. Ein Blitzen huschte durch ihre Augen. Abenteuerlust und Lebensfreude. Plötzlich fühlte er sich alt, und dieser Eindruck fühlte sich in keiner Weise negativ an. So musste es sein, wenn man erkannt hatte, wie flüchtig das Dasein war. Wie schnell Licht in Finsternis überging, ausgelöscht wurde und neu entstand. Wie viele Leben er wohl schon hinter sich hatte? Zwei? Dutzende? Hunderte?

Trivialere Gedanken drängelten sich kurzzeitig in den Vordergrund. Ob auch diesmal eine der Frauen mutig genug war, sein Einzelzelt versuchsweise in ein Zweierzelt umzuwandeln? Viktoria war es als Erste gelungen. Nach diesem Erlebnis war er nur noch einmal schwach geworden, und das auch nur, weil er die Stärke des Glühweins unterschätzt hatte. Diesmal, da war er sich vollkommen sicher, war er immun gegen jede Art von Verlockung. Denn Sara war in sein Leben getreten.

Oh ja, Sara …

So sehr er die Wanderritte auch liebte, diesmal hätte er am liebsten die Flinte ins Korn geworfen und wäre zu Hause geblieben, nur um diese Frau ein paar Tage früher wiederzusehen. Aber er würde den Teufel tun, Ross zu verärgern. Kein Job wurde besser bezahlt als dieser, was in erster Linie daran lag, dass jedes Jahr Teilnehmer früherer Wanderritte auftauchten, die ausdrücklich nach seiner Begleitung verlangten. So etwas ging natürlich runter wie Öl, auch wenn Makah stets bemüht war, sich in Bescheidenheit zu üben.

Er leerte seinen Kopf, atmete die kühle, frische Luft ein und fokussierte seine Gedanken auf Sara, was in kürzester Zeit dafür sorgte, dass er vor Verlangen am liebsten ins Gras gebissen hätte und sich eine gewisse Stelle seines Körpers anfühlte wie der Sattelknauf.

Berauscht von der Schönheit des Landes verfiel bald auch das notorischste Plappermaul – und so eines befand sich grundsätzlich immer in seinen Gruppen – in ehrfürchtiges Schweigen. Die Zeit verging wie im Flug, während er seine Schützlinge auf den Bergschatten zuführte.

Am Abend wählte er eine schöne Stelle am Ufer des Flusses aus, wies seine Begleiter an, ihre Zelte aufzubauen, und sorgte seinerseits für das Essen. Original indianischer Eintopf mit Bisonfleisch, über dem offenen Feuer gekocht. Nun ja, mehr oder weniger original. Still und heimlich schüttete er ein paar Brühwürfel hinein, was keinen großen Affront bedeutete, denn da Ross Bisonfleisch zu teuer war, gab er ihm stinknormales Rindfleisch mit.

Wie es nach dem ersten Tag des Wanderritts üblich war, fand keiner der Ausflügler die Kraft, längere Gespräche aufzubauen. Einerseits, weil man todmüde war, andererseits, weil der Hintern den meisten dermaßen wehtat, dass Sitzen auf Dauer unerträglich war. Man aß den Eintopf, schwor pflichtschuldigst, nie etwas Besseres gegessen zu haben, tauschte ein paar Floskeln aus und verkroch sich in den Zelten, sobald es Nacht geworden war.

Makah blieb am Feuer sitzen, sah in die Sterne hinauf und genoss die einkehrende Ruhe. Der Wind roch nach Frost und alten Zeiten. Die Bäume raunten ihr ewig gleiches Lied. So viel hatte sich in diesem Land geändert, aber manche Dinge waren von tröstlicher Dauerhaftigkeit. Morgen würde er eine Stelle aufsuchen, die ihm den letzten Beweis für die Echtheit seiner Visionen liefern würde, auch wenn er dergleichen nicht mehr brauchte. Dennoch wollte er etwas, dass er berühren konnte. Etwas Greifbares, das den modernen Vernunftmenschen in ihm restlos überzeugte. In der Entfernung eines halben Tagesrittes musste sich, wenn er seinen Erinnerungen trauen konnte, ein Felsen befinden. Und auf diesem Felsen befanden sich Zeichnungen, die er vor einhundertsiebzig Jahren dort verewigt hatte.

Kalte Böen erfassten sein Haar und wirbelten Funken in den Nachthimmel hinauf. Er holte eine Decke aus dem Gepäck, zog sie um seine Schultern und starrte auf sein rechtes Handgelenk. Narben zogen sich darüber. Blasse, welkende Spuren eines alten Lebens. Verbindungsglieder im Netz der Zeit. Er verweigerte sich den Bildern und Emotionen, die auf ihn einströmen wollten. Nicht jetzt. Niemals wieder.

Mit geschlossenen Augen lauschte er dem Atem der Nacht. Hier und da erklang leises Tuscheln. Jemand steckte den Kopf aus seinem Zelt,

wohl eine der Frauen, die auf ein romantisches Abenteuer hofften. Er lehnte sich gegen den Baumstamm und hielt seine Augen geschlossen. Ein leises ‚Das bringt nichts, ich glaube, er ist genauso kaputt wie wir', wisperte durch die Stille.

Makah konnte sich ein Grinsen nicht verkneifen. Auf gewisse Weise mochte er sie, die Städter, die hier draußen lernten, die Zeit zu vergessen. Ging ein Wanderritt zu Ende, empfand er ehrliches Mitleid, denn viele verabschiedeten sich unter Tränen von ihm, den Pferden und dem Land.

Schwerelos vor Müdigkeit ließ er seinen Geist aufsteigen. Die Visionen kamen fast unmittelbar. Er ließ zu, dass sie ihn umfingen, umgarnten und mit sich nahmen. Der scharfe Frost einer Winternacht biss in seine Haut, doch schlimmer war das verlangende Ziehen in den Lenden. Dunkelheit kam und ging. Das Netz der Zeit ordnete sich neu. Er saß nicht mehr an einem Feuer am Fuße der Wichita Mountains, sondern stand vor einem Zelt. Naduahs Zelt.

Nocona, 1844

Schmerzte Sehnsucht nicht schlimmer als jede körperliche Wunde? Vergiftete sie nicht den Geist, bis man an nichts anderes mehr denken konnte, bis man sich nach nichts anderem verzehrte als nach dem einen Wesen, das den Keim gepflanzt hatte?

Noconas Hand ruhte auf dem Leder der Tipiwand. In einem Anfall von Verzweiflung schloss er die Augen und grub die Zähne in seine Unterlippe, so fest, dass er Blut schmeckte. Er glaubte, Naduahs Herzschlag zu hören. Er spürte die sanften Bewegungen ihres Körpers, wenn sie atmete oder sich im Schlaf rekelte. Er witterte ihre Weiblichkeit, ihr Verlangen. Vielleicht träumte sie davon, dass er sie mit einem Kuss weckte, sie in die Nacht hinausführte und mit in sein Zelt nahm.

Sein Körper war ausgehungert. Und brannte lichterloh.

Unsichtbare Wunden brachen auf und fluteten seine Seele mit Zorn. Sorgsam Vergrabenes floss hervor wie Blut aus einem tödlichen Stich. Erinnerungen kratzten über die dünne Narbenschicht seines Verstandes und lechzten danach, ihn erneut zu zerfetzen.

Er fürchtete sich davor, das Ungeheuer nicht beherrschen zu können. Man hatte Kehala und ihm die Fähigkeit geraubt, sich furchtlos der Liebe hinzugeben. Was vergiftete das Leben nachhaltiger? Er musste die Dämonen besiegen, bevor er Naduah zu sich nahm. Er musste einen Weg finden, sein altes, im Sterben liegendes Leben endgültig zu vernichten.

Alles sollte sein wie in seinem Traum. Im Delirium des Sonnentanzes war ihm Ptesawin ein zweites Mal erschienen, wieder in Gestalt der kindlichen Naduah. Sie hatte ihm zugeflüstert, was er tun musste.

„Wirf deinen Namen nicht weg, Wanderer. Gib dir keinen neuen. Er wird in die Ewigkeit eingehen und unsterblich werden. Geh und bringe Mahto hundert Pferde. Hundert Pferde. Keines weniger."

Nocona kehrte zu seinem Zelt zurück und tauschte die leichte Jagdkleidung gegen fellgefütterte, hohe Mokassins, ein langes Hemd aus dickem, weichem Leder und eine Bisonrobe. Der Geruch von Schnee trieb durch die Nacht. In diesem Winter würde er, sollte er lebend zurückkehren, endlich seinen Frieden finden.

Surrend tanzte seine Lanze durch die Luft, als er zu den Pferden hinüberging. Das Spiel mit der Waffe vermittelte ihm Stärke und Ruhe. Die nach Tod gierenden Monster zogen widerwillig ihre Krallen ein. Mit lockeren Handbewegungen drehte er die Lanze, während langsam, ganz langsam, das verzehrende Feuer in seinen Lenden erlosch. Wie sehr dieser Körperteil schmerzen konnte, wenn er nicht bekam, was er wollte, hätte Nocona sich nie träumen lassen. In Naduahs Nähe fühlte es sich an, als müsste er platzen wie eine überreife Pflaume.

Er konzentrierte sich auf das Gewicht der Lanze, auf die Gleichmäßigkeit ihrer Bewegungen und das Blitzen der Klinge, das die Nacht durchschnitt, wenn er einen Ausfallschritt vollführte. Sein Geist lechzte nach Ablenkung. Ein Raubzug von solchem Ausmaß war gewagt, doch er war mehr als bereit, sich der Herausforderung zu stellen. Die Osage mochten gute Pferdezüchter sein, aber was den Krieg anging, konnte sich niemand mit den Nunumu messen. Abgesehen vielleicht von den Dog Soldiers der Cheyenne. Nocona fieberte dem Kampf entgegen, doch er würde die Monster nicht von ihren Fesseln befreien. Die Osage waren nicht seine Feinde. Sie waren wie Kinder, die man ärgerte und neckte. Man stahl ihnen die Pferde unter der Nase weg und man nutzte sie, um die Anzahl seiner Coups zu erhöhen. Ihr Schmerz war es nicht, nach dem er lechzte.

Nocona ließ die Lanze über seinem Kopf herumwirbeln, schneller und schneller, bis sie mit der Nacht verschmolz, dann stieß er sie hinab und rammte sie mit aller Kraft in den Boden. In seiner Vorstellung war es keine Erde, die er durchbohrte. Blut strömte aus bleichen Hälsen. Helles Haar löste sich mit feuchtem Reißen vom Schädel. Stinkende, erbärmliche Kreaturen bettelten um ihr Leben.

Die Beine drohten unter ihm nachzugeben. Stechende Insekten summten hinter seinen Schläfen. Wütend klammerte er sich an der Lanze fest und wartete darauf, dass sie verschwanden.

„Diese Nacht … ich schaffe das nicht. Nicht noch einmal. Bring mich nach Hause, Bruder …“

Mit einem gewaltigen Aufbäumen seines Willens zwang er die Monster zurück in ihre Ketten. Schale Kälte füllte seine Seele. Er riss die Lanze aus dem Boden, atmete tief ein und lief weiter. Gefrorenes Gras knirschte unter seinen Schritten. Icabu und Makamnaya saßen aufbruchbereit auf ihren Pferden und blickten ihm entgegen. Ihre Gestalten vor der Blässe der frostigen Prärie ließen die gefesselten Monster fauchen und geifern. Noconas Schritte wurden steif. Nie würden seine Freunde erfahren, weshalb er jedes Mal, wenn einer der beiden ihn berührte, zurückzuckte. Nie würde er ihnen sagen, woher der Hass kam, der seine Augen verdunkelte, wenn Icabus Lachen dem einer toten Kreatur zu sehr ähnelte. Er musste es endlich beenden. Nicht eher würde er zurückkehren, bis sein altes Leben endgültig vernichtet war.

„Falls wir deinen gut durchdachten Plan überleben, wird das Feuer deiner Lenden viele Nächte lang brennen.“ Icabu ließ das Messer zwischen den Fingern tanzten. Sein mit schwarzer und roter Farbe bedecktes Gesicht glich dem Antlitz eines Dämons. „So lange, bis entweder du ohnmächtig wirst oder deine blauäugige Krötenechse.“

„Du solltest Büffelhörner über dein Lager hängen“, schlug Makam-

naya vor und bildete auf seiner riesigen, mexikanischen Fuchsstute ein Felsmonument. „Damit deine Kraft an die eines Stieres heranreicht."

Nocona sagte nichts. Er umfing Cetans Kopf und lehnte seine Stirn gegen die des Tieres. Seidige Wärme besänftigte seine Gedanken. Er kraulte das Stirnhaar des Pferdes, flüsterte ihm sanfte Worte ins Ohr und dachte an das, was ihm das Leben schenken würde, wenn er es schaffte, sich selbst zu besiegen. Als er sich auf den Rücken des Tieres zog, erwachte ein neuer Hunger in ihm. Das Verlangen, in die nächtliche Prärie hinauszureiten. Das Verlangen, Sehnsüchte ebenso hinter sich zu lassen wie die Geister der Erinnerung.

„Vielleicht solltest du ein Gürteltier töten und es vor deinem Zelt vergraben." Icabu ritt neben ihm her und musterte Nocona mit den Augen eines Fuchses. „Ich habe gehört, dass diese Medizin für viel Ausdauer sorgt."

Makamnaya schüttelte den Kopf. „Bevor du ihm den Hals umdrehen kannst, scheißt es dich von oben bis unten voll."

„Dann erschießt du es von Weitem mit einem Pfeil".

„Das bringt Unglück. So wirkt der Zauber nicht."

„Oder du isst einen gebratenen Kaninchenkauz, bevor du dich auf dein Täubchen wirfst." Icabu prustete und gluckste. „Aber keinesfalls brätst du ihn zu scharf, sonst versiegt der Strom deiner Lenden."

Nocona rollte mit den Augen.

„Wir meinen es nur gut", tröstete ihn Makamnaya. „Deine erste Liebesnacht soll vollkommen sein. Sonst mischt dir deine Braut Weidenrinde in den Tee und du setzt deinen letzten Rest Verstand genauso hinter die Büsche wie dieser Dummkopf hier."

Er wollte lachen, so wie früher, doch es blieb ihm im Hals stecken. Nicht jetzt, nicht heute. Aber bald wieder. Er presste die Schenkel um Cetans Leib zusammen, schnalzte mit der Zunge und empfing die Nacht mit ausgebreiteten Armen. In Windeseile lag das Dorf hinter ihm. Mondschein funkelte auf den Hügeln, als wäre der Atem des Großen Geistes darüber hinweggeweht. Auf Grasähren und Spinnennetzen glitzerte der Raureif. Klirrend zerbrachen sie unter Cetans Hufen. Nocona spürte, wie die Monster schwächer wurden. Kalter Wind zerrte an seinem Haar und biss in seine Haut. Die Gedanken an Naduah waren wie eine herrliche, fiebrige Krankheit. Er schwelgte im hellen Türkis ihrer Augen, im Duft ihrer Haut und in ihrer Leidenschaft, die an die eines zügellosen Kriegers heranreichte und sich mit ihrer Weiblichkeit zu etwas Anbetungswürdigem vereinte.

Das Rückgrat der Nacht spannte sich funkelnd über den Sternenhimmel. Was mochte ihn erwarten, wenn er eines Tages diesem Pfad folgte? Würde die Frau, die er liebte, in der anderen Welt auf ihn warten? Oder

würde er es sein, der diesen Weg zuerst ging?

Er fühlte den süßen Schmerz eines Mannes, der wusste, dass er seinem Schicksal folgte. Noch einmal würde er alles riskieren. Für Naduah.

Sara, 2011

„Die Wunden aus ihren Visionen manifestieren sich also in der Wirklichkeit?" Dr. Wolger beugte sich vor. Seine grauen Augen wurden kontinuierlich größer, sein blondes Haar knisterte. Er stand vom Scheitel bis zu den Zehenspitzen unter Hochspannung. „Ihre Finger haben geblutet?"

„Ja. Aber nur, weil ich sie mir an den Dielen aufgekratzt habe. Im Gegensatz zu den Wunden meines Freundes haben sie sich also nicht manifestiert."

Sara konnte kaum realisieren, dass sie hier saß. Im Behandlungszimmer eines Reinkarnations-Therapeuten. Bis heute Morgen hatte sie nicht einmal gewusst, dass so etwas überhaupt existierte. Zum Glück gab es das Internet und haufenweise Menschen, die davon überzeugt waren, schon mehrmals gelebt zu haben.

„Es war eine sehr undeutliche Vision", fügte sie nach einigem Nachdenken hinzu. „Im Nachhinein kann ich mich kaum daran erinnern."

„Verdrängung." Dr. Wolger kritzelte hektisch auf seinem Block herum. Wie putzig altmodisch. „Wahrscheinlich war das Erlebnis derart traumatisch, dass Ihr Verstand sich weigert, die Erinnerung daran herauszukristallisieren."

„Und was bedeutet das im Kontext?" Zorn und Verzweiflung klangen in ihrer Stimme mit, ließen sie zittern und gaben ihr einen Klang, der selbst in ihren Ohren unangenehm schrill klang. Heute Nachmittag hatte Isabella angerufen und in knappen Worten berichtet, dass es Makah den Umständen entsprechend gut ging und er auf dem Weg in die Wichita Mountains war. Sara war nicht dazu gekommen, irgendwelche Fragen zu stellen, denn Isabella hatte so abrupt aufgelegt, dass ihr vom Knall noch immer die Ohren klingelten. Vermutlich hatte ihr Makah mit Tod und Teufel gedroht, falls sie den Anruf nicht erledigte. Saras Herz wollte schier bersten vor Liebe und Angst. Es war eine Sache, Visionen zu haben. Eine ganz andere aber, wenn diese Visionen begannen, einen zu verhackstücken.

„Ich verstehe das alles nicht. Kann denn so was wirklich sein?"

„Aber natürlich." Dr. Wolger lächelte sanftmütig. Er sah jung aus mit seinem schmalen Gesicht und den halb langen Haaren, doch aus seinen Augen sprach in sich selbst ruhendes Wissen. „Es gibt zahllose Beweise für Reinkarnationen. Wenn man bedenkt, dass wir lediglich vier bis fünf Prozent der Wirklichkeit wahrnehmen und unser Gehirn dieselbe oftmals falsch interpretiert, eröffnen sich ungeahnte Möglichkeiten. Erst vor Kurzem hörte ich von einem Mann aus Deutschland, der aus einer wochenlangen Bewusstlosigkeit erwachte und den Ärzten in allen Einzelhei-

ten ein früheres Leben schilderte. Sein Name war Hans. Er erinnerte sich, im neunzehnten Jahrhundert mit seiner Frau Dorothee und seinen Kindern Christiana, Daniel und Adolph nach Amerika ausgewandert zu sein. Damals war er achtunddreißig Jahre alt. Sie bestiegen ein Schiff namens Gaston, doch der erhoffte Neuanfang in diesem Land endete in einem Drama. Hans schaffte es zwar, Fuß zu fassen, starb aber nach wenigen Jahren bei einem Unfall in einem Eisenbahndepot in Nebraska."

„Woher weiß man, ob diese Geschichte stimmt?"

„Man prüfte sie akribisch nach. Dabei stieß man auf einen achtunddreißigjährigen Mann aus Deutschland, der am 1. Juni 1854 mit seiner Frau Dorothee und drei Kindern mit passenden Namen das Schiff Gaston bestieg. Sogar der Unfall war, wie man aus alten Dokumenten der Union Pacific entnehmen konnte, tatsächlich geschehen. Und zwar genauso, wie Hans es beschrieben hatte."

Sara glaubte, in tiefem Wasser zu versinken. In ihren Ohren summte es. Immer lauter und lauter. Dr. Wolger übte sich in Geduld und sagte nichts, bis sie es schaffte, ihm wieder in die Augen zu blicken.

„Das heißt also, alles ist wahr? Ich war in einem früheren Leben Naduah?"

„Cynthia Ann Parker. Die Mutter von Quanah Parker." Er kritzelte noch hektischer auf seinem Block herum. „Ja, das liegt durchaus im Bereich des Möglichen."

Sara seufzte. Es klang noch immer verrückt. Abgehoben. Idiotisch.

„Cynthia wurde im Jahr 1860 in ein Leben zurückgebracht, das sie hasste." Dr. Wolgers Augen verdunkelten sich. Sorgte er sich um sie? Oder lag hinter dem Spiegel seiner Seele schlichte wissenschaftliche Neugier? „Aus Verzweiflung hungerte sie sich zu Tode."

Sara kniff die Augen zusammen. Eine Faust drohte, ihren Magen zu zerquetschen. Worauf zum Teufel wollte er hinaus? Vielleicht war das eine psychologische Manipulations-Masche.

„Ich nehme an", fuhr ihr Gegenüber fort und rückte seine Brille zurecht, „dass es genau diese Passage ist, die Ihr Verstand gern verdrängen möchte. Sie sagten, der Mann, den sie im Museum kennenlernten, durchlebt ähnliche Visionen beziehungsweise noch heftigere, wenn man die körperlichen Auswirkungen bedenkt? Als Nocona?"

„Ja." Es war ein Fehler, hierhergekommen zu sein. Sie wusste es. Sie spürte es. Doch jetzt war es zu spät. „Wir beide erinnern uns."

„Könnten Sie ihn hierher bringen? Sie beide zusammen wären ein ungeheuer interessanter Fall. Darauf habe ich mein Leben lang gewartet. Es wäre mir eine Ehre, wenn …"

„Nein!", fuhr sie ihm über den Mund. „Definitiv nein! Wir werden

nicht zu Versuchskaninchen.“

„Natürlich. Das verstehe und akzeptiere ich. Aber wären Sie bereit, sich hypnotisieren zu lassen?“

„Warum?“

„Wir könnten so die Mauern in Ihrem Kopf durchdringen.“

„Vielleicht will ich sie gar nicht durchdringen?“

„Sie verstehen mich falsch. Hypnose bedeutet kein gewaltsames Eindringen in Gebiete, die Sie bewusst verschlossen haben. Sie öffnet nur neue Tore und Wege. Und sie kann Ihnen helfen, alles zu verstehen. Besser damit klarzukommen. Bedenken Sie, dass ich Sie auch unter Hypnose zu nichts zwingen kann, was Sie nicht selbst wollen.“

Sara winkte ab. „Vielleicht nächstes Mal. Für heute war mein Tag lang genug. Ich möchte gehen.“

Dr. Wolger erhob sich. Er lächelte und nickte, doch sein Gesicht wurde hart, als er ihre Hand zum Abschied drückte. „Fürchten Sie sich nicht, Sara. Sie sind stärker als alle Ängste. Erinnern Sie sich an Ihre letzten Jahre? Erinnern Sie sich an die Trauer? An die Verzweiflung? Erinnern Sie sich, wie Sie wieder und wieder versuchen zu fliehen, zurück zu Ihrem Mann und Ihren Söhnen? Ihr Lebensmut schwindet. Nichts macht mehr einen Sinn, nicht einmal die Hoffnung. Sie beginnen zu begreifen, dass Sie nie wieder zurückkehren werden.“

Sara riss ihre Hand aus seiner Umklammerung. Nein, sie durfte sich nicht darauf einlassen. Es waren nur irgendwelche Worte. Einfach nur Worte. Nichts von Bedeutung. Ihr wurde schwindlig. Zuerst stellte sich ein Sog an ihrem Hinterkopf ein, dann erfasste sie der Strudel. Wilder und brutaler als jemals zuvor.

Lass es nicht zu! Das will er doch nur. Wehr dich dagegen!

Sie stürzte, schlug hart auf die Holzdielen und stöhnte vor Qual.

Nichts macht mehr einen Sinn. Nicht einmal die Hoffnung.

Ich beginne zu begreifen, dass ich nie wieder zurückkehren werde.

Zurück zu meinem Mann, zurück zu meinen Söhnen.

Blut floss aus tiefen Schnitten an ihren Handgelenken. Mit letzter Kraft setzte sie das Messer erneut an und zog es durch ihr Fleisch. Zweimal, dreimal. Jeder Grund, am Leben zu bleiben, war ihr genommen worden.

„Niemals“, flüsterte sie in der Sprache ihres Volkes. „Ich bin keine von euch. Ich habe nie zu euch gehört. In meinen Adern fließt das Blut der Nunumu. Nichts lebt ewig, nur die Erde und die Berge.“

Jemand packte sie und warf sie auf das Bett. Naduah wehrte sich und schrie. Sie biss, kratzte und schlug, bis ihre Kräfte am Ende waren und ein schwarzer Schleier sich zuzog. Überall war Blut. Draußen strich der Wind um das Grab ihrer Tochter und bewegte sich in ihrem Herzen. Erinnerte sich Topsannah, wie das Gras gerochen hatte, dort, wo ihr

wahres Zuhause lag? Erinnerte sie sich an die Stimme ihres Vaters? Naduah fühlte nichts mehr, vernahm nur noch den Ruf der anderen Welt, wo ihre Familie auf sie wartete. Man hatte ihr alles genommen. Und jetzt wollten sie auch das Letzte, was ihr geblieben war. Ihre Seele.

„Nocona", wisperte sie. „Ich komme zu dir. Ich bin gleich bei dir."

Fern hörte sie, wie man nach einem Arzt rief. Das Bettlaken unter ihrem Körper troff vor Blut. Auf dem Schaukelstuhl lag noch immer Topsannahs Decke, selbst gewebt vor einer Ewigkeit in ihrem wahren Zuhause. Einst hatte sie tagelang in diesem Stuhl gesessen, ihre Tochter im Arm und den Blick in die Ferne gerichtet. Bis irgendwann der Moment gekommen war, in dem sie begriffen hatte, dass es hinter den Bergen keine Heimat mehr gab. Ihr Dorf hatte man vernichtet, der Mann, den sie über alles liebte, war tot. Seine Stimme in ihrem Herzen erklang längst nicht mehr, doch jetzt hörte sie etwas anderes. Den Ruf der anderen Welt. Den Ort, an dem sie sich wiedersehen würden.

„Mein Kind", raunte eine Stimme. „Wir geben dich nicht auf. Hier gehörst du her. Hierher. Du bist in Sicherheit. Alles wird gut."

„Nein." Sie wisperte es mit letzter Kraft. „Lasst mich zu Nocona. Lasst mich zu meinen Söhnen."

„Möge Gott deiner Seele gnädig sein. Sofern die Wilden sie dir gelassen haben."

„Nein! Ihr seid es, die seelenlos sind."

Sie hatte geglaubt, keine Kraft mehr zu haben, doch jetzt wehrte sie sich wie eine Wölfin. Sie kämpfte, bis endlich die Schwärze kam. War es der Tod?

„Sara! Kommen Sie zu sich! Kommen Sie zurück!" Eine Männerstimme brüllte in ihr Ohr. Jemand schüttelte sie.

„Ich bin es, Dr. Wolger." Sie wurde auf die Beine gezerrt und weiter geschüttelt. Unendlich mühsam hoben sich ihre Lider. Was zum Teufel war passiert? Stück für Stück erinnerte sie sich. Sah klarer. Begriff, was dieser Mistkerl ausgelöst hatte.

Plötzlich lag Dr. Wolger am Boden, von ihrer Faust getroffen.

„Warum haben Sie das getan?", brüllte sie ihn an. „Sind Sie von allen guten Geistern verlassen?"

„Es tut mir leid." Ungläubig betastete er sein anschwellendes Gesicht. „Das war unverzeihlich. Aber Sie müssen mir erlauben, Sie zu hypnotisieren. Ihr Fall ist einzigartig. Ich habe noch nie eine so starke ..."

„Vergessen Sie es!" Sara zitterte. Kaum brachte sie es fertig, aufrecht zu stehen. Es fühlte sich an, als hätten Klauen mit titanischen Kräften ihre Seele zerfetzt. Die Bruchstücke wirbelten herum. Brennend, schmerzend. Unmöglich, wieder zusammenzusetzen. Taumelnd ließ sie die Praxis hinter sich. Ihr Blick verschleierte sich, zeigte ihr nur noch

wirbelnde Strudel. Wie sie es dennoch schaffte, die Straße zu erreichen und in ein Taxi zu steigen, wusste sie nicht.

„Hunts Point Ave", brachte sie hervor.

Ja, das passte. Wieder ein Wink des Schicksals. Früher war die Insel Manhattan ein üppiges Paradies gewesen. Lange genug hatte sie sich während ihrer Reise mit dem traurigen Werdegang des Landes befasst. Für sinnlosen Tand im Wert von sechzig niederländischen Gulden war das Land an die Weißen abgetreten worden. Es war zu bezweifeln, dass den Algonkin-Indianern klar gewesen war, was sie angerichtet hatten. Für sie bedeutete der Tausch die Einwilligung, das Land und seine unermesslichen Schätze mit ihren Gästen zu teilen. Von Gastfreundschaft und Koexistenz aber hielten die Holländer nicht viel. Die Algonkins verloren ihre Heimat, die Insel Manhattan ihre Wälder und ihren Reichtum. Geendet war das alles hier.

Sara nutzte ihren Zorn als Rettungsring. Sie klammerte sich daran fest, um nicht gänzlich den Verstand zu verlieren. Wie hatte Dr. Wolger sie nur derart hintergehen können? Striemen und Kratzer brannten auf ihren Armen, dort, wo Naduah das Messer angesetzt hatte. Sie wollte nicht wissen, wie es war, alles verloren zu haben. Eingesperrt zu sein, fern von allem, was man liebte. Über Jahre hinweg, bis alle Hoffnung starb.

Makah! Sie musste ihn wiedersehen. Er allein konnte ihr helfen. Seine Nähe war der einzige Haltpunkt, der ihr blieb.

Sara spürte, wie die Erschöpfung sie tief in die Polster sinken ließ. Sie war müde. So unendlich müde. Ihre Augen fielen zu, flüchtiges Vergessen senkte sich über sie.

Naduah, 1844

„Du weißt, was sein Name bedeutet." Huka berührte Naduah sanft an der Schulter. „Nocona ist ein Wanderer. Wenn er gehen will, musst du ihn gehen lassen. Er wird seine Gründe haben. Sperr ihn ein, und du wirst ihn verlieren."

„Es geht nicht darum, dass er gegangen ist." Naduah stopfte Bisonwolle in ein Kopfkissen. So ruppig, dass die Hälfte danebenging. „Kein Wort hat er mir gesagt."

„Nun ja." Huka lächelte verschwörerisch. „Er wird seinen Grund haben."

„Ein Nunumu tut, was er will, wann er es will und wie er es will." Naduah pfefferte ihr halb gefülltes Kissen beiseite. „Noch dazu ist er ein Lanzenträger. Was habe ich ihm schon zu sagen? Selbst, wenn er für ein paar Jahre in den Krieg ziehen will, kann ich nichts dagegen tun."

„Du tust ihm unrecht." Huka setzte ihr ernstes Muttergesicht auf. „Nocona vergöttert dich. Das sieht man in allem, was er tut. Wenn er dir nichts gesagt hat, wird auch das seinen Grund haben."

„Vielleicht amüsiert er sich mit Icabu und Makamnaya besser als mit mir? Ach, ich hasse diese Warterei. Ich hasse sie. Ich hasse sie!"

Naduah fuhr hoch und rannte zum Fluss. Tränen flossen wie ein Sturzbach über ihre Wangen. Die Sonne schien, der Himmel war blau. Doch der schöne Tag war ihr gleich. Seit zehn Tagen fehlte von Nocona, Icabu und Makamnaya jede Spur. Niemand aus dem Dorf wusste, wohin es die Freunde verschlagen hatte. Zuzueca wusste nur, dass Nocona all seine Waffen mitgenommen hatte, Peta hatte ihr zugeflüstert, dass von einer wichtigen Prüfung die Rede gewesen war und Kehala war wie ein scheues Tier vor ihr geflohen. Das Mädchen glich einem Schatten. Es kam lautlos und ging lautlos, ohne dass Naduah ihrer habhaft werden konnte.

Warum hatte er nicht mit ihr geredet? Warum war er, als sie nachts wach und voller Sehnsucht in ihrem Zelt gelegen hatte, nicht zu ihr gekommen? Sein Versprechen war ohne jede Erklärung gebrochen worden.

Naduah weinte hemmungslos. Wut, Angst und Verwirrung vereinten sich zu einem reißenden Wirbelsturm. Ihr Groll gegen Nocona wurde abgelöst von Sorge und hatte sie sich halb zu Tode geängstigt, kam die Wut zurück. Es glich einer endlosen Zerreißprobe.

Nicht einmal ihr Lieblingsplatz, eine mit gelbem und orangem Laub gefüllte Kuhle zwischen den Wurzeln eines Ahornbaumes, vermochte ihr Trost zu spenden. Sie blickte in das Wasser des Flusses, sah ihr Spiegelbild und verabscheute es. Die Augen einer Weißen blickten ihr entge-

gen. Die Haut einer Weißen und die Haare einer Weißen. Sie war ein Fremdkörper. Ganz gleich, was man ihr sagte, sie würde niemals ganz zum Stamm gehören.

Leere tat sich in ihr auf. Eine bittere, scharfe Verzweiflung, die, wie sie befürchtete, nie wieder weichen würde. All die bunten Zelte, die verstreut wie gefallenes Laub das Flussufer säumten, all die Menschen, die dazwischen ihrem Leben nachgingen. Ihr Dorf war wie ein Reh, das im Sonnenschein ruhte und nichts vom Wolf ahnte, der längst im Schatten lauerte. Sie kannte die Denkweise ihres alten Volkes. Man würde bald erkennen, wo ihr Schwachpunkt lag. Selbst jetzt, viele Tage nach der Jagd, war man noch immer damit beschäftigt, Teile der erlegten Bisons zu verwerten. Knochen wurden zu Schaufeln, Schienen, Schmuck, Schabmesser und allerlei Werkzeugen. Aus den Mägen entstanden Wasserbehälter, Hufe wurden zu Leim, Felle zu Kleidung, Zeltwänden und Decken. Tassen, Löffel, Schöpfkellen, Trinkbecher und Schmuck bestanden aus den Hörnern, Fliegenklatschen aus den Schweifen. Die Graskügelchen und Haarballen aus den Mägen ergaben eine gute Medizin. Überall standen Gestelle, auf denen Fleisch trocknete. Ohne die Büffel waren sie dem Untergang geweiht. Was, wenn sie irgendwann nicht mehr zurückkommen würden? Was, wenn man sie alle tötete oder vertrieb? Wenn das geschah, würde es ihrem Volk den Todesstoß versetzen, ohne dass es jemals zu einem Krieg gekommen war. Das Land der erbittert um ihre Freiheit kämpfenden Cheyenne lag zwischen der Comancheria und dem von Weißen überschwemmten Osten, doch wie lange würde dieser Schutz andauern? Selbst die Dog Soldiers waren machtlos gegen die immer besseren Gewehre der Weißen.

Naduah hob ein Ahornblatt auf, betrachtete das Geflecht seiner feinen Adern und ließ es ins Wasser fallen. Schwerelos trieb es davon. Die Schreie eines ziehenden Gänseschwarms bohrten die Klinge noch tiefer in ihr Herz. Seit jeher empfand sie den Anblick der Vögel und ihre Rufe als traurig. In weite Ferne zogen sie fort und ließen den Menschen mit seiner Sehnsucht zurück. Irgendwann würde auch ihre Seele mit dem Wind ziehen. Aber sie durfte sich nicht fürchten. Nicht vor etwas, das ebenso natürlich war wie das Leben.

Als die Sonne die Bäume berührte, verkroch Naduah sich unter ihren Decken. Der Abend kam, ohne dass sie aufstand, und nicht einmal Mahtos und Hukas gutes Zureden brachten sie dazu, sich aufzuraffen. Niemand außer Nocona konnte ihr Trost schenken. Sie brauchte ihn. Sie brauchte seine Stimme und seine Berührung. Sie brauchte ihn wie die

Luft zum Atmen.

Als die Dunkelheit kam, fiel der erste Schnee. Naduah sah den Flocken zu, wie sie durch den Rauchfang herabrieselten und mit hauchzartem Zischen auf der Glut landeten. Neben ihr schliefen Mahto und Huka, so tief, wie nur unbekümmerte Wesen schlafen konnten.

Die Stille wisperte in ihren Ohren. Kein Wind ging, kein Tier schrie. Keine Blätter raschelten. Doch als die Nacht finster und tief wurde, erklang tiefes Donnergrollen. Naduah zuckte hoch. Es waren Pferdehufe! Unzählige Pferdehufe!

Panisch sprang sie auf, stolperte über Mahto und hechtete zu den Bögen hinüber.

„Was?“ Ihr Vater starrte sie erschrocken an. „Wo? Was ist los?“

„Sie kommen!“ Naduah hastete zum Eingang hinüber. „Sie wollen mich holen!“

„Wer?“ nuschelte Huka.

„Hörst du es nicht? Die Weißen! Sie haben unser Dorf gefunden.“

Naduah fegte das Fell beiseite, legte einen Pfeil auf die Sehne und spannte ihren Bogen, so fest sie nur konnte. Niemals würde man sie mitnehmen! Eher nahm sie den Tod in Kauf. Draußen lag tiefer Schnee. Sternenfunkelnd überzog er Zelte, Hügel und Bäume.

Zahllose Mustangs stürmten durch das strahlende Weiß. Ungesattelt, ohne Reiter. Mähnen wehten im Wind, Dampf stieg aus Fell und Nüstern auf. Da waren weiße, braune und schwarze Pferde. Graue, gefleckte, gescheckte und kojotenfarbene Tiere. Eine unbändige Flut überschwemmte das Dorf, begafft von unsanft geweckten Schläfern, die in den Eingängen ihrer Zelte standen und sich die Augen rieben.

Naduah erstarrte, als ein seltsamer Reiter auf sie zukam. Er trug eine vollkommen eingeschneite Bisonrobe. Seine Haare waren überzuckert von Schnee, sein Gesicht glitzerte vor Tröpfchen aus geschmolzenen Flocken. Nocona glitt von Cetans Rücken und trat vor sie. Niemals zuvor hatte das Feuer in seinem Blick so leidenschaftlich gebrannt. Niemals war er ihr schöner und magischer erschienen als jetzt, da er atemlos und schneefunkelnd vor ihr stand.

„Dein Geschenk“, stieß er hervor und heftete seinen Blick auf den vom Donner gerührten Mahto. „Hundert Pferde für deine Tochter. Wenn du mir erlaubst, dass sie mein wird. Und wenn sie es erlaubt.“

„Hundert?“ Mahtos Kiefer klappte nach unten. „Hundert Pferde?“

„Deine Tochter ist jedes Einzelne wert. Hundert Pferde und noch viel mehr.“

Naduah ließ ihren Bogen sinken. Hukas Hand umfasste die ihre.

„Wie …“ Mahtos Stimme versagte. Er räusperte sich ein paar Mal. „Woher hast du sie?“

„Von den Osage", antwortete Nocona, ohne den Blick von Naduah zu nehmen. Sein strahlendes Lächeln ließ sie schwanken. „Niemand kam zu Schaden, wenn man einmal von drei bewusstlosen Pferdehütern absieht, die inzwischen wieder wohlauf sein sollten."

Huka stieß ein Keuchen aus. Ihr fassungsloser Blick huschte von Nocona zu den zahllosen Mustangs, die sich wie Geister im Schneetreiben bewegten. „Wie habt ihr eine ganze Herde gestohlen? Was war mit den Hunden?"

„Makamnaya hat seine Fleischration geopfert. Und wir stahlen drei Osage die Kleider, um zu riechen wie jemand aus dem Stamm."

„Makamnaya hat seine Fleischration geopfert?" wiederholte Mahto mit gerunzelter Stirn. „Du musst lügen, aber das ist mir gleich."

Nocona holte tief Luft. Naduah war, als stünde sie bereits nackt vor ihm. Sein Blick glitt durch ihre Kleidung und streichelte über brennende Haut. „Von unserem Plan erzähle ich euch lieber an einem anderen Abend. Ich bin nicht gekommen, um Geschichten zu erzählen. Ich bin hier, um deine Tochter zu bitten, meine Frau zu werden."

Mahto straffte sich und streckte die Brust vor. „Naduah", sagte er mit würdevoller Miene. „Geh mit deiner Mutter ins Zelt. Ich muss mit Nocona verhandeln."

„Verhandeln? Hundert Pferde, Vater! Was gibt es da zu verhandeln? Das sind mehr als doppelt so viele, wie du für Huka gegeben hast."

„Ab ins Zelt!", beharrte Mahto.

„Aber …"

„Komm mit." Huka schob sie mit sanfter Gewalt in das Tipi. „Lass die beiden miteinander reden."

„Was gibt es da zu bereden?"

„Es ist Tradition. Und das weißt du."

Sie ging in die Knie. Nocona wollte sie zur Frau, und das zu einem Preis, der alles bisher Gebotene in den Schatten stellte. Sie wollte aus dem Zelt stürmen. Sie wollte ihm in die Arme fallen und ihm sagen, dass es ihr leidtat. Ihre Wut, ihre Zweifel, all die boshaften Worte, mit denen sie ihn in seiner Abwesenheit bedacht hatte.

Huka kniete sich vor sie und strich ihr über das Haar. Stolz funkelte in ihren Augen. „Selbst wenn er mit dreimal so vielen Pferden gekommen wäre, würde Mahto mit ihm verhandeln. Kein Vater gibt seine Tochter freimütig her. Er zeigt damit, wie schwer es ihm fällt. Was vermutlich bedeutet, dass er morgen Abend noch da draußen steht."

Oh nein. Jeder Atemzug dauerte schon eine Ewigkeit. Wenn Mahto glaubte, sie würde ihn die ganze Nacht lang verhandeln lassen, täuschte er sich gewaltig.

„Nocona wird dich mitnehmen", sagte Huka. „Ihr werdet die Nacht

zusammen verbringen."

„Ja", krächzte sie.

„Hast du Angst?"

Alles in ihr war in Aufruhr. Ihre Empfindungen waren wie ein Vogelschwarm, der in ihrem Inneren flatterte und sang. „Nein."

„Gibt es etwas, das du noch wissen möchtest?"

Wieder schüttelte sie den Kopf. Ihre Gedanken kreisten um Wärme und Verlangen und knisterndes Feuer. Um weiches Fell, nachtblaues Haar und nackte, bronzefarbene Haut. Sie zitterte derart, dass ihre Zähne klapperten.

„Bei jedem anderen Mann würde ich mich unwohl fühlen." Huka lächelte. „Aber Nocona ist jemand, der mit ganzem Herzen liebt. Ich weiß, dass er alles für dich tun würde. Ich weiß, dass er niemals zulassen würde, dass dir jemand wehtut. Werdet glücklich, meine Tochter. Lebt ein langes, zufriedenes Leben, genauso wie irgendwann eure Kinder."

Naduah schloss die Augen. Sie begriff, dass sich alles verändern würde. Von nun an war sie erwachsen. Sie war die Frau eines Lanzenträgers und würde, wenn der Frühling kam, Nocona begleiten. Sie würde ihr Dorf und ihre Familie verlassen müssen.

„Tochter!" Mahtos Stimme erklang. „Bitte komm heraus."

Sie stemmte sich auf schlotternde Beine. Gemeinsam mit Huka trat sie in die Nacht hinaus, spürte, wie Schneeflocken auf ihrem Gesicht schmolzen, und sog die nach Rauch und Frost duftende Kälte in sich hinein. Alles stand still, selbst die Zeit. Langsam öffnete Nocona seine Bisonrobe und lud sie ein, zu ihm zu kommen. Ihr Herz dröhnte wie der Schlag einer riesigen Trommel.

„Du weißt, wie sehr ich dich liebe." Mahtos Gestalt war aufrecht und stolz, doch in seiner Stimme klangen unterdrückte Tränen mit. „Du weißt, dass wir dich immer beschützt haben und du an unserem Feuer niemals Not leiden musstest. Jetzt gebe ich meine Aufgabe, dich zu umsorgen und zu beschützen, an Nocona weiter. Werdet gemeinsam glücklich und seht in Frieden zu, wie eure Kinder heranwachsen. An unserem Feuer ist immer ein Platz für euch frei. Wann immer ihr zu uns kommt, seid ihr willkommen."

Naduah umarmte zuerst Mahto, dann Huka. Sie flüsterte ihnen dankbare Worte ins Ohr, schloss beide ein zweites Mal in ihre Arme und hielt tapfer die Tränen zurück. Wie schwerelos ging sie schließlich zu ihrem Ehemann und ließ sich von ihm in das Fell hüllen. Sein Körper fühlte sich warm an, tröstend und stark. Keine Macht auf Erden würde ihr etwas anhaben können, solange dieser Mann an ihrer Seite war.

„Geht nur." Mahto stieß einen feierlichen Seufzer aus. „Ich muss jetzt zusehen, wie ich Herr über hundert Pferde werde."

Sara, 2011

Sara erwachte in ihrer Wohnung, eingerollt in die Bettdecke und mit einem zerknautschten Kissen in den Armen. Wie sie vom Taxi hierhergekommen war, wusste sie nicht mehr. Ihr Haar war zerzaust, ihre Kleidung roch muffig. Hundert Pferde, funkelnder Schnee und ein Lächeln, das kaum zu ertragen war.

Ihr Bewusstsein klammerte sich an diesen Bildern fest und ließ sie alles andere überlagern. Nein, sie wollte nicht an Dr. Wolger denken. Und nicht an die Wirklichkeit.

Der Radiowecker sprang an. Eine gut gelaunte Stimme ratterte die schier endlose Liste der Morgenstaus herunter. Sara angelte nach ihrem Handy, wählte die Büronummer und erwischte nur den Anrufbeantworter.

„Mir geht es nicht gut", nuschelte sie in den Hörer. „Kopfschmerzen, Übelkeit, das ganze Programm. Ihr müsst heute ohne mich auskommen."

Schon wieder halb schlafend legte sie auf. Mochte Ruth nur toben und fluchen. Selbst wenn die Kündigung drohte, konnte sie heute unmöglich ins Büro. Das reale Leben entglitt ihr zusehends. Noch vor kurzer Zeit hatte sie ihren Frust mit Shoppen bekämpft, hatte in teuren Restaurants gegessen, nach möglichst origineller Zerstreuung gesucht und an einem Leben teilgenommen, das im Nachhinein gesehen nur aus Verwirrung und falschem Glanz bestanden hatte.

Sie konnte nicht mehr. Sie wollte nicht mehr.

Taumelnd ging sie in die Küche, trank ein Glas Apfelsaft und legte sich wieder ins Bett. Hundert Pferde. Heute Nacht würden sie zusammen sein. Wenn schon nicht in diesem Leben, dann in der Vergangenheit.

Sie zog die Decke über ihren Kopf und glitt zurück in die Dunkelheit. Es geschah leicht. Völlig mühelos. Fast so, als wäre eines ihrer Leben dabei, zu verschwinden.

Naduah, 1844

„Für hundert Pferde hättest du viele Frauen bekommen können."

„Ja, aber es wird niemals eine andere für mich geben." Sanft drängte er sie nach rechts. Im Schneetreiben tauchte sein Zelt auf. Ein kleines, mit roten Schlangenornamenten bemaltes Tipi. „Du bleibst meine einzige Frau."

„Jeder Lanzenträger hat mehrere Frauen."

„Ja und? Dein Vater hat auch nur Huka." Nocona runzelte die Stirn. „Bestehst du etwa darauf, Gesellschaft zu bekommen? Würdest du dich wohler fühlen, wenn ich mehrere Frauen hätte?"

„Nein!" Naduah war über den scharfen Klang ihrer Stimme verblüfft. „Ich kann nur nicht glauben, dass jemand wie du sich nur mit einer Frau zufriedengibt."

„Aber ich brauche nur eine Frau. Ich will nur eine Frau." Nocona zog die Robe fester um ihre Schultern zusammen. Als sie die Berührung seines Körpers an ihrem spürte, schoss ein heißes Prickeln durch ihren Schoß. Das Wissen, seinen Körper heute Nacht berühren und küssen zu dürfen, versetzte sie in ängstliche Entzückung.

„Niemals hat jemand hundert Pferde gegeben", wisperte sie.

„Ja. Weil niemals ein Mann so geliebt hat wie ich."

Naduah wusste weder ein noch aus vor Glück. „Was wird Mahto mit hundert Pferden anfangen?"

„Einige wird er für sich behalten. Andere verschenken oder eintauschen. Dann gibt es noch die Osage, die sich bestimmt ein paar zurückholen."

Naduah hielt ihr Gesicht in den fallenden Schnee, hungrig nach jedem Sinneseindruck. Als sie das Tipi erreichten, schlug Nocona das Fell zurück und ließ sie eintreten, wobei Naduah darauf achtete, nach Frauenart linksherum zu gehen. Heiße, rauchige Luft schlug ihr entgegen. Nahe dem Feuer verharrte sie und sah sich um. Sie war hier, in seinem Zelt. Sie war seine Frau, und niemand würde sie in dieser Nacht stören.

Tatsächlich hingen die Bisonhörner über seinem Lager. Ein Anflug genüsslichen Schreckens befiel sie. Es waren riesige Trophäen. Glänzend schwarz und so dick wie ihr Oberarm. Falls Mahto mit seinen Schauermärchen recht hatte, musste sie sich auf einiges gefasst machen. Andererseits war es unvorstellbar, dass Nocona ihr jemals Schmerzen bereiten würde.

Sie starrte ihn an, als er seine Robe über eines der aufgespannten Seile hing. Seelenruhig zog er das Jagdhemd aus, legte es auf einen Stapel Kleider, verstaute den Gürtel mit seinem Messer in einer Rohleder-

schachtel und wandte sich ihr zu. Das dünne, ärmellose Wams spannte über seinen Brustmuskeln, an den Oberarmen trug er zwei mit Fransen verzierte Lederbänder. Sie sog seinen Anblick in sich auf. Heute Nacht gehörte er ihr. So, wie sie ihm gehörte. Da waren der Duft nach Salbei, das Geräusch ihres Atems und das Knistern des Feuers. Wohltuende Hitze, die durch ihr dünnes Schlafkleid kroch.

Langsam kam er auf sie zu. Seine Schritte waren zögernd, fast vorsichtig. Feuerschein spiegelte sich im dunklen Braun seiner Augen.

„Als ich vor vielen Jahren meine Vision suchte, wurden Durst und Hunger unerträglich." Seine Stimme schwebte in der Dämmerung. Lockte sie. Umgarnte sie. „Beides quälte mich so sehr, dass ich mir den Tod wünschte. Aber irgendwann wurde das Verlangen schwächer, bis Durst und Hunger genauso normal waren wie das Atmen."

Ganz nah stand er vor ihr. Sie roch den Duft seiner Haut. Starrte auf die blauen Lichter im Schwarz seiner offen herabfallenden Haare. Er bückte sich, nahm ein zusammengeschnürtes Salbeibündel, das neben dem Feuer lag, und zündete es an. Behutsam schwenkte er die glimmenden Stängel über ihren Körper. Seine Bewegungen waren langsam und ruhig, doch der Glanz seiner Augen redete eine andere Sprache.

Wortlos überreichte er ihr den Salbei. Sie wiederholte das Ritual, verteilte den Rauch mit wedelnden Handbewegungen über seine Haut und segnete ihn damit. Zuletzt warf sie das Bündel ins Feuer, wo es knisternd und duftend verbrannte.

„Irgendwann begann alles wehzutun", erzählte er weiter. „Der Schmerz wurde so schlimm, dass ich glaubte, tausend Nadeln würden sich in jeden Muskel meines Körpers bohren. Aber dann verschwand auch diese Qual. Ich wusste nicht mehr, was Hunger ist. Ich wusste nicht mehr, wie sich Durst anfühlt. Ich brauchte keinen Schlaf mehr und ich vergaß, was Leid ist. Es war, als hätte sich mein Körper aufgelöst. Genauso, wie sich mein menschliches Denken, Tag und Nacht, Vergangenheit und Zukunft auflösten. Ich sah mich auf Cetan reiten. Vor mir übersäte eine Armee aus Soldaten das Land mit Leichen. Ich hörte ihre Gewehre und ihre Kanonen. Dort, wo sie über die Prärie hinweggefegt waren, blühte kein Leben mehr. Alles war tot und erstickt unter Blut. Ich breitete meine Arme aus und ritt mitten hinein. Keine Kugel traf mich. Kein Säbel verletzte meine Haut. Ich wusste, dass ich zu stark war, um getötet zu werden. Nachdem ich die Armee hinter mir gelassen hatte, tauchten seltsame, glänzende Türme vor mir auf. Höher als der höchste Baum und so glatt, dass niemand an ihnen hätte hinausklettern können. Jeder dieser Türme besaß Waben wie ein Bienenstock, hinter denen ich Menschen sah. Die Erde bestand nicht mehr aus Erde, sondern aus glattem Stein, der keinen Atem und keine Pflanze durchdringen ließ. Ich

sah viele Menschen. So viele wie Sterne am Himmel. Sie alle kannten sich nicht, grüßten sich nicht und liefen einfach aneinander vorbei. Jeder hatte es eilig. Aber ich sah nicht nur Menschen, sondern auch viele andere Dinge in diesem riesigen Dorf. Dinge, für die ich keinen Namen und keine Erklärung habe. Ich ritt einfach weiter, immer weiter die harten, leblosen Wege entlang, bis ich das Ende des seltsamen Landes erreichte. Und dort, inmitten blühender Wiesen, sah ich dich. Du hast auf mich gewartet. Du wirst immer auf mich warten. Selbst, wenn dieses Leben lange vorbei ist."

Seine Finger lösten die Bänder, die ihr Kleid an den Schultern zusammenhielten. Sie hielt den Atem an. Ihr Blick ruhte auf der Vertiefung in seiner Kehle, verlor sich im Schimmer seiner Haut und im Pulsieren des Blutes darunter. Raschelnd glitt ihr Kleid zu Boden. Sie war nackt. Seinen Blicken ausgeliefert. Flammenwärme kroch über ihre Haut.

„Ich bin nur stark durch dich", flüsterte Nocona. „Nur durch dich."

Seine Hände legten sich auf ihre Hüfte, glitten Stück für Stück höher und schlossen sich um ihre Brüste. Alles, was sie war, bestand aus Erregung. Sie sah ihren Händen zu, wie sie sich hoben und sich auf die seinen legten. Erst jetzt wagte sie, aufzublicken. Sein Lächeln war eine Verheißung, der Hunger in seinen Augen ein Versprechen auf Erlösung. Naduah stellte sich auf die Zehenspitzen und küsste ihn. Warm und weich waren seine Lippen. Schmeckten nach Lust. Als Nocona den Kuss erwiderte, durchlief ein Zucken ihren Körper. Sie brauchte ihn. Sie wollte ihn. Innerlich schrie sie auf, als er sich von ihr löste, einen Schritt zurücktrat und nach Atem rang. Mit bebenden Fingern löste er die Schnüre seines Oberteils. Langsam, viel zu langsam. Naduah biss sich auf die Zunge. Ihr wurde schwindlig, und der Schwindel wurde noch schlimmer, als Nocona das störende Kleidungsstück zu Boden fallen ließ. Seine Haut, getaucht in Licht und weiche Schatten, sehnte sich nach ihrer Berührung. Nach ihren Fingerspitzen, nach ihrer Zunge. Naduah schloss die Augen und konzentrierte sich auf das Aroma des Rauches.

Erst, als seine Hände sich um ihre Taille legten, blickte sie wieder auf. Jetzt war er vollkommen nackt. Selbst den Schmuck hatte er abgenommen. Alles, was ihn noch bedeckte, war sein langes Haar. Sie ließ ihren Blick über seinen Körper wandern. Langsam und genüsslich. Mahtos Schauergeschichten waren übertrieben, und doch war sie erschüttert. Tränen brannten in ihren Augen. War es Freude? Ehrfurcht? Glück? War es die Ungläubigkeit darüber, dass dieser wundervolle Mann zu ihr gehörte? War es vielleicht auch Angst vor dem Wunder dieser Nacht?

Sie legte ihre Hände auf Noconas Brust und spürte seinen Herzschlag. Hier und jetzt schlug es nur für sie. Sein schneller werdender Rhythmus vereinte sich mit ihrer Sehnsucht und fand einen Gleichtakt zum Pochen

ihres Schoßes.

Sanft zog er sie zu Boden. Als sie vor ihm auf dem ausgebreiteten Bisonfell kniete, griff er nach einer Kürbisflasche und goss Öl in seine Hand. Naduah regte sich nicht, als er das nach Schlüsselblumen duftende Elixier von seinen Fingerspitzen auf ihre Brust tropfen ließ. Träge kreisten seine Hände über ihre erhitzte Haut. Sie hielt es kaum mehr aus, wollte ihn endlich spüren, ihn schmecken und ihren schwitzenden Körper an seinen pressen, und doch hielt sie still, lieferte sich seinen Berührungen aus, genoss die brennende Spur, die seine Hände auf ihrer Haut hinterließen. Quälend langsam strich er über ihre Schultern, über Arme und Brust. Dann hinunter zum Bauch, schließlich über ihre Schenkel. Wie sehr er sie wollte, sah sie am Zucken seiner Mundwinkel, am Kräuseln seiner Stirn und an der Art, wie er mühsam Atem holte und am ganzen Körper bebte.

Endlich berührte er ihre weiblichste Körperstelle. Langsam tastete er sich vor, teilte das krause Haar zwischen ihren Beinen und glitt tiefer. Sie biss sich auf die Lippe. All die Empfindungen, die sie im Traum gespürt hatte, überschwemmten ihren Körper mit atemberaubender Heftigkeit. Es war noch schöner, noch wundervoller, noch herrlicher. Ein Keuchen entfloh ihrer Kehle, als zwei Finger gegen ihre verborgene Öffnung drückten, danach verlangten, in sie einzudringen.

„Willst du es?" Nocona blickte ihr fest in die Augen. „Willst du es wirklich?"

Sie nickte, denn ihre Kehle war vor Verlangen wie zugeschnürt. War es denn nicht offensichtlich? Spürte er nicht, dass sie vor Sehnsucht ganz verrückt wurde?

„Ich will es", brachte sie heiser hervor und öffnete ihre Schenkel. „Mehr als alles andere."

Sein Lächeln zitterte. Er beugte sich vor, legte seine Lippen hauchzart auf die ihren, umfasste ihren Nacken und ließ einen Finger behutsam in sie gleiten. Köstlicher Druck, pochende Wärme. Sein Kuss erstickte ihre Seufzer. Schnell wurde er verlangender, als sein Finger sich vor und zurückbewegte. Sie bäumte sich auf, grub ihre Finger in sein Haar, drängte sich seiner Hand entgegen und spürte, wie ihre letzten Hemmungen wichen. Als Nocona ein zweites Mal vor ihr zurückwich, knurrte sie entrüstet. Ihn nicht zu spüren war mehr, als sie ertragen konnte.

„Geduld, mein Blauauge. Wenn du es willst, gehöre ich die ganze Nacht lang dir."

Er nahm eine Kürbisflasche und reichte sie ihr. Naduah goss das goldbraune Öl in ihre Hand. Träge floss das Elixier über seinen Körper. Sie ließ es über seine Schenkel tropfen, ließ es seinen Rücken benetzen und verschlang ihre glitschigen Finger mit den seinen. Sie hielt es nicht mehr

aus. Keinen Augenblick mehr.

Er sog scharf die Luft ein, als sie das Öl auf der letzten noch unberührten Körperstelle verrieb. Seine Augen verdrehten sich, seine Muskeln wurden hart wie Stein.

„Nicht", knurrte er dunkel. „Hör auf, sonst …"

„Ja?" Ihre Stimme war nur noch ein Krächzen. Sie schloss ihre Finger fester um das harte Fleisch. „Was sonst?"

Abrupt packte sie seine Schultern und drückte ihn zu Boden. Sein Körper folgte ihrem Befehl mit williger Geschmeidigkeit. Sein Seufzen zu hören, das Zittern zu sehen, den Geruch seiner Erregung einzuatmen, steigerte ihre Lust ins Unermessliche. Langsam glitt sie auf ihn, spürte seine harte Männlichkeit gegen ihren Schoß drücken und senkte sich darauf hinab.

Gerüchte besagten, dass es wehtat. Aber alles, was sie fühlte, war ein wunderbarer, sich steigernder Druck, der für einen winzigen Moment unangenehm wurde und schnell in köstliche, feuchte Wärme überging. Nocona zuckte unter ihren Händen. Noch tiefer nahm sie ihn in sich auf. Seine Finger krallten sich in ihre Hüften, als sie begann, ihr Becken zu bewegen. Pure Verzückung trat in sein Gesicht.

„Es ist … es ist so …"

Seine Worte gingen in ein atemloses Seufzen über, denn jetzt senkte sie sich ganz auf ihn hinab. Zitternd presste sie ihren Unterleib gegen den seinen und verharrte still. Kostete den Moment aus. Spürte ihre Vereinigung. Keuchender Atem erfüllte die Stille.

Unter ihren Händen, die auf seiner Brust lagen, rumorte es. Knurrend fuhr Nocona hoch, umfing ihren Oberkörper mit festem Griff und küsste sie. Nicht mehr sanft, nicht mehr zurückhaltend, sondern mit wütender Gier. Er stieß zu, wieder und wieder, bohrte sich in sie, bis sie glaubte, den Verstand zu verlieren. Ihre Zungen spielten miteinander, während der Rhythmus ihrer Körper härter wurde. Ihre Fingernägel gruben sich in seine Brust, so hart, dass er nach Luft schnappte. Eine Welle unbeschreiblicher Gefühle breitete sich in ihr aus, baute sich auf, wurde verzehrender und machtvoller mit jedem Stoß seiner Hüften … doch in jenem Moment, da sie zerbrechen wollte, warf Nocona sie kraftvoll herum.

Unvermittelt fand sie sich auf dem Rücken liegend wieder. Sie kam nicht einmal dazu, nach Luft zu schnappen, denn er drang erneut in sie ein, verschlang ihre Lippen mit einem Kuss und erfüllte sie mit seinem wilden Geschmack.

Ihr lange aufgestauter Hunger wurde entfesselt. Sie liebten sich mit schmerzhafter Heftigkeit und träger Verzweiflung. Sie schlang ihre Beine um seine Hüften, um ihn noch tiefer in sich aufzunehmen, vergrub ihre

Finger in sein Haar und sah, wie Spiralen bleichen Qualms durch den Rauchfang schwebten. Der Rauch trug ihre Gefühle hinauf in den Himmel, hoch hinauf zum großen Mysterium, um alles mit Ekstase zu füllen.

„Ich gehöre dir." Nocona küsste ihre schweißnasse Stirn. „Ich werde immer nur dir gehören, mein Blauauge. Von dem Moment an, als ich dich das erste Mal sah, war ich dein Gefangener."

Er packte ihre Schultern und zog sie hoch. Sie kam ihm entgegen, hielt ihn, so fest sie nur konnte. In ohnmächtiger Wonne übernahm ihr Körper die Kontrolle. Ihre Finger glitten durch sein schweres, schweißnasses Haar. Sie küsste die Schweißtropfen von seiner Stirn, glitt mit ihrer Zungenspitze über seine Wange und über die Narbe an seinem Hals. Das Zelt war erfüllt vom Aroma ihrer Liebe. Die Nacht hüllte sie in einen Kokon aus Ewigkeit.

Sie bog ihren Oberkörper zurück, um sich ihm darzubieten. Seine Lippen schlossen sich um die Spitzen ihrer Brüste, saugten daran, zupften und neckten. Zähne kniffen schmerzhaft zu, als sie ihr Becken träge bewegte. Wieder schwoll die köstliche Welle in ihr an, wurde mit jeder kreisenden Bewegung ihres Unterleibs höher und berauschender, bis sie sich endlich brach und ihren Körper mit Erlösung flutete. Wie von fern hörte sie Noconas heiseren Schrei. Er presste sich an sie, zitterte und schauderte vor Wonne.

Tränen rannen über ihre Wangen. Sie weinte, weil sie ein solches Glück empfand, dass es ihren Körper zu sprengen drohte. Irgendwann, als sie wieder zu Atem gekommen war, sanken sie gemeinsam zurück, schmiegten sich aneinander und zogen eine Decke über ihre schweißnassen Körper. Sie bettete ihren Kopf auf Noconas Brust. Frieden erfüllte sie. Ein solcher Frieden, dass sie sich wünschte, für den Rest ihres Lebens hier zu liegen und seinen Herzschlag zu hören.

Als sie nach einer Weile aufblickte, schlief er bereits. In der rauchgeschwängerten Dämmerung des Zeltes wirkte er unglaublich jung und verletzlich. Sie küsste seine reglosen Lippen, liebkoste die Linien seines Gesichts und ließ eine Strähne seines Haares durch ihre Finger gleiten. Ihre Herzen schlugen im Gleichtakt. Jetzt und für immer.

Sara, 2011

Sara fuhr so abrupt hoch, dass ihr schwindlig wurde. Ihr Handy klingelte. Sie wartete, bis der Schwindel verebbte, dann nahm sie das Telefon in die Hand. Ihr Kopf schmerzte, ihre Muskeln waren verkrampft. Doch durch ihren Körper brandete noch immer der atemberaubendste Höhepunkt ihres Lebens.

„Ja?", nuschelte sie ins Handy.

„Sara! Heiliges Kanonenrohr! Was zum Teufel ist los? Wir gehen unter in Arbeit."

Ruth. Natürlich. Blinzelnd äugte sie in Richtung Uhr. Es war viertel nach zwölf. Die Muskeln in ihrem Schoss zogen sich noch immer zusammen.

„Du willst nicht, dass ich komme", murmelte sie heiser vor Lust. „Ich würde nur Mist beisteuern."

„Sara!" In Ruths Stimme klang echte Verzweiflung, doch sie empfand kein Mitleid. Diese permanente Hetzerei war doch krank. Sie war unnatürlich. Nach allem, was sie gesehen und gespürt hatte, erschien es ihr unmöglich, wieder an diesem Spiel teilzunehmen. Nocona hatte ein Echo dieser Zeit gesehen. Gläserne Türme, Fenster wie Bienenwaben. Harte, leblose Wege aus glattem Stein, die keinen Atem durchließen und auf denen zahllose Menschen dahinhetzten, die sich nicht kannten und einander nicht grüßten.

Heute erblickte sie in Visionen die Vergangenheit, damals hatte Nocona die Zukunft gesehen. Zeit war ihr immer als etwas Geradliniges erschienen. Doch jetzt begriff sie, dass es weit komplizierter war. Zeit war keine Linie. Zeit war ein Netz. Ein Labyrinth, in dem man sich nicht einfach nur vorwärts bewegte. Man ging nach rechts oder nach links. Nach vorn oder nach hinten.

„Tu mir das nicht an", jammerte Ruth. „Mir wächst alles über den Kopf."

„Ich kann nicht." Ihr ganzer Körper pulsierte. Rote Flecken glühten auf ihrer Haut. Die nächsten Worte sprach sie derart leiernd aus, dass Ruth an ihrer Geschichte nicht mehr zweifeln konnte. „Es tut mir leid."

„Du verlierst dich."

Sara schnaufte. „Ja. Und ich will mich verlieren."

Sie drückte Ruth weg und warf das Handy beiseite. Mit einem Stoßseufzer fiel sie zurück in die Kissen. Nein, das hier war nicht ihr wirkliches Leben. Alles verschwamm. Veränderte sich. Ordnete sich neu.

Zurück … nur zurück.

Makah, 2011

Er tat einen Schritt nach dem anderen, jeder fiel ihm schwerer als der vorherige. Hinter ihm in der Nähe des Waldrandes rasteten seine Schützlinge. Bis hierher hörte er ihr aufgeregtes Geplapper und Gekicher, mit dem sie den vergangenen Tag verarbeiteten. Viel war nicht geschehen, aber die Überquerung eines Flusses und die Sichtung einer Wapiti-Herde vermochten es, seine kleine Reisegruppe mit stundenlangem Gesprächsstoff zu versorgen.

Makahs Nervosität wuchs. Da vorn musste es sein. Die rot schimmernde Felswand, die durch einen Überhang geschützt wurde. Erinnerungen holten ihn ein. Kehala und er, unter ein Bisonfell gekauert, halb schlafend, halb wachend. Nicht ahnend, dass die Unschuld ihres Lebens bald enden würde.

Er hielt den Atem an und tat einen weiteren Schritt. Ihm war klar, dass die Visionen so wahrhaftig waren wie diese Wirklichkeit, doch als er die verblassten Zeichnungen erblickte, durchlief ihn eine Schockwelle. Atemlos streckte er den Arm aus. Behutsam strichen seine Finger über den Fels, ohne die hellen Linien zu berühren. Er sah sich selbst, wie er mithilfe eines spitzen Steines die Figuren einritzte. Kehala. Naduah, die mit einer Schale voll Farbe vor ihm kauerte. Tatezis Tod und Cetan, der in einem Zelt herumsprang. Ein Rotholzbaum, der bis zu den Sternen reichte. Ptesawin in Gestalt eines Kindes. Peta und Zuzueca. Icabu und Makamnaya.

„Makah?“ Eine Stimme ließ ihn herumfahren. Susan, die dralle Brünette, die ihn in der vergangenen Nacht von ihrem Zelt aus beobachtet hatte. Sie war niedlich. Auf die Weise, wie ein pummeliger Zaunkönig niedlich war. Hätte er Sara nicht kennengelernt, hätte er garantiert mit ihr geflirtet.

„Was ist?“ Er wollte nicht ruppig klingen, doch aus seinen Worten hatte unmissverständlich der Drang gesprochen, allein sein zu wollen.

„Kann ich kurz mit dir reden?“

Sie machte Anstalten, zu ihm zu kommen, doch er hob abwehrend die Hände. „Nicht jetzt. Bitte geh. Später kannst du mir jede Frage stellen, die dir einfällt.“

Susan versuchte nicht einmal, ihre Enttäuschung zu kaschieren. Mit zusammengekniffenen Lippen und frostigem Blick suchte sie das Weite. Makah sank gegen die Felsen. Der Gedanke, jemand außer ihm oder Sara könnte diese Zeichnungen sehen, erschien ihm aus unerfindlichem Grund unerträglich. Ob in all der Zeit jemand hier gewesen war? Die Stille zwischen den Felsen fühlte sich unberührt an. Uralt. Abendlicht verbreitete zeitlosen Schimmer und überhauchte die Malereien mit rotem

Gold.

Jahrhunderte verschwammen zu Nichts und fühlten sich doch endlos an. Er sank zu Boden, lehnte sich mit dem Rücken gegen den Fels und starrte ins Leere. Etwas Sonderbares lag in der Luft. Eine drückende, unheilschwangere Stille, die sich schwer auf seinen Brustkorb legte. Eiskalten Winden war zu schnell die Wärme des Frühlings gefolgt. Der Himmel über ihm war klar, doch Makah spürte, dass sich Unheil zusammenbraute. Die Visionen, in denen er als wahrer Naturmensch lebte, als geborener Jäger und Krieger, färbten auf seine Sinne ab. Sie waren deutlich schärfer geworden. Seine Instinkte waren aus ihrem antrainierten Schlaf erwacht und überwältigten ihn mit unzähligen subtilen Eindrücken und Informationen, von denen er nur wenige benennen konnte. Freundlich funkelten die Sterne, doch er ließ sich davon nicht täuschen. Die Luft schmeckte nach Unwetter.

Es fühlte sich falsch an, an einem Ort wie diesem das Handy zu zücken. Erstaunlicherweise besaß das Ding tatsächlich Empfang, wenn auch nur schlechten. Makah wählte die von Ross eingespeicherte Nummer und lauschte auf das nervtötende Freizeichen.

„Yep?“ Die unverkennbare Stimme des Ranchbesitzers.

Makah roch nach dem Windstoß, der durch die Felsen fuhr. Warmer Regenduft lag darin. Und die düstere Ahnung sich aufschaukelnder Naturgewalten.

„Ich bin’s. Hör zu, ich glaube, es steht ein Unwetter bevor. Möglicherweise sogar ein Tornado.“

„Es gab keine Tornado-Warnung“, blaffte Ross. „Ich will, dass du die Tour planmäßig zu Ende führst. Wir können uns keinen Ärger leisten.“

„Vom Winde verwehte Touristen können wir uns noch weniger leisten.“

„Das Wetter sieht beständig aus. Sollte eine Warnung eingehen, kehr meinetwegen um. Aber solange nichts Eindeutiges feststeht, wirst du die Tour nicht abbrechen.“

„Wenn eine eindeutige Warnung kommt, wird es zu spät sein. Wir sind hier mitten im Nirgendwo. Ich kann die Leute nicht schnell genug in Sicherheit bringen.“

„Woher willst du wissen, dass ein Unwetter kommt?“

„Ich spüre es.“

„Oh bitte.“ Ross schnaufte. „Lass den Unsinn.“

„Ich dachte, du stehst darauf.“

„Nein, mein Goldesel. Unsere Gäste stehen drauf, wenn du ein bisschen Baumknutscher-Zeug schwafelst. Ich muss weiterarbeiten. Zieh das durch und sei charmant. Sollte eine Warnung eingehen, erfährst du es als erster.“

„Nur falls du es nicht weißt, ich habe hier draußen nur alle paar Stunden Empfang. Die Verantwortung für das Risiko trägst du."

„So sei es."

Makah drückte den Anruf weg und steckte das Handy wieder in die Jackentasche. Vierhundert Dollar waren ein Anreiz, die Gefahr in Kauf zu nehmen, gar keine Frage. Trotzdem fühlte er sich nicht wohl dabei.

Widerwillig kehrte er an das Feuer zurück, nahm seinen Platz ein und füllte eine Schale mit Eintopf. Blicke durchbohrten ihn, doch jeder schien sich gut an Ross' Anweisung zu erinnern: „Makah ist unser Misanthrop. Wenn er schweigen will, lasst ihn schweigen."

Natürlich fanden die meisten diese Eigenart faszinierend und passend. In den Blicken anderer lag Argwohn. Zumeist gehörte dieser Part den Männern, die sich in Eifersüchteleien ergingen oder den Drang verspürten, sich in der Natur beweisen zu müssen. Da sie aber wussten, dass er ihnen hier draußen in jeder Hinsicht überlegen war, kompensierten sie ihren Frust in albernen Machtspielchen.

Er ignorierte das Gerede der Männer und das Starren seiner beiden Verehrerinnen. Das Schicksal war ihm offenbar wohlgesinnt, denn unter seinen Schäfchen befand sich ein geborener Geschichtenerzähler. Nach dem dritten Bier erhob sich der Mann, schüttelte den Dreck aus seinen Kleidern und gab Schauermärchen zum Besten. Makah war froh darum, aus mehreren Gründen. Am Feuer zu sitzen und den Worten des Mannes zuzuhören, gab ihm ein Gefühl von Heimat. Der Eintopf schmeckte trotz Billigfleisch, am Himmel funkelten die Sterne. Es wäre perfekt gewesen. Mit Sara in der Nähe und dem Unwetter in weiter Ferne. Er wollte ihr Haar im Feuerschein glänzen sehen. Er wollte sie berühren, küssen und ihren Körper an seinem spüren. Er wollte in sie dringen, sich in ihr vergraben, ihre Seufzer trinken, ihre Hingabe spüren.

Hellwach starrte er in das prasselnde Feuer. Der Geschichtenerzähler lief zur Hochform auf, fabulierte sich um Kopf und Kragen und untermalte seine haarsträubenden Schilderungen von metzelnden Inzuchtmonstern und menschenfleischversessenen Grizzlys mit ausholenden Gesten. Der steigende Alkoholkonsum sorgte parallel für steigende Lautstärke, bis es Makah zu viel wurde. Unweit des Lagerplatzes setzte er sich unter einen Hickorybaum und schnupperte nach dem Wind. Er frischte auf, das elektrisierende Aroma der sich steigernden Energie prickelte auf seiner Zunge. Die mit dem Wind einziehende Kälte kroch durch Decke und Kleidung. Spannung knisterte in der Luft, Bäume ächzten und knirschten. Ein Blick auf sein Handy brachte Gewissheit – kein Empfang.

Verdammt, dieser raffgierige Idiot. Hier im Wald konnte ein Sturm tödlich enden. Er musste seine Schützlinge und die Pferde zwischen den

Felsen in Sicherheit bringen. Viel Zeit blieb ihm nicht. Das, was sich da oben zusammenbraute, kam rasend schnell näher.

Als er zurück zum Lagerplatz eilte, erfassten Sturmböen seine Decke und ließen sie flattern. Fauchende Flammen spien Funken in die Nacht. Verdutzte Gesichter blickten zu ihm auf.

„Es wird gleich ziemlich ungemütlich", brachte er das Problem auf den Punkt. „Genaugenommen zieht ein Sturm auf, und der ist nicht von schlechten Eltern. Wir müssen zwischen die Felsen, sonst fliegen uns die Äste um die Ohren."

Dreizehn verunsicherte Städter sahen in den Himmel hinauf. Kein Stern, nur Schwärze. Die Wolken waren mit der heimlichen Schnelligkeit eines Raubtieres herangezogen. Kein gutes Zeichen. Unter den immer stärker werdenden Böen bogen sich die Bäume.

Susan stieß ein Wimmern aus. „Wird es gefährlich?"

„Nicht, wenn wir zwischen den Felsen bleiben. Folgt mir einfach."

Gehorsam rafften alle ihre Sachen zusammen, bildeten eine nervös tuschelnde Karawane und folgten ihm zu den Felsen. Erste Blitze zuckten über den Himmel und beleuchteten bauschige Gewitterwolken mit purpurnem Licht. Makah spürte das Knistern der Energie in jeder Faser seines Körpers. Es war besorgniserregend stark. Er erinnerte sich an gigantische Gewitter und Stürme, die damals über die Ebenen gerast waren. Wahre Monster, gierig nach Menschenleben. Meistens konnten sie ihnen entkommen, indem sie die Zugbahn der Unwetter vorhersahen und in Windeseile die Zelte ab- und an sicherer Stelle wieder aufbauten. Aber manchmal war die Wucht eines unberechenbaren Gewitters ungemildert über das Dorf hergefallen und hatte ein Schlachtfeld der Verwüstung zurückgelassen.

„Es wird ein Tornado, fürchte ich." Er beschwerte Cezis Führstrick mit einem Stein und bedeutete den anderen, es ihm gleichzutun. „Bleibt einfach ruhig, okay? Solange wir hier bleiben, sind wir geschützt."

Verängstigte Gesichter schimmerten im Dunkel vor ihm. Manche setzten sich zwischen den Felsen auf den Boden, andere kompensierten ihre Nervosität in kläglichen Witzeleien. Zwei der Männer täuschten Gelassenheit vor, doch Makah sah ihren Gesichtern an, dass sie sich von allen am meisten fürchteten. Jetzt, da sie zwischen den Felsen saßen, fühlte er sich einigermaßen sicher. Mit der Decke um die Schultern suchte er sich einen Platz etwas abseits der Gruppe, setzte sich auf den Boden und wartete. Geisterstimmen heulten und fauchten im Felsenlabyrinth, erzählten von der Macht der Elemente und zeigten den Menschen, wie hilflos sie waren.

Gerade als er die Augen schloss, tauchte Susan vor ihm auf. Makah wollte sie fortschicken, aber dann sah er den Ausdruck nackter Panik in

ihrem Gesicht. Diese Frau fürchtete sich zu Tode.

„Uns kann nichts passieren, Susan. Zwischen den Felsen sind wir sicher."

„Du verstehst das nicht." Ehe er es sich versah, warf sie sich an ihn und schlang die Arme um seinen Hals. Heiße Tränen benetzten seinen Hals. „Mein Bruder starb bei einem Tornado. Er schaffte es nicht mehr in den Schutzkeller."

„Das tut mir leid." Makah strich über ihre Schulter. Susan begann noch losgelöster zu schluchzen. „Ich schwöre dir, dass wir hier sicher sind."

„Nirgendwo ist man sicher."

Insgeheim gab er ihr recht. Entlud die Natur ihre geballte Kraft, boten selbst Schutzkeller und Felsen keine hundertprozentige Sicherheit. Vielleicht sah sie die Bestätigung in seinen Augen, vielleicht war es der losbrechende Orkan, doch Susans Tränen verwandelten sich in einen wahren Sturzbach. Makah hielt sie fest, murmelte beruhigende Floskeln, ohne darüber nachzudenken, was er eigentlich daherredete. Finsternis ballte sich über ihnen zusammen, mal heulend und brodelnd, mal mit gespenstischer Stille. Donner grollte über den Bergen. Blitze zuckten durch die Nacht und enthüllten einen Mahlstrom aus wirbelndem Laub, Nadeln und Zweigen, streifte verängstigte Gesichter, bauschige Gebirge aus krankem Purpur und nass glänzenden Stein.

Ein gewaltiger Donnerschlag ließ die Erde erzittern. Susan schrie auf. Irgendwo krachte es ohrenbetäubend. Makah spürte, wie der Sturm unvermittelt eiskalt wurde, und dann sah er im Licht der Blitze, wie eine unsichtbare Macht an den brodelnden Wolken zog und sie zu einem Wirbel zusammenballte. Die Frau in seinen Armen verlor jede Beherrschung.

„Bleib ruhig!", rief Makah gegen den Sturm an. „Sieh mich an! Susan, sieh mich an!"

Wieder ein Kreischen. Markerschütternd grell. Sie riss sich los, sprang auf und rannte kopflos in die Finsternis hinaus. Ehe er begriff, was geschah, war sie im Labyrinth der Felsen verschwunden.

Makah stieß einen wüsten Fluch aus. Kaum stand er auf, wollte ihn die Gewalt des Sturmes wieder zu Boden drücken. Böen peitschten durch die Schluchten und Gänge. Nasses Laub klatschte in sein Gesicht. Ein Instinkt flüsterte ihm ein, dass er geradewegs in ein Unglück steuerte, doch er rannte weiter.

„Susan? Wo zum Teufel steckst du?"

Die Felsen endeten, der Wald ragte vor ihm auf. Äste dick wie Oberschenkel flogen durch die Nacht. Wenn dieses hysterische Ding dort hinausgelaufen war, würde er sie vermutlich vom Boden aufkratzen

können. Seine Vermutung endete in Gewissheit. Da vorn war sie. Ein helles Irrlicht inmitten wirbelnder, entfesselter Dunkelheit. Verdammt, er würde Ross den geldgeilen Hintern aufreißen, wenn er hier lebend rauskam.

„Susan! Ich bin hier. Komm da weg!"

Die Frau taumelte weiter. Tiefer in den Wald hinein. Ein Ast verfehlte sie nur knapp.

„Verflucht noch eins!" Makah atmete tief ein, spannte sich an – und rannte. Der Wind packte ihn mit wütenden Fäusten und wollte ihn hinaufsaugen in den tosenden Strudel. Mal bewegte sich der Tornado in Richtung Berge, mal kam er auf ihn zu oder streifte das Felsenlabyrinth. Dieses verwünschte Ding war unberechenbar.

Gerade, als er Susan erreicht hatte und sie zu Boden zog, kam der Strudel gefährlich nahe. Die Nacht verwandelte sich in ein geiferndes, jaulendes Ungeheuer und ließ ihm Hören und Sehen vergehen.

„Dreh ab!", zischte er. „Dreh verdammt noch mal ab, du Mistding."

Mit der wimmernden Susan im Arm suchte er Deckung unter einer Eiche. Etwas streifte ihn am Arm und riss sein Hemd auf. Schmerz spürte er keinen, aber das Gefühl von etwas Heißem, Fließendem. Der Tornado kam unmittelbar auf sie zu. Sie mussten zu den Felsen. Hier zu bleiben bedeutete den sicheren Tod. Noch ein paar Sekunden, und der Wald würde ihnen praktisch um die Ohren fliegen.

„Nein!" Susan wehrte sich, als er sie auf die Beine zog. „Nein, nein, nein!"

„Wir schaffen das! Vertrau mir."

Er hob die zappelnde Frau kurzerhand auf seine Arme und rannte. Herumwirbelnde Zweige zerkratzten sein Gesicht. Der Strudel war so nah, dass er kaum mehr gegen den Sog ankam. Er stürzte, rappelte sich wieder auf, packte Susan und lief weiter. Schritt für Schritt. Der Tornado warf ihn zur Seite, zwang ihn in die Knie, zog und zerrte immer heftiger. Die Schreie der Frau gingen im Brüllen der Elemente unter. Er musste weiter. Er musste es schaffen!

Etwas traf ihn mit voller Wucht in den Rücken, gerade als er auf die Beine kam. Ihm blieb die Luft weg. Sengender Schmerz raste durch seine Nervenbahnen. Er spürte Hände, die über sein Gesicht tasteten. War es Susan? Er sah nur noch Strudel und Wirbel, Laub und Zweige und Finsternis. War das Blut, das aus seinem Mund tropfte? Ihm wurde schwarz vor Augen.

„Oh Gott", schrie eine Stimme direkt an seinem Ohr. „Oh Gott, oh Gott."

Sara …

Nicht sterben, nur nicht sterben! Er musste sie wiedersehen. Er musste

da sein, wenn sie kam. Worte hallten in der Dunkelheit wider, die ihn einhüllte.

„Geht weg, ich bin Arzt … oh nein … auch das noch. Verdammt."

„Machen Sie was! Sonst kommen wir nie nach Hause."

„Zurück zu den Felsen! Schnell!"

Ein Kreischen. Ein Krachen. Dann Stille.

Sara, 2011

Der Radiowecker holte sie sanft aus dem Schlaf. Lana del Rey sang ihr melancholisches *Video Games*, bis sie von einer ernsten Stimme abgelöst wurde. Saras Gehirn registrierte nur rudimentär, worum sich die Nachrichten drehten.

„Gestern Nacht wurden uns aus unterschiedlichsten Regionen der Vereinigten Staaten starke Tornados gemeldet. Der kräftigste Wirbelsturm wurde gestern im Südwesten Oklahomas registriert. Mit Windgeschwindigkeiten von 320 Kilometern pro Stunde zog er über die Stadt Lawton hinweg und hinterließ eine Schneise der Verwüstung."

Sara fuhr hoch. Oklahoma? Lawton? Tornado? Hastig drehte sie die Lautstärke höher.

„Der Flughafen wurde schwer in Mitleidenschaft gezogen. Geparkte Flugzeuge verschob der Tornado, mehr als die Hälfte der Fenster des Haupttermials wurden zerstört. Aufgrund der Schäden werden Teile des Flughafens für mindestens zwei Monate geschlossen bleiben. Auf der insgesamt vierzig Kilometer langen Zugbahn wurden mehr als sechzig Wohnhäuser zerstört, zeitgleich entstand ein ähnlich starker Tornado über den Wichita Mountains, zog allerdings keine menschliche Siedlung in Mitleidenschaft. Allein in Lawton und Umgebung sind laut aktuellen Meldungen mehr als fünfzig Tote zu beklagen."

Wichita Mountains? Das war doch genau dort, wo sich Makah befand. Sara zögerte keine Sekunde und verwandelte sich in eine automatisch funktionierende Maschine. Sie rief Ruth an, blaffte in den Hörer, dass sie noch heute nach Oklahoma fliegen würde, legte auf, rief das Gemeindehaus im Reservat an, ließ es gefühlte einhundert Mal klingeln, legte auch hier auf, raste an den Computer und buchte im Internet den nächstbesten verfügbaren Flug.

Heute Nachmittag, 14:45 Uhr. Leider nicht der in Schutt und Asche gelegte Lawton Ft. Sill Airport, aber egal. Ihr blieben fünf Stunden Zeit. Eine Ewigkeit.

Fieberhaft suchte sie nach Ablenkung. Sie duschte, wusch sich die Haare, versuchte mehrmals, Isabella im Gemeindehaus zu erreichen, warf die noch feuchte Wäsche vom Vorabend in den Trockner und packte ihre Tasche neu. Drei Stunden vergingen wie zäher Sirup. Sie goss sämtliche Pflanzen – zumindest die, die noch lebten –, ignorierte Ruths Anrufe und sortierte rudimentär ihre Post. Als sie ihr Gepäck nahm, nach unten ging und in das gerufene Taxi stieg, waren weitere zwei Stunden vergangen.

Vierzig Minuten Fahrt zum Flughafen, eine Stunde warten in der Halle, weitere fünfzehn Minuten in der Maschine, bis sie endlich abhob.

Nicht eine Sekunde lang zweifelte Sara an dem, was sie tat. Es musste sein. Makah und sie gehörten zusammen, wie Nocona und Naduah zusammengehört hatten.

Apokalyptische Zerstörung wechselte sich ab mit unberührten Stadtteilen. Der Tornado hatte eine Schneise durch die Stadt gezogen, teilweise so sauber, als wäre die Grenze zwischen Verwüstung und Verschonung mit einem Lineal gezogen.

Routiniert wich der Taxifahrer auf der Straße liegenden Bäumen aus. Zweige, Äste, Erde, Trümmer und Laub bedeckten die Stadt. Menschen liefen umher, stoisch ruhig, als hätten sie das Geschehene noch nicht realisiert. Tornados zählte man in Oklahoma fast zum Alltag, zumindest in dieser Jahreszeit, doch eine solche Zerstörungskraft entfalteten die wenigsten.

Der Fahrer brachte sie aus der Stadt hinaus und tauchte ein in trostlose Weite. Schiefergraue Wolken strichen über die Hügel. Düsternis verhüllte eine Welt, die Sara als Spiegelbild ihrer Seele erschien.

Wütend brummte ihr Handy in der Tasche. Doch es war nicht Isabella, sondern Ruth. Zum zweiunddreißigsten Mal. Würde ihre Aktion eine Kündigung nach sich ziehen? Im Moment war ihr das egal. Sie war perfekt für diesen Job, das wusste auch Ruth. Sara beschloss, ihre überstürzte Abreise später zu erklären. Sobald sie wusste, ob es Makah gut ging.

Eine knappe Stunde dauerte die Fahrt, verlangsamt von blockierten Straßen und Sturmböen, die Schmutz und Laub aufwirbelten und die Sicht raubten. Schließlich sah sie es. Das gelb gestrichene Gemeindehaus. Das Reservat war offenbar vom Tornado verschont worden, eine Tatsache, die Sara Hoffnung hätte machen müssen, doch dem war nicht so. Makah befand sich nicht hier, sondern irgendwo in den Wichita Mountains. Hastig bezahlte sie den Fahrer, lud ihr Gepäck aus und stürmte in das Gebäude. Sie hatte erwartet, Dutzende von Menschen vorzufinden, doch nur Isabella und ein halbwüchsiges Mädchen waren zu sehen. Irgendwo im Hintergrund dudelte ein Radio. Computer schnurrten, eine Katze schnarchte auf der gluckernden Heizung.

„Was wollen Sie?" Isabella erhob sich mit einem Gesichtsausdruck von ihrem Stuhl, der, was Düsternis betraf, dem Himmel Konkurrenz machte.

„Hi." Sara blieb jede Höflichkeit im Hals stecken. „Ich muss zu Makah."

Das Mädchen verschwand in einem Nebenzimmer, als befürchtete sie ein losbrechendes Donnerwetter. Isabella starrte sie an. Die Zeit kam

zum Stillstand. Auf dem Schreibtisch begann das Telefon zu klingeln, doch es blieb unerhört.

„Was ist los?“ Saras Contenance brach in sich zusammen. „Raus mit der Sprache.“

„Er wird nicht wiederkommen“, flüsterte Isabella.

„Wie meinen Sie das?“ Ein taubes Gefühl breitete sich in ihrem Inneren aus. Nein. Bitte nicht. Alles, nur das nicht. „Wo ist er?“

„Er war in den Wichita Mountains unterwegs.“ Isabellas zuvor bronzefarbene Haut verlor an Farbe. Ihre Lippen zitterten, als wäre sie kurz davor, in Tränen auszubrechen. „Der Tornado überraschte sie. Er kommt nicht zurück.“

„Nein.“ Sara schüttelte den Kopf. „Nein, er kann nicht … unmöglich …“

„Es ist so.“ Isabella schrie diese Worte fast. „Und jetzt verschwinden Sie. Für immer. Makah ist tot. Haben Sie verstanden? Ein Ast durchbohrte seine Lunge. Niemand konnte ihm mehr helfen. Lassen Sie uns in Ruhe.“

Sara wollte nicht gehorchen, doch wie ferngelenkt stolperte sie nach draußen. Irgendwo in der Ferne sah sie die Staubwolke, die das davonfahrende Taxi aufwirbelte. Kalter Wind schlug ihr ins Gesicht. Makah tot? Nein, unmöglich. Niemals.

Es konnte nicht wahr sein. Es durfte nicht wahr sein.

Sara klammerte sich am Zaun fest. Schwindel übermannte sie. In der aufklaffenden Leere, die sie ausfüllte wie ein Vakuum, hörte und spürte sie alles überdeutlich.

Wiehernde Pferde, rauschende Bäume. Das Heulen des Windes. Stimmen. Ein Kind, das weinte. Autos, die sich schmatzend durch den Schlamm der Straße kämpften. Der Geruch nach Erde und Nässe. Ihr Blick, in die Ferne gerichtet, fand keinen Haltepunkt.

Unmöglich, wisperte ihr Bauchgefühl. *Nein, sie hat gelogen.*

Anna würde ihr die Wahrheit sagen.

Hastig fuhr Sara herum, stürmte los und riss die Tür der Pension auf. Niemand war hier. Sie rief Annas Namen und hieb auf die Klingel auf dem Tresen, rief und schluchzte, bis die alte Frau schwerfällig herbeigeschlurft kam.

„Kind!“, stöhnte sie und rieb sich die roten Augen. „Was ist in dich gefahren?“

„Makah!“, presste sie tränenerstickt hervor. „Ist es wahr? Ist er tot?“

„Wie bitte?“ Annas Gesicht entgleiste. „Was sagst du?“

„Ich war drüben bei Isabella. Sie sagte, Makah sei in den Wichita Mountains ums Leben gekommen.“

Anna klappte der Kiefer nach unten. Sie schüttelte den Kopf, zweimal,

dreimal – dann nahm sie das Telefon auf und wählte eine Nummer. Es dauerte eine Ewigkeit, bis jemand abnahm.

„Ross?", rief Anna. „Was ist los bei euch? Ist Makah zurück?"

Sie lauschte. Endlos lange. Sara glaubte, verrückt zu werden. Sie sackte über dem Tresen zusammen, spürte Tränen ihre Jacke durchnässen und versuchte nicht mehr, ihr Zittern zu unterdrücken.

„Oh", erklang endlich Annas Stimme. „Aha, in Ordnung. Und wie geht es ihm?"

Also lebte er? Ihre Knie wurden weich. Die alte Frau zwinkerte ihr zu, während sie lauschte. Um Gottes willen, er war am Leben! Sara hörte ihr eigenes Aufstöhnen, als hätte es eine Fremde ausgestoßen. Er war nicht tot. Er würde zurückkommen. Gott sei Dank. Alles andere hätte sie unmöglich ertragen können.

„Gut", murmelte Anna. „Ich bin erleichtert. Danke, Ross."

Sie legte auf und wandte sich an Sara. „Also Liebes, es geht ihm gut, auch wenn Isabellas Geschichte nicht vollständig geflunkert ist. Makah und seine Truppe wurden in den Bergen vom Tornado überrascht, aber er wurde nur verletzt. Nichts Lebensgefährliches. Zum Glück befand sich ein Arzt unter den Touristen. Er flickte ihn wieder zusammen. Sie sind momentan auf dem Weg zurück. Ich nehme an, dass sie morgen früh auf Ross' Farm aufschlagen."

„Danke. Tausend Dank." Jetzt liefen ihre Tränen ungehemmt, freigelassen von Erleichterung und Freude. Schlotternd warf sie sich in Annas Arme. „Ich dachte … tut mir leid."

„Schon gut, schon gut. Dir scheint ja viel an ihm zu liegen. Das freut mich wirklich. Für euch beide. Ich rufe George, damit er dich zu seinem Haus bringt. Und gleich danach ziehe ich Isabella das verlogene Fell über die Ohren. Du musst wissen, dass sie seit ihrer Kindheit in Makah verliebt ist. Aber dieses dumme Ding hatte nie den Mut, es ihm zu zeigen."

Sie war allein. In seinem Reich. Sara legte ihre Taschen ab und sah sich um. Es war still bis auf das Zischen des Windes unter dem Dach. Das Haus war kleiner, als sie erwartet hatte, doch trotz seiner Einfachheit berührte es etwas in ihr. Es gab nur einen Raum, der zugleich als Küche, Schlaf- und Wohnzimmer diente. Die Toilette befand sich, wie sie bereits gesehen hatte, außerhalb des Hauses in einem besseren Bretterverschlag. Ganz in der Nähe schlängelte sich ein Fluss vorbei und lud ein, darin zu baden. Sie fragte sich, ob sich Makah dort wusch. Auf dem braunen Sofa lagen zerknüllte, dunkelrot und schwarz gemusterte Decken, die sie an jene aus ihren Visionen erinnerten. Die Küchenschränke waren offenbar

selbst zusammengezimmert, ebenso der Tisch, die Stühle und der Kleiderschrank. Ein Wapitifell hing an der Wand, daneben ein prächtiger Bogen samt Wolfspelzköcher und Pfeilen. Alles war rustikal und heimelig. Die Decken, der Köcher, das Bild über dem Sofa, das genau jenen Canyon inmitten der Staked Plains zeigte, den sie auf dem Coverentwurf wiedererkannt hatte. Es fühlte sich seltsam an, zu wissen, dass sie ein Leben miteinander teilten. Dass sie sich kannten, ohne sich zu kennen.

Sara trat zu dem schiefen Regal, in dem Bücher aufgestapelt waren. Michael Blakes *Der Tanz des Kriegers*. Coles *Der Wind rief seinen Namen*. Daneben das berühmte *Begrabt mein Herz an der Biegung des Flusses*.

Saras Magen verkrampfte sich. Irgendwo dort draußen befand sich Noconas Grab. Vielleicht war auch aus seinem Herzen eine Birke gewachsen. Er ruhte dort, wo die Jäger ferner Zeiten ruhten, unter den grasbewachsenen Hügeln der Antelope Hills. Manche Quellen behaupteten, er sei im Kampf um sein Dorf gefallen. Andere wussten zu berichten, dass er auf der Jagd umgekommen war. Niemand wusste Genaues. Noconas Ende blieb ein Rätsel. Man wusste nicht, wann er geboren worden war, und man wusste nicht, wann und wie er den Tod gefunden hatte.

Ihr Herz wollte schwer werden, doch als sie an Makah dachte, verflog jede Trauer. Der Mann, den Naduah damals geliebt hatte, mochte seit Langem tot sein. Noconas Leben war verweht wie die Freiheit seines Volkes, wie die Zeltdörfer an den Ufern der Flüsse und die gewaltigen Herden der Prärie. Aber hier und jetzt, in dieser Zeit und in diesem Leben, passierte etwas Unglaubliches und Wunderbares. Eine Macht, die sie noch nicht verstand, führte sie wieder zusammen.

Ein neues Leben tat sich vor ihnen auf, neues Glück, neue Pläne. Und vielleicht, ja vielleicht, endlich die Möglichkeit, in Frieden zusammen alt zu werden.

Sara schwelgte in Dankbarkeit. All die Geschichten über Seelen, die zueinander gehörten, entsprachen der Wahrheit. Liebe überwand Zeit und Raum. Was gab es jetzt noch, das ihr Angst machen konnte?

Ein Klopfen an der Tür riss sie aus ihren Gedanken. Sie öffnete und sah sich Isabella gegenüber. Das Gesicht der Frau war nassgeweint, ihre Augen rot. Sie zitterte am ganzen Körper.

„Kann ich dir helfen?“ Aller Zorn war verflogen. Wie konnte sie dieser Frau das verübeln, was sie selbst empfand?

„Ja, das kannst du.“ Isabellas Stimme war dünn wie gesprungenes Glas. „Indem du aus seinem Leben verschwindest.“

Das letzte, was sie sah, war eine Eisenstange, die auf ihren Kopf zuraste. Den Schlag spürte sie nicht einmal. Dunkelheit schlug über ihr zusammen. Unter ihren Händen und ihrer Wange fühlte sie die Holzdielen

des Bodens, doch sie konnte sich nicht bewegen. Lange Zeit lag sie da. So erschien es ihr wenigstens. Der Geruch von Blut biss in ihre Nase. Die Sinne schwanden und kehrten zurück, doch niemals wich die Schwärze. Keinen Finger konnte sie rühren. Keinen Ton über die Lippen bringen.

Nach endlosem Nichts hob sie jemand hoch und presste sie an einen warmen Körper.

„Großer Gott, Sara."

Makah. Seine wunderbare Stimme … ihr Trost im alten wie im neuen Leben. *Bleib bei mir*, wollte sie sagen, doch ihre Kraft reichte kaum aus, die Augen einen winzigen Spalt weit zu öffnen. Unerträgliche Schmerzen. Grelles Licht. Aber das Gesicht dahinter ließ sie alle Qual vergessen.

Die Geschichte wiederholte sich.

Ja, so war es. Aber diesmal war es sie, die blutend in seinen Armen lag.

„Bleib bei mir, Sara. Nicht einschlafen. Hörst du mich?"

Sie lächelte. Es gelang ihr, die Hand zu heben und sie auf seine Wange zu legen. Stumm formten ihre Lippen: „Ich liebe dich."

Teil Zwei

Windflüstern

„Verzweifle niemals.
Die Tage vergehen wie das im Wind fliegende Herbstlaub,
und die Tage kehren wieder mit dem reinen Himmel
und der Pracht der Wälder.
Aufs Neue wird jedes Samenkorn erweckt,
und ebenso verläuft das Leben."

unbekannter Stamm

Makah, 2011

Anscheinend durchlebte er gerade eine beschissene Phase. Um nicht stärkere Ausdrücke zu bemühen.

Sein Körper war von den Nachwirkungen der Visionen lädiert und ungesund verfärbt. Nachdem ein Ast ihn fast in ein Schaschlik verwandelt hatte, war ein frischgebackener Medizinstudent für ihn in die Bresche gesprungen und hatte sich am provisorischen Zusammenflicken versucht, was insofern erfolgreich gewesen war, dass Makah noch lebte und selbständig gehen konnte.

Nach seiner Rückkehr fand er die Frau, die er liebte, blutüberströmt in seinem Haus vor. Der mit Abstand schlimmste Anblick, den er je hatte ertragen müssen. Er brachte Sara auf Cezis Rücken zum Gemeindehaus, nur um dasselbe leer vorzufinden, suchte auch nach Anna vergeblich und musste letztlich den zufällig vorbeikommenden Neil Yellow Bull verpflichten, sie mit seinem fünfzig Jahre alten, schrottreifen Ford nach Lawton ins Comanche County Memorial Hospital zu fahren.

Von seiner schrecklichen Entdeckung bis zu dem Zeitpunkt, da ihm ein junger, überarbeiteter Arzt versichert hatte, Saras Zustand sei nicht lebensbedrohlich, verbrachte er die schlimmsten Stunden seines Lebens.

Kurz nach der erleichternden Nachricht – Makah beruhigte sich gerade in der geschmackvollen, pastellfarbenen Cafeteria des Krankenhauses mit einem starken Kaffee und einem Karamellmuffin – fielen drei übereifrige Polizeibeamte über ihn her und demonstrierten ihm ihre Meinung

zu seiner Geschichte, indem sie ihm Handschellen anlegten und ein blaues Auge verpassten.

Jetzt, nach einer mehrstündigen, völlig nutzlosen Befragung, die nur aus Vorurteilen und Feindseligkeit bestanden hatte, hockte er in dieser beschissenen Zelle in diesem beschissenen Polizeirevier und wartete darauf, dass Ross auftauchte und die Kaution hinterlegte. Erfreut würde der Ranchchef nicht sein. Trotzdem war auf ihn Verlass. Wie immer. Der gute Ross würde diesen Idioten den Beweis erbringen, dass er sehr wohl die Wahrheit gesagt hatte. Er würde die Kaution mit Zähneknirschen und einer Salve Flüche bezahlen und ihn ins Krankenhaus fahren. Es konnte sich nur noch um Minuten handeln.

Einmal mehr wurde ihm vor Augen geführt, warum er das Leben im Reservat bevorzugte. Dort konnte er sein, was er war, hier in der Stadt war er nur irgendein Indianer. Ein arbeitsscheuer, alkoholkranker Typ mit eingebauter Ich-bin-an-allem-Schuld-Automatik, dem man guten Gewissens die Fresse polieren durfte.

Scheiße noch mal, er musste zu Sara. Vielleicht war sie schon wach und wartete darauf, dass er zu ihr kam. Als erstes nach dem Aufwachen die Nachricht zu erhalten, dass man ihn eingebuchtet hatte, war ihrer Genesung gewiss nicht förderlich. Wer zum Teufel hatte ihr das angetan? Wer schlug sie in seinem Haus nieder und ließ sie ausblutend liegen, nahm kaltherzig ihren Tod in Kauf? Einbrecher wohl kaum, denn seine karge Hütte schrie schon von Weitem „Hier gibt es nichts zu holen."

Seine Gedanken arbeiteten, ohne zu einem befriedigenden Ergebnis zu kommen. Klar, weiße Frauen waren den weiblichen Reservats-Bewohnern ein Dorn im Auge, vor allem, wenn sie gut aussahen. Aber er kannte niemanden, der brutal genug war, einen Mordversuch zu starten. Ausgeschlossen. Möglicherweise war es ein Feind, den Sara aus New York mitgebracht hatte. Ein Widersacher, der ihr gefolgt war, um die Anonymität eines winzigen Nests mitten im Nirgendwo für seine Zwecke auszunutzen und alle Schuld den Indianern anzulasten. Wer auch immer es war, er würde ihn finden. Und dann Gnade ihm Gott.

Hartnäckig kreisten die Worte des Arztes in seinem Kopf herum. „Großes Glück gehabt … kein Schädelbruch, nur eine Gehirnerschütterung und eine ordentliche Platzwunde … hat viel Blut verloren, aber das bekommen wir wieder hin … vermutlich ein paar Tage, bis wir sie entlassen können."

Er stand auf und drehte seine Runden wie ein eingesperrter Tiger. Drei Schritte vor, drei zurück. Mehr gab die Zelle nicht her. Er setzte sich wieder auf die Pritsche, zupfte an seinem ramponierten, braunen Flanellhemd, zählte die Flecken darauf, stand wieder auf, fluchte und startete einen weiteren Rundgang. Drei Schritte vor, drei zurück.

Wo zum Teufel blieb Ross? Er hätte längst hier sein müssen. Von seiner Ranch bis hierher waren es höchstens fünfzig Minuten. Vermutlich machte er wieder Umwege. Zu irgendwelchen Freunden von Freunden von Freunden, die jemanden kannten, der Ross ein gutes Geschäft anbieten konnte.

Er lehnte sich gegen die Eisenstäbe und versuchte, ruhig und tief durchzuatmen. Die Stelle auf seinem Rücken, in die sich der Ast gebohrt hatte, war praktisch nicht mehr spürbar. Möglicherweise hatte der Junge doch gute Arbeit geleistet. Ihm entfloh ein unfreiwilliges Grinsen, als er daran dachte, wie der Student ausgerechnet der armen Susan einen Schwung blutiger Tücher in die Hand gedrückt hatte. Infolgedessen war nicht nur sie, sondern auch die Frau hinter ihr in Ohnmacht gefallen. Einen schönen Anblick hatte er gewiss nicht geboten. Die roten Striemen von Peitschenhieben aus einem anderen Leben waren nach wie vor gut sichtbar. Kombiniert mit einem Ast, der aus ihm herauslugte, hatten sie ohne Frage ein makabres Bild abgegeben.

Wenigstens besaß er fantastisches Heilfleisch. Vielleicht ein Andenken aus seinem Dasein als Krieger und Jäger, in dem es lebensnotwendig gewesen war, nach einem Malheur schnell wieder auf die Beine zu kommen. Quälend war nur noch der Muskelkater, der sich durch seinen ganzen Körper fraß. Zumindest war es etwas, das sich wie Muskelkater anfühlte. Genau genommen waren seine Zellen der Meinung, er hätte mit einer Spitzhacke die Rocky Mountains abgetragen, auf seinen Schultern an die andere Seite des Kontinents geschleppt und sie dort wieder aufgebaut.

Noch immer blieb alles ruhig. Im Geiste bedachte er Ross mit sämtlichen Schimpfwörtern, die in seinem Gehirn abgespeichert waren. Er wollte zu Sara. Jetzt. Sofort. Geduld war noch nie eine seiner Tugenden gewesen, und er hatte keine Lust, hier und heute daran zu arbeiten.

Makah knurrte und schlug gegen das Gitter, dass es nur so schepperte. Drei Schritte vor, drei zurück. Zweimal, dreimal, viermal. Nach der sechsten Wiederholung fiel er mit einem saftigen Fluch auf die Pritsche. Wenn Ross nicht bald auftauchte, würde er giftgrün werden, um zwei Meter wachsen und diesen Laden in Schutt und Asche legen.

Irgendwo erklangen Stimmen. Eine Tür wurde geöffnet. Als er das letzte Mal gedacht hatte, die Warterei sei zu Ende, war lediglich ein Betrunkener in die Ausnüchterungszelle verfrachtet worden.

„Himmeldonnerwetter, das ist doch wohl nicht Ihr Ernst!"

Makah sprang auf. Na bitte. Es war Ross. Dieser wunderbare Vollidiot. Er würde ihm um den Hals fallen, sich bei ihm bedanken und ihm anschließend einen Magenschwinger verpassen. Vielleicht auch in umgekehrter Reihenfolge.

„Wenn er's sagt, dann war's auch so, Grundgütiger."

Zwei Beamte tauchten vor seiner Zellentür auf, einen blutrot angelaufenen Ross flankierend. Die Augen des Ranchbesitzers flackerten und funkelten wie kanadische Nordlichter. Stroh hing in seinen strubbligen, grauen Haaren. Seine Jeans-Latzhose und die Stiefel starrten vor Dreck. Er sah zum Davonlaufen aus. Wie an dreihundertvierundsechzig Tagen im Jahr.

„Ist mein bester Mann. Ohne ihn kann ich einpacken. Also lassen Sie ihn verdammt noch mal da raus!"

Alles, was jetzt geschah, wehte surreal an ihm vorüber. Keiner der Beamten vergaß die Regeln guten Benehmens, keiner wagte Widerworte. Ross mochte aussehen wie ein hinterwäldlerischer Schweinebauer, aber er war ein Weißer und besaß landesweit einen guten Ruf, was seine Pferdezucht und den Umfang seines Vermögens betraf. Falls die Polizeibeamten nicht über dieses Wissen verfügt hatten, war dieser Umstand beseitigt worden. Ross versäumte es nie, an seine Begrüßungen ein „wussten Sie schon, dass …" zu hängen, um anschließend in Bausch und Bogen seine Erfolgsgeschichte zu schildern.

Idiotischerweise wirkte diese Prahlerei fast immer. So auch diesmal. Man verabschiedete sie in aller Höflichkeit. Nicht so, als hätte man ihn noch vor wenigen Stunden noch als Nichtsnutz und Penner bezeichnet, sondern vielmehr, als wären sie Gäste eines angesehenen Kurhotels. Es währte keine zwei Minuten, bis er in einen sonnenwarmen Frühlingstag hinaustrat und von Ross zu einem nagelneuen, silbergrauen Land Rover gelotst wurde.

„Diese Station besteht aus Jekylls und Hydes", brummte Makah. „Je nachdem, über welche Abstammung man verfügt."

„Ist doch immer dasselbe." Ross schüttelte den Kopf, startete den Motor und ließ ihn aufheulen. „Lass mal, Junge. Schwamm drüber. Hast anscheinend gerade 'ne Pechsträhne, was?"

„Kann man so sagen. Oder … nein, das wäre falsch." Er seufzte und dachte an Saras wundervolle Türkisaugen. „Nennen wir es eher Glücks-Pechsträhne. Oder was auch immer."

„Ah, das Mädel." Ross zwinkerte vielsagend. „Wo liegt sie denn?"

„Comanche County Memorial Hospital." Diesen Namen hatte er zwar schon zweimal am Telefon erwähnt, aber Hauptsache, er kam auf dem schnellsten Wege zu Sara. „Und danke", fügte er hinzu. „Wenn du nicht gewesen wärst, hätten diese Idioten vermutlich ein paar gute alte Wild-West-Traditionen wieder aufleben lassen."

„Sieht ganz so aus." Ross schlingerte um eine Kurve und fädelte sich ohne übertriebene Rücksichtnahme in den morgendlichen Berufsverkehr ein. Penetrantes Gehupe folterte Makahs Ohren. „Dein Auge sieht ja

lustig aus. Was hast du angestellt?"

„Nichts. Außer, dass ich es wagte, meine Schuld nicht einzugestehen." Er schloss die Augen und ließ sich vom dumpfen Surren des Motors einlullen. *Komm zur Ruhe*, beschwor er sich. *Fahr runter. Schalt einen Gang zurück. Sonst wirst du nicht alt.* „Aber das Auge ist noch gar nichts. Du solltest mal den Rest von mir sehen. Ich sehe aus wie Jesus. Nachdem ihn Mel Gibson in den Fingern hatte."

Ross stieß einen bellenden Laut aus, der wohl seine Empörung vertonen sollte. „Die haben dich vermöbelt?"

„Nur etwas eingeschüchtert. Versuchsweise. Gewirkt hat es nicht."

Ross ballte eine Hand zur Faust und reckte sie gen Autodach. „Warte nur, das wird denen noch leidtun. Ihre Arschkriecherei ändert daran gar nichts. Und die Kleine wurde in deinem Haus niedergeschlagen?"

„Yep."

„Das war ein Mordversuch."

Allerdings. Sein Magen drehte sich um. Wie immer, wenn er diesen Gedanken an sich heranließ.

„Wer in Herrgottsnamen bringt eine Frau um, die er gar nicht kennt? Deine Kleine war doch erst einmal bei euch, oder nicht?"

„Yep", wiederholte er. „Ich habe keine Ahnung, aber ich find's raus."

„Wohl ein Verbrechen aus Leidenschaft", mutmaßte Ross. „Könnte mir vorstellen, dass es ein paar eifersüchtige Ladys gibt. Und hey, es tut mir leid wegen … du weißt schon."

„Hm?"

„Dieser Tornado."

„Schon okay."

„Ich schwöre dir, es kam keine Warnung. Rein gar nichts. Anscheinend kennt sich mit diesen Wetterkapriolen keiner mehr aus."

„Heißt das, wir sind quitt?" Makah wand sich unangenehm berührt. Er brauchte das Geld, das die Wanderritte einbrachten. Dringender denn je. Aber er würde den Teufel tun, Ross anzubetteln.

„Wir sind quitt", kam es zu seiner Erleichterung zurück. „So schlimm war's nun auch wieder nicht. Deine Kaution war'n Witz. Hab' schon schwerere Burschen rausgehauen."

Ross zeigte keine Anzeichen von Ärgernis. Wie entspannend musste es sein, dem Finanziellen so wenig Aufmerksamkeit entgegenbringen zu können. „Jetzt mach dir nicht immer so einen Kopf, Junge. Das gibt Magengeschwüre und Falten."

„Hast schon recht. Danke."

Der Kerl hatte gut reden. Ross' finanzielle Reserven erlaubten es, unvorhergesehene Probleme entspannt anzugehen. Wovon er nur träumen konnte. Makah schloss die Augen und fühlte sich in einem Maße müde,

dass der Sitz unter ihm zu schmelzen und ihn in sich aufzunehmen schien. Er sagte nichts und döste vor sich hin, bis Ross mit quietschenden Reifen auf dem Parkplatz des Krankenhauses hielt. Freundlich strahlte die Fassade des modernen Gebäudes, teils mit terracottafarbenem Anstrich versehen, teils aus blitzblankem Glas bestehend.

„Könntest jemanden zum Stall schicken, damit er meine Pferde versorgt? Cezi ist bei Neil."

„Wieso bei Neil?"

„Weder Isabella noch Anna waren auffindbar. Er hat uns zum Krankenhaus gebracht." Makah stieg aus und streckte seine steifen Glieder. „Die Entschädigung kommt, wenn ich zurück bin. Ach ja, und bitte gib Isabella Bescheid, wo ich bin. Du weißt ja, ich habe kein Handy."

„Ein echter Anhänger der Steinzeit." Ross tippte an einen imaginären Hut. „Keine Sorge, ich erledige das. Und denk dran. Nächste Woche Freitag bist du wieder eingeplant. Sofern ich bis dahin alles repariert bekomme."

„Sag, wenn du Hilfe brauchst."

„Gar nichts werde ich. Du brauchst ein paar Tage Ruhe. Arbeiter habe ich genug, aber nicht genug Vollblut-Mohikaner, die die Sehnsucht der Ladys nach hübschen Naturburschen stillen. Ohne dich hätt' ich nur halb so viele Stammgäste. Also sieh zu, dass du solo bleibst, mein Goldesel."

„Ach, lass den Scheiß." Makah grinste, warf die Tür zu und machte sich auf den Weg zu Sara.

Eine freundliche, blonde Dame hinter einem Tresen aus hellem Holz lächelte ihm zu, als wären sie alte Freunde. Makah sah sein verzerrtes Spiegelbild in den glänzenden, gewienerten Böden. Wohin man auch sah schimmerten Pastellfarben, helles Holz und Glas im sanften Licht der in die Decke eingelassenen Strahler. Surreale Kunst prangte an cappuccinofarbenen und cremegelben Wänden. Ein Hotel, kein Krankenhaus. So hätte man meinen können, wäre der Geruch nach Desinfektionsmitteln nicht allgegenwärtig gewesen. Er selbst hatte seine Visionswunden in einer weniger ansprechenden Kaschemme behandeln lassen, aber ein ähnlich unangenehmes Erlebnis wollte er Sara nicht zumuten. Es war davon auszugehen, dass eine New Yorker Karrierefrau gut versichert war. Und falls nicht, würde er einen Weg finden.

Der Weg zu Saras Zimmer erschien endlos. Als er die Tür öffnete, fand er dasselbe Bild vor, das sich ihm bereits vor Stunden präsentiert hatte. Eine blasse, tief und fest schlafende Frau, deren obere Kopfhälfte von Verbänden bedeckt war.

Leise schloss er die Tür. Das Zimmer war wie die gesamte Klinik in sanften Pastellfarben gehalten und vermittelte keine sterile Krankenhaus-

atmosphäre, sondern Wärme und Behaglichkeit. Saras Körper in der reinweißen Bettwäsche sah verletzlich aus. Sein Herz klopfte, als er sich neben ihr auf das Bett sinken ließ. Ihr Haar, das unter dem Verband hervorquoll, schimmerte im Sonnenlicht. Goldener Flaum bedeckte ihre Arme und ihren Hals.

Lange saß er da und sah sie an. Ergriffen, ungläubig, erschüttert. Sie war zu ihm gekommen, und nun lag sie hier. Knapp einem Mord entgangen. Trug er die Schuld daran? War ihre Sehnsucht nach ihm der Grund für ihren Zustand? Vielleicht hatte sie von der Tornado-Katastrophe gehört und war gekommen, um sich von seinem Wohlergehen zu überzeugen. Das wiederum war ein Gedanke, der seinen Körper und seine Seele mit ungeheurer Wärme flutete und sein Schuldgefühl gleichzeitig ins Exorbitante steigerte.

Er streichelte ihre auf dem Kopfkissen ausgebreiteten Locken. Küsste ihre Stirn und ihre Lippen, sog ihren Duft auf und sandte stumme Gebete zum Himmel. Sie würde wieder gesund werden, hatte der junge Arzt geschworen. Alles, was bleiben würde, war eine zarte Narbe. Wo mochte sie gerade sein? Träumte sie von ihrer gemeinsamen Nacht? War sie eingehüllt von Flammenwärme, schweißnasser Haut und dem Nebel der Lust? Oder war sie in ihren Visionen längst weitergegangen und kämpfte verzweifelt gegen den unaufhaltsamen Wandel der Zeit?

„Ich will dich in eine Decke aus Wind hüllen", flüsterte er in ihr Ohr. „Ich will dich in einer Wiege aus Träumen schaukeln. Wenn der Wind mir durch das Haar weht, weiß ich, dass du dich in meinem Herzen bewegst."

Sara lächelte und seufzte, doch ihre Augen öffneten sich nicht. In stetigem Rhythmus tropfte die Infusion, vielleicht Schmerzmittel, vielleicht auch ein Medikament, dass sie schlafen ließ.

Wie damals in Nocona brannte auch in ihm der Entschluss, die Liebe seines Lebens auf Teufel komm heraus zu beschützen. Die Grenze zwischen seiner Seele und der des Kriegers war hauchdünn. Stünde hier und jetzt der Mensch vor ihm, der Sara das angetan hatte, würde er wie sein früheres Ich nicht lange fackeln. Er würde in eine Metamorphose eintreten, die unumkehrbar war. Hier und heute kämpfte er auf andere Weise, weil die Welt eine andere geworden war. Aber unter den gleichen Voraussetzungen, unter den gleichen Gesetzen, wäre er ebenso fähig, zu töten, wie er es damals gewesen war.

Makah verschränkte die Arme auf dem Bettrand und legte den Kopf darauf. Mit der Stirn berührte er Saras Hüfte, mit einer Hand umfasste er ihre kühlen Finger. Er wusste, dass sie im Geiste in der Vergangenheit war.

„Pass auf dich auf", flüsterte er. „Wo und wann auch immer du bist."

Naduah, 1844

Das erste, was sie roch, waren Schlüsselblumen. Ihre Finger tasteten über ölige Haut. Sie öffnete die Augen, benommen vom Schlaf und wohliger Wärme. Nein, es war kein Traum gewesen. Nocona schlief neben ihr, hatte sich auf den Bauch gedreht und hielt sein Kopfkissen mit beiden Armen umklammert.

„Ich will dich in eine Decke aus Wind hüllen." Naduah strich mit den Spitzen ihrer Finger über seine Wange. „Ich will dich in einer Wiege aus Träumen schaukeln. Ich werde dir ein Lied vom Gras singen."

„Wenn der Wind mir durchs Haar weht", kam es schläfrig zurück, „weiß ich, dass du dich in meinem Herzen bewegst."

„Ihr kennt das Lied auch?" Naduah schnupperte an seinem zerzausten Haar. Alles roch nach Schlüsselblumenöl und dem Aroma ihrer Liebe. Die Muskeln ihres Körpers schmerzten, ihr Schoß brannte. Nie hatte sich ein Schmerz herrlicher angefühlt. „Huka hat es immer gesungen. Für Mahto."

„Sicher kennen wir es. Es ist uralt." Nocona gähnte und fuhr mit dem Daumen über seinen Mundwinkel. Sie beugte sich über ihn und küsste seine Schulter. Genüsslich ließ sie ihre Zunge über die duftende Haut wandern und zerfloss schier vor Wonne. „Sieh nur, wir sehen aus wie Murmeltiere."

Dank der Mischung aus Öl und Fell klebten zahllose Härchen auf ihren Körpern. Glucksend rollte sie sich wieder auf die Seite und zog die Decke bis an ihr Kinn hoch. Eine solch selige Leichtigkeit erfüllte sie, wie sie sie nie zuvor verspürt hatte. Ewig hätte sie hier liegen können, in ihrer weichen, warmen Zuflucht, doch Nocona war des Schlafens überdrüssig.

Behände stand er auf, ging zu seinen Kleidern hinüber und zog sich an. Sie stieß ein sehnsuchtsvolles Gurren aus, während sie ihn beobachtete. Am liebsten wäre es ihr, Nocona nur noch so zu sehen wie in der vergangenen Nacht. Nackt und willig unter ihren Händen. Jedes Kleidungsstück, das er sich überzog, wollte sie wieder von seinem Körper reißen. Um ihn erneut zu küssen und zu berühren. Um die Glätte seiner Haut zu spüren und ihn in sich aufzunehmen.

„Komm, mein Murmeltier." Einladend streckte er ihr die Arme entgegen. „Draußen wartet der Sonnenaufgang. Ich will mit dir den Tag begrüßen."

Kälte kroch über Naduahs Haut, als sie sich aus den Fellen schälte und nach ihrem Kleid angelte.

„Das ist viel zu dünn. Warte." Nocona ging zu einer Truhe und wühlte darin herum. Schnell wurde er fündig. „Hier, nimm ein Hemd von mir.

Und die Stiefel. Sie dürften zu groß sein, aber ich will nicht, dass du am ersten Tag unserer Ehe erfrierst."

„Ich bin nicht so zart, wie du denkst."

„Das weiß ich. Aber jetzt zieh es an. Komm schon."

Nach ausgiebigem Gähnen und Strecken schlüpfte sie in seine Kleider, was nicht nur wegen des dicken, weichen Leders eine Wohltat war. All das, was sie jetzt trug, gehörte ihm. Es roch nach ihm und trug die Wärme seiner Haut in sich. Zwar fiel ihr das Hemd bis über die Knie und war fast so lang wie ihr Schlafkleid, doch sie beschloss, nie wieder etwas anderes zu tragen.

„Setz dich hin!" befahl sie. „Ich werde mich um dein Haar kümmern. Wie es sich für eine Ehefrau gehört."

Er gehorchte mit einem diebischen Lächeln. Sie suchte nach einer Bürste und einem Lederband, fand beides recht schnell und kniete sich hinter ihn. Behutsam ließ sie ihre Finger durch sein Haar gleiten, beobachtete das Schimmern darauf, schnupperte daran und hielt es an ihre Lippen, um seine Weichheit zu spüren.

Langsam ließ sie die Bürste durch jede einzelne Strähne gleiten. Immer wieder fing er ihre Hand ein und hauchte Küsse darauf, ließ seine Finger über ihre Arme gleiten und bedachte sie mit erstaunten Seitenblicken, als könnte er nicht glauben, dass ihre Leben nun zu einem geworden waren.

Schließlich, als Naduah die Bürste beiseitelegte und nur noch mit den Fingern durch das schwere, glänzende Haar strich, wand er sich wohlig unter ihren Berührungen.

„Lass uns rausgehen, mein Blauauge. Sonst werden wir nichts mehr vom Sonnenaufgang sehen, weil ich wieder über dich herfallen muss."

Sie konnte sich ein Kichern nicht verkneifen. Oh ja, mochte er sie nur packen und sich auf sie werfen. Genauso wie gestern. Nichts anderes wünschte sie sich. Sie nahm zwei Haarsträhnen in Höhe seiner Schläfen auf, zwirbelte sie zusammen und verknotete sie am Hinterkopf mit dem Lederband.

„Es wird noch viele Sonnenaufgänge geben", gurrte sie in sein Ohr. „Wir können gern dort weitermachen, wo wir vorhin aufgehört haben."

„Meine kleine, lüsterne Haselmaus." Nocona fuhr herum und zog sie an sich. Ehe sie nach Luft schnappen konnte, stahl er sich einen Kuss, der unendlich schien und sie im Innersten vor Sehnsucht zerreißen wollte. Seine Lippen schmeckten so leidenschaftlich wie in der vergangenen Nacht. Nein, noch leidenschaftlicher. Eine Hand griff in ihren halb aufgelösten Zopf, die andere strich mit festem Druck über die Rundung ihrer Hüfte.

„Kein Mann wird je glücklicher sein als ich." Seine Stimme klang wie dunkler Honig. Tastende Finger glitten unter ihr Schlafkleid und liebkos-

ten ihren Oberschenkel. „Ich will dich, Naduah. Ich will dich so sehr, dass es wehtut. Lass uns gehen, sonst ist es vorbei mit meiner Beherrschung. Später gebe ich dir alles, was du willst. Und so oft du es willst."

Mit einem Grollen in der Kehle fuhr er hoch, zog seine Bisonrobe vom aufgespannten Seil und verschwand so schnell aus dem Zelt, dass sie kaum wusste, wie ihr geschah. Ein verblüffter Ausruf erklang von draußen, gefolgt von Gekicher und Gepruste. Zwei Gestalten rannten fort, Schnee knirschte unter schnellen Schritten.

„Icabu!", hörte sie Nocona brummen. „Ich hätte es mir denken können."

Was war jetzt schon wieder los? Dieses dürre Wiesel war kein Freund, sondern ein Feind, bedachte man die Tatsache, dass er keine Gelegenheit ausließ, Nocona auf jede nur erdenkliche Art anzugreifen. Meist erfolglos, was den Eifer dieses garstigen Skunks noch zu steigern schien. Sie trat aus dem Zelt, schmiegte sich an ihren Mann und starrte auf das Ding, das vor ihren Füßen lag. Es glich einer gepanzerten Kugel, zusammengefügt aus zahllosen großen und kleinen Plättchen. Zaghaft begann die Kugel, sich zu öffnen. Eine lange Schnauze kam zum Vorschein, gefolgt von zwei argwöhnisch blinzelnden Knopfaugen.

„Ein Gürteltier?" Kaum hörte es ihre Stimme, rollte sich das Geschöpf wieder zusammen. „Was bedeutet das?"

„Es bedeutet Unsinn." Noconas Gesichtsfarbe verdunkelte sich. „Icabu hat mir erzählt, ich müsse ein Gürteltier erwürgen und ...ach nichts."

„Und was?"

„Er sagte, diese Medizin macht einen Mann ausdauernd."

Sie konnte ein Lachen nicht unterdrücken, als er mit ernster Miene an sich hinuntersah. „So etwas hast du nicht nötig", beeilte sie sich zu sagen. „Wenigstens lebt das arme Ding noch. Ich meine das Gürteltier."

Offenbar seiner eigenen Angst überdrüssig, rollte sich das Geschöpf aus, entfaltete seine Beine und zockelte davon.

„Icabu sollte Prophet werden." Sie reckte und streckte sich. Die Schmerzen an allen nur erdenklichen Stellen ihres Körpers trübten das Verlangen nach neuer Vereinigung nicht im Geringsten. „So viel, wie er redet, wäre er dafür geboren."

„Lebt euer Prophet Eule noch?"

„Nein. Er hat eine wichtige Sache nicht vorausgesehen. Nämlich die, dass genau dort, wohin er einen Haufen setzen wollte, eine Klapperschlange unter dem Laub lag. Das Tier verbiss sich in seinem ...du weißt schon."

„Hintern?"

„Nein."

„Großer Geist. War denn niemand da, der die Wunde hätte aussaugen

können?"

„Ich nehme an, es wollte sie niemand aussaugen."

Sie schüttelten sich vor Vergnügen, nahmen einander an die Hand und liefen in den Morgen hinaus. Kalte, frostige Pracht lag über dem langsam erwachenden Land. Sie betrachteten die funkelnden Bäume und Sträucher, den in Flammen stehenden Himmel und die Verwehungen des Schnees, in denen sich die Farben der Dämmerung widerspiegelten. Ehrfurcht erfüllte sie, und sie war glücklich.

Noch war die glitzernde Decke auf den Hügeln makellos, unberührt von Fußstapfen, Huf- oder Pfotenspuren. Wie das erste von den Göttern erschaffene Paar schritten sie durch den Schnee. Nur für sie rieselte der Schnee von den Zweigen der Bäume. Nur für sie sang das Wasser des Flusses so gespenstisch unter seiner dünnen Schicht aus Eis.

„Vater Sonne." Nocona schloss die Augen, als die ersten Strahlen durch die Pappeln fielen und ihre Gesichter streiften. „Er ist trotz des Winters stark."

„Aber ohne die Erde wäre es eine nutzlose Kraft." Sie vollführte eine theatralische Geste. „Sie ist es, die uns ernährt. In ihrem Schoß wachsen die Samen, die er zum Leben erweckt."

„Fühlst du, dass etwas in dir wächst?" Nocona blieb stehen und legte eine Hand auf ihren Bauch. Eine Gänsehaut überzog sie, die nichts mit der Temperatur des Morgens zu tun hatte. Sie hatte das Gleichgewicht gefunden, nach dem jeder Mensch so sehnsüchtig strebte. Ob es ihm bewusst war oder nicht. „Denkst du, dass dein Körper meinen Samen nährt?"

Sie sah in seine Augen und erinnerte sich an den Tag, als Nocona das erste Mal auf sie hinabgeblickt hatte. Sie dachte daran, wie schön und tröstend ihr diese Augen erschienen waren, umso mehr, da Hass und Krieg um sie herum tobte. Vielleicht hatte sie damals diesen Morgen durch den Nebel der Zeit gespürt. Diesen perfekten Augenblick.

„Ich weiß nicht", flüsterte sie. „Aber ich hoffe es."

„Wenn ein Kind in dir heranwächst, beneide ich es. Es ist eins mit dir. Das wäre ich auch gern."

Am Ufer des Flusses, neben einer großen Pappel, blieben sie stehen. Hier war sie, an einem Wintermorgen am Ufer des Flusses, verheiratet mit dem Mann, den sie seit ihrer Kindheit liebte, und gewärmt von den ersten Sonnenstrahlen.

Sie betrachtete das dünne Eis, das den Fluss zur Hälfte überzog. Seine Zerbrechlichkeit entsprach der des Glückes, aber blieb es kalt, würde das Eis schnell an Stärke gewinnen, bis es unzerstörbar wurde und nur die Wärme des fernen Frühlings zu fürchten hatte.

„Was ist los?" Nocona zauste ihr Haar, warf seine Robe beiseite und

trat ein paar Schritte zurück. Ein schelmisches Grinsen auf den Lippen, bückte er sich, hob Schnee auf und formte ihn zu einem Ball. „Ich will nicht, dass du grimmig aussiehst, mein Blauauge. Nicht nach unserer ersten gemeinsamen Nacht. Bist du etwa nicht glücklich mit mir? Bin ich dir nicht gut genug? Habe ich etwas falsch gemacht?"

Der Schneeball traf sie mitten auf die Stirn. Eiseskälte rieselte unter ihre Kleidung und sorgte dafür, dass der letzte Rest Schläfrigkeit wie ein Blitz aus ihren Knochen fuhr.

Schnell formte sie ihrerseits einen Ball und warf ihn nach Nocona, doch der ergriff in weiser Voraussicht die Flucht. Behände schlug er Haken, tanzte und sprang vor ihr her und lachte, als auch ihr zweiter und dritter Wurf danebenging.

„Wieder nicht getroffen, große Jägerin. Das waren mindestens drei Büffellängen."

„Warte nur. Dir wird das Grinsen schon noch vergehen." Sie formte einen vierten Ball, wartete, bis Nocona stehen blieb, und warf ihn mit aller Kraft. Diesmal verfehlte sie ihn nicht. Das Geschoss traf ihn mitten ins Gesicht. Schnaufend schüttelte er sich den Schnee aus den Haaren.

„Lahmer Kojote!"

„Ach ja?" Seine Miene troff vor gespieltem Hochmut. „Ich wollte nur, dass du dich besser fühlst. Deswegen habe ich mich treffen lassen."

Er kniff die Augen zusammen, spannte sich an und rannte los. Ihr entfloh ein Quieken. Wie ein Kaninchen huschte sie zwischen den Pappeln hin und her, formte im Laufen weitere Bälle und warf sie gegen ihren Verfolger. Vergeblich. Nocona war so schwer zu treffen wie ein Antilopenhase. Mit wütendem Knurren warf sie sich hinter einen umgestürzten Baum, wartete, bis er fast bei ihr war, und versuchte ihr Glück mit einem besonders großen Ball. Tatsächlich! Sie traf ihn hart an der Schulter.

„Na warte!" Er wollte sich auf sie stürzen, stolperte stattdessen über eine Wurzel und ging zu Boden. Diese Gelegenheit nutzte sie, warf sich auf ihn, packte mit beiden Händen eine Ladung Schnee und rieb sie ihm mitten ins Gesicht.

„Na, wie hat dir das geschmeckt, großer Lanzenträger?"

Bewegungslos starrte er zu ihr auf. Seine Augen blitzten empört.

„Sag schon was. Hat es dir die Sprache verschlagen?"

Naduah sah nicht mehr als ein Zucken seines Körpers. Mit unfassbarer Schnelligkeit hatte er sie gepackt und über seine Schulter geworfen. Wie ein erbeutetes Reh schleppte er sie zum Fluss hinunter. Genau an jene Stelle, wo Strömungen eine tiefe Senke in das Kiesbett gegraben hatten. Nein! Das konnte er unmöglich tun!

„Lass mich los! Wage es ja nicht!"

„Du bist behaart wie eine Büffelkuh." Er drehte sich um und hielt sie

über das gurgelnde Wasser. „Eine Wäsche ist dringend nötig, um wieder eine Frau aus dir zu machen."

„Nein! Lass mich runter! Lass mich sofort runter!"

„Ach was, rein mit dir. Sogar unsere Neugeborenen tauchen wir ins Eiswasser, wenn sie das Pech haben, im Winter geboren zu werden."

Er schwenkte sie wie einen Sack herum, tat, als würde er Schwung holen und hielt erst inne, als sie in höchsten Tönen kreischte. Seine Hand tätschelte genüsslich ihren Hintern. Bei allen Dämonen, sie würde sich bitterlich rächen, sobald er sie freiließ.

„Du darfst runter, mein Blauauge, wenn du mir das Lied vorsingst, mit dem du mich damals zurückgeholt hast."

„Gar nichts singe ich dir vor."

Sie zog sein Hemd hoch, steckte ihre eiskalte Hand darunter und presste sie auf seine Haut. Das ließ ihn heftig nach Luft schnappen.

„Garstiges Wiesel! Du sollst mir etwas vorsingen und mich nicht mit deinen kalten Pfoten quälen. Los, sing. Sonst landest du im Wasser."

Wieder baumelte sie über der Senke, aber sie dachte gar nicht daran, seiner Aufforderung zu folgen. „Sing doch selbst."

„Das Schicksal hat mich mit einer Frau geschlagen, die mir nicht gehorchen will. Was soll ich nur tun, dass du mich ehrst? Dir den Hintern versohlen?"

Naduah schlug ihm mit beiden Fäusten auf den Rücken. „Gehorchen? Die Augen werde ich dir auskratzen, genau wie Icabu es gesagt hat."

Nocona lachte. Es war ein solch vergnügtes, ansteckendes Lachen, dass sie bald glucksend und japsend über seinem Rücken hing, mit den Beinen strampelte und auf seinen Hintern eindrosch.

„Lass mich runter, du Tyrann. Mir wird schlecht."

„Ich dachte, du bist zäher, als du aussiehst."

„Ich warne dich! Wenn …"

Sie verstummte. Eine Bewegung im Augenwinkel zog ihre Aufmerksamkeit auf sich. Jemand bewegte sich durch den Schnee auf sie zu.

„Dreh dich um! Nein, nicht nach links, nach rechts. Noch ein bisschen …ja, genau so."

Jetzt konnte sie die Gestalt genauer erkennen. Ein zartes, kleines Gesicht. Lange schillernde Zöpfe. Die unvergleichliche Anmut ihrer Schritte. Kehala.

„Deine Schwester kommt." Naduah wand sich in Noconas Griff. „Lass mich endlich runter. Mach schon!"

Er tat wie geheißen, doch ehe sie ihre Rache in Angriff nehmen konnte, zog er sie an sich und drückte sie an seinen erhitzten Körper. Fluchend und zitternd kämpfte sie gegen seinen Griff, was er lediglich mit einem wölfischen Lächeln kommentierte. Er zwang sie zu einem Kuss,

drängte sie zurück und warf sie gegen einen Baum. Ihr entfloh ein Keuchen, als sich sein Knie zwischen ihre Beine drängte. Ihre Hände tasteten abseits, schoben seinen Schurz beiseite und legten sich auf den glatten, gewölbten Muskel darunter. Ein tiefes Knurren grollte in seiner Kehle. Heiß und feucht glitt seine Zunge über ihren Hals.

„Störe ich? Soll ich wieder gehen?"

Nocona holte tief Luft, wich zurück und wandte sich Kehala zu. „Ach was, ich musste dieser kleinen Krötenechse nur zeigen, wer ab heute ihr Herr ist."

„Träum weiter." Naduah lachte.

Seine Schwester legte neugierig den Kopf schief. Ihre Scheu war wie weggeblasen. Sie trug hohe Stiefel und ein Winterkleid samt langem, pelzgefüttertem Poncho. Der Wind spielte mit ihrem offenen Haar. Die Schönheit dieses Wesens war unwirklich. Träumerisch und entrückt.

Nocona umarmte seine Schwester. Etwas unendlich Zärtliches und Vorsichtiges lag in seinen Berührungen, als wäre es seine Aufgabe, alles Böse, das dieses liebliche Wesen durchlebt hatte, durch seine Liebe auszugleichen. „So wird ein wundervoller Morgen noch herrlicher, mein Kolibri."

Kehala rollte mit den Augen. „Seine Zunge ist süß, Naduah. Lass dich davon nicht einspinnen. Er ist wie ein hinterlistiger Geist, der dir Dinge ins Ohr säuselt, die dich verrückt machen sollen. Und das nur, damit er seinen Willen bekommt."

„Die Warnung kommt zu spät." Mit heißem Kopf scharrte sie im Schnee herum. „Ein paar Jahre zu spät."

„Ich weiß. Es tut mir leid, dass ich dir so lange aus dem Weg gegangen bin." Unvermittelt wurde sie von zwei dünnen Armen umfasst. Kehala drückte sie an sich. Leicht wie ein Vögelchen, doch mit ehrlicher Herzlichkeit. „Es macht mich glücklich, dich in unserer Familie zu wissen. Von heute an bin ich deine Schwester und Freundin."

Naduah küsste das Mädchen auf die Stirn. Als Kehala zurückwich, überbrückte sie ihre sprachlose Überwältigung mit einem Lächeln.

„Ab sofort gehörst du zu uns. Sollte mein Bruder dich je schlecht behandeln, komm zu mir, damit wir ihn gemeinsam bestrafen."

Nocona stöhnte. „Womit habe ich das verdient?"

„Wenn er dir nicht jeden Wunsch von den Augen abliest", fuhr Kehala fort, „wird er Ärger bekommen. Wenn er dich nicht auf Händen trägt, legen wir ihm Stechwanzen ins Bett."

Ein verschmitztes Lächeln hellte das Gesicht des Mädchens auf. Es erinnerte Naduah auf überwältigende Weise an Nocona. Ja, es war haargenau dasselbe Lächeln. Ein wenig schief, ganz und gar durchtrieben und auf unerhörte Weise liebenswert.

„Mach dir keine Sorgen, Schwester“, verkündete er mit ernster Miene. „Ich würde meiner Frau niemals etwas zuleide tun. Es sei denn, sie ehrt mich nicht in gebührlicher Weise. Oder sie verbrennt mein Essen. Oder sie wärmt mein Lager nicht vor.“

Naduah und Kehala kicherten und tauschten vielsagende Blicke. Blitzschnell griff das Mädchen in den Schnee, nahm eine Handvoll und warf sie in das Gesicht ihres Bruders. Eine wilde Schlacht entbrannte, bis Kehala sich mit Knuffen und Tritten aus dem knurrenden und lachenden Knäul befreite. Naduah blinzelte den Schnee aus den Augen und sah, wie Noconas Schwester sich aufrappelte.

„Seht mal!“ Das Mädchen beschattete ihr Gesicht mit einer Hand. „Da kommt jemand. Und es ist kein Nunumu.“

Schleunigst war das Spiel vergessen. Sie klopften den Schnee von ihren Kleidern und blickten nach Osten, dorthin, wo sich die Hügel in nicht mehr auszumachender Ferne verloren. In jener Himmelsrichtung fiel das Land lang gezogen ab und schwang sich zum Horizont in einer sanften Welle empor, sodass der Blick schier ins Unendliche glitt. Ein winziger Punkt bewegte sich durch das gewellte Weiß auf sie zu.

„Er reitet wie einer aus dem Volk.“ Nocona kniff die Augen zusammen, was seinem Gesicht etwas Raubvogelhaftes verlieh. „Aber etwas ist nicht so, wie es sein sollte.“

„Er ist allein“, stellte Kehala fest. „Sieht so aus, als wollte man ihn begrüßen.“

Eine Gruppe Krieger war gerade im Begriff, sich auf die Pferde zu schwingen. Man ging nicht von der Harmlosigkeit des Besuchers aus und trug Lanzen, Bögen und Äxte bei sich, um für den Fall, dass sich der Mann als Feind entpuppte, schnell die passende Meinung kundtun zu können, die meistens darin bestand, ihn bewusstlos zu schlagen und den Frauen zum Foltern zu überreichen.

„Er trägt nicht die Kleidung des Volkes.“ Nocona schloss seine schreckensstarre Schwester in die Arme. Kälte trat in seinen Blick und legte einen harten, fremden Klang in seine Stimme. „Aber ich sehe zwei mit Otterfell umwickelte Zöpfe.“

„Diese Augen sind nicht menschlich“, brummte Naduah. „Dein wahrer Vater muss ein Adler sein.“

Nocona reagierte nicht. Der herannahende Reiter nahm ihn völlig gefangen. So verbissen sie auch spähte, die Gestalt blieb für sie auf diese Entfernung ohne Details. Argwohn stieg in ihr auf. Ein solch überraschender Besuch bedeutete selten Gutes. Warum trug er die Kleidung der Weißen, wenn es einer aus dem Volk war? Was suchte er hier?

„Er hat es eilig“, sagte Nocona. „Sehr sogar. Was immer er zu berichten hat, es scheint dringend zu sein.“

Gemeinsam verfolgten sie, wie der Reiter näher kam. Naduah schmiegte sich an die Brust ihres Mannes, denn das eisige Gefühl in ihrem Bauch nahm zu und verstärkte sich zu der Gewissheit, dass der Besucher schlechte Nachrichten brachte. Nocona hingegen, sichtlich zufrieden mit seiner Beschützerrolle, blickte von einer zur anderen.

„Keine Sorge, meine Täubchen. Wenn er euch etwas antun will, zerteile ich ihn in hundert Stücke, noch ehe er schreien kann."

Inzwischen hatten die Krieger den Mann erreicht. Sie umzingelten ihn, zerrten ihn vom Pferd und fielen, als er am Boden lag, wie Wölfe über ihn her. Selbst aus der Ferne drang das Geschrei und Geheul deutlich an ihre Ohren.

„Was tun sie mit ihm?" wisperte Naduah.

„Vielleicht skalpieren sie ihn." Kehalas Augen funkelten mitleidlos. „Oder sie schneiden ihm Hände und Füße ab, wenn es ein Weißer ist. Ich hoffe, er überlebt es."

„Damit er drei Tage euch Frauen gehört?" Nocona schnalzte mit der Zunge. „In keinen anderen Dingen entwickelt ihr so viel Fantasie, wie wenn es darum geht, Männer zu foltern."

„Weil ihr es meistens verdient habt", blaffte Kehala zurück. „In all eurer niederträchtigen, gewaltsamen, gefühllosen …"

„Schon gut", fiel er ihr ins Wort und zog sie mit einem Ruck noch fester an sich. „Deine Kritik kam an. Ich gehe mich schämen, sobald sich das Geheimnis unseres Besuchers geklärt hat."

Kehala brummte etwas Unverständliches, während ein schiefes Grinsen ihren harten Gesichtsausdruck aufweichte. Wie gebannt beobachteten sie den fremden Besucher, der sich inzwischen erfolgreich aus der Kriegermeute freigekampft hatte und wild gestikulierend zurucktaumelte. Offenbar noch in Besitz seiner Hände und Füße. Rüde schubste ihn ein Mann gegen sein Pferd und deutete auf den Sattel, eine Aufforderung, die der Fremde augenblicklich umsetzte. Flankiert von den Kriegern setzte er seinen Weg fort, durchquerte den Fluss an jener Schleife, die sich wie ein schützender Arm um das Dorf schlängelte, passierte den Hain aus Birken und Pappeln und schließlich die ersten Tipis. Sie vermutete, dass man ihn zum Zelt des Häuptlings bringen würde, doch zu ihrem Erstaunen ließ der Trupp das entsprechende Tipi links liegen und ritt weiter.

„Wohin wollen sie denn?" Kehala umschlang ihren Bruder mit beiden Armen und presste sich an ihn, als wollte sie in ihn hineinkriechen. „Wollen sie ihn im Fluss ertränken?"

„Nein." Nocona schüttelte den Kopf. „Wenn er keinen guten Grund hat, um hier zu sein, wäre er längst tot."

Die Gruppe passierte das letzte Zelt, schwenkte nach links und hielt

schnurstracks auf sie zu. Spätestens jetzt war ihr Ziel eindeutig. Naduahs Eingeweide fühlten sich an wie frostige, ineinander verknotete Schlangen. Sie wollte sich herumwerfen und fliehen, doch Nocona hielt sie an der Schulter fest.

„Bleib hier, mein Kolibri. Das ist bestimmt wieder ein Händler, der dich freikaufen will. Soll er nur kommen. Die Hunde fressen gern frische Händlerzunge. Und ich brauche einen neuen Skalp für mein Schild."

„Es ist kein Weißer", warf Kehala ein. „Aber ein Nunumu ist er auch nicht."

„Stimmt nicht ganz." Nocona legte gespannt den Kopf schief. „Er ist ein Weißer in der Kleidung der Kiowa. Was das wohl zu bedeuten hat?"

Naduah hob ihre Hände und sah, dass sie zitterten. Ihre Knie drohten nachzugeben, ihr Herz raste. Schwindel drohte sie zu übermannen. Sie hasste sich für ihre Angst. Zu oft hatte sie davon geträumt, entdeckt und zurückgeholt zu werden.

„Ich lasse nicht zu, dass dir jemand etwas antut." Noconas Körper vermittelte Stärke und Schutz. Sie ließ sich darin fallen und beschwor sich, dass er niemals zulassen würde, dass man sie mitnahm. „Wenn dieses Gelbe Haar gekommen ist, um dich freizukaufen", raunte er ihr zu, „wird er das bereuen. Ich werde seine Haut in Streifen schneiden, mir neue Schnüre daraus machen und seine Leber mit einer Prise Salbei essen. Oder ich stopfte ihn mit Walnüssen voll und sage Makamnaya, er soll sich auf ihn draufsetzen. So zerquetschen wir ihn zu Pemmikan."

Naduah blieb das Lachen im Hals stecken. Inzwischen war die Gruppe so nah, dass Naduah das Gesicht des Mannes erkennen konnte. Es kam ihr vage vertraut vor. Womöglich war er ein Händler, der schon einmal bei ihrem Volk gewesen war. Seine Züge waren trotz ihrer unverkennbaren Anspannung freundlich und weich. Er trug Mokassins und mit Otterfell umwickelte Zöpfe, eine braune, zerschlissene Baumwollhose, ein schwarzes Hemd und einen breitkrempigen Hut. Seine Jacke bestand aus Wildleder, das schlecht gegerbt war und nicht nur übel roch, sondern auch formlos an ihm herunterhing.

Kehalas Blick sprach von nackter Panik, während Noconas Körper nur noch aus steinharten, bebenden Muskeln zu bestehen schien. Jeden Augenblick würde die Kraft, die sie unter ihren Fingern spürte, aus ihrem Käfig ausbrechen und sich gegen den Fremden richten, um ihn in Stücke zu reißen.

„Dieses Gelbe Haar suchte nach dir", ergriff einer der Krieger das Wort. „Wir wollten ihn töten, aber er sagte uns, dass er von deiner Familie sei."

„Meine Familie?" Fassungslos blickte sie zu dem Mann auf. Die frostigen Schlangen in ihrem Bauch verwandelten sich in Glut und sickerten

in ihre Knie hinab. „Nein, das kann nicht sein. Meine Familie ist tot."

„Willst du, dass wir ihn gleich hier umbringen?", fragte ein anderer Krieger. Zum Zeichen dafür, dass er keine Sekunde zögern würde, schwang er seine Kriegsaxt durch die Luft. „Oder sollen wir ihn den Frauen geben? So oder so muss er sterben. Sonst nimmt er dein Geheimnis mit in seine Welt."

„Bitte hört mich an!" Knochenblass vor Angst sprang der Mann vom Pferd, nahm seinen Hut ab und schritt auf Naduah zu. „Bitte, hört mich an!"

Sie presste ihr Gesicht an Noconas Brust. Da war das Spiel seiner Muskeln. Das Anspannen seines Körpers, jederzeit bereit, blitzschnell zu töten. Er würde nicht zulassen, dass man sie mitnahm. Niemals. Im Geiste malte sie sich aus, wie Makamnaya den Mann mit seiner schieren Masse zerquetschte, bis ihm die Augen aus den Höhlen sprangen und seine Knochen sich in Brei verwandelten.

„Wer bist du?", presste sie zitternd hervor „Was willst du von mir?"

„Erkennst du mich nicht?" Der Mann strich über sein Haar. Im sepiafarbenen Schein des Wintermorgens besaß es den Schimmer blasser Bronze. An der Seite seines Halses prangte eine punktförmige Narbe, die von der glühenden Spitze eines Schürhakens herrührte. Sie erinnerte sich. Mein Gott, sie erinnerte sich. Aber das konnte doch nicht sein.

„Ich bin John." Der Mann öffnete seine Arme. „Ich bin dein Bruder. Der, der Tiere aus Stöckchen legte, als unser weißes Leben endete. Ich bin gekommen, um meine verlorene Schwester wiederzusehen. Und um euch zu warnen."

Sie konnte sich nicht regen. Konnte nichts sagen, nichts fühlen. Er war ihr kleiner Bruder. Er war John. Der Junge, den sie verloren geglaubt hatte. Der engelhafte Junge, den sie immer hatte beschützen wollen.

„Zu warnen?" Noconas Stimme durchdrang ihre Benommenheit. In seinen Augen loderte Wut. Naduah wusste, dass allein ihre Gegenwart seine Dämonen im Zaum hielt. In der Vertiefung seiner Kehle pochte es wild, seine Augen verengten sich zu schmalen, hasserfüllten Schlitzen. „Wovor willst du uns warnen?"

„Tu ihm nichts!", flüsterte sie ihm zu. „Bitte."

Nocona rang sich zu einem knappen Nicken durch. Naduah strich ihm zart über die Schulter, zum Zeichen, dass alles in Ordnung war, dann zwang sie ihren Körper einen Schritt nach vorn.

Ihr kleiner Bruder war zurückgekehrt. John war wieder bei ihr.

In seinen Augen schimmerten Tränen, als sie langsam, Stück für Stück, ihre Arme nach ihm ausstreckte. Alles stand still in jenem unwirklichen Moment, da sie sich in die Arme schlossen. So lange her war es, dass sie ihn umarmt hatte. So lange hatte sie seinen Geruch nicht mehr eingeat-

met. Er roch noch genauso wie damals, und obwohl er ein erwachsener Mann geworden war, stattlich und groß, kehrte er wieder, der Drang, ihn vor allem Bösen zu beschützen.

„Wie geht es dir?" Naduah sah sein Gesicht nur verschwommen. Bäche aus Tränen rollten über ihre Wangen. „Was ist passiert? Erzähl mir alles, kleiner Bruder."

Großer Geist, es musste ein Geschenk des Schicksals sein. Er kam zu ihr am glücklichsten Tag ihres Lebens. Doch hinter der Wiedersehensfreude lag etwas Bitteres in seinen Augen, und Naduah begriff, dass sie für das Geschenk einen hohen Preis bezahlen musste.

„Ich komme aus der großen Stadt im Osten." John hielt sie an beiden Schultern und blickte ihr fest in die Augen. Ungläubiges Staunen leuchtete in seinen Augen, die größer und größer wurden, während er sie ansah. „Nach einer Serie von Überfällen der Cheyenne hat man schwer bewaffnete Rangertrupps losgeschickt, um eure Dörfer zu zerstören."

Zu gern hätte sie diese Nachricht ausgeblendet. Sie wollte sich freuen, ihn zu sehen. Einfach nur in dem Glück des Wiedersehens baden. Sein flachsfarbenes Haar, seine blauen Augen, sein Lächeln. Doch er war nicht nur gekommen, um sie wiederzufinden. Der wahre Grund seines Kommens war viel bitterer.

„Hört zu, es ist wirklich wichtig." John holte tief Luft. „Die Lage ist ziemlich … wie soll ich sagen … problematisch geworden. Um nicht stärkere Ausdrücke zu bemühen."

Nocona schnaufte verächtlich. „Das war sie schon immer. Wir brauchen kein Gelbes Haar, um zu wissen, dass der Frieden nicht echt ist."

Naduah spürte seinen ungemilderten Hass, legte eine Hand auf seine Wange und blickte ihn flehend an. „Er ist mein Bruder, Nocona. Liebe ihn, wie du mich liebst."

Aus seiner Kehle kam ein unerwartetes, lautes Lachen. „Also gut, Bruder meiner Frau. Zieh dich aus und komm mit in mein Zelt, damit ich dich liebe, wie ich deine Schwester liebe."

Naduah stieß ihn entrüstet in die Rippen. „Lass den Unsinn. Und hör auf, ihn anzustarren, als wolltest du seine Leber essen."

„Wer sagt, dass ich das nicht will?"

„Du hast gehört, was er zu sagen hat. Er ist gekommen, um uns zu warnen."

„Ja, genau!" John verschaffte sich mit lauter Stimme Gehör. „Deswegen bin ich hier. Ich muss mit euch reden. Es ist wirklich wichtig."

„Also gut." Nocona zog einen Mundwinkel nach oben und drückte damit auf unnachahmliche Weise eine Mischung aus Verächtlichkeit und widerwilliger Rücksichtnahme aus. „Dann rede. Deine Leber kann ich später immer noch essen."

John lächelte dankbar, holte Luft und begann zu berichten: „Nicht alle Überfälle sind auf die Cheyenne zurückzuführen, müsst ihr wissen. Horden von weißen Dieben und Mördern machen sich den Krieg zunutze. Sie plündern, vergewaltigen und töten auf Teufel komm raus, lassen Pfeile und Mokassinabdrücke zurück und wälzen die Schuld auf euch ab. Drei Rangerkompanien sind unterwegs, um Rache zu nehmen. Man nennt sie Los Tejanos Sanguinarios."

„Die nach Blut dürstenden Texaner", murmelte Naduah.

„Ja, und diese Kerle machen ihrem Namen alle Ehre, das könnt ihr mir glauben. Die Mägen eurer tapfersten Krieger sind nicht stark genug, um alle Geschichten zu hören."

„Tssss", machte Nocona, doch John fuhr fort, ohne ihn zu beachten.

„Hier geht es um Vernichtung. Um Auslöschung. Jeder Versuch, Frieden zu schaffen, geht in Chaos unter. Cheyenne töten eine Siedlerfamilie, die Soldaten vernichten im Gegenzug ein Cheyenne-Lager. Ein einzelner Krieger, dessen Frau und Kinder von den Rangern in Stücke gehackt wurden, foltert aus Rache die hochschwangere Frau eines Weißen. Ihre Leiche wird in der Stadt der Bevölkerung präsentiert, alle empören sich über das Gemetzel, schreien nach Vergeltung und treiben die Spirale noch schneller an. Es wird erst aufhören, wenn eine Seite vernichtet ist. Mit Stumpf und Stiel."

„Aus Nissen werden Läuse", brummte Naduah. „Das hat damals Vater gesagt."

John nickte heftig. „Genauso denken neunzehn von zwanzig Gelben Haaren. Wobei es auf der anderen Seite nicht besser aussieht. Und keinem kann man es recht verdenken."

In ihrem Kopf pochte Zorn. Die Gesichter der Krieger wurden hart, in ihren Augen blitzte Kampfeswut. Neben ihr verwandelte sich Nocona in eine Statue aus verkrampften Muskeln, die danach schrien, ihre Kraft freilassen zu können.

„Ihr müsst vorsichtig sein." Johns Griff um ihre Schulter wurde so fest, dass sie sich auf die Zunge biss, um nicht aufzustöhnen. „Nicht nur Ranger durchkämmen das Land. Auch haufenweise Milizen sind unterwegs. Jeder halbwegs fähige Mann wird eingesammelt, im Schnelldurchlauf zu einem Soldaten gemacht, mit Waffen ausgestattet und in den Krieg geschickt. Zwei Tagesritte entfernt traf ich auf solche Männer. Sie lagerten am Fuße eines Granitfelsens, der wie ein Finger zum Himmel zeigt. Ein paar Osage waren bei ihnen. Sie werden sie zu den Dörfern führen. Versteht ihr mich? Sie sehen alle Spuren, die die Gelben Haare nicht sehen."

Nocona straffte sich und holte tief Luft. Jede Konfrontationslust war aus seinem Blick verschwunden, der jetzt nicht mehr blitzte und funkel-

te, sondern düster vor Ernst war. „Keinen halben Tagesritt von hier hat eine Gruppe Penateka am Fluss ihre Zelte aufgeschlagen. Wenn es stimmt, was du sagst, werden von ihrem Dorf spätestens in zwei Tagen nur ein paar qualmende Zeltpfosten übrig sein."

„Ich sage die Wahrheit", antwortete John. „Und danach wird man den Weg zu euch finden. Die Spitzen eurer Tipis sieht man schon von Weitem."

Noconas Gesicht erstarrte auf eine Weise, die ihr einen heftigen Stich versetzte. Es war dasselbe Gesicht wie damals, als er vor ihren Augen von der Kugel durchschlagen worden war. Fassungslos, ungläubig. Sich sträubend gegen das Begreifen.

Naduah wünschte sich, die Männer würden ihr bedeutungsvolles Schweigen endlich brechen. Während sie wartete, dass das geschah, fiel ihr Blick auf Johns Pferd. Schaumflocken klebten auf seiner Brust, sein feuchtes Fell dampfte.

„Jemand muss es abtrocknen und versorgen." Sie wandte sich an die Krieger. „Kann einer von euch es zu den Pferdehütern bringen?"

„Ich werde es tun." Der Jüngste im Trupp nahm die Zügel des Tieres auf und ritt hinüber zum Dorf.

„Nun ja", erhob im selben Moment Nocona seine Stimme. „In diesen Zeiten dauert Frieden niemals lange. Ich habe es geahnt."

„Das ist erst der Anfang." John blickte zum Dorf, in dem das Leben seinen friedvollen, alltäglichen Lauf nahm. „Man ebnet den Weg für Tausende, die noch kommen werden. Siedler und Viehzüchter werden kommen wie ein nie endender Regen. Sie werden alles fortspülen. Ich habe es selbst erlebt."

„Die Kiowa haben dich aufgezogen, nicht wahr?", fragte Nocona zusammenhanglos.

„Ja. Es war ein gutes Leben."

„War?", hakte Nocona nach.

John senkte den Blick. „Das ist eine lange Geschichte. Ich würde gern allein mit Naduah reden."

„Natürlich. Komm mit, wir bringen dich zu unserem Zelt." Ein Lächeln hellte Noconas Gesicht auf. So bittersüß und schön, dass der Schmerz sich in Naduahs Hals krallte wie eine widerhakenbesetzte Distel. „Die Wege des Mysteriums sind manchmal wirklich seltsam. Ausgerechnet am Tag nach unserer Hochzeit tauchst du auf."

„Und dann mit solchen Nachrichten." John hob die Arme und ließ sie wieder fallen. „Es tut mir leid."

„Wir sind Nunumu", knurrte Nocona mit stolz gerecktem Kinn. „Sollen sie nur kommen, die Armeen der Gelben Haare. Das gibt viele schöne Skalps für viele, neue Kriegshemden. Einen halben Tagesritt, sagst

du? Am spitzen Felsen? Die Penateka lagern sonst viel weiter im Osten. Man muss sie vertrieben haben."

John scharrte mit der Schuhspitze im Schnee. Die nächsten Worte fielen ihm sichtlich schwer. „Dort, wo sie lebten, ziehen jetzt eiserne Klingen Furchen in die Erde. Die Weißen pflanzen Mais, Tabak und Korn. Sie bauen ihre Häuser auf dem Land der Honigesser und lassen ihre Rinder das Büffelgras fressen. Friedensverträge scheiterten, also vertrieb man sie mit Waffengewalt."

Nocona sagte nichts, sondern nickte nur, als hätte ihn diese Nachricht nicht im Geringsten überrascht. Er wandte sich den Kriegern zu, tauschte mit jedem Einzelnen der Männer einen finsteren Blick und rief schließlich laut in die Stille hinein:

„Die Zeit des Friedens ist vorbei. Blut muss wieder fließen."

Die Krieger stürzten sich in helle Aufregung. Sie schwangen die Waffen, stießen wilde Schreie aus und ließen ihre Pferde steigen. Durcheinandergeschriene Drohungen hallten im Frieden des Wintermorgens wider. Zorn brachte die Luft zum Summen, bis Nocona eine energische Geste vollführte.

„Berichtet dem Ältestenrat davon. Er wird sich noch heute zusammensetzen und sich mit den Häuptlingen der Wasps und Quohadis beraten."

„Beraten?", fauchte ein Mann. „Lasst uns sofort losreiten. Lasst uns alle Krieger zusammenrufen. Wir werden die Gelben Haare finden und niedermachen, noch ehe sie das Dorf der Penateka auch nur von Weitem sehen."

Wieder erhob sich wildes Geheul. In ihrer Ekstase forderten die Stimmen der Männer alle Schrecken dieser Welt heraus und boten ihnen furchtlos die Stirn. Wilde Erregung kroch durch Naduahs Körper und vernebelte ihre Sinne. Nocona würde dagegen sein, dass sie mit den Männern in den Kampf zog, aber sie würde sich über seinen Willen hinwegsetzen. Ebenso wie über den Willen jedes anderen Mannes, der glaubte, eine Frau tauge nicht für den Krieg. Es ging um ihr Dorf, um ihr Leben. Nichts und niemand würde sie davon abhalten, für das zu kämpfen, was sie liebte.

„Seid ruhig!" Wieder ließ ein Wink Noconas den Lärm verebben. „Die Lanzenträger werden nicht ausrücken, solange nicht die Ältesten beschlossen haben, was richtig ist. Wie viele sind es, Bruder meiner Frau? Wie viele der Gelben Haare rücken gegen uns aus?"

„Etwa fünfzig Mann. Schätzungsweise."

„Das sind weniger als unsere Krieger. Gemeinsam mit den Wasps sind wir in der Mehrzahl."

„Das mag sein. Aber die Ranger sind schwer und gut bewaffnet."

„Na und?“, knurrte Nocona. „Ein Lanzenträger kämpft so gut wie zehn Ranger.“

„Ich sehe schon.“ John seufzte halb beeindruckt, halb resigniert. „Die Geschichten, die man über euch erzählt, sind noch untertrieben.“

„Wir fürchten nichts und niemanden“, bekräftigte Nocona. „Die Geister sind auf unserer Seite, und sie feiern jetzt schon unseren Sieg. Aber jetzt komm. Du und meine Frau müsst miteinander reden. Gehen wir zu Naduahs Zelt.“

„Dann werdet ihr mich also nicht den Frauen ausliefern, damit sie mich drei Tage und drei Nächte lang foltern können? Ich habe gehört, dass die Frauen der Nunumu noch fantasiereicher im Quälen sind als die der Kiowa.“

„Das stimmt. Ihnen gehen niemals die Ideen aus.“ Naduah war überrascht, dass keine Angst sie berühren konnte. Stattdessen füllte euphorischer Mut ihr Herz und hoben sich ihre Lippen zu einem wilden Lächeln. Die Bedrohung mochte nah sein, sehr nahe, doch als sie ihren Arm um John legte und an seiner Seite zum Dorf ging, fühlte sie sich allem und jedem gewachsen. Ja, die Geister waren auf ihrer Seite. Sie hatten sie mit Nocona zusammengeführt, und sie hatten John zu ihnen gebracht, um sie vor ihren Feinden zu warnen. Wenn das keine Zeichen waren, was dann? Johlend ritten die Krieger voraus, um die Ältesten zusammenzutrommeln. Nocona und Kehala folgten ihnen mit entschlossenen Mienen.

„Es ist nicht einfach für dich“, stellte John fest. „Ich erinnere dich an damals, und genau das willst du nicht, stimmt’s?“

„Unsinn.“ Naduah schmiegte ihren Kopf an seine Schulter, während sie an seiner Seite lief. „Ich freue mich, dich zu sehen.“

„Das glaube ich dir. Aber ich weiß, wie dir zumute ist. Ich habe selbst so empfunden. Ich fühlte mich zerrissen. Weder in der einen Welt noch in der anderen. Obwohl ich ganz und gar Kiowa sein wollte, war da immer etwas, das fehlte. Und dafür hasste ich mich. Ich hasste meine hellen Augen, mein Haar, meine Haut. All die Dinge, die man mir als Kind eingetrichtert hatte und die mich ewig verfolgten.“

„Ja“, antwortete sie leise. Das waren ihre Worte, ihre Gedanken. Großer Geist, wie seltsam sie sich fühlte. Die vertraute Wirklichkeit verwandelte sich in eine Welt, in der nichts so war, wie es sein sollte. Die Pferde grasten nicht mehr, sondern hoben ihre Köpfe und starrten zu ihnen herüber. Die Hunde kämpften nur noch lustlos miteinander. Kinder, die sonst lärmten und spielten, saßen still an den Seiten ihrer Eltern. Selbst die Sonne versteckte sich hinter einem Schleier aus Nebel, kaum mehr als eine fahle, silberne Scheibe. Der Geruch nach Kampf lag in der Luft.

Im Zelt angekommen schichtete sie Holz zu einer Pyramide auf, legte

getrockneten Bisondung darunter und zündete ihn an.

„Er ist also dein Mann." John ließ sich auf die Felle nieder und verschränkte die Arme im Schoß. „Meine Schwester hat geheiratet. Ist das zu fassen? Die Zeit rast vorbei wie im Flug."

„Nach so vielen Jahren kommst du gerade heute. Am Tag nach meiner Hochzeit. Ist das nicht sonderbar?"

John zuckte verlegen mit den Schultern. Seine Finger tasteten herum und schienen verzweifelt nach Halt zu suchen, bis sie sich bebend ineinander verschränkten. Dieses Zeichen seines Unwohlseins brachte den verlorenen Jungen endgültig zum Vorschein und öffnete ihr ohnehin von Liebe geflutetes Herz noch weiter, bis es sich anfühlte, als strahlte es heller und wärmer als die Sonne. Er saß wirklich vor ihr. Ihr verletzlicher, unschuldiger Bruder, der ihr immer so viel bedeutet hatte und es noch immer tat. Nur war er jetzt ein Mann, der ihren Schutz längst nicht mehr nötig hatte.

„Ich freue mich für dich, dass du einen Mann gefunden hast." Seine Stimme klang weich und gedankenverloren. „Er ist wild und schön. Genauso wie du. Eure Kinder werden wahre Augenweiden sein. Umso schwerer fällt mir das, was ich dir sagen muss."

Sie setzte sich und zog eine Decke um ihre Schultern. Was immer John ihr sagen wollte, sie würde nicht zulassen, dass es das Licht ihrer Freude verdunkelte. Noconas Duft haftete an der Wolle und füllte ihren Bauch mit flatternden Kolibris.

„Was willst du von mir, kleiner Bruder? Was ist dir geschehen? Haben sie dich weggeholt?"

Er sagte einen Moment lang nichts, sah sich um und betrachtete das vom Feuer erhellte Zelt. Der Schmerz in seinem Gesicht beantwortete Naduahs Frage. Es quälte ihn, wieder in einem Tipi zu sitzen. Es tat ihm weh, die Wärme der Flammen zu spüren, die Lichtspiele auf Leder und Fellen zu sehen und den Geruch einzuatmen. Sie hatten ihm das Leben geraubt, das er geliebt hatte. Ihre Albträume waren Johns Realität.

„Was ist passiert?", flüsterte sie. „Bitte sag es mir."

„Man hat mich geliebt." Jedes Wort kam mühsam über seine Lippen. Wie der matte Hauch eines kraftlosen Windes. „Sie haben alles für mich getan. Ich dachte bald nicht mehr an Lucy und an Silas. Ich dachte nicht mehr an Großmutter oder an unsere dreckige Hütte. Ich dachte auch nicht mehr an die zerbrochenen Pflüge, die kaum gegen das Büffelgras ankamen, oder an den Hunger und an den Pfaffen, der meinem Vater jeden Sonntag beschwor, mir noch viel öfter den Hintern zu versohlen. Ja, ich war glücklich. Man ließ mich essen, soviel ich wollte. Man gab mir ein Pferd, auf dem ich durch die Plains reiten konnte. Man brachte mir bei, zu jagen und zu kämpfen. Ich erfuhr, was Glück bedeutete. Mein

wildes Leben stieg mir so zu Kopf, dass ich meine weißen Wurzeln verabscheute und nichts mehr von ihnen wissen wollte. Es gab nichts Schöneres für mich, als nach einem langen Sommer alles zusammenzupacken und ins Winterlager zu ziehen."

Johns Blick ging sehnsüchtig ins Leere. Sie drängte ihn nicht, auch wenn es schwerfiel, und ließ ihm alle Zeit, die er brauchte. Dann, die Hände ausgestreckt, um sie am Feuer zu wärmen, fuhr er endlich fort: „Ich sehe und höre sie noch immer. Die Travois, die fröhlichen Stimmen, das Bellen der Hunde und das Klimpern der Messingkegel. Damals wünschte ich mir, wir könnten ewig durch die Plains ziehen und niemals ankommen. Nur einmal war es schlimm, gehen zu müssen. Als meine Großeltern spürten, dass sie schwach wurden, blieben sie allein im Sommerlager zurück, um zu sterben. Der Schmerz war mir fremd, weil ich lange keinen gespürt hatte. Und erst dieser Schmerz erinnerte mich daran, dass ich im Inneren nach wie vor weiß war. Ich konnte die beiden Alten nicht lächelnd verabschieden, wie es die anderen taten. Ich konnte ihnen keine gute Reise wünschen und so tun, als wäre das Sterben genauso natürlich wie das Leben. Mir kamen die Worte unseres Pfaffen in den Sinn, die nur dazu taugten, den Menschen Angst vor dem Leben und vor dem Tod zu machen. Ich erinnerte mich an all die Dinge, die man mir eingebläut hatte, und sie waren wie Parasiten, die sich in meinem Geist festfraßen. Irgendwann im Sommer kamen sie schließlich in unser Dorf. Ein großer Trupp Soldaten und Händler. Zuerst begegnete man uns freundlich. Wir tauschten und handelten, bestritten ein Pferderennen und saßen am Feuer. Bis sie klarstellten, warum sie gekommen waren. Sie haben nach uns gesucht, Cynthia. Sie suchten die Kinder der Parkers, um sie zurückzuholen. Und sie tun es immer noch."

Der Schock ließ sie erstarren. So sehr sie das Licht ihrer Freude festgehalten hatte, entglitt es ihr so plötzlich, als hätte jemand einen Schatten über ihre Seele geworfen. Sie hatte es immer geahnt, es immer gespürt, aber zu hören, dass ihre Befürchtungen der Wirklichkeit entsprachen, war wie ein Faustschlag ins Gesicht. Ihr Körper fühlte sich seltsam an, leer und kalt, aber sie hörte weiter zu.

„Die Soldaten sagten, dass sie mich mitnehmen müssten", fuhr John fort. „Es sei ihre Pflicht, mich in meine angestammte Welt zurückzubringen, und wenn man mich nicht gehen ließe, würde man Gewalt anwenden. Ich schnappte etwas von einer Geiselnahme auf, aber damals begriff ich noch nicht, dass man mich damit meinte. Ich fühlte mich weder als Geisel noch als Entführter, und ich verstand auch nicht, dass meine Existenz die Soldaten nach dem Gesetz der Weißen dazu berechtigte, das Dorf dem Erdboden gleichzumachen."

Mitleid krampfte ihr Herz zusammen. Stumm nahm sie Johns Hand in

die ihre und betrachtete seine Finger. Als sie sie das letzte Mal gehalten hatte, waren sie klein und pummelig gewesen. Jetzt waren sie fast doppelt so lang und so dick wie ihre, doch gewisse Dinge hatten sich nicht geändert und waren unumstößlich. Er würde immer ihr kleiner Bruder sein, und sie immer seine große Schwester.

„Keiner kennt die Wege der Nunumu", sagte sie sanft. „Keiner findet uns, wenn wir nicht gefunden werden wollen. Unsere Krieger töten lautlos und verschwinden schnell wie Gedanken.

Er schüttelte nur matt den Kopf. „Dasselbe sagten wir auch über uns. Inzwischen müssen wir es anders formulieren. Einst kannte niemand die Wege der Kiowa. Einst fand uns niemand, wenn wir nicht gefunden werden wollten. Aber jetzt? Jetzt sind wir wie Hirsche, die voller Zecken hängen. Stark und schnell, aber mit jedem Tag wird uns mehr Blut ausgesaugt. Ich wollte damals nicht gehen, Naduah. Aber unser Dorf war klein und die Soldaten zahlreich. Mein Vater sagte mir, dass diese Männer alles tun würden, um mich meiner Familie zu entreißen. Er sagte, dass er mich nicht gehen lassen will und dass er lieber bis zum letzten Blutstropfen kämpfen würde, als mich freizugeben. Aber weil er nicht über so viel Leben entscheiden wollte, überließ er es mir. Er stellte mich vor die schwierigste und zugleich klarste Entscheidung meines Lebens. Ich liebte meine Familie, und ich sah die Gewehre und die Gesichter der Soldaten, die danach brannten, zu kämpfen. Also redete ich ein letztes Mal mit meinen Eltern, verabschiedete mich und ging mit den Weißen."

„Wie konntest du das tun?" Naduahs Kehle zog sich zusammen, als hätte jemand eine Faust darum geschlossen und zöge sie enger und enger zusammen. Ihre Worte kamen nur als Krächzen heraus. „Woher nahmst du die Kraft?"

„Sie hätten sie alle getötet", gab er so ruppig zurück, dass sie zusammenzuckte. „Was hättest du an meiner Stelle getan? So oder so war mein Leben bei den Kiowa zu Ende."

„Ich hätte dasselbe getan." Die Faust schnürte ihr den Atem ab, sodass sie nur flüstern konnte. „Genau dasselbe, auch wenn es meinen Tod bedeuten würde."

„Ich bin gestorben. Oh ja, viele Male. Aber gebrochen haben sie mich nie."

Naduah versuchte, ruhig zu atmen. Huka hatte ihr beigebracht, schmerzhafte Gedanken nach innen zu kehren und einen Panzer zu errichten. Ein Schutz vor allen Dingen, die von außerhalb kamen und danach trachteten, das innere Gleichgewicht zu zerstören. Oft hatte sie sich auf diese Weise zurückgezogen. Doch diesmal wirkte es nicht halb so gut wie sonst.

„Hörst du mir noch zu, Cyn … ich meine, Naduah?"

„Ja“, flüsterte sie.

„Dann höre auch den Rest meiner Geschichte.“

„Rede“, krächzte sie. „Erzähl mir alles.“

„Ich war zwölf Jahre, als sie mich zwangen, in meine angestammte Welt zurückzukehren. Dort lernte ich zum zweiten Mal in meinem Leben, was Befehle bedeuteten, und das, nachdem mir jahrelang niemand etwas befohlen hatte. Ich fand mich in einer Wirklichkeit wieder, die ich nicht verstand. Menschen, die man als meine Familie bezeichnete, schlugen und verhöhnten mich. Sie stopften mir Seife in den Mund, wenn ich in der Sprache meines Volkes redete. Sie verkauften mein Pferd, damit ich nicht auf seinem Rücken fliehen konnte, und als ich mein Glück auf einem anderen Tier versuchte, steckten sie mich tagelang in eine Besenkammer.

Sie dachten, dass Hunger und Durst mich früher oder später fügsam machen würden. Sie sprachen von meiner reinen Seele, die gerettet werden musste, redeten von grausamen Dingen, die ich gewiss durchgemacht hätte, und von der Verdorbenheit, die man mir austreiben müsse, um wieder einen Menschen aus mir zu machen. Alles in allem war ich für sie ein wildes Tier, dessen Willen gebrochen werden musste.

Man ließ mich viele Tage in der Kammer hocken, aber es brachte ihnen gar nichts. In meinen Jahren bei den Kiowa hatte ich gelernt, über dem Körperlichen zu stehen. Ich kauerte mich also in einer Ecke zusammen und ließ meinen Geist zurück in die Plains reisen. Wie bei der Visionssuche zwang ich Hunger, Schmerz und Durst nieder, bis all das gleichgültig wurde. Erst, als man mir drohte, Soldaten zum Dorf meiner Familie zu schicken, gab ich auf.

Am nächsten Vormittag fand ich mich mit anderen Kindern in der Schule wieder. Es war unglaublich frustrierend. Während ich sonst geschlafen, gegessen und gejagt habe, wann immer mir danach war, bestand mein Tag nun aus Zwängen. Ganz zu schweigen davon, dass es die Kinder in der Schule es liebten, mich zu verprügeln.“

„Kiowa sind gute Kämpfer!“, knurrte Naduah. „Warum hast du ihnen nicht die Nasen plattgehauen?“

„Oh, das habe ich. Aber wenn sich zehn Jungen gleichzeitig auf dich stürzen, hat selbst ein guter Kämpfer das Nachsehen. Immerhin haben sie bitter für ihren Spott bezahlt. Aber gewonnen haben sie am Ende doch.“

John warf ihr ein liebevolles Lächeln zu, das sie mit gebleckten Zähnen erwiderte. „Oh ja. So kenne ich meine Schwester. Wild entschlossen, ihren kleinen Bruder zu verteidigen.“

„Ich wünschte, ich wäre dabei gewesen. Diese Dummköpfe hätte ich das Fürchten gelehrt. Ich hätte mir Ketten aus ihren Zähnen und Ohren

gemacht."

„Daran zweifle ich nicht. Aber lass mich weitererzählen. Wie du dir denken kannst, war ich mehr als unzufrieden mit meinem neuen, alten Leben. Vormittags Schule. Danach Arbeit auf dem Feld. Drei Gebete am Tag und am Sonntag ein endloser Gottesdienst in der Kirche. Die meisten Leute starrten mich an, wie man eine besonders fette Tarantel anstarren würde. Aber mitleidige Blicke verabscheute ich am meisten. Niemand glaubte mir, dass ich glücklich gewesen war. Wurde meine Familie gefragt, wie mein Leben bei den Wilden gewesen sei, erzählten sie von unsagbaren Gräueltaten und Quälereien. Die Leute waren nach solchen Schilderungen zufriedengestellt, denn mit ihnen konnten sie leichter leben als mit dem Gedanken, ich hätte dieses barbarische Dasein genossen. Ich gab ihnen das Gefühl, mich von meiner heidnischen Verdorbenheit geheilt zu haben. Doch in Wahrheit wartete ich nur darauf, größer und stärker zu werden. Und eines Tages, als niemand mehr damit rechnete, befreite ich mich."

Unheilvolle Stille erfüllte das Zelt, so schwer, dann man eine Axt hätte nehmen können, um sie zu zerhacken. Noch immer, selbst nach all den Jahren des Getrenntseins, las sie in ihrem Bruder wie andere in einem Buch. Die Wahrheit in seinen Augen erschreckte sie nur aus einem Grund. Die Konsequenzen für seine Tat waren schwer.

„Du hast sie getötet."

„Ja", antwortete er gleichmütig. „Meine ganze Familie. Ich habe sie getötet, als sie glaubten, mich geheilt zu haben. Niemals hätten sie mich gehen lassen."

„Dann sucht man dich jetzt wegen Mord."

John hob matt die Schultern und ließ sie wieder fallen. „Man verfolgt mich, weil ich es gewagt habe, mich zu befreien."

„Dann suchst du bei uns Schutz?"

„Nein." Er holte tief Luft. Die Art, wie er seinen Atem in einem Seufzen wieder ausstieß, jagte ihr kalte Schauder über den Rücken. Was immer die Last war, die er mit sich herumschleppte, er hatte sie bisher verschwiegen. Und jetzt war er kurz davor, sie herauszulassen.

„Was willst du?", fuhr sie ihn an, wilder als beabsichtigt. Doch jeder Augenblick, in dem er schwieg, steigerte ihr Unwohlsein.

„Ich will, dass du mit mir kommst."

Naduah stieß ein Schnaufen aus. Unsinn. Sie musste sich verhört haben. Das konnte er nicht von ihr verlangen. Nicht nach allem, was er durchgemacht hatte.

Doch seine Stimme war fest und fordernd, als er fortfuhr: „Gemeinsam werden wir Menschen finden, die uns zuhören. Menschen, die die Wahrheit erkennen, wenn man sie ihnen zeigt. Menschen, die nicht blind

irgendwelchen Lügen hinterherhecheln, sondern beide Seiten zu Wort kommen lassen."

„Mit dir gehen?" So hatte sie sich das letzte Mal gefühlt, als sie nach dem Massaker an ihrer Familie in Hukas Zelt aufgewacht war. „Wie kannst du glauben, dass ich meine Familie in Stich lasse? Mein Volk? Ich habe gestern erst geheiratet, John. Einen Mann, den ich über alles liebe, zu dem du mir gerade noch gratuliert hast. Hast du das schon vergessen?"

„Du wirst niemals zu ihnen gehören." Sein Blick war plötzlich ebenso barsch wie seine Stimme. „Sie geben dir vielleicht das Gefühl, ja. So war es auch bei mir. Aber irgendwann werden die Weißen kommen und dann wirst du merken, dass du immer noch ein Feind dieses Volkes bist. Ein Mensch aus einer anderen Welt, der seinesgleichen anlockt. Sie werden dich mitnehmen. Sie werden dein Dorf zerstören und es wird sie nicht mehr kümmern, als wenn sie ein Insekt zertreten hätten. Komm mit mir, Schwester! Wir gehen zusammen dorthin, wo man den Namen Parker nicht kennt. Wir werden mit allen reden, die bereit sind, uns anzuhören. Wir werden etwas bewirken! Viele weiße Menschen hassen das rote Volk nur, weil sie es nicht kennen. Weil sie von Anfang an mit Lügen in die Irre geführt werden. Wir könnten ihnen von der Wahrheit berichten."

„Nein!" Tränen schossen in ihre Augen. Niemals würde sie fortgehen von Nocona. Weg von ihren Eltern. Weg von allem, was für sie Heimat und Geborgenheit bedeutete. So sehr sie John liebte, so froh sie war, ihn wiederzuhaben, machte es sie unsagbar wütend, dass er dergleichen von ihr verlangte.

„Ich komme nicht mit. Hier ist mein Zuhause."

„Schwester …" Er hob ihre Hand an seine Lippen und küsste sie. Sie wollte sich seinem Griff entwinden, doch die Faust um ihre Kehle drückte so fest zu, dass ihr Körper wie gelähmt war. „Ich sehe, dass ich dir wehtue. Ich sehe, dass du wütend auf mich bist. Aber ich meine es nur gut mit dir. Und mit deinem Volk."

„Ich weiß." Sie würgte die beiden Worte unter Qualen hinaus. „Ich weiß, John! Aber ich kann nicht mit dir gehen. Dein Weg ist nicht meiner. Bitte verstehe das. Ich bin verheiratet. Vielleicht trage ich seit letzter Nacht ein Kind in mir. Ich kann das alles nicht aufgeben."

Er sagte nichts. Ein paar Mal nickte er, seufzte und ließ ihre Hand wieder frei. Nachdem die Stille zu drückend geworden war, um sie zu ertragen, ergriff Naduah wieder das Wort.

„Weißt du, ob Rachel damals überlebt hat? Und ihre Eltern?"

„Ihre Eltern wurden getötet", antwortete er tonlos. „Rachel hat man entführt, genauso wie uns, aber nach ein paar Jahren kamen Händler, die

sie freikauften."

„Wie geht es ihr?"

„Nun ja." Johns Blick wurde giftig und bitter wie Galle, als hätte er nur darauf gewartet, ihr diese Geschichte erzählen zu können. „Ich weiß nur, dass sie nicht so viel Glück hatte wie wir. Der Mann, an den sie geriet, quälte sie auf abscheuliche Weise. Und als sie ein Kind von ihm bekam, musste das arme Ding dieselben Schmerzen ertragen. Es starb, noch bevor es seinen ersten Sommer erlebte. Rachel war in einem jämmerlichen Zustand, als die Händler sie freikauften. Die Geschichten, die sie erzählt, bestätigt die Meinung der Leute. Willst du wirklich, dass sich Rachels Albtraum in der Welt verbreitet, während du schweigst? Alle werden denken, dass jeder in unserem Volk so grausam ist wie der Mann, an den deine Cousine geraten ist."

„Das denken sie sowieso", gab sie zurück. „Du kannst die Dinge nicht ändern. Man wird dich hängen, John. Oder vor Schaulustigen erschießen. Die Gelben Haare lieben ihre Lügen, weil sie bequemer sind als die Wahrheit. Die weißen Menschen wollen alles, und selbst das ist ihnen nicht genug. Niemand kann ihren Hunger stillen. Ob Rachel ihre Geschichte erzählt oder nicht, wir stehen ihnen im Weg. Glaubst du wirklich, dass es ihnen jemals um den Frieden ging? Nein, sie wollen dieses Land. Und sie wollen es für sich allein."

„Schwester ..." Johns Stimme wurde wieder matt. „Du weißt, sie werden kommen. Du weißt, dass eure Welt dem Untergang geweiht ist. Ich habe sie gesehen. Die riesigen Schiffe, auf denen immer mehr hierherkommen. Und es werden nicht nur immer mehr, sondern die Flächen, die sie beanspruchen, werden auch immer größer. Das Land im Osten reicht längst nicht mehr für alle. Wenn du mit mir kommst, bist du sicher."

„Sicher?" Sie lachte voller Bitterkeit auf. „John, man sucht dich wegen Mordes. Wie könnte ich bei dir sicher sein?"

„Hinter den Bergen weiß niemand, wer ich bin. Wir müssen nur weit genug reiten."

„Ich kann nicht." Sie sah ihm fest in die Augen und legte alle Entschlusskraft in ihren Blick. „Und das ist mein letztes Wort."

Sie rechnete mit weiteren Worten oder mit Tränen, die sie umstimmen sollten, doch John nickte nur, umfing ihr Gesicht mit beiden Händen und küsste sie auf die Stirn. Dann erhob er sich, rückte seinen Hut zurecht und ging zum Ausgang des Tipis.

„Ich hoffe, du wirst glücklich, Schwester. Ich hoffe, dass dir niemals das widerfährt, was mir widerfahren ist. "

„Und ich wünsche dir alles Glück dieser Erde, von ganzem Herzen. Du bist immer willkommen bei uns. Mein Feuer soll dein Feuer sein."

John zeigte ein gequältes Lächeln, trat hinaus und ließ das Fell hinter sich zufallen. Sie hörte das Knirschen des Schnees unter seinen Schritten, dann erhob sich eine Stimme. „Soll das Gelbe Haar sterben?"

Nicht Nocona, erkannte sie. Irgendein anderer Krieger, der zu ihrem Schutz vor dem Zelt gewartet hatte und offenbar noch keine Zeit gefunden hatte, seine männlichen Triebe auszuleben.

„Nein!", rief sie. „Er ist mein Bruder, hast du das schon wieder vergessen? Hört auf, immer irgendwen töten zu wollen."

Der Krieger stapfte mürrisch brummend davon. Es wurde still.

Naduah blinzelte in die Dämmerung des Zeltes, betrachtete Noconas Waffen und sein Medizinschild. Ein Rotholzbaum prangte darauf, überspannt von den Flügeln eines Adlers. Daneben lagen oder standen Keulen und Kriegsäxte, eine prächtige Lanze und zwei Bögen. In Naduah paarte sich Wut mit inbrünstiger Entschlossenheit, noch heißer lodernd durch die Enttäuschung, John so schnell und durch so bittere Worte wieder verloren zu haben. Mochten die Gelben Haare nur kommen. Wenn es so weit war, würde die Nunumu ihnen einmal mehr beweisen, dass sie sich die Falschen zum Feind ausgesucht hatten. Und sie – Naduah, Tochter Mahtos und Hukas, Ehefrau Noconas und stolze Frau vom Volk – würde mit den Männern kämpfen.

John hatte es nur gut gemeint. Er wollte sie nur beschützen und tat, was er für richtig hielt, aber so oft sie sich diese Tatsache auch vor Augen führte, so wenig änderte sie etwas an der Wut, die in ihr schwärte. Mochte er glücklich werden, irgendwo. Aber die Liebe zu ihrem Leben, zu Nocona und ihrer Familie war stärker als die Liebe zu ihm.

Naduah stemmte sich hoch, trat wie eine Schlafwandlerin aus dem Zelt und blinzelte in das helle Sonnenlicht. Die Aussicht auf einen neuerlichen Kampf verwandelte das Dorf in einen summenden, hektischen Bienenstock. Männer richteten ihre Waffen her, bemalten ihre Pferde, übten sich im Kampf oder saßen Seite an Seite mit ihren Familien, um sich zu verabschieden. Der Ältestenrat hatte noch keine Entscheidung verkündet, doch sie war bereits gefallen, noch ehe die Runde sich zusammengefunden hatte.

Naduah schlug den Weg zum Fluss ein. Vor einer grandiosen Kulisse, aus hunderten im Schnee scharrender Pferden und dem silbern glänzenden Wasser erschaffen, gingen Icabu und Nocona aufeinander los. In respektvoller Entfernung zu den Kämpfern hockte Makamnaya auf einem Baumstamm, tat sich an einer Schüssel Pemikan gütlich und begrüßte sie mit einem freundlichen Grunzen.

„Wie geht es dir, Frau meines Freundes? War das wirklich dein Bruder? Er sah dir überhaupt nicht ähnlich."

Sie stützte ihre Ellbogen auf den Knien ab und ließ den Kopf hängen.

Ihre Gefühle verwirrten sie. Sie wünschte sich, John noch einmal in ihre Arme schließen zu können, und zugleich fürchtete sie sich davor, ihn wiederzusehen. Denn das hätte bedeutet, noch einmal diese ungeheuerliche Bitte zu hören.

Komm mit mir, Naduah. Verlass das Dorf. Verlass dein Leben.

Du bist noch immer ein Feind dieses Volkes.

„Er war mein Bruder", antwortete sie. „In einem anderen Leben."

„Euer Gespräch war nicht gut?", schlussfolgerte Makamnaya aus ihrer Miene. „Habt ihr euch gestritten?"

„Nein. Ja. Ich weiß es nicht."

„Sieh dir diese Dummköpfe an." Er ging nicht weiter auf das Thema ein, als spürte er, wie weh es ihr tat. Stattdessen deutete er auf Nocona und Icabu, die mit Feuereifer aufeinander einschlugen. „Man könnte meinen, sie sind nur zufrieden, wenn sie kämpfen können. Wenn du mich fragst, macht ein gutes Feuer und eine Handvoll Süßigkeiten glücklicher als jede Kriegslust."

Makamnaya lächelte. Sein Gesicht strahlte eine solch sanftmütige Freundlichkeit aus, dass sie sich am liebsten weinend an ihn geworfen hätte. Wären alle Menschen so gutmütig wie dieser Mann, wäre die Welt das Paradies, nach dem die Gelben Haare so verzweifelt suchten.

„Icabu wird es nie begreifen." Makamnaya bot ihr Walnuss-Pemikan an und zuckte, als sie dankend ablehnte, verständnislos mit den Schultern. „Wie kann man so was ausschlagen? Na, was soll's. Siehst du, was er falsch macht, das verrückte Wiesel?"

Sie beobachtete die beiden Kämpfer. Ihr geschmeidiges Zusammenspiel war die reinste Augenweide. Ein anmutiger, urtümlicher Tanz aus Kraft und Schnelligkeit. Wie Berglöwen umkreisten sie einander, gingen zum Angriff über, parierten oder wichen aus. Beide besaßen als Waffe nur eine stumpfe Lanze, die ausschließlich zu Übungen diente. Noch wirkte der Kampf spielerisch, doch schnell änderte sich die Stimmung. Während Nocona seine unnachahmliche Ruhe bewahrte und jede Bewegung mit Bedacht vollführte, kochte Icabus' Temperament über. Fluchend wirbelte und sprang er umher, bis seine zuvor präsentierte Anmut gänzlich in wildem Gezappel unterging. Mit jedem ins Leere gehenden Schlag wurde sein Zorn größer.

„Er fuchtelt mit seiner Lanze, als wollte er Vögel verscheuchen." Makamnaya schüttelte missbilligend den Kopf. „Und er hüpft wie ein wild gewordener Hase. Wenn er sich so im Krieg verhält, werden seine Feinde sterben, weil sie sich totlachen."

Nocona parierte die wütenden Angriffe seines Freundes mit würdevoller Miene. Fast machte es den Anschein, als ärgerte ein Vater sein unbeherrschtes Kind.

„Lausige Ratte!“ Icabu sprang in die Höhe wie eine Antilope, der man einen Pfeil in den Hintern geschossen hatte. Er drehte sich noch im Sprung und schlug mit der Lanze nach Nocona. Ein zweifellos spektakulärer Angriff, doch als die Wucht desselben ins Leere ging und sich gegen Icabu selbst richtete, landete er der Länge nach im Schnee.

„Deine Wut macht dich blind.“ Nocona bot ihm seine Hand an. „Du musst lernen, dich zu beherrschen. Du musst lernen, dass die beiden größten Tugenden eines Kriegers aus Geduld und Körperbeherrschung bestehen.“

„Bring mir richtige Waffen, Makamnaya!“ Icabu schlug die Hand seines Freundes beiseite und rappelte sich zähneknirschend hoch. „Ich will dieses Stachelschwein in Stücke hacken.“

„Nocona hat recht.“ Der Angesprochene stellte die Pemikan-Schüssel auf den Boden und zupfte, während er eine unbeteiligte Miene zur Schau trug, an seinem Hirschgrannen-Armreif. „Du machst die Augen zu, prügelst blindlings drauflos und schaust anschließend nach, ob du zufällig getroffen hast. Das ist der Stil eines Präriehundes, nicht der eines Wolfes.“

„Das sagt jemand, der lieber die Hügel hinunterrollt, anstatt zu gehen?“ Icabu griff nach seiner Lanze. Nocona nutzte die Gelegenheit zu einem Angriff, doch sein Freund schien den Zug vorausgesehen zu haben. Er fing den Schlag ab, vollführte eine komplizierte Drehung und traf ihn im Nacken. Mit leisem Stöhnen sackte er in den Schnee, während Icabu schreiend und johlend in einen grotesken Kriegstanz verfiel.

„Was soll das?“ Naduah eilte zu dem reglos daliegenden Nocona. „Musste das sein?“

„Krötenechse!“, blaffte Icabu nur und winkte ab.

„Das klären wir im Kampf. Falls du dich traust, gegen mich anzutreten.“

Der dürre Krieger wedelte abfällig mit der Hand, als spottete er über ihr Angebot, doch in der Art, wie er eilig seine Waffe nahm und sich trollte, erkannte Naduah, wie wenig erpicht er auf eine Auseinandersetzung mit ihr war.

Sie warf ihm eine spöttische Bemerkung hinterher und widmete sich Nocona. Benommen blinzelte er zu ihr auf. Zuerst schien er nicht zu begreifen, was passiert war, dann verzog sich sein Mund zu einem Lächeln.

„Mein Blauauge.“ Seine Stimme klang lang gezogen und schwammig. Icabus Schlag schien zumindest einen Teil seines Verstandes kurzzeitig ausgeschaltet zu haben. „Warum sind deine Augen so rot? Hast du etwa geweint? Sag mir, wer daran schuld ist, und ich setze ihn mit dem nackten Hintern in ein Ameisennest.“

Sie schüttelte den Kopf und wünschte sich, Johns Worte einfach vergessen zu können.

„Was ist los mit dir?" Nocona stemmte sich auf die Beine, was ihm nicht ohne Naduahs Hilfe gelang. Icabu, der auf einem weiter entfernten Übungsplatz Stellung bezogen hatte, winkte ihnen zu und vollführte eine obszöne Geste mit den Hüften. Im Geiste schlug sie ihm die Faust mitten ins Gesicht und würgte ihn mit seinen eigenen Zöpfen. „Warum hast du deinen Bruder weggeschickt? Ich wollte mit ihm eine Pfeife rauchen."

„Das hätte keinen Sinn gemacht."

„Eine Pfeife macht immer Sinn. Was ist passiert?"

Naduah gab sich einen Ruck und umriss Johns Geschichte. Übelkeit rumpelte in ihrem Magen, als sie ihm von Johns Bitte erzählte, und das Gefühl wurde noch stärker, als sie den entsetzten Blick ihres Mannes sah.

„Er wollte, dass du uns verlässt?" Nocona stand da wie vom Blitz getroffen. „Er wollte dich mitnehmen? War das sein Ernst?"

„Ja."

Er entlud seine Empörung in einer ausholenden Geste. „Ich hätte ihn fortjagen sollen, diesen lausigen Kojoten. Ohne Hände und Füße. Noch ehe er ein Wort an dich gerichtet hätte."

„Du schneidest meinem Bruder keine Körperteile ab", entgegnete sie matt. „Egal, was er tut oder sagt."

„Wie kann er so etwas von dir verlangen, wenn er sich dein Bruder nennt?" Noconas Blick suchte den Horizont ab. „Weit kann er noch nicht gekommen sein. Ich werde ihm hinterherreiten und ihn fragen, wie er auf die Idee kommt, mir meine Frau wegnehmen zu wollen. Vielleicht töte ich ihn auch zuerst und frage ihn dann."

„Untersteh dich." Sie schloss die Arme um ihn und zog ihn energisch an ihren Körper. „Bleib bei mir. Bitte."

„Wenn das dein Wunsch ist."

„Ist es. Und jetzt vergessen wir das Ganze, in Ordnung? Was ist mit dem Ältestenrat? Haben sie schon entschieden?"

Nocona bedeckte ihren Hals eine Spur zu hektisch mit Küssen. „Nein, noch nicht. Aber wir ziehen so oder so in den Kampf."

„Du kannst es kaum erwarten, hm?"

„Ich wurde für den Kampf erzogen." Er kniff die Augen zusammen. „Abgesehen davon, beruhigt nichts so sehr wie das Skalpieren einiger Haarlippen. Wenn ich Glück habe, sieht einer deinem Bruder ähnlich."

Naduah entfloh ein Lachen. Sie legte beide Hände auf seine Brust und spürte den beruhigenden Schlag seines Herzens unter ihrer Haut.

„Ihr seid Krieger. Eure Aufgabe ist es nunmal, unser Land und unser Volk zu verteidigen."

„Dafür sind wir da. Ob es uns gefällt oder nicht." Nocona nahm ihren Zopf, legte ihn über ihre Brust und strich mit der Spitze seines Zeigefingers darüber. Das Wohlbefinden, das sie in seinen Armen empfand, fühlte sich trügerisch an. Nicht wenige Männer, die sich gerade auf dem Kampf vorbereiteten, würden nie wieder zurückkehren. Sie würden schon bald an den ewig lodernden Feuern der Großen Jäger sitzen und den Stimmen ihrer Ahnen zuhören, wartend auf den Tag, da sie mit ihren Lieben wieder vereint sein würden.

„Weißt du, wie es ist, wenn sich der Ältestenrat zusammensetzt?", fragte Nocona.

„Ja", antwortete sie flüsternd. „Aber erzähle mir noch einmal davon."

Er küsste sie auf die Stirn. Seine Stimme war so sanft wie ein Frühlingsregen. So beruhigend wie ein Streicheln. „Wenn sie etwas entscheiden, rauchen sie zuerst stundenlang. Sie blasen den Rauch in den Himmel, sie beten, rauchen, beten und rauchen. Dann bitten sie das große Mysterium um Hilfe und besänftigen die bösen Geister. Der Häuptling sagt, dass der Rauch seines Tabaks das Angesicht der Erde verhüllt und bis in den Himmel hinaufsteigt. Er bittet darum, dass wir wie der Rauch sein mögen. Denn der Rauch ist die Stimme zum Himmel. Alle sechs Richtungen, alle Tiere und Pflanzen schließen sich dieser Stimme an, und erst wenn es so weit ist, wird darüber beschlossen, was zu tun ist. Und wie es zu tun ist."

Gänsehaut überzog ihren Körper. Wie immer, wenn er so liebevoll in ihr Ohr raunte und mit den Lippen ihre Haut streifte. „Vielleicht sind sie schon näher als wir glauben. Der Rat lässt sich viel zu viel Zeit."

„Schwer bewaffnete Ranger kommen nur langsam voran. Vor morgen früh wird kein Angriff erfolgen. Sie greifen immer kurz vor der Morgendämmerung an. Weil dann die Chance auf einen Überraschungsangriff am größten ist."

„Das ist feige."

„Ihr Kampf ist selten fair, aber erfolgreich. Wir waren unvorsichtig. All die Zelte und der Ort, an dem wir sie aufgeschlagen haben. Wenn man eine Weile in Frieden gelebt hat, wird man nachlässig. John hatte recht. Man sieht unser Dorf von Weitem. Ein blinder Greis könnte es nicht verfehlen."

Naduah holte tief Luft und wappnete sich für das, was zu sagen war. Es wurde Zeit. Hier und jetzt musste sie Nocona in ihr Vorhaben einweihen. „Ich werde mit euch kämpfen, ob es euch gefällt oder nicht. Mahto hat mir alles beigebracht, was ich wissen muss."

Er tat nichts. Sagte nichts. Zeigte ihr nichts. Sah sie einfach nur mit schief gelegtem Kopf an.

„Was ist? Du weißt, dass ich darauf bestehe. Ich bin kein Präriehuhn,

das nur scharrt und gluckt. Das wusstest du von Anfang an. Also sag irgendwas, sonst …“

„Sonst was?“ Ein Grinsen erhellte sein Gesicht. Er hob seine Übungslanze vom Boden auf und reichte sie ihr. „Triff den Baum dort. Genau zwischen den beiden Astnarben. Nicht darüber, nicht darunter. Auch nicht daneben.“

„Du rechnest damit, dass ich versage!“

„Tu es einfach.“

Nur jemand, der seine Waffe perfekt beherrschte, konnte dieses weit entfernte und noch dazu kleine Ziel treffen. Vermutlich ging dieser eitle Hahn davon aus, eine Frau könne ihm nicht das Wasser reichen. Aber in den südlichen Wäldern war die Lanze zu einem Teil ihres Körpers, zu einer Verlängerung ihres Armes geworden. Sie hob die Waffe, konzentrierte sich und spürte, wie ihre Muskeln sich anspannten. Erregung kitzelte in ihren Adern. Sie atmete langsam und ruhig, wartete auf den richtigen Moment, holte aus und warf. Die Spannung ihres Körpers löste sich abrupt, wie eine Sehne, die den Pfeil fliegen ließ, und sie wusste, dass es perfekt gewesen war.

Mit dumpfem Knall bohrte sich die Waffe ins Holz. Nicht tief, weil sie stumpf war, aber immerhin tief genug, um zitternd darin stecken zu bleiben.

Noconas Gesicht blieb reglos. Seine Augen blitzten und funkelten, während er sie musterte. Ob vor Stolz oder Verblüffung war nicht auszumachen. „Dasselbe jetzt mit der Axt“, befahl er. „Sie soll den Baum genau unter der Lanze treffen.“

Er ging hinüber zum Übungsplatz, wo eine solche Waffe lag, und warf sie ihr zu. Naduah ließ die Waffe in derselben Bewegung fliegen, mit der sie sie aufgefangen hatte, ohne sich mit konzentriertem Zielen aufzuhalten. In tadelloser Präzision bohrte sie sich unter der Lanze ins Holz.

Endlich glomm Stolz in Noconas Augen auf. Nach ein paar raumgreifenden Schritten war er wieder bei ihr, hob sie auf seine Arme und wirbelte sie zweimal herum.

„Vielleicht ist es ein Fehler, so selten Frauen unter den Jägern und Kriegern zu haben.“ Naduah schwindelte, als er sie wieder auf dem Boden abstellte, nicht ohne ihre Lippen in einem leidenschaftlichen Kuss zu verschlingen. Ihre Knie wurden so weich, dass sie sie kaum mehr trugen. Die Kolibris in ihrem Bauch kitzelten und flatterten wilder denn je. „Vielleicht sollte es genau umgekehrt sein. Wir lassen euch in den Krieg ziehen und bleiben selbst in den warmen Tipis. Ich hätte nichts dagegen.“

„Dann darf ich mitreiten?“

„Glaubst du, ich bin so verrückt, dich aufhalten zu wollen? Nein, mein

Blauauge. Am Ende wache ich auf, nur um sehen zu müssen, dass gewisse Teile von mir an der Zeltstange über mir hängen."

„Allerdings", pflichtete sie ihm bei.

„Abgesehen davon bist du gut. Sehr gut sogar. An der Aufgabe, die ich dir gerade gestellt habe, wäre so mancher Krieger gescheitert."

Nocona wich vor ihr zurück. Wortlos hob er einen langen Zweig vom Boden auf, malte im Schnee herum und starrte ins Leere, während der Wind mit seinem offenen Haar und den Fransen seines Hemdes spielte. Unten am Fluss zerbrach das Eis unter den Hufen der trinkenden Pferde. Zarte, klirrende Laute, die in der kalten Luft widerhallten.

„Ich werde sterben vor Sorge", sagte er nach einer Weile. „Aber die Geister wachen über uns, und es wäre eine Qual für dich, hier bleiben zu müssen. Als ich damals die Krieger zum Fort begleitet habe, um mit ihnen zu kämpfen, wollten mich alle aufhalten. Genauso, wie ich jetzt dich am liebsten aufhalten will. Sie sagten, ich sei noch nicht so weit. Sie sagten, ich wäre zu verletzlich, weil mein Schutzgeist noch nicht bei mir sei. Aber mir waren ihre Warnungen egal. Ich hätte es nicht ertragen, tatenlos im Dorf herumzuhocken, während alle anderen Männer für uns kämpfen."

Naduah beschränkte sich auf ein Nicken, denn ihr fiel nichts zu entgegnen ein. Damals war Noconas Wagnis um ein Haar mit seinem Tod geendet. Und doch standen sie jetzt hier und fühlten sich lebendiger denn je. Jedes Wesen war ein Teil des großen Mysteriums, und das Mysterium bestimmte jedes Schicksal am Tag der Geburt voraus. Ob sie hierblieb oder die Männer begleitete, der Tag ihres Todes und der Platz am Feuer der Großen Jäger standen bereits fest. Sie nahm Nocona bei den Schultern und schmiegte sich an seinen Körper. Rau vor Kälte waren seine Lippen, als sie ihn küsste.

Versunken strich sie durch sein Haar, ließ ihre Hand tiefer gleiten und spürte das wunderbare Gefühl weichen Wildleders auf warmer Haut. Leidenschaft glühte in ihren Adern. Mahto hatte einmal gesagt, sie sei eine männliche Seele in einem weiblichen Körper. Ob das nun die Wahrheit war oder nicht, sie brannte wie jeder Krieger darauf, für die Penateka und für ihre Heimat zu kämpfen.

Nocona warf einen Blick über seine Schulter. Makamnaya hatte sich zu Icabu auf den Übungsplatz gesellt und ließ die Lanze über seinem Kopf rotieren. Angesichts seines Leibesumfangs ein eher lächerliches als beeindruckendes Unterfangen. Eine Zeitlang verfolgten sie die absonderlichen Leibesertüchtigungen des dicken Kriegers. Makamnaya nahm Anlauf, hob seine Lanze und schleuderte sie von sich. Ein Schrei erklang. Zitternd steckte die Waffe in einem Baum, nur knapp neben einer Frau, die gerade mit vollen Wasserbehältern vom Fluss hergekommen war.

Salven aus Flüchen und Verwünschungen ergossen sich über den vom Donner gerührten Krieger.

„Ist er so ungeschickt oder tut er nur so?"

„Sie ist hübsch und ledig", antwortete Nocona. „Wahrscheinlich hat er es absichtlich getan. Also, was meinst du? Sollten wir ein Stück zusammen reiten? Ich mag es nicht, tatenlos herumzustehen."

„Wie wäre es mit trainieren?"

Er rollte die Schultern und massierte mit einer Hand den Nacken, als wollte er testen, ob seine Muskeln nicht schon zu müde waren. „Nein", entschied er nach einer Weile. „Für heute reicht es mir. Sparen wir unsere Kräfte lieber für den Kampf auf."

Sie stießen ihre Lockrufe aus, warteten, bis Cetan und Siyo herbeigaloppierten, und schwangen sich auf die Rücken ihrer Tiere. Seite an Seite ritten sie auf einen Hügel, während Naduahs Ahnung, Nocona wolle ihr etwas Bedeutsames anvertrauen, zur Gewissheit wurde. Als er auf dem Kamm des Hügels seinen Hengst zum Stehen brachte, nahm sie wortlos neben ihm Aufstellung. Er verzichtete nicht auf das Training, weil er müde war, sondern weil ihm etwas auf dem Herzen lag. Er wollte allein mit ihr sein. Eine Last loswerden, bevor der Krieg über sie kam. Wunderschön glänzte der eisüberzogene Strom im Schein der blassen Wintersonne. Herrlich war der Anblick zahlloser bemalter Tipis.

„Es ist ein gutes Leben", sagte er zögernd. „Ich würde alles tun, um es zu verteidigen. Aber ich muss dich warnen. Du hast mich noch nie im Krieg gesehen. Gut möglich, dass ich dich erschrecken werde."

Naduah ahnte, worauf er anspielte. Und welcher Art die Last war, die zu schwer geworden war, um sie weiter mit sich herumzuschleppen. Windböen wehten ihm das Haar ins Gesicht. Er strich es nicht fort, vielleicht, weil er froh war, sich ein wenig verstecken zu können. Sie lenkte Siyo so nah an Cetan heran, dass sich die Flanken der Pferde und die Knie ihrer Reiter berührten.

Die Dauer eines einzigen Herzschlags zog sich in quälende Länge. Sie wusste, dass sie schweigen musste, und so beschränkte sie sich darauf, die Hand sanft auf sein Knie zu legen.

„Kehala und ich wollten es hinter uns lassen", begann er schließlich. „Wir wollten es ablegen wie eine Schlange ihre Haut. Wir wollten den Hass vergraben, weil er uns zerfraß. Der wichtigste Pfad, den ein Mensch geht, ist der der Liebe. Es ist nicht gut, zu hassen. Es macht die Seele krank. Kehala wacht nachts noch immer schreiend auf. Kein Tag vergeht, an dem das, was passiert ist, uns nicht verfolgt. Auch während unserer ersten gemeinsamen Nacht saß es mir im Nacken. In jedem Moment. Bei jedem Atemzug." Nocona wand sich auf dem Rücken seines Pferdes. Als der Wind drehte und ihm die Haare aus dem Gesicht

wehte, sah sie, dass Tränen in seinen Augen standen. Er wich ihrem Blick aus und erzählte weiter. Naduah lauschte atemlos. Sie hatte geahnt, was geschehen war, doch die Bestätigung zu hören, war mehr, als sie ertragen konnte. Mit jedem Wort schien mehr Frost durch ihr Fleisch zu kriechen. Mit jedem Satz wurde ihr Atem mühsamer und der Schatten über ihrer Seele düsterer.

„Und als ich John sah“, schloss Nocona seine Erzählung, „schrie alles in mir danach, ihn zu töten. Ich stellte mir vor, ihn mit bloßen Händen so langsam wie möglich umzubringen. Wenn du nicht bei mir gewesen wärst, Naduah, dann hätte ich es getan. Ich wollte ihm das Fleisch von den Knochen reißen. Ich wollte …“

Er verstummte. In seinen Augen funkelte eine erschreckende Kälte. „Davor wollte ich dich warnen. Kannst du dir vorstellen, wie ich im Krieg sein werde? Wenn alles nach Blut riecht? Wenn es nur darum geht, die Gelben Haare zu töten? Dann wird es mir egal sein, ob du bei mir bist. Ich werde im Blut waten. Nein, ich will im Blut waten.“

Sie sah ihn an und lächelte. Es fiel ihr so leicht, so unfassbar leicht nach allem, was sie gehört hatte, und diese Reaktion schien ihn in tiefe Verwirrung zu stürzen. Seine Verblüffung wurde noch größer, als sie nach seiner Hand griff, die sich fest um den Zügel gekrallt hatte. Behutsam löste Naduah den Griff seiner Finger, hob sie an ihre Lippen und küsste sie.

„Es erschreckt mich nicht. Ich liebe dich so, wie du bist. Du könntest nichts tun und nichts sagen, dass ich dich deswegen nicht mehr lieben würde.“

Nocona öffnete den Mund, schien etwas sagen zu wollen und beschränkte sich schließlich darauf, sie wortlos anzustarren.

„Ich will mit dir kämpfen“, fügte sie hinzu. „Und damit meine ich nicht nur den Krieg. Nicht nur diesen einen Kampf. Ich will mit dir und mit unseren Kindern alt werden. Ich will, dass wir alles gemeinsam tragen. Und wenn die Last noch so schwer wird. Deswegen sind wir hier. Wir beide.“

Die Kälte in seinem Gesicht wich einer strahlenden, lebendigen Wärme. Voller Staunen sah er sie an, plötzlich so frei und gelöst, wie sie ihn nie zuvor erblickt hatte. Naduah beugte sich zur Seite, legte einen Arm um seine Schultern und zog ihn zu sich heran. Doch als sie sich küssten, hallte ein wilder Schrei durch die erwartungsvolle Stille des Morgens.

Der Rat hatte sich entschieden.

Makah, 2011

„Makah, hörst du mich?"

Er zuckte zusammen. Das festlich erleuchtete Gemeindehaus seines Traumes wich einem pastellfarbenen Krankenhauszimmer. Sein Kopf lag auf den verschränkten Armen, die sich auf Saras Bett stützten.

„Wovon hast du geträumt?" Isabella saß neben ihm und starrte ihn aus riesengroßen, rot geweinten Eulenaugen an.

Makah rieb sich die Augen. So surreal fühlte sich die Wirklichkeit nur an, wenn man mitten aus der REM-Phase gerissen wurde.

„Weihnachten." Makah streckte sich und gähnte. „Du weißt schon. Damals, als wir für die alten Leutchen gekocht und gebacken haben und ich diese unsägliche grüne Schürze trug."

„Diese Schürze stand dir ziemlich gut." Isabellas Lächeln hätte etwas Verträumtes an sich gehabt, ohne diese eingefallenen Wangen und die graue Gesichtsfarbe. „Weißt du noch? Unser Tanz? Zu dieser Frank Sinatra-Schallplatte, die vor Alter geknistert hat?"

Makah räusperte sich. Ja, dieser Tanz. Sie waren sich ziemlich nahe gekommen und nach dem Ende der Platte waren sie in die Küche entschwunden, um sich gegenseitig zu befummeln. Er konnte sich genau an Isabellas Hände erinnern, klebrig von Marmelade, die sich unter sein T-Shirt getastet hatten.

„Es tut mir so leid, was passiert ist", schluchzte sie. „Ehrlich. Was ist mit deinem Auge los?"

„Treppe runtergefallen."

„Lass die Witze."

„Nichts ist damit. Will nicht drüber reden."

Isabella nickte. „Wie geht es ihr?"

Sein Schädel brummte, aber an Visionen konnte er sich nicht erinnern. Nur an diese kurze Weihnachtsepisode. Vielleicht hatte ihn sein Unterbewusstsein daran erinnern wollen, dass er an Isabellas Eifersucht nicht unschuldig war. Auf jener Feier hatte er es eindeutig übertrieben mit dem Flirten. Für ihn war es nur ein Spiel, eine willkommene, unverbindliche Ablenkung von seiner Trauer. Aber für Bella?

„Sara hat Glück gehabt", murmelte er. „Eine Gehirnerschütterung. Nichts Lebensbedrohliches. Wie geht es dir?"

Isabella zuckte mit den Schultern. Ihr Lächeln sah so gezwungen aus, dass man das Quietschen ihrer Muskeln zu hören meinte. Makah wollte sie trösten, sie in die Arme schließen und ihr Mut zusprechen, wie er es schon tausend Mal getan hatte, doch diesmal war es ihm unmöglich. Ein

Instinkt warnte ihn davor, dass es alles nur schlimmer machen würde.

„Neil hat's mir erzählt. Ich bin sofort hergekommen."

„Danke, Bella. Willst du einen Kaffee?"

„Nicht nötig. Ich habe unterwegs kurz angehalten."

Makah nickte, während sein Magen wie auf Kommando knurrte. Himmel, wann hatte er das letzte Mal ordentlich gegessen? Ein Karamellmuffin deckte nicht mal annähernd die Energie, die er in den letzten Stunden verbrannt hatte.

„Geh ruhig." Isabella hatte offenbar seine Gedanken gelesen und strich ihm so sanft über die Wange, dass er sich ganz jämmerlich fühlte. Höchstwahrscheinlich litt sie furchtbar unter ihrer unerwiderten Liebe. Warum war er so blind gewesen? Vor allem hatte er keine Ahnung, was er tun konnte, um es ihr leichter zu machen. Er war der Dorn in ihrem Fleisch. Der Auslöser für ihren Schmerz. Spätestens, als ihre Hand damals unter sein T-Shirt gewandert war, hätte er Klartext reden müssen. Er liebte Bella auf die Art, wie man eine Schwester liebte. Nicht mehr und nicht weniger. Abgesehen von dem kleinen Ausrutscher auf der Weihnachtsfeier.

„Du siehst aus, als würdest du gleich vom Fleisch fallen." Sie lächelte milde. „Geh schon. Ich passe solange auf sie auf."

„Danke, Bella." Er beschloss, mit ihr noch heute einen Kaffee trinken zu gehen. Missverständnisse mussten ausgeräumt, falsche Hoffnungen mit Gewissheit gekittet werden.

Kaum stand er auf, wurde sein Widerwillen mit jedem Zentimeter, der ihn von Sara trennte, größer. Er wollte diese Frau festhalten. Sie spüren. Mit allen Sinnen. Die gewaltige Angst klaffte in ihm auf, sie nie wiederzusehen. Zurückzukehren und nur Leere vorzufinden.

Schon einmal war es so gewesen. Makah schüttelte den Kopf, um die unnützen Sorgen loszuwerden. Damals war damals, heute ist heute. Er war nicht mehr Nocona, sondern Makah. Und Saras altes Leben war so fern und verstaubt wie seines.

„Sei unbesorgt." Isabellas Stimme war ein vertrauliches Säuseln. Es klang, als beruhigte eine Mutter ihr Kind. „Alles ist okay. Ich kümmere mich um sie."

„Ihr seid noch da, wenn ich zurückkomme?" Was für eine idiotische Frage. Wohin sollte Sara schon gehen? Das hier war das einundzwanzigste Jahrhundert. Keine Zeit, in der blutdurstige Horden durch das Land zogen. In seinem Kopf herrschte Chaos. Traumatische Erlebnisse der Vergangenheit griffen nach seinem Leben, und er musste es schaffen, sie auszusperren.

„Natürlich." Isabella warf ihm einen sonderbaren Blick zu. „Jetzt verschwinde schon. Sonst versagt noch dein Kreislauf."

Dankbar lächelte er ihr zu und verließ das Zimmer. Als er seine Lederbörse aus der Gesäßtasche zog, stellte er fest, dass das Geld langsam zur Neige ging. Verflixt. Das war gerade noch genug für zwei Tage. In all der Hektik hatte er vergessen, mehr einzustecken, aber für einen Burger würde es wohl reichen. Makellos glänzend lag der Gang vor ihm. Lichter fanden ihren Widerschein im spiegelglatten Bodenbelag. Es gefiel ihm nicht. Er brauchte wogendes Gras um sich herum. Den Geruch nach Erde, Birkenpech und Pferd. Er vermisste die schiefen, knarzenden Wände seines Hauses und sogar das ärmliche Dorf, denn es war ihm tausendmal lieber als dieses funkelnde Gebäude inmitten gepflegter Straßen und Plätze.

Falls Sara Zeit mitgebracht hatte, würde er nach ihrer Entlassung gemeinsam mit ihr ausreiten. Einfach auf den Horizont zu. So wie damals. Auf der Suche nach der Magie ihrer Zweisamkeit.

Obwohl seine Gedanken in weit entfernten Sphären schwebten, funktionierten die Instinkte tadellos. Drei Jugendliche huschten um die Ecke und wären um ein Haar in ihn hineingerannt, hätte er nicht eine fließende Drehung vollführt. Haarscharf glitt ein blondes Mädchen an ihm vorbei, streifte ihn flüchtig und ließ eine Wolke süßen Vanilledufts zurück. Dem ihr nachfolgenden Jungen fiel vor Schreck die Coladose aus der Hand. Makah fing sie im Flug auf und drückte sie dem vom Donner gerührten Halbstarken zurück in die Hand.

„Geile Reflexe, Mann."

„Herzlichen Dank."

Er sah der verblüfft tuschelnden Bande hinterher. Ehe sie am Ende des Flurs in ein Zimmer verschwanden, warf ihm das Mädchen vier Schulterblicke und ein schüchternes Lächeln zu. Wie niedlich.

„Der werde ich es zeigen!", polterte es plötzlich durch den Gang. „Dass diese Ziege es wagt!"

Moment, diese Stimme kannte er doch. Tatsächlich. Ein wutschnaubender Drachen in einem roten, geblümten Kleid walzte auf ihn zu. George folgte seiner Frau in gebührendem Abstand, weil er nach langen Jahren angesammelter Erfahrung instinktiv spürte, wann es besser war, die Klappe zu halten.

Makahs unterzuckertes Gehirn arbeitete nur schleppend. Ziege? Welche Ziege? Wohl kaum das blonde Mädchen.

„Sag bloß, sie ist mit ihr allein?" Anna besaß frappierende Ähnlichkeit mit einem aufgeblasenen Heißluftballon. Sie schenkte sich jede Begrüßung, rauschte an ihm vorbei und legte noch einmal an Geschwindigkeit zu. Unwillkürlich musste er an den roten Stier aus *Das letzte Einhorn* denken. Dieser resoluten Walküre würde es mühelos gelingen, eine ganze Armee vor sich herzutreiben.

„Was meint sie?“, fragte er den unglücklich dreinblickenden George. „Habe ich was verpasst?“

„Isabella hat Sara erzählt, du seist tot.“

„Wie bitte?“

„Oh ja“, schnauzte ihm Anna über die Schulter hinweg zu. Die Ohren eines Luchses waren ein Dreck gegen die Sinne dieser Frau. „Deine gute Bella war sehr überzeugend. Es würde mich nicht wundern, wenn sie hinter dem Angriff steckt.“

„Bella? Nein! Unmöglich. Sie würde nie ...“

Anna warf sich mit der Inbrunst einer Grizzlybärin gegen die Tür. Sie stürmte in das Zimmer und stieß keine Sekunde später einen Schrei aus, dessen Tonfall Makah das Blut in den Adern gefrieren ließ.

„Ich wusste es! Weg von ihr! Sofort!“

Er folgte ihr ins Zimmer. Sein Körper bewegte sich wie in Zeitlupe und zögerte den Moment der Erkenntnis hinaus, weil er nicht glauben wollte, dass Anna recht behielt.

Nein!, schrie sein Bauchgefühl. *Das kann nicht sein!*

Ach ja?, höhnte sein Verstand. *Du siehst es doch klar und deutlich vor dir, oder nicht?*

Isabella, mit einem Kissen in der Hand. Zu überrumpelt, um es von Saras Gesicht zu nehmen. Ein kalter, frostiger Blick. Hart zusammengepresste Lippen. Verzweifelte Entschlossenheit. Wahnsinn.

Sie hatte es getan. Sie hatte Sara niedergeschlagen. Diese Erkenntnis war surreal und brutal.

Endlich übernahmen Instinkte die Kontrolle seines trägen Körpers. Ehe sein Gehirn der Aktion folgen konnte, warf er Bella an die Wand – die Frau, die drei Jahrzehnte lang seine Freundin gewesen war. Seine Vertraute, sein Lichtblick. Beinahe etwas wie seine Tochter.

„Warum? Sag es mir! “

Bellas Lippen bebten. Liebe, Irrsinn und Zorn erfassten ihn wie ein Wirbelsturm und spien ihm Kälte entgegen. Aus dem Augenwinkel sah er das Auf und Ab von Saras Brustkorb. Sie atmete. Sie lebte. Die Erleichterung dieser Erkenntnis ließ seinen Griff etwas lockerer werden.

„Weil du mir gehörst“, hörte er eine verzerrte Stimme. Schrill und fremdartig. Nicht Bella. „Mir und nicht dieser Schlampe aus New York. Sie will dich nur benutzen. Merkst du das nicht?“

Seine Hand lag immer noch um ihre Kehle und – verdammt! – er fühlte den unleugbaren Drang, zuzudrücken.

„Ist sie okay?“, fuhr er Anna an.

Die alte Frau strich Sara über das Haar.

„Ja. Wir sind gerade noch rechtzeitig gekommen. Ihr fehlt nichts.“

Ein zweites Mal flog die Tür auf. Zwei Schwestern stürmten herein,

erblickten Makah und stießen einen Laut ungläubigen Schreckens aus.

„Ich habe nicht wegen ihm den Notruf ausgelöst“, rief Anna. „Diese Frau hat versucht, Miss Merger umzubringen. Rufen Sie die Polizei.“

Zweifel lagen in den Blicken der Schwestern. Makah erwiderte sie finster. Die Geschichte, die sich vor wenigen Stunden zugetragen hatte, würde ihre Wiederholung finden. Mit seinem Aussehen und seiner Abstammung schien er geradezu prädestiniert zu sein für Verdächtigungen. Zähneknirschend ließ er Isabella frei. Sie bewegte sich keinen Millimeter. Es war, als wäre der Blick der Medusa durch sie hindurchgefahren.

„Du gehörst mir“, hörte er ihr fast lautloses Zischen. „Diese weiße Schlampe glaubt, sie wäre was Besseres. Kommt hierher und will dich mir wegnehmen. Sie hat es verdient, zu sterben.“

Ihre Starre löste sich. Schneller als ein Schatten rannte sie auf das Bett zu. Makah griff nach Isabella, doch ihre schweißnasse Hand glitt durch seine Finger wie ein Fisch. Wieder stürzte sie sich auf Sara, hob ihre Arme und ließ ihre Fäuste auf die Brust der Bewusstlosen niederfahren. Sechs Hände packten fast augenblicklich zu und zerrten sie beiseite, noch ehe sie einen zweiten Schlag vollführen konnte.

„Du nimmst ihn mir nicht weg!“, brüllte Isabella. Eine weitere Schwester und zwei Ärzte kamen ins Zimmer. „Niemals! Niemals! Er gehört mir! Er hat schon immer mir gehört!“

Blicke streiften ihn, während man Isabella in Gewahrsam nahm und in den Flur hinauszerrte, als wüssten selbst die frisch Hinzugekommenen instinktiv, auf wen sich die Besitzansprüche bezogen. Er ging zu Sara und nahm ihre Hand. Nach wie vor war ihr Gesicht friedlich, ihr Atem ruhig. Als hätte sie nichts von alldem gespürt. Er hoffte sehr, dass es so war.

„Schon gut.“ Eine der Krankenschwestern schob ihn sanft beiseite. „Ich kümmere mich um sie.“

Widerwillig überließ er der Schwester seinen Platz und fiel in den Besuchersessel. Anna nahm im zweiten Platz, schwitzend und hochrot wie ein außer Kontrolle geratenes Atomkraftwerk.

„Wie hat es so weit kommen können, Makah?“

„Weil ich blind gewesen bin“, antwortete er flüsternd.

Kaum schloss er die Augen, erfasste ihn ein Wirbel aus Schwärze und Stille. Die Visionen. Das Zerfließen von Zeit und Raum. Nein! Nicht jetzt! Nicht hier! Er sprang auf, fast augenblicklich wurde ihm schwindlig. Verzweifelt griff er nach dem Beistelltisch. Zu spät. Er spürte einen kurzen Moment des Fallens, dann einen harten Aufschlag. Der Strudel zog ihn nicht fort wie sonst, er schleuderte ihn in die Höhe, riss ihn herum und warf ihn in ein Universum aus Kampfeswut und wilder Euphorie.

Nocona, 1844

Naduahs Finger bemalten sein Gesicht mit schwarzer Farbe. Er sah ihr Lächeln und die Glut der Lust im Türkisblau ihrer Augen. Ihr Körper bebte, als sie zwei Strähnen seines Haares flocht und mit schillernden Federn schmückte. Jede zarte Berührung ließ Flammen über seine Haut lodern. Jeder Hauch ihres Atems raste wie ein sengender Blitz in seine Lenden.

„Was auch passiert, ich warte auf dich.“ Er fing ihre rot verschmierte Hand ein und legte sie auf seine Brust, die von der Kälte des Winternachmittags von Gänsehaut überzogen war. Naduahs Fingerspitzen hinterließen fünf blutige Streifen auf dem Leder seines Kriegshemdes. „Mein Herz schlägt für dich. Nur für dich. Es wird dich immer finden.“

„Ich weiß“, raunte sie. „Ich habe keine Angst.“

Nicht länger in der Lage, sich zurückzuhalten, berührten sie sich, liebkosten das Gesicht des anderen, verschmierten die Farbe auf ihrer Haut, fuhren Lippen, Augenbrauen und Wangen nach. Sie küssten sich noch einmal, dann bemalten sie Siyo und Cetan, schärften ihre Waffen und polierten Klingen, während der Rausch ungebändigter Lebendigkeit ihre Körper und Seelen flutete und sie schwerelos machte, stark und furchtlos und bereit für alles, was kommen würde.

Das Band, das ihre Seelen miteinander vereinte, wurde immer stärker. Zusammengeschweißt durch ein Gefühl, das größer war als alles andere, selbst größer als das Schicksal. Sie schwangen sich auf ihre Pferde und fielen in die Schreie der Krieger mit ein. Entfesselten ihre Gefühle, nährten ihre wilde Entschlossenheit mit dem Wissen, dass sie lebten, um hier zu sein, gemeinsam, in diesem Augenblick. Nocona und seine Lanzenträger bildeten die Spitze der Angriffsformation, Naduah und alle, die über wenig Erfahrung im Krieg verfügten, ritten in der Mitte der Kriegerschar. Schnee knirschte unter unzähligen Pferdehufen, Fell dampfte in der schneidenden Kälte. Sonst war kein Laut mehr zu hören. Lautlos ritten die Krieger in einer langen Prozession durch die Abenddämmerung. Schweigend, eins mit Leben und Tod und dem ewig währenden Kampf dazwischen, während dichter Schneefall ihre Spuren verwischte, kaum dass sie sich im Leichentuch des Winters verewigt hatten.

Makah, 2011

Jemand half ihm auf die Beine. Nein, Beine war zu viel gesagt. Gekochte Nudeln passte besser. Obwohl die kurze Vision von ihm wich, als hätte man ein Tuch mit einem Ruck von ihm hinuntergezogen, gehorchte ihm sein Körper nicht. Seine Gedanken arbeiteten klar, erinnerten sich an jedes Detail und ließen keine Kraft mehr für das Fleisch übrig.

Warum war er so schwach? Damals hatte er Hunderte getötet. Und zwar am Stück. Er war ein wild gewordener Berserker, der tagelang ohne Unterbrechung ritt, nur um zu töten. Um die zu beschützen, die er liebte. Er kämpfte vom Morgengrauen bis zur Abenddämmerung. Und ihm wurde noch nicht mal schlecht davon. Er erinnerte sich an tagelange Metzeleien, an deren Ende er sich kraftlos und federleicht gefühlt hatte. Lebendig und tot. Euphorisch und elend.

Sie hievten ihn auf das leere Bett neben Sara. Er hörte Geräusche aus seinem Mund kommen, die er liebend gern unterdrückt hätte. Grundgütiger, er klang wie ein Vollidiot. Die Krankenschwester redete etwas von Kreislaufzusammenbruch und garnierte ihre Schilderungen mit Ausdrücken, die Annas Augen die Größe von Suppentellern verliehen und ihm rein gar nichts sagten. Wenn die wüssten. Würde er den wahren Grund seines sogenannten Kreislaufzusammenbruchs ausplaudern, könnte er sichergehen, mit einer Menge guter Drogen abgefüllt und am nächsten Gitterbett festgebunden zu werden. Anna redete anscheinend mit ihm, aber er verstand kein Wort. Ihre Lippen bewegten sich hektisch auf und ab, ihre Hände fuchtelten wild herum. Shit, konnten sie ihn nicht einfach schlafen lassen? Mehr als fünfzig Ranger warteten darauf, ins Gras zu beißen. Er roch bereits ihr Blut, spürte Cetans Muskeln zwischen den Schenkeln und hörte das Donnern der Kanonen.

Naduah … mein Gott, Naduah …

Was war sie nur für eine umwerfende Frau. Damals wie heute. Ihre kampflüsterne Schönheit, ihr Mut. Die Farbe auf ihrer Haut, der Schnee in ihren Haaren. Makah glaubte zu platzen vor Lebendigkeit. Er wollte lachen, die Arme ausbreiten, seine Gefühle hinausschreien und sich in seinem wilden Glück wälzen. Die widerwärtig herrliche Lust auf Kampf brachte sein Blut zum Brodeln. Er fühlte sich stark und unbezwingbar. Und doch lag er hier auf einem Krankenhausbett und konnte sich kaum rühren.

Annas Mondgesicht verschwand und wich dem künstlichen Lächeln der dunkelhaarigen Schwester. Dieses Mädchen war nicht übel. Früher hätte er aus reiner Verspieltheit dafür gesorgt, dass ihr der Schweiß ausbrach. Er hätte sie zum Zittern und Seufzen gebracht, einfach nur mit

Blicken und wohldosierten Gesten, deren Geheimnis er nie gelernt, sondern von seinem Vater geerbt hatte. Für ihn war es immer nur ein Spiel gewesen. Er hatte nicht im Geringsten darüber nachgedacht, sondern seine Wirkung auf andere Menschen genossen.

Oh Mann, er war ein solcher Idiot gewesen. Erst Isabellas Amoklauf führte ihm das vor Augen.

Jedes Detail ihrer Tat kristallisierte sich aus seiner Erinnerung und die Bilder, die fehlten, malte sein Gehirn in grellen Farben. Jede Facette entsprach einem Schlag in die Magengrube. Isabella würde aus seinem Leben verschwinden. Ein für alle Mal. Nicht mehr Bella würde auf ihn warten, wenn er in aller Herrgottsfrühe zum Gemeindehaus kam. Nicht mehr Bella würde es sein, die er tröstete und aufbaute.

Sein Blick glitt am weiß umrahmten Ausschnitt der Schwester vorbei und heftete sich auf Sara. Er sah die blasse, filigrane Frau, die wie ein Geist neben ihm lag, in der Vergangenheit gefangen, und er wusste, dass sein Herz ein für alle Mal vergeben war. Für den Rest aller Zeiten. In seinem Unterbewusstsein hatte er gespürt, dass etwas geschehen war. Auf eine unerklärliche, magische Weise hatte Sara ihn gerufen und um Hilfe angefleht. Trotz seines lädierten Zustands war er geritten wie der Teufel, um nach Hause zu kommen.

Es klapperten einige Instrumente auf einem Tablett. Flinke Finger krempelten den Ärmel seines Hemdes hoch. Kühl und feucht wischte die Schwester einen Tupfer über seine Armbeuge, dann drückte sie eine Nadel in sein Fleisch. Den Stich spürte er nicht.

„Ist das ein Anti-Visionsserum?“, hörte er sich nuscheln. „Falls ja, kaufe ich Ihnen den Fünf-Liter-Eimer ab.“

Die dunkelhaarige Frau warf Anna einen skeptischen Blick zu, während sie den Inhalt des Kolbens in seinen Blutkreislauf drückte. Ebenso gut hätte sie laut sagen können:

„Der Kerl hat doch nicht mehr alle Kriegsbeile im Schrank“

Fehlte nur, dass sie mit einer Hand vor dem Kopf herumwedelte. Ein albernes Kichern bildete sich in seiner Kehle, doch ehe es über seine Lippen kam, sickerte betäubende Wärme durch seine Zellen. Nicht heiß wie ein Flächenbrand, sondern sanftmütig glimmend. Sie erfüllte selbst seine Augenlider und machte sie wunderbar schwer. Saras Namen glitt liebkosend über seine Lippen. Sein Kopf kippte zur Seite. Die Stimmen entfernten sich. Er spürte einen warmen, seidigen Körper an seinem. Nackt und geschmeidig. Fingerspitzen strichen über seine Haare. Ganz leicht, aber das Kitzeln ließ seinen Körper erbeben. Naduah legte ihr Gesicht auf seine Brust und lauschte dem Schlagen des Herzens.

„Lass uns einfach schlafen, mein Blauauge.“

„Ja. Lass uns schlafen. Schlafen wie die Felsen und wie die Geister.“

Nocona, 1844

Er tötete den Häuptling der Ranger. Der Mann wich nicht einmal aus. Wie ein erschrecktes Kind starrte er der Lanze entgegen, die ihn einen Atemzug später durchbohrte und vom Pferd warf.

Nocona fühlte keinen Triumph, denn er sah, was bereits geschehen war. Die Rettung kam für viele zu spät. Wie Naduah es vorhergesehen hatte. Niemals zogen sie in den Krieg, ohne dass der Ältestenrat es beschlossen hatte, doch diesmal hätte eine Ausnahme von der Regel Dutzende Leben vor einem grausamen Tod bewahrt. Das Blut der ermordeten Penateka dampfte im schmelzenden Schnee. Er sah die Leichen von Kindern, Frauen und Greisen. Zerstörte Zelte, zerstörte Leben. Vernichtetes Glück.

Eine glutheiße Welle schlug über ihm zusammen. Feuer raste durch seine Adern. Die Kraft des Bogens wurde eins mit der Kraft seines Körpers, als er den ersten Pfeil auf die Sehne legte. Das Geschoss hatte kaum das Herz des ersten Soldaten durchbohrt, als er bereits zum zweiten Mal anlegte. Die Schüsse geschahen in so schneller Abfolge, dass er nicht mehr zielte, sondern nur noch seinen Instinkten vertraute. Die Haarlippen starben mit Pfeilen im Gehirn, im Herzen, in den Augen. Mit behutsamem Schenkeldruck lenkte er Cetan in das Getümmel hinein. Zehn Tote, elf Tote, zwölf, dreizehn. Pfeil um Pfeil fand sein Ziel. Der Körper des Pferdes zerteilte die Menge wie der Kiel eines Kanus das Wasser. In lächerlicher Hektik stopften die Soldaten ihre Gewehre und Kanonen. Schreie, wimmelnde Körper, beißender Rauch. Brennende Tipis spien schwarzen Ruß in den Himmel. Qualm biss in seine Augen. Als alle Pfeile verschossen waren, zog er die Kriegsaxt hervor, schwang sie gegen den Kopf eines Rangers und ließ ihn zerspringen wie einen reifen Kürbis.

Seine Seele löste sich in einem Inferno auf. Erbärmliche Kreaturen, die um ihr Leben winselten. Stinkende Ungeheuer. Etwas Heißes streifte Noconas Schläfe, doch im Rausch des Tötens spürte er keinen Schmerz. Vor ihm tauchten zwei Soldaten auf, die hektisch eine Kanone luden. Sein Kriegsschrei ließ die Männer herumfahren. Jede Farbe wich aus ihren Gesichtern. Der Jüngere brüllte dem Älteren etwas zu, drückte ihn beiseite, schüttete Pulver in das Kanonenrohr und ließ eine Kugel folgen. Doch ehe er die riesige Waffe herumwuchten konnte, warf Nocona seine Axt und zerteilte das Rückgrat des Gelben Haares. Stocksteif kippte der Ranger nach hinten. Seine Hand krallte sich in die Uniformjacke des älteren Mannes und riss ihn mit sich. Ehe der Überraschte dem Griff entfliehen konnte, glitt Nocona vom Pferd, riss die Axt aus dem Körper

des Toten und trieb sie in den Nacken des Soldaten.

Blut spitzte ihm ins Gesicht. Heiß und süß.

Cetan stemmte die Hufe in den Schlamm und kam schlingernd zum Stehen. Fieberhaft suchte Nocona nach einem neuen Opfer. Viel gab es nicht mehr zu holen. Wie Wölfe waren die Quohadis und Wasps über ihre Feinde hergefallen, gleich einer unaufhaltsamen Flut, die alles hinfort spült, was sich ihr entgegenstellt. Die noch lebenden Ranger versuchten ihr Heil in der Flucht. Schädelbrecher, Kriegsäxte und Lanzen streckten sie in schneller Abfolge nieder. Hufe zertrampelten ihre Körper, Pfeile durchbohrten ihr Fleisch, Messer skalpierten ihre Schädel. Die Kinder und Frauen der Penateka fielen über die Verwundeten her, rückten ihnen mit Klingen und den bloßen Händen zu Leibe und zelebrierten ihre Rache mit der Wut und Verzweiflung eines bis aufs Blut gereizten Raubtiers.

Triumphschreie lösten das Krachen von Gewehren ab. Eine entfesselte Kraft schwang sich hoch hinauf in den Himmel und sandte trügerische Zuversicht in das Herz jeden Nunumu.

Sieg, Sieg, Sieg.

Nocona sprang vom Pferd. Sein Körper loderte im Rausch blindwütigen Zorns. Er fiel über einen flüchtenden Soldaten her, riss ihn zu Boden und durchtrennte seine Kehle. Sofort nahm er sich einen zweiten Mann vor, dann einen dritten. Wie konnten diese Feiglinge so unendlich stolz auf sich sein, wenn sie nur schutzlose Schlafende und von den Kriegern verlassene Dörfer angriffen, aber kläglich scheiterten, sobald sie auf wahre Kämpfer trafen?

Nocona war das traurige Schauspiel leid, packte den Kopf eines Soldaten mit beiden Händen und brach ihm das Genick. Schwer atmend hielt er inne. War das alles gewesen? War das die Schlacht, der sie mit so viel Inbrunst und dunklen Ahnungen entgegengeblickt hatten?

Ihm war, als hätte sie geendet, bevor sie überhaupt begonnen hatte. Seine Gedanken übernahmen langsam wieder seinen Verstand. Er konnte Naduah nirgendwo entdecken. Noch immer erfüllte ihn der Rausch des Tötens, noch immer schrien seine Instinkte nach Rache. Skalpe wurden genommen, Pferde abgesattelt und vom Zaumzeug befreit, Säbel zusammengesammelt. Niemand rührte die Gewehre oder die Kanonen an, denn es waren erbärmliche Waffen für Feiglinge, deren Besitz mehr Schande als Ehre mit sich brachte.

Seine Betäubung klärte sich erst, als er einen flüchtigen Blick auf Naduah erhaschte. Äußerst lebendig und auf den ersten Blick unverletzt saß sie auf Siyo und schien nach etwas zu suchen. Doch so schnell, wie sie inmitten der Krieger aufgetaucht war, verschwand sie wieder in der Menge.

Beim großen Geist, es ging ihr gut. Sie lebte.

Seine Erleichterung milderte die tobenden Dämonen. Knurrend wichen sie zurück, legten ihre Fesseln an und gaben Ruhe. Vorerst. Nocona versuchte, sein Blut mit ruhigen Atemzügen zu kühlen. Er fühlte so wenig. Wäre Naduah nicht in seinem Herzen gewesen, hätte er sich nicht mehr als Mensch empfunden, sondern als willenloses Werkzeug, dessen einziger Sinn im Kämpfen und Töten lag. Emotionslos schnitt er die Kehlen der Soldaten durch, die er noch lebend antraf, während ein Teil in ihm dabei zusah und Ekel empfand. Er band einen Skalp nach dem anderen an sein Kriegshemd, bis das Leder triefte vor Blut und an seiner Haut klebte.

Irgendwann fiel ihm eine silbern glänzende Feldflasche auf. Er hob sie auf und betrachtete das im Sonnenlicht gleißende Metall. Seltsame Dinge waren darin eingeritzt. Da war ein bärtiger Mann mit langem, gelocktem Haar und gewaltigen Muskeln. Das zweirädrige Ding, auf dem er thronte, wurde von Wesen gezogen, deren Fremdartigkeit ihn zutiefst faszinierte. Es schienen Pferde zu sein. Wilde, stolze Pferde mit geblähten Nüstern, aber ihre Leiber gingen in die von Fischen über. Beeindruckt betastete er die winzigen Schuppen der Schwänze, die gelockten Strähnen ihrer Mähnen und die winzigen Zeichen, die über den Tieren standen. Der bärtige Mann trug eine Waffe bei sich, wie sie er nie zuvor gesehen hatte. Sie sah aus wie eine dreigeteilte, von Muscheln verzierte Lanze. Gab es solche Tiere jenseits des Meeres? Vielleicht waren diese prachtvollen Geschöpfe die Vorstellung der Weißen von ihren Göttern. Aber falls sie in dieser Wirklichkeit existierten, war ihm der Zweck eines Wesens, das Pferd und Fisch in sich vereinte, schleierhaft.

Der Gestank der Skalps quälte seine Nase. Plötzlich angewidert von den triefenden Dingern, riss er sie sich vom Leib und warf sie zu Boden. Das Töten war beendet. Er wollte nichts mehr davon wissen. Jeder hatte gesehen, wie viele seiner Pfeile getroffen und wie viele der Gelben Haare er vernichtet hatte. Es war nicht mehr nötig, wie ein eitler Junge sein Können durch Trophäen zu beweisen.

Die Fischpferde begannen, sein gesamtes Denken auszufüllen. Bisher hatte er geglaubt, die Welt der Weißen bestünde nur aus Gier und Frevel gegen alles, was heilig und natürlich war, doch jetzt erkannte er, dass sie auch wundersame Geheimnisse barg. Er wanderte zum Fluss, öffnete während des Laufens den Verschluss der Flasche und schnupperte daran. Ein herrlicher Duft strömte ihm entgegen. Seine Sinne sagten ihm, dass Beeren darunter waren, vermischt mit Kräutern und Honig.

Gerade wollte er die Flasche an seine Lippen setzen, um die zweifellos wohltuende Medizin zu kosten, als sich eine Hand von hinten auf seine Schulter legte. Er fuhr herum. Seine noch immer von der Schlacht kon-

trollierten Instinkte ließen ihn den Arm packen, der vor ihm schwebte, und ehe sein Verstand begriff, was er tat, hatte er ihn hochgebogen und verdreht.

„Lass mir den letzten Rest Leben, der noch in mir ist." Der alte Penateka keuchte schmerzerfüllt. „Ich wollte dich nicht erschrecken. Hört ihr Quohadis sonst nicht jeden Fußtritt eines Feindes, so weit, wie der Adler an einem Tag fliegt?"

Nocona ließ den Alten frei und senkte betroffen seinen Blick. Wie beschämend, einem schwachen Greis Schmerzen zugefügt zu haben. „Verzeih mir."

Der Alte winkte ab. „Verzeih dir lieber selbst. Es war mein Fehler. Ich hätte bemerken müssen, dass deine Aufmerksamkeit sich auf andere Dinge richtet."

Keine zwei Schritte neben ihm strömte friedvoll der Fluss dahin, wie er es am Tag zuvor getan hatte und wie er es weiterhin tun würde, unberührt von allem, was an seinen Ufern geschah. Das Eis war dicker geworden. Seine glänzenden Zungen streckten sich nach der tiefen Mitte des Stromes aus, um auch sie erstarren zu lassen.

„Ich dachte über diese Tiere nach." Er drehte die Flasche in seinen Händen. „Weißt du etwas über sie? Existieren sie wirklich?"

Der Alte betrachtete die Verzierungen, berührte sie und schüttelte schließlich den Kopf. „Nein, ich weiß nichts darüber. Ich weiß nur, dass es mir lieber wäre, diese Flasche nicht in deinen Händen zu sehen."

„Weil sie den Gelben Haaren gehört?"

„Ja." Der Blick des Greises musterte ihn neugierig. „Bald wirst du einer der letzten, wahren Krieger sein. Du bist aufgewachsen, so wie ich aufgewachsen bin. Ich sehe den Stolz vergangener Tage in deinen Augen. Ich sehe eine Stärke, die alle, die nach dir kommen, nicht mehr besitzen werden. Woher wusstet ihr, dass uns Gefahr droht?"

Nocona fühlte sich beklommen. Die Worte des Alten lösten etwas in ihm aus, das er nicht benennen konnte. Er tastete nach seiner pochenden Schläfe und sah Blut auf seinen Fingern. Plötzlich sprudelten die Worte wie Wasser über seine Lippen. Während er das glänzende Rot auf seinen Fingern betrachtete, erzählte er dem Greis seine Geschichte. Er berichtete von Naduah, von ihrem Bruder, von Kehala und all den Schicksalswegen, die sie beschritten hatten.

Als er schließlich in Schweigen verfiel, beschlich ihn das Gefühl, einen ganzen Tag mit Erzählen verbracht zu haben, doch die Sonne war kaum zwei Handbreit gewandert. Noch immer durchsuchte man die Soldaten nach Dingen, die man als nützlich oder schön erachtete. Ein paar Krieger hatten sich um jemanden versammelt, der offenbar Schlimmes zu erzählen hatte, denn jeder, der ihm zuhörte, verschaffte seiner Wut mit

ausholenden Gesten Raum. Weit entfernt zwischen den rauchenden Zeltgerippen sah er Naduah und Makamnaya, die miteinander redeten.

„Was für eine wundersame Geschichte“, hörte er den Alten sagen. „Sie sagt mir, dass nichts ohne Sinn geschieht. Mein Stamm glaubte, so weit im Westen sicher zu sein. Vor zwei Monden bat uns eine Gruppe Gelber Haare um Frieden. Sie führten Honigreden mit uns, brachten Plunder und buntes Zeug in unser Dorf, um die Seelen unserer Frauen und Kinder zu vergiften. Sie erzählten vom großen Vater in Washington, der danach trachtet, Frieden zwischen dem roten und dem weißen Volk zu schließen. Sie sagten, man würde uns ein großes Gebiet zur Verfügung stellen, in dem wir gemeinsam mit den Kiowa Zuflucht finden würden. Sie sagten, dort würden wir Zeit und Ruhe haben, um uns auf den heiligen Weg des weißen Mannes vorzubereiten. Man würde für uns Schulen bauen und unsere Kinder zu rechtschaffenen Dienern Gottes erziehen. Wir hätten auf dem abgesteckten Land sogar in alter Tradition siedeln dürfen. Man stelle sich diese Gnade vor. Auch versprachen die Gelben Haare feierlich, man würde uns Nahrung zur Verfügung stellen. Rindfleisch, Getreide und Mehl. Soldaten wolle man in der Nähe postieren, natürlich nur, um für Ruhe und Schutz zu sorgen.“ Der Alte lachte, dass es ihn nur so schüttelte. „Oh ja, all das wollten sie uns geben. Aber wir fragten sie, wie sie uns Land schenken wollen, auf dem wir schon seit Tausenden von Generationen leben. Auf dem bereits die Großväter unserer Großväter jagten und das uns seit Beginn aller Zeiten ernährt hat. Wir sagten, dass wir unser Land lieben, so wie wir unsere Mutter lieben, und dass wir die Freiheit besitzen wollen, dorthin zu gehen, wohin es uns beliebt. Die Prärie gibt uns alles, was wir brauchen. Wir jagen die Bisons und den Gabelbock, wir sammeln Früchte, Wurzeln und Beeren. So haben wir es immer getan. Unser Volk will frei sein. Warum sollten wir uns auf unserem eigenen Land einsperren lassen? Warum sollten wir in unseren Zelten verfaulen, während die Haarlippen uns Essen herbeischaffen, das wir nicht selbst gesammelt und gejagt haben? All das sagten wir ihnen, aber sie wollten nicht zuhören. Der Weg des weißen Mannes ist nicht unser Weg. Er wird niemals unser Weg sein.“

Der Alte verfiel in Schweigen. Nocona lauschte dem Rasen seines Herzens, dem Heulen des Windes in den kahlen Zweigen der Pappeln und seinem schnellen Atem. Das Blut auf seinem Hemd gefror. Er wollte etwas sagen, doch seine Kehle war ausgetrocknet. Nach der Schlacht war es immer so. Das Denken fiel schwer. Manchmal so schwer, dass es sich anfühlte, als würde man nie wieder denken können.

„Der Tag, an dem die Nunumu aufgeben, wird niemals kommen“, brachte er zu seiner eigenen Überraschung hervor. „Wir sind gewarnt. Nie wieder wird es den Haarlippen gelingen, uns zu überraschen.“

„Du bist an ihrer Spitze geritten“, sprach der Greis. „Du hast sie in den Krieg geführt, als wäre es schon immer deine Aufgabe gewesen. Bald wirst du ihr Häuptling werden, Wanderer. Sie werden dich lieben. Sie werden dich bewundern und die Worte von deinen Lippen saugen. Du wirst sie stark sein lassen, furchtlos und stolz. So, wie es sein soll. Führe dein Volk in seine Schlachten. Lasse dich nicht auf die falschen Honigreden der Gelben Haare ein, denn ihre Schwüre bedeuten nichts. Sie brechen sie so leichtfertig, wie sie sie aussprechen. Werde nicht schwach wie die Häuptlinge, die für Kaffee, Zucker und Dummheitswasser zu jämmerlichen Bettlern und Verrätern werden. Bleibe stolz. Zeige ihnen, was es heißt, einer vom Volk zu sein.“

Der Alte packte ihn bei den Schultern. Lange sahen sie einander an, blickten sich in die Augen und in die Seele und lasen darin. Schließlich, als der Penateka zurückwich und ohne ein weiteres Wort davonschlurfte, wurde es still in Nocona.

Blass stieg sein Atem in den Himmel hinauf. Schnell dahinziehende Wolken jagten über eiskaltes Blau. Während seine Gedanken ebenso dahinzogen wie sie, tauchte Mahto neben ihm auf, auf einem gescheckten Mustang thronend. Er sah jünger aus als am Tag zuvor, denn seine Tochter hatte ihm das graue Haar mit Schwarzerlensaft gefärbt. Jetzt, da seine mit Otterfell umwickelten Zöpfe wieder in sattem Schwarz glänzten, hätte er ein Mann in den besten Jahren sein können. Sein Gesicht war ungewöhnlich glatt für sein Alter. Nur die beiden Furchen rechts und links neben dem Mund hatten sich tief eingekerbt, denn Mahto lächelte gern. Er lächelte wie ein spitzbübischer Junge. So auch jetzt auf dem Schlachtfeld und ungeachtet der tiefen, klaffenden Schnittwunde, die sich über seinen Unterarm zog.

„Wie geht es Naduah? Hast du mit ihr gesprochen?“

„Oh ja.“ Mahto grinste. „Sie ist irgendwo da vorn und macht aus gestandenen Kriegern kleinlaute Jungen. Diese Dummköpfe sind selbst schuld. Niemand sagt hässliche Dinge zu meiner Tochter.“

„Welche Dinge?“

„Dinge wie: Wenn jetzt schon Weiber in den Krieg ziehen, ist unser Volk nichts mehr wert.“

Nocona knirschte mit dem Zähnen. „Wer hat das gesagt? Ich werde ihn zerhacken und an die Hunde verfüttern!“

„Jemand, der es schon bitter bereut hat.“ Mahto warf den Kopf in den Nacken und lachte. „Deine Frau kämpfte wilder als eine Wölfin, die ihre Jungen verteidigt. Sei froh, dass du sie nicht gesehen hast, sonst hättest du fortan Angst, mit ihr zusammen in einem Zelt zu leben. Was auch immer, ich kann dir versprechen, dass keiner der Krieger mehr abfällig über sie reden wird. Dafür haben sie viel zu viel Angst um ihre besten

Stücke."

Nocona grinste. Mahto war ein ganz besonderer Mann. Das Funkeln seiner Augen, das schelmische Strahlen seines Gesichts – kein Krieg und kein Schrecken schien daran rühren zu können.

„Ich reite mit dir", sagte er. „Warte auf mich. Ich hole meine Lanze und mein Pferd."

Nebel zog in seinem Kopf auf, als er auf das Schlachtfeld zurückkehrte. Es dauerte seine Zeit, ehe er seine kostbarste Waffe gefunden und die meisten seiner Pfeile eingesammelt hatte.

Als er schließlich auf Cetans Rücken zu Mahto zurückkehrte, nahm er nach kurzem Zögern einen Schluck aus der seltsamen Flasche. Die Worte des Alten rührten an sein Gewissen, aber was schadete es, ein wenig von der Medizin der Weißen zu kosten? Natürlich unter aller gebotenen Vorsicht.

Die Flüssigkeit, die seine Kehle hinabrann, brannte wie Feuer und war weich wie Öl. Sie schmeckte nach Kräutern und Brombeeren, Honig, Holz und zahllosen Dingen, die er nicht benennen konnte. Dummheitswasser besaß das Aroma vergorener Bisonpisse, sagte man. Aber das hier war etwas ganz anderes. Es musste Medizin sein. Eine mächtige Medizin.

Nocona achtete nicht auf Mahtos skeptische Blicke. Er nahm einen zweiten Schluck, der noch besser schmeckte als der vorherige. Ein Geschmacksgewitter tobte auf seiner Zunge und gab ihm tausend Rätsel auf.

Eine Spur Salbei. Ja, vielleicht. Und Aroniabeeren. Aber warum Holz?

Als er den sechsten Schluck nahm, tauchte Naduah vor ihm auf. Das Feuer in ihren Augen vereinte sich mit dem in seinem Magen und sickerte tiefer, hinein in seine Lenden. Fassungslos sog er Naduahs Anblick in sich auf. Großer Geist, was für eine Frau! Und sie gehörte ihm. Allein ihm. Ihre sinnlichen Formen wurden von dem blutgetränkten Leder umschmeichelt. Ihr Lächeln war das Triumphieren einer siegreichen Kämpferin, die Glut in ihrem Blick sprach von ungezügelter Wildheit. Der Krieg rückte in weite Ferne. Er wollte nur noch eins. Allein mit ihr sein und sich in ihr verlieren. Oh ja, diese Vorstellung war so köstlich, dass sie ihm die Luft zum Atmen abschnürte.

Ein Knurren entkam seiner Kehle, als die Stelle zwischen seinen Schenkeln vor Lust regelrecht gekocht wurde.

„Du solltest nichts mehr davon trinken." Mahto stieß ihn mit einem Ende seines Bogens in die Rippen. „In Flaschen wie diesen bewahrt man Dummheitswasser auf. Man riecht den Gestank schon von Weitem."

„Das ist kein Dummheitswasser." Nocona nahm einen weiteren Schluck. Hitze flutete seinen Körper. Samtig und pulsierend. Wie das Innere ihres Körpers. „Es ist Medizin."

„Medizin?" Mahto schnaufte. „Oh ja, ich sehe es. Du schwankst hin und her wie ein altes Weib. Gib mir die Flasche. Sonst nehme ich dir meine Tochter weg!"

„Nein."

Fordernd streckte er die Hand aus. „Gib sie mir! Sofort!"

„Warum sollte ich?"

Mahtos Blick wurde scharf. „Ich habe dir Naduah anvertraut. Meinen kostbarsten Schatz. Das kann ich gern wieder rückgängig machen, sollte sich herausstellen, dass ich mich in dir getäuscht habe."

Nocona gehorchte zerknirscht. Jedoch erst, nachdem er zwei weitere Schlucke genommen hatte. „Ich fühle mich gut. Es muss Medizin sein. Nichts kann schaden, was so köstlich schmeckt."

„Köstlich?" Das war Naduahs Stimme. Warm wie ein Sommerwindhauch. „So köstlich, dass du gleich vom Pferd fällst? Deine Stimme klingt, als hätte dir eine Schlange in die Zunge gebissen."

„Dummheitswasser vernebelt den Verstand." Mahto rieb sich den verletzten, blutverkrusteten Arm. „Wie es aussieht, reichen schon ein paar Schlucke, um diesen traurigen Zustand zu erreichen."

„Unsinn. Mir geht es gut."

Nocona schloss die Augen und konzentrierte seine Sinne auf Cetans sanfte Bewegungen. Der Zug aus Nunumu und Penateka bewegte sich langsam am Ufer des Flusses entlang. Ja, tatsächlich. Seine Zunge schien anzuschwellen und taub zu werden. Ihm wurde schwindlig, aber so erging es ihm oft nach besonders gefährlichen Jagden oder siegreichen Kämpfen. Dummheitswasser? Ach was. Bestimmt war es eine aus tausend Kräutern gebraute Medizin, so stark, dass sie seinen Körper leicht machte und seine Gedanken schwerelos. Er lächelte. Oder glaubte zumindest, es zu tun. Sein Gesicht fühlte sich an wie zerfließender Honig. Die Stimmen um ihn herum entfernten sich. Obwohl er zwischen Mahto und Naduah ritt und ihr Gespräch deutlich hätte verstehen müssen, verwandelte es sich in ein leises, einschläferndes Murmeln. Wie sonderbar. Eine starke Medizin, keine Frage.

Sara, 2011

Die Finsternis ließ sie nicht los. Durch laute, rauschende Bilder und Töne schimmerte eine andere Wirklichkeit hervor.

Kopfschmerzen. Grelle Splitter wie Blitze in ihrem Kopf. Weiß brach durch das wirbelnde Schwarz, fügte sich zusammen und verdichtete sich zu einem Bild und einem Gefühl. Kühl, glatt, duftend. Reinweißer Stoff. Gerade Wände, seltsam kantig. Ein Käfig? Ein Kasten? Lichter schwebten über ihr wie Sterne in einem hellgelben Firmament. Sie erinnerte sich. Das hier war ihr vertraut, auch wenn es erschreckend und fremdartig war. Sie lag in einem Zimmer, nicht in einem Zelt. In einem Bett, nicht auf dem fellbedeckten Boden.

Wo war sie? Was war passiert?

Eine Person stand vor einem großen Fenster. Eindeutig ein Fenster, ja. Mit Glas davor. Sie kannte so etwas aus dem Fort, und von woanders her.

Wer war sie? Sie wusste nicht, ob sie träumte oder wach war. Ein durchsichtiger Beutel hing neben ihr, daran hing ein Schlauch, der zu ihrem Handrücken führte. Dinge standen neben ihr, die ihr zuerst absurd, dann vertraut erschienen. Ein Rollschrank. Ein Monitor. Eine Fernbedienung.

Wie sonderbar.

Nein, nicht sonderbar. Sie befand sich in einem Krankenhaus der modernen Zeit. Hier hieß sie nicht Naduah, sondern Sara, und sie war eine Nomadin zwischen den Zeiten. An das Fensterglas lehnte sich ein Mann, die Hände halb in die Taschen seiner Jeans gesteckt. Er trug ein weißes T-Shirt, das wunderbar mit seiner hellbraunen Haut kontrastierte und sich um die Muskeln seiner Oberarme schmiegte. Um seine Hüfte hing ein braunes Flanellhemd. Sein schwarzblaues Haar war locker im Nacken zusammenzugebunden, und das Licht des Wintertages schimmerte auf seinem ernsten, formvollendeten Profil, während er so angestrengt nachdachte, dass er nicht einmal bemerkte, wie sie ihn anstarrte.

So versunken war er in seiner Gedankenwelt, dass sie am liebsten vorgesprungen wäre, um seinem unnahbar stolzen Gesicht ein Lächeln zu entlocken. Makah. Er gähnte. Sie konnte seine Müdigkeit bis hierher spüren. Wie eine dichte, warme, schläfrige Aura, die sie umhüllen wollte. Schneeflocken tanzten hinter dem Glas. Wirbelten im Wind vor kahlen Bäumen. So wie an dem Tag, als sie sich kennengelernt hatten. Nein, wiedergefunden.

„Makah." Ihre Lippen bewegten sich, doch kein Ton kam über ihre Lippen.

Nichts geschah. Sie lag da. Hilflos und ausgeliefert. Makahs Blick senkte sich. Lange schwarze Wimpern warfen fedrige Schatten auf seine Wangen. Dann wandte er den Kopf, sah hin zur Tür. Die Haut um sein rechtes Auge herum war blau verfärbt.

Der Nebelstrudel begann, an ihr zu ziehen. Sie versank. Das helle Licht schwand, die Gestalt, die auf sie zukam, löste sich auf. Sara spürte das Echo einer Berührung. Fern, so fern. Wie ein Schatten aus alter Zeit.

„Hörst du mich? Sara! Sara!"

Sie wollte antworten, aber die Stimme verschwand im Nebel.

Naduah, 1844

Naduah konnte nicht fassen, dass Nocona zum zweiten Mal gegen die Zeltwand stolperte, anstatt durch den Eingang zu schlüpfen. Er war betrunken. Er war tatsächlich berauscht wie ein Kesselflicker.

„Wie oft bist du schon hier durchgegangen? Hundert Mal? Tausend Mal?"

„Ungefähr", brummte er. „Aber vorher war der Eingang viel größer."

Seine Stimme klang wie eine zu lang gewässerte Sehne. Es war ewig her, ewig und noch länger, dass sie sich mit einem betrunkenen Mann hatte abplagen müssen. Erst beim dritten Versuch schaffte es Nocona endlich, durch den Eingang zu schlüpfen. Die Tatsache, dass er traditionell rechtsherum gehen musste, war ihm entweder egal oder das Dummheitswasser narrte sein Empfinden für die richtige Richtung. Tatsächlich stolperte er zwei Schritte nach links, ging in die Knie und kippte zur Seite wie ein erschossener Bär.

„Mein Kopf platzt." Mit beiden Händen hielt er sich den Schädel. „Mir ist schwindlig. Alles dreht sich. Sterbe ich?"

„Nein." Naduah wusste nicht, ob sie lachen oder weinen sollte. Der kalte Hauch des Todes saß ihr nach wie vor im Nacken. Nichts hatte sich so angefühlt, wie sie es sich ausgemalt hatte. Es hatte sich eigentlich gar nicht angefühlt. Zumindest nicht während des Kampfes. Sie hatte keine Gesichter gesehen, keine Menschen. Nur charakterlose, leblose Gestalten, die es niederzustrecken galt, um sich selbst und das Leben derer, die sie liebte, zu schützen. Erst nach der Schlacht waren die Gefühle gekommen. Entsetzen, Fassungslosigkeit, durchzogen von Euphorie. Der Wunsch, sich in den nächsten Kampf zu stürzen und seine Kräfte zu entfesseln wie ein Gewittersturm über den Plains. Und die mit diesem Wunsch verwobene Hoffnung, niemals wieder kämpfen und töten zu müssen. Sie hatte das Leben vieler Männer beendet. Grausamer Männer, ja, aber jeder von ihnen erzählte eine Geschichte, die sie mit ihren Pfeilen und ihren Klingen beendet hatte. Ein Treffer ins Herz, einer ins Bein. Ein schneller Tod durch einen Hieb in den Nacken, ein langsamer durch ein Messer im Bauch. Einfach schießen, schlagen, stechen. Nicht denken, nur kämpfen.

Noconas Leidensmiene war unmöglich mit dem nötigen Ernst zu ertragen. Ganz gleich, wie kalt die Finger des Todes waren, die in ihrem Nacken lagen, der Anblick ihres Mannes brachte sie zum Lächeln. Da lag er, der stolze Lanzenträger, verdrehte die Augen wie eine kranke Eule und stöhnte in einem fort. Damals in ihrem alten Leben war es dem Sohn des Barbiers gelungen, aus der Vorratskammer des Pfaffen eine Likörflasche

zu stehlen. Am Morgen nach dem gelungenen Coup hatte er gelitten wie ein Hund. Höllische Kopfschmerzen waren die Folge seines unkontrollierten Genusses gewesen. Dazu Übelkeit, verknotete Eingeweide und die Unfähigkeit, helles Licht und Lärm zu ertragen.

„Das geschieht dir ganz recht." Sie füllte einen Kessel mit Wasser, tat Stücke von Weidenrinde hinein und hing ihn über die Feuerstelle. „Mahto hat dich gewarnt. Ich koche dir etwas gegen die Schmerzen, aber der Tanz wird für dich heute Abend ausfallen müssen."

„Wird es noch schlimmer? Was habe ich da getrunken? Warum macht es das?"

„Man nennt es Likör. Er schmeckt gut, aber er macht krank, wenn man zu viel davon trinkt."

Nocona rollte sich von einer Seite auf die andere. Sobald sein Blick das Feuer auch nur streifte, schlug er die Hände vor die Augen und zuckte zusammen. „Wozu ist er gut? Geben die Gelben Haare das ihren Feinden? Ich hatte nicht einmal Visionen. Wozu soll es gut sein, wenn … das ist ohne … es ist nicht wie …"

Er verlor den Faden. Seine Arme fielen schlaff zur Seite, sein Blick wurde glasig.

„Alkohol verwandelt Männer in alberne Trottel. Dazu ist er gut."

„Wann hört es auf?"

„Bald."

„Aber es hört doch auf?"

Naduah legte noch ein paar Holzscheite ins Feuer. Sie war sich nicht sicher, ob es echte Kälte war, die sie fühlte. Oder der Nachhall dessen, was sie gesehen und erlebt hatte. „Wirst du jemals wieder solches Zeug anfassen?"

„Nein. Nicht solange die Sonne im Osten auf- und im Westen untergeht."

„Daran werde ich dich im Ernstfall erinnern."

Sie beugte sich über ihn, grub ihre Finger in sein Haar und küsste seine nach Salz schmeckenden Lippen. Beide waren sie blutverkrustet, durchgefroren und bedeckt von abblätternder Farbe. Das, was ihr zuvor so unwirklich erschienen war, wurde zur Gewissheit. Sie hatten gesiegt. Die Schlacht war vorbei, die Feinde vernichtet. Sie hatten sich ein paar Jahre Frieden erkämpft, bevor neue Armeen anrücken würden.

Viele waren gestorben. Aber sie lebte, ebenso wie Nocona, Mahto und Makamnaya. Sie lag nach durchgestandener Schlacht am Feuer, küsste den Mann, den sie liebte, und würde in seinen Armen Frieden finden.

Vorsichtig zog sie die Adlerfedern aus Noconas Haaren, legte sie beiseite und machte sich an seinem Hemd zu schaffen. Obwohl er vor Qual ganz blass wurde, setzte er sich auf, um ihr die Arbeit zu erleichtern. Das

Leder war so klamm vor Blut, dass sie eine Weile ziehen und zerren musste, ehe sie das Hemd über seinen Kopf streifen konnte. Bis auf den kleinen Streifschuss an seiner Schläfe war er unverletzt. Mit den Spitzen ihrer Finger strich Naduah über jeden entblößten Zentimeter seiner Haut. Sie sog den herben Geruch nach Leder, Blut und Schweiß ein, ließ ihre Zunge auf seiner Brust kreisen und spürte, wie der Hunger kam.

„Mach es weg, mein Blauauge. Es wird schlimmer."

„Tabakrauch würde helfen." Ihre Lippen strichen über jene weiche Linie, an der Hals und Kiefer ineinander übergingen. „Willst du deine Pfeife?"

„Nein. Wenn ich rauche, werden meine Eingeweide bald hier auf den Fellen liegen."

„Dann musst du es aushalten." Sie streichelte seine Schultern und Arme, ertastete jede Wölbung seiner Muskeln, jede sich unter der Haut abzeichnende Ader und Sehne. Sein Leib kochte vor Hitze.

„Du bist verletzt, mein Blauauge." Nocona tippte auf den Schnitt, der sich an ihrem Oberarm befand. Mit halb geschlossenen Augenlidern blinzelte er sie an, während sein Gesicht mit jedem Atemzug starrer wurde. Vielleicht vor Schmerz, vielleicht aber auch, weil ihre Finger über seine Oberschenkel glitten.

„Egal. Ich spüre nichts."

„Wir müssen die Wunde auswaschen."

„Müssen wir das?"

„Ja, sonst fault dir der Arm ab."

„Das glaube ich nicht."

„Doch. Er fällt ab, und dann legen Maden ihre Eier in den Stumpf."

Sie schmunzelte über seine Sorge, nahm aus einer Schachtel einen getrockneten Schwamm aus Lebermoos, tauchte ihn in das warme Weidenrinden-Wasser und wrang ihn aus. So vorsichtig, wie es ihre zitternden Finger zuließen, säuberte sie die Wunde an Noconas Schläfe. Sehnsüchtig verfolgte ihr Blick die Rinnsale, die über Wange, Hals und Schulter flossen. Manche setzten ihren verführerischen Weg über die Brust fort, andere über den Rücken. Jeder Tropfen streichelte seine Haut.

Als aller Schmutz ausgewaschen war, streute sie Sonnenhutpulver in den Kratzer, tauchte den Schwamm erneut ein und begann, die Farbe und das Blut von seiner Brust zu waschen. Nocona schloss die Augen und gab leise Seufzer von sich. Sofern ihn die Schmerzen weiterhin plagten, zeigte er sie nicht.

Schließlich, als sie ihre Hand sinken ließ und sein Gesicht betrachtete, trat ein seltsamer Ausdruck in seine Augen.

„Bist du eine Frau? Oder ein böser Geist, der mein Fleisch und meine Seele fressen will?"

Sie antwortete nicht, fing stattdessen seine Hand ein und hob sie an ihren Mund. Behutsam umschloss sie einen Finger mit den Lippen, leckte und saugte daran, bis er mit einem Stöhnen erschauerte.

Zuerst glaubte sie, er würde sich ihr entziehen, doch dann packte er mit beiden Händen ihr Hemd und zog es mit einem einzigen Ruck über ihren Kopf. Zwei Nähte rissen auf. Ihr war es gleich. Noch während er sie und sich selbst auszog, grob und ungeduldig wie ein ausgehungertes Tier, drängte sich ihr Körper dem seinen entgegen, verschlangen ihre Lippen seinen Mund und ließen ihn schmecken, wie sehr sie ihn wollte. Endlich kroch die Wärme der Flammen über ihre nackten Körper.

Ohne Zögern umfasste er ihre Taille, zog sie auf seinen Schoß und presste sie an sich, sodass ihr Rücken an seiner Brust lag. Warme Hände umfassten ihre Brüste. Streichelten und kneteten sie, reizten ihre längst harten Knospen und zupften daran, bis ihr Schoß in Flammen stand und nach Vereinigung schrie. Fiebrig heißer Atem strich über ihren Nacken. Sie verdrehte sich, bis ihr Mund Noconas Lippen fand. Ihre Zungenspitzen berührten sich, spielten miteinander und trieben mit ihrer nassen Hitze Naduahs Lust in unerträgliche Höhen.

Indem er seine Beine auseinanderschob, spreizte er auch ihre weit.

Ihr Kopf fiel zurück. Die Wärme des knisternden Feuers streichelte ihren nackten Unterleib.

Mit zwei Fingern drang er in sie ein, schob sich tief in ihr Inneres und bedeckte ihren Nacken mit Küssen. Seine Zähne gruben sich in das weiche Fleisch ihrer Schulter, bis er das Getrenntsein ihrer Körper nicht mehr ertrug und sie mit einer einzigen, schnellen Bewegung auf den Rücken warf.

Naduah öffnete sich für ihn, spreizte ihre Beine und rief seinen Namen, als er sich mit einem wilden Stoß in sie vergrub. Die unmittelbar folgenden harten Bewegungen, die brachiale Unbeherrschtheit, mit der er sie liebte, raubten ihr schier den Verstand. Jedem seiner Stöße kam sie entgegen, bog ihren Rücken durch und verschlang seine Lippen mit solch hungrigen Küssen, dass das Aroma von Blut auf ihrer Zunge lag. Es war ein Rausch, in den ihre Körper verfielen, ein orgiastischer Rausch aller Sinne, brutal und rücksichtslos. Grob umfasste er ihre Brüste, saugte an ihren Spitzen, bis sie keuchte, nur um noch fester, noch tiefer in sie zu dringen. Ihre Nägel gruben sich in seine Hüfte, als eine feurige Explosion in ihrem Schoß ihr den Atem aus den Lungen presste. Mit einem urtümlichen Laut, den sie noch nie von ihm gehört hatte, sackte Nocona über ihr zusammen. Seine Männlichkeit pulsierte tief in ihr. Die Muskeln ihres Schoßes zogen sich zusammen, als wollten sie ihn ganz in sich hineinsaugen.

Nach einer Weile, sie musste kurz eingenickt sein, bedeckte er ihre

Lippen mit sanften Küssen. Noch immer lag er auf ihr, so wunderbar schwer und heiß. Träge hob sie ihr Becken an und drängte sich ihm erneut entgegen. Ihre Zungen spielten miteinander in demselben Rhythmus, den ihre Unterkörper vorgaben.

„Ich sterbe ohne dich." Er strich über ihr Haar. Erschöpfung und Likördunst verschleierte seinen Blick. „Ich kann nicht leben, wenn du nicht bei mir bist."

Überwältigt von seiner Liebe nahm sie sein Gesicht in beide Hände und bedeutete ihm mit Küssen, dass sie ebenso fühlte. Als sie schließlich nebeneinanderlagen, erfüllt vom Nachhall ihres Rausches, schloss er sie in seine Arme. Lange lag sie wach, den Kopf auf seine Brust gebettet und den Schutz seiner Nähe in sich aufsaugend. Es gab nur noch sie beide und ein Maß an Zuneigung, das sie mit Worten nicht hätte umschreiben können. Ganz gleich, was das Schicksal ihnen brachte, nichts würde sie trennen können. Dieses Wissen war so klar und selbstverständlich, dass es keinen Zweifel fürchtete.

Nocona, 1844

Zuerst dachte er, es wären Naduahs Finger, die ihn liebkosten. Sein Bewusstsein weigerte sich, aus den gnädigen Tiefen des Schlafes aufzutauchen, doch eine erbarmungslose Macht zerrte es beharrlich an die Oberfläche. Obwohl er die Augen öffnen wollte, gelang es ihm nicht. Sein Körper war schwer wie ein Fels, sein Kopf schmerzte, als wäre ein solcher auf ihn gefallen.

Tastende Finger schoben die Decke hinunter. Die Berührungen vermittelten einen Nachhall dessen, an das er sich trotz seiner Betäubung noch gut erinnern konnte. Ungeachtet seiner Kopfschmerzen rekelte er sich unter diesen Berührungen. Mhmm, sein Blauauge hatte sich so gut angefühlt. So heiß und geschmeidig. Eine Frau, geschaffen für Sinnlichkeit und Liebe.

„Siehst du?“, zwitscherte eine helle Stimme. „Es gefällt ihm. Ich sagte doch, dass es eine Schande wäre, diesen Körper nur einer Frau zu schenken.“

„Er ist ganz heiß“, raunte eine andere Stimme. „Denkst du, er hat Fieber? Ist er krank?“

„Nein. Sie haben sich geliebt. Danach brennt der ganze Körper.“

„Wirklich?“

„Ich weiß es, weil ich es schon einmal getan habe.“

„Das hast du nicht!“

„Oh doch.“

„Ach ja? Und mit wem?“

„In der Nacht vor der großen Jagd. Mit Cuncana.“

„Lügnerin!“

Gekicher. Geflüster. Lippen auf seiner Haut. Warm und leicht. Nur langsam begriff er, dass es nicht Naduah war, die neben ihm kauerte. Er wollte sich den Mädchen entziehen, doch zu seinem Schrecken weigerte sich sein Körper, auch nur einen Finger zu rühren.

Verschwindet!, wollte er knurren. *Schert euch davon!*

Heraus kam nur ein Stöhnen.

„Zieh es noch weiter runter. Ich will alles sehen.“

„Nein. Was, wenn … ich meine … ich glaube nicht, dass ich alles sehen will.“

„Hast du etwa Angst? Bald wirst du es dir nicht nur ansehen, Schwester.“

„Aber ich …“

„Wenn du es nicht tust, tu ich es. Seine Frau ist am Fluss und holt Wasser. So schnell kommt sie nicht wieder. Außerdem ist er betrunken.“

„Ich dachte, es wäre ein Schlag auf den Kopf gewesen.“

„Nein. Ich habe gehört, wie Mahto fürchterlich deswegen geschimpft hat. Er bekommt gar nichts mit, du Angsthase."

„Ich will es aber trotzdem nicht sehen."

„Stell dich nicht so an. Er ist gerade dabei zu begreifen, dass eine Frau allein ihn nicht glücklich machen kann."

Oh, und ob. Diese elenden, kleinen Holzböcke. Noch immer konnte er sich nicht bewegen. Peta hatte ihm von solchen Schlaflähmungen erzählt. Meist geschah es nach besonders intensiven Träumen, mal auch ohne jeden Grund. Der Körper weilte in einer Welt, der Geist in einer anderen. Noch einmal versuchte er, sich hochzustemmen. Ein Hauch von Gefühl kehrte in seine Gliedmaßen zurück. Schließlich, als er es schaffte, sich auf die Ellbogen zu stützen und die Lider einen Spaltbreit zu heben, starrten ihn zwei riesige Augenpaare an. Das ältere Mädchen lächelte. Furchtlos streckte sie ihre Hand aus und legte sie auf seine Brust.

„Du bist ein Lanzenträger", wisperte sie. „Dein Feuer ist zu groß und zu heiß, um durch eine Frau gestillt zu werden."

Er öffnete den Mund, heraus kam kein Ton. Seine Zunge war riesig und pelzig und klebte ihm am Gaumen. Plötzlich flog das Fell vor dem Eingang zurück. Naduah trat herein. Eine mit Wasser gefüllte Büffelblase in der einen Hand, eine Kürbisflasche in der anderen.

„Was macht ihr hier?", polterte sie los. „Verschwindet! Raus aus meinem Zelt, oder ich sorge dafür, dass euch kein Mann jemals wieder ansehen wird."

„Du willst einen Lanzenträger für dich allein?", zischte das ältere Mädchen. „Wach auf, dummes Huhn. Ein Mann wie er kann nicht mit einer Frau glücklich werden. Du wirst schon sehen."

„Schert euch davon!"

„Sieh nur, Zitkala." Die Stimme des Mädchens troff vor falscher Lieblichkeit. „Dieses weiße Mädchen glaubt, sie wäre etwas Besseres. Färbt sich die Haare, trägt unsere Kleider, spricht unsere Sprache. Aber eine Wasp wird sie niemals sein."

Nocona erwartete, jeden Augenblick Zeuge eines ungleichen Kampfes zu werden, doch Naduah lächelte nur. Der Zorn in ihren Augen verblasste zu stiller Überlegenheit. Sie drehte den Mädchen den Rücken zu, griff nach einer Schale und kippte den Inhalt der Kürbisflasche, die sie mitgebracht hatte, vorsichtig hinein.

„Trink", sagte sie sanft zu ihm. Leise murrend schlüpften die Schwestern aus dem Zelt. „Huka gab es mir. Die Feuer brennen schon."

„Was ist das?"

„Richtige Medizin."

„Ich wollte das nicht. Das musst du mir glauben. Mein Körper fühlt

sich an, als wäre ich dreihundert Jahre alt."

„Schschsch..." Naduah küsste ihn auf die Stirn. „Ich weiß, der Alkohol lähmt und macht dumm. Trink schon. Mahtowin sagt, dass es schnell wirkt."

Als er die Schale gehorsam geleert hatte und zurücksank, fiel er in ein Loch aus Müdigkeit. Die Schmerzen wurden von Dunkelheit verhüllt. Lag es an dem Trank? Konnte er so schnell wirken?

„Geh schon vor", murmelte er. „Ich komme nach."

Der Schlaf, in den er fiel, war kurz und tief. Obwohl es sich anfühlte, als hätte er nächtelang in der heilsamen Schwärze verbracht, war es noch immer derselbe Abend, als er wieder erwachte. Trommelschläge vibrierten in der Nacht. Lustvoll krochen sie durch seine Sinne und riefen nach ihm.

Die Kopfschmerzen waren noch immer da, aber sie waren zu etwas Erträglichem abgeflaut. Auch die Benommenheit hatte sich geklärt, wenn sie auch nicht ganz verschwunden war. Vorsichtig begann er, sich anzuziehen. Beinlinge und Mokassins, seinen Schurz und ein Hemd aus dickem, weichem Rehleder. Zuletzt legte er den silbergrauen Wolfspelz über seine Schultern, den er bereits auf der großen Jagd getragen hatte, verknotete die Vorderpfoten auf seiner Brust und brachte notdürftig das Vogelnest auf seinem Kopf in Ordnung.

Als er nach draußen trat, empfing ihn ekstatische Leidenschaft. Der Himmel war klar. Sterne glommen im Schwarz der Nacht, der Mond hing über den Hügeln und gleißte auf frisch gefallenem Schnee.

Die Menschen tanzten. Niemand widerstand dem Rhythmus der Trommeln. Manche wechselten nur von einem Bein auf das andere und hoben und senkten ihre Füße mit jedem dumpfen Schlag. Andere wirbelten wie Dämonen herum, bis sie zusammenbrachen oder der magische Geist des Tanzes in sie fuhr und Erschöpfung durch göttliche Kraft ersetzte.

Bevor er sich unter die Feiernden mischte, ließ er seinen Blick schweifen. Huka und Peta hielten sich an den Händen und drehten sich ausgelassen. Makamnaya wirbelte herum wie eine fette Windhose, was manchem Tänzer, der ihm nicht rechtzeitig auswich, zum Verhängnis wurde. Icabu schlug auf seine Trommel ein. Er marterte sie gnadenlos, schüttelte sein Haar und verzerrte sein Wieselgesicht zu verrückten Grimassen. Mahto war versunken in seiner ganz eigenen Welt. Mit ausgebreiteten Armen und zurückgelegtem Kopf drehte er sich hinkend im Kreis.

Die Szene machte ihn so glücklich, dass er lächelte. An diesem Abend war alles so, wie es sein sollte. Krieg und Leid waren fern, denn in dieser Nacht feierte man nur eines. Das Leben.

Als er Naduah in der Menge entdeckte, bahnte er sich einen Weg

durch die Tänzer und zog sie in seine Arme. Mahto, der in diesem Moment an ihnen vorbeihumpelte, zwinkerte ihnen verschwörerisch zu.

Gemeinsam lieferten sie sich dem Sog der Trommeln aus. Träumerische Vergessenheit senkte sich über sie. Naduah küsste ihn, lange und leidenschaftlich, dann löste sie sich von ihm und breitete ihre Arme aus, als wäre sie ein Adler, der in den Himmel flog.

In regelmäßigen Abständen verlangsamte sich der Schlag der Trommeln, verwandelte sich in einzelne, dumpfe Schläge und symbolisierte einen Kreislauf, der sein Ende fand. Wenn das geschah, wiegten sie sich traumverloren Körper an Körper und liebkosten einander. So lange, bis der Kreislauf der Musik von Neuem begann und schneller wurde. Immer schneller und schneller, bis er seinen Höhepunkt in wilder Ekstase fand.

Nocona erreichte die Grenze seines Durchhaltevermögens und überschritt sie. Immer wieder bot er neue Energie auf, bis sein Körper das Gefängnis des Fleisches verließ und zu reinem Geist wurde. Schwerelose Klarheit hielt Einkehr. Geheimnisvolle Kräfte hoben ihn empor, von Stimmen aus zahllosen Kehlen getragen. Er verlor sich im Mahlstrom aus Klang und Bewegung und ließ sein Herz brennen.

Erst, als die Trommeln schwiegen, zog er Naduah beiseite, warf sie abseits des Feuers ins Gras und presste sich an ihren nassgeschwitzten Körper.

„Siehst du, mein Blauauge?“ Seine Stimme war kratzig und dunkel wie der Rauch. „Das hier wird immer bleiben. Die Stimmen der Nunumu und die Trommeln werden für immer die Prärienacht erfüllen, weil all das zusammengehört und erschaffen wurde, um eins zu sein. Auch wenn man uns irgendwann auslöscht, wenn das Gras des Vergessens über die Pfade der Wanderer wachst, dann bleibt das hier bestehen. Die Kraft unserer Erinnerungen. Die Leidenschaft unserer Herzen, wenn sie in völligem Gleichklang schlagen.“

Er verschlang ihre Lippen mit einem Kuss und schmeckte den Feuerrauch und die sinnliche Süße der Frau, die er mehr liebte als sein Leben und seinen Tod.

„Versprich mir, dass wir uns wiederfinden“, wisperte sie an seinem Ohr und zog ihn zwischen ihre weit geöffneten Beine. „Versprich es mir.“

Seine Sinne schwanden. Er verlor sich in Naduah. Heute Nacht und für immer.

„Ich verspreche es“, brachte er noch hervor, bevor er für diese Nacht alles Denken und Sprechen aufgab. „Nein, ich schwöre es dir.“

Naduah, 1845

Der Duft von Schlüsselblumen, Krokussen und Veilchen lag in der Luft. Unter den Strahlen der Sonne hielt der Frühling Einkehr. An manchen schattigen Stellen fand man noch Schneereste, zu schmutzigen Klumpen zusammengeschmolzen. Unter der großen Pappel am Fluss ruhte das Skelett eines alten, von Wölfen gerissenen Pferdes, hier und dort lagen noch Äste verstreut, die unter der Schneelast abgebrochen waren.

Das Laub der Bäume blitzte durch die ersten aufbrechenden Knospen, das Gras spross hoch, die Vögel sangen. Frühlingsblumen verzierten die Prärie mit gelben, purpurnen und weißen Tupfen und füllten den lauen Wind mit ihren Düften.

Am Anfang des Winters hatte Naduah durchaus Gefallen an den kalten Monaten gefunden. Es war eine Zeit, in der alle zur Ruhe kamen, es sei denn, man trug ein Pferderennen aus, gefährdete beim Lacrosse Leib und Leben oder verfiel während des Ringspiels in wilde Prügeleien, weil man seinen Frust über eine Niederlage loswerden wollte.

Naduah und Nocona hatten monatelang dem Würfelspiel gefrönt, Waffen repariert, Figuren geschnitzt, Kleidung neu genäht oder ausgebessert, Mahtowins Geschichten gelauscht und Schneehasen gejagt. Aber irgendwann war sie doch eingekehrt. Die Langeweile. Nach monatelanger Kälte und tiefem Schnee sehnte sich jeder nach Wärme. Nach Sonne und Blumen und lauen Winden.

„Passt auf euch auf", seufzte Mahto zum dritten Mal und tätschelte Siyos Hals. „Wenn dein Mann sich nicht so um dich kümmert, wie es seine Pflicht ist, sag mir Bescheid. Ich komme dann höchstpersönlich vorbei und röste ihn über dem Feuer."

Huka sah sie liebevoll an. „Hör zu, meine Tochter, ich muss diesem alten Präriehund recht geben. Wenn irgendetwas nicht stimmt, komm zu uns. Wir sind immer für dich da."

„Ich weiß. Und dafür liebe ich euch."

Sie würgte am Schmerz des Abschieds. Ohne die beiden würde nichts mehr so sein wie zuvor. Obwohl Noconas Anblick sie tröstete, würde es lange dauern, bis das Loch in ihrem Herzen wieder gefüllt war. Nachdem sie ihn monatelang nur in dicken, bis zum Hals zugeschnürten Kleidern gesehen hatte, klammerte man die zahllosen Liebesnächte einmal aus, war es die reinste Wohltat, wieder den Bronzeglanz seiner Haut im Sonnenschein zu sehen. Er sah glücklich aus. Den ganzen Winter über hatte nichts den Frieden gestört. Die Kundschafter, die regelmäßig in alle Himmelsrichtungen ausgeströmt waren, hatten nur eines gesehen: Vom Menschen unberührtes Land.

„Dass du ja nie wieder Dummheitswasser anrührst." Mahto drohte Nocona mit erhobener Faust. „Wie das endet, weißt du jetzt."

„Ich verlor nach dem Tanz meine ganzen Eingeweide", antwortete er mit zerknirschter Miene. „Glaub mir, das letzte, was ich will, ist noch so ein Erlebnis."

„Siehst du, Vater? Mein Mann hat seine Lektion gelernt."

„Du sagst es." Huka räusperte sich. „Er ist nämlich genau das. Ein Mann. Und wie schnell Männer vergessen, was sie gelernt haben, siehst du an deinem Vater."

Mahto hob eine Augenbraue. „Wie meinst du das, Weib?"

„Ach nichts."

„Gut, wie du willst. Das klären wir später. Ich wünsche euch eine gute Reise. Kommt gesund an euer Ziel. Wir sehen uns beim nächsten Fest."

Naduahs Schmerz vertiefte sich. Ihr Blick huschte zu Nocona. Entspannt saß er auf Cetans Rücken, mit locker hängenden Armen und halb geschlossenen Augen.

Huka brach in Tränen aus. „Möge der Große Geist stets über euch wachen, jetzt, wo wir es nicht mehr können."

„Die Tage bis zu unserem Wiedersehen werden schnell vergehen." Naduah umarmte ihre Eltern vom Pferd aus und sprach sich innerlich Mut zu. Die Trennung war nicht von langer Dauer. Das nächste Fest würde noch vor dem Sommer ausgerufen werden.

Hukas Weinen wurde ihr vom Wind hinterhergetragen, als sie Seite an Seite mit Nocona aus dem Dorf ritt, doch bald ging es im vielstimmigen Trällern und Singen des Abschieds unter. Mehr Quohadis kehrten in ihr Sommerlager zurück, als am Anfang des Winters hierhergekommen waren. Achtzehn Kinder waren in diesem Winter geboren worden, zehn Menschen waren in die andere Welt gegangen. Jeder nahm Erinnerungen und neu geknüpfte Bindungen mit sich.

Nocona warf ihr ein aufmunterndes Lächeln zu. Die Adlerfedern in seinem offen herabfallendem Haar tanzten im Wind, der Schmuck aus Fransen und kleinen weißen Schneckenhäusern, der sich um seine Oberarme schlang, klickte hauchfein und begleitete das helle Singen der Messingkegel, die seine Beinlinge schmückten.

Sie rekelte sich zufrieden. Ihre Hand streichelte über die sanfte Wölbung ihres Bauches, was ihr Mann aus leuchtenden Augen verfolgte.

„Bist du glücklich, mein Blauauge?", fragte er. „Bist du glücklich mit deinem Leben und mit mir?"

Naduah stutzte. Sie war der Meinung gewesen, ihr Glück müsse nach außen strömen wie ein Feuer in dunkler Nacht. „Mehr als du dir vorstellen kannst. Siehst du es nicht?"

„Komm, mein Blauauge." Er ging nicht weiter auf ihre Frage ein.

„Lass uns vorausreiten."

Mit wildem Schrei preschte er los, trieb Cetan durch den Fluss und wurde in eine glitzernde Kaskade aus Wasser gehüllt. Noch bevor er das andere Ufer erreicht hatte, war Naduah wieder an seiner Seite.

Ausgelassen stürmten sie übers Land, berauscht von Frühlingsgefühlen, und sie ritten so lange, bis die Sonne hoch über ihnen stand und der Schweiß ihre Körper von Kopf bis Fuß tränkte.

„Komm!" Nocona lenkte Cetan den Hang hinunter, hin zum verführerisch glitzernden Fluss. „Ich brauche Abkühlung."

Naduah folgte ihm, wartete jedoch nicht, bis sie das Ufer erreicht hatten, sondern stürzte sich mitten im Galopp auf Nocona und warf ihn vom Pferd. Unsanft landeten sie im Gras, mit Armen und Beinen ineinander verkeilt. Atemlos wälzten sie sich hin und her, kicherten und lachten, küssten sich und leckten sich den Schweiß von der Haut.

Erst ein gebrülltes „Nein!" ließ sie auffahren. Blitzschnell hatte Nocona sein Messer gezogen, war aufgesprungen und erstarrte in kampfbereiter Pose.

Drei Reiter tauchten am oberen Rand der Schlucht auf und jagten todesmutig in die Tiefe, wobei sie einen Vierten vor sich hertrieben, der offenbar wenig Lust auf Abenteuer verspürte. Losgelöste Steine scheuchten einen Schwarm Vögel auf. Das vorausreitende Mädchen, kaum älter als zehn Jahre, johlte wie am Spieß, während ihr Pony den Abhang hinunterschlitterte. Ihr langes Haar flatterte im Wind.

„Das sind nur Kinder." Naduah legte ihre Hand vorsichtig auf seine Schulter. Die Muskeln unter ihren Fingern waren hart wie Stein. „Es ist alles in Ordnung. Komm wieder zurück. Komm zu mir."

Noconas Blick ging ins Leere. Die Momente, in denen sich die Kälte seines Blicks langsam legte und er nicht mehr den Eindruck erweckte, blindwütig töten zu wollen, währten eine Ewigkeit.

„Es tut mir leid." Beschämt wich er ihrem Blick aus. „Ich dachte, es wäre vorbei."

Kopfschüttelnd wandte er sich ab und ging hinunter zum Fluss. Naduah wusste, dass sie ihn gewähren lassen musste, also warf sie ihre Mokassins ins Gras und watete in einiger Entfernung zu ihm ins Wasser. Geduld war das Beste, auch wenn sie wehtat. Ihm nicht helfen zu können, den dunklen Keim in seinem Inneren nicht mit behutsamen Berührungen herausnehmen zu können, war bitter, aber sie musste es akzeptieren. Langsam watete sie weiter, bis neben ihrem Fuß etwas Helles aufblitzte. Gelbe Flusssteine. Oder Gold, wie man es in der anderen Welt nannte.

Sie bückte sich und hob das größte Nugget auf. Sein Durchmesser entsprach etwa dem eines Taubeneis. Wie viel mochte dieser Stein in ihrer alten Welt wert sein? Ohne Frage genug, um Morde zu begehen und den

Verstand zu verlieren. Und genug, um eine Schwemme an Glücksrittern, Dieben und Halsabschneidern hierher zu locken.

Schnell warf sie den Stein zurück in das tiefe Wasser. Während Nocona sie beobachtete, sammelte sie alle Nuggets ein, die sie finden konnte, und ließ sie dem goldenen Taubenei folgen. Sie suchte so lange, bis sich warme, starke Arme um sie schlossen und ihr das Gefühl gaben, kein drohender Schatten könnte sie erreichen.

„Alles wird gut", flüsterte er. „Ich schwöre es dir."

Ihre Augen brannten. Sie dachte an das Gold im Fluss und daran, dass die Strömung es irgendwann wieder zum Vorschein bringen würde. Sie dachte an den dunklen Schatten in Noconas Seele und an das Kind, das in ihr heranwuchs.

„Ich hoffe es." Ihre Lippen streiften seinen Hals. Dann fiel ihr eine Bewegung ins Auge.

Ein paar Schritte von ihnen entfernt ließ sich ein struppiger, beigefarbener Hund fallen und zog die Krallen so wild durch sein Fell, dass die Flöhe nur so durch die Gegend flogen. Sein Körper bebte vor Anstrengung. Er kratzte sich im Nacken, an den Ohren, am Hinterteil und schließlich mit wütendem Knurren überall sonst, wo seine Pfoten hinreichten.

„Er besteht ja mehr aus Flöhen als aus Hund." Naduah empfand tief gehendes Mitleid. Ein Gefühl, das diese Geschöpfe nur selten für sich beanspruchen konnten, denn während ein Nunumu Pferde über alles liebte, waren Hunde den meisten ziemlich gleichgültig. „Wir sollten etwas für ihn tun."

„Peta kennt ein gutes Mittel." Nocona schritt auf das Tier zu und packte es am Nackenfell. Der Hund wurde starr. „Er wird eine Menge davon brauchen. Wir sollten ihn behalten. Unser Kind wird sich über einen Gefährten freuen. Und wenn die Zeiten schlecht werden, können wir ihn essen."

„Wir werden ihn nicht essen."

„Du hast noch keine harten Zeiten erlebt." Er sah seinen Fehler ein, noch ehe er das letzte Wort ausgesprochen hatte. Reumütig senkte er den Blick. „Ich meine, keine harten Zeiten, solange du bei uns lebst."

„Wir essen ihn trotzdem nicht."

„Wie du meinst." Er zupfte ein paar Zecken aus dem Hundefell und warf sie in den Fluss. Als die größten der Plagegeister beseitigt waren, ließ er das vor Dankbarkeit sabbernde Tier frei und vollführte eine einladende Geste. „Komm, mein Blauauge. Sonst sind wir die Letzten, die ankommen."

Sara, 2011

Die Sonne glänzte hell wie das Gold im Fluss. Sara hielt einen Augenblick inne, ließ zu, dass sie sich erinnerte, und fuhr mit leichtem Schaudern fort, ihre Sachen zu packen. Viel Arbeit war es nicht. Der Koffer stand unberührt unter dem Tisch, der Rucksack war nur um einige Hygieneartikel erleichtert, die sie im Bad des Krankenzimmers vorfand.

Sie war erst eine halbe Stunde wach und fühlte sich noch immer jämmerlich, aber sie musste weg. Heute noch. Am besten sofort. Hier fühlte sie sich falsch und fremd, obwohl Makah hinter ihr auf dem zweiten Bett schlief und allein seine Nähe … wie sollte man es nennen? … sie entrückte und verzauberte? Er wirkte surreal, fast unwirklich. So sehr, dass sie es nicht wagte, ihn zu berühren und damit vielleicht aufzuwecken. Der einzige Faktor, der das perfekte Bild störte, war sein blaues Auge.

Sie wusste, was geschehen war. Kurz nach dem Aufwachen war eine Schwester neben ihr aufgetaucht und hatte ihr alles erzählt. Isabellas zweiter Mordversuch, Makahs Eingreifen, sein Zusammenbruch. Das war gestern gewesen, und seitdem schlief er laut Aussage der Schwester ununterbrochen. Sie liebkoste ihn mit Blicken. Besser gesagt verschlang sie ihn mit Blicken. Sara machte sich bewusst, dass sie hier war, ganz nah bei ihm, und sie konnte nicht begreifen, dass Isabella versucht hatte, sie umzubringen. Zweimal. Sagte man nicht, nach einem Schlag auf den Schädel verlöre man häufig die Erinnerung? Nun, sie erinnerte sich an jede Einzelheit. Völlig ungetrübt. Jeder Gegenstand in Makahs Haus, den sie berührt hatte, war präsent. Jeder Geruch, jedes Gefühl. Sie erinnerte sich sogar an den Sonnenreflex auf der Eisenstange, die Isabella zum Schlag hob, und an die Träne, die über die eingefallene Wange der Frau perlte.

Ohne ihn wäre sie jetzt tot. Seltsamerweise erschreckte sie der Gedanke nicht. Alles war so gekommen, wie es bestimmt war, und es war bestimmt, dass sie zusammen waren. Hier und jetzt, damals und zukünftig.

Sie nahm eine Dusche, wobei sie darauf achtete, den Kopfverband nicht nass zu machen. Ein schwieriges Unterfangen. Aber als sie den Schweiß der vergangenen Tage endlich los war, sich von Kopf bis Fuß eingecremt hatte und in eine saubere, taubenblaue Leinenhose und ein weißes Hemd geschlüpft war, fühlte sie sich wie neugeboren.

Wenn er nur endlich aufwachen würde. Die Schwester hatte ihr versichert, er sei völlig in Ordnung. Gestresst und fertig mit den Nerven, aber sein tiefer Schlaf lag schlichtweg daran, dass sich sein Körper gewaltsam das holte, was er brauchte.

Vielleicht träumte er von seinem vergangenen Leben. Die Wahrschein-

lichkeit, dass sie die Schuld an seinem Schachmatt gelegten Nervenkostüm trug, war groß. Für keinen war es schön, eine halb tote Frau in seinem Haus liegen zu sehen, die die Dielen vollblutete. Und anschließend erkennen zu müssen, dass die beste Freundin zum Mord fähig war.

Ihre Brust füllte sich mit Traurigkeit und Mitgefühl. Wenn sie nicht aufgetaucht wäre, wenn sie niemals in dieses Museum gefahren wäre, hätte Makah all diesen Schmerz nicht erleiden müssen. Er war glücklich gewesen in seinem Leben. Zufrieden mit dem, was er erreicht hatte. Zufrieden mit sich selbst. Bis sie alles durcheinandergeworfen und ein Unglück heraufbeschworen hatte. Doch Selbstvorwürfe brachten rein gar nichts. Sie sorgten nur dafür, dass ihr Magen sich umkrempelte und ihr Kopf zu platzen drohte. Alles hatte sich auf irrwitzige Weise ineinandergefügt, hatte den vorbestimmten Weg genommen und sie wie Schachfiguren mitgerissen. Jetzt bestand ihre Aufgabe darin, den Scherbenhaufen zu kitten, der durch ihr Auftauchen entstanden war.

Sara betrachtete ihr Spiegelbild. Naduah im Hier und Jetzt. Eine neue Hülle für eine alte Seele. Sie fühlte sich besser, als es vielleicht hätte sein sollen. Die Wunde pochte zwar, aber ihre Kopfschmerzen waren nicht schlimmer als daheim in New York. Laut ihrer Armbanduhr hatte sie drei Tage durchgeschlafen. Nicht schlecht. Das hatte sie schon ewig mal vorgehabt, wenn auch nicht unter solchen Umständen. Aber sie erinnerte sich an wundervolle Träume. An friedvolle Wintertage, deren fernes Echo allein genügte, sie mit überwältigender Sehnsucht zu füllen.

Auf leisen Sohlen schlich Sara zurück ins Zimmer – und hielt überrascht inne.

Makah stand keine zwei Schritte vor ihr, hielt mitten in seiner Streckbewegung inne und starrte sie an, als wäre sie ein Engel und nach dramatischem Sturz direkt vor ihm aufgeschlagen. Millimeter für Millimeter ließ er die Arme sinken. Sein Haar war vom Schlaf zerzaust, seine rechte Wange zerknittert. In seiner schläfrigen Verwirrung sah er unerträglich liebenswert aus.

„Ich will nach Hause“, sagte sie leise.

Er nickte. Traurigkeit wehte durch seinen Blick. „Ich kann dich zum Flughafen bringen.“

„Nein. Nicht nach New York.“ Sie trat zu ihm. Sein staunender Blick, seine offenkundige Nervosität und diese Angst … oh ja, diese Angst traf sie mitten ins Herz. Er fürchtete sich davor, sie gehen lassen zu müssen, und doch bot er ihr an, sie zum Flughafen zu fahren. Das war mehr, als sie ertragen konnte.

„Ich will bei dir sein.“ Sie starrte auf den Schatten in der Vertiefung seiner Kehle. „Ich will mit dir gehen.“

Er sagte nichts. Was fühlte er, was dachte er? Sie suchte nach Freude

oder Abneigung, nach Zweifeln, Begeisterung und sonst etwas Hilfreichem, doch Makah war so durchsichtig wie eine Wand aus Fels.

„Wir fahren in den nächsten Supermarkt", flüsterte sie kleinlaut. „Wir kaufen ein, was wir für die nächsten Tage brauchen. Ich bezahle alles. Sieh es als eine Art Miete. Natürlich nur, wenn es dir recht ist. Ich weiß was passiert ist, du brauchst nichts zu erklären. Eine der Schwestern hat es mir erzählt. Es tut mir so leid. Wenn ich gewusst hätte, wie alles endet … Isabella, sie … und ich …"

Er schnitt ihr mit einer abrupten Geste das Wort ab und milderte die hektische Bewegung mit einem Lächeln. Mein Gott, sie wollte ihn umarmen und ihn küssen. Ihn niederringen, ihren Mund auf seinen pressen, ihre Beine um seine Hüfte schlingen und ihm atemlos gestehen, wie sehr es sie überwältigte, ihn wieder bei sich zu haben. Egal, dass es in einem Krankenhaus geschah. Egal, dass ihr Schädel fast in Kürbispüree verwandelt worden wäre und dass Makah durch sie seine Freundin verloren hatte. Sie wollte in seinen Armen alles vergessen, und ihm helfen, es ihr gleichzutun. Die Sonne tauchte seine Haut in bronzenen Schimmer und fing sich im Braun seiner Augen. Mein Gott, sie brauchte ihn so sehr.

„Sag etwas, bitte." Sie musste einen Kloß im Hals hinunterschlucken. „Möchtest du, dass ich verschwinde? Okay, dann tu ich's. Ich könnte es dir nicht verdenken. Aber verdammt, sag irgendwas."

„Du wirst dich ruinieren, taffe Fotografin aus New York." Seine Hand streckte sich vor und legte sich auf ihre Wange. Allmächtiger! „Überleg es dir noch mal."

„Hm?", schnurrte sie in Ermangelung von Worten, die sich nicht formen lassen wollten. „Was meinst du? Willst du mich verklagen?"

„Ich habe eine große Vorliebe für geräucherten Wildlachs", erklärte er mit feierlichem Ernst. „Leider ist der furchtbar teuer, weshalb ich viel zu selten in den Genuss desselben komme. Du kannst bei mir wohnen. So lange du willst. Bedingung ist eine Packung Räucherlachs. Und ich verlange, dass du sofort aufhörst, dich schuldig zu fühlen."

Sie umfasste seine Hand und seufzte vor Erleichterung. Ihr Kopf reagierte auf dieses Gefühl völlig unpassend und strafte sie mit mehreren atemberaubenden Schmerzimpulsen, doch als sie sich an Makahs Brust schmiegte und die Finger ihrer freien Hand in seinem Haar vergrub, wurde die Pein in ihrem Schädel gleichgültig.

„Einverstanden", stieß sie hervor. „Du bekommst deinen Lachs. So viel du willst."

„Das ist noch nicht alles." Jetzt packte er sie, fest und mit beiden Armen, presste sie an sich und legte seine Lippen auf ihre. Für einen Moment schwanden ihr die Sinne. Sein Geschmack explodierte in ihrem Mund, sein Geruch verwandelte Gehirn und Unterleib in eine Superno-

va. Als der Kuss endete, drehte sich alles.

„Ich verlange eine weitere Bezahlung. Und zwar in Naturalien. Mindestens zweimal täglich. Morgens und abends, je nach Belieben auch zwischendurch."

Sie ahnte, um welche Art von Entgelt es sich handeln würde. Oh ja, diese Art der Bezahlung konnte sie kaum erwarten.

„Was ist mit deinem Auge passiert?"

„Will nicht drüber reden. Kleine Meinungsverschiedenheit."

Kurz und knapp, ohne jede Aussagekraft. Typisch Kerl. Sara schnupperte genussvoll an seiner Haut. Schon beim ersten Mal war es eine Offenbarung gewesen, ihm nahe zu sein, doch jetzt, nach allem, was sie gesehen und erlebt hatte, nach all den Odysseen durch ferne Zeiten, fühlte sie eine Sehnsucht, die sie beinahe entzweiriss.

„Es fühlt sich an, als wenn …"

„Ja? Wie fühlt es sich an?" Makah zog sie zum Bett und drückte sie darauf nieder. Wieder schmiegten sich ihre Körper aneinander, verschlangen und verschränkten sich ineinander, so innig es ging.

„Es ist", hauchte sie an seinen Lippen, „als hätte ich endlich das fehlende Puzzleteil gefunden. Ich fühle mich richtig. Vollständig, verstehst du? Trotz allem, was passiert ist. Du hast gesagt, ich soll mich nicht mehr schuldig fühlen. Tatsächlich bereue ich nichts. Ich könnte es gar nicht."

Makah sah sie mit Verblüffung in den Augen an. Dann nickte er, ohne zu antworten.

„Sag mir, dass du dasselbe fühlst", bat sie. „Bitte sag es mir, damit ich weiß, dass … dass du …"

„Schschsch!" Er zog sie auf seine Brust und umfasste mit einer Hand ihren Hinterkopf. „Ich weiß, du hast ein schlechtes Gewissen wegen Isabella. Du fühlst dich schuldig, auch wenn du gerade das Gegenteil behauptest. Und du hoffst, dass ich so fühle wie du, weil du dann wüsstest, dass es das Opfer wert war."

„Ähm, ja. Genau. Und? Habe ich Glück?"

„Ich sage dir, wie ich mich fühle. Ich bin endlich ich selbst. Ich bin der Mann, zu dem ich bestimmt bin. Und du bist die Frau, die schon immer zu mir gehört hat."

Als sie diese Worte hörte, brannten ihre Augen vor Glück.

„Aber ohne mich wäre dein Leben noch in Ordnung. Du und Isabella, ihr wärt …"

„Still!" Er drückte seine Lippen auf ihre Stirn. An ihrer Haut spürte sie, wie er lächelte. „Ich bereue nichts, und das solltest du genauso wenig. Es ist Bellas Schwäche, wenn sie nicht damit klarkommt, dass du mich glücklich machst. Nicht deine. Ich gebe dich nicht wieder her, so sieht's aus. Und wenn das Schicksal meint, sich deswegen auf den Kopf stellen

zu müssen, soll's mir recht sein. Fast zweihundert Jahre ohne dich waren mehr als genug. Also entspann dich und schlaf. Ich rufe Ross an, damit er uns abholt."

„Aber ich …"

Makah packte sie behutsam und drückte sie auf das Bett. „Schlaf! Sofort! Das ist ein Befehl."

Widerwillig gab sie sich geschlagen und schloss die Augen. Ihre Überzeugung, ohnehin keine Ruhe finden zu können, löste sich in Nichts auf, als Makah neben ihr die Augen schloss und sie sanft zu wiegen begann.

Sie waren wieder zusammen. Nur das zählte.

Naduah, 1845

Die Wärme des Sommers war verblasst, aber noch nicht gegangen. Noch erfüllt von wohliger Müdigkeit, betrachtete Naduah das Dorf, dessen bunte Zelte sich zwischen rot und golden leuchtenden Bäumen versteckten und gemeinsam mit dem blauen Himmel ein lebensfrohes Bild boten.

Nocona und Zuzueca standen keinen Steinwurf entfernt und machten eine Gruppe gebannt lauschender Halbwüchsiger mit dem Kodex der Lanzenträger vertraut. Weit entfernt von der Selbstbeherrschung wahrer Krieger drängelten, schoben und schubsten die Jungen nach Leibeskräften, um ihren Eifer zu demonstrieren.

Nocona stand neben Zuzueca, aufrecht wie ein junger, kraftvoller Baum. Als er ihr ein Grinsen zuwarf, erwiderte sie es mit klopfendem Herzen und schalt sich eine Närrin. Gerade hatte sie sich noch geschworen, ihn für den Rest des Tages mit Ignoranz zu strafen, jetzt musste sie einsehen, dass sie unfähig war, seinem Charme die Stirn zu bieten.

Heute Morgen hatte er ihr verboten, an der Großen Jagd teilzunehmen. Verboten! Naduah war beinahe schwindlig vor Ärger. Sie hatte geschmeichelt, geflucht und süße Worte benutzt, sie hatte ihn ungeachtet ihres dicken Bauches mit einem Ringergriff zu Boden geworfen und ihr Knie in seine Leisten gedrückt, doch er war eisern geblieben. Selbst, wenn die Geburt tadellos verlief und sie ihre Kraft schnell zurückerlangte, würde sie im Dorf bleiben müssen. Gemeinsam mit den Kindern, den Alten, den Kranken und allen Frauen, die damit zufrieden waren, Kleidung zu besticken und Suppe zu kochen. Sie bleckte die Zähne, als er erneut zu ihr herübersah und er tat nichts weiter, als ihr mit Unschuldsmiene zuzuwinken. Dieser Dämon von einem Mann hatte sämtliche Krieger, ja gar den Häuptling auf seine Seite gezogen, weshalb keinerlei Möglichkeit bestand, sich heimlich unter die Jäger zu mischen.

„Er macht sich nur Sorgen“, sagte sie zu Siyo und flocht einen weiteren Zopf in die Mähne der Stute. „Um mich und das Kind. Ich darf ihm nicht böse sein. Immerhin lässt er mich nicht allein und tut, als ginge ihn das alles nichts an.“

Nocona begann, unter Zuzuecas Adlerblick die soeben beschriebenen Techniken im Kampf mit der Lanze praktisch zu demonstrieren. Den ganzen Tag hätte sie hier stehen und ihm zusehen können, ganz gleich, ob sie wütend auf ihn war oder nicht. Während des Sommers war ihr Kind herangewachsen, langsam wie der Samen einer Eiche, und nun, da der Herbst hereingebrochen war, nahte der Tag der Geburt. Die Tritte in ihrem Leib, die zarten Bewegungen und Stöße des kleinen Wesens, das ihre Essenz mit der Noconas vereinte, erfüllte sie jeden Tag aufs Neue

mit Staunen und Faszination. Der Kleine machte es ihr leicht. Sie litt nicht wie die meisten anderen Frauen unter Rückenschmerzen oder Übelkeit, verspürte keine Stimmungsschwankungen – wenigstens keine größeren –, und musste sich nicht mit einem Bauch in der Größe einer Festtagstrommel abplagen. Die Wölbung war nicht viel größer als ein mittlerer Kürbis, was, wie sie hoffte, nichts über die Statur und die Stärke des in ihr wachsenden Kindes aussagte.

Kehala hatte ihr vor einigen Tagen ein von ihr selbst gefertigtes Wiegenbrett überreicht, von Huka stammten die geflochtenen Nachbildungen einer Schildkröte und einer Eidechse, die Naduah sorgsam an ihrem Gürtel verwahrte. Nach der Geburt würden beide Tiere jeweils ein Stückchen getrockneter Nabelschnur in sich aufnehmen, um die Schnelligkeit der Eidechse und die Langlebigkeit der Schildkröte auf das Kind zu übertragen.

Neben ihr lag der Hund und hechelte. Sein Fell war länger geworden, glänzte honigfarben und verlieh ihm trotz seiner übergroßen Ohren und seines spitzen Gesichts eine Spur würdevoller Schönheit. Nocona hatte ihm den Namen Wanapin gegeben, was Pelzkragen bedeutete, einzig und allein, um Naduah zu ärgern. Kein Tag verging, an dem er nicht darüber schwadronierte, auf welche Arten und Weisen man einen Hund zubereiten konnte, oder Planungen anstellte, was sie mit dem Pelz anfangen würden.

„Einen schönen, warmen Kragen wird er abgeben. Oder Futter für deine Winterstiefel."

Naduah reagierte auf solche Neckereien gern mit einer liebevollen Rauferei, aber jetzt, da sie sich so kurz vor der Geburt nur noch watschelnd fortbewegen konnte, beschränkte sie sich auf strafende Blicke und vorwurfsvolles Schweigen. Wanapin selbst gab nichts auf leere Drohungen. Sie lehnte sich gegen den dicken Bauch ihrer Stute und lauschte nach dem Leben darin. Siyo würde in wenigen Tagen ihr erstes Fohlen zur Welt bringen. Vielleicht würden beide Wesen gemeinsam das Licht der Welt erblickten und damit ein enges Band zwischen Mensch und Tier knüpfen. Auf dem Pferd, das in Siyos Körper heranwuchs, würde ihr Sohn reiten lernen. Auf ihm würde er eins mit dem Wind werden und zum ersten Mal jagen. Er würde an seiner Seite schlafen und träumen und all das lernen, was auch sie gelernt hatte. Sie wusste, dass man ihr einen Jungen schenken würde. Viele Träume hatten ihr von ihm erzählt. Sie wusste, dass sein Haar nicht schwarz, sondern dunkelbraun sein würde, und sie kannte die Farbe seiner Augen, die das reine, kühle Grau des Sturmhimmels besaßen.

Ein lauter Knall ertönte. Zuzueca griff seinen Sohn mit der Lanze an. Wie zwei spielende Raubtiere forderten sie einander heraus Heute, an

diesem schönen Morgen, war es nur ein Spiel. Ein Kräftemessen voll Grazie und Leichtigkeit.

Dreimal waren die Krieger in diesem Sommer ausgezogen, um Trecks, Ranger und Landvermesser anzugreifen. Sie war bei diesen Kämpfen nicht zugegen gewesen, denn die Sorge in Noconas Augen war so ergreifend gewesen, dass Naduah es nicht fertigbrachte, gegen seinen Willen aufzubegehren. Ihr Sommerlager lag an einem sicheren Ort, verborgen zwischen Bäumen in einer Schlucht. Sie trug nicht nur die Verantwortung für ihr Leben, sondern auch für das ihres Mannes und ihres Kindes. Es schmerzte, auf die Rückkehr der Krieger zu warten und nichts weiter tun zu können, als für ihre gesunde Rückkehr zu beten. Dreimal war Nocona ausgezogen, dreimal war er unverletzt aus dem Kampf heimgekehrt. Die Geister waren ihnen wohlgesinnt. Jeder Eindringling, der seinen Fuß in die Comancheria setzte, fürchtete um sein Leben. Jeder Weiße überlegte es sich dreimal, ob er es wagte, dieses Land zu durchqueren, denn die Gefahr, niemals sein Ziel zu erreichen, war groß.

Jetzt, da Nocona und Zuzueca zurücktraten und den Anwärtern den Übungsplatz überließen, wurde sie Zeuge der unendlichen Geduld ihres Mannes. So oft die Jungen auch Fehler begingen, so oft sie auch geifernd aufeinander losgingen und in ihrem Heißsporn alle Regeln vergaßen, blieb er umsichtig und sanft. In unerschütterlicher Ruhe zeigte er ihnen, wie es richtig zu machen war, korrigierte ihre Haltung und demonstrierte Tricks, die für ein besseres Gelingen der Übungen sorgten. Die liebevolle Geduld, die er den Jungen entgegenbrachte, würde er auch seinem Sohn schenken. Bei diesem Gedanken schoss eine Welle ziehenden Schmerzes durch ihren Unterleib.

Ungläubig umfing sie ihren Bauch. Begann es jetzt? Hier und heute? Etwas in ihrem Körper zog sich krampfartig zusammen. Sie spürte, wie das Kind sich bewegte, wie es trat und zuckte, als wollte es endlich die Welt sehen, von der sie ihm so oft vorgesungen hatte. Die Schmerzen verebbten, und noch ehe der Krampf ganz gewichen war, umfassten Noconas Hände bereits ihre Schultern. In seinen Augen mischte sich Sorge mit kindlicher Aufregung.

„Kommt unser Sohn?“

Kaum hatte sie genickt, wurde sie von ihm hochgehoben und davongetragen. Zuzueca und die Gruppe angehender Krieger blickten ihnen hinterher, verhalten miteinander tuschelnd, denn es war nicht üblich, dass ein Mann sich um Frauendinge scherte. Doch Nocona kümmerte sich nicht darum. Mit stolz erhobenem Kopf trug er sie quer durch das Dorf.

„Es geht mir gut.“ Sie schlang ihre Arme um seinen Hals und schnupperte. Der Duft nach Sonne, Erde und dem Schweiß des Kampfes

brachte sie schnell auf andere Gedanken. „Lass mich runter. Ich bin kein erlegter Hirsch, den du dir um die Schulter werfen kannst.“

Doch er dachte nicht daran, ihr den Gefallen zu tun. „Sind die Schmerzen schlimm?“

„Ich spüre es kaum. Es ist nicht der Rede wert.“

Warme Flüssigkeit rann aus ihrem Schoß. Sie errötete, doch Nocona lief weiter, ohne eine Miene zu verziehen. Huka hatte ihr vom lieblich duftenden Wasser erzählt, das kurz vor der Geburt den Körper der Frau verließ. Was bedeutete, dass das Kind kam. Und zwar jeden Augenblick.

In unmittelbarer Nähe zu ihrem Tipi war ein kleines Zelt eigens für ihre Niederkunft errichtet worden. Huka und Mahto warteten bereits auf sie. Auch Mahtowin kam herbeigewankt, wegen ihres Alters und einer Knochenentzündung auf schwachen Beinen, doch sichtlich von Eifer gepackt.

„Woher wussten sie, dass es so weit ist?“ Am liebsten wäre sie mit Nocona allein gewesen. „Können sie hellsehen?“

„Nein. Sie beobachten dich nur seit Tagen ununterbrochen.“

Ehe sie wusste, wie ihr geschah, setzte Nocona sie ab und übergab sie Mahtowin.

„Komm mein Kind“, säuselte die Heilerin, schob Naduah in das Tipi und ließ das Fell, kaum dass Nocona hindurchtreten wollte, vor seiner Nase zufallen.

„Du bleibst draußen“, befahl sie barsch. „Das hier ist ein Geburtszelt.“

„Sie ist meine Frau“, protestierte er. „Ich will bei ihr sein.“

Mahtowin verpasste seiner durch das Fell tastenden Hand einen ruppigen Schlag. „Kein Mann hat hier etwas verloren, wenn eine Frau Leben schenkt. Geh. Warte mit den anderen draußen und sei still.“

„Alte Bisonkuh“, zischte er vernehmlich, doch die Heilerin tat, als wären ihre Ohren taub. Murmelnd und summend legte sie ihren Beutel neben das Bisonfell, auf dem Naduah es sich bequem gemacht hatte, schlug ihn auf und holte ein Bündel Süßgras hervor. Während sie es an der Feuerstelle entzündete und den Rauch im Zelt verteilte, stützte Huka Naduahs Körper von hinten. Als die Hände ihrer Mutter zärtlich ihr Haar streichelten, fühlte sich Naduah an jenen Tag erinnert, da sie zum ersten Mal in einem Tipi gelegen hatte.

Damals war sie ein Grashalm gewesen, der sich kraftlos in die trockene Erde klammerte. Aber heute, zwischen all diesen Menschen, war sie wie das Grasmeer und wie die südlichen Wälder. Sie fühlte sich stark und behütet von dem Wissen, zu lieben und geliebt zu werden. Kehala schlüpfte ins Zelt und setzte sich neben sie. Huka murmelte Gebete, Mahtowin strich mit einem Fächer aus Taubenfedern über ihren Schoß und den prall gewölbten Bauch.

„Kann er nicht bei mir sein?" Sie kehrte den neuen Anfall von Schmerz nach innen und nutzte ihn als Stärkung. „Bitte."

„Nein." Mahtowin blieb standhaft. „In diesen Momenten bleiben wir Frauen unter uns. So ist es immer gewesen."

Für einen Augenblick wurde ihr ganz schwarz vor Augen. Das Kind rutschte tiefer, sein Kopf drückte von innen gegen ihren Schoß.

„Aber ich will, dass er bei mir ist."

„Du bist eine besondere Frau." Mahtowin schüttelte den Kopf. „Nur wenige sind so glücklich mit ihrem Ehemann, wie du es mit Nocona bist. Frage die Frauen. Fast jede wird dir sagen, dass sie bei einer Geburt lieber unter ihresgleichen bleibt."

Sie biss die Zähne zusammen. Jetzt, da der Druck immer stärker wurde, rückte ihre Sehnsucht nach Nocona in den Hintergrund. Was, wenn sie in der Mitte entzweiriss? Sie hatte Schauermärchen gehört. Grausige Geschichten, an die sie jetzt nicht denken wollte.

„Es wird nicht passen", keuchte sie. „Ich spüre es. Es passt nicht."

„Natürlich passt es." Mahtowin tauchte einen Becher in den Topf, der über der Feuerstelle hing. Anscheinend hatte Huka in mütterlicher Voraussicht einen stärkenden Sud aus Kräutern und Honig aufgesetzt. Aus welchen geheimen Zeichen hatte sie nur herausgelesen, dass das Kind auf dem Weg war?

„Trink das." Die Heilerin reichte ihr das Gefäß, nahm den Fächer wieder auf und fuhr fort, ihn über Naduahs Bauch zu streichen. „Es wird passen, keine Angst. Dein Körper ist dafür geschaffen, Leben zu schenken."

Naduah nahm einen Schluck. Warm und süß rann der Sud ihre Kehle hinunter und entfaltete im Magen seine Wirkung. Erneut durchzuckte Schmerz ihren Leib, und diesmal antwortete ihr Körper mit dem unwiderstehlichen Drang, das nach Freiheit drängende Wesen hinauszudrücken. Mit aller Macht drängte der Kopf des Kindes aus ihrem Schoß. Unwillkürlich entflog ihr ein Stöhnen.

„Wirst du wohl hierbleiben?", hörte sie vor dem Zelt Mahto schimpfen. „Das ist Frauensache. Mahtowin wird dich verfluchen."

„Und ich setze sie in eine Grube mit Klapperschlangen." Nocona war außer sich. „Dort ist sie unter ihresgleichen."

„Bleib hier, sage ich!"

„Naduah und ich teilen alles miteinander. Alles. Diese zahnlose Hündin wird mich nicht davon abhalten, bei ihr zu sein."

„Sohn!", donnerte Zuzuecas Stimme. „Du bleibst bei uns, oder ich werde dich eigenhändig fesseln."

„Versuch es."

„Muss ich dich an den Ohren ziehen wie einen ungezogenen Bengel,

dass du zur Vernunft kommst?“

„Sie hat Schmerzen. Sie braucht mich.“

„Es sind die Gesetze unserer Ahnen, die du brichst. Kein Mann hat im Geburtszelt etwas zu suchen.“

Die Geräusche eines Handgemenges erklangen. Naduah war es gleich, denn schon wieder füllte der Schmerz all ihr Denken aus. Erneut presste sie, diesmal mit solcher Kraft, dass ihr schwarz vor Augen wurde. Huka murmelte etwas Unverständliches, Mahtowin stieß ein glückliches Schnaufen aus. Etwas schoss aus Naduah hervor, wurde von einem Fell aufgefangen und emporgehoben. Helles, wimmerndes Geschrei ertönte. Das Gezänk der Männer verwandelte sich in Jubelschreie.

Mahtowin durchtrennte die Nabelschnur mit ihrem Messer und nahm den Jungen in den Arm, um ihn sanft zu wiegen. „Naduah, du hast einen Sohn. Einen wunderschönen, starken und sehr ungeduldigen Sohn.“

Ungläubig starrte sie es an. Das Wesen, das aus ihrem Körper hervorgekommen war.

Er war so winzig. So zart und schön. Ihr Bewusstsein schwand, nur um Augenblicke später zurückzukehren. Sie spürte, wie die Nachgeburt schmerzlos ihren Körper verließ. Mahtowin wickelte das überflüssig gewordene Gewebe in ein Stück Leder und überreichte es Huka, die sofort hinauseilte, um es zu vergraben.

„Ich werde deinen Sohn im Fluss waschen. Ruh dich solange aus.“ Kaum war ihre Mutter verschwunden, verließ auch die Heilerin das Zelt, mit dem Kind auf dem Arm. Lautstarkes Jubeln erhob sich, als das Fell vor den Eingang fiel, und erst dieser Lärm machte ihr wirklich bewusst, welches Wunder geschehen war Sie war Mutter geworden. Sie war Mutter eines Sohnes.

In ihren Ohren summte es. Alles war so unwirklich. So unfassbar und wundervoll. Sie fiel in einen kurzen, erschöpften Schlaf, und als sie die Augen wieder aufschlug, saß ihre Mutter neben ihr. Tränen glitzerten in Hukas Augen, ihr Lächeln war überglücklich.

„Ich bin so stolz auf dich, meine Tochter. Wenn die Eule meinen Namen ruft, werde ich ihr folgen und zufrieden auf mein Leben blicken.“

Naduah stöhnte. „Rede nicht vom Tod. Nicht jetzt und niemals wieder. Ich will nach draußen. Bitte hilf mir.“

Huka gehorchte. Schwäche übermannte Naduah, doch mit jedem Schritt wurde das zittrige Gefühl in ihren Beinen schwächer. Als ihre Mutter das Fell zurückschlug, war Mahtowin bereits zurückgekehrt. Gewaschen und sauber lag das Kind in Noconas Armen, die grauen Augen blickten wach in den Himmel hinauf. Zuzuecas sonst steinhartes Gesicht war weich geworden, Mahto kämpfte mit den Tränen. Über ihrem Tipi prangte nun ein schwarzer Kreis, das Zeichen für die Geburt eines Soh-

nes.

„Sieh dir das an.“ Mahtowins Kleid war über der Brust völlig durchnässt. „Sein Strahl ist gewaltig wie ein Wasserfall.“

„Er ist das schönste Wesen, das ich jemals gesehen habe.“ Voller Stolz schwoll Nocona die Brust. „Er ist unser Sohn, mein Blauauge. Unser Sohn. Ich werde niemals zulassen, dass ein Schatten über meine Familie kommt. Das schwöre ich.“

Der Triumphschrei der Quohadis hallte in der Stille des Herbsttages wider und schwang sich zu einem Laut auf, in dem Glück und zugleich die grimmige Entschlossenheit lag, den neu gewonnenen Schatz mit seinem Leben zu verteidigen. Naduah fröstelte, denn da war ein wilder, kämpferischer Glanz in Noconas Augen, der sie zu sehr an die Dämonen erinnerte. Ihr Sohn war in eine Zeit des Krieges hineingeboren worden. Wie sein Vater würde er für die Freiheit kämpfen müssen. Entschlossen drängte Naduah diese Gedanken zurück. Sie war glücklich, und dieses Glück würde sie sich nicht nehmen lassen.

„Ich bete für euch.“ Mahto schloss sie fest in seine Arme, wobei er darauf achtete, nicht auf ihren Bauch zu drücken. „Das Mysterium soll immer über euch wachen. Die Zeiten sind schwierig, aber wie blass wäre Triumph, wenn es die Niederlage nicht gäbe? Denke daran, dass die schweren Zeiten euch stark machen und den Geschmack der Freude süßer, wenn sie zurückkehrt.“

Naduah lächelte. Später würden sie gemeinsam feiern, doch jetzt gab es nur eins, wonach sie sich sehnte.

„Wir gehen zum Fluss und suchen einen Namen für unseren Sohn. Ich danke euch allen.“

Naduah nahm ihr Kind in den Arm, nickte Nocona zu, damit er ihr folgte, und wandte sich zum Gehen. Ganz in der Nähe standen Makamnaya und Icabu. Sie grinsten und winkten.

„Unser dicker Freund träumt jede Nacht von Kehala“, raunte Nocona ihr zu. „Er kann an nichts anderes mehr denken und bindet sich schon Ringe aus Kakteenstacheln um die Quelle seiner Qual.“

„Wirklich?“

„Oh ja. Ich hoffe, sie erhört ihn. Aber es wäre, als liebte ein Bisonbulle einen zarten Schmetterling. Er würde sie zerquetschen.“

„Makamnaya ist sanft und gemütlich wie eine Schildkröte. Immerzu lacht er. Vielleicht findet Kehala daran Gefallen.“

„Du könntest recht haben. Jemand sollte ihm Peyote unter das Essen mischen. Sonst wird er alt und grau, ehe er es wagt, zu meiner Schwester zu gehen.“

Naduah lachte und küsste ihren Sohn auf die winzige Stirn. Seine erstaunlich grauen Augen musterten sie, als würde er sie ebenso bestaunen,

wie Naduah ihn bestaunte. Warm schien die Sonne vom Himmel. Als sie den Fluss erreicht hatten, übergab sie ihrem Mann das Kind und ging ins Wasser, um Schweiß und Blut von ihrem Körper zu waschen. Nocona setzte sich in den Schatten eines Walnussbaumes, hielt seinen Sohn im Arm und sang ihm das älteste aller Lieder vor:

„Ich will dich in eine Decke aus Wind hüllen.
Ich will dich in einer Wiege aus Träumen schaukeln.
Ich werde dir ein Lied vom Gras singen.
Wenn der Wind mir durchs Haar weht,
weiß ich, dass du dich in meinem Herzen bewegst."

Erfrischt und sauber setzte sie sich neben ihrem Mann ins Gras und ließ die Sonne auf ihren nackten Körper scheinen. Ihr Bauch fühlte sich leer und schlaff an, ganz im Gegensatz zu ihrem Herzen, das bis zum Bersten mit Glück gefüllt war. Lautes Plätschern ließ sie aufblicken. Im Schatten des Ufers schnellte ein großer, silberner Fisch aus dem Wasser und tauchte in einer Kaskade funkelnder Tropfen wieder ab.

„Ein gutes Zeichen." Nocona reichte ihr den Kleinen mit einer solchen Vorsicht, als könnte er zerbrechen. „Selbst die großen Stromschnellen fürchtet dieser Fisch nicht. Die Flussgeister werden sich glücklich schätzen, bald das Kanu unseres Sohnes tragen zu dürfen, und Flussgeister sind mächtige Beschützer. Weißt du schon einen Namen, mein Blauauge?"

Sie legte den Jungen an ihre Brust und seufzte genüsslich, als sie das zarte Saugen seines Mundes spürte. Noconas staunender Blick machte ihre Wonne vollkommen. Damals hatte sich ihr Blut vermischt, jetzt war es gänzlich zu einer Einheit geworden. Der Herbstwind strich über ihren Körper, doch erschien ihr sein Name zu flüchtig und zu launisch. Am Himmel tanzten die letzten Schwalben, aber sie würden bald das Land verlassen und in die Ferne ziehen. Schließlich sah Naduah am Ufer des Flusses einen See aus blauen Astern und violettem Herbstsalbei. Das Aroma der Blumen schwängerte die Luft. Lieblich und schwerelos.

„Wir nennen ihn Quanah", entschied sie. „Süßer Duft."

Makah, 2011

Der Himmel war ein wenig blauer, der Wind ein wenig süßer, das Zwitschern der Vögel melodischer. Er war verliebt. Wirklich verliebt. Hals über Kopf, wie man so schön sagte. Zum ersten Mal in diesem Leben.

Nie zuvor hatte er den Moment so bewusst erlebt, sich selbst und die Welt so deutlich empfunden. Alles hatte sich verändert. Sein Blickwinkel war nun ein anderer. Er war vollkommen glücklich in seinem eigenen Vakuum, und selbst Isabella lag irgendwo hinter dieser Blase.

Sara schlief seit gestern Abend, als er sie ins Bett getragen hatte, wie der sprichwörtliche Stein. Auf den Bauch gedreht, das Kissen umklammert, den Rosenknospenmund auf unerträglich niedliche Weise verzogen. Dreiviertel der Nacht hatte er damit verbracht, sie anzustarren, überwältigt von der Tatsache, wer sie war. Wie sie sich gefunden hatten. Und was sie miteinander teilten.

Isabella saß in Untersuchungshaft, ein paar Dutzend Meilen entfernt. Er musste keine Angst mehr um Sara haben. Erleichterung und Glück fühlten sich seltsam an, wenn die Gefühle darin begründet lagen, dass man sich grandios in einem geliebten Menschen getäuscht hatte. Sie mussten Bella besuchen. Gemeinsam. Sobald es Sara besser ging und sie sich dazu in der Lage fühlte. Ganz gleich, was sie getan hatte, zumindest das waren sie ihr schuldig. Und vielleicht, ja vielleicht, würde er sogar in der Lage sein, ihr zu vergeben.

Dort, wo der Bach sich zu der Breite eines kleinen Flusses ausweitete und die Böschung flach war, hatte Makah einen Wall aus Steinen errichtet und das Wasser zu einem Teich gestaut. Das Element, das niemand aufhalten konnte, bahnte sich in glucksenden Kaskaden seinen Weg durch die Sperre, reichte ihm aber immer noch bis zur Hüfte. Morgenlicht glitzerte auf der sich kräuselnden Fläche. Er fragte sich, wie lange Sara wohl bei ihm blieb. Wenn die Entscheidung bei ihm lag, konnte er schon mal über ihren gemeinsamen Lebensabend nachdenken. Eine schöne Vorstellung, aber auch nicht mehr. Sara besaß einen gut bezahlten Job in New York. Niemand gab so etwas auf, um in einer ärmlichen Hütte irgendwo im Nirgendwo zu leben. Und in New York konnte er nicht leben. Ausgeschlossen. Sicher, er würde mit ihr gehen, wenn Sara ihn darum bat, aber es würde nicht lange gutgehen. Das Reservat war sein Leben. Dieses schiefe Haus, die Pferde, seine Werkstatt und die Menschen, die ihn brauchten. Er beschloss, es auf sich zukommen zu lassen. Die meisten Dinge erledigten sich von allein. Und am Ende kam alles so, wie es kommen soll. In aller Ruhe widmete er sich seinem morgendlichen Ritual, währenddessen er mehrmals im Kopf überschlug, wie

viel Geld für den Bau eines ordentlichen Bades nötig war und ob seine Ersparnisse womöglich schon reichten, Sara diese Annehmlichkeit zu beschaffen. Seine karge Hütte war einfach nicht geschaffen, eine noble Lady aus New York zu beherbergen. Ihm machte es nichts aus, im Fluss oder in einem Holzzuber zu baden, aber Sara war anderes gewöhnt. Nicht, dass sie doch noch die Flucht ergriff, weil sie sich ständig den Hintern abfrieren musste. Ihren perfekten, apfelrunden, wunderschönen Hintern, der Besseres verdient hatte als ein paar morsche Bretter mit Spinnweben und alte Zeitungen als Klopapier.

Er zog Jeans, T-Shirt und Unterhose aus, verschränkte die Arme hinter dem Kopf und streckte seinen nackten Körper in der Sonne.

Bald, wenn es Sara besser ging und ihr Schädel nicht mehr brummte, würde er ihren und seinen Hunger stillen. Auf alle nur erdenklichen Arten und Weisen. Im Geiste griff er bereits weit vor, malte Bilder von nervenzermürbender Sinnlichkeit, quälte sich mit Knäueln aus nackten Körpern und glitzernden Schweißtropfen auf zurückgebogenen Kehlen und geschwollenen Brüsten, deren Spitzen sich nach seiner Zunge sehnten.

Grundgütiger. Ihm platzte gleich der Quell der Folter. Makah schauderte, ließ die Arme sinken und blickte zum Haus zurück. Wo war seine Disziplin? Wo seine Körperbeherrschung? Dort drinnen lag sie, warm und schläfrig, rekelte sich unter der Decke und träumte. Ob ihr damaliges Ich vielleicht gerade sein damaliges Ich liebte? Vor seinem inneren Auge sah er ein Netz, filigran verwoben mit den vielfältigen Ebenen von Zeit und Raum. Zog etwas an einem der hauchfeinen Fäden, bebte das gesamte Netz. Jeder Strang war ein Teil des Ganzen, jeder Impuls, an welchem Ende er auch geschah, wirkte sich auf die Einheit aus.

Langsam ging er ins tiefere Wasser. Winzige Strudel tanzten um seine Beine. Die Kälte besänftigte sein kochendes Fleisch, zumindest, als es seine Schenkel hochkroch und die empfindlicheren Körperstellen erreichte. Fast meinte er ein Zischen zu hören, als das Wasser seine Lenden umspülte.

Kieselsteine drückten sich in seine Fußsohlen. Ein Ast, vom Wind in den Bach geweht, streifte seine Wade. Makah watete tiefer hinein, bis in die Mitte des Teiches. Gänsehaut überzog ihn vom Scheitel bis zur Sohle. Eine Weile fühlte es sich an, als hälfe die Kälte, aber als er mit beiden Händen Wasser schöpfte und sich zu Waschen begann, heizte jede Berührung seine Fantasie noch heftiger an.

Ignorieren. Disziplin. Nicht dran denken, einfach machen. Nur nicht … großer Gott, er sah Saras Schenkel, Saras Augen. Er sah ihre Brüste. Disziplin, zum Teufel auch. Er war ein erwachsener Mann, kein hormongeplagter kleiner Junge, der sabbernd durch das Schlüsselloch

lugte.

Dass er genau das getan hatte – gestern Abend, als Sara sich im Schlafzimmer umgezogen hatte – würde ihn bis in alle Ewigkeit verfolgen.

Makah schloss die Augen und driftete in ähnliche, aber viel ältere Erinnerungen ab.

Naduah, erhitzt von der wilden Jagd. Seine stolze Jägerin. Ihre Brust hob und senkte sich unter dem weichen, eng sitzenden Leder. Blutstropfen trockneten auf ihrer Haut, in ihren Augen glitzerte das Feuer puren Lebens, noch durchdrungen von der berauschenden Angst, die man nur empfindet, wenn man dem Tod ins Auge blickt. Er wollte sie so sehr, dass sein Körper in einem einzigen, gewaltigen Schmerz pulsierte. Langsam leckte er das Blut von seinen Fingern. Sie beobachtete ihn. Die Witterung ihres Körpers brachte ihn schier um den Verstand …

Makah füllte seine zum Kelch geformten Hände mit Wasser und goss es über seine Brust. Jeder Tropfen wurde zu ihren Fingern, jedes Rinnsal zu ihrer Zunge.

… der schwere Geruch frischen Blutes senkte sich auf sie herab. Unter seinem Daumen fühlte er die harte, runde Spitze ihrer Brust. Sie seufzte, als er den Finger bewegte. Zitterte und bebte und drängte sich seiner Berührung entgegen …

Mit nassen Händen fuhr er sich durch das Haar, verharrte mit erhobenen Armen und drehte sich der Sonne zu. Ihre Wärme fühlte sich klar und kühl an, wie durch Eis gefiltert. Ihm wurde fiebrig. Er fühlte sich krank, und zugleich besser, wacher und stärker als je zuvor.

Zwei Schatten, die nicht hierher gehörten, tauchten in seinem linken Augenwinkel auf. Makah fuhr herum. Zwei Fremde standen über ihm auf der Böschung. Warum hatte er sie nicht kommen gehört? Er blinzelte gegen die Sonne. Beide Gestalten sagten etwas, das er von hier aus nicht verstand, stießen sich gegenseitig an und kicherten wie Backfische.

Der Mann besaß wirres, braunes Haar, eine pummelige Figur und kämpfte mit einem violetten Schal, der ihm wieder und wieder ins Gesicht geweht wurde. Seine Begleiterin war auffallend elegant gekleidet. Viel zu elegant für einen Landstrich wie diesen. Ihr Haar bestand aus einem schulterlangen Wust aus krausen, blonden Locken. Wie sie da stand, eine schwarze Tasche unter den Arm geklemmt, das Gewicht auf ein Bein gestützt, das andere kokett angewinkelt, sah sie aus wie eines dieser retuschierten Models auf den Titelseiten der Hochglanzmagazine.

Seine Meinung über die beiden Neuankömmlinge stand bereits fest, noch ehe er ein Wort mit ihnen gewechselt hatte. Er konnte es nicht leiden, heimlich beobachtet zu werden. Die Grenze seiner Akzeptanz war spätestens erreicht, als keiner der beiden es für nötig hielt, sich vorzustellen.

In demonstrativer Gleichgültigkeit entstieg er dem Wasser, ging in aller Seelenruhe zu seinen Kleidern, die keine fünf Schritte von den Fremden entfernt lagen, und schlüpfte hinein.

„Jesus!“, stöhnte der braunhaarige Mann. „Dass ich das noch erleben darf.“

Makah ignorierte das Gestarre mit jener Selbstsicherheit, die er sich in den letzten Jahren angeeignet hatte. Es fühlte sich scheußlich an, mit nassen Beinen in die Jeans zu schlüpfen. Seine Füße waren voller Sand, der sich nun im Hosenbein befand und auf seiner Haut kratzte. Wären diese Störenfriede nicht aufgetaucht, hätte er sich im Adamskostüm ins Gras gelegt und von der Sonne trocknen lassen, im Idealfall mit Sara an seiner Seite, die ihn von Kopf bis Fuß mit Küssen bedeckte. Ihn streichelte, sich auf ihn setzte und …

Verflucht noch mal, konnte er nur noch an das Eine denken?

„Wie wäre es mit einer Vorstellung?“, brummte er. „So machen wir das hier nämlich.“

Ihm war kalt. Das Shirt klebte an seiner tropfnassen Brust. Er zupfte und zog daran, während die Frau vor ihm lautstark schluckte. Sie öffnete den Mund, krächzte etwas und schloss ihn wieder. Der Mann neben ihr erging sich in ähnlicher Konfusion. Irgendetwas an dem Blick des Kerls war ihm derart unangenehm, dass er einen Schritt zurückwich und die Arme vor der Brust verschränkte.

„Entschuldigung.“ Die Frau räusperte sich mehrmals, schien ein stummes Stoßgebet zum Himmel zu schicken und sah ihm in die Augen. Unter dem großzügig aufgetragenen Make-up glühte kontinuierlich dunkler werdendes Rot.

„Ich bin Ruth, Saras Arbeitgeberin. Und das ist Anthony, mein Grafiker“

Na endlich. Es ging doch.

„Ich bin Makah. Vermutlich kennen Sie mich schon.“

„Oh ja. Sie sind unser Covermodell.“

Covermodell? Geht’s noch? Das klang nach Laufsteg, Lackaffen und Puder. Was für ein Unsinn. Er hatte sich Sara zuliebe ein paar Mal ablichten lassen, aber Covermodell?

„Wie meinen Sie das?“

„Wie soll ich das schon meinen? Sie zieren das Cover unseres Bildbandes.“

„Aha.“ Sara hatte offenbar vergessen, ihm etwas Wichtiges mitzuteilen. Was soll’s. Er war absolut unfähig dazu, wütend auf sie zu sein. Er musterte die Frau von Kopf bis Fuß, ohne sich um Höflichkeit zu scheren. Gleiches vergalt man mit Gleichem, zumindest in Situationen wie diesen. Vor ihm stand fleischgewordene weibliche Eitelkeit. Perfekt manikürte

und lackierte Fingernägel, deren Farbton vermutlich eine höchst poetische Bezeichnung besaß. Fliederfarbener Lidschatten. Glänzende, violette Pumps, eine enge cremefarbene Hose, ein an der Schulter mit Pailletten besetzter, hellgrauer Rollkragenpullover. Um den Hals eine zierliche Silberkette mit einem roten Edelstein, vermutlich echter Rubin, wie er diese Lady einschätzte.

Ihr Begleiter harmonierte mit ihr, als wären die beiden einer dieser Anhänger, die sich Verliebte schenkten. Anthony hatte Ruths Farben gewissermaßen neu sortiert, trug eine graue Hose und einen cremefarbenen Pullover, dazu rote Schuhe und einen violetten Schal. Die beiden wirkten wie verirrte, nach Zitrusfrüchten duftende Paradiesvögel.

„Was wollen Sie hier?", fragte er. „Sara zurückholen?"

Anthony legte den Kopf schief und fuhr sich mit der Zunge über die Lippen. Eine Erinnerung zuckte durch Makahs Gedächtnis.

Hungrige, fiebrige Blicke. Der Trapper leckte sich die Lippen und drückte die Spitze des Messers gegen sein Kinn. Langsam wanderte die Klinge nach unten, bis sie sich gegen jene Stelle seines Halses drückte, unter der das Blut pulsierte.

In der Art, wie Anthony von einem Bein auf das andere trat und sich Luft zufächelte, umwölkt vom Geruch der Erregung, löste er eine solche Abneigung in Makah aus, dass ihm übel wurde.

„Was ist?", knurrte er. „Erscheinen gerade kryptische Zeichen auf meiner Brust?"

„Nein." Der Grafiker blickte zu Boden. „Mir fiel nur auf, dass nasse, weiße T-Shirts dazu neigen, durchsichtig zu werden. Und ich musste an die Narben denken. Woher haben Sie die? Das sind ja eine Menge."

Makah sah an sich hinab. Der Stoff klebte an ihm wie eine zweite Haut. Offenbar hatte er unbewusst die Arme sinken lassen. Ruth kicherte.

„Was wollen Sie?", wiederholte er barsch. „Ich weiß nicht, wie es bei Ihnen in New York läuft, aber hier zeigen die Leute ein gewisses Maß an Höflichkeit."

„Natürlich. Verzeihung." Die Lady schien es ehrlich zu meinen. Ihre Ohrringe baumelten empört, als sie eine seltsame Kopfbewegung vollführte. Wie ein Huhn, das ein Korn entdeckt hatte. „Es schlägt nur etwas auf die Stimme, wenn man von einem nackten Adonis begrüßt wird, der tropfnass dem Fluss entsteigt."

Anthonys darauffolgendes Seufzen war das theatralischste, das er je gehört hatte. „Bei Gott, Sie hätten sich sehen sollen. Ein Apoll des Flusses. Die Narben passen dazu. Ein Krieger, von Kämpfen gezeichnet."

Makah kniff ein Auge zusammen. Diese beiden hatten definitiv ein paar Sprünge in ihren Schüsseln. „Sie hätten sich ankündigen können. Dann wäre Ihnen diese Unannehmlichkeit erspart geblieben."

„Gott bewahre.“ Ruth warf den Kopf zurück und wieherte wie ein Ackergaul. „Was heißt hier Unannehmlichkeit? Es liegt in meiner und auch in Anthonys Natur, Anblicke wie den soeben Erlebten als Geschenk Gottes zu empfinden.“

Makah verdrehte die Augen. Langsam gingen ihm die zwei echt auf die Nerven.

„Was wollen Sie?“, fragte er zum dritten Mal.

„Soll ich das wirklich laut aussprechen?“, flüsterte Anthony. „Es wäre mir bis ans Lebensende peinlich, aber wenn …“

„Lass es“, fuhr ihm Ruth über den Mund. „Wir wollen nur mit Sara reden. Wie geht es ihr?“

„Gut. Aber ich muss jetzt los.“

Ehe einer der beiden protestieren konnte, wandte er sich um und marschierte zum Haus zurück. Er hatte weder die Zeit noch die Lust, sich mit diesen absonderlichen Käuzen herumzuschlagen. Holz musste gehackt werden, die Pferde und Hunde warteten auf Futter. Außerdem hatte er vor, Sara ein luxuriöses Frühstück zu kredenzen. Es war das Mindeste, was er für sie tun konnte, bedachte man die Tatsache, dass sie einen ganzen Monatsvorrat bezahlt hatte, unbeeindruckt von seiner Drohung, er müsse sie wegen der Verletzung seines männlichen Egos übers Knie legen.

Ruth und Anthony gaben nicht auf und folgten ihm wie zwei Schatten. Sie hielten einen gewissen Höflichkeitsabstand ein, gafften jedoch weiterhin mit unveränderter Penetranz, während er die Pferde aus dem Stall ließ, Heu in die Raufe und Wasser in den Trog füllte, ein paar Scheite Holz hackte, sie aufstapelte und Benzin in den Generator füllte. Nur für den Fall, dass mal wieder der Strom ausfiel.

Sporadisch waren die beiden umsichtig genug, zumindest so zu tun, als nähmen sie das Haus und die Umgebung in Augenschein. Wie aufgetakelte Störche stakten sie durch den Matsch, zogen Grimassen oder staunten sich die Augen aus dem Kopf.

Zu dumm, dass Paul und seine Freunde nirgendwo zu entdecken waren. Insbesondere das schwarze, schlecht gelaunte Monstrum hätte ihm gute Dienste erwiesen. Im Geiste sah er den Hund bereits knurrend an Anthonys Hosenlatz hängen. Zu guter Letzt, als Makah sämtliche morgendlichen Routinearbeiten erledigt hatte, baute er sich vor Ruth und ihrem Gockel auf, bat das Große Mysterium um Geduld und blaffte: „Frühstück?“

Ruth nickte, Anthony quiekte.

„Also dann. Rein mit euch.“

Sara war aus ihrem Dornröschenschlaf erwacht. Sie trug noch immer ihr langes weißes Nachthemd und huschte mit der Anmut eines Gespenstes um den Küchentisch herum. Als sie die Neuankömmlinge entdeckte, erstarrte sie zur Salzsäule, einen hübsch angerichteten Lachsteller in der einen Hand, die Kaffeekanne in der anderen. Auf der Platte hinter ihr verströmten frisch getoastete Bagels, Ahornsirup, Rühreier, gebratener Speck, Marmelade und Käse himmlische Düfte.

Verdammt und zugenäht. Wären Ruth und ihr Paradiesvogel nicht gewesen, hätte er sich umfassend bei Sara bedankt. Und zwar nackt.

„Ich nehme an, du bist genauso überrascht wie ich?", interpretierte er ihren Gesichtsausdruck.

Saras Züge vollzogen eine Wandlung von konfus über verwirrt bis hin zu wütend. Er war dabei gewesen, als sie auf dem Weg vom Krankenhaus zum Reservat mit Ruth telefoniert hatte, aber von einer Einladung war keine Rede gewesen.

„Was sucht ihr hier?"

Anthony ließ einen seiner theatralischen Seufzer erklingen, während Ruth mit den Schultern zuckte. Ihn schien diese Hütte durchaus anzusprechen, während die Lady ein Gesicht zog, als wäre sie in Hundekot getreten.

„Herb und spartanisch", befand Anthony. „So wohnt ein Naturbursche aus echtem Schrot und Korn. Sieh dir nur die Felle an. Und diesen Bogen. Gott, wie archaisch. Darf ich das Schlafzimmer sehen?"

„Nein", knurrte Makah.

„Zu schade."

„Nun ja." Ruth drehte eine Pirouette. „Es ist den Umständen angemessen, denke ich."

„Den Umständen?" Sara schien mit dem Gedanken zu spielen, die Kaffeekanne über Ruths Kopf auszugießen. „Hast du dir meine Fotos eigentlich jemals genau angesehen? Ich meine alle, auf denen er nicht zu sehen ist?" Sie deutete mit dem Finger auf Makah. „Ist dir klar, dass dieses Haus luxuriös ist, verglichen mit den Bretterhütten in diversen Slums? Ist dir bewusst, dass es Menschen gibt, die nicht fünftausend Dollar für ein Kleid ausgeben können, das sie nur einmal tragen? Die um ihr Überleben kämpfen und jeden Tag in Angst leben, ihre Kinder könnten verhungern oder erfrieren oder an Krebs erkranken, weil das Land von profitgierigen Konzernen verseucht wird, die das Schicksal der Reservatsbewohner einen Dreck interessiert? Elf Menschen sind in den letzten Wochen erfroren, Ruth. Und warum? Weil sie sich kein Heizmaterial leisten können. Willkommen in der dritten Welt. So sieht's aus. Und nein, es kommt nicht gut, hier mit einem Armani-Kleid und einer

Gucci-Tasche aufzulaufen."

Ruth machte einen empörten Eindruck. „Das ist keine Gucci-Tasche."

„Tut mir leid. Ich habe keine Ahnung von diesem Luxuskram."

Die Lady und der Paradiesvogel tauschten Blicke aus. Sie taten eine Weile nichts anderes, bis Sara abwinkte und sich zu ihm herumdrehte. „Lässt du uns bitte kurz allein? Ich muss ein paar Sachen klären."

Er nickte und warf ihr ein Lächeln zu, das besänftigend gemeint war, doch seine Wirkung verdampfte an der Hitze ihres Zorns. Er suchte Zuflucht im Schlafzimmer. Verhaltene Stimmen erklangen, kaum dass er die Tür schloss. Wenn Sara immer auf diese Weise mit ihrer Chefin umsprang, könnte man meinen, die Hierarchie sei umgekehrt. Blieb nur zu hoffen, dass er nicht die Schuld an ihrem Ausbruch trug und sie sich in Schwierigkeiten brachte. Ihre Selbstsicherheit beeindruckte ihn, gar keine Frage, aber ein gut bezahlter Job war heutzutage Gold wert, und wenn sie denselben wegen ihm verlor, würde er sich bis ans Ende aller Zeiten schuldig fühlen.

Wie auch immer, er musste dringend diese Klamotten loswerden. Sandkörnchen schabten über seine Haut, als er die klamme Jeans auszog, gefolgt von dem nassen T-Shirt und der Unterhose. Achtlos warf er die Sachen in die Ecke – morgen würde er ohnehin einen Waschtag einlegen müssen –, baute sich vor der verspiegelten Schranktür auf und musterte sich von Kopf bis Fuß. Er war eindeutig kräftiger geworden. Nicht nur die Narben waren Beweis dafür, welche Macht die Visionen besaßen, selbst auf das Hier und Jetzt bezogen. Makah spannte sich an. Muskelstränge traten hervor. Er war er selbst, und doch war er es nicht. Ziemlich abgefahren.

Jede Waschfrau hätte sich begeistert auf ihn gestürzt, um ihre Bettlaken auf seinem Bauch zu schrubben. Dank der harten Arbeit war er nie ein Hänfling gewesen, aber diese Muskeln waren eine Neuanschaffung. Kriege zu führen, Raubzüge zu begehen, Büffel zu jagen, Wettstreite auszufechten und wie ein Berserker über die Prärie zu preschen, holte aus dem Körper alles heraus.

Makah grinste sich selbst zu, fischte ein weißes Hemd aus dem Schrank, zog es an und ließ sich Zeit mit jedem einzelnen Knopf. Seine Gedanken kreisten nicht mehr um seinen neu modellierten Körper, sondern um Sara. Natürlich. Um was auch sonst. Sara nackt auf seinem Bett, auf dem Küchentisch, unter dem Tisch, auf dem Heu im Stall, im Fluss, im Gras. Sara von hinten, von vorn und von beiden Seiten.

Holy shit, kaum begann er zu denken, dachte er an Sex. Anscheinend warfen die Visionen auch noch seinen Hormonhaushalt durcheinander.

Die Gespräche draußen verebbten und liefen in Schweigen aus. Er hörte die Haustür zufallen, kurz darauf staksten Ruth und ihr Gockel den

Weg entlang. Erst jetzt sah er, dass in einiger Entfernung, halb verborgen von einem Pappelhain, ein Taxi wartete.

Es währte keine fünf Sekunden, bis Sara ins Schlafzimmer trat. Makah sog die Luft ein und witterte, dass sie im gleichen Maße hungrig war wie er. Noch immer trug sie ihr Nachthemd. Wie eine Seidenwolke schmiegte es sich um ihre vollkommenen Rundungen.

„Und?"

Sie atmete tief ein. „Alles in Ordnung. Ruth lässt mir so viel Zeit, wie ich brauche."

„Unter welcher Bedingung?"

„In der Küche steht ein Laptop mit Internet-Stick. Sie hat ihn extra für mich gekauft, weil sie geahnt hat, dass ich eine Weile hierbleiben will."

„Du würdest also erst mal von hier aus arbeiten?"

„Genau."

Das waren mal fantastische Neuigkeiten. Als wollte sie ihr neues, gemeinsames Leben mit einem Zeichen segnen, kroch die Sonne durch das Fenster und übergoss Saras Gestalt mit ätherischem Schimmer. Er biss sich auf die Unterlippe. Großer Gott, unter ihrem Nachthemd trug sie nichts. Rein gar nichts außer ihrem sinnlichen, prachtvollen Körper. Sämtliches Blut schoss in seine Lenden. Unmöglich, noch etwas Sinnvolles zu sagen. Unmöglich, überhaupt noch zu denken.

„Eins muss ich mal sagen." Ihr Lächeln machte der Sonne Konkurrenz. „Du hast damals fantastisch ausgesehen. Ich meine in voller Krieger-Montur."

Er grinste schief. „Genau. Wie Jake Sully im Finale von Avatar."

„Stimmt. Und du warst sogar blau."

Sara hielt sich den Bauch und lachte, bis ihr die Tränen in die Augen traten. Ehe er wusste, wie ihm geschah, hatte er sie bereits hochgehoben und gegen die Wand gedrückt. Großer Gott, er platzte gleich! Explodierte, wurde zur Supernova, löste sich in seine Atome auf.

„Habe ich nur damals fantastisch ausgesehen?"

Ihre Augenbrauen hoben sich. „Bist du etwa eitel?"

Doch ehe er antworten konnte, schlang sie ihre Beine um seine Hüften. Ihre Lippen berührten sich. Der Kuss wurde intensiver, feuchte Hitze begrüßte ihn. Ohne weiter nachzudenken, schob er das Nachthemd über ihre Brüste. Er küsste die harten Spitzen, nahm sie in den Mund und spürte, wie in seinem Gehirn und zwischen seinen Beinen ein Inferno loderte. Er konnte es nicht kontrollieren. Wollte es nicht. Er brauchte sie. Saras leises Wimmern legte die letzte Festung seines Verstandes in Schutt und Asche. Er war so hart, dass es wehtat.

Millimeter für Millimeter glitt er in sie. Endlich. Ihr Innerstes umfasste ihn, lockte ihn tiefer, die letzten Sekunden bröckelnder Beherrschung

auskostend. Einen Atemzug später versenkte er sich mit einer einzigen Bewegung in ihrem Schoß. Grundgütiger, sie fühlte sich unbeschreiblich an. Eng und glühend heiß. Die pulsierenden Muskeln, die ihn umfassten und willkommen hießen, machten ihn schier rasend. Sie drängte sich seinen Bewegungen entgegen, begrüßte seine Lust, sagte ihm, dass sie es genauso wollte und brauchte.

Aus. Schluss. Vorbei. Sein Denkvermögen verabschiedete sich gänzlich.

Die Holzwand knirschte und knackte. Seine Hüften übernahmen die Kontrolle. Er küsste Sara, durchbohrte sie, leckte ihren Schweiß, atmete den Duft ihrer Haut, umfasste ihren wundervollen Hintern und trug sie zum Bett. Selbst als sie beide ihren Höhepunkt gefunden hatten und die Erschöpfung die Oberhand gewinnen wollte, stillte das nicht ihren Hunger.

Kaum verebbte die gewaltige Woge, versenkte er sich erneut in ihren wunderbaren Körper und bewegte sich langsam und träge. Er sog alles in sich auf, was er fühlte. Ihr heißes, feuchtes Fleisch, das sich um ihn schloss und an ihm saugte. Ihren Atem, ihren Herzschlag. Die wundervolle Wärme zwischen ihnen. Und das unbeschreibliche Gefühl, wieder und wieder eins mit ihr zu werden. Währenddessen sprachen sie beide kein einziges Wort, denn mit Worten war ihre Vereinigung nicht zu beschreiben.

Als die Sonne ihren Zenit überschritt, lagen sie erschöpft nebeneinander, lauschten dem schweren Atem des anderen und glitten langsam, Hand in Hand, Seele in Seele, in den Schlaf.

Das Netz der Zeit ordnete sich neu. Für sie beide. Gemeinsam.

Naduah, 1846

Naduah kitzelte den dick eingepackten Quanah mit einer Häherfeder. Eingesperrt in sein Wiegenbrett, das am Stamm einer Pappel lehnte, wollte der Junge nach ihr schlagen, musste jedoch einsehen, dass er verschnürt war wie ein Braten. Sein winziger Mund verzog sich und entblößte einen einzelnen Zahn. Als die Feder unerreichbar blieb, zerrte er missmutig an der Schildkröte, die zusammen mit der kleinen, gepunkteten Eidechse an seinem Wiegenbrett gefestigt war.

Naduah kuschelte sich in ihren Kaninchenfellumhang und blickte auf. Nachdem tagelang Schneestürme über das Dorf gefegt waren und jede Beschäftigung im Freien unmöglich gemacht hatten, genoss man die Phase guten Wetters nun in vollen Zügen.

In pelzgefütterte Stiefel, Kleidung aus doppeltem Leder und ihren Kaninchenfellumhang gehüllt, machte ihr die Kälte ebenso wenig aus wie Quanah. Sein Gesicht glühte vor Aufregung, seine grauen Augen blitzten und ließen bereits den Schalk seines Vaters erkennen. Glucksend und blubbernd beobachtete er, was Nocona tat, und manchmal, wenn sein Gesicht sich verzog oder aufhellte, gewann Naduah den Eindruck, er fälle Urteile über die Arbeit seines Vaters.

Das Wasser hatte niemals zu Noconas erklärten Leidenschaften gezählt, ebenso wenig wie der Kanubau. Während viele Nunumu es liebten, den Fluss bis an die Grenzen der Jagdgründe zu befahren, zog er es vor, das Gefühl der Freiheit auf Cetans Rücken auszukosten. Bisher hatte sie es niemals gestört, aber jetzt, da Nocona an einem Kanu arbeitete, wann immer das Wetter es erlaubte, wurde sie mit jedem Tag ungeduldiger. Heute war es endlich so weit. Das prächtige Boot, aus einem Eichenstamm geschnitzt, war bereit für seine Einweihung.

Die meisten hielten Noconas Idee, zu dieser Jahreszeit ein Kanu zu bauen, für unnötige Mühsal. Dass er es dennoch tat, erfüllte sie mit Stolz. Ihr Mann war in vielerlei Hinsicht außergewöhnlich. Sein Stolz war legendär, und doch scheute er sich nicht, für seine Familie aus der Reihe zu tanzen und Spott auf sich zu nehmen. Kaum jemand reichte ihm im Kampf das Wasser, doch benötigte sie Hilfe im Haushalt, ging er ihr zur Hand und begegnete den belustigten Bemerkungen der Männer mit stoischer Miene. Sie wusste, dass selbst der eifrigste Spötter Nocona Respekt entgegenbrachte, und tat er es nicht, wurde er zu einem Wettkampf herausgefordert, der für gewöhnlich nicht gut für den Wagemutigen ausging. Sein Geschick im Kampf, seine Stärke und Schnelligkeit erlaubten ihm Freiheiten, von denen die meisten Krieger nur träumen konnten.

Nocona war erhaben über jede Stichelei und selbst erhaben über den eitlen Kodex der Männer. Vermutlich hätte er vor dem Zelt hocken und Mokassins besticken können, ohne dass es dem ihm entgegengebrachten Respekt geschadet hätte. Jungen und Frauen blickten bewundernd zu ihm auf, Männer strebten danach, ihm im Wettstreit ebenbürtig zu sein. Sie hielten ihn für unbeugsam und stark, aber sie wussten nicht, dass der Krieger, den sie verehrten, oft schweißgebadet aufwachte und in den Armen seiner Frau Trost suchte. Sie wussten nichts von den Albträumen und den darauf folgenden Momenten, in denen er vor Furcht wie versteinert war. Sie wussten nichts von den lautlosen, heimlichen Tränen, die sich aus seinen Augen stahlen, wenn er nicht schlafen konnte und glaubte, unbeobachtet zu sein.

Naduah liebte den Krieger, der sie mit seinem Leben beschützte, und den verletzlichen Mann, der in der Nacht zitternd in ihren Armen lag. Vielleicht war dies das Geheimnis. Den anderen in seinen verletzlichsten Momenten sehen. Geben und nehmen. Nichts verheimlichen.

Mit einem weichen Ledertuch fuhr Nocona über die Bemalungen, die er am Kanu angebracht hatte. Viele waren es nicht. Die wichtigen Darstellungen würde Quanah irgendwann selbst im Holz verewigen. Dinge, die er erlebte. Visionen, Träume und Abenteuer.

Naduah machte sich Sorgen, denn in letzter Zeit hatten die Kundschafter immer häufiger Wagenspuren gefunden. Am Ende seines Lebens würde das Kanu vermutlich mehr Geschichten vom Krieg als vom Frieden erzählen. Hoch oben auf den Staked Plains, in denen niemand außer dem Volk der Nunumu überlebte, gab es verborgene Schluchten. Wenn sie sich dort versteckten, würde niemand sie finden. Der Weg war beschwerlich. Alte und Schwache schafften es vielleicht nicht. Aber das Land der Cheyenne, das wie ein Puffer zwischen ihren Jagdgründen und dem Osten lag, war zu einem Ort des Krieges geworden. Und dieser Krieg bewegte sich mit jedem Tag weiter auf sie zu. Gut möglich, dass sie bereits im nächsten Jahr die gefährliche Reise wagen mussten.

Nocona stand auf und streckte seinen vom Arbeiten müden Körper. „Es ist so weit, seid ihr bereit?"

„Bist du dir deiner Sache sicher?"

„Die Flussgeister lieben unseren Sohn. Sie würden es niemals zulassen, dass ihm etwas geschieht."

„Das hoffe ich für dich." Naduah nahm die Trage samt Quanah und drückte sie an sich. Der Wind zerrte an ihren geflochtenen Zöpfen und fühlte sich an wie eiskalter Atem. „Wenn wir ins Wasser fallen, erfrieren wir alle drei."

„Ich schwöre, dass dieses Kanu nicht kentern wird. Was ist eigentlich mit dem Pelzkragen los?" Nocona nickte zum Hund hinüber, der platt

wie ein Ziesel am Boden lag und mit dem Schwanz durch den Schnee wischte.

„Quanah hat den ganzen Vormittag damit verbracht, ihn an den Ohren zu ziehen." Mit Noconas Hilfe stieg sie in das Kanu. Kaum hatte sie eine bequeme Sitzposition gefunden, schob er es ins Wasser und sprang selbst hinein.

„Hat er ihm das Fell am Hintern ausgerissen?"

„Ganze Büschel davon", bestätigte Naduah. „Du solltest Wanapin mehr Respekt zollen. Er ist der geduldigste Hund, den diese Welt je gesehen hat."

„Nein." Nocona grinste. „Er weiß nur, dass ich ihn rösten würde wie ein Kaninchen, wenn er meinen Sohn beißt."

„Das würdest du nicht. Ich sehe doch, wie du ihn kraulst und mit ihm redest, wenn ich nicht hinsehe."

Nocona warf ihr einen verschmitzten Verlass-dich-nicht-darauf-Blick zu. Mahto und Huka saßen am Ufer und füllten getrocknete Kräuter in Lederbeutelchen, die sie später an einen Zeltpfosten aufhängen würden, wo sie so lange baumelten und dufteten, bis ihr Inhalt als Würze oder Heilmittel gebraucht wurde. Als das Kanu an ihnen vorbeiglitt, blickten die beiden kopfschüttelnd auf.

„Fahrt nicht zu weit", bat Mahto. „Es ist Winter. Der Dämon des Frostes würde euch schneller töten, als ihr das Ufer erreicht."

„Wir sind bald zurück", rief Naduah. „Macht euch keine Sorgen."

Leidlich beruhigt nickte er, verpasste seiner Frau einen Klaps auf den Hintern und wich ihrer zuschlagenden Hand mit der Wendigkeit eines Halbstarken aus.

Naduah hielt Quanah im Arm und schnupperte an seiner lieblich duftenden Haut. „Ich hoffe, dass wir glücklich alt werden und unseren Sohn sehen, wie er stolz auf seinem Pferd sitzt und den Mädchen den Kopf verdreht."

„Bestimmt werden wir das." Nocona zog das Paddel durch das Wasser. Sanft glitt das Kanu in die Strömung hinaus. Kahle Bäume und bunte Zelte glitten an ihnen vorüber, stetig wie die dahinfließende Zeit. Winterruhe lag über dem Land. Kein Vogel durchmaß den Himmel, kein Tier zog seine Spur durch den Schnee. Nur Quanahs leises Glucksen und das Plätschern des Paddels hielten Naduah in der Wirklichkeit und erinnerten sie daran, dass sie noch jenseits des Landes der Ahnen existierten.

Sie blickte in die Fluten hinab und sah wirbelnde Schwärze, die an ihrem Geist zog und sie schwindeln ließ. Verwirrt heftete sie ihren Blick auf Noconas offen hinabfallendes Haar. Glänzend und schwer lag es auf dem Wolfspelz, ohne jede Zierde, nur versehen mit zwei geflochtenen

Strähnen, die am Hinterkopf mit einem Lederband zusammengehalten wurden. In nicht mehr ferner Zukunft würden diese Haare aussehen wie der Pelz, auf dem sie lagen. Silbergrau. Gezeichnet vom Fluss der Jahre. Die winzigen Finger seiner Enkel würden mit diesem Haar spielen, während er ihnen von seiner Jugend erzählte. Von der Großen Jagd, die er gemeinsam mit ihr bestritten hatte. Von dem gewaltigen Bullen und der furchtlosen Kriegerin, von der Kanufahrt auf dem Winterfluss und all den Kämpfen, die ihrer beider Leben erfüllten.

Die Melancholie, die Naduah überfiel, schmeckte bittersüß wie schwarze Fussbeeren. Sie fuhren den Strom hinunter, bis der Himmel über ihnen glühte und den Schnee in Blut tränkte. Als ihr Kanu wieder am heimischen Ufer anlegte, spannte sich über ihnen das Lapislazuliblau der Nacht, von funkelnden Wintersternen gesprenkelt. Mondschein floss über das Dorf und ließ jedes Zelt so scharf wie am Tag erscheinen.

Quanah war längst eingeschlafen, und er wachte nicht einmal auf, als sie sich in das Festzelt setzten, um Mahtowins Geschichten zuzuhören. Ohne auf die vielen Blicke zu achten, nahm Naduah das Gesicht ihres Mannes zwischen beide Hände und küsste ihn. Neid knisterte in der feuerwarmen Luft. So manche Frau hatte die Hoffnung noch nicht aufgegeben, dass Nocona von seinem Recht Gebrauch machen würde und weitere Frauen heiratete. Der kleine, schadenfrohe Dämon in ihrem Inneren sorgte dafür, dass sie ihren Mann noch inniger küsste, ihre Hand unter sein Hemd gleiten ließ und über seine von Gänsehaut überzogene Brust strich.

„Dir ist kalt." Ihre Finger neckten seine kleinen, harten Brustwarzen. „Ich könnte dich wärmen, aber das würde einigen hier nicht gefallen."

Mit spitzbübischem Grinsen rieb er seine Nase an ihrer. „Sag, mein Blauauge. Tust du das gerade, um die armen Täubchen dort drüben zu ärgern?"

Ertappt zog Naduah ihre Hand unter seinem Hemd hervor und spitzte die Lippen, was Nocona zum Lachen brachte.

„Dachte ich es mir doch. Kein Feind ist so schlimm wie eine eifersüchtige Frau. Merk dir das, mein Blauauge. Ich will nicht irgendwann von der Jagd zurückkehren und dich aufgeknüpft an einem Baum finden. Oder mit Honig eingeschmiert und gefesselt auf einem Ameisenhaufen."

Naduah schnaufte. An Noconas Brust gekuschelt, die sich beruhigend hob und senkte, mit Quanah auf ihrem Arm und umgeben von Menschen, die wie sie zwischen Müdigkeit und Neugier auf Mahtowins Geschichten schwankten, vergaß sie ihre niederen Anwandlungen und versank in der Behaglichkeit der Nacht. Rechts von ihr saß Kehala neben Makamnaya, ein Lächeln im Gesicht, das Naduahs Vermutung bestätigte. Sie fand Gefallen an dem sanften, gemütlichen Mann. Icabu wieder-

um zog eine säuerliche Miene und würdigte Makamnaya keines Blickes.

Als die Hand des dicken Kriegers Kehalas Schulter tätschelte, wurden nicht nur Noconas Augen groß. Das Mädchen erwiderte die Annäherung, indem sie sich an Makamnayas gewaltige Brust kuschelte. Der Blick des Kriegers wurde glasig. Icabu verfolgte die Szene mit mahlendem Kiefer und giftiger Miene.

„Er hat sie gefragt." Nocona gab ein verblüfftes Schnaufen von sich. „Und meine Schwester hat Ja gesagt."

„Das hat sie wohl." Naduah rekelte sich zufrieden. Dieser Winter war eine gute Zeit. Einsame Herzen fanden Erleichterung, niemand musste Hunger leiden. Hunderte Rohlederschachteln waren gefüllt mit Pemmikan und getrocknetem Obst, es gab Unmengen an Honig, gerösteten Nüssen, Talg zum Schmelzen, Trockenfleisch, eingelegten Pflaumen und Kürbissen. Ruhe hielt Einkehr in den Seelen der Menschen. Niemand dachte an die Jagd oder an den Krieg. Dem Winter wurde die Stille gelassen, für die er von Natur aus bestimmt war. Nocona streichelte ihr Haar und küsste ihre Wange. Quanah schlief friedlich in ihren Armen.

„Hört ihr sie?" Mahtowin legte eine Hand an ihr Ohr. „Hört ihr ihren Ruf, mit dem sie die Toten locken?"

Jeder Anwesende lauschte angespannt.

„Die Geister der Verstorbenen brauchen sich nicht zu fürchten, denn Mutter Eule und Vater Kojote werden sie an den Händen nehmen und in das Tal jenseits des Sonnenuntergangs führen, dorthin, wo der Sommer niemals endet und Schmerz und Leid nur ferne Erinnerungen sind."

Ein niemals endender Sommer? Naduah gähnte und überlegte, ob sie diesen Gedanken reizvoll fand. Nein, eher nicht. Sie mochte den Winter. Gestern hatte sie mit Nocona und den Kriegern Lacrosse gespielt, von Kopf bis Fuß weiß angepinselt und nur mit einem Schurz und einem Lederstreifen bekleidet, den sie sich um die Brust gewickelt hatte. Angesichts ihrer geisterhaften Erscheinung war Quanah in markerschütterndes Gebrüll ausgebrochen, bis er begriffen hatte, dass es sich bei dem unheimlichen Geschöpf um keinen Dämon, sondern um seine Mutter handelte.

Es waren gute, behagliche Monate, zumindest, sofern die Vorräte so üppig waren wie in diesem Jahr. Man brauchte den Winter, um die Wärme des Frühlings genießen zu können. Und man brauchte die flirrende Hitze und das verbrannte Gras im Sommer, um die Schönheit der schneebedeckten Prärie zu erkennen.

Der Abend im Festzelt verging wie im Flug. Viel zu schnell vergingen Stunden, Tage, Monde. Und viel zu schnell verging auch der erste Winter, den sie als Familie verbrachten.

Naduah 1847

Unwillig, die lieb gewonnene Gemeinsamkeit allzu schnell aufzugeben, blieben die Wasps auch dann noch im Lager der Quohadis, als die Bäume frisches Grün zeigten und Blumen das Gras schmückten. Naduah freute es, denn so konnte sie den Frühling genießen, ohne Mahto und Huka vermissen zu müssen.

An einem herrlichen Morgen, als sie mit Nocona und ihrem Sohn im Fluss badete, stürmten zwei Kundschafter auf schweißbedeckten Pferden in das Dorf und fielen erschöpft von den Rücken ihrer Tiere.

„Ein Treck", riefen sie. „Zwei Dutzend Planwagen, viele Pferde und Rinder, viele Waffen. Sie ziehen von West nach Ost."

„Von West nach Ost?" Nocona hatte sich, ebenso wie sie, notdürftig eine Decke um die Hüften gewickelt. „Warum in diese Richtung?"

„Vielleicht haben sie ihr Ziel gefunden und wollen anderen den Weg weisen." Naduah presste Quanah mit einer Hand an ihre Brust und versuchte mit der anderen, die Decke festzuhalten. „Wenn das passiert, kommt bald eine ganze Flut."

„Sie dürfen niemals den Osten erreichen." In Noconas Stimme lag keine Leidenschaft. In ihm brannte nicht mehr das Feuer des Kriegers, der nach dem Kampf dürstet, sondern die Sorge eines Ehemanns und Vaters. Wie ein klarer Himmel, der von Wolken bedeckt wurde, verschwand der Sanftmut aus seinen Augen. Naduah fröstelte. Vater oder nicht, Nocona würde sein Leben stets hinter das ihre zurückstellen. Das Leben eines Lanzenträgers gehörte dem Volk. Er existierte, um es zu schützen.

Seine Hand legte sich auf ihre Schulter. „Bleib bei unserem Sohn, Naduah."

„Aber ich will mit euch kämpfen." Ihr Herz hämmerte wild gegen den Brustkorb. „Ich ertrage es nicht, wenn …"

„Nein!" Noconas Stimme war scharf, doch er milderte ihren Klang, indem er zärtlich über ihr Haar strich. Sacht berührten seine Lippen ihre Stirn. „Jedes Kind braucht seine Mutter. Du musst bei ihm bleiben."

„Und jedes Kind braucht seinen Vater." Sie wollte toben und fluchen und die Haarlippen mit ihren Zähnen zerreißen, weil sie ihre Welt wieder und wieder zu überschwemmen drohten. „Lass mich mit euch kämpfen."

„Nein, mein Blauauge. Das lasse ich nicht zu."

Tränen brannten in ihren Sorgen. Diesmal fühlte es sich anders an. Nicht wie sonst. Etwas Böses würde geschehen. „Ich habe Angst. Ich ertrage es nicht, dich zu verlieren."

„Ich komme zurück." Nocona wich vor ihr zurück. „Das schwöre ich

dir. Wartet auf mich. Ihr seid der Grund, warum ich lebe. Deswegen komme ich zurück. Bleib bei unserem Sohn und warte auf mich. Versprich es mir."

Etwas an seiner Stimme erstickte jede Entschlossenheit in Naduah, sich über diese Bitte hinwegzusetzen.

„Ich verspreche es", hörte sie sich flüstern.

Makah, 2011

Gleichzeitig öffneten sie die Augen. Eine Weile lagen sie lautlos atmend nebeneinander, so fest ineinander verschränkt, wie es ihre Körper zuließen, sahen sich an und lasen in den Gedanken des anderen.

Das Gefühl, aus einer gemeinsamen Vision zu erwachen, Arm in Arm zurückzukehren von einer Reise aus einem Leben, das man vor langer Zeit geteilt hatte, war unbeschreiblich.

Als Sara den Mund öffnete, um etwas zu sagen, legte er ihr sanft einen Finger auf die Lippen. Er sah den Schmerz in ihren Augen, die Enttäuschung und die Wut. An jedem dieser Gefühle trug er die Schuld. Sie war ein Kätzchen, das kratzen wollte, also musste er es fürsorglich im Nacken packen, um keine Schrammen davonzutragen.

„Sag nichts", raunte er. „Ich weiß, was du denkst."

„Ach ja?" Sie fegte seine Hand zur Seite und entwand sich seinen Armen. Ihre Scham streifte seinen Oberschenkel, als sie sich über ihn schob. Ein Knurren grollte tief in seiner Brust. Die Tatsache, dass sie nackt auf ihm kauerte, ließ seine Kehle verdorren wie einen Bach im Hochsommer der Staked Plains. Sein Körper schrie danach, sich mit ihr zu vereinen, wieder und wieder, doch sein Geist brachte ihn zur Räson.

„Ihr Kerle wart doch schon immer bescheuert", sagte sie. „Kämpfen, erobern, sich prügeln, plündern, Krieg führen. All diese destruktiven Handlungen. Eurer Reviergetue ist ein echtes Problem, wisst ihr das? Die Welt wäre besser dran, wenn man die Wurzel eurer Unausgeglichenheit entfernen würde."

„Und woher kommen dann die Babys?"

„Reagenzglas."

„Wie langweilig." Makah schnalzte mit der Zunge. „Dann sollte jemand dringend Vibratoren entwickeln, die Rasen mähen und den Müll runtertragen können."

Sara sah ihn an. Er lauerte auf einen Moment, in dem sein fauchendes Kätzchen unaufmerksam war, bekam ihn keine drei Sekunden später und warf sie herum. Ihren heißen, nackten Körper unter sich zu spüren, der sich empört hin und her wand, war Gift für seine Beherrschung.

„Was denn?", empörte sie sich „Es stimmt doch. Wenn eine Frau schlechte Laune hat, geht sie einkaufen. Hat ein Mann schlechte Laune, geht er los und macht irgendwas platt."

„Ich bin nur in den Krieg gezogen, um mein Dorf zu verteidigen. Um dich und Quanah zu beschützen. Wir waren nicht diejenigen, die angefangen haben."

„Tzzzz. Und was ist mit all den Raubzügen?" Sie ahmte eine dunkle,

testosterongeschwängerte Stimme nach. „Heute ist ein schöner Morgen. Was machen wir denn? Negative Schwingungen verbreiten? Au ja, lasst uns losreiten und den Osage ein paar Pferde stehlen. Nein, Moment, machen wir lieber ein paar Apachen die Hölle heiß. Ich habe seit mindestens einem Tag keine Nase mehr gebrochen. Ich muss sinnlos mit der Lanze rumfuchteln, ein paar Skalps nehmen und rumprotzen. Nur damit auch alle sehen, wie …"

Sie war hinreißend. Er erstickte ihr Geschimpfe mit einem Kuss.

„Ist ja gut", murmelte er an ihren Lippen. „Beruhige dich wieder."

„Ständig zieht ihr in den Krieg. Ständig müsst ihr …"

Wieder ein Kuss. Er packte ihre Hände und drückte sie in die Matratze. Saras Beine spreizten sich unter seinem Gewicht. Sie war wütend, nein, ängstlich, aber ihr Körper hieß ihn wieder willkommen. Ihr Schoß war heiß und einladend, und er hart wie Granit.

„Ihr Männer zieht … oh Gott!"

Mit einer trägen Bewegung glitt er in sie.

„… durch die Weltgeschichte und …"

Ein sanfter Stoß, ein drängender Kuss. Die Berührung ihrer Zungenspitzen.

„… macht alles kaputt. Euch interessiert doch nur …"

Langsam bewegte er seine Hüfte vor und zurück, hin und her, tauchte genüsslich in sie ein. Sara schimpfte weiter.

„…Macht und Prahlerei und all dieser Mist … mhmmm … Allmächtiger … mach weiter, das ist … oh Gott …"

Er saugte ihr Ohrläppchen zwischen seine Zähne und knabberte daran. Oh ja, sie fühlte sich wunderbar an. Ihr Körper war wie für ihn geschaffen. Eine sinnliche Nymphe aus seinen heißesten Träumen. Für immer und ewig wollte er in ihr sein.

Die Lippen an ihre geschmiegt, flüsterte er in ihr Ohr, während er seine Bewegungen noch weiter verlangsamte und jeden Millimeter Reibung auskostete. „Du hast recht, mein Blauauge. Wir sind schlimme Kreaturen. Wild und animalisch. Unbeherrscht und triebhaft. Dumm und machtlüstern. Ja, lüstern. Immerzu. Bis in alle Ewigkeit. Ich lasse dich nie wieder raus aus diesem Bett. Und ich gehe nie wieder raus aus dir."

Erneut trieben sie sich zur höchsten Ekstase, doch diesmal war es ein langsam glühendes, laszives Feuer, das sich Schritt für Schritt zu einem Flächenbrand ausweitete.

Als sie sich irgendwann unwillig voneinander trennten, und das auch nur, weil ihnen vor Hunger und Durst schwindlig wurde, schlotterten ihm vor Wonne die Knie. Während Sara in ihr weißes Nachthemd schlüpfte, band er sich lediglich ein Laken um die Hüfte.

„Ich könnte einen ganzen Ochsen verspeisen", stellte er fest. „Wir ha-

ben nicht mal gefrühstückt."

„Aber genascht jede Menge." Sie leckte sich über die Lippen, trat zu ihm und strich mit ihren Fingerspitzen über seine Narben. Andächtig und versunken. In ihrer Miene spiegelte sich eine Vielzahl von Gefühlen.

„Sara?"

„Hm?"

„Zieh um Gottes willen was unter dieses Hemd. Wenn ich sehe, dass du darunter nackt bist, kann ich mich nicht beherrschen."

Sie beugte sich vor und küsste die lange, feine Narbe an der Seite seines Halses. Es fühlte sich gut an. Süchtig machend. Wundervoll. Den Ursprung dieser Male streifte er nur flüchtig in Gedanken. Das Glück der Gegenwart war wichtiger als dunkle Schatten aus Zeiten, die ohnehin längst vergangen waren.

„Ich frage mich gerade, ob ich das will." Ihre Stimme glich einem Schnurren. „Beherrschen? Wie langweilig."

„Du siehst müde aus und ich weiß nicht, ob ich zu der Gesundung deiner Gehirnerschütterung beitrage, wenn ich die Finger nicht vor dir lassen kann."

Sara zuckte gleichmütig mit den Schultern, zog sich gehorsam um und trug nun eine Jeans und einen leichten, rauchgrauen Rollkragenpullover. Ja, sie sah müde aus. Glücklich, aber ausgezehrt. Vielleicht war es nicht gut gewesen, sie kurz nach ihrem Unfall derart zu stressen.

Reumütig tauschte er sein Laken gegen eine schwarze Leinenhose und ein schwarzes T-Shirt, um ihnen beiden die vorübergehende Enthaltsamkeit zu erleichtern. Bis morgen Abend würde er dafür Sorge tragen, dass sie sich nicht noch einmal überanstrengte.

In der Küche angekommen wies er auf das Sofa.

„Am besten du legst dich hin. Ich mache das Frühstück. Keine Widerworte, Weib."

Sie grinste, zeigte ihm einen Vogel und ließ sich auf das Polster fallen. Ein stummes Eingeständnis, dass sie mit ihrer Energie am Ende war. Staubwolken stiegen auf, blieben aber unbemerkt. Er musste dringend aufräumen und putzen. Grellrot prangte die Narbe auf Saras Stirn. Er streichelte das Mal, küsste es und fuhr ihr zärtlich über das zerzauste Haar. Unvermittelt wurde Saras Gesicht melancholisch.

„Stimmt etwas nicht?"

Sie seufzte. Ihre Augen begannen nass zu schimmern. Dann, als sie mit einer Hand über ihren Bauch strich, wurde ihm alles klar.

„Du vermisst Quanah", sagte er leise.

Eine Träne rollte über ihre Wange, als sie nickte. Es krampfte ihm das Herz zusammen, ihren Schmerz zu sehen und ihn nicht lindern zu können. Doch es war nicht nur das. Die Erinnerung an ihren gemeinsamen

Sohn war so lebendig, dass es, als er sie zuließ, auch ihm den Atem abschnürte.

Makah wollte etwas sagen. Etwas Hilfreiches, Tröstendes, doch jedes Wort blieb ihm im Hals stecken.

Ihr macht mich sehr, sehr glücklich …

Wir nennen ihn Quanah. Süßer Duft.

Benommen gab er ihr einen Kuss auf die Stirn, hielt sie im Arm und hoffte, durch seine Nähe zu trösten. Seine Gedanken kehrten zu jenem Frühlingstag zurück, und als er wieder den Geruch der Blumen am Fluss einatmete, hätte er vor Sehnsucht fast laut aufgestöhnt.

„Er ist eine Legende geworden“, flüsterte Sara. „Ein großer Kämpfer.“

Makah streichelte noch einmal ihr Haar, dann stand er auf und machte sich daran, den Tisch umzuräumen. „Er war immer ein großer Kämpfer.“ Sein Hals zog sich schmerzhaft zusammen. „Wir können stolz auf ihn sein. Warst du jemals an seinem Grab?“

„Ja. Am Tag vor meinem Museumsbesuch.“

Tränen stiegen ihm in die Augen. Er versuchte, sie zurückzuhalten, kämpfte gegen die Klingen in seinem Hals und bearbeitete eine Spur zu verbissen die Bagels. „Dann bist du stärker als ich. Ich habe es nie gewagt.“

„Lieber erinnere ich mich an damals, als vor einem kalten Stein zu stehen. Wenn ich die Wahrheit gekannt hätte, wäre ich wohl nicht zu ihm gefahren.“

„Doch.“ Makah wischte sich verstohlen mit einem Ärmel über die Augen. „Du hättest ihn besucht. Man sollte euch das starke Geschlecht nennen.“

Er hörte Sara leise lachen. Es klang matt, traurig und sehnsüchtig. „Denkst du, wir werden wieder …“

Ihre Frage endete in Schweigen und schwebte erwartungsvoll im Raum. Makah hätte um ein Haar den Bagelkorb fallen gelassen. Sara und er. Auch in diesem Leben Eltern. Mein Gott. Das war ein Traumgebilde, nach dem er kaum zu greifen wagte. Sein Herz hämmerte wild gegen den Brustkorb, seine Hände zitterten. Während er begann, ein paar Spiegeleier zu braten, den Tisch neu deckte, zu guter Letzt einen Topf mit Haferbrei kochte, ihn in zwei Schälchen anrichtete und mit Pfirsichspalten garnierte, verselbstständigten sich seine Gedanken und malten farbenfrohe Bilder einer Zukunft, von der er nicht wusste, ob sie jemals Wirklichkeit werden würde.

Ein Sohn … oder eine Tochter. Er könnte ihnen das Reiten beibringen, mit ihnen angeln gehen, Äste für Pfeile und Baumstümpfe zum Schnitzen sammeln. Ihnen Geschichten erzählen, ihnen Unsinn beibringen, mit ihnen bangen und hoffen.

Und um sie Angst haben. Es waren andere Zeiten. Vielleicht keine besseren, aber dafür friedlichere Zeiten.

„Darf ich die Lady bitten?" Galant schob er einen Stuhl zurück und neigte den Kopf. „Heute werde ich dich nach Strich und Faden verwöhnen, ob du willst oder nicht. Nur damit du nicht denkst, ich wäre durch und durch ein destruktiver Barbar."

„Hmmm…", säuselte sie, lief etwas schwankend zum Stuhl und nahm Platz.

„Du wirst heute früh ins Bett gehen", befand er. „Und dich richtig ausschlafen. Verstanden?"

„Verstanden."

Er goss ihr Kaffee ein, setzte sich und studierte ihr blasses, von Schatten gezeichnetes Gesicht. Saras durch und durch weibliche Schönheit bezauberte ihn, aber hier und heute war es die Schönheit eines Gespenstes. „Geht es dir gut?"

„Es ging mir nie besser."

„Schön. Ich habe eine Bitte an dich. Wirst du sie mir erfüllen?"

„Das kommt auf die Bitte an." Sie zwinkerte verschmitzt. „Aber zu 99,8 Prozent würde ich sagen: Ja."

„Wir müssen Bella besuchen. Irgendwann die Tage. Ist das in Ordnung für dich?"

Sara schien plötzlich in Gedanken weit fort zu sein. Ihre Stimme klang, als redete sie im Schlaf. „Sicher. Wann immer du willst. Makah, was für Visionen kamen zu dir, als du das letzte Mal dort warst? Ich meine, in der Vergangenheit."

Er schwieg ein paar Momente lang mit geschlossenen Augen. Die Stille im Haus summte in seinen Ohren. Zumindest, wenn es in den Holzbalken nicht gerade knirschte und knackte.

„Uns wurde Quanah geschenkt", antwortete er. „Wir durchlebten unseren ersten gemeinsamen Winter. Ich baute für ihn ein Kanu. Dann wurde es Frühling, und wir bekamen die Nachricht, dass ein Trupp von West nach Ost zieht."

„Ich wusste es. Wir haben die gleiche Zeitlinie." Sara klammerte sich an ihrer Kaffeetasse fest, während sie angestrengt nachzudenken schien. „Du hast genauso viel gesehen wie ich. Du bist genauso weit wie ich."

„Der einzige Unterschied liegt also in den Uhrzeiten."

„Ja, aber das scheint keine Rolle zu spielen. In der Summe erleben wir dieselbe Zeitspanne. Wenn ich ein Jahr erlebe, erlebst auch du ein Jahr. Wir sind gekoppelt."

„Klar sind wir das." Seine Gedanken wurden lasziv. „Ich könnte mich schon wieder mit dir verkoppeln. Wir könnten uns von morgens bis abends verkoppeln. Eigentlich denke ich nur noch ans … verkoppeln."

Sara errötete auf eine Weise, dass er laut aufstöhnte. Gott, er wollte den Rest seines Lebens damit verbringen, sie anzustarren, zu berühren, zu lieben.

„Was denkst du, warum wir es alles noch einmal erleben?“ Ihr verlegenes Lächeln wollte nicht zu einer taffen New Yorker Verlagsfrau passen. Viel eher hüllte sie sich in die Aura der sprichwörtlichen Unschuld vom Lande. „Ich meine, das muss doch einen tieferen Sinn haben. Sollen wir was daraus lernen? Fehler erkennen? Selbstreflexion betreiben? Oder hat unsere Begegnung einfach einen Schalter umgelegt und die Visionen sind die zwingende Folge eines Kurzschlusses?“

Makah kaute auf dem Bagel herum, während er grübelte. Gute Fragen. Wenn er jetzt noch die passende Antwort fand, war er ein glücklicher Mann. „Um uns zu erinnern“, mutmaßte er. „Um unsere Vergangenheit aufzuarbeiten. Um zu verstehen.“

„Vielleicht sollen wir etwas verstehen, das wir damals nicht verstanden haben. Es muss etwas bedeuten. Für unser jetziges Leben. Gut möglich, dass auch Isabella dabei eine Rolle spielt. Alles, was passiert ist, kann doch kein Zufall sein. Da fehlt noch was. Ein Teil. Etwas, damit es … verflixt, ich verliere den Faden.“

„Vielleicht ist Bella jemand aus unserer Vergangenheit.“ Makah lehnte sich zurück und hielt das Gesicht in den Sonnenstrahl, der durch das Fenster fiel. „Ich wüsste nur keinen, auf den ihr Charakter passt.“

„Was, wenn sie erst noch ins Spiel kommt?“

Makah nickte, denn mehr fiel ihm nicht dazu ein. Er wusste, dass Bellas Aufgabe in diesem Spiel noch nicht vorbei war. Er spürte es als kalten Klumpen in seinem Magen und als dumpfe Ahnung in seinem Nacken, und beides wurde kontinuierlich kälter und dumpfer.

In gemeinsamem, schweigendem Nachdenken machten sie sich über das späte Frühstück her, aßen, bis es ihnen fast zu den Ohren herauskam, tranken einen Becher Kaffee nach dem anderen, lächelten einander zu und liebkosten sich mit Blicken. Einmal glaubte er, draußen einen Schatten zwischen den Pappeln gesehen zu haben, doch als er aufstand und hinausging, war nichts mehr zu sehen. Höchstwahrscheinlich war er übermüdet, oder einer der Dorfbewohner kundschaftete die Neuigkeiten aus, die zweifellos bereits ihre Runde gemacht hatten.

Makah setzte sich wieder zu Sara an den Tisch und dämmerte selig in den Nachmittag hinein. Als der Wind zu heulen und zu klagen begann, glaubte er, ein Frühlingssturm ziehe herauf.

„Klingt gruselig, hm?“

Sara blinzelte. „Was meinst du?“

„Hörst du nicht den Wind?“

„Nein, es ist mucksmäuschenstill.“

Er schluckte, stellte den Kaffeebecher auf den Tisch und lauschte. Das Heulen wurde lauter. Sturmwind rauschte in mächtigen Baumkronen, der Geruch der Nacht wehte um seine Nase. Pferdehufe trommelten auf trockene Erde.

Eine Vision. In seinem Kopf summte und vibrierte es.

„Alles in Ordnung?“ Sara stand vor ihm, ohne dass er gesehen hatte, wie sie aufgestanden war. Im Augenwinkel tauchte ein schwarz-rot bemaltes Gesicht auf, gekrönt von gefärbten Stachelschweinborsten. Die Helligkeit des Tages wurde zur Finsternis der Nacht.

„Da vorn!“, brüllte jemand. „Zur Schlucht!“

Der Tag kehrte zurück. Er war im Hier und Jetzt. Sara legte ihre Hand auf seine Wange … Blackout … er sah Baumstämme im Dunkeln an sich vorüberrasen … spürte den zuckenden Pferdeleib unter sich … wieder Schwarz … Saras Hände, die ihn betasteten, ihre Stimme, die auf ihn einredete.

Die Welt kippte.

Nein, nicht die Welt.

Er selbst, und zwar im Zeitlupentempo von seinem Stuhl.

Nocona, 1847

Der Treck saß in der Falle. Die Menschen dort unten waren ahnungslos.

Wie eine klaffende Wunde zog sich die Schlucht durch die Prärie. An ihrem Grund entlang zu reisen war bequem, aber hier, wo sie sich verengte und zwischen dem Fluss und den rostroten Klippen kaum Platz ließ, zeigte sich der Nachteil der leichten Reise. Wer hier rastete und überfallen wurde, fand kaum eine Möglichkeit zur Flucht. War es Dummheit oder Berechnung, die die Siedler dazu gebracht hatte, hier ihr Lager aufzuschlagen? Nocona erkannte keine Soldaten unter ihnen. Beschützt wurden die Reisenden lediglich von einer Handvoll bewaffneter Scouts.

Planwagen reihten sich zwischen Zwergeichen und Walnussbäumen kreisförmig aneinander. Zwei Wachmänner saßen an einem abseits gelegenen Feuer, drei Dutzend Pferde und eine Herde langhorniger Rinder drängten sich in einem provisorischen Verschlag. Leichte Beute, sollte man meinen. Aber vielleicht nur auf den ersten Blick. Der Kundschafter hatte davor gewarnt, dass der Treck viele Waffen besäße.

Doch er konnte sie nirgends ausmachen. Eine Zeitlang beschränkte er sich auf stilles Beobachten, lauschte seinen Instinkten und strich in langsamen, konzentrierten Bewegungen über das Leder seines Kriegshemdes. Naduah war das Kunststück gelungen, es samtweich zu gerben. Er befühlte den Schmuck aus Silberplättchen, Knochen und Fransen so seelenruhig, als läge ihm alle Zeit der Welt zu Füßen. Schließlich hob er mit gebieterischer Miene die Hand, um seine vor Ungeduld schäumenden Krieger zu beruhigen. Schweiß glänzte auf bemalten Körpern, Muskeln und Sehnen zuckten, Finger schlossen sich um Bögen, Äxte und Speere, begierig aufs Töten.

Unter ihnen in der Schlucht blieb es ruhig. Zwischen den licht stehenden Bäumen, die das Lager umgaben, regte sich nichts. Keine heimlichen Armeen. Keine versteckten Soldaten. Anscheinend hatten die Späher etwas gesehen, das nicht existierte. Aber das war unwahrscheinlich. Vielleicht war das dort unten nicht der Treck, auf den sie getroffen waren. Zweifellos die wahrscheinlichere der beiden Möglichkeiten, aber äußerst beunruhigend. Nocona leerte seinen Geist von Gefühlen. Er sah weder die Frauen noch die Kinder. Nur Eindringlinge, die niemals ihr Ziel erreichen durften.

Später, wenn die Schlacht beendet war, mussten erneut Späher ausrücken, um nach einem eventuell vorhandenen zweiten Treck zu suchen. Die Zeit nach dem Krieg war die Zeit vor dem Krieg.

Wieder gab er ein Handzeichen und deutete nach Westen. Eine Grup-

pe von zehn Kriegern bewegte sich lautlos in die angezeigte Richtung. Ein zweites Zeichen schickte ebenso viele Männer ostwärts. Still und heimlich riegelten sie die Schlucht ab, gingen in Position und bereiteten sich darauf vor, Flüchtende mit schnellen Schüssen aus dem Dunkeln abzufangen.

Unheilschwangere Stille summte in Noconas Ohren. Die Blätter der Bäume rauschten, ein Hund kläffte. Vielleicht hatte der aus Westen wehende Wind ihm die Witterung der Männer zugetragen. Die Wachmänner erhoben sich und spähten ins Dunkel, gaben jedoch keinen Alarm. Das Lager blieb ruhig. Jemand spielte auf einer Flöte, was Noconas gefrorenen Geist zum Schmelzen brachte, denn das Instrument klang wie einer der hohlen Knochen, auf denen Kehala gern ihre Melodien spielte.

Entschlossen wischte er seine Gefühle beiseite. Das hier war keine Zeit, schwach zu werden. Hier und jetzt galt nur ein Gesetz: Wir oder unsere Feinde.

Niemand durfte überleben und seine Nachricht in den Osten tragen. Keine einzige Seele. Aber was würde er tun, wenn es galt, Kinder und Frauen zu töten? Kinder, die ihn an Quanah erinnerten. Frauen, in deren Augen er Naduah oder Kehala sah? Nocona legte seine Hand auf Cetans dampfenden Hals und schloss die Augen. Verfluchte die Zeit, in die er hineingeboren worden war. Verfluchte den Frieden, der nur durch Tod bewahrt werden konnte.

Als er einen Blick auf Icabu warf, sah er nichts als blanke, nach Befriedigung schreiende Mordlust. Viel zu nah an dem Wahnsinn, den er damals in den Augen der Trapper erblickt hatte. Die Erscheinung seines Freundes war eine der Furchterregendsten im ganzen Trupp. Schwarze und rote Farbe bedeckte sein dünnes, scharfes Gesicht, ein Fächer aus Stachelschweinborsten ragte von seinem Hinterkopf auf, getrocknete Skalps baumelten an seinem Gürtel und am Grashalfter seines Pferdes. Makamnaya hätte keinen größeren Kontrast zu diesem Dämon bilden können. Unglücklich hockte er auf seinem Pferd und schien sich weit fort zu wünschen.

„Tu es endlich.“ Icabu ließ sein Pferd steigen. „Worauf wartest du, großer Lanzenträger? Ich will ihr Blut schmecken. Ich will ihre Kehlen aufschlitzen. Sie liegen dort unten wie Rehkitze und warten auf ihren Tod.“

Nocona blieb starr. Sein Instinkt flüsterte ihm zu, dass es noch nicht so weit sei. Noch einen Moment. Die Farbe auf seinem Gesicht trocknete und spannte. Naduah hatte ihn mit blassen, roten Schlangenlinien verziert, das gleiche Muster wie bei seiner ersten Schlacht im Fort Parker. Ihm war, als spürte er noch immer die Wärme ihrer Finger. Wo war das leidenschaftliche Fieber, das ihn sonst befallen hatte, wenn er in den

Krieg zog? Wo war sein kämpferisches Feuer?

Schwäche machte seine Glieder schwer, doch er durfte sich ihr nicht hingeben. Frieden würde es erst geben, wenn sie die Flut aus Eindringlingen endgültig zum Versiegen gebracht hatten.

Er hob den Arm und gab den drei wartenden Kriegern an der Spitze das Zeichen zum Angriff. Damit war der Tod der Siedler beschlossen. Alles ging einfach und schnell. Mithilfe von Pumafellen versetzten die Männer die Rinder und Pferde in Panik, die erschrockenen Tiere rissen ihr Gatter ein, machten Zelte dem Erdboden gleich und trampelten alles nieder, was ihnen im Weg stand. Der Triumph katapultierte Nocona zurück in jene Zeit, da er nichts anderes gewesen war als ein Krieger, geboren, um für das Wohl seines Volkes zu kämpfen und zu töten. Der Geschmack nach Vernichtung lag bereits auf seiner Zunge. Bittere Süße, schale Befriedigung.

Icabus Pfeil durchschoss die Kehle eines Wachmanns. Schreie endeten in feuchtem Gurgeln. Eine Frau kreischte. Nocona stieß seinem Hengst die Hacken in die Flanken. Die Kraft des Tieres explodierte und trug ihn mitten hinein in das Chaos. Seine Pfeile töteten drei Menschen, ehe Cetan den Ring aus Planwagen durchbrach und die errichteten Palisaden mit einem gewaltigen Satz überwand.

Der Widerschein brüllender Flammen tauchte den Nachthimmel in die Farbe verfaulter Kürbisse. Wie damals, als er Naduah das erste Mal begegnet war. In der Hölle von Fort Parker. Die Siedler starben schnell, fanden kaum Gelegenheit zur Gegenwehr. Der letzte noch lebende Scout schlug Haken wie ein Hase, während er sein Gewehr stopfte. Nocona glitt vom Pferd, riss den Mann zu Boden und zögerte keinen Augenblick, denn hätte er das getan, wäre die Todesangst in den Augen seines Opfers in seine Seele eingedrungen. Mit einem schnellen Schnitt durchtrennte er die Kehle des Mannes. Blut besudelte in heißen Schwallen sein Gesicht. Glutheißer Wind fuhr ihm durch das Haar und brannte auf seiner Haut.

Ohne innezuhalten stürzte er sich auf sein nächstes Opfer. Instinkte führten seine Waffen, ließen ihn das heillose Chaos durchblicken und drängten alles, was ihn geschwächt hätte, entschlossen beiseite.

Er zog sich wieder auf Cetans Rücken, tötete einen Mann mit seiner Lanze, packte einen zweiten bei den Haaren und stach ihm die Klinge ins Genick. Der Hengst schleuderte den toten Körper beiseite, während Nocona das Messer auf einen absurd fetten Mann schleuderte. Die Waffe bohrte sich in die Schulter des Gelben Haares und ließ ihn vor Icabus Füßen zu Boden gehen. In Windeseile fiel der Krieger über den Unglücklichen her, riss ihm mit einem einzigen, präzisen Schnitt den Skalp vom Schädel und schwenkte ihn johlend umher. Als Icabu das Messer

erneut ansetzte, um seinem Opfer den Wanst aufzuschneiden, legte Nocona einen Pfeil an und beendete das Leben des Mannes mit einem Schuss in die Stirn.

„Er sollte leiden“, brüllte Icabu. „Seine Schreie hätten mich noch Tage später in den Schlaf gewiegt.“

„Willst du sein wie die Tonkawa und ohne Ehre auf deine Ahnen treffen?“

„Ich gebe diesen Maden nur, was sie verdienen.“ Icabus Blick huschte umher, entdeckte eine Gruppe Krieger, die einen Mann an ein Wagenrad banden, und wurde von eisiger Gier durchdrungen. „Ich hole mir, was ich will. Feiere du den Sieg auf deine Weise.“

Sein Freund stürmte davon, gierig danach, dem Leiden des Unglücklichen beizuwohnen und seinen Durst nach Rache zu stillen. Nocona wusste, was folgen würde. Taub und blind für die Angst des Mannes schichteten die Krieger Holz um den Gefesselten auf, zündeten es an und traten zurück. Binnen kürzester Zeit leckte das Feuer an der Haut des Opfers. Nocona legte einen Pfeil auf die Sehne, um das traurige Schauspiel zu beenden, doch der Große Geist war schneller. Er löschte das Leben des Mannes aus, was die Krieger in herbe Enttäuschung stürzte.

Wie eine Meute ausgehungerter Kojoten zogen sie weiter und durchwühlten alle Planwagen, die noch nicht brannten. Sie brachen Kisten auf und warfen das, was sie für nutzlos hielten, beiseite. Die wertvollen Habseligkeiten legten sie auf einen Haufen, um später die Packpferde damit zu beladen. Etwa ein Dutzend Weiße waren noch am Leben. Die Verwundeten wurden den Jungen überlassen, die noch nicht die Kriegerwürde erlangt hatten. Manche waren gnädig und töteten schnell, andere fanden Spaß am Quälen und traktierten ihre Opfer mit Messern und brennenden Ästen.

Naduahs und Quanahs Gesichter standen ihm vor Augen. Er musste hier weg. Nur weg. Angewidert von all dem Tod ging er zu Cetan und lehnte sich gegen den verschwitzten Leib seines Hengstes. Überall Ströme von Blut. Sein Gesicht troff davon, seine Hände und Haare waren besudelt. Vollgesogen mit dem Leben seiner Feinde klebte ihm die Kleidung am Körper. Nocona wurde schlecht davon.

Wilder Tumult weckte ihn nach kurzer Zeit aus seinem Dämmerzustand. Ein Krieger hatte eine Kiste mit Whisky gefunden, klaubte mehrere Flaschen heraus und warf sie seinen Gefährten zu. Mithilfe ihrer Messer öffneten sie die Behälter. Zwei Männer warfen ihre Flaschen angewidert zu Boden, als sie gekostet hatten, die anderen begannen einen Wettstreit, der darin bestand, möglichst viel des brennenden Dummheitswassers mit möglichst gleichmütiger Miene hinunterzuschlucken.

Die Erbärmlichkeit dieses Anblicks machte ihn fassungslos. Sogar zwei Lanzenträger waren unter den Säufern. Auf dem Rückweg würde man sie wie erlegte Böcke an den Pferden festbinden müssen. Nur zu gut erinnerte er sich an seine erste Berührung mit Alkohol, die dazu geführt hatte, dass er sich unter Naduahs besorgtem Blick fast zu Tode erbrochen hatte. Diese Idioten würden bald merken, welches Teufelszeug sie zu sich nahmen, und vielleicht hätte Nocona ihre Eskapaden gebilligt, wären die Trinker nicht mit mehreren Kisten voller Whisky zu den Packpferden gestolpert. Gerade bahnte er sich mit raumgreifenden Schritten einen Weg zu ihnen, als gewaltiger Donner die Welt aus den Fugen riss.

Feuer regnete vom Himmel, Funken und brennender Stoff.

Einer der Planwagen war mit Pulverfässern beladen, die nacheinander explodierten. In glimmendem und knisterndem Regen prasselten seine Einzelteile auf das Schlachtfeld nieder, ließen die Krieger umherspringen wie Antilopen und versengten Haut und Haare. Nocona sah einen großen Körper durch die Luft fliegen. Arme und Beine ruderten hilflos umher, bis der Mann krachend aufschlug, ein Stück weiterrutschte und bäuchlings liegen blieb.

„Makamnaya!“ Er stürzte zu dem reglosen Körper. Blut rann seinem Freund aus einer hässlichen, aber nicht lebensgefährlichen Wunde, die sich über seine Seite zog. Gelbe Fettschichten schimmerten in aufklaffendem Fleisch. Hastig untersuchte er Makamnayas Körper, doch er schien seinen spektakulären Flug ohne größere Blessuren überstanden zu haben.

„Großer Geist.“ Der Verwundete rollte sich stöhnend auf den Rücken. Seine Haut glänzte schwarz, durchzogen von Rot, doch was auf den ersten Blick wie Brandwunden aussah, entpuppte sich als verschmierte Kriegsbemalung.

„Ist etwas gebrochen?“ Nocona half seinem Freund auf und stützte ihn. „Geht es dir gut?“

„Solange ihr Herz für mich schlägt, kann mir nichts etwas anhaben.“

„Verliebter Narr.“

„Oh ja.“ Makamnaya tastete nach der Wunde an seiner Seite. „Diese zarte, süße Taube. Dieser duftende Kolibri. Wenn ich an sie denke, spüre ich den Schmerz nicht.“

„War es ein Messer?“

„Nein, ein Säbel. Ich hätte ihn gern behalten, aber Icabu war schneller.“

„Diesem elenden Stinktier muss ich ein paar Lektionen erteilen. Er weiß nicht mehr, was er redet und tut. Aber damit ist er nicht allein.“

Makamnaya starrte ihn an und nickte.

„Komm." Nocona zog seinen Freund zu den Pferden. „Wir reiten zurück. Unsere Aufgabe ist erfüllt."

Kaum waren sie ein paar Schritte vorangekommen, erhob sich der panische Schrei eines Mädchens. Nocona erstarrte. Er kannte diese Schreie. Er kannte die Angst, die darin lag. Die Hilflosigkeit und Verzweiflung. Schlieren rot glühender Wut brannten vor seinen Augen. Er zog sein Messer und stürmte zu dem Planwagen, aus dem die Schreie drangen.

Der Krieger, der soeben dabei war, den Riemen seines Schurzes zu lösen, kam nicht einmal dazu, einen Schrei auszustoßen. Nocona packte ihn, zerrte ihn aus dem Wagen und warf ihn mit einem solchen Schwung zu Boden, dass ihm Hören und Sehen verging.

„Ihr seid ein Rudel tollwütiger Dummköpfe." Er drückte die Klinge an die Kehle seines Gegners, bis ein Rinnsal aus Blut hervorquoll. Die schwindende Geilheit in den Augen des Kriegers machte ihn rasend. Seine Faust zuckte vor Verlangen, das Messer durch seine Kehle zu ziehen.

„Ihr beschmutzt unseren Kodex! Was ich sehe, sind jämmerliche Männer, die Dummheitswasser saufen, und notgeile Böcke, die über Kinder herfallen." Nocona blickte auf, ohne das Messer vom Hals seines Gegners zu nehmen. Er fixierte die beiden Männer, die sich noch bis vor kurzem an einer Flasche Whisky gütlich getan hatten. Unter seinem Blick wurden die Krieger blass und kauten auf ihren Unterlippen herum.

„Cinye und Cezano, ihr seid die längste Zeit Lanzenträger gewesen. Jungen, die nach dem Gift der Gelben Haare schreien, können wir nicht gebrauchen."

Den Männern klappte der Mund auf, doch sie wagten keinen Widerspruch. Nocona zog sein Messer zurück, stand auf und wandte sich dem Planwagen zu. Das Mädchen wimmerte, als es sah, dass seine Aufmerksamkeit allein ihr galt. Großer Geist, sie konnte nicht älter als zwölf Sommer sein. So alt, wie Kehala gewesen war, als die Trapper über sie hergefallen waren. Blut klebte in den gelben Locken des Mädchens, doch eine Wunde konnte er nirgendwo sehen. Nocona hob die Arme, um ihr zu zeigen, dass von ihm keine Gefahr ausging. Hinter dem zitternden Bündel kauerte eine zweite, magere Gestalt. Wohl die Mutter des Mädchens. Sie hatte die Arme um den Brustkorb geschlungen, weinte leise vor sich hin und wippte vor und zurück.

„Clara!", brüllte jemand. „Tu ihr nicht weh, du Hund! Clara!"

Nocona wandte sich um. Ganz in der Nähe hing ein Mann im Griff zweier Krieger. Warum hatte er ihn nicht vorher bemerkt? Und warum sprach dieses gelbe Haar einen perfekten Kiowa-Dialekt?

„Lasst ihn los!", forderte Nocona. „Sofort!"

„Haarlippiges Pack." Icabu tauchte neben ihm auf. „Was hast du mit

ihnen zu schaffen? Willst du ihre Füße küssen, wie die Osage es tun?"
Er ging nicht auf die Frage ein. „Ich sagte, lasst ihn los!"

Die Krieger bleckten widerwillig ihre Zähne, gehorchten jedoch. Nocona fasste den Weißen an beiden Schultern und blickte ihm fest in die Augen, um Lüge von Wahrheit unterscheiden zu können.

„Warum zieht ihr von Westen nach Osten? Was liegt in eurer Absicht?"

„Wir waren nicht willkommen." Der Mann wurde aschfahl. Offenbar hatte er mit seinem Leben längst abgeschlossen. Aber er fürchtete sich nicht vor dem Tod, was ihm Nocona hoch anrechnete. All seine Ängste galten lediglich dem Leben seiner Tochter und seiner Frau.

„Und weiter?"

Der Mann schnappte röchelnd nach Luft. „Die Kalifornier wollten uns töten. Wollten uns hängen, damit wir niemandem den Weg über die Berge zeigen. Ich vermisse meine Heimat. Meine Söhne starben am Fieber, meine Tochter wurde krank. Wir wollen nur nach Hause. Nichts weiter. Nur nach Hause und in Frieden leben."

Nocona senkte seinen Blick und ließ den Mann los. Kaum wandte er sich wieder dem Planwagen zu, lehnte sich das Mädchen aus dem Wagen, als hätte es alle Angst vergessen, und umklammerte ihn mit ihren dürren Armen.

Vorsichtig hob er es hoch und drückte es an sich.

„Ich begleite euch bis zum östlichen Rand des Cheyenne-Landes", sagte er vernehmlich in die Runde. „Solange ich bei euch bin, wird man wissen, dass ihr kein Feind meines Volkes seid. Cheyenne, Kiowa und Caddo sind Freunde der Nunumu. Haben wir den Rand ihrer Jagdgrün de erreicht, müsst ihr allein weiterziehen."

Tränen rannen über die blutverschmierten Wangen des Mannes. Sein Blick huschte ungläubig hin und her. Glitt über verärgerte, ausdruckslose, hasserfüllte und mitfühlende Gesichter.

„Danke!", wisperte er. „Tausend Dank. Für den Rest meines Lebens stehen wir in deiner Schuld."

„Glaub ihm kein Wort!" Icabu spuckte aus. „Er wird uns verraten! Vertrau ihm nicht."

„Sag Naduah, dass ich bald wieder bei ihr sein werde", flüsterte er Makamnaya zu. „Sag ihr, dass ich jetzt weiß, was ich tun muss, um es endlich zu beenden."

„Das werde ich", erwiderte sein Freund. „Pass auf dich auf, hörst du? Ich will dich gesund und in einem Stück wiedersehen."

Icabu schäumte vor Wut. „Ich werde deiner Krötenechse sagen, was für ein elender Verräter du bist. Ich werde ihr sagen, dass du dich mit unseren Feinden verbündest, und dass du es Kriegern verwehrst, ihre

wohlverdiente Rache zu bekommen. Oh ja, das werde ich ihr sagen. Geh und sei die längste Zeit mein Freund gewesen. Geh und verrate uns wie die Tonkawa und die Osage, die den Haarlippen folgen wie räudige Hunde, um ihr eigenes Volk zu verraten."

„Jeder soll tun, was er für richtig hält", knurrte Makamnaya. „Hast du nicht hingehört? Dieses Gelbe Haar hat dieselben Hoffnungen wie wir. Dieselben Ängste wie wir. Geh du mir aus den Augen, denn du bist nicht besser als die Monster, die du hasst."

Sara, 2011

Seit er wie ein gefällter Baum vom Stuhl gekippt war, regte Makah sich nicht mehr. Es war ihr nicht gelungen, ihn auf das Sofa zu hieven, dafür war er zu schwer, aber sie hatte ihn dagegen gelehnt und ihm den Rücken mit ein paar Kissen ausgepolstert, ihn mit einem Plaid zugedeckt und sich wie ein Wachhund danebengesetzt. Sie wusste, was mit ihm passierte, und doch war ihr nicht wohl dabei. Zwischendurch war sie eingeschlafen, ohne von damals zu träumen, aber es waren nur kurze Nickerchen gewesen, aus denen sie das Gefühl, etwas würde nicht stimmen, nach wenigen Augenblicken wieder herausriss. Zweimal knackten draußen die Dielen der Veranda, als liefe jemand um das Haus, doch als Sara nachsah, war niemand zu sehen. Zum Teufel, sie wurde langsam paranoid. Hier draußen gab es Unmengen an Tieren, die sich nicht scheuten, in der Nähe menschlicher Siedlungen herumzuschnuppern. Vermutlich stattete ihnen ein Kojote einen Besuch ab. Oder Präriehunde durchstöberten die Mülltonnen.

Inzwischen war es Abend geworden.

Seine Augen unter den Lidern zuckten. Schweißtropfen glänzten auf seiner Stirn, die Hände waren zu Fäusten geballt. Vielleicht führte er gerade eine wilde Schlacht, kämpfte um Frieden und Freiheit, ohne zu ahnen, dass alles vergebens war und der Lauf der Dinge sich durch nichts aufhalten ließ.

Sara legte eine Hand auf seine Stirn und zuckte zurück. Er hatte Fieber, und zwar hohes. Sie tastete nach dem Puls und fühlte, wie er raste. Sein Herz vollführte einen wahren Veitstanz, der Geruch von Adrenalin lag in der Luft.

Seit wann wusste sie, wie Adrenalin roch?

Natürlich, sie hatte selbst eine Schlacht geschlagen. Dieser Geruch, wild und beängstigend, scharf und berauschend, hatte sich für immer in ihre Seele eingebracht. Ja, sie erinnerte sich genau. Sie hatte ihren Körper nicht mehr gefühlt, und doch war alles, jedes winzige Detail, wie ein wahrer Sinnenrausch durch ihre Wahrnehmung gerast und hatte sie in einem euphorischen Strudel mit sich gerissen.

Es war … Sara holte tief Luft … erregend gewesen. Triebhaft. Erst im Nachhinein schockierend. Nie wieder wollte sie so etwas erleben, nie wieder, und doch brannte, als sie daran zurückdachte, in ihrem Herz eine beängstigende Leidenschaft. Alles hätte sie für die Freiheit ihres Volkes getan. Absolut alles. Wie eine Füchsin, die sich einem Rudel Wölfe entgegenstellt und bis zum letzten Blutstropfen kämpft, wenn es galt, ihre Jungen zu schützen.

Sie rutschte auf Makahs Schoß und legte die Lippen an seine Stirn.

Obwohl völlig unpassend, spürte sie, wie Erregung durch Gehirn und Unterkörper sickerte. Wilde Leidenschaft am Morgen, sanftes Glühen am Nachmittag, dazwischen tiefer, traumloser Schlaf und fiebrige Erinnerungen. Ihr Körper war fleischgewordene Sehnsucht. Sie war ein Junkie, und dieser Mann ihre Droge.

Ein Stöhnen kam über seine Lippen. Sie glaubte zu hören, dass er etwas sagte, so leise, dass sie sich zuerst nicht sicher war, ob es sich wirklich um Worte handelte. Aber als sie ihr Ohr an seinen Mund hielt, verstand sie ein paar Bruchstücke. Es war die alte Sprache der Nunumu, fremdartig und hart, doch sie verstand ohne Probleme:

„Der Schatten trank meine Gedanken … das Ende des Waldes … egal, wie schnell ich lief … egal, wie … und weiterkämpfte … Naduah, Quanah …"

Und dann immer wieder.

Naduah … Quanah.

Sara rüttelte an seiner Schulter. „Wach auf, Makah! Hörst du mich? Wach auf."

Sie schüttelte heftiger, doch nichts geschah. Wo war er? Was geschah gerade? War er in der Schlacht verwundet worden? Konnte er nicht zu ihnen zurückkehren? Dass sie Nocona verlor, war unmöglich. Pecan und Topsannah waren noch nicht auf der Welt. Seltsamerweise milderte es ihre Sorgen nicht im Geringsten.

Ihr kurzes, vollkommenes Glück wurde mit einem Schwall Eiswasser überschüttet und in Dunkelheit getaucht. Furchtbares kam auf sie zu. Sie spürte es. Witterte es. Hörte seinen kalten Atem in ihrem Nacken, als wäre der Schrecken ein Geschöpf, etwas Fleischliches, das seine Klauen voller Vorfreude nach ihr ausstreckte.

Sara holte ein Handtuch, tränkte es draußen im Bach, kehrte zur Hütte zurück und legte es in den Kühlschrank. Sie musste zusehen, dass sie das Fieber gesenkt bekam. Makah besaß kein Telefon, ihr Handy keinen Empfang. Falls es schlimmer wurde, musste sie ihn zu Pferd ins Dorf bringen. Die Pferde! Natürlich. Sie mussten gefüttert und getränkt werden. Das hier war Oklahoma, nicht New York.

„Ich erledige das schon." Sie küsste ihn auf die glühende Stirn. „Tu nichts Blödes, ja? Ich bin gleich wieder da. Und wenn es dir nichts ausmacht, sei bitte wach, wenn ich zurückkomme, okay?"

Makah schlief noch immer. Während Sara online ging und ihr Mailfach studierte – Ruth hatte ihr anscheinend schon während des Fluges hierher drei Mails geschickt –, wartete Sara sorgenvoll, dass seine Vision endlich

endete. Der Internet-Stick verkündete rot blinkend eine schlechte Verbindung, was zur Folge hatte, dass es eine nervenzermürbende Ewigkeit dauerte, bis sie sämtliche Mails durchgesehen hatte. Stirnrunzelnd musterte sie ihre ungeduldig zitternden Finger, die über der Tastatur schwebten. Jetzt mal halblang. Sie musste die ewig gehetzte New Yorkerin endlich hinter sich lassen. Sie war hier in Oklahoma, zum Teufel, und damit weit weg von jedem Zeitdruck. Ein paar Mal tief einatmen, mehrmals die Schultern rollen, mit den Fingern knacken … und ihr Blutdruck sank auf Oklahoma-Werte. Drei Projekte hatte Ruth ihr aufs Auge gedrückt, glücklicherweise ohne Deadline. Die Texte zweier Bildbände waren zu lektorieren, Projekt Nummer drei verlangte, ein paar Fotos mittels Grafikbearbeitungsprogramm aufzuhübschen. Ruth hatte wirklich an alles gedacht. Sämtliche Programme, die sie brauchen würde, befanden sich auf dem Laptop, jedes Einzelne auf dem neuesten Stand.

„Das ist also dein neues Büro.“ Sara nahm einen Schluck Tee und sah sich um. „Wirklich nicht schlecht. Das ist der beste Platz, den du je ergattert hast.“

Auf dem Sofa brummte Makah etwas in einen nicht vorhandenen Bart und wälzte sich auf den Bauch. Es schien ihm besser zu gehen, zumindest hoffte sie das. Ihre medizinischen Kenntnisse bewegten sich in einem Bereich, der gerade eben dafür ausreichte, sich Kopfschmerztabletten zu verabreichen. Aber seine Haut gewann wieder an Farbe und sein Schlaf war ruhiger geworden. Beides Zeichen, die ihr gefielen. Sie fragte sich, wo er in diesen Augenblick war. Mitten in der Schlacht? Bereits auf dem Rückweg zu ihr? Was für eine unglaubliche Vorstellung es war, dass Makahs Geist in diesen Momenten in ferner Vergangenheit weilte. Zeit war für ihr Empfinden nichts Geradliniges mehr, sondern ein Gebilde aus vielen Ebenen. Und sie hatten es, weiß der liebe Gott wie, geschafft, von einer zur anderen zu wechseln.

Der Gedanke, irgendwann nach New York zurückkehren zu müssen, streifte sie nur flüchtig, denn er erschien ihr fremd und falsch. Ihr altes Leben als Großstadtfrau fühlte sich inzwischen an, als hätte es ein anderer Mensch für sie gelebt. Ruths und Anthonys Auftritt war der letzte Beweis für etwas gewesen, dass sie im Grunde schon vorher gewusst hatte: Sie wollte ein neues Dasein beginnen. Hier. Zusammen mit Makah. Nichts war mehr wie früher. Sie war nicht mehr die Sara, die in einem noblen Büro in einem New Yorker Hochhaus residierte.

Ruth mochte oberflächlich sein, aber sie hatte es geahnt. Und sie war gekommen, um einen Schlussstrich unter die übliche Routine zu ziehen. Dank der weisen Voraussicht ihrer Chefin befand sich der Vertrag für die freie Mitarbeit bereits unterzeichnet und abgesegnet auf dem Weg nach New York, und so stand ihrem neuen Leben mitten im Nirgendwo

kein Hindernis im Weg. Sie würde ihre Nachbarin beauftragen, ihre Wohnung und ihr Konto aufzulösen und ihr alle Erträge zukommen zu lassen.

Vollmacht formulieren, kritzelte Sara auf ihren Block. *Anwalt anrufen. Ruth die Eulensammlung vererben. Anthony den rosa Cashmere-Pullover.*

„Bist du des Wahnsinns?", hörte sie im Geiste ihre Mutter mahnen. „Du kennst diesen Mann doch gar nicht. Und was sagst du da? Ihr wohnt in einer Bretterhütte mitten in einem Indianerreservat? Aber da leben doch nur Säufer und drogensüchtige Arbeitslose. Hast du völlig den Verstand verloren?"

„Mum", würde sie entgegnen. „Ich kenne Makah besser, als du es dir je ausmalen kannst. Vor zweihundert Jahren waren wir verheiratet und hatten drei Kinder."

Das schlechte Gewissen nagte an ihren Eingeweiden, als sie an ihre anfängliche Ruppigkeit gegenüber Ruth zurückdachte. Ihre Chefin hatte es gut gemeint, auch wenn ihr unangekündigter Besuch nicht höflich gewesen war. Und sie hatte mit einen Schlag eine Handvoll Sorgen beseitigt.

Schluss. Aus. Sie musste arbeiten. Wenigstens ein oder zwei Stunden lang. Gewissenhaft bearbeitete sie die fünf Wüstenfotos, die Ruth ihr geschickt hatte, und wie immer, wenn sie sich mit den Grafikbearbeitungsprogrammen austobte, verging die Zeit wie im Flug. Draußen wich das Dämmerlicht der Nacht., Den Wind zu hören, das Holz zu riechen, Makah auf dem Sofa schlafen zu sehen … all das fühlte sich wunderbar und richtig an.

Willkommen zu Hause, malte sie auf ihren Block und fügte eine kleine, gepunktete Eidechse hinzu.

Als sie die fertigen Fotos zurück nach New York schickte und ihre Mail mit *Grüße aus den Great Plains, Sara* unterschrieb, schwebte sie auf einer Wolke aus Glück. Sie schaltete den Laptop aus, ging zu Makah und setzte sich zu ihm auf das Sofa. Sein Fieber war verschwunden, sein Schlaf tief und ruhig. Es währte nicht lange, bis wohlige Wärme durch ihre Glieder floss. So gern sie ihn stundenlang angesehen hätte, wurden ihre Augen doch schwerer und schwerer, bis es unmöglich war, sie offen zu halten. Ein paar Mal zuckte sie aus einem Sekundenschlaf hoch, dann spürte sie am Rand ihres Bewusstseins, wie ihr Körper endgültig über ihm zusammensackte.

„Sara?"

Seine Stimme holte sie aus kurzer Dunkelheit zurück. Makah war wach. Endlich! Und es schien ihm gut zu gehen.

„Habe die Pferde gefüttert", nuschelte sie schlaftrunken. „Wasser, Heu und so weiter. Der Hund hat auch Futter."

„Wunderbar. Danke."

„Hat mir fast die Hand abgebissen, das fiese Stück."

„Ich mache einen Bettvorleger aus ihm." Makah gähnte. Er starrte eine Weile ins Leere, als müsste er die Realität zuerst ordnen und in seine Wahrnehmung einfügen, dann musterte er sie. Durchdringend und forschend. „Was ist los, Sara?"

Sie schluckte, holte tief Luft und räusperte sich. „Du warst weg. Und du warst krank. Ich hätte Spiegeleier auf deiner Stirn braten können. Was ist passiert?"

Er starrte ins Leere. Erinnerte sich offenbar. Als sie seine Worte hörte, erreichten sie wie ein fernes Flüstern ihr Ohr. Doch sie verstand genug. Ein Kampf, eine kurze, wilde Schlacht. Blut, das den Boden tränkte. Krieger, die wie Albtraumgestalten über Ahnungslose herfielen und sie auslöschten. Aber ein Mädchen und seine Familie waren gerettet worden.

„Und dann?" Makah endete ausgerechnet in jenem Moment, da sie gebannt über ihm kauerte und jedes Wort aufsaugte. „Was war dann? Du hast sie gerettet. Toll. Das hast du gut gemacht. Aber bist du wirklich mit ihnen gegangen?"

Er holte tief Luft, wie jemand, der sich auf etwas vorbereitete, von dem er wusste, dass sein Gegenüber es nicht hören wollte.

„Komm schon." Sie drückte abwechselnd ihre Hände in seinen Bauch, wie eine stampfende Katze. „Erzähl es mir. Mach schon. Ich will es wissen."

„Ich reiste mit der Familie", erzählte er endlich. „Ich begleitete sie viele Tage lang, aß mit ihnen, saß mit ihnen am Feuer und schlief sogar mit in ihrem Planwagen."

„Ziemlich tolerant von ihnen. Ich meine, klar, du hast ihnen das Leben gerettet. Aber für diese Zeit war es was Besonderes."

„Ich denke, es lag an Clara."

„Das Mädchen, das du gerettet hast?" Liebevoll kämmte sie mit ihren Fingern durch sein Haar und malte Bilder in ihrem Kopf, während er weiterredete. Ja, sie war stolz auf ihn. Damals wie heute.

„Sie hing wie eine Klette an mir", sagte Makah. „Tagsüber wollte sie mit auf Cetan sitzen, nachts klammerte sie sich an mich und weinte, sobald ihr Vater versuchte, sie von mir wegzuziehen."

„Ich kann's verstehen. Sie hat sich Hals über Kopf in ihren Retter verliebt."

„Es war keine Verliebtheit", stritt er ab. „Sie hatte einfach nur Angst. Und sie dachte, nur ich könnte sie beschützen. Aber ich konnte sie nicht ewig begleiten. Ich musste zurück zu dir und Quanah."

Sara biss sich auf die Unterlippe, denn ihr wurde seltsam zumute. Als würde jeden Moment ein Schatten auf sie fallen. „Was hast du getan?"

„Nichts. Ich hoffte, dass sie mit der Zeit stärker wird und über ihr Erlebnis hinwegkommt. Ich schnitzte ihr Pfeile und einen Bogen, brachte ihr bei, damit zu schießen, und zeigte ihr alles, wovon ich dachte, dass es sie stark macht. Ihr Vater war wenig begeistert, ihre Mutter dafür umso mehr. Aus der kleinen, verschüchterten Tochter wurde nach und nach eine echte Jägerin. So wie du eine bist. Warst."

„Lass mich raten. Sie wurde noch viel anhänglicher?"

„Oh ja. Clara wurde praktisch mein Schatten. Ich glaube, ihr Vater hat schon Hochzeitsplanungen angestellt."

„Siehst du. Sie war doch verliebt. Bis über beide Ohren. Immerhin hast du sie gerettet. Und du siehst gut aus." Gurrend rieb sie sich an ihm. „Nein, du siehst umwerfend aus."

„Pfffff", stieß Makah aus. „Wenn hier einer umwerfend ist, dann du, mein Kolibri."

„Stell's dir doch mal vor. Dir wird um ein Haar Schreckliches angetan. Du stirbst fast vor Angst. Plötzlich erscheint jemand wie du und prügelt die Übeltäter windelweich. Er rettet dich, beschützt dich, begleitet deine Familie aus reiner Großherzigkeit und bringt dir nebenbei alles bei, was du schon immer lernen wolltest, aber nie lernen durftest, weil du ein Mädchen bist. Ich bitte dich. Kein Wunder, dass du für sie der Schöpfer des Universums warst."

Makah war für den Augenblick völlig humorresistent. Er starrte so lang stumm ins Leere, bis sie ihn aus seiner Lethargie herausschüttelte.

„Erzähl weiter. Mach schon. Wie ging es aus?"

„Ich habe ihr eine Geschichte erzählt", brummte er. „Die Geschichte, wie die Büffel zu ihren Höckern kamen."

„Schieß los."

„Am Anfang der Zeit, noch bevor es Menschen gab, grasten nur wenige Bisons auf den Ebenen. Sie waren so gewaltig wie Berge, und aus ihrem Atem wurden Nebelbänke, die am Morgen über die Prärie trieben. Starb einer der Büffel, entstanden aus seinem Fleisch Felsen und aus seinen Knochen Bäume. Aber weil die riesigen Tiere glaubten, unbesiegbar zu sein und über allem zu stehen, achteten sie nicht darauf, wohin sie traten. Viele Tiere wurden unter ihren Hufen zerquetscht, bis eines Tages ein Präriehund den Mut fanden, sich beim Großen Geistwesen zu beschweren. Der Erschaffer sagte zu den Büffeln, sie mögen Acht geben und endlich Rücksicht gegenüber anderen Geschöpfen üben, doch die Büffel lachten nur und erwiderten, sie seien so gewaltig, dass sie sich um kleine Dinge wie Präriehunde nicht scheren müssten. Sie liefen weiter, grasten und zertrampelten ganze Kolonien. Das machte das Große Geistwesen wütend. Er warf seinen Zorn gegen die Büffel, ließ ihnen einen Höcker wachsen und zwang ihren Kopf zu Boden. ‚Bis an das

Ende euer Tage sollt ihr euch vor denen verneigen, denen ihr Leid zugefügt habt', sagte das Große Geistwesen. ‚Dies soll meine Gerechtigkeit sein.' Und seit jenem Tag verneigen die Büffel reumütig ihre Häupter vor den Präriehunden, und werden es bis in alle Ewigkeit tun."

„Eine schöne Geschichte." Langsam brachte die Spannung sie um. „Aber was ist mit dem Mädchen passiert? Bist du wieder zurückgeritten?"

„Der Rest wird dir nicht gefallen."

„Blödsinn. Es ist Vergangenheit. Geschichte. Lass dir doch nicht alles aus der Nase ziehen."

„Also gut." Er gähnte und streckte sich. Träge wie ein Kater nach einem Sonnenbad, nur dass er sich augenscheinlich nicht wohl fühlte, sondern beklommen. „Ich spürte es zum ersten Mal an dem Abend, als ich Clara die Geschichte erzählte. Und ich erkannte es wieder."

„Was?"

„Das Fieber."

„Oh. Natürlich. Jacob erzählte vom Tod seines Sohnes. Und dass seine Tochter krank wurde. Clara, nicht wahr? Sie muss dich angesteckt haben. Aber … oh je … du bist damals schon fast daran gestorben. Huka hat es mir erzählt."

„Ich sagte es ja, es wird dir nicht gefallen."

„Was ist passiert, nachdem du krank wurdest?"

„Ich schluckte alles an Medizin, was ich dabeihatte, aber das machte es nicht besser. Ich schlief nicht mehr mit im Planwagen, sondern abseits unter irgendwelchen Bäumen. Als die MacKenzies anfingen, Fragen zu stellen, wich ich ihnen aus. Sie erkannten trotzdem, dass etwas nicht stimmte, spätestens, als ich immer öfter danebenschoss und am Ende nicht einmal mehr dann traf, wenn man mir ein Präriehuhn direkt vor die Nase hielt. Nachts träumte ich furchtbare Dinge. Eines Morgens stand ich am Fluss, fühlte mich hundeelend und wusste, dass ich zurückkehren musste. Jetzt oder nie. Jacob kam zu mir, gerade als ich heimlich wegreiten wollte. Wir redeten, und dann … weiß ich nichts mehr. Das nächste, was ich sah, war ein eckiges, enges Zimmer und ein grauhaariger, betrunkener Arzt."

„Bitte was?"

„Sie müssen mich in ein Fort gebracht haben. Keine Ahnung."

„Wie keine Ahnung?"

„Ich habe Susannah gesehen, Jacobs Frau, und ich habe gehört, wie sie den Arzt mit Flüchen überschüttet hat. Anscheinend stritten sie darüber, wie man mir am besten helfen könnte."

„In einem Fort?" Sie rang die Arme. „Umringt von Weißen? Die hätten dich aufgehängt. Auf der Stelle."

„Aber sie haben's nicht."

„Na wunderbar."

„Ich habe überlebt", entgegnete er liebevoll. „Ich bin zurückgekehrt. Denke ich jedenfalls."

„Ja", schnaubte sie. „Fragt sich nur, wie."

„He, beruhige dich. Selbst wenn, es ist lange her. Wir sind hier. Wir sind jetzt. Wir sind Sara und Makah, nicht Naduah und Nocona."

Leicht gesagt, schwer umzusetzen. Ihrem Empfinden nach befand sich Nocona jetzt, in diesem Augenblick, in höchster Gefahr. In diesem Moment litt Naduah unter ihrer Ungewissheit, wusste nicht, ob sie ihren Mann und den Vater ihres Sohnes je wiedersehen würde. Die beiden brauchten sie. Nocona brauchte Makah, Naduah brauchte sie.

„Wir müssen zurück. Wir müssen irgendwas … ich muss …"

Sie legte eine Hand auf ihr klopfendes Herz, während Makahs Blick seltsam wurde. Ohne etwas zu sagen, erhob er sich und setzte Teewasser auf. Sie beobachtete jede seiner selbstsicheren Gesten, jeden seiner Blicke, in denen so viel selbstverständlicher Stolz lag, obwohl sie spürte, dass darunter Beklommenheit herrschte. Er hatte sich unter der Maske der Moderne nicht verändert. Makah war nie in demselben Maße zurechtgebogen worden wie sie. Hier, mitten im Nirgendwo, unter seinesgleichen, konnte er sein, was er sein wollte.

Wie viele Menschen konnten das von sich behaupten?

Während er zwei Tassen mit Pfefferminzblättern und Kandis füllte, begriff Sara, dass sie ihr Leben lang etwas hinterhergejagt war, das nicht existierte. Diese unbestimmbare Sehnsucht, sich endlich richtig zu fühlen, war ihre treibende Kraft gewesen. Die Hoffnung, einen Zustand zu erreichen, in dem sie zufrieden mit sich selbst war. Makah besaß diese innere Ruhe. Sie strahlte warm wie ein Feuer und spendete Trost.

Hast du nicht seine Stimme gehört, die so sanft klingt wie ein Frühlingsregen? Hast du nicht in seine Augen geblickt, in denen so viel Frieden liegt? Sie nannten ihn Wanderer, weil er als Kind oft allein in die Prärie hinausging. Ganz versunken wanderte er durch das Gras, und die Ruhe, die er so in sich aufgenommen hat, gibt er an jeden weiter, der ihm nahe ist. Sieh ihm eine Weile dabei zu, wie er etwas schnitzt. Oder wie er seine Pfeile bemalt. Das genügt, um etwas von seiner Ruhe in sich selbst zu spüren.

Er setzte sich neben sie und hielt ihr die Tasse hin. „Trink das. Und dann komm mit mir."

„Mit dir?" Dankbar nahm sie den dampfenden Tee entgegen. Er roch süß und frisch. „In die Vergangenheit?"

„Wohin sonst." Er sagte es so leise, so zärtlich, dass sie sich wie benommen vor Zuneigung und Staunen fühlte. Staunen, weil sie ein solches Wunder miteinander teilten, weil sie Vergangenheit und Gegenwart verbanden und ihr Schicksal gemeinsam bestritten. Beide Hände um die

Tasse gelegt, nahm sie einen Schluck. Dann noch einen und noch einen.

„Es fühlt sich an", sagte sie, „als stünde ich auf viel zu dünnem Eis, und unter mir ist das Wasser ganz schwarz. Aber trotzdem will ich zurück. Ich muss. Alles zieht mich dorthin."

Der Tee war für diese Augenblicke ihre Zuflucht. Solange sie trank, konnte sie Zeit schinden. Wozu? Sie wusste es nicht.

„Du weißt, dass ich zurückkomme, Sara. Du weißt es. Wir haben noch viele Jahre vor uns. Damals und jetzt."

Sie schenkte ihm ein Lächeln und ein Nicken. Als er sich hinter sie schob und sie mit seinen Armen umfing, stark und behütend, wäre ihr Panzer um ein Haar gebrochen. Tränen brannten in ihren Augen. Sie wollte nicht weinen. Wenn man einmal damit anfing, konnte man nicht wieder aufhören.

„Wenn du zurückkommst, wird es anders sein."

Die Worte flossen aus ihr hinaus. Unkontrollierbar und voller Gewissheit.

„Inwiefern?", fragte er.

„Ich weiß es noch nicht. Ich weiß nur, dass etwas passiert, während du weg bist. Etwas, das alles verändert."

„Klingt nicht gut."

„Nein. Ist es auch nicht. Wie geht es dir?" Sie befühlte seine Stirn. Warm, aber nicht heiß. „Vorhin muss dein Gehirn gekocht worden sein."

„Nicht der Rede wert. Der Batzen in meinem Kopf hält einiges aus." Makah griff hinter eines der bunt gemusterten Kissen und zog eine Packung Taschentücher hervor. Lautstark schniefte er in eines hinein. „Was für meinen heutigen Körper ein grippaler Infekt ist, hat mich damals total aus den Latschen kippen lassen. Aber das wird schon. Mach dir keine Sorgen."

Noch einmal schnäuzte er sich. Er stopfte das Taschentuch in seine Hosentasche, schüttelte sich schaudernd und breitete eine Decke über sie beide aus, die er sich bis zur Nase hochzog. Aus verquollenen Augen blinzelte er sie an. Unerträglich liebenswert. Sie wollte ihn verhätscheln und bemitleiden, ihm Hühnersuppe kochen und alle fünf Sekunden mit besorgter Miene seine Stirn befühlen. Was man mit leidenden Männern eben so tat. Dumm nur, dass sie sich mindestens genauso elend fühlte.

„Komm mit", näselte er. „Lassen wir unsere armen, alten Leben nicht so lange allein."

Sie kanalisierte ihre Sorgen in einem Seufzer. Okay, raus damit. Warum auch nicht, zum Teufel? Sie beide gehörten jetzt zusammen, und er hatte ein Recht auf ihre Schwächen. „Ich habe Angst."

Makah lachte leise auf. Es klang liebevoll, nicht spöttisch. „Glaubst du,

das weiß ich nicht? Ich werde bei dir sein, Naduah. Du bist stark. Stärker als du glaubst. Und du solltest spätestens jetzt wissen, dass der Tod nur ein Neuanfang ist."

Jetzt war sie es, die blinzelte. Er hatte sie Naduah genannt.

Naduah … Naduah …

Dieser ferne, sehnsuchtsvolle, furchteinflößende Name. Alles würde gut werden. Daran musste sie glauben. Das Schicksal konnte sie nicht zusammengeführt haben, um sie noch einmal zu trennen.

„Schließ die Augen und lass es zu." Makahs Lippen berührten ihre Wange. Plötzlich war er wieder so heiß, dass sie befürchtete, es zischen zu hören. „Die Visionen kommen so oder so. Es wird einfacher sein, wenn ich bei dir bin."

„Du bist krank."

„Nur erkältet. Mir geht's gut."

Er zog sie an sich. Sie spürte seinen warmen Körper, hörte seinen schweren Atem, roch seinen Duft, dessen hauchfeines Krankheitsaroma vom süßen Pfefferminztee überlagert wurde. Sara trank die letzten Schlucke, stellte die Tasse ab und erlaubte ihrem Körper, vollends zu erschlaffen. Vielleicht war es seine Nähe, vielleicht diese betäubende Hitze, die er abstrahlte, aber ihre Angst wich und überließ behaglicher Schwere das Feld.

Der Sog setzte ein. Sie spürte, wie er sie beide emporhob und forttrug. Sanft, beschützend. Als täte es dem Wächter von Zeit und Raum leid, was er ihnen antun würde.

Naduah, 1847

Man hätte meinen können, es sei Herbst. Nebel zog über die Prärie, verhüllte die Pappeln am Fluss und verwandelte Zelte in Visionen. Naduah legte den Fleischschaber beiseite und blickte in das trübe Grau hinaus. Ein stetiger, feiner Nieselregen ging auf sie nieder, fing sich in ihren Haaren und in ihrer Seele. Sie vermisste Nocona so sehr, dass Körper und Geist sich anfühlten wie ein gähnender Schlund. Die Wasps waren in ihr eigenes Sommerlager gezogen, aber Mahto und Huka leisteten ihr weiterhin Gesellschaft, um sie während der Abwesenheit ihres Mannes zu trösten.

Beide saßen neben Naduah, gingen ihrer Arbeit nach und bedachten sie mit sanften Blicken und aufmunterndem Lächeln. An einem Gestell, das Nocona für diesen Zweck gebaut hatte, lehnte die Trage mit dem schlafenden Quanah.

„Bald ist er wieder hier." Mahto frischte die verblassten Farben seines Medizinschildes auf und hielt in regelmäßigen Abständen inne, um sein Werk zu betrachten. „Ich möchte wetten, dass er wieder bei dir ist, noch ehe der Nebel geht."

„Der Nebel hängt seit vier Tagen über unserem Dorf." Sie kämpfte gegen die Tränen. Vom vielen heimlichen Weinen waren ihre Augen rot und trocken geworden. „Er ist schon so lange fort. Drei Monde! Etwas muss passiert sein."

„Mach dir keine Sorgen, kleines Feuer. Alles wird gut. Die Ebenen sind gewaltig, die Wege weit."

Huka legte ihren Schaber beiseite, mit dem sie eine Antilopenhaut bearbeitet hatte, und strich Naduah über das offene Haar. „Dein Vater hat recht. Damals, bevor du zu uns kamst, hat mein alter Kojote es geliebt, für ein oder zwei Monde zu verschwinden. Einfach so, ohne jede Begründung. Ich kam jedes Mal um vor Sorge."

Mahtos Miene wurde feierlich. Er legte eine mit roter Farbe beschmierte Hand auf seine Brust. „Ein Mann muss regelmäßig zu sich selbst finden. Er muss seinen Visionen folgen." Als er die Hand wieder sinken ließ, sah es aus, als wäre sein Hemd mit Blut verklebt.

„Ach was." Huka wedelte mit der Hand. „Du warst ein ruheloser, abenteuerlustiger Dummkopf. Aber", fügte sie mit schelmischem Grinsen hinzu, „ein wirklich gut aussehender Dummkopf. Sonst hätte ich mir all das Elend niemals angetan. Die Geister haben dich als Prüfung zu mir geschickt, und ich werde sie mit erhobenem Kopf bestehen."

Beide lachten, nicht in gewohnter Ausgelassenheit, aber es genügte, Naduahs Last ein wenig zu erleichtern. Sie liebte die beiden dafür umso mehr.

„Dein Ehemann kann gut auf sich aufpassen.“ Mahto wusch den Pinsel aus und tunkte ihn, als er von der roten Farbe befreit war, in eine schwarze Paste aus Fett und Kohle. „Besser als jeder andere, den ich kenne. Er muss seine Schuld begleichen. Erst dann kann er in Frieden leben.“

„Ich weiß.“ Naduah seufzte.

„Nur darum geht es ihm, kleines Feuer. Er konnte seiner Schwester damals nicht helfen. Jetzt kann er das Unglück wiedergutmachen. Ein Leben für ein Leben.“

Auch das wusste sie. Der Kloß in ihrer Kehle schmerzte trotzdem unerträglich. Sie fuhr hoch, ging in das Zelt ihrer Eltern, nahm einige Schlucke aus der wassergefüllten Blase und lehnte ihre Stirn gegen eine der Zeltstangen.

„Komm zurück“, flüsterte sie. „Komm zurück. Ich brauche dich.“

Als sie wieder hinaustrat, war Huka verschwunden.

„Wo ist sie?“

„Medizin suchen. Am Fluss.“ Mahto rieb mit kläglich kaschierter Leidensmiene über seinen Oberschenkel. „Es beißt und zwickt mich wieder. So oft in letzter Zeit, dass alle Kräuter aufgebraucht sind.“

„Wird es nicht besser?“

„Manchmal.“ Er lächelte, doch unter diesem Lächeln schwärte Verbitterung. Ihr Vater zeigte es nicht, aber Naduahs Instinkt ließ sich nicht täuschen. „Es ist etwas, mit dem ich leben muss. Was nützt es, wenn ich damit hadere?“

„Ich wünschte, ich könnte dir helfen.“

„Du hilfst mir durch deinen Anblick, kleines Feuer. Durch das Wissen, dass du glücklich bist. Vertrau meinem Gespür, Nocona ist bald wieder bei dir.“

Gemeinsam setzten sie ihre Arbeit fort. Naduah schabte an ihrer Hirschhaut und behielt Quanah im Auge, Mahto bemalte sein Schild. Kinder und Hunde rannten zwischen den Zelten umher, allen voran Wanapin. Feuer rauchten, Eintöpfe dufteten, Frauen zankten mit ihren Männern, Greise saßen beim Würfelspiel zusammen. Es tat gut, Seite an Seite mit Mahto zu arbeiten. Nur wenn sie den schlafenden Quanah ansah, kam der Schmerz mit aller Macht zurück.

Der Mittag ging, der Nachmittag kam. Als der Nebel zu weichen begann und milchigen Sonnenschein hindurchließ, hallten Schreie durch das Dorf.

„Gelbe Haare! Viele Gelbe Haare!“

Verwundert blickte sie auf, sah eine Frau mit zwei Kindern den Hügel hinablaufen und warf ihrem Vater einen Blick zu.

„Händler.“ Er lächelte beruhigend. „Mit allem dabei, was wir nicht

brauchen, nie gebraucht haben und niemals brauchen werden."
„Händler tragen Zeichen, die von Weitem sichtbar sind." Den Rest ihrer Gedanken sprach sie nicht laut aus. Wenn es Händler wären, hätte die Frau nicht geschrien. Sie hätte sie erkannt. Außerdem reisen Händler nie in großen Gruppen.

Naduah nahm Quanah samt Trage, drückte ihn an ihre Brust und beobachtete den Hügelkamm. Vier Männer tauchten auf, dunkle Schatten im hellen Sonnenschein. Zwei weitere kamen hinzu. Dann drei, vier, sieben, elf, zwanzig …

Eine wimmelnde Schar bewegte sich durch das Gras auf sie zu. Reiter folgten. Viele Reiter. Dann Männer mit Wagen, auf denen keine Handelswaren lagen. Keine Gewehre, keine Kessel, kein Tand in irgendwelchen Schachteln.

Es waren Kanonen.

„Naduah!" Mahto ließ Pinsel und Schale fallen. Als er sich aufrichtete, traten seine Muskeln wie aus Holz geschnitzt hervor. „Nimm Quanah und geh ins Zelt. Sofort!"

„Vater, ich …"

„Geh!" Die Angst in seinen Augen schockierte sie. Ein Eissturm fuhr durch ihre Adern. Die Beine wollten sie kaum tragen, ließen sie nur zitternd taumeln. Immer mehr Männer kamen über den Hügelkamm. Mehr Soldaten, mehr Pferde, mehr Kanonen. Eine schwer bewaffnete Armee strömte auf sie zu wie eine tödliche Flut.

„Versteck dich, kleines Feuer. Vielleicht suchen sie nach dir." Mahto stürmte ins Tipi und kehrte mit Bogen und Köcher zurück. Als sie noch immer wie erstarrt war, wurde seine Stimme zu einem Schreien. „Ins Zelt mit dir! Los! Ich habe dir nie etwas befohlen, aber jetzt muss ich es. Versteck dich!"

Sie taumelte. Griff noch einmal nach Mahtos Schulter, sog den Anblick seines Gesichtes in sich auf, spürte seine Wärme und seine Stärke. Sie sah in seine Augen und spürte, wie die schweren Zöpfe über ihren Handrücken streiften. Dann wurde sie gepackt und ins Innere des Zeltes gestoßen.

„Bleib dort. Egal was passiert. Bleib im Zelt!"

Naduah drückte die Trage, in der Quanah hing, fest an ihre Brust und schob das Fell ein Stück zurück, um zu sehen, was geschah. Die Armee erreichte das Dorf. Unheilvolle Stille senkte sich über alles, erstickend und kalt. Keine Schüsse. Keine Schreie. Noch nicht.

Sie betete, die Lippen an Quanahs Stirn geschmiegt. Der Kleine blieb still, als wüsste er, dass sie ihn innerlich darum anflehte. Ein Mann, in die Uniform eines Generals gekleidet, ging an der Spitze der Armee, flankiert von einem grauhaarigen, alten Kiowa und einem blonden Burschen.

Von der anderen Seite des Dorfes her näherte sich der Häuptling samt seinen Lanzenträgern, die ohne ihren Anführer nichts weiter waren als eine unvollkommene Einheit ohne ihr schlagendes Herz. Der Häuptling ging ruhig und mit erhobenem Kopf, doch sah man genau hin, erkannte man seine Angst. Furcht um das Dorf. Furcht um das Leben der Menschen, die unter seinem Schutz standen.

Er, der General und die Lanzenträger standen lange beieinander. Sie redeten, mal leise, mal laut, hin und wieder aufbrausend. Irgendwann hielt der blonde Bursche einen Pfeil empor. Naduah sah das leuchtende Rot, mit dem er bemalt worden war, und sie wusste, dass ihre Gebete, alles möge friedlich enden, nicht erhört worden waren. Es war ein Kriegspfeil ihres Stammes. Ein Pfeil, wie ihn die Lanzenträger benutzten.

Der General brüllte, der Kiowa übersetzte. Zuerst hatte sie geglaubt, in dem Alten einen Verbündeten zu haben, doch jetzt begriff sie, dass der Übersetzer nicht auf ihrer Seite stand. Sprach der Häuptling, übersetzte der Kiowa seine langen Erklärungen in knappen Wörtern, die den General zusehends in Rage versetzten. Wut loderte auf, und je wütender die Männer redeten, umso mehr verstand Naduah.

Man beschuldigte den Stamm, ein Fort an der östlichen Siedlungsgrenze niedergebrannt, die Pferde gestohlen und sämtliche Bewohner niedergemetzelt zu haben. Als Beweise nahm man den roten Pfeil, den man aus einer toten Frau gezogen hatte, sowie die Hufabdrücke unbeschlagener Pferde.

Der Häuptling versicherte, keiner seiner Krieger sei im letzten Mond gen Osten zu einem Raubzug aufgebrochen. Sie waren ausgerückt, um ihr Dorf zu verteidigen, aber sie waren nach Süden geritten und hatten im Kampf Mann gegen Mann getötet, kein Fort niedergebrannt.

Der alte Kiowa übersetzte, absichtlich oder unabsichtlich bruchstückhaft und verfälschend.

„Er weiß nicht, was seine jungen Männer tun. Hat keine Kontrolle über sie. Er weiß nichts von einem Fort und nennt die Worte Lügen."

Naduahs Gedanken überschlugen sich. Sie musste eingreifen und versuchen, das Unheil abzuwenden. Aber was, wenn sie dadurch Quanah in Gefahr brachte? Was, wenn man sie als Weiße erkennen und für eine Geisel halten würde? Man würde sie und Quanah gefangen nehmen und in eine Welt verschleppen, die nicht mehr die ihre war.

Nein, sie durfte keine Enttarnung riskieren. Aber die Missverständnisse schaukelten sich auf und waren dabei, eine Katastrophe auszulösen. Großer Geist! Wo war Huka? Mit ihren braunen Augen und der dunklen Haut würde man sie kaum als Weiße erkennen, und ihre Mutter kannte die Sprache der Gelben Haare genauso gut wie sie.

Naduah sah, wie der General ausspuckte, herumfuhr und zurück zu

der auf dem Hang wartenden Armee marschierte. Seine Begleiter folgten ihm in gebührendem Abstand.

Stille senkte sich über das Dorf. Männer, Frauen und Kinder, selbst die Pferde und Hunde schienen in atemlose Starre zu fallen.

Sie schlug das Fell zurück und kroch aus dem Zelt. Vom Fluss her kam endlich ihre Mutter angerannt, mit wehendem Haar und bis zur Taille nassem Hirschlederkleid. An beiden Schultern hingen prall gefüllte Ledertaschen.

Huka kam nicht weit. Die Hölle brach über das Dorf herein. Schüsse krachten, Kanonen donnerten. Mehrere Menschen brachen zusammen. Zwei Lanzenträger, drei Frauen, der Häuptling und Huka. Mitten im Lauf fiel ihr Körper in sich zusammen wie der einer tödlich getroffenen Antilope. Sie rollte herum und blieb auf dem Rücken liegen, die Arme ausgestreckt wie im Winter, wenn sie Adler in den Schnee malte.

Mahtos Schrei gellte durch das Krachen der Schüsse. Er legte einen Pfeil auf die Sehne und tötete den blonden Burschen. Momente zogen sich wie Ewigkeiten dahin, jede Bewegung lief ab wie im Traum. Unwirklich, unfassbar. Plötzlich rannte Naduah los, Quanah fest an sich gedrückt, rannte mit ihrem eigenen Keuchen und Herzklopfen in den Ohren, fiel neben ihrer Mutter auf die Knie und tastete über den leblosen Körper.

Zu spät … zu spät …

Quanah begann zu weinen.

Noch mehr Schüsse, die Naduahs Ohren zerfetzten. Gellende Schreie. Mehrere Zelte wurden von Kanonenkugeln zerrissen. Soldaten feuerten ihre Gewehre auf die Mustangs ab, um eine schnelle Flucht unmöglich zu machen. Das markerschütternde Kreischen der getroffenen Tiere vermischte sich mit menschlichen Klagelauten.

„Lauf, kleines Feuer!“, hörte sie Mahto wie von fern schreien. „Verschwinde!“

Er verschoss einen Pfeil nach dem anderen. Nie hatte sie so viel Schmerz in seinem Gesicht gesehen. Es war nicht mehr das Antlitz ihres Vaters. Der Mann, der sie als Kind gerettet und sie bis zu diesem Tag in Liebe umsorgt hatte, war einem blindwütigen Dämon gewichen. Er schoss seine letzten beiden Pfeile ab, dann fuhr er herum, rannte auf Naduah zu und wurde keine fünf Schritte von ihr entfernt in die Schulter getroffen.

Naduah sah ihn stürzen. Blut durchtränkte sein Hemd. Es war kaum von der Farbe zu unterscheiden. „Lauf endlich!“, keuchte er. „Bringt euch in Sicherheit.“

Soldaten fielen über ihn her, fesselten seine Arme hinter dem Rücken und schleiften ihn davon. Hin zu einem Wagen, der als Käfig umfunkti-

oniert worden war. Zwei davon gab es, beide füllten sich schnell mit zappelnden Leibern. Die Gegenwehr der Krieger war erbittert, doch gegen Kanonen und Hinterlader richteten der beste Bogen und der tapferste Lanzenträger nichts aus. Binnen kurzer Zeit waren die Männer entweder tot oder gefangen, während Frauen und Kinder in kleinen Gruppen zum Fluss hinunterrannten und darauf hofften, sich im Uferwald verstecken zu können.

Naduah entließ ihre Verzweiflung in einem unmenschlichen Schrei. Ihre Mutter war tot. Der Schuss ins Herz musste sie sofort getötet haben. Kein Leid, kein Schmerz. Es war schnell gegangen wie ein Blitz, der zur Erde niederfährt. Naduah wiegte Huka, schüttelte sie, küsste ihre Stirn. Sie schrie, raunte, flüsterte und betete, drückte die auskühlenden Hände ihrer Mutter und strich über ihr graues Haar, während Quanah aus vollem Hals brüllte.

Der Lärm um sie herum verebbte. Ein kurzer, unwirklicher Krieg fand sein Ende. Zelte brannten. Sterbende stöhnten. Weit hinten in den Käfigen, verschwommen im wabernden Rauch, schrien die Gefangenen.

Aus dem Augenwinkel sah Naduah, dass ein Soldat zu ihr kam. Sie ließ Huka zu Boden sinken und zog mit der freien Hand das Messer aus ihrem Gürtel. Sie würde ihr Leben und das ihres Sohnes bis zum letzten Blutstropfen verteidigen und im Land jenseits des Sonnenaufgangs auf Nocona warten. Der Soldat blieb stehen. Wovor schrak er zurück? Vor ihrem Blick? Oder vor der Herausforderung, eine Frau zu töten, die ein Kind bei sich hatte?

Der Mund des Mannes öffnete sich. „Cynthia Ann?"

In ihr wurde es still.

„Cynthia Ann Parker?", wiederholte der Mann. „Sind Sie die Tochter von Silas Mercer und Lucy Parker, die vor zwölf Jahren geraubt wurde?"

Ihr Messer traf den Soldaten mitten ins Herz. Er verdrehte die Augen und kippte nach hinten. Kerzengerade wie ein gefällter Baum, ohne einen Laut von sich zu geben. Noch ehe er aufschlug, war er tot. Sie schnappte Quanah, warf sich herum und rannte. Stieß Siyos Lockruf aus, rannte und rannte, bis das Dorf hinter ihr lag. Der Name ihres alten Lebens saß wie ein zähnefletschendes Ungeheuer in ihrem Nacken. Zwei Reiter verfolgten sie. Die Hufe der Pferde schmatzten auf nasser, blutgetränkter Erde. Sie würden sie einfangen und verschleppen. Ihr und ihrem Sohn die Freiheit nehmen und sie langsam töten. Niemals, niemals! Sie würde nicht zulassen, dass man Quanah einsperrte wie ein Tier.

Naduah rannte weiter, losgelöst von ihrem Körper und jenem Teil der Seele, der in Schrecken erstarrt war.

Ein bunter Schatten tauchte rechts zwischen den Pappeln auf. Siyo. Blut rann über ihr geflecktes Fell. Ein Streifschuss an der Kruppe. Nadu-

ah zog sich mit der freien Hand auf den Rücken der vorbeigaloppierenden Stute, presste Quanah an sich und stieß dem Mustang die Hacken in die Flanken.

Das Pferd schlitterte einen Hang hinab, überquerte den Fluss und kämpfte sich am gegenüberliegenden Ufer die vom Regen aufgeweichte Böschung hinauf. Immer wieder rutschten ihre Hufe ab. Sie fand kaum Halt auf der glitschigen Erde.

„Rette uns, alte Freundin. Bring uns weg von hier. Komm schon, du schaffst es."

Trotz ihrer Verwundung war die Stute geschickt und stark. Siyo trotzte dem Schlamm, erklomm die Steigung und galoppierte im nächsten Moment über die Prärie. Sie flog, bis der Wind ihr Blut und Naduahs Tränen getrocknet hatte. Irgendwann verlangsamte sich ihr Lauf, bis er im Schritt endete. Ein Blick über die Schulter brachte Gewissheit – ihre Verfolger hatten aufgegeben.

Kraftlos rutschte Naduah vom Rücken des Mustangs, legte sich ins Gras und bettete Quanah auf ihre Brust.

Ihre Mutter war tot. Ihr Dorf vernichtet.

Über ihr leuchtete der leere, blaue Himmel. Grasähren wogten friedlich im Sonnenschein. Sie wollte nicht mehr atmen, nicht mehr fühlen. Aber ihr Brustkorb hob und senkte sich und spürte Quanahs süße Schwere. Er fing wieder an zu weinen, also begann Naduah, sein Lieblingslied zu singen:

„Ich will dich in eine Decke aus Wind hüllen.
Ich will dich in einer Wiege aus Träumen schaukeln.
Ich werde dir ein Lied vom Gras singen.
Wenn der Wind mir durchs Haar weht,
weiß ich, dass du dich in meinem Herzen bewegst."

Nach einer Weile richtete sie sich auf. Ihre Betäubung nahm zu. Als wäre nichts geschehen, graste Siyo in wenigen Schritten Entfernung. Nur ihre blutbefleckte Kruppe erinnerte an die Wahrheit. Sie musste die Spuren verfolgen, um ihren Vater zu retten.

Wäre doch nur Nocona bei ihr. Ihre Sehnsucht lähmte sie, zwang sie zu Boden, ließ jeden Atemzug zu einer Last werden.

„Komm zurück", flüsterte sie. „Wir brauchen dich. Komm zurück."

Den Weg zurück zum Dorf nahm sie kaum war. Als sie endlich ankam, roch sie den Tod. Naduah glitt von Siyos Rücken und fühlte sich, als wäre sie ein Geist unter Geistern.

Qualm zerkratzte ihre Kehle, doch die Schmerzen gehörten nicht zu ihr. Sie war ein Körper ohne Willen, der über das hinwegschritt, was

einst ihr Dorf gewesen war.

Vor ihr lagen Leichen, zerstörte Zelte und erschossene Pferde. Irgendwo hinter dem beißenden Gestank schwebte noch immer der Geruch nach Sommer. Huka starrte aus leeren, aufgerissenen Augen zu ihr auf. Neben ihr lagen die Pflanzen verstreut, die sie gesammelt hatte, um Mahtos Schmerzen zu lindern.

Über einer Feuerstelle, die nicht zerstört worden war, kochte Eintopf. Hunde stritten sich um Streifen getrockneten Fleisches, die herumlagen, weil man sämtliche Gestelle zerstört hatte.

Noch immer lag das Hirschfell vor Hukas Tipi. Es war noch lange nicht fertig. Sie musste es zu Ende bringen. Mahtos Schild lehnte an einem Pfosten, daneben Schalen voller Farbe und der noch immer feuchte Pinsel. Sie ging zu dem qualmenden Haufen, der einmal ihr Zuhause gewesen war. Ganz in der Nähe lag eine alte Frau. Sie war längst tot, doch noch immer floss Blut aus ihrem zerschossenen Rücken.

Lange stand Naduah da, die Lippen an Quanahs Stirn geschmiegt, und starrte die Greisin an. Erst ein vertrauter Name, von einer ebenso vertrauten Stimme geschrien, durchbrach ihren Traum.

„Makamnaya!“

Hinter Rauch und Nebel sah sie Kehala über ihrem Geliebten kauern. Er war blutüberströmt und lag mit ausgestreckten Gliedmaßen neben seinem toten Pferd. Naduah ging auf das Paar zu.

„Lass mich nicht allein.“ Kehala rüttelte an Makamnayas Schultern. Über seinem gewaltigen Körper wirkte sie wie ein kleines Kind, das versuchte, seinen schlafenden Vater zu wecken. „Bleib bei mir. Ich werde deine Frau, hörst du? Ich werde für immer an deiner Seite sein, wenn du zurückkommst. Makamnaya!“

Naduah setzte Quanah ins Gras und kniete sich neben den bewusstlosen Krieger. Die Wunde, die sich quer über seinen Bauch zog und violette Gedärme hervorquellen ließ, sah grausam aus, war aber nicht tödlich. Man musste nur alles zurückstopfen und die Haut zunähen. Im Geiste hörte Naduah die Stimme ihrer Mutter.

„Wasch die Wunde aus. Entferne alles, was nicht hineingehört. Nähe ihn zu, koche das Leder für die Verbände in Sonnenhutwasser.“

Naduahs Blick schweifte über die Zelte. War es ein Lichtblick, den ihnen der Große Geist inmitten von Finsternis sandte? Mahtowins Zelt war eines der wenigen, die zwar zerstört, aber nicht verbrannt worden waren.

„Ich bin gleich zurück“, sagte sie. „Er wird leben. Das verspreche ich dir.“

Naduah rannte zum Tipi. Hatte sie zuvor nichts gefühlt, brannte ihr Körper nun vor Lebendigkeit. Das Herz in ihrer Brust raste, während sie

das Nötige zusammensuchte. Es raste derart, dass ihr schwindlig wurde und ihr Körper vom Scheitel bis zu den Fußsohlen kribbelte. Sie fragte sich, ob Mahtowin noch lebte. Wohl kaum, denn sie hätte ihre Heiligtümer niemals allein gelassen.

Naduah fand Rohlederschachteln mit Heilkräutern, Beutel voller Sonnenhut und saubere Lederstreifen. Sie raffte alles zusammen, brachte es zu Makamnaya, nahm einen Kessel und holte Wasser vom Fluss. Sie kochte einen Sud, säuberte die Wunde des Kriegers, stopfte die Eingeweide zurück, nähte das Fleisch zusammen und legte ihm einen Verband an. Nur kurz kehrte Makamnayas Bewusstsein zurück. Sein Blick huschte verwirrt umher, als verstünde er nicht, was geschehen war. Dann fiel er wieder in tiefen Schlaf. Ein gnädiger Zustand.

„Wo ist Peta?" fragte Naduah, während sie die Lederstreifen vorsichtig verknotete. „Hast du sie gesehen?"

„Ich weiß es nicht." Kehala wiegte ihren Oberkörper vor und zurück. „Weiß es nicht ... sie ist weg ... weg. Bestimmt tot. Wie alle anderen. Sie haben meinen Vater, Naduah. Sie haben alle Männer mitgenommen. Auch Mahto?"

Naduah blickte zu Boden und nickte. Ein Krieger kam herbeigerannt, schwang sich auf den Rücken eines verwundeten Pferdes und trieb es unbarmherzig an. Jenseits des Dorfes stießen zwei weitere Männer zu ihm.

„Sie wollen sehen, wie sie sterben", flüsterte Kehala. „Sie sehen zu, wie man sie hinrichtet. Und dann werden sie die anderen rufen. Es wird Krieg geben."

Naduah nahm das zitternde Mädchen in ihre Arme. Quanah saß im Gras saß, kaute auf einem Halm und schien unberührt von allem, was ihn umgab. Seine großen, grauen Augen blickten so unschuldig, dass es ihr das Herz zerriss.

Sie sah Mahto vor sich. Sah, wie er lächelte, wie seine Augen funkelten und seine Lippen sich zu diesem unnachahmlichen, verschmitzten Lächeln hoben. Sie sah seine Hände, die Pfeilspitzen schärften und Knochenflöten schnitzten. Behutsam und sanft.

Sie sah, wie er ein kleines, verängstigtes Mädchen auf seinen Mustang hob. Und wie er am Ufer eines Flusses einen Bären und einen Hirsch in den Schlamm zeichnete.

„Mahto", raunte er und deutete auf das zottige Tier. „Mein Name ist Mahto."

Zuletzt sah Naduah das Lächeln, das das Gesicht ihres Vaters erhellt hatte, als er Quanah in seine Arme schloss. Schmerzlich und glücklich in gleichem Maße, als wäre ihm klar gewesen, dass er den Jungen niemals aufwachsen sehen würde.

„Alles wird gut", flüsterte sie Kehala zu. „Vertrau mir. Alles wird gut." Die Lüge kam so leicht über ihre Lippen.

Die Hitze flirrte über dem Fluss. Das verbliebene Wasser floss so schwach dahin wie das Blut in Naduahs Adern. Pappeln raschelten im Glutwind, ausgedörrt wie das Gras auf den Hügeln. Moskitoschwärme summten.

Wanapin lag zusammengerollt neben ihr und schlief, Siyo zupfte am braunen Gras. Sie sahen aus wie Geister. Verloren in einer hitzeflirrenden Zwischenwelt.

Naduah hörte den Mann, noch ehe sie ihn sah. Von Weitem war das trockene Schlagen der Hufe auf dem ausgedörrten Boden zu hören. Während die anderen Krieger weiter gen Westen ritten, kam er zu ihr hinüber. Ein flüchtiger Gast in ihrer selbst gewählten Einsamkeit.

Seit Tagen hatte sie kaum mehr geschlafen, weil sie bereit sein wollte, schnell zu fliehen, falls die Soldaten zurückkamen. Alle waren weitergereist, zum Dorf der Kotsoteka, die mehrere Tagesreisen flussabwärts lebten und sie aufnehmen würden. Nur sie war zurückgeblieben. Bei den Ruinen am Fluss. Sie vermisste Quanah, den sie in Kehalas und Petas Obhut gelassen hatte, und sehnte sich nach Nocona.

Für ihn war sie hier. Damit er inmitten des Todes Hoffnung fand und nicht glaubte, alle hätten ihn verlassen.

„Was machst du hier?" Der Mann glitt von seinem schweißbedeckten Pferd und blickte auf sie herab. Trauer verschleierte seine Augen. Viele Tage und Nächte hatte er gegen die Tränen gekämpft.

„Ich will hier sein, wenn mein Mann zurückkehrt."

„Und dein Sohn? Warum ist er nicht bei dir?"

„Allein kann ich schneller fliehen, wenn die Gelben Haare zurückkommen. Quanah ist sicher. Es geht ihm gut." Sie nahm allen Mut zusammen, suchte den Blick des Kriegers und stellte die Frage, deren Antwort sie nicht hören wollte. „Was ist passiert?"

Der Mann straffte sich und nahm eine stolze Pose ein, doch die Mattheit seines Körpers und der leere Blick seiner Augen straften diese Geste Lügen. „Sie starben mit dem Totenlied auf den Lippen. Sie gingen aufrecht und ohne Angst in das Land der Großen Jäger."

Naduah schloss die Augen. Sie hatte es gespürt. An jenem Morgen vor sieben Tagen. Mahto war tot. Ihr Vater war in der anderen Welt, vereint mit Huka. Seine Stimme war verloren, und es gab nichts mehr, das sie für ihn tun konnte.

„Erzähle es mir. Wie sind sie gestorben?"

„Man band sie im Morgengrauen an Pfähle, die sie mitten im Dorf aufgestellt hatten. Die Gelben Haare redeten viel, wie sie es immer tun. Sie redeten, bis die Soldaten mit ihren Gewehren kamen. Ein Mann fragte nach dir, er rief laut deinen Namen, doch keiner aus unseren Reihen verriet dich, selbst dann nicht, als man anbot, jeden mit der Freiheit zu belohnen, der ihnen den Weg zu dir zeigen würde."

Die Erkenntnis fühlte sich blass und taub an, wie das Schneiden eines Messers in erfrorene Haut. Noch immer suchten sie nach ihr, noch immer hatten sie nicht aufgegeben. Die Krieger hatten ihr Leben für sie gegeben. Jeder, selbst Icabu, war lieber gestorben, als sie zu verraten. Waren alle anderen Gefühle betäubt von Trauer und Hitze, strahlte die Liebe zu ihrem Volk doch stärker denn je.

„Starb mein Vater mit einem Lächeln?" fragte Naduah.

„Ja. Sie sangen gemeinsam das Totenlied, als sie in die andere Welt gingen. Sie waren stark und furchtlos."

Naduah zwang sich zu einem Lächeln. Mit bebenden Fingern zog sie das Messer aus ihrem Gürtel.

„Bitte lass mich allein. Ich will um meinen Vater und meine Mutter trauern. Und um alle anderen, die ihr Leben gegeben haben."

Der Krieger nickte wortlos, schwang sich auf sein Pferd und ritt davon. Schnell wurde seine Silhouette vom flimmernden Atem der Hitze verschlungen. Naduah begann zu singen. Sie wiegte sich vor und zurück, langsam und hypnotisch, während sie ihren Geist für die Erinnerungen eines ganzen Lebens öffnete.

Mit dem Messer schnitt sie Wunden in ihre Unterarme. Blut tropfte auf die staubtrockene Erde. Alles, was sie fühlte, waren unwirkliche Bruchstücke von Schmerz. Zerrissen hing der Poncho um ihre Schultern, verfilzt war ihr Haar. Noch immer besudelt von Hukas und Makamnayas Blut. Sie griff danach, nahm eine Strähne zwischen ihre verkrusteten Finger und schnitt sie ab. Eine zweite folgte, eine dritte. Bis ihr hüftlanges, goldbraunes Haar neben ihr lag, ein Symbol für das Leben, das verloren war. Das Leben, in dem Mahtos Liebe sie begleitet hatte. In dem sie an Hukas Seite gelacht und geweint hatte. Sie wiegte sich in einem monotonen Rhythmus, bis alles Körperliche gleichgültig wurde und sie die Welt durch die Augen eines Geistes sah.

Hundert Pferde. Die glücklichsten Tage ihres Lebens. Ein Feuer in den südlichen Wäldern. Der Geruch dämmerigen Sumpfes, das Spiel einer Flöte.

„Und was schließt du daraus, wenn hier irgendwo Spuren eines Menschen auftauchen?"

Sie grinste. „Dass es kein Nunumu gewesen sein kann."

„Warum?"

„Weil ich seine Spuren sehe."

Das Wasser des Flusses gluckerte träge. Insekten umschwärmten Wanapins Fell. Siyo schüttelte den Kopf, trottete zum Fluss hinunter und trank. Naduah hörte die Stimmen und das Lachen im Zelt ihrer Eltern, heranwehende Fetzen aus der Vergangenheit.

„Selbst wenn er mit dreimal so vielen Pferden gekommen wäre, würde Mahto mit ihm verhandeln. Kein Vater gibt seine Tochter freimütig her. Er zeigt damit, wie schwer es ihm fällt. Was vermutlich bedeutet, dass er morgen Abend noch da draußen steht."

Als die Nacht kam, rollte sie sich unter einem Baum zusammen. Den Horizont im Blick, jederzeit bereit, die Flucht zu ergreifen, gönnte sie ihrem Geist oberflächliche Ruhe.

Der Morgen kam, ein weiterer Tag verging. Sie badete im Fluss, jagte Vögel und Präriehunde, träumte von Mahto, Huka und Nocona, träumte von dem, was sein würde, und als zwei weitere Tage verstrichen waren und sie noch immer allein am Fluss saß, wurde der Schlaf so übermächtig, dass sie sich nicht länger dagegen wehren konnte.

In der kochenden Hitze des Nachmittages sank sie im Schatten einer Pappel zusammen und spürte, wie felsenschwere Dunkelheit auf sie sank. Naduah wurde von ihr schier in den Boden gedrückt. Stimmen umsäuselten sie. Nocona, Quanah, Huka und Mahto. Sie alle waren bei ihr. Öffneten sich ihre Augen, dann nur, um nach wenigen Momenten wieder zuzufallen. Niedergedrückt von Erschöpfung und Müdigkeit.

Die Sonne stand hoch, als sich jemand über sie beugte. Ein neuer Tag musste herangebrochen sein. Der Schatten griff nach ihr und zog sie hoch. Ungläubiger Schrecken drang durch die Betäubung ihrer Müdigkeit, doch dann sah sie, dass es kein Weißer war. Es war ein Mann vom Volk. Und er sah aus wie … nein … ihre Augen mussten sie täuschen. Oder doch nicht?

„Erkennst du mich nicht? Rede mit mir, mein Blauauge. Was ist passiert? Rede mit mir!"

Sie öffnete den Mund, wollte schreien vor Freude, doch ihre Kehle war rau wie die ausgedörrte Erde. Er war wieder bei ihr. Er war zurückgekehrt! Oder narrte sie nur die Hitze der Sonne, die ihr schon oft Stimmen und Bilder vorgegaukelt hatte?

„Ich bin hier. Du bist nicht mehr allein. Hörst du mich?"

„Nocona", brachte sie endlich hervor. „Nocona."

Sie murmelte den Namen wie ein Gebet. Wieder und wieder. Ihre Beine zitterten, wollten sie kaum tragen. Wie lange hatte sie geschlafen? Warum war sie so schwach? Behutsam wusch er den Dreck von ihrer Haut, brachte sie zum Lager zurück, bedeckte ihre Wunden mit zerrie-

benen Heilkräutern und verband sie neu. Dann flößte er ihr einen Honigsud ein, den er über einem hastig entfachten Feuer gekocht hatte. Naduah saß vor ihm, starr und fassungslos.

Ja, es war die Wirklichkeit. Er war wieder bei ihr.

Großer Geist …

Jahre schienen vergangen zu sein, seit sie auf ihn gewartet hatte.

Noch einmal führte er sie hinunter zum Fluss. Während das Wasser ihre Beine umströmte und Kühlung verschaffte, kämmten seine Finger durch ihr schulterlanges Haar. Er küsste ihre Stirn und ihre Wangen. Federleicht glitten seine Lippen über ihre Haut. Küssten sie. Küssten sie ohne Unterlass, und jeder Kuss legte sich wie Medizin über den Schmerz des Verlustes und löschte das Brennen der Trauer.

Hand in Hand gingen sie an das Ufer, um sich in das staubtrockene Gras zu setzen. Naduah schwelgte im sonnenwarmen Duft seiner Haut. Im Geräusch seines Atems. Im Herzschlag unter ihren Fingern. Eine Strähne seines Haares strich über ihren Handrücken. Sie beugte sich vor und roch daran. Ein Hauch von Salbei.

„Bist du wieder bei mir, mein Blauauge?"

Naduah blinzelte. „Ja. Ich muss eingeschlafen sein."

„Du lagst in der prallen Sonne. Kein Wunder, dass du mehr tot als lebendig bist. Warum hast du das getan? Wolltest du etwa …"

Sie sah den Schrecken in seinem Gesicht und hob abwehrend beide Arme. „Nein, es war keine Absicht. Ich bin im Schatten eingeschlafen, und als ich aufwachte, lag ich in der Sonne."

Keine Erleichterung zeigte sich in seinem Blick. „Du hast deine Wunden schlecht behandelt. Dein Blut hätte giftig werden können."

„Meine Wunden sind immer gut geheilt."

Er seufzte und schüttelte den Kopf. Das Braun seiner Augen war nicht mehr warm, sondern stumpf vor Furcht und Schrecken.

„Was ist geschehen? Erzähl es mir, mein Blauauge. Erzähl mir alles."

Plötzlich lag sie weinend in Noconas Armen. Ihr Körper zuckte und wand sich, Tränen liefen über ihre Wangen, ihr Hals zog sich in Krämpfen zusammen. Er hielt sie fest. Hielt sie einfach nur fest, bis es besser wurde, und raunte leise Worte in ihr Ohr.

„Soldaten …", brachte sie endlich hervor.

Alles Vergrabene brach aus ihr hervor, in einem gewaltigen, befreienden Strom. Nocona hörte ihr zu, schweigend und gefasst, strich über ihr Haar und legte seine Stirn gegen ihre, wenn die Worte sich in Messer verwandelten und in ihrer Kehle feststeckten. Noch immer konnte sie kaum begreifen, dass er hier vor ihr lag. Dass sie nur die Hand ausstrecken musste, um sein Gesicht zu berühren. Ein Gesicht, dessen Jugend so unberührt schien, so unangetastet von allem Schrecken, als wäre er

eines der göttlichen Wesen, die mit unerschöpflicher Kraft und Zuversicht zur Erde kamen, um den weniger Starken Trost zu spenden.

Während der Wind im sonnenverbrannten Gras klagte und das trockene, herbstgelbe Laub von den Zweigen riss, beendete Naduah ihre Geschichte.

„Was ist mit Peta?“, fragte Nocona. „Und mit meiner Schwester?“

„Sie leben. Peta kümmert sich um Quanah. Die Kotsoteka im Westen nahmen uns auf. Makamnaya wurde schwer verletzt, aber Kehala pflegt ihn. Er wird wieder gesund.“

„Und Zuzueca? Er ist tot, nicht wahr?“

„Sie haben ihn hingerichtet. So wie Icabu und alle anderen Krieger. Nur drei konnten entkommen. Sie folgten den Soldaten bis in ein Fort und sahen zu, wie man sie erschoss. Alle gingen stolz in die andere Welt, mit dem Totenlied auf den Lippen. Sie haben ihren Platz an den Ratsfeuern unserer Ahnen gefunden.“

Noconas Gesicht war eine vollendete Maske. Es war unmöglich zu sagen, was er fühlte. Ihr war, als würden Erleichterung, Schmerz und Glück sie von innen her zerreißen, und doch zwang sie sich, vor ihm zurückzuweichen, die Tränen von ihren Wangen zu wischen und ihn zu mustern.

Er hatte sich nicht verändert. Wäre das Leid in seinem Gesicht nicht gewesen, hätte Naduah sich in die Illusion fallen lassen können, alles wäre wie früher.

„Warum warst du so lange fort?“

„Ich war krank“, antwortete er. „An viel erinnere ich mich nicht mehr. Ich weiß noch, dass ich viele Tage in einem Bett der Weißen lag. Es stank und war klamm, und in das Zimmer, in das man mich eingesperrt hatte, kam nicht einmal der kleinste Luftzug.“

„Zimmer?“ Naduah fuhr hoch. „Eingesperrt? Du warst wo? Bei den Weißen?“

Nocona erzählte. Sie erfuhr von den MacKenzies, von ihrem langen Weg, dem Fieber und dem Fort. Der Gedanke, dass man Nocona zu einem Arzt geschmuggelt hatte, umgeben von Dutzenden Feinden, die ihn ohne mit der Wimper zu zucken aufgehängt hätten, stürzte sie in tiefe Fassungslosigkeit. Jemand wie er, ein Nomade frei wie der Wind, eingepfercht in einem Hinterzimmer, hilflos der Gefahr ausgeliefert, entdeckt und hingerichtet zu werden.

Naduah weinte, als er ihr von seinem Traum erzählte, und sie schüttelte ungläubig den Kopf, als ihr klar wurde, wem Nocona sein Leben verdankte. Einer Siedlerfamilie.

„Nachdem ich wieder gesund war“, schloss er, „brachte ich Jacob zu einem Fluss. Ich zeigte ihm, wo es viele gelbe Flusssteine gibt. Genug,

um ihm und seiner Familie ein gutes Leben zu ermöglichen."

Etwas Seltsames geschah in ihrem Herzen. Die Abscheu, den sie sonst ausschließlich für ihr altes Volk empfunden hatte, wurde blass und durchscheinend. Sie erinnerte sich wieder daran, dass auch die Weißen hofften und bangten, dass sie Träume hegten und Mitleid kannten. Vielleicht würde für Susannah, Jacob und Clara alles gut werden. Sie hoffte es aus tiefstem Herzen, denn bis zum Ende ihres Daseins würde sie ihnen dankbar sein.

„Siyos Fohlen ist tot", flüsterte sie. „Quanah hätte auf ihm reiten lernen sollen. Auf ihrem Fohlen und auf keinem sonst."

„Das tut mir leid." Er nickte zu dem Boot hinüber, das in einiger Entfernung an einer Pappel festgezurrt lag. „Aber sein Kanu ist unversehrt. Und es ist noch schöner als in meiner Erinnerung."

Naduah musterte es. Ja, es war noch immer prachtvoll, auch wenn die sengende Sonne den Farben die Leuchtkraft genommen hatte. Sehnsüchtig schien es sich des Wassers zu erinnern, in dem es vor wenigen Tagen noch gelegen hatte. Jetzt verdorrte rissiger Schlamm unter seinem Kiel, doch hinter der trockenen Hitze der Luft roch Naduah bereits den fruchtbaren Hauch herannahenden Regens. Der Himmel war nicht mehr weiß, sondern von blassem Blau, und über den Horizont zogen ferne Wolken, noch leicht und fedrig, aber bald würden sie wachsen und schwer von Regen werden.

„Nocona", sagte sie zu ihm. „Wenn der nächste Sommer kommt, wirst du erneut Vater."

Zunächst schien er nicht zu begreifen, was ihre Worte bedeuteten. Sein Blick verwandelte sich nur langsam. War zuerst ratlos, dann ungläubig und schließlich funkelnd vor Lebendigkeit. Seine Trauer verflog wie aufgeschreckte Vögel. Er lachte, schloss sie in seine Arme, küsste sie und scheute sich nicht, die Tränen zu zeigen, die ihm in die Augen traten.

„Du trägst ein Kind in dir? Ich werde wieder Vater?"

„Ja. Quanah bekommt einen Bruder."

„Oder eine Schwester, wenn es die Geister so wollen."

Sie schmiegte sich an seine Brust und verlor sich im Schlag des Herzens, den sie viel zu lange nicht mehr gehört hatte. Das Streicheln des Windes hieß sie im wiedergewonnenen Leben willkommen.

„Alles wird wieder gut werden", sagte sie. „Wir gehen dorthin, wo uns niemand findet. Wir gehen weit weg. Und alle, die vorausgegangen sind, werden auf uns warten. An den Feuern, die nie verlöschen."

„Die Staked Plains", antwortete er. „Dorthin wagt sich kein Gelbes Haar. Ich kenne eine Schlucht. Wenn wir auf ihrem Grund unser Lager aufschlagen, wird keiner uns finden. Für die Weißen gibt es in den Staked Plains nur den Tod."

Makah, 2011

Makah erwachte mit leeren Armen. Sara hatte es irgendwie geschafft, sich aus seiner Umarmung hinauszuwinden, ohne dass er geweckt worden war. Ihre Abwesenheit tat körperlich weh. Doch nicht nur das. Der Schatten des Vergangenen legte sich wie ein frostiges Eisenband um seinen Magen. Er verstand, warum er damals diese Familie hatte beschützen wollen, und doch wünschte er sich, nie fortgegangen zu sein. Sein eigen Fleisch und Blut war wichtiger als alles andere. Dieser Egoismus war natürlich und im Wesen eines jeden Säugetiers eingespeichert. Die eigene Familie über alles. Zumindest sollte es so sein.

Damals hatte er Naduah und Quanah dummerweise in Sicherheit gewähnt. Nocona war nicht er und besaß nicht das Wissen der Geschichtsbücher, die einem im Nachhinein klar machten, dass niemand sicher gewesen war, zu keiner Zeit.

„Sara? Wo bist du?"

Nichts. Er durchsuchte das Haus, fand keine Spur von ihr und rannte nach draußen. Cezi buckelte wiehernd durch seinen Korral, Sara war nirgendwo zu sehen. In kurzer Abfolge huschten Theorien und Befürchtungen durch seinen Kopf.

Isabella, die es geschafft hatte, zu fliehen. Jemand anderes, der schuldig war, und zurückkehrte, um sein Missgeschick auszugleichen. Sara, die einen Ausritt gewagt hatte und irgendwo mit gebrochenem Genick lag. Sara, die auf alle möglichen Arten und Weisen verletzt oder zu Tode gekommen war. Sein Herz wurde unter Starkstrom gesetzt.

„Sara? Wo steckst du? Hey, antworte mir!"

Die Tür der Toilette klappte auf. Heraus kroch die Frau, die er suchte. Grün bis an beide Ohren, mit geröteten Augenschlitzen und zerzaustem Haar.

„Ich hasse dein Klo!", brummte sie. „Dieses Ding ist barbarisch."

Mit ein paar schnellen Schritten war er bei ihr, stieß einen Laut der Erleichterung aus und hob sie auf seine Arme. Sie protestierte nicht, weder durch Körpersprache noch durch Worte. Schlaff, schweißnass und leicht, wie sie in seinem Griff hing, erinnerte sie ihn an eine erschossene Ente, die man frisch aus dem Wasser fischte.

Ente? Grundgütiger, wie konnte er Sara mit einer Ente vergleichen? Andererseits gab es wunderschöne Enten, die nebenbei noch köstlich schmeckten. Genauso wie sie. Im metaphorischen Sinne natürlich.

„Ist dir schlecht?"

Sie schnaufte. „Nein. Ich fand das Sofa unbequem und dachte mir, ich schlafe auf deinem Plumpsklo weiter."

„Das war eine reine Höflichkeitsfrage."

„Ja. Mir ist schlecht. War schlecht."

„Geht es wieder."

„Nein. Sie kommen wieder."

„Wer?"

„Diese beschissenen Visionen. Ich hasse sie. Ich will sie nicht. Das ist Hundekotze."

„Hundekotze?"

„Ja, verdammt." Ihre Stimme erstickte in haltlosem Schluchzen. Im Haus bettete er sie auf das Sofa und deckte sie zu. In ihren Augen lag die Befürchtung, er könnte das, was sie getan hatte, ekelhaft finden. Wie rührend. Diese wunderschöne Frau wurde rot bis über beide Ohren, weil sie sich für körperliche Notwendigkeiten schämte. Nichts konnte Saras Makellosigkeit in seinen Augen trüben. Sie war perfekt. Selbst nach einer Reiherorgie auf seinem barbarischen Plumpsklo.

„Wir müssen da leider durch, fürchte ich." Er lehnte sich über sie und strich über ihre feucht glänzende Stirn. „Es wird erst aufhören, wenn wir fertig sind."

„Sie haben meinen Vater erschossen." Saras Augen schwammen in Tränen. Ihm ging schier das Herz über, als er mit dem Daumen die Tropfen von ihren Wangen wischte. „Sie haben sie alle …"

„Er hat dich geliebt", flüsterte er. „Über alles. Dein Vater hatte ein gutes Leben. Er ist jetzt dort, wo er sein wollte. Bei Huka."

Sara sagte nichts, zog nur die Decke bis über ihre Nase. Er wollte sie glücklich sehen. Nicht aufgelöst in altem Schmerz. Aber diesen Kampf mussten sie durchstehen. Gemeinsam. Seine Aufgabe war, bei ihr zu sein, und ihr die Hand zu reichen.

„Ob Mahto und Huka auch zurückgekommen sind?"

„Ich denke, sie sind in der anderen Welt geblieben."

„Wie kommst du darauf?"

„Manche gehen ihren Weg weiter, nehmen ein neues Leben in Angriff und lassen das Vergangene los. Andere gehen zurück und verweilen in ihrer glücklichsten Zeit."

„Wir sind in die Zukunft gegangen, ohne das Vergangene loszulassen."

„Ja, aber die Frage ist: Wären die Visionen auch gekommen, wenn du nie nach Oklahoma geflogen wärst und ich dich nie getroffen hätte? Bei mir hat es erst angefangen, nachdem du mir über den Weg gelaufen bist."

Jetzt sah sie aus wie ein Kauz, den man in kaltes Wasser getaucht hatte. „Keine Ahnung."

„Was soll's, es ist sowieso eine sinnlose Frage. Unser Weg hat uns hierher geführt. Wir hatten keine Wahl. Damals hat man uns getrennt.

Wir sind einsam gestorben. Vielleicht waren unsere Seelen so verletzt und verwirrt, dass sie sich im Jenseits nicht fanden. Deswegen mussten wir auf andere Weise wieder zusammenkommen."

„Ist das nicht unglaublich?" Saras Augen begannen zu leuchten. Sie sah ihn auf eine Weise an, die seinen ganzen Körper brennen ließ. Wie sie da hockte, zugedeckt bis unter die Nase, mit zerzaustem Bernsteinhaar und riesigen Augen, sah sie unerträglich niedlich aus. Am liebsten hätte er diese Frau an seinen Körper geschnallt und für den Rest seines Lebens mit sich herumgetragen. „Diese Welt ist so riesig. Es gibt sieben Milliarden Menschen, es gibt unendlich viele Entscheidungen und unendlich viele Wege. Aber wir haben uns trotzdem gefunden. Als wären wir miteinander verbunden. Schon seit unserer Geburt. Ich wusste immer, dass mir etwas fehlt."

„Ging mir genauso." Makah sank über Sara zusammen und kuschelte sich an sie. Ihr Körper war so herrlich weich. Er wollte ihn tagein, tagaus nur streicheln und drücken. „Schon Konfuzius sagte: Es gibt drei Arten, sich weiterzuentwickeln. Die erste besteht im Nachdenken. Das ist die edelste Art. Die zweite ist das Nachahmen. Das ist die einfachste Art. Bei der dritten handelt es sich um die Erfahrung. Das ist die bitterste Art."

„Ich will nicht zurück", murmelte Sara. „Du erträgst es besser als ich. Dich macht es stark. Ich fühle mich wie ein Bild, das verblasst."

Er hob den Kopf und sah sie an.

„Machst du Witze? Bevor du aufgewacht bist, hatte ich den Niesanfall meines Lebens. Dieser Körper hier ist bis über beide Ohren vollgepumpt mit Aspirin. Mein Kopf fühlt sich an wie eine überfahrene Melone."

„Du siehst gut aus."

„Nichts als Illusion."

„Nein, du siehst aus, als könntest du mit bloßen Händen einen ganzen Wald aus Eichen niedermähen. Du siehst aus wie Chuck Norris' Nachbar."

Ihm entkam ein Prusten. Diese Frau war der Hammer. Sie sah gut aus, besaß einen wundervollen Charakter, einen guten Schuss Humor und haufenweise Mut. Sie war das, was sein Vater augenzwinkernd als Hauptgewinn des Lebens bezeichnet hatte. Er wollte sie anbeten, vor ihr auf die Knie sinken, ihr huldigen, jeden Millimeter ihres Körpers küssen. Doch der Schatten war unübersehbar. Sie sah ausgezehrt aus, blass und ausgelaugt. Zogen ihr die Visionen die Kraft aus den Knochen, während er völlig gegensätzlich auf sie reagierte? Möglicherweise war es dasselbe Prinzip wie bei Krankheiten. Der eine war immun dagegen, der andere litt wochenlang und kam nur zermürbend langsam wieder auf die Beine. Vielleicht lag es auch an etwas ganz anderem.

„Du bist schwanger", überlegte er. „Ergo beuteln dich die Hormone."

Sie schnaufte. „Einhundertsechzig Jahre alte Hormone?"

„Warum nicht? Die Visionen sind kein harmloses Spiel. Sie verändern uns. Sie verletzen uns. Vielleicht ist es besser, wenn jemand auf uns aufpasst."

„Wer denn?"

„Ich könnte jemanden aus dem Dorf fragen."

„Nein." Sie schüttelte energisch den Kopf. „Ich will niemanden einweihen. Ich will mit dir allein sein. Nur mit dir. Außerdem wissen wir nie, wann die Visionen kommen. Wenn jemand auf uns aufpassen soll, müsste er ständig um uns sein."

„Wie du willst. Aber wenn es schlimmer wird, quartieren wir uns bei Neil ein. Oder wir fahren zu Ross' Farm. Er wird es verstehen. Oder es wenigstens versuchen."

Saras Blick verlor sich in unsichtbarer Ferne. „Ich bekomme ein Kind, das Mahto und Huka nie sehen werden."

Darauf wusste er nichts zu sagen. Einfach war das Ganze nicht. War es noch nie gewesen. Und mit jedem Mal wurde es schwerer.

„Ich koch dir noch einen Tee. Willst du was essen? Soll ich dir was bringen?"

„Nein."

„Gut. Dann verschwinde noch eben schnell auf das barbarische …"

„Nein!", wiederholte sie. „Besser nicht."

„Ich muss aber. Du weißt schon, diese unästhetischen Bedürfnisse, für die die Natur noch keine sinnvolle Alternative gefunden hat."

Sie griff nach seiner Hand und zog ihn zu sich hinab. „Mir war nicht nur schlecht, weißt du? Besser, du gehst vor morgen früh nicht da rein."

„Sara, alles an dir ist wunderbar und faszinierend."

„Hast du eine Ahnung. Warte wenigstens, bis ich eingeschlafen bin, okay? Stell dir vor, du wärst ein Romanheld. Romanhelden müssen nie auf's Klo."

Makah kapitulierte. Also gut, wenn dieses hinreißende Geschöpf es so wollte, würde er noch ein Weilchen ausharren. Er hatte sich immer für ein Naturtalent gehalten, was Körperbeherrschung betraf. Jetzt war die Gelegenheit, sein Können unter Beweis zu stellen. Kaum hatte er seinen Kopf auf ihre Brust gelegt, wurde ihm wunderbar duselig. Der Gedanke an dringende Notwendigkeiten verblasste, ganz zuletzt verschwand die Sorge, nach den Visionen mit nasser Hose aufzuwachen. Zusammen mit Sara schlief er ein und versank in der Tiefe von Zeit und Raum. Ihr Herzschlag hallte im stillen, schwarzen Universum wieder. Sie war bei ihm. Begleitete ihn.

Ein unglaubliches Gefühl.

Nocona, 1847

Der Fluss trug ihn mit träger Gemächlichkeit. Ein Windhauch umfächelte seine verschwitzte Haut. Nicht weit von ihm und doch viel zu weit weg ritt Naduah auf ihrer Stute am Ufer entlang. Wanapin und Cetan trotteten ihr hinterher, erschöpft von der drückenden Schwüle.

Viel zu viel Zeit war vergangen. Wunden waren gerissen worden, die nichts und niemand heilen konnte. Seine Anwesenheit hätte nichts am Schicksal geändert. Vermutlich hätte man ihn gefangen genommen und an der Seite von Mahto und den anderen erschossen. Ungeachtet dessen klaffte in Nocona eine abgrundtiefe Verzweiflung auf, wenn er daran dachte, dass er sie allein gelassen hatte. Die Menschen, die er liebte. Ihm war klar, um was sich Mahtos letzte Gedanken gedreht haben mussten. Seine Tochter und Quanah waren allein. Zurückgelassen von ihrem Mann, der irgendwo in der Ferne seiner Erlösung nachjagte.

Liebe erfüllte sein Herz, als er Naduah beobachtete. Ihre stolze, abgemagerte Gestalt, ihre schmutzige Haut, das abgeschnittene Haar und die verbundenen Arme. Wenn ihre Blicke sich begegnen, lächelte sie. Ungebrochen stark.

Nocona ließ sich mit dem Strom treiben. Ab und zu korrigierte er die Richtung, bremste das Kanu ab, wenn es zu schnell wurde, oder zog das Paddel mit kräftigen Zügen durch das Wasser, wenn der Fluss zu still wurde. Manchmal schloss er die Augen, versank in der trägen Hitze des Tages und ließ sich von der Sonne verbrennen. Sein Geist erhob sich in schwindelerregende Höhen. Er flog dorthin, wo keine Angst existierte und der Wind von uralten Träumen erzählte.

Unwirklich flossen die Tage an ihm vorbei. Immer wieder lenkte er das Kanu an das Ufer und zog Naduah an sich, küsste ihre feuchte Haut, streichelte über ihr Haar und musterte sie, als erblickte er diese berauschende Frau zum ersten Mal. Sie liebten sich vorsichtig und sanft, flüsterten sich am Abend in den Schlaf und wachten am Morgen eng umschlungen auf. Sie jagten gemeinsam, saßen abends aneinandergeschmiegt am Feuer und sogen die Nähe des anderen hungrig in sich auf. Etwas, das Nocona für unmöglich gehalten hatte, trat ein. Die Nähe, die er mit seiner Frau teilte, wurde noch tiefer. Noch heiliger. Naduah war sein Atem. Sein Herzschlag. Seine Seele.

Am sechsten Tag ihrer Reise, als die Hitze so drückend wurde, dass der Schweiß in Rinnsalen über seinen Oberkörper lief und das Paddel selbst in der Mitte des Flusses über Kies schabte, schwängerte der Geruch nach Tod die Luft.

Kein Baum säumte das Ufer, kein Strauch oder Felsen. Nur grasbe-

wachsene Hügel, Senken und Ebenen. Nocona zog das Kanu an das Ufer, setzte sich auf Cetans Rücken und suchte mit Naduah nach dem Grund des Gestanks. Nachdem sie drei Hügel erklommen hatten, raubte ihnen das Leichentuch des Gestanks den Atem. Viele Körper mussten in der Hitze des Sommers verfaulen, um das ganze Land mit Tod zu erfüllen. Kein Krähengeschrei war zu hören. Kein Kojote oder Wolf kämpfte um Fleisch. Die Stille war zornig und endgültig.

Als sie den vierten Hügel jenseits des Ufers erklommen hatten, sahen sie, woher das Schweigen rührte. Das Land war hingeschlachtet. Ausgeweidet und seiner Seele beraubt. Ein Krieg war über die Prärie gefegt. Wagenspuren schlängelten sich durch ein Labyrinth aus verfaulenden Körpern. Enthäutete Bisons lagen im Gras, so weit das Auge blickte. Manche waren angefressen, andere unberührt, weil die unvorstellbare Masse an Fleisch die Raubtiere der Plains überforderte. Bis zum Horizont war das Land in Blut getränkt.

Lange blickten sie auf das Schlachtfeld hinab. Schweigend und fassungslos. Die Botschaft dieses massenhaften Todes war unmissverständlich.

„Sage ihnen nichts." Nocona lenkte Cetan herum und trieb ihn zurück zum Fluss. Naduah blieb dicht an seiner Seite. „Erzähle nichts von dem, was wir gesehen haben. Wir gehen weit fort."

Sie nickte stumm. Er stieg in sein Kanu, ließ es hinaus auf den Fluss treiben und zog das Paddel durch das Wasser. Sie mussten in die sonnenverbrannte Ödnis der Staked Plains flüchten. Der Weg war weit und kräftezehrend, gut möglich, dass ihn nicht jeder überlebte. Aber ihnen blieb keine Wahl. Er dachte nicht mehr an den Krieg, an Ruhm oder Ehre. Dinge dieser Art waren aus seinem Kopf getilgt. Alles, was er wollte, war Frieden. Den ungestörten Fluss der Jahreszeiten, der ihn durch das Leben trug und seine Kinder aufwachsen ließ.

Am nächsten Abend tauchte das Dorf vor ihnen auf. Eine Ansammlung bunter, in der Sonne leuchtender Zelte. Nicht sein Dorf, aber eine neue Heimat. Naduah war vorausgeritten und hatte sein Kommen angekündigt. Auf einer Landzunge, die in den Fluss hinausragte, standen alle Menschen aus seinem Leben, die übrig geblieben waren.

Peta, Kehala und Makamnaya. Mahtowin, die Geschichtenerzählerin, und Naduah. Seine über alles geliebte Naduah mit Quanah, der in ihren Armen schlief.

Hoffnung kehrte zurück, zusammen mit einer wilden Entschlossenheit. Seine Aufgabe bestand jetzt darin, all diese Menschen in Sicherheit zu bringen, und er würde sich ihr stellen.

Die Versammlung der Krieger und Ältesten war in heller Aufregung. Kundschafter berichteten, dass die Prärie wenige Tagesritte vom Dorf entfernt in Blut getränkt war, übersät von dahingeschlachteten Büffeln. Die Nachricht stürzte jeden Anwesenden in Fassungslosigkeit. Man rief einen spontanen Kriegsrat ein, ein Umstand, der seit den Kämpfen gegen die Mexikaner nicht mehr stattgefunden hatte. Jedem Mann verlangte es höchste Disziplin ab, das Ritual des Pfeifenrauchens schweigend zu absolvieren.

Schließlich, als die guten Geister bereit waren, ihnen zuzuhören, erhob Nocona das Wort. Er erzählte mit ruhiger Stimme von dem, was er dachte. Von seinen Entschlüssen und Entscheidungen, seinen Gefühlen und Ängsten.

Als er endete, erhob sich Akicita, ein hünenhafter Mann, der aussah, als wäre er aus einem Felsen herausgehauen worden. „Die Gelben Haare töten unsere heiligen Brüder, und du willst vor ihnen fliehen? Höre ich diese Worte von einem Lanzenträger?“

„Nunumu fliehen niemals“, knurrte Canpaza, einer der fünf Lipan, die in das Dorf gekommen waren, um Friedensverhandlungen zu führen. „So erzählt man es sich wenigstens bei uns. Sind die Geschichten, die ich hörte, nur Lügen?“

„Ich habe nicht vor, zu fliehen.“ Nocona hielt an seiner Besonnenheit fest. Doch die Hitze, die das Ratszelt erfüllte, schaukelte Aggressionen auf. Sie trieb den Männern den Schweiß auf die Stirn und ließ ihn mit seiner Beherrschung auf einsamem Posten stehen.

„Ich will Sicherheit für meine Familie“, fuhr er fort. „Das ist alles. Ich war in der Welt der Weißen. Ich habe gesehen, wie viele es sind, mehr als Sterne am Himmel. Sie werden kommen wie ein Gewittersturm, nur um vieles schlimmer, als Wasser und Wind je sein könnten. Ich habe die Kanonen gesehen. Und die Gewehre, deren Kugeln dreimal so weit fliegen wie die alten. Ich habe Soldaten gesehen in einer Anzahl, die ihr euch nicht vorstellen könnt. Wenn wir nicht gehen, sterben wir.“

Nocona verstummte, die Männer verfielen in hitzige Debatten. Der Häuptling brachte die fauchenden und knurrenden Krieger mit einer einzigen Bewegung zum Schweigen.

„Wir sind nicht hier, um Streit zu führen“, donnerte er. „Wir sind hier, um zu bereden, wie wir unser Volk retten.“

„Niemand versucht, den Mond vom Himmel zu reißen.“ Nocona strich über das Otterfell seiner Lanze. Eine Geste, die ihn seit jeher beruhigte, und Beruhigung hatte er dringend nötig, wenn er sich die grimmigen Mienen besah, die ihn eher an trotzige Kinder als an Krieger erinnerten. „Und niemand hält es für möglich, den Lauf der Sonne umzukehren, damit sie im Westen aufgeht und im Osten unter.“

„Zweifelst du an unserer Stärke?“, schnaubte Akicita. „Wir sind die Nunumu. Die Herren der südlichen Prärien. Wir sind das auserwählte Volk.“

Nocona seufzte. „Jede Seite hält sich für auserwählt. Jede Seite ist sich sicher, die Götter auf ihrer Seite zu haben. Aber nur eine kann gewinnen. Bedenke, dass die Siege, von denen du sprichst, Siege der Vergangenheit sind.“

Der Blick des Lipan wurde boshaft, während er ihm so nah kam, dass Nocona seinen heißen Atem spürte. „Ich habe seltsame Geschichten gehört. Du jagst und kämpfst mit einem Weib. Lass dir sagen, großer Lanzenträger, dass ich niemals vor Weibern den Schwanz einziehe. Genauso wenig wie vor den Gelben Haaren.“

„Naduahs Fähigkeiten reichen an die jedes Kriegers heran“, warf der Häuptling ein. „Ich habe mich selbst davon überzeugt. Wer an ihr zweifelt, möge sich hier und heute mit ihr messen, damit er seine Lektion lernt.“

„Ich kämpfe nicht gegen Frauen“, knurrte der Lipan verächtlich. „Die Gelben Haare nennen den Herbst Comanche Moon, weil sie eure Raubzüge in dieser Zeit fürchten. Die Mexikaner klappern mit den Zähnen beim Klang eures Namens, seit ihr sie zurückgeschlagen und ihre Grenzen niedergerissen habt. Den Vormarsch der Spanier habt ihr gestoppt. Wie räudige Kojoten kniffen sie die Schwänze ein und krochen zurück in ihre Höhlen. Lasst uns aufbrechen! Lasst uns den größten Kriegszug beginnen, den es jemals gab. Wir werden eine Schneise der Verwüstung bis zum Golf von Mexiko ziehen, wir werden unser Land vom Gestank der Gelben Haare befreien und sie dorthin zurückjagen, woher sie kamen. Lasst uns ihre neuen Gewehre erbeuten. Nehmen wir uns ihre Kraft und setzen sie für uns ein. Wir verbünden uns mit den Kiowa, wir schließen Frieden mit den Mescalero und kämpfen gemeinsam gegen den Feind. Viel Kraft zogen die Gelben Haare aus den Feindschaften der Stämme untereinander, weil sie die einen gegen die anderen aufhetzen konnten. Aber wenn wir die Pfeife des Friedens rauchen, nehmen wir ihnen diese Möglichkeit.“

Zustimmende Rufe erklangen. Das große Ratszelt verwandelte sich in einen Ameisenhaufen. So lange, bis Noconas Stimme den Lärm übertönte.

„Dieser Gedanke ist gut“, gab er dem Lipan recht. „In Zeiten wie diesen sollten wir nicht gegeneinander kämpfen, sondern zu einem Volk werden. Viel Leid kam über uns, weil wir glaubten, sicher zu sein. Ein ganzes Dorf wurde niedergemacht. Sie kamen, als die Sonne hoch stand, und ihr Werk war vollendet, noch ehe sie eine Handbreit gewandert war. Ich werde mit euch in den Krieg ziehen, aber nicht, ehe ich meine Fami-

lie in Sicherheit weiß. Die Staked Plains werden uns schützen. Kein Gelbes Haar kennt den Canyon, in dem wir unser Lager aufschlagen werden."

„Flucht?", fauchte Akicita. „Niemals! Die Gelben Haare schreien nach Krieg, und den sollen sie bekommen."

Nocona spürte seine Ruhe schwinden. „Wie sollen wir über den Winter kommen, wenn wir im Herbst nicht jagen? Ein Berglöwe ist stark, weil er aus dem Hinterhalt angreift. Er weiß, dass sein Versteck sicher ist und kann sich jederzeit unentdeckt dorthin zurückziehen, um neue Kraft zu schöpfen. Lasst uns in die Staked Plains ziehen. Wir reiten wie der Wind, wir sind schnell wie Adler und leise wie jagende Luchse. Wir sind wie ein Flüstern im Wind und wie ein Schatten in der Nacht. Das ist unsere Seele. Das ist unser Erbe. Die Gewehre zu nehmen ist der erste Schritt zu einer Entwicklung, an deren Ende wir uns selbst verlieren. Was geschieht als nächstes? Unterschreiben wir Verträge, weil wir zu betrunken sind, um Betrug zu erkennen? Verkaufen wir unsere Frauen an ihre Händler? Verlieren wir unsere Würde für sinnlosen Tand und Dummheitswasser?"

„Das hat nichts damit zu tun", schrie jemand. „Wir tun, was nötig ist, um ihnen standzuhalten."

„Entscheidet euch." Nocona wandte sich zum Gehen. „Sobald der Winter geht, ziehe ich mit meiner Familie in die Staked Plains. Vorher gibt es für mich keine Schlacht. Wer mit mir kommen will, ist willkommen. Wer bleiben will, mag das tun."

Er verließ das Ratszelt, atmete geräuschvoll aus und legte den Kopf in den Nacken. Die Sonne brannte auf seiner Haut. Es war bereits der Mond der fallenden Blätter, doch noch immer wollte der Sommer nicht weichen. Ihm war übel, obwohl er spürte, dass er die richtige Entscheidung getroffen hatte. Für sich. Aber auch für die anderen? Der Stamm würde sich spalten und uneins werden. So oder so verlor er an Kraft.

„Erzähl, Freund." Makamnaya tauchte an seiner Seite auf. „Was sagen sie?"

„Das, was ich erwartet habe."

Wie er trug sein Freund kaum etwas am Leib, lediglich einen Schurz und seinen federgeschmückten Talisman. Quer über seinen Bauch zog sich die frisch verheilte Narbe, das Mal der Säbelwunde prangte über seinen Rippen. Makamnaya war schmaler geworden. Hatte er zuvor das Aussehen eines fetten Bisonbullen besessen, glich er nun einem Grizzly im Sommer. Immer noch mächtig und groß, aber mit einer gewissen Geschmeidigkeit. Kehala tat ihm gut. In den Augen seines Freundes lag Freude und Glück, ein Anblick, den man in diesen Zeiten viel zu selten sah.

„Die einen sind auf meiner Seite.“ Nocona zuckte mit den Schultern und lief in Richtung Fluss. „Die anderen hassen mich. Meine Entscheidung wird den Stamm spalten.“

„Wenn es keinen gemeinsamen Weg gibt, geht eben jeder seinen eigenen.“ Makamnaya warf einen Schulterblick zurück. Seine Wangen glühten wie Wolken im Abendrot. „Sieh sie dir nur an. Ist sie nicht wunderschön? Deine Schwester und ich, das hätte ich mir nie träumen lassen.“

Nocona folgte dem Blick seines Freundes. Vor einem Zelt, das mit roten Schildkröten bemalt worden war, betrachtete Kehala mit kritischem Blick ihr neuestes, unvollendetes Kunstwerk. Ein hirschledernes Kriegshemd, aufgespannt auf einem Gestell. Neben ihr lagen Haufen aus gefärbten Stachelschweinborsten, Grannen, Silberplättchen und Präriehuhn-Federn. Kehala begann das Gestell zu umkreisen. Ihre seelischen Wunden schienen durch die Liebe zu Makamnaya geheilt worden zu sein.

„Wie geht es euch?“, fragte Nocona. „Gibt es etwas, das du mir sagen willst? Etwas, das ich wissen sollte?“

„Hm.“ Makamnaya kratzte sich am Hinterkopf. Er zupfte an einem seiner mit Otterfell umwickelten Zöpfe, rieb sich das Kinn und seufzte. „Nein, nun ja… ich …“

„Ja?“, half ihm Nocona auf die Sprünge.

„Ich wünsche mir so sehr Kinder.“

„Aber Kehala hat Angst, sich dir hinzugeben?“

Er nickte heftig. „Wenn wir beisammen liegen, wird sie ganz seltsam. Still und ängstlich und starr. Ich kann ihr das nicht antun. Ich denke daran, was sie damals ertragen musste, und ich lasse sie in Ruhe. Sie erträgt meine Nähe nicht. Was soll ich nur tun?“

„Lass ihr Zeit, mein Freund.“ Nocona schlug Makamnaya auf die Schulter. „Die Geister werden auch diesen Schatten von euch nehmen. Kommt ihr mit uns, wenn wir gehen?“

„Natürlich.“ Makamnaya blickte empört. „Ich bin dort, wo du bist. Mein Platz ist an deiner Seite. Wir leben und sterben gemeinsam.“

„Gut.“ Die Entscheidung seines Freundes war ein großer Trost. „Wir werden aufbrechen, sobald der Winter endet. Sag es deiner Frau. Ich muss zu Naduah. Hast du sie gesehen?“

„Sie schläft. Ihr war übel. Wieder mal.“

„Das zweite Kind setzt ihr mehr zu als das erste. Nicht mal Mahtowins Medizin macht es erträglicher.“

„Du ringst einen Büffel nieder, du tötest einen Grizzly mit deinen bloßen Händen und bist schnell wie eine Klapperschlange, aber wenn es um Frauendinge geht, kannst du nur hilflos zusehen.“

Nocona gönnte sich ein Lachen, obwohl Naduahs Leid ihn malträtier-

te wie ein tief unter der Haut sitzender Dorn. Insbesondere, weil er wusste, dass er die Schuld daran trug. Frauen hatten es wahrlich nicht einfach. Während die Männer ihrer Leidenschaft frönten, plagten sie sich mit den Früchten dieses Vergnügens ab. Erst, weil ihr Körper die Form eines Riesenkürbisses annahm. Dann bei der Geburt. Zu guter Letzt hing ihnen jahrelang eine liebenswerte, aber garstige Klette am Bein, die ihnen bis ins Erwachsenenalter hinein Sorgen und Ängste bereitete.

Während er Naduahs Tipi aufsuchte, ließ er seinen Blick schweifen. Die Menschen arbeiteten, ohne die gewohnte Fröhlichkeit zu zeigen. Frauen kochten Mahlzeiten, gerbten Felle oder bestickten Leder, ohne ihre Lieder zu singen. Kinder spielten lustlos am Fluss. Männer saßen beieinander und redeten von ernsten Dingen, ohne dass die Unbeschwertheit des Spätsommers zu spüren war.

Es hätte eine Zeit der Freude sein sollen. Kinder, die von den Pappeln aus in den Fluss sprangen und sorglos lachten. Jagden, Spiele und Wettstreite. Stattdessen lag der Schatten des Verlustes so schwer über allem, dass man kaum atmen konnte.

Nocona schlüpfte durch den Eingang des Tipis und fand Naduah schlafend vor. Nur mit einem dünnen Rehlederhemd bekleidet, lag sie zusammengerollt auf einer Decke, während ein nackter, brauner Winzling auf ihr herumkletterte.

Naduah knurrte, als sich Quanahs Fäuste in ihr Haar krallten und daran zogen. Nocona sah das Aufleuchten funkelnder Türkisaugen.

„Soll ich dich von diesem Qualgeist erlösen?“ Er küsste sie auf die Stirn und schmiegte sich an sie, während sein Sohn ihn aus tellergroßen Augen beobachtete. Naduahs Körper war sinnlich und warm. Tief sog er ihren Duft in sich ein, die Lippen auf ihren Nacken gelegt, streichelte ihr goldbraunes Haar und versuchte, seiner Gelüste Herr zu werden.

Ganz gleich, was der Rat beschloss, er würde seine Familie in Sicherheit bringen. Und wenn er sie bis ans Ende der Welt führen musste.

„Komm, du Wildfang.“ Schweren Herzens löste er sich von Naduah, hob Quanah auf seine Schultern und ging nach draußen. „Gönn deiner Mutter ein wenig Ruhe. Und du, Pelzkragen? Willst du mit?“

Wanapin döste neben dem Zelteingang und würdigte ihn keines Blickes.

„Gut, dann bleib eben hier, fauler Köter. Setz ordentlich Fett an, damit du einen guten Eintopf abgibst.“

Nocona pfiff Cetan herbei und hob den Jungen auf den Rücken des Hengstes. Mit einem Arm umfing er den kleinen Körper, den anderen ließ er locker hängen. Neugierig schweifte Quanahs Blick umher, als das Pferd lostrottete. Der Junge wuchs viel zu schnell. Er betrachtete die wachen grauen Augen seines Sohnes, das weiche Haar, das bereits die

Schultern berührte, und er glaubte, schon jetzt den Mann zu sehen, der er einst sein würde.

Quanah ähnelte ihm mit jedem Tag mehr. Man konnte ihn ins Gras setzen, und Stunden später saß er noch genauso da, starrte stumm in die Ferne, als sähe er Dinge, die andere nicht wahrnahmen. Nocona fühlte Wehmut, denn er erinnerte sich an seine eigene Kindheit und dachte zugleich an den Lauf der Dinge, der aus ihm einen Großvater und aus Quanah einen Krieger machen würde.

Als die den Uferwald erreichten, tanzten Mückenschwärme um sie herum. Kolibris schwirrten im Schatten der Bäume, Sonnenlicht flimmerte auf den Blättern der Pappeln und Eichen, fing sich in Flügeln der Schmetterlinge und auf der Strömung des Flusses. Nocona atmete den Duft überreifer Pflaumen ein und genoss die Wärme seines Sohnes, der sich an ihn schmiegte. Ihm war egal, was morgen sein würde. Er lebte jetzt. Er war dieser Moment.

Wie weit er ritt, wusste er nicht. Cetans beruhigende Bewegungen, die Hitze und das Grün des Waldes umnebelten seinen Geist. Irgendwann versperrte ihnen ein Nebenarm des Flusses den Weg. Er glitt von Cetans Rücken, setzte Quanah wieder auf seine Schultern und schritt das Ufer entlang, bis zu einem Ort, wo vor langer Zeit ein Felsrutsch das Wasser aufgestaut hatte. Zwischen knorrigen Bäumen und wildem Wein war ein Teich entstanden, tiefgrün und flach, durchzogen von einer leichten Strömung. Die Felsen, die herabgestürzt waren, bildeten einen wunderbaren Platz, um sich abzukühlen und auszuruhen.

„Siehst du?" Nocona zog seinen Schurz aus und warf ihn über einen Ast. „Das da oben sind Königsvögel, die uns auslachen."

Quanah bedachte die leuchtend gelben Vögel mit neugierigen Blicken. Als Nocona ihn in das Wasser tauchte, stieß er ein genüssliches Gurren aus. Der Teich war warm und spendete in diesen drückend heißen Tagen kaum Kühlung. Mit Quanah auf seinem Arm watete er durch das brusttiefe Wasser hinüber zu den Felsen. Zumindest hier im Schatten schenkte es einen Hauch von Frische.

„Das hier ist ein Ort der Geister", sagte er leise. „Deswegen ist es so still. Kannst du sie spüren? Sie halten den Atem an, weil wir hier sind. Sie wollen uns nicht stören. Und solange wir an sie glauben und sie ehren, beschützen sie uns."

Quanah zeigte ein schiefes Zahnlückengrinsen. Nocona schwenkte ihn durch das Wasser, hob ihn hoch und drückte ihn an sich, tauchte unter und stieß wieder durch die Oberfläche. Das Lachen des Kindes hallte durch die sommerschwere Stille.

Ein paar Mal durchmaß er den Teich von einem zum anderen Ende, ließ Quanah unbeholfene Schwimmzüge versuchen und setzte ihn auf

einem Felsen ab. Spottdrosseln begannen zu kreischen. Vielleicht eine Aufforderung der Flussgeister, sie in Ruhe zu lassen.
Nocona verschränkte die Arme auf dem Stein, legte seinen Kopf darauf und erlaubte sich ein paar Momente des Dösens. Benommen vor Hitze und Zufriedenheit glaubte er, einen mächtigen, durch nichts zu zerstörenden Schutz über sich zu spüren. Quanah spielte mit seinen Haaren, während er immer schläfriger wurde.

Für einen Moment schloss er die Augen, ab der Brust vom Wasser umfächelt, darüber gewärmt von der Sonne. Sein Blut floss zäh wie Honig. Erst ein Rascheln schreckte ihn auf. Benommen fuhr er hoch, aber es war nur Mahtowin, die am Rande des Teiches stand und ihnen zuwinkte.

Er kehrte an das Ufer zurück und übergab der Greisin den Jungen, um seinen Schurz anzulegen. Mahtowin kitzelte Quanah mit einer Feder, die sie ihm über das Gesicht zog.

„Es tut gut, euch zuzusehen. Verzeih mir meine Heimlichkeit."

Nocona zuckte nur mit den Schultern. Er setzte sich neben Mahtowin auf einen umgestürzten Pflaumenbaum, zog eine der blauvioletten Früchte von seinen immer noch grünenden Ästen und halbierte sie. Begeistert kaute Quanah auf der einen Hälfte herum, während Mahtowin dankbar die zweite annahm. Beide verfügten über die gleiche Anzahl Zähne und hatten ähnliche Mühen, die Pflaumenhälfte zu zerkauen.

„Ich bin euch gefolgt", schmatzte die Heilerin, „weil ich wegkommen wollte von ihren Gesichtern und ihren Gefühlen. Wenn man in den Menschen liest, sammelt sich viel Schmerz in einem an. Die Zeiten, in denen ich ohne Hilfe auf's Pferd komme, sind wohl gezählt."

Sie deutete auf ihre weiße Stute, die am Gras zupfte und so klapprig aussah wie ihre Reiterin.

„Wir werden gehen." Nocona pflückte eine weitere Pflaume, diesmal, um sie selbst zu essen. „Im Frühling. Mit allen, die uns folgen wollen."

Mahotwin nickte. Quanahs Faust schloss sich um eine Strähne ihres silberweißen Haares. Als hätte er instinktiv Ehrfurcht vor dem Alter, zog er nur sanft daran. „Viele denken so wie du. Sie wissen, dass selbst der stärkste Büffel töricht wäre, zöge er gegen eine Übermacht zu Felde. Und selbst wenn er siegt, was nützt es ihm, wenn währenddessen seine Herde hingeschlachtet wurde? Wie kann er wieder glücklich werden, wenn niemand mehr da ist, sein Erbe zu bewahren? Andere Nunumu sehen dagegen nur ihre Wut und ihren Stolz. Sie würden niemals zurückweichen, nicht einmal, wenn die Vernunft es fordert. Du bist ein Lanzenträger. Man hat dir beigebracht, tapfer und töricht zu denken. Aber du hörst nicht auf diese Lehren."

„Ich bin Naduahs Mann und Quanahs Vater. Es geht nicht mehr nur

um mein Leben."

Mahtowins Blick wurde seltsam. Wieder nickte sie, langsam und bedächtig. „Der Stamm spaltet sich. Ich höre sie streiten, überall. Sie sind uneins, was nicht gut ist, denn wir sind nur stark durch unsere Gemeinschaft."

„Es muss sein." Nocona wollte Quanah an sich nehmen und aufstehen, doch Mahtowin ließ es nicht zu.

„Hör mir zu, mein Sohn", sagte sie. „Ich denke wie du und ich werde gehen, wohin du gehst. Wir beschreiten Wege, die mir nicht gefallen, aber die Zeiten erfordern es. Schon, als du in Quanahs Alter warst, wusste ich, dass du sie irgendwann anführen würdest. Und damit meine ich nicht deinen erlauchten Kreis aus Lanzenträgern."

„Wovon redest du dann?"

„Sie haben sich einen Namen gegeben. Ich habe ihn heute oft gehört. Zuerst leise, dann immer lauter. Weißt du, wie sie sich nennen werden? Die Menschen, die dir folgen und einen neuen Stamm gründen werden?"

„Nein. Ich habe ihnen nicht zugehört."

„Sie nennen sich Noconi." Mahtowin lächelte, stolz wie eine Mutter. „Die Wanderer."

Nocona, 1848

Naduah ritt neben ihm her. Wortlos, ohne ihm einen Blick zu schenken. Quanah saß vor ihr auf dem Pferd und schien es für besser zu halten, seine Mutter nicht zu ärgern. Still und reglos starrte der Junge vor sich hin. Etwas vergiftete Naduahs Geist, doch so oft Nocona versuchte, zu ihr vorzudringen, verschloss sie sich nur noch störrischer vor ihm.

„Rede mit mir, mein Blauauge." Er gab seiner Stimme so viel Sanftheit wie nur möglich, auch wenn er zunehmend wütend wurde. „Warum tust du so, als würdest du mich hassen?"

„Ich hasse dich nicht", kam es kalt zurück. „Wie kommst du darauf?"

„Du wechselt kein Wort mehr mit mir, du berührst mich nicht mehr und du siehst mich an wie einen lästigen Moskito. Was ist los?"

„Nichts."

Nocona stieß ein Seufzen aus. Er wollte die Frau zurück, die er liebte. Die Frau, die er geheiratet hatte. Aber seit dem letzten Vollmond war sie verschwunden. „Ist es, weil wir fortgegangen sind? Weil unser Stamm sich gespalten hat? Geht es dir nicht gut? Sag mir, was dich quält."

Naduah schüttelte nur den Kopf. Ihre Augen glänzten feucht, als gäbe es irgendwo dort drinnen noch das liebevolle Wesen, das er kannte. Kämpfte dieser Kern gegen sein Gefängnis aus Kälte und Teilnahmslosigkeit? Er konnte es nur hoffen.

„Ich erkenne dich nicht wieder", sagte Nocona leise. „Das macht mir Angst."

„Ich weiß auch nicht mehr, wer ich bin." Sie spie diese Worte aus, als wären es Klumpen verfaulten Fleisches, die sich in ihrer Kehle verfangen hatten. Abrupt trat sie Siyo in die Flanken. Die Stute galoppierte davon. Während Quanah sonst vor Freude gekreischt hätte, gab er diesmal keinen Ton von sich.

Nocona sehnte sich danach, seinen Sohn im Arm zu halten, aber er wusste, dass Naduah es nicht zulassen würde. Auf gewisse Weise war er erleichtert, sie nicht mehr sehen zu müssen. Dieses Gesicht, das ihm fremd geworden war. Dieses Haar, wunderschön goldbraun, das er aus einem unerfindlichen Grund nicht mehr berühren durfte. Für jede vorsichtige Annäherung erntete er nur ein Zurückzucken, und jedes Mal war es, als hätte sie ihm ihre Faust in den Magen geschlagen.

Seit einem halben Mond waren sie unterwegs. Endlos zogen sich die Großen Ebenen dahin, gewaltig in ihrer Weite und grausam in ihrer Leere, die ihm diesmal nicht schön, sondern trostlos erschien. Der gefrorene Klumpen in seinem Herzen wurde größer und ließ sich nicht einmal vom lauen Frühlingswind erweichen. War es Schuld, die er fühlte? Wa-

ren es Zweifel? Nocona wusste, dass es richtig war, die Sicherheit der Staked Plains aufzusuchen. Er zweifelte keinen Moment an dem, was er tat, und doch fühlte sich ein Teil in ihm elend, als würde er ein Unglück heraufbeschwören, dessen Schattenfinger sich bereits nach ihm ausstreckten. Gut möglich, dass er einfach nur nach Naduahs Nähe hungerte und daran zugrunde ging, dass sie ihm verwehrt wurde.

Wenn er nur wüsste, ob es irgendetwas gab, das er tun konnte. Mit jedem Tag wurde Naduahs Seele kälter und unberechenbarer. Näherte er sich ihr, entzog sie sich ihm. Hielt er sich fern, warf sie ihm frustrierte Blicke zu. Versuchte er, mit ihr zu reden, verschloss sie sich wie die Blätter des Mimosenbaumes, und ritt er schweigend neben ihr her, schien sie ihm stumm Vorwürfe zu machen, dass er nicht mit ihr redete. Was immer er auch tat, es war das Falsche. Diese Frau machte ihn wahnsinnig. Sie erfüllte ihn mit einer Hilflosigkeit, die jeder Beschreibung spottete.

Mit einem Fluch auf den Lippen zügelte er Cetan und wartete, bis der Treck an ihm vorbeigezogen war. Makamnaya und Kehala, die auf einem Pferd ritten und aneinanderklebten wie Kletten, warfen ihm mitleidige Blicke zu. Er erwiderte sie mit finsterer Miene. Als Letzter fügte er sich wieder in den Zug ein, den aufgewirbelten Staub der anderen in der Nase. Sei es drum.

Vermutlich war ein böser Geist in seine Frau gefahren. Oder es waren die Qualen der Schwangerschaft, die ihr Übelkeit und schlaflose Nächte bescherten. Oder – und dieser Gedanke war schier unerträglich – ihre Liebe zu ihm war erloschen.

Trotz des Wolfpelzes war ihm kalt. Noch bevor der Abend kam, schlotterte er wie ein Greis, der kein Fleisch mehr auf den Knochen besaß. Sobald der Mond aufging, würden sie rasten. Vor diesen dunklen Stunden fürchtete er sich am meisten, denn eine Ewigkeit schien es ihm her zu sein, dass Naduah ihn mit ihrem Körper gewärmt hatte.

Er schloss die Augen und versuchte, Ruhe zu finden. Es musste ihm wohl gelungen sein, denn als er Petas Stimme neben sich hörte, fuhr er erschreckt zusammen.

„Naduah liebt dich", sagte sie mit mütterlicher Treffsicherheit. „Mach dir keine Gedanken. Das Kind setzt ihr sehr zu. Sie weiß nicht mehr, was sie sagt und was sie tut. Ich habe es schon oft erlebt. Manche Frauen verändern sich in dieser Zeit, als wären sie von bösen Geistern besetzt. Haben sie ihr Kind geboren, kehrt ihr altes Wesen zurück."

„Wirklich?", fragte er müde.

„Oh ja." Petas Stärke war ungebrochen, trotz des Verlustes ihres Mannes, und dafür bewunderte er seine Mutter. Ihr Haar war grau, ihr Gesicht zerfurcht wie die Rinde eines Baumes, doch in ihren Augen lag noch immer die Lebendigkeit der Jugend.

„Du wirst es schon sehen, mein Sohn. Naduah wird es bald besser gehen. Als ich Kehala unter meinem Herzen trug, erging es mir ähnlich. Zuzueca verschwand einen Mond lang, weil er mich nicht ertrug."

„Wenn sie wenigstens Launen hätte." Nocona ließ die Schultern hängen. „Naduah ist einfach nicht mehr da. Sie ist kalt. Als würde sie nichts mehr für mich fühlen."

„Glaube mir, sie liebt dich." Peta lächelte so sanftmütig, dass er sich ganz elend fühlte. „Und im Innersten hasst sie sich für das, was sie tut."

„Wenn du meinst."

Für den Rest der Reise ritten sie schweigend nebeneinander her. Fahlgelb ging der Mond über den Hügeln der Prärie auf. Als sie in einem ausgetrockneten Flussbett ihr Lager aufschlugen und sich auf die Nacht vorbereiteten, war der Trost von Petas Worten wieder verweht. Während Naduah lustlos ihr Abendessen hinunterwürgte, hielt Nocona Quanah auf dem Arm, summte ihm das alte Wiegenlied vor und atmete seinen Geruch ein, umso mehr danach hungernd, weil ihm klar war, dass er bald wieder allein unter seiner Decke liegen würde. Das Feuer flackerte, die gerösteten Pecannüsse dufteten. Ein unwissender Betrachter hätte das Bild, das sie abgaben, wohl als friedvoll empfunden.

Immerhin, er durfte Quanah halten.

Nocona genoss jeden Augenblick, und als Naduah ihm den Jungen aus den Armen wand, ließ er sie klaglos gewähren. Schweigend rollte sie sich und das Kind in ihre Decke ein, drehte sich weg von ihm und tat, als schliefe sie sofort ein. Keine körperliche Wunde hatte jemals so geschmerzt wie das hier. So lange waren sie Arm in Arm eingeschlafen, glücklich über jeden Moment der Zweisamkeit. Oft hatten sie die halbe Nacht miteinander geredet, über wichtige und unwichtige Dinge, über ihre Zukunft und ihre Vergangenheit. Und jetzt? Jetzt saß er hier wie ein geprügelter Hund.

„Rede mit mir, Naduah. Sag mir, was los ist."

Sie antwortete nicht. Er streckte die Hand aus und streichelte ihre Schulter, ohne ihr eine Regung zu entlocken. Unvermittelt gewann seine Wut Oberhand.

„Ich habe es satt, hörst du? Wenn du mich wieder willst, komm zu mir. So lange gehe ich davon aus, dass ich dich nur störe."

Am liebsten hätte er seinen Frust hinausgeschrien, aber um Quanahs willen blieb er still. Mit einem unterdrückten Knurren nahm er seine Decke, schlüpfte aus dem Zelt und marschierte in die Prärie hinaus. Dort, wo der ausgedörrte Fluss sich tief in das Land hineingeschnitten hatte, legte er sich auf die Schräge einer Böschung, zog die Decke bis zur Nase hoch und konzentrierte sich darauf, nicht noch mehr Flüche loszuwerden. Er musste sich beruhigen. Wut machte alles nur noch

schlimmer. Hier gab es weder ordentliche Bäume, gegen die er treten konnte, noch Steine, um sie brüllend durch die Gegend zu werfen. Und seine Entrüstung war zwar groß, aber nicht groß genug, um gegen eine der Feigenkakteen zu treten.

Eine Weile spielte er mit dem Gedanken, auf Cetan in die Nacht hinauszureiten, um die Gedanken, die auf ihn einströmten wie stechende Feuerfliegen, endlich loszuwerden. Doch er entschied sich dagegen. Besser, er ließ sich von der Stille der Prärie beruhigen. Langsam glitt der Mond über das gegenüberliegende Ufer. Nocona beobachtete sein friedvolles Wandern, und während er düster brütend dalag, begriff er die Angewohnheit der meisten Männer, Frauen lediglich als nützliche Arbeitskraft zu sehen und so viele um sich zu scharen, wie es der eigene Reichtum an Pferden zuließ. Keine Liebe zuzulassen, hatte einen entscheidenden Vorteil. Man gehörte nur sich selbst. Man lag nicht leidend wie ein alter Köter im Gras und hoffte auf die Gnade einer hinterhältigen Krötenechse, der man sein gesamtes Dasein zu Füßen gelegt hatte.

Er musste schlafen. Seine Kraft schwand, und der Weg war noch weit. So sehr er Naduah liebte, es durfte nicht sein, dass sie ihn Nacht für Nacht um seinen Schlaf brachte. Von fern war der Gesang einiger Männer zu hören. Zwei Flöten sandten ihre zerbrechlichen Laute in die Weite der Nacht hinaus.

Er schloss die Augen und ließ sich von ihrem Klang davontragen.

Das Licht des Sonnenaufgangs ließ den Canyon in tausend Farben schillern. Es kroch durch die Schluchten und Gänge, überhauchte die Felsnadeln und verlor sich in den verzweigten Rissen. Noch im Schatten liegend, kauerten sich knapp dreißig Zelte an die Ufer des smaragdgrünen Flusses, umringt von Bäumen.

Wie ein Traum lag die Schlucht inmitten der verbrannten Wüste. Es gab kein besseres Versteck. Selbst Trecks, die in unmittelbarer Nähe vorbeizogen, würden diesen Canyon nicht entdecken, es sei denn, sie kannten die kleinen, feinen Zeichen der Natur, die Wasser und Leben verrieten. Aber dass jemals Weiße hierherkamen, war unwahrscheinlich. Die Staked Plains galten in ihren Kreisen als lebensfeindliche Wüste, in der es nichts zu holen gab. Nur den Tod.

Noch vor der ersten Morgendämmerung war Nocona zur Jagd aufgebrochen. Nach wie vor ließ Naduah seine Nähe nicht zu. Seit sie im Canyon lebten, zog er es vor, allein unter den Bäumen zu schlafen, allenfalls mit Wanapin als treue Gesellschaft. Manchmal kam Quanah zu ihm, doch sobald Naduah seine Abwesenheit auffiel, holte sie ihn wieder

zurück.

Bald würde ihr Kind geboren werden. Vielleicht, und darauf baute all seine Hoffnung, würde der böse Geist sie dann endlich verlassen. War das nicht der Fall, musste er darüber nachdenken, sich eine andere Frau zu nehmen. Oder er würde, so wie es jeder Mann an seiner Stelle tun würde, einfach sein Recht einfordern. Macht ausüben. Ihr zeigen, dass er noch immer der Stärkere war.

Es waren erbärmliche Gedanken, zumindest seiner Empfindung nach, und doch verspürte er die unleugbare Lust, sie in die Tat umzusetzen. Nocona wusste, dass man über ihn lachte. Niemals ohne Respekt, doch so manchem Krieger war sein Verhalten gegenüber Naduah unbegreiflich.

„Sie ist deine Frau“, hatte selbst Makamnaya gesagt. „Es wird Zeit, dass sie das begreift. Lass dich nicht aus dem Zelt jagen. Zeig ihr, dass du ein Mann bist. Ein Krieger. Der Häuptling dieses Stammes.“

Ja, das sollte er tun. Am besten noch heute. Die Kälte des Morgens kroch unter sein dünnes Jagdhemd und verwandelte seinen Atem in bleiche Wolken. Eine Zeitlang ritt er am Rande des Canyons entlang, beobachtete, wie die Sonnenstrahlen seine Tiefe mit Licht fluteten und die bizarre Welt aus Sand, Steinen und Wasser immer wieder neu bemalten. Hier, wo die Schlucht eng war, rauschte der Fluss wild und zornig dahin und ließ keinen Baum Wurzeln schlagen. Doch als die Sonne am höchsten stand, öffnete sich der Canyon und enthüllte lichte Wälder. Sanft floss der Strom durch ein weites Tal, wand sich wie eine Schlange und tauchte in der Ferne zwischen Felswänden unter.

Vogelgesang lag in der Luft. Nocona lenkte Cetan einen Abhang hinunter, ließ ihn am Ufer des Flusses zurück und ging zu Fuß weiter. In das leuchtende Grün des Pappelwaldes einzutauchen, besänftigte seine Seele. Es war besser, den liebenden Mann zu vergessen und an seiner statt den Jäger hervorzuholen. Den lautlosen Schatten, den kein Schmerz berührte. Behutsam schlich er am Ufer des Flusses entlang. Der Wind trug seine Witterung davon, die staubige Erde verschluckte seine Schritte. Mit scharfem Blick musterte er seine Umgebung und nutzte das Spiel aus Licht und Schatten, um mit dem Wald zu verschmelzen.

Als ihm in einiger Entfernung ein rötlicher Schimmer auffiel, verharrte er still hinter einer Pappel. Drei Weißwedelhirsche kamen zum Trinken an das Ufer, staksten den Abhang hinunter und ließen ihre Ohren zucken. Nocona hielt den Atem an. Jeder winzige Laut konnte ihn verraten, jedes unbedachte Fingerzucken. Binnen eines Wimpernschlags hatte er entschieden, welches Tier er töten würde. Die Hirschkuh musste leben, um Kälber zur Welt zu bringen, das zweite Tier war erst in diesem Jahr geboren worden und zu jung, das dritte ein Kalb vom letzten Jahr und

die perfekte Beute.

Nocona zog einen Pfeil aus dem Köcher und legte ihn an. Der Wind ging nur sacht, er würde das Geschoss kaum ablenken. Etwa zwanzig Pferdelängen trennten ihn von seinem Opfer. Der vertraute Rausch packte ihn, ließ alles bis auf das Tier in weite Ferne rücken, schärfte seine Sinne und verlangsamte die Zeit, bis es sich anfühlte, als gäbe es in dieser Wirklichkeit nur noch ihn und seine Beute. Gerade zuckte Noconas Zeigefinger, bereit, die Sehne losschnellen zu lassen, als ein vernehmliches Kratzen durch die Stille hallte.

Die Tiere warfen sich herum und verschwanden mit eleganten Sprüngen zwischen den Pappeln. Beim großen Geist, alles war umsonst gewesen. Was immer dort an den Bäumen schabte, es hatte sämtliche Beute weit und breit vertrieben.

Vermutlich war es ein Bär, der seine Krallen wetzte. Oder ein Puma. Bewegungen nahe am Flussufer fielen ihm ins Auge, und als er sah, was dort mit verbissenem Eifer an einer jungen Pappel herumkratzte, durchfuhr ihn ein heißkalter Schock.

Ein Weißer!

Ein junger Mann, blond und schmächtig, mit einer unförmigen Hose, die nur durch zwei Riemen an seinem Körper gehalten wurde. Mit einem Messer bearbeitete er den Baum und schien Zeichen hineinzuritzen.

Nocona war fassungslos. Ein Weißer hier? An dem Ort, den er für absolut sicher gehalten hatte? Seine Gedanken arbeiteten fieberhaft. Vermutlich handelte es sich bei diesem Mann um einen Pionier, ausgeschickt, um neue Gegenden zu erforschen und auf ihren Nutzen für die nie endende Siedlerflut zu untersuchen. Er wusste, dass sie an Bäumen oder Felsen oft Nachrichten für nachfolgende Entdecker hinterließen, manchmal zusammen mit nützlichen Dingen, die sie irgendwo vergruben.

Dieser Mann war nicht allein.

Nocona spannte den Bogen und ließ seinen Pfeil fliegen. Lautlos durchschlug er den Kopf des Mannes. Ebenso lautlos sackte der Weiße zusammen und hauchte sein Leben aus, noch ehe er auf dem Boden aufschlug. Nocona hastete zu dem Leichnam. Ja, er war echt. Keine Einbildung. Weiße hatten diesen Canyon entdeckt und würden andere hierher führen, wenn sie entkamen. Unter der schmutzigen Kleidung des Mannes fühlte Nocona sämtliche Knochen. Ein weiter, mühsamer Weg lag hinter diesem Gelben Haar. Zwei grässliche Narben zogen sich quer über sein Gesicht, ein Ohr war abgeschnitten worden, zwei Finger standen in einem seltsamen Winkel ab.

Stimmen zerschnitten die Stille. Nocona fuhr herum. Zwei Männer stolperten den Hang hinab. Sie legten ihre Gewehre an und schossen.

Eine Kugel zischte dicht an seiner Schulter vorbei, die andere schlug eine Armlänge vor ihm in den Boden ein. Blitzschnell verschoss er zwei weitere Pfeile, tötete den ersten Mann mit einem Kopfschuss und verwundete den zweiten am Bein. Der Weiße fiel zu Boden, umfasste vor Schmerz brüllend sein durchbohrtes Knie und rollte sich von einer Seite auf die andere.

Schnell war Nocona bei ihm und beendete sein Leben mit einem Stich ins Herz. Schwer atmend sah er sich um. Waren diese Männer nur zu dritt gewesen? Seine Sinne studierten die Umgebung und suchten nach Zeichen, die weitere Störenfriede verrieten. Die Vögel waren verstummt. Nur ein feines Kratzen von den Krallen flüchtender Streifenhörnchen war zu hören. Nocona wischte das Messer an seinen Beinlingen ab, steckte es zurück in die Lederscheide und richtete sich auf. Er musste das Lager der Männer finden. Ihre Pferde und Waffen. Nichts durfte darauf hinweisen, dass die Weißen hier gewesen waren und ihre letzte Zuflucht beschmutzt hatten.

Eine Bewegung im Augenwinkel ließ ihn herumfahren. Er duckte sich und sprang zeitgleich zur Seite, doch es war zu spät. Ein sengendes Feuer traf seinen Kopf und schleuderte ihn mit der Gewalt eines Grizzly-Schlages zu Boden. Die Luft wurde aus seinen Lungen gepresst, seine Sinne schwanden. Alles verglühte in beißendem Schmerz, der ihm das Gefühl gab, sein halber Kopf sei weggerissen worden. Nocona fühlte die Wärme der Erde unter seinem Rücken. Er hörte Schritte, die näher kamen, und spürte eine Klinge, die sich an seine Stirn drückte. Zugleich packte eine Hand sein Haar, bereit, es nach dem Schnitt von der Kopfhaut zu reißen.

Wie es geschah, spürte er nicht mehr. Denn gnädiger Schwärze löschte jede Wahrnehmung aus.

Sara, 2011

Ein Stöhnen weckte sie.

Mein Gott, wie lange war sie weggewesen? Es fühlte sich an, als hätte sie jahrelang geschlafen und geträumt. Als wären Äonen vergangen, deren Lauf alles und jeden veränderte. Normalerweise hätte sie jetzt auf ihr Smartphone oder auf die Digitaluhr an ihrer Wand gesehen, aber hier war das Erste unerreichbar weit weg in ihrer Tasche, die im Schlafzimmer lag, und Letzteres gab es nicht. Hatte Makah überhaupt eine Uhr? Musste er wohl. Schließlich ging auch er einer relativ geregelten Arbeit nach.

Wobei ... war das wirklich noch der Fall? Jetzt, wo Isabella, gewissermaßen seine Arbeitgeberin, nicht mehr hier war, sondern wegen Mordversuchs im Knast saß?

Sie rieb sich den schmerzenden Schädel, fuhr durch ihr ungekämmtes Haar und blinzelte. Die Decke lag zerknüllt um ihre Hüfte, ein paar Kissen waren vom Sofa gepurzelt. Es roch wunderbar nach Holz, Tee und diesem gewissen Aroma, das vermutlich nur Blockhütten inmitten grandioser Einsamkeit ausströmten. Makah stand keine fünf Schritte von ihr entfernt, hielt sich ein feuchtes, zusammengeknülltes Tuch an die Stirn und sah aus dem Fenster. Melancholisch. Nostalgisch. Ein Wanderer zwischen den Zeiten. Er besaß das perfekte Profil. Symmetrisch bis ins kleinste Detail. Ein Augenschmeichler für jeden, der einen Sinn für Harmonie besaß.

„Alles okay?", fragte sie in die summende Stille hinein. „Habe ich lange geschlafen?"

Rau kratzten die Wörter in ihrer Kehle. Sie hustete. Ehe sie einen weiteren Ton herausbrachte, war Makah bei ihr, hielt ihr einen Becher mit kaltem Tee entgegen und setzte sich auf die Sofakante. Sara stutzte. Sie hatte nicht einmal gesehen, wie er vom Fenster weggetreten war und die Tasse genommen hatte. Blackout? Sinnestäuschung? Vermutlich beides zusammen. Ihr Kater war gigantisch, die Flauheit in ihrem Magen überwältigend. Dann sah sie den Kratzer auf Makahs Stirn.

„Was hast du angestellt?"

Er grinste schief. „Ach nichts."

„Wirklich?"

„Die Visionen gehen mir langsam auf den Sack", brummte Makah. „Ich glaube, ich muss dir recht geben."

Sie nahm einen Schluck vom Tee, was er aufmerksam verfolgte. Das Gebräu war wunderbar. Kühl und erfrischend. Es schmeckte besser als ihr Lieblingstee, den sie in New York gern getrunken hatte. Eine kleine Glastasse für sechs Dollar, inklusive exotischem, unmöglich auszuspre-

chendem Namen. Während Makah weiterredete, trank sie die ganze Tasse leer.

„Fassen wir mal zusammen. Erst wurde ich durchgefoltert, dann kratze ich fast an einer Blutvergiftung ab. Anschließend fange ich mir eine Grippe ein und zu guter Letzt schießt man mir in den Schädel und versucht, mich zu skalpieren. Ganz toll. Gäbe es mehr arme Schweine wie uns, wäre die Visionsversicherung so ziemlich die teuerste."

„Du … was?" Sie verschluckte sich am letzten Schluck Tee und hustete sich die Seele aus dem Leib, während Makah fürsorglich auf ihren Rücken klopfte.

„In den Schädel schießen?", prustete sie. „Skalpieren? Wie meinst du das?"

Er spitzte die Lippen, während er nachdachte. „Wirst du schon sehen", kam es lapidar zur Antwort.

Sara warf ihm eine Salve böser Blicke zu. Schwindel übermannte sie. Ein zäher, dunkler Strudel zog an ihr, als wollte er ihr beweisen, dass die Vergangenheit ganz nah war. Kaum mehr als einen Spinnenfaden entfernt. Die Erinnerungen durchdrangen ihren schwammigen Geist und vertieften die Flauheit zu drückender Übelkeit.

„Ich war so eine egoistische, bescheuerte Ziege", stieß sie hervor. „Tut mir leid. Tut mir echt leid. Keine Ahnung, was in mich gefahren war."

„Die Schwangerschaft vielleicht?" Er zuckte mit vergnügtem Grinsen die Schulter. Seine Traurigkeit über das, was in den Visionen geschehen war, war unübersehbar, und doch sah es ganz danach aus, als könnte nichts und niemand seiner Ausgeglichenheit ernsthaften Schaden zufügen. Beneidenswert. Von diesem inneren Frieden war sie noch weit entfernt. Aber seit sie hier war, irgendwo im Nirgendwo, war sie diesem Zustand ein gutes Stück näher gekommen. Alles hier war so echt. So unverfälscht. Keine Übersättigung der Sinne, kein millionenfacher Gedankenmüll, kein Lärm, keine Hast. Wären die Visionen nicht gewesen, hätte sie zur vollkommenen Ruhe finden können.

„Ich bin mir sicher, du bekommst das in den Griff." Makah strich so zärtlich über ihre Wange, dass ihr die Tränen kamen. „Immerhin wächst ein Mensch in dir heran. Das ist unglaublich, oder? Irgendwie unheimlich."

„Warum unheimlich?"

Sie zog die Beine an, er sank gegen die Sofalehne und verschränkte die Arme hinter dem Kopf. „Ich habe zu oft Alien gesehen. Du weißt schon, diese Szenen, in denen ein Monster aus den Brustkörben und Bäuchen ahnungsloser Opfer bricht. Daran müsste ich denken, wenn da etwas wäre, das sich in mir bewegt. Das tritt und zappelt und dergleichen."

„Deswegen bekommen Männer keine Kinder."

„Weil wir die Prozedur nie im Leben überleben würden."

„Weil ihr euch fürchterlich anstellt. Es ist ein Wunder. Es ist das Schönste, das du dir vorstellen kannst."

„Hm." Ein Schatten huschte über sein Gesicht, als er die Augen schloss. Sara wusste, woran er sich erinnerte. Sie wusste es so sicher, als wären es ihre eigenen Gedanken. Makah schwelgte in dem unbeschreiblichen Gefühl, Vater zu sein. In dem Glück, das ihn erfüllt hatte, als er Quanah zum ersten Mal in seinen Armen gehalten hatte. Und er sehnte sich danach, es wieder zu fühlen. Als er die Augen wieder öffnete, lag Traurigkeit in seinem Blick. Überwältigt von Liebe, umfing sie sein Gesicht mit beiden Händen und küsste ihn. Lange, behutsam und zärtlich.

„Tut es sehr weh?" Zwischen zwei Küssen strich sie über den Kratzer auf seiner Stirn. „Nicht, dass ich dich zu Pferd in die nächste Klinik schleppen muss. Die vermutlich zweihundert Meilen weit entfernt ist, ihren Strom durch Hamsterräder gewinnt und nicht über fließendes Wasser verfügt."

„Du frönst gerade Vorurteilen. Aber um deine Frage zu beantworten: Es ist auszuhalten."

„Wer hat das getan?"

„Wie weit bist du?"

„Was meinst du?"

„In deinen Visionen. Sind wir schon im Canyon?"

„Sind wir. Und ich habe mich wie die letzte Idiotin aufgeführt."

„Stimmt. Deswegen war ich auch kurz davor, dir schlimme Dinge anzutun." Er kniff in gespieltem Zorn die Augen zusammen. „Wirklich schlimme Dinge. Barbarische, brutale Bestrafungen ohne Gnade."

„Ich hätte es verdient."

„Bring mich nicht auf dumme Gedanken." Er zauste lachend ihr Haar. „Wir sollten zurückgehen, dann erfährst du alles. Ich nehme an, dass ich überlebe, sonst könnte ich kein drittes Kind mit dir zeugen. Es sei denn …", sein Blick verdüsterte sich. „Es sei denn, die Geschichte ist falsch. Vielleicht bin ich früher ums Leben gekommen, und jemand anderes ist für deine dritte Schwangerschaft verantwortlich. Möglicherweise Makamnaya. Ja, ihm traue ich zu, dass er dich als zweite Frau nimmt. Aus reiner Freundlichkeit natürlich."

„Makah, du machst dir um Sachen Gedanken." Sara seufzte. Ihre Angst wuchs. Mit jedem Mal versank sie tiefer in der Vergangenheit, und diesmal fühlte es sich an, als wäre sie aus einem jahrhundertelangen Schlaf auf dem Grund der Tiefsee zurückgekehrt. Noch einmal, das spürte sie, würde sie sich nicht freikämpfen können. Nicht vor dem Ende.

„Die Visionen sind anders geworden", sagte sie leise. „Wenn wir es wieder tun, kommen wir nicht mehr zurück. Nicht, bevor alles zu Ende ist."

Er kniff nachdenklich ein Auge zusammen. „Meinst du?"

„Ich fühle es. Klar, ich kann mich täuschen, aber … ach, keine Ahnung. Wie ich schon sagte. Es ist ein Gefühl."

Die nächsten Worte sprach sie nicht laut aus: *Ich habe Angst, dass mein Ich in der Gegenwart verschwindet. Ich habe Angst, dass ich nicht mehr zurückfinde. Dass ich ein verblasstes Bild bin, kurz davor, zu verschwinden.*

„Gut möglich." In seinem Gesicht lagen weder Furcht noch Argwohn, sondern schlichte Zuversichtlichkeit. Und ein Eifer, um den sie ihn nur beneiden konnte. „Dann sollten wir es so schnell wie möglich in Angriff nehmen. Wenn du recht hast, sind wir vielleicht ein paar Tage außer Betrieb. Vielleicht auch nur ein paar Stunden. Diese Zeit- und Raumschleifen lassen keine vernünftige Planung zu. Was war deine längste Abwesenheit?"

„Keine Ahnung. Ich war mal tagelang in der Vergangenheit, und als ich aufwachte, waren nur Minuten vergangen."

„Das meinte ich mit keine vernünftige Planung. Wir sollten unter Aufsicht sein. Ich wäre sehr dafür."

„Nein!", beharrte sie stur. „Ich brauche nur dich. Nur dich, okay? Ich will nirgendwo hin. Und ich will auch keinen, der uns stört."

Er zog eine unwillige Grimasse, schluckte die Entgegnung, die ihm sichtlich auf der Zunge lag, jedoch hinunter. Sara prägte sich Makahs Anblick ein. Klammerte sich an ihn, nahm ihn als Rettungsseil, verankerte ihn fest in ihrem Geist.

„Bringen wir die Visionen an einem Stück zu Ende, umfasst das Jahrzehnte", sprach er weiter. „Ehrlich gesagt kann ich mir nicht vorstellen, dass wir so lange Non-Stop unterwegs sind. Es wäre nicht gut. Nicht gut für unsere Verbindung zur Jetzt-Zeit."

Oh ja, wie recht er hatte. Aber was blieb ihr für eine Wahl? Sie seufzte erneut, schälte sich aus der Decke, rutschte an ihm vorbei und stand auf. Allmächtiger, ihr Kreislauf war im Keller. Nur die Blase war putzmunter und verlangte derart penetrant ihr Recht, dass weitere Verzögerungen ausgeschlossen waren.

„Es ist so ein Gefühl, weißt du?" Sie zuckte die Schultern. „Kommt von ganz tief innen."

Er nickte gewichtig. „Dann mach, dass du schleunigst auf die Toilette kommst."

„Das meinte ich nicht."

„Schon klar. Jetzt tu, was du tun musst. Ich mache in der Zwischenzeit Essen. Und schau vorher nach, ob keine Klapperschlange im Kabuff

liegt."

„Was?"

„Ich mein's ernst. Zweimal ist es mir schon passiert."

„Dass du gebissen wurdest?"

„Nein. Dass ich eine rauswerfen musste. Ach ja, falls du telefonieren musst, mach es jetzt. Wir haben gerade Empfang."

„Hast du mein Smartphone ausspioniert?"

„Nein, ich habe es mir nur angesehen. Männer und Technik, was soll ich sagen."

„Wie niedlich. Mowgli und sein erster Kontakt zur Zivilisation."

„Tzzz." Ein atemberaubendes Lächeln ließ sein Gesicht erstrahlen. Sara tauschte ihr altes, imaginäres Rettungsseil gegen ein neues aus. „Du hast ein Bild von mir auf dem Hintergrund."

„Oh. Ähm, ja."

„Ich fühle mich geschmeichelt. Jetzt geh schon. Husch, husch."

„Hetz mich nicht. Das hier läuft unter Urlaub, okay? Visionsurlaub."

Jesus, diese ganze Sache war einfach nur abgedreht. Reisen durch Zeit und Raum, ein wiedergeborener Comanchenkrieger, eine Hütte in Nirgendwo, draußen nichts als unendliche Weiten. Fremde Welten, die nie ein Mensch zuvor gesehen hatte.

Sie grinste, öffnete die Tür und summte das Intro von Raumschiff Enterprise.

„Im Fort hatten wir damals auch so ein Klo", fiel ihr beim Hinausgehen ein. „Es sah sogar ziemlich ähnlich aus. Das Ding wurde von dreißig bis vierzig Leuten benutzt. Kannst du dir vorstellen, wie das Ergebnis aussah?"

„Kann ich, will ich aber nicht."

„Ich schwöre dir, dass es uns in einem besonders langen Winter mal gelungen ist, eine Nachbildung der Sagrada Familia zu produzieren. Grob vereinfacht natürlich. Die Turmspitzen ragten sogar …"

„Pssst!" Er unterbrach sie mit einer wedelnden Geste. „Ich glaube nicht, dass ich ausführlichere Informationen wünsche."

„Okay."

„Was ist die Sagrada Familia?"

„Ist das dein Ernst?"

„Ja. Ich kenne das Ding nicht. Und jetzt? Sinke ich in deinem Ansehen? Bereust du es, dich mit einem unwissenden Hinterwäldler aus dem Busch eingelassen zu haben?"

„Quatsch." Langsam färbte seine fröhliche Zuversichtlichkeit auf sie ab. Wenn jemand sie in diese Welt zurückholen konnte, dann dieser Mann. „Das ist ein Dom in Barcelona. Ich zeig dir nachher mal ein Bild, falls das Internet funktioniert. Sieht abgefahren aus."

„Okay.“ Makah wiederholte seine Handbewegung. Sara folgte dieser stummen Anweisung, sprintete nach draußen und erledigte, was so dringend nötig war. Als sie zum Haus zurückkehrte, blieb sie vor der Tür stehen und ließ ihren Blick schweifen. Cezi stand wie eine Statue aus dunkler Bronze inmitten seines Korrals und starrte dem Horizont entgegen. Die beiden alten Pferde rupften Heu aus der Raufe. Erste, lindgrüne Blättchen zitterten im Frühlingswind. Der Anblick der Pappeln erfüllte sie mit traurigem Glück. So oft hatte sie in ihrem vergangenen Leben diese Bäume beobachtet. So oft unter ihnen gesessen, ihr Glühen im Herbst bewundert, ihre Blätter gesammelt und getrocknet, ihre Samen wie Schnee im Wind fliegen sehen.

Worte drangen durch den Nebel ihrer Erinnerung.

Wenn du dich entscheiden musst, mein Blauauge, entscheide dich immer für die Zukunft. Versprich es mir. Geh nicht zurück. Geh voran.

Woher kamen sie? Nocona hatte sie zu ihr gesagt, ja, aber nicht in den bisherigen Visionen. Also würde er sie noch aussprechen, und damit drangen sie zugleich aus der Vergangenheit wie aus der Zukunft zu ihr.

Sara rieb sich die Schläfen. In ihrem Schädel begann es zu summen. Wie immer, wenn sich beide Welten nahe waren. Doch diesmal waren die Visionen gnädig und ließen ihr Zeit. Es lag etwas Triumphierendes in diesem wartenden Zustand.

Ihr habt euch entschieden. Wir lassen euch nicht mehr gehen. Ihr geht bis zum Ende. Und darüber hinaus.

Sie aßen ihr Frühstück, ohne zu wissen, ob es überhaupt frühmorgens war. Das Licht draußen sah golden und frisch aus. Die Sonne stand über den Bäumen. Sara wusste nicht, wo Osten oder Westen war. Es fühlte sich wie Vormittag an. Zehn Uhr, elf Uhr vielleicht. Es spielte sowieso keine Rolle mehr.

„Was ist mit dem Gemeindehaus?“, fragte sie zwischen zwei Bissen von ihrem Blaubeermuffin. „Wer wird Isabellas Nachfolgerin?“

„Ich weiß es nicht genau. Ihre jüngere Schwester, nehme ich an.“

„Hm.“ Sara kannte diese Frau nicht. Es stand ihr nicht zu, über sie zu urteilen, und doch verursachte ihr der Gedanke, Isabellas nächste Verwandte würde die Nachfolge antreten, eine gewisse Übelkeit.

„Keine Sorge.“ Makah blieb ihre Miene nicht verborgen. „Sue ist weit davon entfernt, auf mich zu stehen.“

„Aha?“

„Ich würde mir eher Sorgen machen, dass sie an dir einen Narren frisst.“

Sara blinzelte erst verwirrt, dann verstand sie. „Sie ist vom anderen Ufer?“

„Yep. Und glücklich vergeben.“

„So wie Anthony, nur ohne das glücklich vergeben." Sie räusperte sich. Oh je, Ruths Grafiker. Seinen Auftritt hatte sie glatt verdrängt. Anthonys Starren hatte die Umschreibung *mit Blicken ausziehen* neu definiert und auf die Spitze getrieben. „Er ist etwas seltsam", druckste sie herum. „Tut mir leid, dass er dich so … du weißt schon."

„Kein Problem."

„Er ist so furchtbar klischeehaft. An sich ein toller Bursche, wirklich, aber kaum taucht ein gut aussehender Mann auf, benimmt er sich, als wäre er mitten aus *Queer as folk* entsprungen."

Makah blickte ratlos drein, sagte aber nichts. Stumm tranken sie ihren Kaffee und vernichteten eine stattliche Menge Muffins, Rührei, Speck und Pancakes mit Ahornsirup. Sie waren wie Abenteurer, die sich auf die Tour ihres Lebens vorbereiteten. Wie Entdecker, die aufbrachen in ein unbekanntes Land. Eine Reise mit ungewissem Ausgang. Nein, korrigierte sie sich, das Ende stand bereits fest. Sie würden loslassen müssen. Die schwerste Lektion im Leben.

„Wir sind hier", sagte Makah. „Hier und jetzt. Wir beide. Du weißt, dass alles gut werden wird."

Sara nickte. „Ja, ich weiß."

„Versprich mir, dass du zurückkommen wirst."

Sie hielt ihren Blick gesenkt. Versuchte, nicht ertappt auszusehen. „Was meinst du?"

„Du siehst schwach aus. Ganz mager und blass. Als wärst du nicht mehr ganz hier. Jede Vision scheint dich mehr auszuzehren. Vielleicht verschwindest du einfach aus der Gegenwart."

Sara dachte an die Worte, die vorhin durch ihre Erinnerung geweht waren. *Wenn du dich entscheiden musst, mein Blauauge, entscheide dich immer für die Zukunft.*

Nocona hatte damals gewusst, dass sie sich wiederfinden würden. Vielleicht hatte er auch gewusst, dass ihr Weg sie hierher führen würde. In diese Hütte, in diesen Moment, in diese Situation. Vor allem aber war ihm klar gewesen, dass sie sich für eine Seite entscheiden musste, und dass sie Gefahr lief, nicht nach vorn, sondern zurück zu gehen.

„Ich komme wieder. Versprochen."

„Schwöre es mir", verlangte er. „Schwöre es mir hoch und heilig."

Sara holte tief Luft. Vielleicht lag hier bereits der Moment der Entscheidung. In diesem Schwur. Sie dachte an ihre Zukunft, an all die schönen Momente, die sie noch teilen würden. Jahre, Jahrzehnte. Hier an diesem wunderschönen Ort. „Ich schwöre es hoch und heilig."

Die Worte kamen beruhigend leicht über ihre Lippen. Makah schien zufrieden. „Am Freitag führe ich wieder einen Wanderritt. Wenn du möchtest, begleite mich. Ich werde Ross sagen, dass ich diesmal die Rou-

te selbst bestimmen will. Es gibt Orte, die ich dir zeigen will."

„Orte aus unserer Vergangenheit?"

„Lass dich überraschen."

Er stand auf, nahm sie bei der Hand und führte sie zum Sofa. Gemeinsam kuschelten sie sich unter die Decke und schmiegten sich aneinander. Eine Weile dösten sie in die Stille hinein, ohne dass der Sog kam. Sara fühlte sich sicher. Geborgen und beschützt. Sie würde zurückkehren. Sie musste zurückkehren.

Müde schloss sie die Augen und trieb davon. Makahs Herzschlag leitete sie durch das Labyrinth von Zeit und Raum wie der Faden der Ariadne.

„Es schlägt für dich", sagte eine Stimme in ihrem Kopf. „Nur für dich. Damals, heute und für immer."

Naduah, 1848

Naduah wachte auf und hasste sich. Der Dämon vergiftete ihr Blut, ließ sie ihr Essen hochwürgen, verbrannte ihre Eingeweide. Im letzten Moment schaffte sie es, aus dem Zelt zu kriechen, ehe sie sich in den Staub übergab. Die Übelkeit war überwältigend. Schmerzen brandeten wie eine Sturzflut durch ihren Körper, folterten ihn, warfen ihn hin und her, malträtierten ihn, bis Naduah alles und jeden verabscheute. Selbst die Menschen, die sie liebte.

Nocona ertrug sie seit Längerem nicht mehr, ebenso wenig, wie sie ihn ertrug, und das, obwohl sie innerlich danach schrie, ihn endlich wieder zu spüren. Ihn zu küssen, vor ihm auf die Knie zu fallen und um Verzeihung zu bitten für all die Schmerzen, die sie ihm zugefügt hatte. Willentlich. Unfreiwillig. Aus reinem Hass. Nicht gegen ihn, sondern gegen sich selbst. Im gleichen Maße, wie ihr Hass wuchs, wuchs auch ihre Sehnsucht nach ihm. Warum tat sie das? Warum nur, warum? Hatte sie sich selbst verloren? War ihr Verstand mit ihren Eingeweiden im Staub versickert?

Wies sie Nocona ab, schrie sie innerlich vor Qual. Doch gerade diese Qual war es, die der Dämon für sich nutzte. Naduah trieb sich selbst auf einen Abgrund zu. Sie zwang sich dazu, hinunterzuspringen. In ihr Verderben. Obwohl sie wusste, dass es falsch war. Der Kokon, in den der sie Dämon hüllte, wurde immer undurchdringlicher. Und jedes Mal, wenn sie Quanah oder Nocona durch ihr Verhalten wehtat, triumphierte dieses Wesen.

Seht her. Ich bin schlecht, ich bin böse. Ich verdiene euch nicht.

Als die Übelkeit verebbte und sie zurück ins Zelt kroch, erlebte Naduah einen der selten gewordenen klaren Momente. Sie war allein. Absolut allein. Dieses Wissen war schlimmer als jeder Krampf. Schlimmer als die Übelkeit und die hämmernde Pein in ihrem Schädel. Atemlos lag sie da, eingesponnen in blankes Entsetzen. In ihrem Leib spürte sie die zarten Bewegungen des Kindes, das bald seine Freiheit einfordern würde.

Und was dann?

Wie konnte sie ihm eine Mutter sein? Wie konnte sie Nocona dazu verdammen, weiterhin mit ihr zusammenzuleben?

Jemand warf ruppig das Fell am Eingang beiseite und schlüpfte ins Tipi. Der Dämon fuhr hoch, holte tief Luft und spie dem Eindringling Gift und Galle entgegen. Gleichgültig, wer es war. Naduah wollte niemanden sehen. Niemanden.

„Komm mit!“ Makamnaya zeigte sich von ihren Schimpftiraden nicht beeindruckt. „Und wenn du noch einen Ton von dir gibst, werfe ich dich

über meine Schulter, du dummes Weib."

Naduah verschlug es die Sprache. Nicht etwa, weil dieser Mann völlig gleichgültig ob ihres Hasses war. Nicht, weil er ihr ihren eigenen, barschen Ton zurückgeschleudert hatte, sondern weil Makamnaya vor Wut brodelte. Sie hatte ihn niemals wütend gesehen. Und jetzt stand er vor ihr, zornig wie ein Grizzly, den man in seiner Höhle ausgeräuchert hatte.

„Komm!", blaffte er. „Sofort!"

Quanah begann zu weinen. Die Stimme des Kriegers polterte wie ein Gewitter durch das Zimmer. Naduah hob ihren Sohn auf, drückte ihn an ihre Brust und folgte Makamnaya ohne ein Widerwort. Der Dämon in ihr blieb still, brachte nichts weiter zustande als wilde, hasserfüllte Blicke. Angewidert atmete sie den süßen Duft der Frühlingsnacht. Sie hasste den klaren Himmel, die funkelnden Sterne, den glänzenden Spiegel des Flusses und das wispernde Schilf.

Makamnaya führte sie zu Kehalas Zelt, fuhr zu ihr um und holte tief Luft. Etwas lag in seinen Augen, das kälter war als Eis. In Makamnayas Augen wirkte dieser Blick abgrundtief fremd.

„Er ging nur fort, weil er deine Nähe nicht mehr ertrug." Seine Stimme war wie kaltes Wasser, das einem dem Atem nahm. „Er ging, weil er verzweifelt war. So verzweifelt wie ein Mann nur sein kann, der von ganzem Herzen liebt. Mein Freund und Blutsbruder liebt dich mehr, als für seine Seele gut ist. Er würde alles für dich tun, und wie gibst du es ihm zurück? Du jagst ihn davon, ekelst ihn aus dem Zelt, bringst ihm nichts als Abneigung entgegen. Jetzt sieh, was du davon hast. Verabschiede dich von deinem Mann, Naduah, denn er hat nicht mehr lange zu leben."

Ihr Körper gefror. Sie hörte nicht mehr Quanahs Weinen, spürte nicht mehr den Wind, spürte nicht mehr sich selbst. „Was?"

Nein! Unmöglich. Nicht Nocona.

Eine Lüge. Das musste es sein. Nur eine Lüge.

„Er wollte jagen gehen." Makamnayas Stimme drang zu ihr vor wie durch einen schwarzen Nebel. „Dabei traf er eine Gruppe weißer Scouts. Er tötete alle, bis auf einen. Dieser letzte jagte ihm eine Kugel in den Kopf und nahm seinen Skalp. Ich bin zu spät gekommen. Mein Herz spürte, dass etwas Schreckliches geschehen würde, also folgte ich meinem Blutsbruder, als ich sah, wie er davonritt. Meine Axt tötete den Scout, aber sie rettete Nocona nicht das Leben. Er ist dort drinnen. Ich wollte ihn zu dir bringen, aber er weigerte sich. Willst du die letzten Worte hören, die er gesagt hat? Willst du sie hören, undankbares Weib?"

Tränen rannen über ihre Wangen. Sie konnte nichts tun, gar nichts. Nicht einmal nicken. Nicht einmal mehr hassen.

„Sie liebt mich nicht mehr", sagte Makamnaya leise. „Das waren seine

Worte. Sie liebt mich nicht mehr."

Naduah drückte Makamnaya Quanah vor die Brust und stürmte ins Zelt. Ihr Atem hallte in der Stille wider. Es war dunkel, furchtbar dunkel. Sie blieb stehen, blinzelte, hielt sich an einem Zeltpfosten fest, um nicht in die Knie zu gehen. Es tat ihr so schrecklich leid. Wenn Nocona jetzt starb, würde auch sie sterben.

Neben einem fast erloschenen Feuer saß er. Aufrecht, ohne Anzeichen von Schwäche. Sie sah, wie er tief und regelmäßig atmete. So atmete kein Schwerverletzter. Schon gar kein Sterbender. Naduah wagte kaum, nach dieser Hoffnung zu greifen. Lügen waren ihr immer falsch erschienen, aber diesmal flehte sie darum, dass Makamnayas Worte solche gewesen waren.

„Was suchst du hier?" Es war seine Stimme. Und zugleich eine andere. Denn sie klang kalt und hart.

„Ich dachte … aber wie … bist du es?"

Ihre Augen begannen, sich an die Finsternis zu gewöhnen. Sie sah das Gesicht ihres Mannes, das sich langsam aus dem Dunkel schälte. Ein Verband war um seinen Kopf gewickelt. Kratzer bedeckten seinen nackten Oberkörper. Er lebte und würde nicht sterben. Er würde bei ihr bleiben. Makamnayas Worte waren lediglich eine List gewesen. Eine Waffe gegen den Dämon, die es geschafft hatte, den Panzer zu durchdringen.

Naduah taumelte zu ihm, ging in die Knie und schlang ihre Arme um seinen Körper. Nichts geschah. Nocona blieb starr wie ein Felsen. Keine Wärme, keine Liebkosungen. Sie fuhr über den Verband, küsste seine Stirn, weinte und bat wimmernd um Verzeihung. Nichts.

Zu spüren, dass er sie nicht willkommen hieß, schmerzte schlimmer als eine Klinge. Schlimmer als Feuer. Sie hielt einen Menschen aus Eis in ihren Armen.

„Es tut mir so leid", schluchzte sie. „Verzeih mir. Ich weiß nicht, warum ich dich so gequält habe. Ich habe mich dafür gehasst. Es war wie ein böser Traum, aus dem ich nicht aufwachen konnte. Du musst mir glauben. Ich wollte dir nicht wehtun."

Sie nahm sein Gesicht in beide Hände, küsste ihn, streichelte ihn, flehte mit Blicken um Vergebung. Selbst als er sie ansah, war da nicht einmal ein Hauch von Wärme. Er blickte durch sie hindurch. Nahm sie in voller Absicht nicht wahr. Behandelte sie wie Luft.

„Nocona! Rede mit mir. Bitte!"

Naduah hielt ihn fest und wartete auf ein Zeichen seiner Liebe. Doch nichts geschah. Irgendwann ließ er sich einfach nach hinten sinken, drehte sich von ihr weg und tat, als schliefe er ein.

Die Qual war unerträglich. Naduah begriff, was sie ihm angetan hatte.

Wieder und wieder. Tag für Tag, Nacht für Nacht. Und das, obwohl er nichts unversucht gelassen hatte, ihr zu helfen.

Sie legte sich neben ihn. Die letzte Glut erlosch, Dunkelheit hielt Einkehr. Von irgendwoher erklangen Stimmen, gefolgt von Hundegebell. Makamnaya, Quanah und Wanapin. Dazwischen Kehalas helle Melodie.

Sie schloss die Augen und spürte die brennende Spur heißer Tränen. Ein Krampf zuckte durch ihren Bauch. Grausam und reißend. Sie presste die Lippen aufeinander, doch es war zu spät. Ein Stöhnen entkam ihrer Kehle.

Nein! Nicht jetzt! Bitte nicht jetzt.

Ihr Schoß wollte zerreißen. Das Kind bewegte sich, drängte nach draußen, wand sich und drückte. Durch den Schleier ihrer Tränen sah Naduah den Rauchfang des Zeltes. Drei Sterne. Freundlich funkelnd.

Sie wollte nur noch sterben. Ihre Schuld war untragbar.

„Atme, mein Blauauge." Plötzlich waren da Finger, die sich um ihre schlossen. Sanft und warm. Ein Schatten ragte über ihr auf. Tiefschwarz über dem rauchigen Dunkel der Nacht. Nach Salbei duftendes Haar streifte ihre Wange. „Ich hole Mahtowin und Peta."

„Nein!" Naduah fuhr hoch und umfing Nocona mit aller Kraft. War er wieder bei ihr? War er zur ihr zurückgekehrt? „Bleib bei mir. Bitte. Geh nicht weg. Ich brauche dich."

Sie weinte. Krämpfe schüttelten ihren Körper, Schluchzer und leise Schreie verzweifelter Hoffnung. Alles würde wieder gut werden. Nie wieder würde sie ihm wehtun. Nie wieder!

Als ihr zweiter Sohn geboren wurde, schmerzhafter als Quanah, doch ebenso schnell, atmete sie den Duft gerösteter Pecannüsse ein. Ein neues Band ersetzte das alte. Von Erschöpfung übermannt schlief Naduah ein. Nocona lag an ihrer Seite, Pecan ruhte auf ihrer Brust. Zum ersten Mal nach einer gefühlten Ewigkeit war es ein guter Schlaf.

Nun war es ihr zweiter Sohn, der im Wiegenbrett hing, sicher verschnürt, an einem Ast im Sommerwind baumelnd. Hinter ihm ragten die Klippen des Canyons auf. Rot, golden und kupfern schimmerten sie im Sonnenlicht wie Flüsse aus Gestein. Quanah saß nicht weit entfernt auf seinem ersten Pony, einem sanftmütigen Rappen mit stämmigen Beinen und struppigem Fell, nicht schön zu nennen, aber genau das richtige Tier, um sein Können auf dem Pferderücken zu verfeinern.

Quanah stand seinem Vater in nichts nach, was das Reittalent betraf. Sein drahtiger Körper, der den letzten Rest Babyspeck verloren hatte, strahlte jene in sich selbst ruhende Entspannung aus, die selbst bei Er-

wachsenen selten war. Seine kurzen Beine waren noch nicht geeignet, sich vernünftig am Pferdekörper festzuhalten, aber Quanah fand instinktiv die richtige Balance, streckte seine Arme aus, verlagerte sein Gewicht nach vorn oder hinten, nach rechts oder links, je nachdem, wie Nocona das Pony führte.

Die Junge strahlte, dass es eine wahre Freude war. Naduah hielt in ihrer Arbeit inne, streckte sich im Sonnenschein und beobachtete ihre Familie, erfüllt von einem Glück, das sie schwerelos machte. Nach drei Runden brachte Nocona das Pony zum Stehen, indem er behutsam den Kopf des Tieres umfasste. Er redete mit Quanah, sanft und murmelnd, legte den Kopf schief, lachte und griff hoch, um seinem Sohn das Haar zu zausen. Inzwischen war es so lang wie das seines Vaters. Nicht ebenso nachtschwarz, sondern dunkelbraun, mit einem rötlichen Schimmer, wenn Sonnenlicht sich darin fing. Naduah sog jede ihrer Gesten auf, jedes Lächeln, jede Bewegung ihrer Lippen, fasziniert von der Art, wie ihr Mann und ihr Sohn miteinander agierten.

Erfüllt von Zufriedenheit fuhr Naduah in ihrer Arbeit fort, tauchte den Pinsel in die Farbe und malte das, was sie sah, mit behutsamen Strichen auf das Leder. Nocona, der seinem Sohn beibrachte, wie ein Nunumu zu reiten. Quanah, strahlend wie die Sonne, der auf seinem Rappen saß und den Anweisungen seines Vaters lauschte.

Der Fluss hinter den Walnussbäumen murmelte einschläfernd. Die Sonne stieg höher, goss ihr hitzeflirrendes Licht bis in den letzten Winkel der Schlucht und gleißte auf dem Wasser. Schweiß lief ihr in Bahnen den Rücken hinab. Könnte sie doch nur wie Nocona mit nacktem Oberkörper herumlaufen. Sie würde sich vom Wind kühlen lassen und dieses klebrige Leder sonst wohin befördern.

Neben ihr war Kehala derart in das Besticken eines Medizinbeutels vertieft, das sie nichts mehr um sich wahrnahm. Beharrlich schwieg sich Noconas Schwester über ihr neuestes Geheimnis aus, doch ihre Blicke verrieten mehr als tausend Wörter. Der Beutel war für jemand Besonderen bestimmt. Noch sah man ihr nicht an, dass neues Leben in ihr heranwuchs, aber Naduah spürte es. Sie hätte es auch gespürt, wenn Kehala sich nicht durch ihre Arbeit am Medizinbeutel verraten hätte. Und selbst, wenn Noconas Schwester eine bessere Geheimnisträgerin gewesen wäre, hätte Makamnayas Stolziererei ihr alles Nötige verraten. Es verging kein Tag, an dem der Krieger nicht mit geschwollener Brust durch das Dorf marschierte und freudestrahlend darauf wartete, den Grund für seine Freunde kundtun zu dürfen.

Warum Kehala ihre Schwangerschaft geheim hielt, selbst vor ihr und Nocona, wusste Naduah nicht. Bald würde sie es nicht mehr kaschieren können. Vielleicht genoss Kehala es, dieses schöne Geheimnis allein mit

Makamnaya zu teilen. Vielleicht war es etwas wie ein magisches Band zwischen zwei Menschen, die gemeinsam durch Höhen und Tiefen gegangen waren.

Schrille Laute zerschnitten die Stille des Sommertages. Zuerst Quieken und Lachen, dann lautes Wiehern. Gefolgt von einem Aufschrei, der mehr Überraschung als Schmerz ausdrückte.

Naduah trat hinter ihrem Gestell hervor. Quanah hockte, das kleine Gesicht zu einer Maske unterdrückter Pein verzogen, im Staub und hielt sich die Schulter. Sein Rappe trabte nicht weit entfernt reiterlos durch den Fluss.

Nocona war bei ihm, noch ehe sie es schaffte, zwei Schritte zu vollführen. Vorsichtig untersuchte er seinen Sohn von Kopf bis Fuß, drehte und wand ihn, tastete Arme und Beine ab und befühlte die Rippen.

„Hat er sich etwas getan?" Sie trat neben die beiden, den Pinsel noch immer in der Hand. „Geht es ihm gut?"

„Seine Schulter. Kannst du sie ihm wieder einrenken?"

Quanah starrte aus riesigen, dunkelgrauen Augen zu ihr auf. Zitternd und unübersehbar stolz, weil es ihm gelang, keinen Schmerzenslaut von sich zu geben.

„Er ist schon jetzt ein richtiger Krieger." Nocona zwinkerte ihr zu. „Tapfer wie ein Wolf. Nur das Festhalten müssen wir noch üben."

Quanahs Unterlippe schob sich trotzig vor. Er zuckte zusammen, als Naduah mit beiden Händen zupackte, einen kurzen Ruck samt einer Drehung vollführte und das Schultergelenk wieder in seine ursprüngliche Stellung zurückbeförderte. Der Junge erbleichte, öffnete den Mund wie zu einem stummen Schrei und klappte ihn wieder zu. Seine Miene schwankte zwischen Selbstmitleid und Wut.

„Ich bin stolz auf dich!" Nocona zauste Quanah das Haar. „Eine Schulter eingerenkt zu bekommen, bringt so manchen erwachsenen Mann zum Schreien."

Er hob den Jungen auf, dessen Grinsen von einem Ohr bis zum anderen reichte, kehrte zum Pony zurück und setzte ihn auf den Rücken des Tieres.

„Nicht nachdenken", belehrte er ihn. „Sonst kommt die Angst. Ignoriere den Schmerz und steige wieder auf. Bald wirst du ein so guter Reiter sein, dass nur noch das Große Mysterium selbst es schaffen wird, dich vom Pferd zu werfen."

Naduah blickte zu Boden. Bald würde Quanah so weit sein, das Kämpfen zu lernen. Er wuchs zu einem Mann heran, in einer Zeit, die nur wenig Raum für Frieden bot. Die Jahre bis zu seinem ersten Krieg würden dahinfliegen. Die Zukunft würde zu schnell zur Gegenwart werden.

Während Quanah auf seinem Pony eine Runde nach der anderen drehte, immer um die Pappeln und Walnussbäume herum, kam Nocona zu ihr.

„Woran arbeitest du die ganze Zeit, mein Blauauge? Zeigst du es mir?"

„Es ist noch nicht fertig."

„Ich würde es trotzdem gern sehen."

Sie nahm seine Hand, küsste jeden einzelnen Finger und hielt den Geruch seiner Haut in ihrem Inneren fest. Entschlossen, jeden Augenblick bewusst wahrzunehmen, mit allen Sinnen und tiefer Dankbarkeit. Erst dann führte sie Nocona zu ihrem Arbeitsplatz. Kehala blickte von ihrem Medizinbeutel auf. Sie lächelte und stickte weiter, schwitzend vor Hitze und Konzentration.

„Es ist für unsere Kinder. Und für die Kinder unserer Kinder. Damit sie uns nie vergessen." Das Fell des Bullen, der sie damals bei ihrer ersten großen Jagd fast getötet hatte, hing nun straff gespannt auf einem Gestell. Als Nocona sah, wozu sie es benutzt hatte, erbleichte sein Gesicht vor Überraschung.

Er war überwältigt. Ganz so, wie sie es sich erhofft hatte.

Seine Hände zitterten, als er mit den Spitzen seiner Finger über das Leder strich. Er atmete ein paar Mal ein und aus, bevor er es schaffte, Worte hervorzubringen: „Es ist wundervoll, mein Blauauge. Du bewahrst alles, was wir erlebt haben. Quanah wird seinen Kindern davon erzählen können, im Winter, wenn alle am Feuer sitzen. Irgendwann erzählt er es seinen Enkeln, und die werden es ihren Kindern erzählen."

Naduah schmiegte sich an ihn und betrachtete die Bilder. Manche waren noch feucht und glänzten wie Pech in der Sonne. Alles, was sie bisher erlebt hatten, befand sich auf diesem einen Fell. Verwoben in Bildern und Symbolen. Ein Stück Fell war noch frei, bereit, mit neuen Erinnerungen gefüllt zu werden. Sie hatte behutsam gezeichnet. Kleine, aber detailreiche Figuren. Manche waren nicht größer als der Nagel ihres kleinen Fingers. Wer nicht genau hinsah, konnte die Pferde, die zwischen den Schneeflocken dahinflogen, für Moskitos halten.

Hundert Pferde in einer Winternacht.

„Komm her, mein Blauauge." Nocona schloss sie in seine Arme. Naduah legte ihre Wange an seine Brust und lauschte seinem Herzschlag. Sie waren hier, zusammen, glücklich und vereint. Der Sommer war noch jung, so jung wie sie selbst.

„Wir sind unsterblich", flüsterte Nocona. „So unsterblich wie die Götter."

„Wegen des Fells?"

Er strich über ihr Haar. Der Herzschlag unter ihrem Ohr wurde schneller. „Nein. Nicht wegen dem Fell. Hör zu, Naduah, ich muss dir

etwas sagen."

Sie horchte auf. Seine Worte endeten in unheilschwangerem Schweigen, das nicht zu dem Zauber dieses Sommertages passen wollte. Als Naduah zu ihm aufblickte, war da nicht mehr nur der fürsorgliche Vater und sanfte Geliebte. Sie kannte diese kalte, entschlossene Leidenschaft. Sie kannte das Wesen, das hinter seiner Maske lauerte, und wusste, worauf es sich vorbereitete.

„Ihr werdet in den Krieg ziehen."

Keine Frage. Nur ausgesprochene Erkenntnis.

„Ja", antwortete er. „Schon bald."

Sie schloss die Augen. Atmete ein, atmete aus. „Wie lange?"

Er seufzte. Dann noch einmal, und noch einmal. Es fiel ihm immer schwer, ihr Botschaften wie diese zu überbringen, doch die, die jetzt auf seiner Zunge lag, schien ihn mit ihrer Last zu ersticken.

„Es wird der größte Kriegszug, den es je gegeben hat", sagte er leise. „Viele Stämme schließen sich zusammen. Wir ziehen hinunter nach Mexiko, bis zum großen Wasser."

Naduah fuhr zurück, als hätte er sie geschlagen. Nein! Nein, sie musste sich verhört haben.

„Der Golf von Mexiko? Meinst du dieses große Wasser? Ihr zieht bis zum Golf?"

Er nickte. Großer Geist! Nocona sprach nicht von Wochen, die er fort sein würde. Nicht von ein paar Monden. Er sprach von Jahren. Ein gewaltiger Kriegszug bis zum Golf von Mexiko … allein der Gedanke … nein! Sie schüttelte den Kopf und hob ihre Arme in einer verzweifelten Geste der Ungläubigkeit. Sie würde ihn jahrelang nicht sehen, vielleicht auch niemals wieder. So viel kostbare Zeit. So viel Blut und Tod. Ein Raubzug würde sich an den anderen reihen, eine Schlacht der nächsten folgen. So viele würden nicht zurückkehren. Sie hörte bereits jetzt das Klagegeschrei der Witwen, deren Männer ihr Grab in den unendlichen Weiten der Ebenen und Wüsten finden würden, fern ihrer Heimat.

„Es muss sein." Er umfing Naduahs Handgelenke und hielt sie fest. „Ich habe geschworen, alles zu geben, um unsere Freiheit zu schützen."

„Auch dein Leben", schleuderte sie ihm entgegen. „Ja, du bist ein Lanzenträger. Du wirst ausharren, selbst, wenn alle anderen fliehen und sich in Sicherheit bringen."

„Ich komme zurück, mein Blauauge." Noconas Daumen fuhr über ihre Lippen. Sie schmeckte salzige Tränen. Wut gärte in ihrem Inneren, von wilder Verzweiflung geschürt. „Das schwöre ich dir."

„Du hast es mir schon zu oft geschworen. Aber ich lasse dich gehen. Du bist ein Krieger. Der Kampf ist dein Leben." Sie sah zu Quanah hinüber, der in stolzer Manier herbeigeritten kam. Bei seinem Anblick

krampfte sich ihr Herz zusammen. „Und er wird das Leben unseres Sohnes sein. Was soll ich dagegen tun?“

„Es tut mir so leid.“

Sie lehnte ihre Stirn gegen seine. Lautlos und heiß liefen Tränen über ihre Wangen.

„Ich weiß“, flüsterte sie. „Ich weiß.“

Teil drei

Durch die Zeit

„Frieden wird in die Herzen der Menschen kommen, wenn sie ihre Einheit mit dem Universum erkennen."

Black Elk

Nocona, 1855

Sieben Jahre.

Sieben verlorene Jahre.

Jahre, in denen er seiner Familie fern gewesen war. Jahre, die er in wachsender Sehnsucht und in Strömen aus Blut verbracht hatte, zunehmend verzweifelt und voller Wut. Zahllose Kämpfe, Raubzüge und Schlachten hatten die Jahre mit sich gebracht. Ein Pfad aus Gewalt und Zorn war durch das Land gezogen worden. Die Aussage dieser Unternehmung war klar gewesen, und sie hatte sich in den Herzen ihrer Feinde eingenistet: Wir werden uns wehren bis zum letzten Blutstropfen.

Oh ja, sie hatten die Haarlippen das Fürchten gelehrt. Sie waren siegreich gewesen, viele Male, hatten ihre Gefallenen in den Prärien und Sümpfen begraben, Niederlagen eingesteckt, Gefangene befreit und den gewaltigen, unter der brennenden Sonne funkelnden Golf von Mexiko erblickt.

Sieben Jahre war er fort gewesen. Die Zeit hatte sich endlos angefühlt und war zugleich verflogen wie der Sturmwind über den Hügeln. Er hatte seine Krieger geführt, ihren Mut geschürt, getötet, gekämpft, geplündert und Feuer gelegt, um selbst die Erinnerung an seine Feinde ins Vergessen eingehen zu lassen. Zweitausend gestohlene Pferde gehörten ihnen, sie besaßen nun Gewehre und glichen ihre militärische Unterlegenheit mit den hässlichen Donnerstäben aus. Es genügte nicht mehr, meisterliche Überraschungsangriffe zu vollführen und den heimlichen Kampf zu führen, der für die Nunumu typisch war. Ohne Voraussicht, ohne Planung, lediglich darauf ausgerichtet, schnell und effektiv zu sein. Die Zeit der spontanen, kleinen Kriegertrupps war vorbei. Sie mochten ihnen in der Vergangenheit zu einem weithin gefürchteten Ruf verholfen

haben, doch als Antwort auf den Vernichtungsfeldzug der Haarlippen taugten sie nichts. Sie waren erfolgreich gewesen als gewaltige, vereinte, strategisch arbeitende Armee. Doch der nächste Gegenschlag würde nicht lange auf sich warten lassen.

Nocona würgte an bitterem Zorn. Er war ein reicher Mann geworden. Sein Ruhm lebte in vielen Geschichten, die überall auf den endlosen Weiten der Ebenen erzählt wurden. An vielen Feuern wurde er besungen und hinterließ seine Spuren in der Ewigkeit. Er war ein Kriegshäuptling geworden, der viele hundert Pferde sein Eigen nannte.

Doch alles, was er sich wünschte, war Frieden. Der Gedanke, noch einmal fortgehen zu müssen, Naduah noch einmal jahrelang fern zu sein, war unerträglich.

Während Quanah im Gebüsch nach Spuren suchte, lehnte sich Nocona gegen einen Baumstamm und ließ seinen müden Blick schweifen. Der Wind erzählte in den Wipfeln der Bäume, berichtete ihm vom Fluss der Zeit und dem Schicksal der Vergänglichkeit. Als er zu seiner Familie zurückgekehrt war, vor wenigen Tagen, in der tiefsten Hitze des Sommers, waren sieben Jahre zu Nichts zerschmolzen. Naduah war noch schöner geworden, Quanah zu einem starken Habwüchsigen herangewachsen, dessen Eifer keine Grenzen kannte. Der Junge hatte von seiner Mutter alles gelernt, was nötig war. Wie gern hätte er selbst diese Aufgabe übernommen, doch es war noch nicht zu spät. Wenn der Frieden andauerte, konnte er mit Quanah und Pecan viele Jagdausflüge unternehmen. Er konnte den Jungen helfen, ihre Fähigkeiten zu perfektionieren, und ihnen auf dem Weg vom Halbwüchsigen zum Krieger beistehen.

So, wie es als Vater seine Aufgabe war.

Was er bei Quanah verpasst hatte, würde er bei Pecan wiedergutmachen. Das Talent seines jüngsten Sohnes war, was Prügeleien betraf, praktisch nicht vorhanden, aber auf dem Pferderücken machte er dem Volk der Nunumu alle Ehre. Nocona blinzelte in die Sonne hinein. Er musste sich glücklich schätzen, denn die Geister hatten ihn mit einer wundervollen Familie beschenkt. Nach seiner Rückkehr hatte er Naduah bis zur völligen Erschöpfung geliebt. Sie waren ausgehungert, voller Erleichterung und Schmerz. Er war mehrere Tage lang nicht von ihrer Seite gewichen, gierig nach ihrer Nähe, süchtig nach ihrem Anblick, bis sie beide über Augenringe verfügten, die jeder Kriegsbemalung das Wasser hätten reichen können.

Selbst dieser Jagdausflug mit Quanah machte ihn verrückt vor Sehnsucht, weil Naduah nicht bei ihm war. Heute, vielleicht morgen, würde sein Sohn das erste Mal einem Bären gegenüberstehen. Gut möglich, dass sie in diesem Kampf von Jägern zu Gejagten wurden. Seit gestern

waren sie dem Tier auf der Spur. Der Junge würde beweisen, dass er mit den Augen des Adlers sah, mit den Ohren des Luchses hörte und die Geduld des Berglöwen besaß.

Jetzt, da der Bär nahe war, nahm er nie die Hand von seinem Messer.

„Komm Vater", rief Quanah. „Ich habe seine Spur wiedergefunden."

Nocona schloss zu ihm auf und schlich an seiner Seite durch das Gebüsch des lichten Waldes. Sie waren weit geritten, bis hin zu ihrer alten Heimat, auf deren Hügeln noch immer die Spuren des Dorfes zu erkennen waren. Quanahs erste Bärenjagd fand dort statt, wo auch seine begonnen hatte. Am Fuße des Tafelberges. Dort, wo Bienenvölker zwischen knorrigen Eichen und Walnussbäumen summten, wo der Geruch von Salbei geradezu betäubend war und der Fluss träge wie ein müder Greis.

Doch sie stand unter keinem guten Stern. Vor zwei Tagen war sein Bogen beim Spannen zerbrochen, etwas, das nicht hätte passieren dürfen. Es war Zuzuecas Waffe gewesen, stark, prachtvoll und fehlerlos. Brach ein solcher Bogen, konnte es nur das Zeichen einer höheren Macht sein.

„Wir sollten nach Hause reiten", schlug er zum gefühlten tausendsten Mal vor. „Die Geister sind uns auf dieser Jagd nicht wohlgesinnt."

„Sie sind es", protestierte Quanah. „Sie sprachen in meinen Träumen zu mir."

„Taten sie das wirklich?"

Er hoffte, in den Augen seines Sohnes Wahrheit oder Flunkerei zu erkennen, doch der feste, entschlossene Blick des Jungen zeigte ihm nur eines: Der absolut nicht vorhandene Wille, auf seinen Vater zu hören.

„Ja!", beharrte er. „Sie sprachen zu mir. Im Traum brachten sie mir einen großen, starken Bären, und ich tötete ihn mit einem Schuss."

Nocona musste einsehen, dass es nichts brachte, auf ihn einzureden. „Tu, was du nicht lassen kannst. Aber entkommt er uns auch morgen, musst du ihn ziehen lassen. Du misst dein Können mit seinem. Ist er zu klug, um sich von dir töten zu lassen, dann lass ihm sein Leben."

„Er wird mir nicht entkommen." Verbissenheit funkelte in Quanahs Augen. „Er gehört mir, Vater. Du wirst schon sehen."

„Aus dir spricht ein dummer Junge. Denke über das Wort Respekt nach, dann reden wir weiter."

„Ich werde mir bald meine ersten Federn verdienen", zischte Quanah, kampflustig wie eine Klapperschlange. „Im Zweikampf habe ich bisher jeden besiegt. Du hättest mich sehen sollen, Vater. Stolz wärst du gewesen. Sie sagen, ich werde groß werden. Ein Kriegshäuptling wie du. Asa hatte nur Augen für mich."

Nocona entfuhr ein Lachen. Natürlich. Asa, Kehalas Tochter, mochte

erst wenige Frühlinge erlebt haben, aber ihr aufgeweckter Liebreiz verdrehte allen den Kopf. Alte überhäuften sie mit kandierten Früchten, Jungen wie Quanah stiegen ihr nach und die Frauen seufzten entzückt, sobald sich das Mädchen blicken ließ.

„Daran zweifele ich nicht." Nocona bemühte sich, eine ernste Miene beizubehalten. „Aber wenn mich nicht alles täuscht, ist Asa am liebsten bei Pecan. Für dein Gebalze hat sie keine Augen, wenn er bei ihr ist."

„Ach, Pecan", Quanah gluckste in seine Faust hinein, „der wird bald in das Zelt der Frauenmänner gehen und Frauensachen tragen. Er ist klein, schwach und immerzu krank. Asa liebt ihn nicht, sie spielt nur gern mit ihm. Weil er wie ein Mädchen ist."

Nocona schnalzte mit der Zunge und strafte seinen Sohn mit einem scharfen Blick. „Makamnaya war am Anfang auch klein und schwach. Sieh ihn dir jetzt an. Bei seinem Anblick verzweifeln all unsere Feinde. Vielleicht braucht Pecan nur länger, um stark zu werden. Eine Birke wächst schneller als eine Eiche."

„Wenn, dann bin ich die Eiche." Quanah blieb stehen und reckte seine magere Brust. „Siehst du? Ich bin schon genauso stark und hart wie sie. Asa wird das bald erkennen."

„Such dir lieber eine Frau aus dem Nachbarstamm."

Nocona seufzte. Der Stolz quoll seinem Sohn schier aus den Ohren heraus. Es war der unschuldige, ahnungslose Stolz eines kleinen Jungen, der vom Krieg träumte und nicht begriff, was es bedeutete, inmitten eines Schlachtfeldes aus Leichen und Sterbenden zu stehen.

„Ich werde unsere Feinde vertreiben, wie du sie vertrieben hast", setzte Quanah hinzu, wobei er mit seinen dürren Armen herumwedelte. „Sie werden mich fürchten, wie sie dich fürchten. Ich werde der Nachtschatten sein. Der Schrecken ihrer dunkelsten Träume. Ich werde sie …"

„Schschsch!" Nocona legte einen Finger auf seinen Mund. „Sieh nach vorn, großer Jäger."

Quanah fuhr herum. Sein Körper, obwohl noch der eines Kindes, ließ bereits den Mann erkennen. Sich anspannende Sehnen und Muskeln verwandelten ihn in eine Statue geballter Entschlossenheit und Kraft. Die Leidenschaft des Jägers funkelte in Quanahs Augen, als er den hohlen Baum sah, der sich altersschwach zur Seite neigte und den Einblick in eine Erdhöhle freigab.

„Wir müssen ihn ausräuchern, Vater. Das Loch ist tief."

„Dann geh und suche Äste. Mach alles so, wie ich es dir beigebracht habe."

Quanah gehorchte. Er lauschte, witterte und prüfte den Wind, wurde für atemlose Momente eins mit seiner Umgebung und las ihre Zeichen. Dann huschte er davon, flink und leise wie ein Wiesel, sammelte trocke-

ne und feuchte Zweige, Laub und Nadeln, legte alles vor den Eingang der Erdhöhle und zog den Flintstein aus seinem Beutel. Schon bald stiegen helle Rauchfahnen auf, wurden vom Wind erfasst und in den Schlund der Höhle getrieben.

Quanah trat zurück, legte einen Pfeil auf die Sehne und spannte seinen Bogen. Nocona schwoll die Brust vor tief gehendem Stolz. Noch war sein Sohn ein Opfer der kindlichen Dummheit, aber er spürte es bereits. Das in sich ruhende, geduldige Wissen, das einen wahren Krieger ausmachte, weit mehr als Stärke und Mut. Naduah und er hatten Quanah alles gezeigt, was er wissen musste. Jetzt musste er ihm vertrauen. Nocona zog das Messer heraus und hielt es wurfbereit, doch der Junge unterbrach ihn mit einer wütenden Geste.

„Ich schaffe das allein! Hör auf."

„Wie du willst."

Nocona steckte die Waffe widerwillig zurück, hielt jedoch weiterhin den Griff umklammert, um es im Notfall blitzschnell werfen zu können. Hätte er doch nur seinen Bogen. Ein Schuss dieser mächtigen Waffe durchschlug selbst den harten Schädel eines ausgewachsenen Bären. Wenn die Geister wirklich mit Quanah geredet und ihm eine erfolgreiche Jagd versprochen hatten, musste das Brechen seines Bogens etwas anderes bedeuten. Sein Herzschlag und Atem verlangsamten sich. In der Erdhöhle begann es zu rumoren. Das wütende Grollen des Bären ließ die Erde zittern.

Jetzt würde sich zeigen, wie gut Naduah und er als Lehrer waren. Und wie gut Quanah als Schüler.

Die Ruhe des Jungen war unerschütterlich. Er stand da, aufrecht und stolz. Geiferndes Brüllen löste das Grollen ab. Tief und urtümlich. Es passte nicht zu den Spuren des Tieres, das sie verfolgt hatten. Was sich dort an die Oberfläche wühlte, musste größer sein als der Braunbär, den sie verfolgten. Quanah hatte die Spuren falsch gelesen, und sein Vertrauen in den Jungen war so groß gewesen, dass er sich nicht von der Richtigkeit seiner Einschätzung überzeugt hatte.

„Komm da weg! Sofort."

Quanah rührte sich nicht. Seine Miene wurde noch grimmiger und entschlossener.

„Das ist nicht der Bär, den wir verfolgen. Deine Pfeile werden nicht reichen."

Der Junge wandte sich langsam zu ihm um. Zorn blitzte in seinen Augen. „Ich habe die Spuren richtig gelesen."

„Nein. Dort drinnen ist der falsche Bär. Komm sofort her. Wir müssen verschwinden."

„Ich bin hier, um mich zu beweisen. Und ich werde mich …"

Die Erdhöhle explodierte. Ein gewaltiger Körper schoss hervor, zottig und brüllend, schnell wie ein Berglöwe, gewaltig wie ein Pferd. Quanahs Pfeil sauste davon und traf das riesige Haupt des Grizzlys. Für das Tier kaum mehr als ein Wespenstachel. Ein spöttisches Schütteln, und das Geschoss flog zur Seite.

Der Junge taumelte und ging zu Boden. Kreischende Vögel stoben auf. Nocona warf das Messer und traf die Stelle, unter der das Herz lag, doch die Klinge drang kaum tief genug ein, um den dicken Pelz und die Fettschicht darunter zu durchstechen.

Er warf die Arme hoch, rannte auf den Bären zu und schrie so laut, dass seine Kehle schmerzte. Der Grizzly hielt verwirrt inne. Mit abfälliger Verwunderung beobachtete er seinen Gegner, musterte seine wedelnden Arme und die wilden Grimassen. Ein kurzes Zögern, aber genug. Vielleicht.

Nocona packte den schreckensstarren Quanah, hob ihn auf seine Arme und rannte. Es war zwecklos, vor einem Grizzly wegzulaufen, aber er musste den Jungen in Sicherheit bringen. Alles andere entschied das Schicksal. Lautstark polterte der Bär durch das Dickicht. Nocona hielt auf den nächsten Baum zu. Als er ihn erreicht hatte, warf er Quanah wie einen Hasen in die Höhe und betete darum, dass die Kräfte seinen Sohn nicht verließen.

„Halt dich fest!"

Mit der Behändigkeit eines Eichhörnchens packte Quanah den Ast, zog sich hinauf und kletterte höher. Zwei Meter, drei Meter, vier Meter. Sein Bogen rutschte ihm von der Schulter und fiel zu Boden, doch er war in Sicherheit. Für einen Moment war die Erleichterung stärker als jedes andere Gefühl.

„Bleib oben!", rief Nocona. „Egal was passiert. Bleib oben!"

Der Bär hatte ihn erreicht. Er wirbelte herum, spürte die Pranke haarscharf an sich vorbeizischen und streifte mit seinem Körper das zottige Fell. Blitzschnell packte er den Griff des Messers, zog es heraus und stach erneut zu. In den Nacken, zwischen die Wirbel. So tief er konnte. Die Klinge drang durch gewaltige Muskelstränge. Es war nicht tief genug, längst nicht tief genug. Der Grizzly brüllte und fuhr mit einem so wilden Ruck herum, dass Nocona zur Seite gestoßen wurde. Sein Instinkt funktionierte tadellos, brachte ihn schnell wieder ins Gleichgewicht und sorgte dafür, dass er sich der zuschlagenden Pranke mit einem akrobatischen Sprung entzog. Erde und Gras flogen zerfetzt durch die Luft. Ihm blieb keine Zeit, nachzudenken. Der Bär ragte über ihm auf, ein lebendes, atmendes Gebirge aus Fell und Muskeln. Nocona warf sich kurzerhand zwischen die Hinterbeine des Tieres, keinen Atemzug später zerfetzten dolchlange Klauen die Luft, wo sich eben noch sein Kopf

befunden hatte. Er griff nach unten, zog die Steinklinge hervor, die sich in einer kleinen Lederscheide an seiner rechten Wade befand, und schloss fest seine Finger darum. Eine lächerliche Waffe, gerade gut genug, um Schmerzen zu bereiten. Aber wenn die Geister ihm wohlgesinnt waren, würde es reichen.

Als der Grizzly zurücktaumelte wie ein ungeschickter Tänzer, um zuschlagen zu können, zog Nocona ihm die Klinge über die Unterseite seiner Tatze. Der Ballen klaffte auf, das Tier brüllte seine Wut hinaus. Wieder stach er zu, diesmal in den Unterkiefer. Tief und mit aller Kraft. Blut rann über sein Gesicht. Heiß und stinkend..

Nicht genug. Längst nicht genug. Er rollte zur Seite, noch ehe der Grizzly zur Besinnung gekommen war, sprang auf und brachte sich mit ein paar taumelnden Schritten außer Reichweite der Pranken. Quanah sprang wild gestikulierend auf seinem Ast hin und her.

„Mein Bogen!“, schrie er. „Wirf mir den Bogen hinauf.“

Nocona hielt schwer atmend inne. Die Waffe seines Sohnes lag am Fuß des Baumes, doch er machte keine Anstalten, sie ihm zu geben. Der Rausch überwältigte ihn. Vertraut …und doch anders. So hatte er sich schon einmal gefühlt. Damals, als er die Trapper getötet hatte. Einen nach dem anderen. Kalt wie ein Blizzard, gnadenlos und erfüllt von einer Gier nach Blut, die ihm das Gefühl vermittelte, alles in dieser Welt bestünde aus rohem, hassenswertem, triefendem Fleisch.

Der Bär rannte auf ihn zu. Langsam, als dehnte sich jeder Herzschlag zu einer Ewigkeit in die Länge. Der Himmel sank auf ihn herab. Die Welt pulsierte, als wäre sie der Brustkorb eines gewaltigen, atmenden Wesens. Alles wurde zu einer Einheit, nichts spielte mehr eine Rolle. Es gab kein Denken mehr und kein Fühlen. Er stand im Schatten eines Berges aus Fell und Fleisch. Geifer tropfte auf ihn nieder, Pranken mit Krallen, so lang wie seine Hand, schlugen auf ihn ein. Er duckte sich so langsam, wie ein Felsen wandert. Drehte sich weg von den zuschlagenden Klauen, zog das Messer aus dem Fleisch des Grizzlys und stieß sie nieder, als das Tier auf alle viere niedersank und seine Enttäuschung hinausbrüllte. Tief in den Schädel hinein. Ein Knacken und Knirschen durchdrang die pulsende Stille.

Blut strömte über seine Hände. Er stieß die Klinge noch tiefer hinein, drehte sie herum und bewegte sie hin und her. Rote Schleier umhüllten den Himmel und den Wald. Der Berg aus Fell und Fleisch sank in sich zusammen. Genauso wie in der Vision, die ihn vor wenigen Nächten heimgesucht hatte.

In ihr hatte Nocona Gebirge gesehen, die im Fluss der Zeit wuchsen, sich emporhoben zu den Göttern und wieder in sich zusammenfielen, abgetragen von Wind und Regen. Sterbend, wie alles starb. Und sie wur-

den wiedergeboren, irgendwo. Irgendwann. Die Erde stöhnte und zuckte wie eine Mutter, die ein Kind gebar. Und aus ihren Zuckungen erhoben sich neue Gebirge. Neue Ebenen, neue Ozeane.

Ein Kreis in einem Kreis. Alles kehrte wieder in veränderter Form.

„Vater!" Kleine, warme Hände schüttelten ihn. „Vater! Du hast es geschafft! Der Gott der Bären ist tot. Dein Messer hat ihm das Leben genommen. Sieh nur!"

Nocona blinzelte. Er lag auf dem Boden, über ihm rauschte der Wind in den Bäumen. Blut. Überall. Der Gestank nach Tod. Seine Beine wollten ihn kaum tragen, als er sich aufrichtete. Zitternd stand er da, umfasste die Schultern seines Sohnes und versuchte zu begreifen, was geschehen war. Neben ihm lag der Grizzly. Gewaltig selbst in seiner Niederlage.

„Man wird dich an allen Feuern besingen." Quanah war außer sich vor Freude. „Niemand tötet einen Bärengott mit einem Messer. Aber du hast es geschafft. Du bist der größte aller Krieger. Der Beste aller Jäger."

„Der Größte, der Beste", gab er wütend zurück. „Der beste Krieger ist der, der zuerst stirbt und seine Familie in Trauer zurücklässt. Was weißt du schon vom Tod? Freue dich niemals über ihn. Glaubst du, ein tapferer Krieger ist nur der, der möglichst viel tötet?"

Quanah presste die Lippen aufeinander und blickte verwirrt drein. „Nein?", wisperte er.

„Nein!" Nocona stand auf und zog das Messer aus dem Schädel des Bären. Nie hatte er ein gewaltigeres Tier gesehen. Was, wenn Quanah recht hatte, und vor ihm lag tatsächlich der Gott der Bären?

Quanahs Blicke bohrten sich in seinen Nacken, als er den Brustkorb des Grizzlys öffnete, das Herz herausnahm und die Seele des Tieres um Verzeihung bat. Nachdem er das noch warme Organ in der Erde vergraben hatte, machte er sich daran, den Bären gemeinsam mit Quanah aus dem Fell zu schlagen. Sie zogen, zerrten, schnitten und rissen die ganze Nacht lang. Quanah nahm einen scharfen Stein und befreite den Pelz von Fett und Fleischresten, tränkte ihn in den Saft des Bärengehirns und baute ein Gestell, um ihn zum Trocknen aufzuspannen. Nocona hing die begehrtesten Teile, die enthäuteten Tatzen, über das Morgenfeuer und baute für den Rest des Fleisches eine Räucherhöhle aus Ästen und Laub.

Füchse und Kojoten machten sich über die Eingeweide her, für die sie keine Verwendung hatten, und es dauerte zwei Tage, bis das gewaltige Tier zur Gänze zerwirkt und all seine Teile irgendeinem Nutzen zugeführt worden waren.

Am dritten Tag beluden sie die Packpferde, brachen ihr Lager ab und kehrten zurück in die sonnenverbrannten Weiten der Staked Plains. Das Fell des Grizzlys hing zusammengerollt über Cetans Kruppe. Nicht viele würden ihm seine Geschichte glauben. Und manche von denen, die sie

glaubten, würden zornig sein. Denn den Gott der Bären zu töten, brachte großes Unheil mit sich.

Quanah sah sie zuerst.

Dreizehn Schatten über ihnen auf dem Kamm des Hügels. Im Nebel des Morgens schälten sie sich Schicht für Schicht aus dem Grau heraus.

„Sind es Cheyenne?“, fragte der Junge. „Kiowa? Lipan?“

Nocona zügelte Cetan. Die Müdigkeit saß ihm wie ein Fieber in den Knochen und verschleierte seine Instinkte. Je näher sie ihrem Dorf kamen, umso schlechter schlief er. Die Ungeduld trieb ihn voran. Wäre Quanah nicht gewesen, hätte er nicht eher geruht, bis die Spitzen der Zelte am Fluss auftauchten.

Eine Weile musterte er die Schatten. So lange, bis sie nahe genug gekommen waren, um Einzelheiten ihrer Aufmachung zu erkennen. Schlagartig war es vorbei mit seiner Müdigkeit.

Er hoffte auf Lipan, den damals feindseligen, aber nun mit ihnen verbündeten Stamm. Er hoffte sogar auf Tonkawas, denn sie waren grausam, aber keine Krieger, die ein Nunumu zu fürchten brauchte. Die Schatten kamen wie eine zähe Flut den Hügel hinabgeritten. Nocona erkannte, dass seine Hoffnung nicht erhört worden war. Die Männer, die zielstrebig auf sie zuritten, wie Raubtiere, die sich ihrer Beute sicher wähnten, waren Esikwita. Ein Stamm der Apachen, Todfeinde bis aufs Blut seit langer Zeit.

Nocona gefror das Blut in den Adern. Wenn sie erkannten, wer er war, würde sein Schicksal aus dem grausamsten aller Tode bestehen. Ein gewöhnlicher Krieger musste den Hass der Apachen fürchten, doch ein Kriegshäuptling, ein Führer des feindlichen Stammes, würde jede Ausgeburt ihrer grausamen Fantasien zu spüren bekommen, und zwar tagelang.

Es war nicht einmal dieses Wissen, das ihn mit Schrecken erfüllte. Er war entschlossen, jedes Schicksal, dass ihm vorherbestimmt war, aufrecht zu ertragen. Aber Quanah war zu alt, um seinen Willen neu zu formen und ihn zu einem Esikwita umzuerziehen. Was immer man ihm antun würde, seinem Sohn war dasselbe Schicksal bestimmt.

Sie würden ihn foltern und töten. Dass er noch ein Kind war, Monde davon entfernt, ein Mann zu sein, war einem seit Generationen in Hass brodelnden Geist gleichgültig.

Quanah wurde unruhig, als er den Schrecken in seinem Gesicht erblickte.

„Reite so schnell du kannst.“ Nocona riss ihm Bogen und Köcher von

der Schulter. Es war die Waffe eines Halbwüchsigen, aber besser als nichts. „Wenn sie uns fangen, sind wir tot."

Die Esikwita eröffneten das Feuer, kaum dass sie die Flucht ergriffen hatten. Pfeile sirrten durch die Luft, Steine flogen von Schleudern. Noch erreichten die Geschosse sie nicht, doch der Abstand verringerte sich schnell.

Quanah glitt vom Pferd und ließ sich an der Seite des Tieres herunterhängen, um ein schweres, kaum zu treffendes Ziel zu bieten.

Nocona zog einen Pfeil aus seinem Köcher, nahm dieselbe Position ein und spannte seinen Bogen unter Cetans Hals hindurch. Ein Esikwita wurde mitten in die Stirn getroffen und von seinem Pferd geschleudert. Die Krieger antworteten mit einer Salve aus Schüssen und wutentbrannten Schreien, doch der Pfeilregen ging weit hinter ihnen nieder.

„Reite den Hang hinauf", rief er Quanah zu. „Mach schon!"

Der Junge gehorchte. Es blieb ihm nichts anderes übrig, denn das ausgetrocknete Flussbett ging vor ihnen in ein Gestrüpp aus dornigen Sträuchern und Feigenkakteen über und machte es unmöglich, hindurchzureiten.

Nocona schoss vier weitere Pfeile auf ihre Verfolger ab. Alle fanden ihr Ziel, doch nur einer tötete. Die Esikwita holten auf und das Land hatte sich gegen sie verschworen. Er riss den Zügel herum und trieb den Hengst hinter Quanah die ausgedörrte Böschung hinauf. Tief hatte sich der ausgetrocknete Arm des Flusses in das Land geschnitten. Cetans Hufe fanden nur schwer Halt im rutschigen, steinigen Grund, doch das Tier kämpfte mit wilder Entschlossenheit, als spürte es, was seinem Reiter im Falle seines Scheiterns bevorstand.

Die Schreie der Esikwita bebten vor Wut. Ein Pfeil bohrte sich neben Cetan in den Boden. Ein zweiter pfiff haarscharf an Noconas Arm vorbei. Quanah hatte den Rand des Hangs erreicht und zügelte seinen Rappen.

„Verschwinde!", schrie Nocona. „Du kennst den Weg."

„Ich gehe nicht ohne dich."

„Verschwinde!"

Cetan entfesselte all seine Kräfte und jagte in gewaltigen, verzweifelten Sprüngen den Hang hinauf. Noch zwei Pferdelängen, noch eine.

Ein letzter Sprung, und der Steilhang war bezwungen. Im selben Augenblick durchlief den Pferdeleib ein Zucken. Ein Pfeil ragte aus der Hinterhand des Hengstes, zur Hälfte im Fleisch versunken, doch das Tier schien die Verletzung kaum zu spüren und sprengte mit gestrecktem Hals davon. Als Quanahs Rappe zu ihm aufschloss, schien es Nocona, als wäre ihre Rettung nah. Ihre Verfolger blieben zurück, mehrere scheiterten an der Bezwingung des Steilhangs und stürzten ab.

„Da vorn!“, schrie Quanah plötzlich.

Elf Schatten tauchten aus dem Morgennebel auf, keine fünfzig Pferdelängen vor ihnen. Unverkennbar Esikwita, die ihnen den einzigen Fluchtweg abschnitten. Rechts und links klafften Schluchten, hinter ihnen vollführte der Strom eine Schleife und versperrte den Weg mit einem Abgrund.

Nocona schoss schnell und instinktiv, verschwendete keinen Gedanken an Furcht. Alle Männer, die den Hang überwunden hatten, stürzten getroffen in das Gras. Der Weg nach Norden war frei.

Als er seinen Hengst antrieb, tat der Junge es ihm gleich, das Gesicht zu einer Maske wilder Entschlossenheit verzerrt. Unmöglich, sich den Weg durch elf Krieger hindurchzubahnen. In eine Schlucht zu stürzen, hinein in das brodelnde Wasser des Flusses, bot bessere Überlebenschancen. Der Strom trug meist wenig Wasser, ein breiter Streifen aus Steinen und Felsen empfing jeden, der hinterstürzte. Doch mehrere Sommergewitter hatten dem Strom in den vergangenen Tagen viel Wasser geschenkt. Nocona hörte das Rauschen. Wild und ungestüm. Entweder ihre Rettung oder ihr Tod.

Die Schlucht raste auf sie zu.

Er begann zu beten. Naduahs Gesicht stand ihm vor Augen, Quanahs Angst saß ihm im Nacken. Sie mussten es schaffen. Sie mussten zurückkehren.

Der Abgrund war nahe. Cetan vollführte einen gewaltigen Sprung, und plötzlich war nur noch die Tiefe unter ihm. Hellgrüne, weiß schäumende Wasserkaskaden. Gischt, die um spitze Felsen wirbelte. Sie fielen und fielen, verloren einander aus den Augen, wurden umhergewirbelt, voneinander fortgerissen. Quanahs Schrei durchdrang das Tosen des Wassers.

Sie mussten es schaffen!

Zwei Herzschläge, drei Herzschläge. Vier, fünf …

Dann ein gewaltiger Schlag.

Die Faust eisiger Kälte.

Brüllendes Wasser.

Er kämpfte gegen die Strudel an, rang nach Luft, wenn sie ihn freigaben, griff nach vorbeischießenden Felsen und Steinen. Plötzlich sah er Quanah ganz in seiner Nähe, griff nach ihm und bekam ihn wie durch ein Wunder zu packen. Wie ein kleiner Krebs klammerte sich der Junge an ihm fest. Es war unmöglich zu sagen, wo oben und unten war. Das Wasser war so viel stärker als er, zeigte ihm nur Gischt und Felsen und einen Himmel, der mal oben und mal unten war, mal links, mal rechts. Die Arme fest um Quanah geschlossen, konzentrierte er sich darauf, über Wasser zu bleiben. Eine Strömung riss ihn hinab, stieß ihn gegen den steinigen Grund und warf ihn an scharfe Felsen. Nocona krümmte

sich um Quanah zusammen, damit dem kleinen, verletzlichen Körper nichts geschah, dann kam ein Sturz … ein Fall, ein tiefes Loch, ausgewaschen von wilden Strömungen. Er spürte den Grund unter seinen Füßen, stieß sich ab und strebte nach oben. Seine Muskeln verkrampften sich. Der Schmerz raubte ihm schier die Sinne, doch er musste weiter. Er musste es schaffen, denn in seinen Armen zappelte Quanah in Todesangst.

Sie drehten sich in den Strudeln, schneller und schneller, dann sah er etwas Dunkles an sich vorbeischießen und griff danach. Der Ast eines toten Baumes. Endlich Luft!

Keuchend füllte er seine brennenden Lungen. Quanah, der ihm vor Panik die Kehle abschnürte, machte es nicht einfacher. Ihm wurde schwarz vor Augen, während er sich unermüdlich zum Ufer vorkämpfte. Ein Ast nach dem anderen. Stück für Stück, bis das Wasser ihn endlich freigab. Hustend und würgend fielen sie in den Sand.

Obwohl er das Gefühl hatte, keinen Finger mehr bewegen zu können, beugte er sich über Quanah, untersuchte ihn von Kopf bis Fuß und befand erleichtert, dass dem Jungen nichts fehlte. Abgesehen von einer tiefen, aber harmlosen Risswunde am Rücken und ein paar Kratzern an den Armen.

„Ich habe dich angelogen", stammelte Quanah panisch hervor. „Es ist alles meine Schuld. Meine Schuld. Nur meine."

Die Erleichterung, dass sie beide noch lebten, ließ keine Wut zu. „Unsinn." Er strich Quanah das tropfnasse Haar aus dem Gesicht. „Es ist meine. Ich hätte dich zurückbringen sollen. Ich hätte die Zeichen ernst nehmen müssen."

„Meine Schuld war es", beharrte der Junge. „Nur meine. Ich wollte nicht hören. Ich wollte nur eins. Mich beweisen. Das war dumm. Die Geister haben uns nur bestraft, weil mir ihre Warnung egal war."

Tränen rannen aus seinen aufgerissenen, grauen Augen. Er weinte und zitterte derart, dass er sich zweimal übergeben musste, bis er wieder zu Atem kam.

„Sie sind dir nicht in deinen Träumen erschienen", sagte Nocona schließlich, als der Junge erschöpft und zähneklappernd in seinen Armen lag. „Sag es mir ruhig. Ich bin dir nicht böse."

„Nein", gab Quanah zu. „Gar nichts ist mir erschienen."

Unwillkürlich musste er lächeln. Der Starrsinn und die lebensmüde Entschlossenheit seines Sohnes, sich vor allen zu beweisen, waren ihm nur allzu vertraut. Quanah hatte die Geister missachtet, aber sie mussten ihnen noch immer wohlgesinnt sein, denn sonst lägen sie jetzt tot zwischen den Felsen oder enthäutet und ausgeweidet an den Pfählen der Esikwita.

„Wir müssen noch einmal in den Fluss, kleiner Dummkopf. Glaubst du, du schaffst das?“

Quanah nickte aufgeregt, rappelte sich auf und drückte seine magere Brust heraus „Natürlich schaffe ich das. Ich muss den Geistern beweisen, dass ich ihren Schutz verdiene. Sie sind bestimmt sehr wütend auf mich.“

Nocona lächelte nur. Mochte der Junge selbst die Antwort auf diese Vermutung finden. Am milchblauen Himmel kreisten drei Geier. Ihre kleinen Brüder, die Raben, hockten oben auf den Klippen und warteten darauf, dass man sie allein ließ.

„Cetan“, kam es flüsternd über seine Lippen.

„Mein Pferd ist auch verschwunden. Hast du es gesehen?“

„Warte hier auf mich.“ Nocona verstärkte seine Forderung, indem er kurz auf die Schultern des Jungen drückte. „Rühr dich nicht vom Fleck. Ich bin gleich wieder bei dir.“

Warum er das Messer zog, wusste er nicht. Vermutlich war es ein Instinkt, der ihm sagte, dass er es brauchen würde. Schon nach kurzer Suche zwischen den Felsen wehte ihm ein vertrauter Geruch entgegen. Kupfern und bittersüß. Pferdeblut.

Hinter einem großen, zerklüfteten Vorsprung traten vier blutbefleckte, graufellige Beine in die Luft. Erinnerungen an eine längst vergangene Schlacht wollten auf ihn einstürzen, doch er sperrte sie aus. Nocona zögerte keinen Augenblick lang. Noch ehe die Gedanken zu ihm kamen, rannte er zu dem sterbenden Pferd, hob das Messer und stieß es ihm ins Herz. Cetans Wunden waren zu schwer. Felskanten hatten seinen Leib zerschmettert und zerrissen. Jeder Atemzug bedeutete unerträgliche Schmerzen.

„Verzeih mir.“

Das Pferd starb lautlos, während er seinen Kopf in beiden Armen hielt. Blut strömte in den Fluss, färbte ihn rostrot und malte wirbelnde Schlieren hinein.

„Gehe zu Tatezi und sag ihm, dass ich jeden Tag an ihn denke. So wie ich an dich denken werde. Wir sehen uns wieder, mein Freund.“

Als er zurückkehrte, das blutige Messer im Fluss säuberte und es wieder in den Gürtel steckte, starrte Quanah ihn aus riesigen, entsetzten Augen an. Der Junge sagte kein Wort. Schweigend nahm Nocona ein Seil aus der Tasche und band es ihm um die Hüfte. Das andere Ende befestigte er in gleicher Weise an sich. „So können wir uns nicht verlieren. Bist du bereit?“

„Es ist alles meine Schuld.“

„Bist du bereit?“, wiederholte Nocona.

Quanah straffte sich und nickte.

„Ich will ein großer Krieger werden", presste er zwischen zusammengebissenen Zähnen hervor. „So wie du. Ein Kämpfer, dessen Name an tausenden Feuern nur im Flüsterton genannt wurde. Ein Kriegshäuptling, den niemand fangen, niemand töten kann. Der Schrecken aller Feinde unseres Volkes. Aber ich weiß jetzt, dass ich nur ein Dummkopf bin. Ich bin dir und meiner Mutter nicht würdig. Und ich bin Asa nicht würdig."

Ein Lachen kämpfte sich aus seiner Kehle frei. Unkontrollierbar, verzweifelt und für ihn ebenso überraschend wie für Quanah. Er lachte, bis er weinen musste, und als die Augen des Jungen noch größer und verwirrter wurden, lachte er noch lauter.

„Makamnaya hat mir erzählt", hörte er Quanah rufen, „dass nicht einmal Donnerstäbe dir etwas antun konnten. Als ein Weißer dir in den Kopf geschossen hat, ist die Kugel einfach im Knochen stecken geblieben. Er sagt, du besitzt unter deiner Menschenhaut den Schädel eines Büffels."

„Sagt er das?" Nocona schnappte nach Luft. Vergeblich. So viele Gefühle tobten in ihm, dass er schier verrückt darüber wurde. Anders konnte er sich die Tatsache nicht erklären, dass er vor Lachen in die Knie ging und sich den Bauch hielt, damit er nicht zerriss.

„Was ist mir dir, Vater?"

„Mach-dir-keine-Gedanken!" Er musste jedes Wort mit Gewalt aus seiner Kehle drücken. „Es wird schon."

Quanah ahnte nicht, dass seine ratlose, verzweifelte Miene alles andere als hilfreich war. „Ich bin stolz auf dich, weißt du das? Du bist der Führer der legendären Lanzenträger, du bist der Mann meiner tapferen, stolzen Mutter, die der Welt der Weißen den Rücken gekehrt hat, um als Nunumu zu leben. Als eine aus dem Volk."

„Tu mir einen Gefallen." Endlich ließen die Krämpfe nach und gaben den Weg für die Luft wieder frei. Hastig rang er nach Atem.

„Welchen, Vater?."

„Rede wie ein Kind."

Quanah schob eine Unterlippe vor. „Ich werde nie so groß sein wie du."

„Oh doch. Du musst nur noch so viel wachsen, wie ein Fuchs lang ist. Ohne Schwanz."

„Du weißt, wie ich es meine."

„Hör auf damit. Du bist jetzt schon sturer und tapferer als viele erwachsene Krieger. Wir müssen in den Fluss. Schaffst du das, Quanah? Hast du Angst?"

Der Junge schob seinen Unterkiefer vor. „Ich habe keine Angst. Du bist mein Vater. Nocona, der Wanderer. Der Mann, den nicht einmal die

Götter töten können."

„Unsinn. Alles muss sterben. Auch ich."

„Nicht heute." Quanah klammerte sich an ihn, als er ins Wasser ging. „Nicht hier."

Der Fluss riss sie erneut mit sich, spielte mit ihnen, warf sie gegen Steine und Felsen. Mehrmals versanken sie in wilden Strudeln und wurden in die Tiefe gedrückt, doch wann immer die Flussgeister ihnen das Leben aussaugen wollten, kämpfte Nocona gegen sie an und schlug sie zurück. Nur einmal war die Strömung stark genug, Quanah fortzureißen, doch das Seil hielt stand und brachte ihn wieder in seine Arme zurück.

So schnell, dass die Klippen wie ockerfarbene und rostrote Schemen vor seinen Augen verschwammen, trug der Fluss sie in Richtung Süden. Als zu ihrer Linken die Steilwände einem sanften Hang wichen, bot Nocona alle Kräfte auf und schwamm gegen den Strom an. Quanah wollte ihm anscheinend helfen, strampelte nach Leibeskräften und behinderte ihn damit nur, bis er ihm ein wütendes „Halt still!" entgegenwarf.

Der Junge gehorchte, ließ seinen Körper erschlaffen und machte sich ganz leicht. Der Fluss zog und zerrte mit vernichtender Gewalt, doch Nocona kämpfte sich voran, bis er endlich Kies unter seinen Füßen spürte.

Schwindelnd vor Erschöpfung kroch er ans Ufer, während Quanah seinen Klammergriff löste und auf eigenen Beinen aus dem Wasser taumelte. Der Länge nach fiel Nocona in den Sand, spürte die Hitze der Sonne und füllte seinen Brustkorb mit Luft. Er atmete tief und gierig, drehte sich auf den Rücken und starrte in den Himmel hinauf. Sie hatten erneut überlebt. Dreimal an einem Tag waren die Geister ihr Beschützer gewesen.

Nocona erlaubte seinem Körper nicht, zu Atem zu kommen. Behutsam wusch er Quanahs Wunden aus. Die tiefe Risswunde schien der Junge kaum zu spüren, doch strich er über die Kratzer an seinen Armen und Schultern, versteifte sich der kleine Körper und weiteten sich die grauen Augen.

„Halt still. Die Wunde auf deinem Rücken ist tief. Ich muss sie nähen. Bist du so weit?"

Quanah presste die Lippen aufeinander und nickte. Mit steifer Miene erwartete er den Schmerz, bereit, ihn tapfer zu ertragen, doch als der erste Stich kam, entfloh seiner Kehle ein leises Stöhnen. Beschämt stieß Quanah einen Fluch aus.

„Denke an Asa", schlug Nocona vor.

„Oh ja. Asa. Sie hat Sternenaugen, Vater. Und ein Gesicht, schöner als alles, was ich kenne. Und ihre Zöpfe. Ihre Zöpfe! Bald wird sie prüfen,

ob ich tapfer bin. Ein Mädchen wie sie wird nur den tapfersten aller Männer heiraten."

Nocona wartete einen Moment, bevor er den zweiten Stich vollführte. Diesmal blieb Quanah still, nur zwei Tränen rannen ihm aus den zusammengekniffenen Augen. Als der dritte Stich kam, schnappte er leise nach Luft. Beim vierten bemerkte Nocona keinerlei Regung mehr.

„Asa wäre stolz auf dich. Könnte sie dich jetzt sehen, würde sie dich vom Fleck weg heiraten."

„Glaubst du?" Quanahs Augen, ohnehin schon groß wie die einer Eule, wurden noch größer. „Denkst du das wirklich?"

„Oh ja."

„Das nächste Mal werde ich auf dich hören. Und ich werde auf die Zeichen hören."

Nocona lächelte. Er vollführte den letzten Stich, band das als Faden benutzte Pferdehaar zusammen und ging zum Ufer, um auf einem der flachen Steine zerriebene Sonnenhutblüten und Kräuter mit Wasser zu einem Brei zu vermischen. Als er die kühlende Medizin auf Quanahs Wunden strich, seufzte der Junge genüsslich auf.

„Jetzt muss ich dich versorgen", verkündete er feierlich. „Dich hat es viel schlimmer erwischt."

Vertrauensvoll begab sich Nocona in Quanahs Hände. Er spürte keinen Schmerz, aber er wusste, dass sein Rücken schrecklich aussah. Narben über Narben. Die Geschichten eines Lebens, das ihm hier und jetzt so kurz vorkam wie ein Wimpernschlag.

Behutsam ging der Junge vor, wie ein erfahrener Medizinmann. Stolz erfüllte ihn, während er Quanahs zarte, konzentrierte Berührungen spürte, seinen Eifer, seine Vorsicht. Viel zu schnell war die Behandlung des Jungen beendet, und als er Quanah in seine Arme zog, fühlte es sich an wie der innigste Moment, den sie bisher miteinander geteilt hatten.

Am nächsten Morgen nahmen sie ihren Weg wieder auf, und ihm war, als wäre Quanahs Seele im Laufe der letzten Nacht um mehrere Jahrzehnte gealtert. Jetzt, da sie nicht mehr auf den Rücken ihrer Pferde saßen, erschien ihm der Horizont der Ebenen noch gewaltiger und endloser. Es fühlte sich falsch an, zu Fuß zu gehen. Sie waren Reiter, Nomaden zu Pferde. Verwachsen mit ihren Tieren, stark und schnell nur durch sie. Noch nie war er auf seinen eigenen Beinen eine so weite Strecke gelaufen. Langsam wie eine Schnecke und plump wie ein Truthahn. Wenn sie am Abend rasteten, hatte er das Gefühl, sich am gleichen Ort schlafen zu legen, an dem er aufgewacht war.

„Bald", sagte Quanah eines Tages, während sie durch das hohe Gras wanderten, „werde ich sein wie du. Ein Mann, der vor niemandem in die

Knie geht und der kämpft bis zum Letzten."

„Vergiss nicht, dass deine Mutter genauso tapfer und stark ist wie ich. Vergiss nicht, dass Weiße es waren, die mir das Leben gerettet hatten. Alles hat immer zwei Seiten, Quanah. Nie sind alle Menschen böse, und nie sind alle gut. Egal aus welchem Volk sie stammen. Krieg ist nötig, um unser Land zu verteidigen. Aber am Ende bringt er immer nur eins. Leid auf beiden Seiten."

„Wenn wir alle eine Aufgabe haben", fragte Quanah nachdenklich, „was ist dann das Ziel?"

„Ich weiß es nicht. Noch nicht." Nocona blickte zu Boden. Beobachtete, wie zarte Halme unter seinen Füßen zerknickten. Staubwolken wirbelten auf. Die Sonne verbrannte die Erde und verwandelte sie in aschefeinen Staub.

„Ich habe Träume", sagte Quanah. „Und in diesen Träumen bin ich der Letzte unseres Volkes, der übrig bleibt. Ich stehe vor einer gewaltigen Armee, aber ich habe keine Angst. Ich bleibe einfach stehen, und ich weiß, dass sie mir nichts tun können. Weil ich stark bin. Stark hier drin." Er legte die Hand auf seinen Brustkorb. „Deswegen gebe ich nicht auf. Nein, ich fange lieber ganz neu an."

Nocona sah ihn an. Lange und nachdenklich. Das Gefühl, dass alles einem vorherbestimmten Weg folgte, überwältigte ihn schier. Fast meinte er, die ferne Zukunft bereits vor sich zu sehen. Noch verschleiert von Nebel, aber in Schemen erkennbar. Alles war fremd, verwirrend und sonderbar, nicht zu vergleichen mit dem, was er kannte. Aber immerhin versprach es ein Ziel. Einen neuen Anfang.

„Du kannst alles verlieren, Quanah. Aber solange du Stolz hast und nicht vergisst, wer du bist und woher du kommst, können sie dir nichts anhaben."

Der Junge schmiegte sich an ihn. Vor ihnen lagen die freien, grenzenlosen Ebenen. Der Heimat des Windes und der Nunumu.

Eines Tages würde es die Aufgabe seines Sohnes sein, dieses Land zu verteidigen. Und obwohl er ihm noch kaum bis zur Brust reichte, sah Nocona bereits jetzt den Mann vor sich, der Quanah einst sein würde.

Unbeugsam. Stolz. Nicht das Ende im Blick, sondern den Anfang.

Naduah, 1858

Im Schutz der Felsen, die die Farbe getrockneten Blutes besaßen, wuchs das Schilf mannshoch. Naduah lag an Noconas Seite auf einer Sandbank, träumte vor sich hin und war seit Langem wieder ungetrübt glücklich. Halb vom grünen Wasser umspült, halb von der Sonne umschmeichelt, genoss sie das Gefühl des feinen Sandes unter ihrem nackten Körper, das Rascheln des Schilfs und Noconas behütende Nähe. Sie waren sicher in ihrem Canyon, der letzte Kampf lag Monate zurück. Seltsam, wie schnell das Grauen verblasste. Trügerisch, wie selbstverständlich sich der Frieden anfühlte, wenn er eine Weile angedauert hatte.

Als Nocona begann, sie zu streicheln, schlaftrunken und warm, wand sie sich seufzend unter seinen tastenden Fingern. Sie versank in seinen Küssen, die mal zärtlich waren, mal ihre Lippen mit gierigem Hunger verschlangen, und sog jeden Sinneseindruck mit einem Hunger auf, der sie von Kopf bis Fuß erzittern ließ. Sie bestand nur noch aus Erregung und Wonne. Während er langsam in sie glitt, sie nach endlosen Augenblicken endlich ganz erfüllte, flüsterte er ihr mit einem schelmischen Lachen Worte ins Ohr:

„Wenn der Wind mir durch das Haar weht, weiß ich, dass du dich in meinem Herzen bewegst."

Den gesamten Nachmittag über lagen sie im Sand, liebten sich, naschten Fleisch und Früchte, rekelten sich in der Sonne und ließen sich hin und wieder ins Wasser gleiten, um ihre erhitzten Körper abzukühlen. Die Zeit floss träge dahin, der Tag schien von endloser Dauer zu sein. Zuletzt hatte sich Naduah so gefühlt, als sie noch Kind gewesen war. In einer neuen Welt, mit neuen Eltern und einer großen Zukunft.

Als sie sich zum wiederholten Male wie Kinder im Fluss balgten, einander mit Wasser bespritzten und mit Schlamm bewarfen, wurde Nocona plötzlich ernst. Er verharrte still, bis zur Hüfte in der Strömung stehend, sah sie an und schien in Gedanken versunken. Vom Dorf her, das hinter der Flussbiegung versteckt lag, drang Kinderlachen zu ihnen herüber. Der Tag war zu heiß, als dass sich jemand viel bewegen wollte. Die meisten lagen im Schatten der Klippen und Bäume, badeten im Fluss oder beschäftigten sich mit Dingen, die keine große körperliche Anstrengung erforderten. Der Himmel flimmerte vor Hitze.

„Was ist los?" Naduah schöpfte mit beiden Händen Wasser und übergoss Nocona mit einem glitzernden Schwall. Als er sich rückwärts ins Wasser fallen ließ, sprang sie hinterher, schlang ihre Arme um seinen Körper und drückte ihn unter Wasser. Ein paar wilde Drehungen später lagen sie wieder auf der Sandbank, verkeilten sich ineinander wie kämp-

fende Hunde und lachten, bis ihnen die Bäuche wehtaten.

„Was ist los?", wiederholte sie, beugte sich über Nocona und hielt ihn fest. Wasser tropfte von ihren Haaren auf seine Brust. „Du warst gerade so ernst."

„Na und?"

„Du kannst mir nichts mehr vormachen. Ich kenne deine Stimmungen."

Er grinste und raubte sich einen Kuss. Naduah antwortete, indem sie spielerisch ihre Hände um seine Kehle schloss. „Sag es mir, oder ich würge dich, bis dir die Augen aus den Höhlen quellen."

„Ich wusste es von Anfang an."

„Was?"

„Du schätzt rohe, brutale Gewalt."

„Ich habe einen sturen Mann. Was bleibt mir anderes übrig? Jetzt sag schon!"

Nocona lächelte matt. Behutsam packte er ihre Handgelenke und befreite sich von ihrem Griff. Splitter aus irisierendem Gold funkelten im Braun seiner Augen. „Du musst mir ein Versprechen geben, mein Blauauge. Ein Versprechen, das mir sehr wichtig ist."

„Worum geht es?"

Er seufzte. Wieder tauchte er auf, dieser seltsame Ernst in seinen Augen. Dieses Wissen, das ihr einen Schauder über den Rücken laufen ließ. Am liebsten hätte sie ihm eine Hand auf den Mund gelegt, um das, was er zu sagen hatte, nicht zu hören. Dieser Tag war vollkommen. Sie wollte an nichts Böses denken. Der Kampf, und da gab sie sich keinen Illusionen hin, würde sie früh genug wieder einholen.

„Wenn du dich entscheiden musst, mein Blauauge", sprach er, „dann wähle die Zukunft. Versprich es mir. Geh nicht zurück. Geh voran. Nach vorn."

Naduah stemmte sich hoch. Sie versuchte, seine Worte zu begreifen, doch es gelang ihr nicht. Was war los mit ihm? Hatte ihm die Sonne zu lange auf den Kopf geschienen?

„Was willst du mir damit sagen?"

„Ich hatte eine Vision. Heute Morgen, als ich bereits wach war. Du standest an einer Weggabelung. Die eine führte zurück in die Vergangenheit, die andere in die Zukunft. Eine lag in Dunkelheit, die andere im Licht."

„Aha." Naduah wollte nichts davon hören. Sie versuchte, ihn abzulenken, doch als sie Nocona an den Schultern packte und sich auf ihn warf, blieb sein Gesicht ernst.

„Es war kein Traum", sagte er. „Versprich es mir. Wenn du die Wahl hast, in die Vergangenheit zurückzukehren, oder die, in ein neues Leben

zu gehen, dann wähle den Neuanfang. Gehe weiter, Naduah. Es ist nicht gut, die Zukunft seiner Sehnsucht zu opfern."

„Hör auf damit." Sie drückte ihn mit festem Griff zu Boden. „Was redest du da? Hör auf damit."

„Ich will nur, dass du glücklich bist."

„Sprichst du davon, dass du irgendwann nicht mehr bei mir sein könntest? Willst du, dass ich dich dann vergesse und einfach weitermache?"

„Nein." Er schüttelte ihren Griff ab, packte und küsste sie. „Wir werden zusammen sein. Immer. Aber irgendwann wirst du vor einer Entscheidung stehen. In meiner Vision habe ich dich am Ende beider Wege erwartet."

„Es gab zwei von dir?"

„Ja. Der eine war ein Schatten aus der Vergangenheit. Mein Ich aus der Zeit, in der wir am glücklichsten waren. Als wir noch dachten, der Krieg würde nie zu uns kommen. Der andere war meine Zukunft. Er war der Mann, der ich sein werde. Beide riefen dich, aber du wusstest nicht, welchen Weg du gehen willst."

Naduah verstand rein gar nichts. Der Mann, der er sein würde? Vermutlich war ihm die heiße Sonne nicht gut bekommen. Sie wollte nicht an die Vergänglichkeit denken, nicht an Abschied und nicht an die Welt jenseits des Sonnenuntergangs. Der Sommer war flüchtig. Sobald der Herbst nahte, würden die Krieger wieder ausziehen, um den Ruf aufrecht zu erhalten, niemand könne die Nunumu und ihr Land bezwingen.

„Wir werden eines Tages gemeinsam an den Feuern der Großen Jäger sitzen." Sie streckte sich auf ihm aus, küsste seine Stirn, seine Schultern und die blassen Male auf seiner Brust. „Das ist unsere Zukunft. Wir gehen den Pfad der Geister und sehen uns wieder. Dort, wo sich alle Toten wiedersehen."

Nocona brummte etwas, das sie nicht verstand. Er umfing ihren Kopf mit den Händen, küsste sie, bis ihr die Sinne schwanden, warf sie herum und drängte sich zwischen ihre Beine. Genau das war es, was sie brauchte. Fühlen, dass sie zusammen waren. Ihn spüren, schmecken, und alles andere vergessen.

Ein leises Husten riss Naduah aus ihrem Rausch. Sie fuhr hoch und entdeckte Pecan, der zwischen den Birken stand und Kohana am Zügel hielt, den schwarzen Hengst, der an Cetans Stelle getreten war. Kurz darauf tauchte Asa hinter ihm auf. Zart und liebreizend wie ihre Mutter. An ihrem Bein klebte der alte, klapperdürre Wanapin.

„Geht zurück, ihr kleinen Wiesel." Nocona vollführte eine wedelnde Handbewegung. „Habt ihr nichts Besseres zu tun? Und was machst du mit meinem Pferd?"

„Es mag mich", sagte Pecan.

„Das sehe ich. Aber es ist zu wild für dich. Geht und trainiert mit euren Ponys."

Pecan und Asa kniffen die Augen zusammen und legten die Köpfe schief, als wären sie durch ein magisches Band gekoppelt. Was sie für ein schönes Paar abgaben. Es war unmöglich zu übersehen, dass sie füreinander geschaffen waren. Zwei Wesen, schwerelos und lieblich wie Schwalben, die gemeinsam durch den Sommerhimmel flogen. Gut möglich, dass es an ihrer Voreingenommenheit als Mutter lag, aber Naduah war sicher, dass Pecan das schönste Kind war, das sie jemals erblickt hatte. Er war sogar schöner als die meisten Mädchen, was ihm zwar nicht den Respekt seiner männlichen Altersgenossen einbrachte, wohl aber die Bewunderung der Weiblichen. Zum Bedauern zahlloser Mädchen war Asa jedoch die Einzige, mit der er sich abgab. Tagein, tagaus waren sie unzertrennlich. Sie spielten, jagten und trainierten gemeinsam, hockten stundenlang an Fluss, schliefen Seite an Seite und waren untröstlich, wenn sie ohne den anderen sein mussten.

„Macht ihr mir eine Schwester?", fragte Pecan nach ausführlicher Musterung. „Ich hätte gern eine Schwester."

Naduah gluckste. „Vielleicht. Du wirst es bald wissen. Jetzt geht und lasst uns allein."

„Quanah will uns nicht bei sich haben", schimpfte Asa, während sie den struppigen Kopf des alten Hundes tätschelte. „Er sagt, wir sind zu klein und zu schwach. Er sagt, wir sollen lieber mit den Mädchen das Zöpfeflechten üben. Und er sagt, dass er Wanapin in Scheiben schneidet und röstet, wenn wir mal nicht hinschauen."

Nocona rollte die Augen. „Sag deinem Bruder, Pecan, dass ich ihn vor aller Augen übers Knie legen werde, wenn er euch oder den Hund noch einmal beleidigt. Und sag jedem, der an euch zweifelt, dass er damit auch an mir zweifelt."

„Dein Vater ist der Beste", zischte Asa leise. „Ich mag ihn."

„Bald gehörst du zu unserer Familie", tröstete Pecan sie. „Ich werde dich heiraten und du wirst mir viele Kinder schenken. Dann ist mein Vater auch dein Vater."

„He, ihr beiden", brachte sich Nocona in Erinnerung. „Meint ihr nicht, dass ihr mit solchen Planungen zu früh dran seid?"

„Nein", erwiderte Pecan trocken.

„In Zeiten wie diesen", fügte Asa hinzu, „kann man gar nicht früh genug anfangen."

„Aha", brummte Naduah. „Darüber reden wir noch. Jetzt macht, dass ihr verschwindet."

Pecan nahm Asa an die Hand und verschwand mit ihr und Kohana zwischen den Birken. Der sonst so launische Hengst folgte den beiden,

als wäre er ein braver, alter Hund. Naduah tauschte mit Nocona einen Blick. „Quanah ist der Stärkere", überlegte sie. „Aber Pecan ist hübscher. Und es gibt keinen Jungen, der besser mit Pferden umgehen kann."

„Er muss hübsch sein." Nocona strich versonnen mit dem Daumen über ihre Lippen. „Bei einer solchen Mutter. Er ist dir wie aus dem Gesicht geschnitten."

„Nein", säuselte sie. „Eher aus deinem."

„Er hat das Beste von uns beiden. Genau wie Quanah. Nur in einem anderen Verhältnis."

„Denkst du, sie werden sich eines Tages lieben? So, wie es sich für Brüder gehört?"

„Die beiden lieben sich jetzt schon. Quanah ist nur zu stolz, es zuzugeben. Er ist ein arroganter Königsvogel. Böse Stimmen behaupten, ich wäre auch mal einer gewesen."

Naduah grinste und schmiegte ihr Gesicht an Noconas sonnenwarme Brust. Sie wickelte sich eine Strähne seines Haares um ihren Finger, beobachtete, wie sie schillerte, nachtblau und indigofarben, roch daran und ließ das weiche Haar über ihre Wange streichen. „Ich habe gesehen", flüsterte sie, „wie er Pecan getröstet hat, als er vom Pferd fiel. Aber erst, als seine Freunde verschwunden waren."

„Und ich habe gehört, wie er ihn und Asa in den Mittagsschlaf gesungen hat. Natürlich erst, nachdem die drei allein am Fluss waren."

„Du glaubst also, alles wird gut?"

Nocona atmete tief durch. Seine Arme schlossen sich um sie und beschützten sie. Heiß brannte die Sonne auf ihren Rücken, doch die Schatten wurden bereits länger. Der Abend nahte. Ein prachtvoller Sommerabend, auf den eine prachtvolle Nacht folgen würde.

„Ja", murmelte Nocona und legte sein Ohr an ihren Bauch. „Das glaube ich. Nein, ich weiß es. Alles wird gut."

Nocona, 1864

Im dichten Schneetreiben war das Dorf nicht zu sehen, nur zu spüren. Dieses vertraute, wohlige und doch schreckliche Gefühl, nach Hause zu kommen. Schrecklich, weil sie auch diesmal mit leeren Händen zurückkehrten. Im Herbst, als sie ausgezogen waren, um Wintervorräte herbeizuschaffen, waren die Wälder des Canyons geplündert und getötet worden. Es gab keine Hirsche mehr, keine Antilopen, kein Wild, mit dem sie ihre Familie hätten ernähren können. Stattdessen fanden sie verwesende, unangetastete Kadaver. Leichname, aufgestapelt zu stinkenden Haufen, die nur dazu dienten, sie zu verhöhnen.

Die Erkenntnis war wie ein harter Schlag gewesen.

Weiße hatten zwar nicht das Dorf, aber den Canyon gefunden. Weiße, die nur einer Aufgabe wegen in die Prärie geschickt wurden. Das Wild zu töten, wo auch immer es ihnen begegnete, um dem Feind, der einfach nicht aufgeben wollte, für sein Land und seine Freiheit zu kämpfen, die Lebensgrundlage zu entziehen.

Der Plan der Gelben Haare ging auf.

Im Herbst waren zum ersten Mal keine Büffel über die Staked Plains gezogen. Soweit die Erinnerung in den Winterzählungen zurückreichte, hatte es immer eine Große Jagd gegeben, doch diesmal waren die Krieger ohne Beute heimgekehrt. Auf den Gestellen trocknete kein Fleisch, aus den Räucherhöhlen stieg kein Qualm auf. Bei der Rückkehr der Jäger hatten die Frauen ängstlich von vielen Schüssen erzählt, die tagelang durch die Schluchten gehallt waren. Man hatte eilig die Zelte abgebaut und sich versteckt, bis das unheimliche Treiben einer gespenstischen Stille gewichen war.

Nocona wusste, dass ihre Zukunft mit den Büffeln, den Hirschen und den Antilopen starb. Der Winter war lang und hart, die Vorräte aufgebraucht. Jede Jagd wurde zu einem Kampf um Leben und Tod.

Vor dieser düsteren Zeit hatte ihnen das Schicksal ein wundervolles Jahr geschenkt, in dessen wärmster Nacht seine Tochter geboren worden war. Ihr drittes Kind. Topsannah, seine Prärierose. Er liebte Quanah, er vergötterte Pecan, doch seine Tochter hatte vom ersten Augenblick an etwas in ihm ausgelöst, dass er nicht in Worte fassen konnte. Sie war Naduahs kleines Abbild. Sie trug die äußere wie ihre innere Schönheit ihrer Mutter, und wenn ihn bei seinen Söhnen der tief gehende Stolz eines Vaters erfüllte, sein Erbe vor sich zu sehen, war Topsannah wie Naduah selbst zu der Wärme geworden, die sein Herz am Schlagen hielt und seine Seele mit Glück erfüllte.

Um seiner Familie willen hatte Nocona gebetet, diesmal etwas zu fin-

den. Und seien es nur magere Präriehühner oder Antilopenhasen, die immerhin für eine gute Suppe getaugt hätten. Doch die Packpferde trotteten ohne Last hinter ihnen her. Kein Fleisch, das Naduahs, Topsannahs, Quanahs und Pecans hungrige Mägen füllen würde. Kein Fleisch für Asa, Kehala und ihren Sohn, der erst im letzten Mond geboren worden war.

Makamnaya ließ den Kopf hängen. Er sagte nichts, beschränkte sich nur auf Blicke, die Nocona sporadisch trafen und ihm eine stumme Botschaft vermittelten, die niemand wagte, laut auszusprechen.

Der Feind war dabei, zu siegen.

„Weißt du noch, letzten Frühling?“, drang irgendwann die Stimme seines Freundes zu ihm. „Die Ranger, die dachten, sie hätten ein leichtes Spiel? Wir haben die Erde mit ihrem Blut getränkt. Wir haben ihre Pläne drei Monde lang vereitelt. Wir haben sie gepeinigt, gestochen und gequält. Tausende Menschen haben die Noconi gerettet. Nur durch uns konnten sie rechtzeitig fliehen.“

„Ja, aber jetzt sieh uns an. Von hunderten sind nur noch zwei Dutzend übrig. Der Rest ist tot und begraben.“

Mit Schrecken erinnerte er sich an die Kessel der Tonkawa, in denen das Menschenfleisch dampfte. Er dachte an abgeschlagene Hände und Füße, die an den Sätteln der Kriegsponys baumelten.

„Die Gelben Haare haben ihnen erlaubt, unsere Brüder zu essen“, flüsterte er. „Sie erlaubten es, weil sie wussten, dass wir zusehen würden. Weil sie wussten, dass wir das gekochte Fleisch riechen.“

Makamnaya stieß einen schweren Seufzer aus. „Ja. Aber wir haben gekämpft, Bruder. Bis zum letzten Blutstropfen. Wir können nicht alle retten.“

Nocona sah ein, dass er recht hatte. Und doch gab ihm diese Erkenntnis keine Ruhe. „Ich habe geschworen, mein Land zu verteidigen. Und ich versage.“

„Unsinn. Du und deine Noconi haben tausende Leben gerettet. Ohne euch wären diese Ungeheuer über die Dörfer gekommen wie Wölfe über schlafende Rehe. Nur durch euch konnten sie fliehen. Nur durch euch haben sie eine Zukunft.“

Aber unsere Zukunft stirbt, antwortete er in Gedanken. *Das weißt du genauso wie ich. Ich sehe es in deinen Augen.*

Zelte schälten sich aus dem tanzenden Silbergrau heraus. All die Jahre hatte er getan, was er tun musste. Er hatte gekämpft bis zur völligen Erschöpfung und keinen Gedanken daran verschwendet, dass es vielleicht nicht genug sein könnte. Jetzt ritt er auf sein Dorf zu und wusste, dass alles, was er getan hatte, nicht genug gewesen war.

Die Kraft der Noconi war am Ende, die Zahl der Feinde wuchs

schneller denn je. Der Vernichtungsfeldzug gegen alles Leben in der Prärie war zu einem Gewittersturm geworden, dem sie nur noch Verzweiflungstaten entgegensetzen konnten.

Alles, was blieb, war die Hoffnung.

„Du tust, was in deiner Macht steht", sagte Makamnaya, als sie sich im Dorf verabschiedeten. „Vergiss das nicht, mein Freund. Ab jetzt können uns nur noch die Geister helfen."

Nocona nickte. Ein schwacher Trost, aber immerhin ein Trost. „Morgen früh versuchen wir es noch einmal."

Makamnaya grinste wie in alten Zeiten. „In der ersten Dämmerung werfe ich dich aus deinem Zelt. Also suche besser Schlaf, statt dich die ganze Nacht mit deinem Blauauge zu vergnügen."

„Ich kann weder schlafen noch mich vergnügen. Quanah und Pecan sind krank."

„Ich weiß. Asa ist untröstlich. Ich sehe sie kaum noch, weil sie nur noch in eurem Zelt ist. Geht es den Jungen besser?"

„Quanah ist auf dem Weg der Besserung. Aber Pecan … es würde ihm besser gehen, wenn ich gutes Fleisch für ihn hätte."

„Wie geht es Topsannah?"

Noconas Herz wurde warm und schwer zugleich. „Sie ist die Gesündeste und Kräftigste von allen. Wenn Quanah und Pecan nicht aufpassen, wird sie die Herrschaft an sich reißen."

„Das ist ihr gutes Recht. Im Tipi herrscht die Frau."

„Morgen müssen wir etwas finden. Es geht nicht anders. Unsere Vorräte sind aufgebraucht. Alles, was wir noch haben, sind ein paar Streifen Trockenfleisch."

„Alles wird gut", versprach Makamnaya. „Morgen kommen wir nicht mit leeren Händen zurück."

Der Krieger lächelte ihm zu und lenkte sein Pferd hinaus in das Schneetreiben. Nocona befreite Kohana von Zügel und Decke, gab ihm einen Klaps und schlüpfte in das Zelt. Die Wärme darin war dick und schal. Es roch nach Krankheit, Hunger und der kargen Suppe, die über dem Feuer blubberte und nur aus Wasser, wilden Zwiebeln und ausgekochten Knochen bestand. Als Naduah zu ihm aufblickte, wäre er am liebsten unsichtbar geworden.

„Nichts?", flüsterte sie. Topsannah lag in ihren Armen, rund und strahlend wie eine kleine Sonne. Noch sah man ihr die Zeit des Hungerns nicht an, weil sie nichts zu sich nahm außer der Milch ihrer Mutter. Rabenschwarzes Haar umrahmte ein Gesicht, das so klein und zart war wie das eines Vögelchens. Seine Familie hatte bessere Zeiten verdient. Nicht dieses bange, unheilschwangere Warten auf den nächsten Krieg, das Männern, Frauen und Kindern das Leben aussaugte.

Die Antwort blieb ihm im Hals stecken. Er wich Naduahs Blick aus, denn sonst hätte er zur Kenntnis nehmen müssen, wie farblos ihr Gesicht geworden war. Seine steifen Glieder schmerzten, als er seine Robe ablegte, aus Wams, Hemd und Beinlingen schlüpfte und seine Stiefel in die Ecke warf. Einen Augenblick lang hielt er inne, um die Wärme des Feuers auf seiner ausgekühlten Haut zu spüren. Drüben im Schatten schlief Pecan, behütet von Asa und Wanapins. Sein Gesicht, selbst in der Krankheit so schön und zart, dass es ihm den Atem raubte, war nass vor kaltem Schweiß. Es ging ihm von Tag zu Tag schlechter. Während Asa tief und fest schlief, starrte ihn der Hund hellwach an. Das Tier, selbst dem Tode nah, flehte ihn an, seinem Freund zu helfen.

„Kann ihm Mahtowin nichts gegen das Fieber geben?“ Wenigstens ging es Quanah besser. Er schwelgte im ruhigen Schlaf der Heilung. „Sie muss doch etwas haben.“

„Mahtowin kann nicht mehr kommen“, sagte Naduah. „Sie ist von uns gegangen. Und ich finde keine Medizin, die ihm hilft.“

So viel Tod. Zu viel Tod. Mit Quanahs zunehmender Gesundung schien der Wille des Schicksals, ihn mit guten Nachrichten aufzumuntern, erschöpft zu sein. Er setzte sich neben seine Frau, strich ihr und Topsannah über das Haar und versuchte, die Dunkelheit nicht an sich heranzulassen. Das Schicksal seiner Familie hing davon ab, dass er stark blieb. Ein paar Stunden Ruhe, dann musste er erneut sein Glück versuchen. So lange, bis er Wild fand, und wenn es bedeutete, dass ihm Hände und Füße abfroren. Irgendwo musste es noch Tiere geben. Die Weißen konnten nicht alle ausgerottet haben.

Naduahs Finger teilten sein nasses Haar, während Topsannah neben ihnen saß. Mit träumerischer Langsamkeit kämmte sie hindurch, schmiegte ihre Brust an seinen Rücken und streichelte seine Sorgen fort. In Augenblicken wie diesen hegte er Hoffnung. Im Frühjahr würden sie weiterwandern, noch tiefer hinein in die Staked Plains. Sie würden sein wie der Wind, den niemand greifen konnte. Lautlos und unsichtbar. Im Gegensatz zu ihren Feinden waren sie mit diesem Land verwachsen. Es würde sie leiten und beschützen. Naduahs schwerelose Stimme sang das alte Liebeslied, und als sie sich mit Topsannah in ihrer Mitte unter die Felle kuschelten, erfüllte ihn wunderbare Müdigkeit.

„Morgen“, flüsterte er schlaftrunken. „Morgen bringe ich uns Fleisch.“

„Ich weiß“, antwortete Naduah. „Alles wird gut.“

Er bemerkte nicht einmal, wie er einschlief. Als er hochfuhr, so abrupt, als hätte ihn ein Schlag getroffen, war das Morgengrauen noch fern. Um seinen Brustkorb lag ein Band kalter, lähmender Angst. Er wusste nicht, was er geträumt hatte, doch der Nachhall dieses Traumes erfüllte ihn mit Panik.

Bewegungslos starrte er auf Topsannahs Gesicht. Er stellte sich vor, wie sie als Frau aussehen würde. So schön, dass es jedem Mann die Sprache verschlug. Er sah sie bei Festen tanzen und hörte den zarten Muschelschmuck klimpern, der ihr Kleid aus weißem Rehleder zierte. Ihre Stimme würde klingen wie das Lied des Zaunkönigs und jeden verzaubern.

Er stemmte sich hoch und hauchte Küsse auf Naduahs und Topsannahs Wangen. Seine Söhne schliefen tief und fest. Er ging zu ihnen, strich über ihre warmen Köpfe und dachte darüber nach, dass er in anderen Zeiten der glücklichste Mann der Welt gewesen wäre. Jetzt aber fürchtete er um seine Familie, um sein Dorf und sein Volk.

Das Gefühl der Enge in seiner Brust raubte ihm den Verstand. Er musste hier raus. Er musste atmen, die Nacht spüren. Draußen vor dem Zelt ging er in die Knie. Die Dunkelheit war totenstill. Frieden lag über dem tief verschneiten Dorf. Lautlos stiegen die Rauchfahnen in den Himmel, auf dessen dunkelblauem Grund unzählige Sterne funkelten, als bestünden sie aus polierten Kristallen.

Alles wirkte anders. Selbst die Zeit.

Er fragte sich, warum.

Das Band eisiger Angst lähmte seinen Herzschlag. Nie hatte er so etwas empfunden. Vielleicht war es eine Warnung der Geister. Sie sprachen zu ihm, aber er konnte sie nicht verstehen.

Als der Schnee unter Schritten knirschte, die sich bedachtsam näherten, gelang es Nocona kaum, sich umzudrehen. Sein Körper fühlte sich an, als hätte er sich in Eis und Fels verwandelt. In einen Teil der Klippen selbst.

„Ich kann auch nicht schlafen." Makamnayas Stimme klang fremd in der frostigen Stille. „Das Knurren meines Magens lässt mich kein Auge zutun. Wie geht es Pecan? Und Asa?"

„Wir sollten aufbrechen", antwortete Nocona ausweichend. „Ich fühle, dass wir diesmal Wild finden. Vielleicht sogar Büffel."

Das Eis des Flusses stöhnte leise auf. Sein Knacken und Knarzen durchbrach für einige Momente die Stille, dann senkte es sich wieder herab. Das Leichentuch einer toten Winternacht. In diesem Jahr war die Zeit der Ruhe zu einem grimmigen Raubtier geworden, deren Biss sich nicht lockerte.

„Dann los!" Makamnaya warf sich herum und marschierte zu den Pferden hinüber, die dicht aneinandergedrängt im Schutz der Klippen standen. „Mach dich fertig, ich hole Kohana und meine Stute."

Leise schlüpfte Nocona in das Zelt, zog sich an, schulterte Bogen und Köcher, steckte das Messer in seinen Gürtel und beugte sich über Naduah und seine Tochter. Könnte er doch nur den Rest seines Lebens damit

verbringen, die beiden anzusehen. Silberne Strähnen glänzten hier und da in Naduahs Haar, Fältchen umrahmten ihre geschlossenen Augen. Der Hunger ließ sie vor ihrer Zeit altern, doch nach wie vor war sie in seinen Augen die schönste Frau, die er je erblickt hatte.

„Diesmal komme ich nicht mit leeren Händen wieder." Er hauchte Küsse auf ihre Stirn und ihre Wangen. „Alles wird gut."

Naduah seufzte schlaftrunken. Topsannahs winzige, zusammengeballte Faust streckte sich ihm entgegen, ohne dass sie erwachte. Noch einmal schmiegte er sich an den warmen Körper seiner Frau, streichelte ihre Rundungen und sog ihren Duft in sich hinein.

Falls er auch diesmal nichts erlegte, würden sie wohl oder übel Wanapin essen müssen. Wäre Pecan nicht krank gewesen, hätten sie vermutlich längst zu dieser Notfalllösung gegriffen, doch seinen treuen Freund zu verlieren, würde dem Jungen das Herz brechen. Um aller willen konnte Nocona nur hoffen, erfolgreich zu sein.

„Geh nicht", nuschelte Naduah im Halbschlaf. „Bleib hier."

„Ich muss gehen." Er küsste ihre trockenen Lippen. „Wir brauchen Essen."

„Es ist noch Nacht."

„Umso eher bin ich wieder bei dir."

„Nocona …"

Er hielt den Atem an. Die Art, wie sie seinen Namen aussprach, zärtlich und ängstlich. Er wollte nicht gehen. Er wollte bei ihr bleiben und endlich Ruhe finden, doch das Knurren von fünf ausgehungerten Mägen sagte ihm, dass er jagen musste. Diese Nacht brachte ihm Glück. Er spürte es.

„Schlaf weiter, mein Blauauge. Ich bin bald wieder bei euch. Mit einem ganzen Berg aus bestem Büffelfleisch."

Er stand auf und ging hinaus in die Nacht, ehe Naduahs wundervolle Nähe seinen Willen gänzlich betäubte. Makamnaya und die Pferde warteten aufbruchbereit vor dem Zelt. Ein Lächeln spielte um die Lippen seines Freundes, das aufmunternd hätte wirken sollen, doch es verstärkte nur dieses Gefühl, das Nocona nicht benennen konnte.

Sein Innerstes war eiskalt, als er sich auf Kohanas Rücken schwang.

„Nur Mut!", frohlockte Makamnaya. „Ich kann die Büffel riechen."

„Dann hoffe ich, dass deine Nase recht behält." Nocona wickelte die Zügel um seine Hand. Sein Atem gefror in der klirrend kalten Winterluft. Das Band um seinen Brustkorb bröckelte, und als er seinem Rappen die Hacken in die Flanken stieß und in die schneeblaue Nacht hinausjagte, zerbrach es ganz.

Diesmal, da war er sich sicher, würden sie erfolgreich sein.

„Du musst den Verstand verloren haben", brummte Makamnaya. „Lass uns zurückreiten. Was nützt es unseren Familien, wenn wir tot sind?"

Nocona wusste, dass sein Freund recht hatte, doch er ritt weiter. Die Nacht war vorüber, der Morgen einem trüben Tag gewichen. Über ihnen hingen schneeschwere Wolken und ließen den Horizont in grauer, eintöniger Leere verschwinden. Sie mussten Beute finden. Irgendwo. Er würde nicht noch einmal mit leeren Händen zurückkehren. Entschlossen ritt er weiter, immer weiter hinaus in das leere, haltlose Grau, und Makamnaya, zu treu, um ihn im Stich zu lassen, folgte ihm dichtauf.

Leise murmelte er Gebete. Die Geister durften ihn nicht im Stich lassen. Der Hunger hatte ihn im Griff, doch er hielt stand. Trieb Kohana an, bis er endlich erhört wurde. Geräusche schälten sich aus dem Nebel. Grunzen, Schnaufen, Brüllen. Täuschten ihn seine Sinne, oder hörte er wirklich Büffel? Makamnaya zügelte seine Stute dicht neben Kohana und ließ seinen Blick durch die Einöde aus Schnee und Eis wandern. Es waren nicht die Dämonen des Frostes, die sie in die Irre führen wollten.

Hinter den Hügeln waren Büffel. Mindestens fünf Tiere.

Makamnaya ließ das Seil los, an dem er das Packpferd führte, und trieb seine Stute an. Nocona wollte sich keiner vorschnellen Hoffnung hingeben, doch mit jedem Schritt, den sein Hengst vollführte, begann sein Blut, wilder zu kochen. Ein Büffel bedeutete Fleisch und Fett für den ganzen Winter. Auch, wenn sie es mit Makamnayas Familie teilten, würde bis zum Frühjahr niemand mehr hungern müssen.

Seine Hand war nicht wie gewohnt ruhig, als er den Bogen aus dem Futteral zog. Keine gute Voraussetzung für einen schnellen, tödlichen Schuss. Makamnaya erging es kaum besser. Erst nach mehreren Versuchen gelang es ihm, seine Waffe hervorzuholen. Zu steif gefroren, zu schwach waren seine Finger. Gleichgültig. Sie mussten erfolgreich sein, koste es, was es wolle. Scheiterten sie, verurteilten sie ihre Familien zum Tod. In der Luft lag der Geruch nahender Schneestürme und noch erbarmungsloserer Kälte. Der Winter war noch jung, die schlimmsten Tage und Nächte standen noch bevor. *Heute oder nie*, heulte der Eiswind. *Nutzt eure letzte Chance*, klirrten die Schneekristalle, die in wirbelnden Wolken über die Hügel tanzten.

Nocona hielt den Atem an, als sie den Hügelkamm erreichten. Unter ihnen, vom Kältenebel in Schattengeister verwandelt, scharrten elf Büffel im flachen Schnee einer Senke.

Elf Büffel. Ein wundervoller und zugleich trauriger Anblick. Vergangen waren die Zeiten, da Herden von unvorstellbarer Größe die Prärie in ein wogendes, schwarzes Meer verwandelt hatten. Vorbei die Zeit des

Überflusses und des grenzenlosen Lebens. Dort unten kämpften die letzten Überlebenden ihrer heiligen Brüder um ihre Existenz, wie sie, ihre Jäger, es taten.

Kohana tänzelte unruhig. Cetan, sein treuer Freund, der nun über die Prärien der anderen Welt flog, hätte ihm bessere Dienste geleistet als dieser launische Junghengst. Nocona zog einen Pfeil aus dem Köcher, legte ihn an und spannte seinen Bogen. Makamnayas Bewegungen folgten den seinen so gleichmäßig, als wären ihre Gedanken zu einem Willen verschmolzen. Die Pfeilspitze, auf das Herz des größten Tieres gerichtet, tanzte unsicher hin und her. Jede Bemühung, seinen Arm ruhigzuhalten, war zum Scheitern verurteilt.

Vor Hunger konnte er kaum klar denken, geschweige denn konzentriert zielen. Es gab keine Alternative, er musste treffen. Entkam der Büffel, würden ihre Familien den Frühling nicht mehr erleben.

Makamnaya schoss als Erster. Sein Pfeil bohrte sich in den Höcker des Büffels. Keine tödliche Stelle. Der Bulle wuchtete seinen massigen Körper auf und verfiel mit der Trägheit eines Felsens in Galopp. Nocona richtete sein Ziel neu aus, spannte den Bogen so fest, wie es seine Muskeln zuließen, und ließ seinen Pfeil fliegen.

Bis zu den Federn drang er in die Brust des Büffels ein. Knapp neben dem Herzen. Eine schwere Wunde, aber nicht schwer genug, ihn zu Boden gehen zu lassen. Zehn Tiere stoben keuchend und stöhnend durch knietiefen Schnee und verschwanden im Nebel. Der verletzte Bulle folgte ihnen mit taumelnden Galoppsprüngen. Blut spritzte in den Schnee.

Nocona jagte seinen Hengst den Hang hinab. Die Hinterbeine des Pferdes rutschten weg, es verlor den Halt und schlitterte auf den Hinterbacken durch den Schnee. Das dumpfe Geräusch, mit dem die Spitze seines zweiten Pfeiles in die Flanke des Bullen einschlug, schenkte ihm neue Hoffnung.

Neben ihm schoss Makamnaya seinen Köcher leer, trieb schreiend seine Stute an, brüllte und fluchte seine Verzweiflung hinaus. Endlich, als sie den Steilhang bewältigt hatten und wieder Seite an Seite ritten, verlangsamte sich der Galopp des Bullen. Die Zunge hing ihm weit aus dem aufgerissenen Maul, er blieb stehen, taumelte und krachte schwer auf die Seite.

Geschafft! Jetzt konnte er ihnen nicht mehr entkommen.

Nocona schoss ihm in die Brust, ohne dass er starb. Er schoss noch einmal, und noch einmal, doch wie es jeder in diesen Zeiten tat, klammerte sich auch das Tier mit wütender Inbrunst an sein Leben. Makamnaya jagte dem Büffel aus nächster Nähe einen Pfeil in den Schädel. Der Bulle warf sich stöhnend hin und her.

Noch weitere fünf Mal mussten sie schießen, erst dann fiel der Kopf des Tieres in den Schnee. Blutströme flossen aus Nase und Maul. Nocona sprang vom Pferd, zückte sein Jagdmesser und durchtrennte mit einem schnellen Stich das Genick des Bullen. Die wilden, zornfunkelnden Augen brachen endgültig. Dampfend wich das Leben aus dem zuckenden Leib.

Betäubt vor Erleichterung, aber ohne jeden Triumph, fiel Nocona seinem Freund in die Arme. Ihm wurde schwindelig. Die Beine gaben unter ihm nach, und ehe er es sich versah, lag er neben Makamnaya nach Atem ringend im Schnee.

„Ich hole das Packpferd", keuchte sein Freund, als er wieder zu Atem gekommen war. „Mach du dich schon mal an die Arbeit."

Ein neuer Morgen dämmerte bereits, als sie in Richtung Dorf aufbrachen. Eine ganze Nacht lang waren sie damit beschäftigt gewesen, ihre Beute zu zerlegen und zu verschnüren. Immer wieder nickte er ein, eingeschläfert vom gleichmäßigen Rhythmus des Pferdes, und nur seine in Fleisch und Blut übergegangene Fähigkeit, mit seinem Reittier eins zu werden, bewahrte ihn davor, hinunterzufallen.

„Riechst du das?", fragte Makamnaya. Die erste Röte des Sonnenaufgangs kroch über die Hügel und leuchtete auf den am Horizont auftauchenden Wänden des Canyons. „Ist das Rauch?"

Nocona blinzelte den Schlaf aus seinen Augen. Dass das Dorf Rückkehrer mit dem Aroma nach Rauch begrüßte, war nichts Ungewöhnliches, doch dann bemerkte er den feinen Unterscheid. Das, was die eisklare Luft des Morgens schwängerte, war nicht der Geruch, der ihm vertraut war. Jenes warme, behagliche Aroma, das ihm ein gutes Feuer und warmes Essen versprach.

Es war der Gestank des Krieges. Brennende Zelte. Kanonenfeuer. Pulverdampf.

Er rammte seinem Pferd die Hacken in die Flanken, trieb es an, bis es keuchte und die Schaumflocken von seinem Maul troffen, jagte es die Hügel hinauf und hinunter, gnadenlos und betäubt von einer Gewissheit, die er nicht wahrhaben wollte. Dicke Qualmwolken wanden sich wie Schlangen in den Himmel, auf dessen eisblauen Grund rosafarbene Wolkenfetzen leuchteten. Zeltgerippe rauchten in blutigem Schneematsch. Kein einziges stand mehr. Nicht eines. Er sah dunkle Flecken herumliegen. Überall. Hunderte Menschen, Hunde, Pferde. Reglos, manche mit Pfeilen gespickt.

Noconas Körper schien sich aufzulösen.

Seine Familie! Was war mit ihr geschehen?

Der Gedanke, dass sie womöglich unter den Toten waren, brachte sein Herz fast zum Stillstand. Er schob ihn von sich, ließ ihn nicht an sich heran. Nocona jagte sein Pferd den Hang hinab, bis es ausrutschte und unkontrolliert in die Tiefe stürzte. Instinktiv rollte er sich ab, kam auf die Beine und rannte weiter. Kein einziges Zelt hatten sie stehen lassen. Die in sich zusammengefallenen Stangen qualmten und knisterten. Blutige Geister taumelten durch den Rauch.

„Naduah!" Er schrie ihren Namen, wieder und wieder, so laut, dass sich seine Kehle bald wie rohes Fleisch anfühlte. Sie war schnell und geschickt. Gewiss hatte sie ihre Kinder gepackt und war geflüchtet. Hatte sich in Sicherheit gebracht, irgendwo im Gewirr der Schluchten. Er kannte sein Blauauge. Sie kämpfte wie eine Wölfin und war die tapferste Frau, die er kannte.

„Naduah! Antworte mir."

Im Schneematsch lag ihr bemaltes Bisonfell. Von Blut und Rauch besudelte Erinnerungen. Der Kessel war zerschossen, der wässrige Eintopf, mit dem sie Quanah und Pecan hatte gesundpflegen wollen, im Dreck versickert. Felle, Decken und Kleidung lagen verstreut herum, dazwischen entdeckte er Wanapins verkohlten Leichnam. Der Hund war nicht geflüchtet. Er war an Pecans Seite geblieben, bis Kugeln ihn durchsiebt hatten. Nocona taumelte weiter. Unter mehreren schwarzen Pfosten lag Topsannahs Wiegenbrett. Pferdehufe hatten es zerstampft, die kleine Eidechse, die Kehala ihr genäht hatte, war abgerissen.

Jemand taumelte an ihm vorbei. Nocona griff nach Armen, die vor Blut troffen, und blickte in das Gesicht eines zehnjährigen Jungen.

„Gibt es noch mehr Überlebende? Wo sind sie?"

Der Junge sagte nichts. Er starrte ihn aus gebrochenen Augen an, in pulsierenden Strömen lief das Blut aus einer Wunde an seiner Schläfe. Nocona hatte keine Zeit für Mitleid. Er musste seine Familie finden. Atemlos rannte er weiter, suchte und rief, drehte Leichname um, hob brennende Pfosten mit bloßen Händen empor, wühlte sich durch rauchende Decken und Felle und schrie jeden an, der ihm begegnete.

Niemand wusste, ob Naduah und seine Kinder überlebt hatten.

Aber er wusste es. Sie waren nicht tot. Nein. Er hätte es gespürt.

Ein Brüllen riss ihn aus seiner Betäubung. Dort, wo das Schilf mannshoch stand, wo er und Naduah friedvolle Stunden verbracht hatten, warf sich Makamnaya zu Boden und brüllte seinen Schmerz hinaus. Als Nocona an seine Seite trat, sah er zwei Leichname im Sand liegen.

Kehala. Seine kleine Schwester. Das Mädchen, das er geschworen hatte, zu beschützen. Sie hielt ihr Baby noch immer im Arm.

Nocona konnte sich nicht rühren. Die Wirklichkeit packte ihn mit un-

erbittlichem Griff und lähmte ihn. Er fühlte Zorn. Unbeschreiblichen, verstandslosen Zorn. Er verfluchte die Geister, warf ihnen seinen stummen, verzweifelten Hass entgegen, suchte nach einem Ausweg in seiner ohnmächtigen Wut und fand ihn nicht.

Bis zu diesem Morgen hatte er geglaubt, in allem läge ein Sinn.

Als jemand ihn an der Schulter packte, wollte er herumfahren und ihn töten. Wer immer es auch war. Sein Verstand wurde zu einem blindwütigen Monster.

„Ich habe versagt", flüsterte eine vertraute Stimme, gerade als seine Hand sich um die Kehle des Fremden legen wollte. „Es tut mir leid."

Quanah! Großer Geist, fast hätte er seinen eigenen Sohn angegriffen. Blutbesudelt und staubbedeckt, aber unverletzt stand er vor ihm. Pecan lag zitternd in seinen Armen. Sie hatten überlebt. Die Erleichterung kühlte seinen Zorn und klärte seine Sinne.

„Wo sind Naduah und meine Blume? Wo sind sie?"

Quanahs graue Augen füllten sich mit Tränen. Langsam, als bereitete ihm selbst eine so winzige Bewegung Schmerzen, senkte er den Kopf. Nocona schloss die Augen.

„Sie haben sie mitgenommen", sagte Quanah. „Sie sind weg."

„Wann?"

„Kurz nachdem der Mond aufging."

Nocona holte tief und langsam Atem. Das Summen in seinem Kopf ließ ihn schwindeln. Im Geiste roch er Naduahs Duft, spürte ihre Haut, hörte ihre Stimme.

Geh nicht … bleib …

Kein Mensch konnte eine solche Sehnsucht ertragen.

Plötzlich war Makamnaya an seiner Seite und stützte ihn. Nein, sie stützten sich gegenseitig. Nocona hielt den bebenden, vor Schmerz schreienden Krieger fest, so wie er ihn hielt, und ihm wurde klar, dass dies der schwächste, ehrlichste Moment in ihrem Leben war. Neben Kehala und ihrem Kind knieten sie sich nieder, Körper an Körper, nahmen ihre Messer und schnitten sich gegenseitig das Haar ab, das sie ein Leben lang hatten wachsen lassen. Sie warfen es in den blutigen Schlamm, schworen Rache und schrien ihren Schmerz hinaus.

Pfeile steckten in vielen Körpern. Pfeile der Esikwitas. Verräter. Elende Verbündete der Gelben Haare. Die Entführer konnten noch nicht weit gekommen sein. Er würde sie einholen. Sie beschleichen wie ein Berglöwe in der Nacht, ihre Kehlen aufschlitzen, ihre Skalps nehmen und das zurückholen, was er mehr liebte als sein eigenes Leben.

Nocona erhob sich und sah Makamnaya fest in die Augen. Sein Blut kochte und loderte wie ein gewaltiges, alles verschlingendes Feuer. „Wirst du mich begleiten, mein Freund?"

„Ja.“ Makamnayas Stimme war kälter als Eis. Sie dürstete nach Tod. „Ich will meine Rache. Ich will Naduah und deine Tochter zurückholen, selbst wenn es meinen Tod bedeutet.“

„Ich ebenso.“ Quanah hob den Kopf. Stolz, stark und wütend. „Erlaubst du es mir, Vater, für meine Mutter und meine Schwester zu kämpfen?“

Nocona antwortete mit einem Nicken. Er hatte geschworen, niemals aufzugeben. Und diesen Schwur würde er halten.

Für Naduah und Topsannah.

Naduah, 1864

„Was hat man dir angetan?“

Der Mann, den alle nur Sul nannten, packte ihre gefesselten Hände und drehte sie grob hin und her. Blass leuchteten die Narben verheilter Schnitte auf ihrer Haut.

„Haben sie dich gefoltert? Deinen Willen gebrochen?“

Naduah starrte ihn an. Sein dreckiges, hageres Gesicht mit dem perfekt gestutzten Bart. Seine Uniform. Seinen glänzenden Säbel und die Pistole im Halfter. Jedes Wort der fremden Sprache war ihr vertraut. Jedes verursachte ihr Übelkeit. Tagelang waren sie geritten, schnell und gnadenlos, immer weiter in Richtung Osten. Jetzt, als es Zeit wurde zu rasten, hatte man sie an einen Baum gebunden und fünf Männer damit beauftragt, sie zu bewachen. In ihren Gesichtern leuchteten Kratzer, Bisse, Schrammen und blaue Flecken. Inzwischen hatte man begriffen, dass sie keine wehrlose Frau war, weshalb Seile ihre Hände und ihre Füße fesselten und ein drittes sich um ihre Brust schlang, um sie an den Baum zu ketten. Die grausamste Fessel aber hatte Sul angelegt, indem er ihr vor vier Tagen Topsannah weggenommen hatte. Siegessicher ritt er am Tag mit ihrer Tochter im Arm voraus, um sie abends mit in sein Zelt zu nehmen, wo sie sich einsam und ohne Lieder in den Schlaf weinte.

„Ihr wisst es noch nicht“, sagte sie in der Sprache der Nunumu, „aber ihr seid alle tot. Sie werden euch finden. Die Noconi geben niemals auf. Wenn ihr glaubt, der Schnee und der Wind würden eure Spuren verwischen, dann werdet ihr es bald besser wissen. Sie werden euch finden, und sie werden euch töten. Unsere Hunde werden euer Fleisch fressen, und eure Skalps werden die Zügel unserer Pferde zieren.“

Sul legte den Kopf schief und starrte sie mit einer Faszination in den Augen an, die sie ihm am liebsten aus dem Kopf geschnitten hätte. Er glaubte, sie gerettet zu haben. Er glaubte es wirklich. Sie gaben ihr Essen, das sie verschmähte, sie gaben ihr ein Feuer, mehrere Decken und eine Plane gegen den Schnee und den Wind, sie hatten ihre Wunden versorgt und redeten mit ihr, als wäre sie ein kleines Kind, das aus einem Albtraum erwacht war.

Aber als sie versucht hatte zu fliehen, waren die Schläge der Soldaten furchtbar gewesen. Ja, es war wie damals. Genauso wie damals, als Silas versucht hatte, ihr mit Gewalt alle Flausen auszutreiben.

„Armes Ding“, raunte Sul. „Arme kleine Cynthia Ann. Ist noch etwas von dem weißen Mädchen in dir, das diese Teufel gestohlen haben? Oder haben sie deine Seele ganz und gar ausgelöscht? Dein Onkel sucht Tag und Nacht nach dir, wusstest du das? Er hat dich nie aufgegeben. Jedem versprach er eine hohe Belohnung, der dich ihm zurückbringt,

und plötzlich, als keiner mehr Hoffnung hatte, dich zu finden, sitzt du hier vor mir. Die arme, kleine Cynthia Ann. Ich wette, die wilden Teufel haben dich keine einzige Nacht lang in Ruhe gelassen."

Sie hörte diese Worte und lächelte. Wie ein Raubtier bleckte sie ihre Zähne, warf sich gegen die Fesseln und fauchte ihn an. Niemals mehr wollte sie mit der Sprache der Gelben Haare ihre Zunge beschmutzen. Dort in der Dunkelheit waren Nocona und seine Krieger, und mit jedem Atemzug kamen sie näher. Sie wusste etwas, dass diese Männer nicht wussten. Viele Nunumu hatten es geschafft, im Labyrinth der Schlucht unterzutauchen und sich den Mördern zu entziehen. Es lebten noch genug Krieger, um sie alle in Grund und Boden zu stampfen. Vor allem aber lebte Nocona. Er würde sie nicht im Stich lassen. Niemals. Niemals.

Weinte da nicht Topsannah? Ganz in der Nähe und doch unendlich weit entfernt? Naduah warf sich gegen ihre Fesseln. Das Leid ihrer Tochter zu hören und sie nicht trösten zu können, war mehr, als sie ertragen konnte.

„Gib mir Topsannah." Die weißen Worte stachen in ihre Kehle und brannten auf ihrer Zunge. „Gib mir Topsannah!"

Sul lächelte, siegessicher und triumphierend. „Na bitte, ich wusste doch, dass noch ein Funken Verstand in dir ist. Hast unsere Sprache kaum verlernt, was?"

„Gib mir meine Tochter!"

„Das werde ich nicht. Du hast oft genug versucht, zu fliehen. Das Mädchen bleibt bei mir. Ich habe keine Lust, wieder hinter dir herzureiten. Flink bist du. Flink wie ein Antilopenhase. Das musstest du wohl sein, was? Bestimmt waren ständig die Wilden hinter dir her. Habe gehört, du warst der Besitz des Kriegshäuptlings. Bald wirst du seinen Körper am Galgen hängen sehen. Wir werden rächen, was er dir angetan hat. Wir werden ihn finden und ihn seiner gerechten Strafe zuführen. Er ist eine Geißel des Fortschritts. Eine Geißel Gottes."

Sul wandte sich um und blickte zu seinem Zelt. Dort, wo Topsannah hinter der hell erleuchteten Plane lag und weinte. „Sieht ganz so aus, als wärst du nicht schnell genug gewesen, kleine Cynthia Ann. Gottlob bekam der kleine Bastard das meiste von dir ab."

Er schnalzte mit der Zunge, klopfte seine Uniform ab und stapfte in Richtung Zelt.

„Dass ihr mir gut auf sie aufpasst", ermahnte er die Wächter. „Ihr habt gesehen, wie schnell sie ist. Entkommt sie euch noch mal, lasse ich die rechte Hand eines jeden von euch als Souvenir für die Comanchen zurück."

Naduah lehnte ihren Kopf gegen die schartige Rinde und blickte in den Himmel. Immer mehr Schnee fiel auf sie herab, immer größere und

dickere Flocken. Der Wind heulte in den kahlen Zweigen und ließ die Tränen auf ihren Wangen gefrieren.

„Hör auf", wisperte sie. „Hör auf, hör auf, hör auf."

Doch das Fauchen des Sturmes wurde noch lauter, die Flocken noch dichter. Zischend zerschmolzen sie in den Flammen der Herdfeuer, bedeckten die Zelte und die dösenden Pferde, begruben das Land unter einer dicken Schicht aus erstickendem Weiß und verwischten alle Spuren.

Nocona war in ihren Gedanken. Stark und leuchtend. Sie dachte so fest an ihn, dass es war, als säße er neben ihr. Als hörte sie seine Stimme, die ihren Kosenamen flüsterte, und spürte seine Finger in ihrem Haar. Wenn der Schnee alles unter sich begrub, konnte nur noch ihre Liebe ihn führen. Er würde sie fühlen. Wie ein Feuer in dunkler Nacht, das Zuflucht versprach. Er würde sie finden.

Und dann, wenn sie wieder vereint waren, mussten sie weit wegziehen. Weiter weg als je zuvor. Tiefer hinein in die Einsamkeit, als je zuvor.

„Nocona", flüsterte sie. „Nocona ..."

Die ganze Nacht lang murmelte sie seinen Namen. Schickte ihn in die Dunkelheit hinaus, damit er ihn hörte. Sie flüsterte, wimmerte und schluchzte ihn, schrie ihn zu den Geistern hinauf, sagte ihn zu jedem Baum, jedem Strauch und jedem Tier. So tat sie es auch in der Nacht darauf, und in der nächsten. Der Schneefall endete nicht. Heulend vernichteten die Frostdämonen ihre Spuren, kaum dass sie entstanden waren. Naduah ritzte mit bloßen Fingernägeln Zeichen in jeden Baum, an den sie gelangte, knickte Zweige ab, markierte Felsen mit ihrem Blut, wann immer sie sich unbeobachtet fühlte.

Nacht für Nacht betete sie darum, den Kriegsschrei der Noconi zu hören. Doch alles, was sie vernahm, war das bitterkalte Heulen der Schneestürme und Topsannahs fernes Weinen.

Die Frauen stießen sie in ein enges, kastenförmiges Zimmer. Noch ehe Naduah herumfahren konnte, warf man die Tür mit lautem Knall zu. Man hatte sie wirklich hierhergebracht. Niemand hatte sie gerettet, niemand sie gefunden. Sie betete darum, dass Nocona ihre Zeichen fand. Aber das Land war gewaltig, und die Chance, dass er an jenen Bäumen und Felsen vorbeikam, an denen sie ihre Nachrichten hinterlassen hatte, war gering.

Hoffnung war alles, was ihr blieb.

Hier zu sein, in diesem Gefängnis, schockierte sie. Jeden Tag und jede Nacht hatte sie auf den Schlachtruf gewartet, aber langsam, wie ein aufziehender Nebel aus Gift, kam das Begreifen, dass die meisten Noconi

tot waren. Sie hatte gesehen, wie mehrere Gruppen im Canyon untergetaucht waren, aber was bedeutete das schon? Vielleicht hatten die Soldaten sie dennoch gefunden. Vielleicht waren alle tot. Bei allen Geistern! Sie hatte versucht, Nocona an jenem Morgen festzuhalten. Hätte er ihren Wunsch erfüllt, wäre auch er nicht mehr am Leben.

Sie stieß einen Schrei aus, in dem all ihre Verzweiflung lag, trat gegen das Bett und zerfetzte das Kissen mit bloßen Händen, bis Federn durch das Zimmer stoben wie Flocken in einem Sturm. Sie war weit im Osten, umgeben von Palisaden und Soldaten, und sie wusste nicht einmal, ob Quanah und Pecan noch lebten.

Topsannah schrie irgendwo im Haus. Allein. Verängstigt. Ohne ihre Mutter und ohne die sanfte Stimme ihres Vaters, die sie nachts aus Alpträumen weckte.

Sie brauchte Nocona. Sie brauchte ihn so sehr. Die Entfernung, die zwischen ihnen klaffte, ließ das Blut in ihren Adern verdorren. Man hatte Bretter vor das Fenster genagelt, offenbar in dem Wissen, dass sie es anderenfalls zur Flucht genutzt hätte. Nichts befand sich in diesem Zimmer, das ihr hätte helfen können, nur ein Bett stand an der schiefen Holzwand. Das hier durfte nicht wahr sein. Es konnte nicht wahr sein. Ihre Vergangenheit, die über die Jahre in weite Ferne gerückt war, überfiel sie wie ein geiferndes Raubtier. Die Enge, der Gestank, das Fenster. Alles, einfach alles.

Sie musste raus hier. Irgendwie.

Naduah stürzte zum Fenster, riss es auf und zerrte an den Brettern.

„Nocona!" Ihre Stimme war nach endlosen Schreien nur noch ein Krächzen. „Nocona!"

Sie rüttelte, drückte und riss, bis ihr die Sinne schwanden. Plötzlich lag sie auf staubigen Dielen. Ihr Atem hallte in einer kranken, widerwärtigen Stille wieder.

Jemand trat durch die Tür. Eine Frau, dann drei Männer. Sie packten sie, hielten sie fest und drückten ihr ein stinkendes Tuch auf den Mund. Ihre Sinne hüllten sich in Schwärze. Nein! Sie durfte nicht schlafen. Im Schlaf kamen die Bilder zurück.

Alles wiederholte sich. Wieder und wieder.

Die Gewehrschüsse und der Kanonendonner, der plötzlich die Nacht zerfetzte. Schreie, menschliche und tierische. Zwei Männer, die unvermittelt in ihr Zelt stürzten. Den ersten streckte Naduah mit ihrem Messer nieder, den zweiten erschoss Quanah, ehe er mit Pecan auf dem Arm in die Dunkelheit hinausfloh. Wanapin verbiss sich im Arm des dritten Mannes, der hereinstürmte, doch der Soldat schoss dem Hund zweimal in den Kopf. Naduah stürmte aus dem Zelt, an dem fluchenden Weißen vorbei, und rannte um ihr Leben. Topsannah blieb still, wie man es ihr

beigebracht hatte, selbst als sie das Dorf brennen und die Menschen sterben sah. Die Ranger schossen mit ihren Kanonen und Gewehren in die zusammengedrängte Pferdeherde, um eine schnelle Flucht auf dem Rücken der Tiere zu verhindern. Esikwita rannten umher, skalpierten Frauen, Männer und Kinder, schossen ihre Pfeile ab und johlten. Zelte loderten und brachen krachend in sich zusammen. Ein Soldat zerriss ihren Poncho, als er versuchte, sie festzuhalten, doch sie fuhr herum und rammte ihm ihr Messer ins Auge. Als sie weiterrannte, war Kehala mit ihrem Baby an ihrer Seite. Sie flohen gemeinsam, auf die Finsternis des Canyons zu, jenseits der Flammen, der schreienden Soldaten und der tobenden Esikwita.

Sechs Reiter tauchten wie aus dem Nichts auf und versperrten ihnen den Weg. Naduah blieb wie angewurzelt stehen, Kehala taumelte noch zwei Schritte weiter. Sechs Gewehre richteten sich auf sie.

Die Männer schossen nur aus einem Grund nicht.

Naduahs weiße Haut schimmerte unter ihrem zerfetzten Poncho hervor. Ein Soldat stieg ab, kam zu ihr und griff in ihr Haar. Er drehte sie herum, untersuchte sie wie ein Pferd, das er zu kaufen gedachte, ließ von ihr ab und wiederholte die Prozedur bei Kehala.

Keine helle Haut. Kein heller Haaransatz.

Keine von ihrem Blut.

Der Mann packte Naduah am Arm, zerrte sie zu seinem Pferd und vollführte eine Geste, die Kehala galt. In dem winzigen Moment, bevor das Donnern der Schüsse losbrach, blickte Naduah noch einmal in die Augen ihrer Freundin.

„Ich bin schuld an all dem. Sie sind wegen mir gekommen. Ihr sterbt alle wegen mir."

Kehala drückte das Kind an ihre Brust und schüttelte sanft den Kopf.

„Es ist nicht deine Schuld, Naduah. Es ist der Wille der Geister."

Ihre Betäubung wich wie ein zäher Nebel. Sie hörte nur noch das Echo der Schüsse, grausam und höhnisch, in einer Stille verhallend, die nie wieder weichen würde.

Vielstimmiges Geschnatter umflatterte sie. Man steckte sie in einen Zuber. Raue Bürsten rissen ihr fast die Haut von den Knochen, während sich die Frauen über ihren Kopf darüber unterhielten, welche Grausamkeiten man ihr wohl angetan hatte und wie gut es war, dass man sie endlich nach so langer Zeit befreit hatte. Man schnitt, wusch und kämmte ihr Haar. Ihre Lederkleidung, sämtlicher Schmuck und die kostbaren Mokassins landeten in einem Sack und wurden fortgeschafft.

„Armes Kind", säuselte eine Frau. „Arme, verlorene Seele. Immerzu schreit sie nach Nocona. Wer ist das?"

„Kennst du ihn etwa nicht?", antwortete eine andere. „Er war ihr

Mann. Der Kriegshäuptling der Noconi. Grausam und gefühllos. Er tötete Frauen und ihre Babys. Er skalpierte sie und schnitt sie in Stücke, um ihr Fleisch in einem großen Kessel zu kochen. Er band kleinen Kindern nasse Lederstreifen um die Stirn und ließ sie in der Sonne trocken, bis sie sich so eng zusammenzogen, dass der Schädel …"

„Nein!", rief eine schockierte Stimme. „Ich will nichts davon hören. Danken wir Gott, dass Cynthia jetzt bei uns ist. Gewiss hat sie Dinge ertragen müssen, die wir uns in unseren schlimmsten Albträumen nicht ausmalen können."

Naduah hörte diese Worte und konnte nicht glauben, dass sie ihr Leben betrafen. Was wussten diese Frauen schon? Gar nichts. Nie würde eine von ihnen ein solches Glück empfinden, das sie empfunden hatte, wenn Nocona bei ihr gewesen war. Nie würden sie die Freiheit eines grenzenlosen Lebens schmecken, in dem sie getan hatte, was sie wollte, wie sie es wollte, wann sie es wollte. Als stolze Frau, die das Medizinschild ihres Mannes trug, wenn sie auf Wanderschaft gingen, und die auf einem prächtigen Pferd über die Ebenen ritt. Als Frau, die die Liebe ihres Lebens gefunden hatte.

„Ich will zurück." Die Worte in der Sprache der Gelben Haare schmerzten wie Disteln in ihrer Kehle. „Lasst mich gehen."

„Alles ist gut", raunte jemand. „Wir kümmern uns um dich."

Heißer Dampf umwölkte ihre Sinne. Wieder verlor sie das Bewusstsein. Als sie aufwachte, lag sie auf einem Bett, in scheußliche Kleidung gehüllt. Steif, stinkend, hässlich. Bluse, Rock, kratzende Unterwäsche und drückende Schuhe.

„Erinnere dich!" Eine drohende Stimme grollte über ihr. Wie die Dunkelheit eines nahenden Gewitters. „Du bist Cynthia Ann Parker. Du bist jetzt in Sicherheit."

„Nocona …", wisperte sie.

„Du musst keine Angst mehr haben", gab die Stimme kalt zurück. „Er ist tot."

„Nein." Unmöglich. Eine Lüge. Er war jagen gewesen. Weit weg. Er war nicht dabei gewesen, als die Kanonen sein Dorf zerfetzt hatten. „Nein!"

„Schon gut." Eine Hand streichelte ihren Kopf. Naduah schloss die Augen. Schwärze und widerliche Stille hielten sie gefangen. Sie hatte Quanah und Pecan allein gelassen. Topsannah, ihre Blume. Wo hatten sie sie hingebracht? Sie wollte nach ihrer Tochter fragen, doch kein Ton kam über ihre tauben Lippen.

„Alles wird gut. Wir sind jetzt deine Familie. Niemand tut dir mehr weh."

Nocona, 1864

„Vater?“

Quanahs Stimme war so leise, dass er sie zunächst für ein Flüstern des Windes in den kahlen Zweigen hielt. Doch ein Schatten in seinem Augenwinkel verriet ihm, dass der Junge wirklich hinter ihm stand.

„Ja?“, antwortete er ebenso leise.

„Sie sagen, dass morgen früh die letzten Krieger eintreffen.“

Er war nicht gekommen, um ihm das zu sagen. Nocona spürte es. Seine Finger strichen über das Bisonfell, das er seit heute Nachmittag in seinen Armen hielt. Naduahs Fell. Jetzt, da die Nacht hereingebrochen war, verwandelten sich die farbenfrohen Zeichnungen in düstere Schatten und schemenhafte Gespenster.

Unter dem Eis, auf dem er saß, sang der Fluss sein Schlaflied.

„Wie geht es Pecan?“

Nocona wusste die Antwort. Er spürte sie in Quanahs Schweigen und sah sie in seinen Augen, die starr ins Leere blickten und nichts zu fixieren wagten.

„Geht er in die andere Welt?“

Der Junge nickte. „Er ist bereits gegangen.“

„In Frieden?“

„Ja“, antwortete Quanah. „Er schlief in meinen Armen ein. Das, was er gesehen hat, muss schön gewesen sein.“

„Dann geht es ihm jetzt besser.“

Nocona fuhr darin fort, das Fell zu streicheln. Naduah war bei ihm, wenn er das tat. Sie sah ihm aus der Ferne zu, und obwohl er sie nicht berühren konnte, flößte ihre Nähe in seinen Gedanken ihm doch Hoffnung ein. Man würde sie gut behandeln. Die Gelben Haare betrachteten sie als eine der ihren und würden sie dorthin zurückbringen, wo ihr Ursprung lag.

Das Fort Parker mochte es nicht mehr geben. Doch an seiner Stelle waren neue Häuser emporgewachsen.

Er ließ den Gedanken, Naduah und Topsannah nicht mehr wiederzusehen, in keinem Augenblick an sich heran. Denn in diesem Fall hätte er nicht länger atmen, nicht länger leben können. Alles, was ihm blieb, waren seine Erinnerungen. Und die Gewissheit, dass sie sich wiederfinden würden.

Daran musste er glauben. Immer. Mit jedem Atemzug. Mit jedem Herzschlag. Er musste stark bleiben. Für Naduah und seine Blume.

„Bleibst du hier, Vater?“, flüsterte Quanahs Stimme in die klirrende Kälte.

Nocona nickte. „Noch eine Weile. Ich komme gleich."

„Wir finden sie. Morgen reiten wir los und holen sie zurück."

Er blickte in die silbrig helle Nacht hinaus. Mondschein und Sternenlicht glitzerte auf dem frisch gefallenen Schnee. Ihm war es gleich. Es gab keine Schönheit, wenn Naduah nicht bei ihm war. Es gab keinen Schlaf, wenn sie nicht neben ihm lag und ihn wärmte.

„Ja", sagte er leise. „Sie werden bald wieder bei uns sein."

Quanah ging zurück zu den Zelten der Krieger, die sich im Laufe der Tage hier zusammengefunden hatten, um erneut in den Kampf zu ziehen. Es waren zweiundvierzig Tipis. Weitere würden hinzukommen. Der Ruf der Noconi war über die Ebenen gehallt, und viele, mehr als er zu hoffen gewagt hatte, waren ihm gefolgt.

Am nächsten Tag kamen die Krieger der Lipan. Am Morgen darauf brach eine große Armee in den Osten auf, angeführt von Nocona. Sie kämpften viele Monde lang und mit großem Zorn, zogen weiter, immer weiter, tief hinein in das Land des Feindes. Sie ließen keine Furcht zu und wehrten sich gegen jede Verzweiflung. Der Ruf der Armee, die mit wilder Entschlossenheit alle errichteten Grenzen durchbrach, eilte ihnen weit voraus.

Monde vergingen. Jahre vergingen.

Doch nirgendwo fand er Naduah und seine Tochter.

Naduah, 1868

Die Tauben waren bläulich schiefergrau mit dunklen Flecken auf den Schulterfedern. Ihre Bäuche schimmerten weinrot und liefen sanft ins Weißliche aus. Die Federn der Halsseiten schillerten auf bläulich schieferfarbenem Grund violett oder rosa, golden oder grünlich. Sie waren wunderschön. Zart wie eine laue Frühlingsbrise. In einem Schwarm, so groß, dass er den Himmel verdunkelte, fielen die gefiederten Wanderer über das Fort her. Der eigentümliche Geruch ihres Kotes erfüllte die Luft wie eine dicke, allgegenwärtige Wolke.

Naduah saß in ihrem Schaukelstuhl auf der Veranda, hielt die schlafende Topsannah im Arm und erinnerte sich an jene Tage, da es so große Schwärme der Tauben gegeben hatte, dass sie bei ihrem Vorbeizug den Himmel tagelang verdunkelt hatten.

Das Fleisch der Vögel war köstlich, das der fetten Nestlinge zerging wie feinster Lendentalg auf der Zunge. Warum jagten die Weißen die Vögel nicht? Sie töteten doch sonst alles, was ihnen vor die Flinten lief.

Jeden Tag nahm Naduah ihren Platz im Schaukelstuhl ein und sah zu, wie die Tauben balzten, sich paarten und ihre Nester bauten. Die Luft war erfüllt von vielstimmigem Gurren und lieblichem Singen. Naduah entfloh in Gedanken. Ihre Seele lebte noch immer am Fluss, saß am Feuer in ihrem Zelt und lag in Noconas Armen, weshalb der Körper, mit dem sie hier saß und atmete, nicht mehr war als eine leere Hülle.

Zahllose Male hatte sie versucht, mit ihrer Tochter zu fliehen. Zahllose Male war sie zurückgeholt worden. Einmal hatte sie es geschafft, sich drei Tage lang ihren Häschern zu entziehen, doch am vierten waren sie über sie hergefallen, gerade als sie sich unter einer Pappel ein kleines Feuer entfacht hatte, den Duft der Heimat bereits in der Nase.

Sie hatte nicht aufgegeben, weil ihr Willen gebrochen war. Sie hatte aufgegeben, weil ihr Kampf nur eines bedeutete: Man nahm ihr Topsannah weg. Nie ließ man sie aus den Augen. Irgendjemand beobachtete sie immer, nach wie vor schlief ein Diener vor ihrer Zimmertür und einer unter ihrem Fenster, um zu verhindern, dass sie ihre Kleidung zusammenknotete und sich abseilte.

Aber ihre Hoffnung war in all der Zeit nicht schwächer geworden. Im Gegenteil. Die Worte ihres Bruders geisterten unaufhörlich in ihrem Kopf herum.

„Alles, was sie taten, war unheilig. Trotzdem spielte ich mit. Ich gab ihnen das Gefühl, mich bezwungen und von meiner heidnischen Verdorbenheit geheilt zu haben. Und eines Tages, als niemand mehr damit rechnete, befreite ich mich."

Wie sehr sehnte sie sich danach, die Silhouetten der Krieger auf den Hügeln zu entdecken. Sie wusste, dass Nocona nach ihr suchte. Viele ängstliche Stimmen redeten von der Schneise, die eine gewaltige Armee aus Comanchen, Lipan, Caddo, Apachen und Cheyenne durch das Land schlug, und sie wusste, dass es Nocona war, der sie anführte. Jeden Tag hoffte sie auf das, was die anderen Menschen im Fort wie nichts anderes fürchteten, und sie hatte ihre Hoffnung auch dann nicht aufgegeben, als die Parkers vor der herannahenden Armee geflohen und noch weiter in den Osten gezogen waren, weiter weg von den Hügeln ihrer Heimat.

Er würde nicht aufgeben. Er würde sie finden.

Sie träumte von Nocona, Quanah und Pecan. Sie redete mit ihnen. Jeden Morgen und jeden Abend und unzählige Male dazwischen.

An einem Morgen, an dem der Frühling das erste Mal dem Sommer wich und die Luft zu flimmern begann, saß sie erneut auf ihrem Schaukelstuhl. Man hatte sich daran gewöhnt, dass sie das tat. Man glaubte, sie hätte sich nach zermürbendem Kampf endlich mit ihrem Schicksal abgefunden. Dummköpfe, die sie waren. Alle miteinander. Sie wartete nur auf eines: Auf die Momente, in denen niemand sie beachtete. Kostbare Augenblicke, in denen keine Blicke auf ihr ruhten. Heute, da das ganze Fort sich plötzlich brennend für die Taubenbäume interessierte, war ihr Tag gekommen.

Die kräftigsten Männer sägten an den Pappeln, in denen sich die Nester der Vögel befanden. Alle anderen luden ihre Gewehre und zerfetzten die Stille des Morgens mit ohrenbetäubendem Krachen. Hunderte toter Tauben regneten auf die Erde nieder. Frauen häuften die kleinen Leichname zu Bergen auf und begannen mit dem Rupfen, während die Männer darin fortfuhren, die Bäume abzusägen. Schließlich, mit gewaltigem Getöse, krachte eine Pappel nach der anderen zu Boden. Johlend stürzte sich die Menge auf die Nester, klaubte die dick gefütterten Küken heraus und riss ihnen die Köpfe ab. Federn wehten wie Schneeflocken durch den Sonnenschein, die Erde tränkte sich in Blut. Bis zum Mittag war der gesamte Schwarm ausgerottet, denn die Tauben flohen nicht, sondern kehrten ein ums andere Mal zu ihren zerstörten Nestern zurück. So lange, bis kein Tier mehr am Leben war.

Als das Kreischen der Vögel verstummte, trieben Männer Schweine herbei, damit sie sich an den Tauben, die man übrig ließ, satt fressen konnten.

Während sich das ganze Fort zu einem rauschenden Fest zusammenfand, raffte Naduah die nötigsten Dinge zusammen, drückte Topsannah an ihre Brust und schlich auf leisen Sohlen aus dem Haus. Niemand hielt sie auf. Das Lachen und Grölen der feiernden Menschen übertönte das Scheppern der Bretter, über die sie in ihrer Hast stolperte. Naduah blick-

te nicht zurück. Sie nahm Wohnhäuser, Ställe und Schuppen als Deckung, suchte sich eine Stelle an den Palisaden, die gut zu überwinden war, und kletterte darüber. Ihr Körper war schwach geworden, rund und alt und hässlich, aber die Hoffnung sorgte dafür, dass er wenigstens für kurze Zeit zu seiner alten Kraft zurückfand.

Hart krachte sie zu Boden, bemerkte erleichtert, dass kein Schmerz durch ihren Körper zuckte, und rannte los, hin zu dem lichten Birkenwäldchen, das sich entlang des Flusses zog. Diesmal würde ihr die Flucht gelingen. Sie sah bereits Noconas Augen, leuchtend vor Freude. Sie sah Quanahs lachendes Gesicht und spürte Pecans zarte Umarmung.

Endlich! Endlich!

Sie rannte, bis ihre Kraft versagte, und als sie glaubte, tot zusammenbrechen zu müssen, raffte sie sich noch einmal auf und lief umso schneller. Sonnenstrahlen glitzerten auf frischem Laub. Die weißen Birkenstämme spiegelten sich im ruhigen Wasser des Stromes.

Beinahe fühlte es sich an, als wäre sie bereits zu Hause.

Pferdehufe trommelten auf regenweichen Boden. Sie kamen schnell näher.

Naduah ignorierte das Stechen in ihren Rippen und das Brennen ihrer Lungen. Wenn man sie jetzt erwischte, war ihre letzte Chance verspielt. Man würde sie einsperren, ans Bett fesseln, ihr Topsannah wegnehmen und den Pastor schicken, damit er ihre Schreie mit seinen Predigten übertönte. Keiner würde ihr mehr Glauben schenken, wenn sie augenscheinlich resignierte.

Der Rock wickelte sich um ihre Beine und hinderte sie am schnellen Lauf. Verzweifelt riss sie ihn sich vom Leib, warf ihn beiseite und stürmte weiter, durch den Fluss hindurch auf die andere Seite, wo der Birkenwald dichter war. Dort, weit im Westen, hinter dem Horizont, lag ihre Heimat. Und sie würde dorthin zurückkehren. Koste es, was es wolle.

Der Zorn verlieh Naduah neue Kraft. Die Schmerzen vergingen, Leichtigkeit erfüllte ihre Muskeln.

Bald würden ihre Verfolger aufgeben. Bald war sie gerettet. In das dichte Unterholz, das keine hundert Schritte entfernt auf sie wartete, konnten ihr die Pferde nicht folgen. Sie war eine Nunumu. Der Wald war ihr Freund. Kein Weißer lief so schnell wie ein Schatten.

Etwas schlang sich um ihre Beine. Es gelang ihr gerade noch, sich zur Seite zu drehen, als sie mit betäubender Wucht auf den Boden aufschlug. Topsannah glitt aus ihren Armen und rollte mit rudernden Armen einen Hang hinab. Fast hätte sie ihre eigene Tochter unter sich begraben. Der Zorn machte sie rasend. Hastig wickelte sie das Seil von ihren Füßen, sprang auf und stürzte sich auf den Mann, der ihr am Nächsten war. Sie bohrte ihre Finger in seine Augen, noch ehe ihm ein Laut der Verblüf-

fung entfuhr. Tief drückte sie ihre Nägel in die Höhlen, so fest sie konnte, spie und spuckte ihm ihre Verachtung entgegen, klammerte sich an ihm fest und rang ihn zu Boden. Arme packten sie und rissen sie zurück. Blutige Höhlen klafften im Gesicht des Mannes. Sie hatte ihm das Augenlicht genommen. Für immer. Doch die Rache schmeckte bitter wie Galle.

Einer der Männer fischte Topsannah aus dem Bach, in den sie gerollt war. Jahre war es her gewesen, dass Naduah ihre Tochter weinen gehört hatte, und deshalb war das Schluchzen, das nun erklang, umso schrecklicher.

Ein Mann kümmerte sich um den Schwerverletzten, der andere holte aus und verpasste Naduah einen Schlag, der sie zu Boden warf. Kaum hatte sie sich herumgerollt, atemlos vor Schmerz und Wut, zerrte er sie wieder hoch, fesselte ihre Hand- und Fußgelenke und warf sie über sein Pferd, als wäre sie ein lebloses Stück Fleisch.

Nocona, 1868

Altes Blut befleckte die Dielen. Jemand hatte, offenbar mit seinen Fingernägeln, Zeichen in das Holz geritzt. Nocona ließ sich auf den Boden fallen und fuhr mit den Fingerspitzen über die flachen Einkerbungen.

Eine Nachricht von Naduah!

Daran bestand kein Zweifel. Es waren die Symbole der Nunumu, geheime Botschaften, die sie in der Prärie zu hinterlassen pflegten, um Nachkommende über etwas Wichtiges zu unterrichten. In aller Hast hatte sie sie gekratzt, verzweifelt und ungeachtet der Schmerzen, die sie erlitten haben musste.

Sie bringen mich fort. In den Osten. Ich weiß nicht, wohin.

Nach dieser Botschaft kam immer wieder dasselbe Symbol. Dem Kreuz der Weißen ähnlich, weil es dem entsprechenden Symbol in der Zeichensprache nachempfunden war. Dunkle Flecken begleiteten es. Viel zu viele.

Hilf mir. Hilf mir.

Hilf mir.

Schwindelnd stand Nocona auf. An seinen Fingerspitzen klebten trockene Krümel. Naduahs Blut. Er roch daran, versuchte, es zu schmecken, es einzuatmen. Ihr Bild in seinem Kopf verblasste im gleichen Maße, wie sich die Wunden des Verlustes immer tiefer in seine Seele gruben. Heute war einer dieser Tage, an denen er kaum mehr atmen konnte. An denen jeder Schlag seines Herzens mühsam war und seine Hoffnung in einem Sumpf aus Verzweiflung versank.

Makamnaya trat in das Zimmer, einen wimmernden, dürren Mann hinter sich her zerrend. Nocona zückte sein Messer, noch ehe er es bewusst entschieden hatte. Der Weiße wurde gegen die Wand geworfen und kreischte wie ein Mädchen, als seine Knochen von der Wucht des Aufpralls knackten.

„Wo ist Naduah?", schrie Nocona ihm ins Gesicht. Die hässlichen, weißen Wörter verätzten seine Kehle. Als er seine scharfe, blutverkrustete Klinge gegen die Kehle des Weißen drückte, endete dessen Schrei in einem Gurgeln. „Wo ist die Frau, die ihr Cynthia Ann Parker nennt?"

Speichel rann aus dem Mund des Mannes, der Gestank nach Panik und Urin wurde unerträglich. Nocona fühlte nichts außer Hass. Er drückte noch fester zu, durchtrennte die Haut des Halses und atmete tief den Gestank des Blutes ein, nach dem seine Dämonen so sehr gierten.

„Wo ist sie?" Er hauchte es leise, trügerisch sanft. „Sag es mir, und ich lasse dich schnell sterben."

„Lange fort." Kaum mehr als ein panisches Würgen kam über die Lip-

pen des jämmerlichen Bündels. Abgehackt wie das Krächzen eines Raben stolperten die Worte aus seinem Mund. „In den Osten gebracht. Weiß nicht wohin. Weit in den Osten."

„Wann?" Nocona wankte. Ohnmacht wollte ihn übermannen, es erforderte alle Kraft, aufrecht stehen zu bleiben. „Wann? Sag es mir! Wann?"

Blut rann über seine Arme und durchtränkte das Leder seiner Kleidung. Der Druck seiner zitternden Hände trieb die Klinge tiefer und tiefer in das Fleisch, doch er hörte matte Worte, hervorgepresst im Moment größter Verzweiflung.

„Vor drei Monaten."

Mit wütendem Schwung zog Nocona die Klinge durch die Gurgel des Weißen. Noch ein wenig mehr Kraft, und er hätte ihm den Kopf abgetrennt. Wie ein schlaffes Stück Fleisch sackte der Mann zu Boden.

Drei Monate. Drei Vollmonde.

Zeit hatte in seiner Welt nie Bedeutung gehabt, doch jetzt wusste er, dass vier Jahre vergangen waren, seit man Naduah von ihm getrennt hatte. Vier Ewigkeiten, eine länger als die andere. Und nicht einmal der gewaltigste Kriegszug hatte sie ihm zurückgebracht. Was sollte er jetzt tun? Wohin sollte er seine Hoffnungen lenken? Er fühlte sich müde, ausgelaugt, am Ende seiner Kraft. Kaum gelang es ihm, unter Makamnayas trübem Blick aufrecht stehen zu bleiben.

Solange Naduah bei ihm gewesen war, hatte ihn das Alter umgangen wie Wasser einen stolzen Felsen umging. Er war jung gewesen, kräftig und furchtlos, selbst in einer Anzahl von Jahren, die manch anderem bereits schmerzende Gelenke und graue Haare beschert hatten. Aber in den letzten vier Jahren, in den achtundvierzig Monden seit ihrem Verschwinden, stürzte das Alter mit aller Gewalt auf ihn ein. Seine Finger krümmten sich von Tag zu Tag mehr und schmerzten, Silber zog sich durch seine Haare, Falten gruben sich in seine Haut. Sein Körper wurde immer schwerer, immer steifer, als wollte ihn die Erde selbst in die Knie zwingen.

Quanah schritt durch die Tür und brachte den Raum durch seine Präsenz zum Leuchten. Verlor er mit jedem Tag mehr Kraft, so brannte sie in seinem Sohn umso stärker. Hunderte Male waren sie gemeinsam ausgezogen, um einen unbesiegbaren Feind zu bekämpfen. Man konnte die Haarlippen nicht ausrotten, das war ihnen längst klar geworden. Es war ein unsinniges Unterfangen, ebenso unsinnig, als wollte man die Moskitoschwärme in den Ebenen vernichten oder die Sterne am Himmel auslöschen. Aber er hatte sich geschworen, es ihnen so schwer wie nur möglich zu machen. Nie waren seine Krieger und er so tief in den Osten vorgedrungen. Mond um Mond waren sie weitergezogen, hinein in das

Land des Feindes, um Naduah wiederzufinden. Mehrere Male hatte er die Kleidung der Weißen getragen und sich unter sie gemischt, in der Hoffnung, ein Wort über Naduah aufzuschnappen. Fort um Fort war bezwungen, Siedlung um Siedlung dem Erdboden gleichgemacht worden. Und nach jedem Überfall, der kein Ergebnis brachte, waren die Dämonen wilder geworden. Sie hatten seine Seele und sein Fleisch gefressen. Ihn in eine Bestie verwandelt.

Nocona wollte noch einmal die Kratzer im Holz berühren, an ihnen riechen, die alten Blutspuren anstarren, bis sie Naduahs verblasstes Bild, das er kaum mehr festhalten konnte, endlich wieder in alter Schönheit zurückbrachten. Doch er wandte sich ab und verließ den stinkenden Kasten, in dem das Echo ihres Elends in seinen Ohren schrie.

Quanah und Makamnaya folgten ihm hinaus in den strömenden Regen, in dessen Schutz sie den ausweglosen Angriff auf ein gut beschütztes Fort gewagt hatten. Noch immer stürzte das Wasser in Strömen vom grauen Himmel, wusch das Blut zahlloser Leichen in den Schlamm und verwandelte die Erde in ein gurgelndes, rotes Labyrinth.

Seine Beine gaben unter ihm nach. Er sackte in die Knie, fühlte jeden einzelnen Tropfen und empfand zugleich nichts, denn alles hatte seine Bedeutung verloren. Sein Blick richtete sich gen Osten. Jener graue, ferne Horizont, in dem sich all sein Denken verlor.

Hatte Naduah alle Hoffnung aufgegeben? Oder war neues Glück zu ihr gekommen?

Er hoffte es so sehr, auch wenn das bedeutete, dass sie ihn vergessen hatte.

„Komm, mein Freund." Makamnaya war bei ihm und half ihm auf die Beine. „Lass uns nach Hause reiten."

Nocona wollte die Schwäche fortwischen wie eine lästige Fliege, doch sie wickelte ihn noch fester in ihr Netz. Ohne die Stütze seines Freundes wäre er zurück in den Schlamm gesunken. Die Schwere seines Körpers war so gewaltig, dass er glaubte, an sich selbst zu ersticken.

„Nein. Wir müssen weiter. Wir müssen weitersuchen."

Makamnaya umfing ihn mit beiden Armen und drückte ihn an sich. „Es ist vorbei. Sieh uns an. Sieh, was von unserer großen Armee übrig ist."

Dreizehn müde, blutbesudelte Krieger standen im Regen. Aus ihren Gesichtern war jede Leidenschaft verschwunden. Ebenso gut hätten ihn blasse Geister umschweben können.

„Wir müssen aufgeben." Makamnaya sprach die Wahrheit aus, und doch hasste er seine Worte. Jedes einzelne. „Ein weiterer Kampf würde uns auslöschen. Willst du das?"

Nocona riss sich von ihm los. Er zwang seinen Körper vorwärts,

Schritt um Schritt, den Osten im Blick. Er würde Naduah wiederfinden, und wenn er allein weiterging. Sie konnte nicht mehr weit weg sein. Vielleicht war sie schon in der nächsten Siedlung und sehnte sich nach ihm. Rief ihn, wartete und verzweifelte.

Er konnte sie fast schon spüren. Fast schon hören. Wie weit konnte der Osten denn noch sein, wenn sie so viele Monde der aufgehenden Sonne gefolgt waren? Er tat einen Schritt, dann noch einen und noch einen. Plötzlich fiel die Nacht wie ein dickes, schwarzes Tuch über ihn, drückte ihn zu Boden und nahm ihm das Bewusstsein. Er hörte ein Feuer knistern. Salbeiduft schwängerte die warme Luft.

„Wach auf", säuselte Naduah. „Du hast schlecht geträumt. Wach auf."

Ihr weicher, warmer Körper schmiegte sich an ihn. Sinnlich und wunderbar. Er spürte ihr schweres Haar auf seiner Brust, wie es den Schweiß von seiner Haut wischte, und auf seiner Zunge zerschmolz der Geschmack ihrer Lippen. Süß wie der Honig aus den Nestern unterhalb des Tafelberges.

„Ich liebe dich, mein Wanderer. Ohne dich finde ich nicht mehr zurück. Zeig mir den Weg."

Ein Grollen drang aus seiner Kehle, als er nach ihr griff. Wohlig zog er sie an sich, grub seine Finger in ihr Haar und suchte ihren Mund, um ihn mit Küssen zu verschlingen.

„Wach auf. Wach auf. Wach auf."

Eine dunkle Männerstimme zerfetzte den Traum. Seine Arme wurden so schwer, dass sie wie Steine zu Boden fielen. Fort von Naduah. Der Duft nach Salbei und warmer Haut verwandelte sich in den Gestank nach Fieber. Das Feuer knisterte noch immer, doch sein Blauauge war verschwunden.

Nocona blinzelte. Doch er wollte nicht zurückkehren. Die bleichen Geister der Vergangenheit waren um vieles lebendiger als die Wirklichkeit. Er schloss die Augen und zwang seinen Geist zurück. Hinüber in die Welt, in der Naduah und Topsannah auf ihn warteten. Fast war es wie damals, als er nach dem Überfall auf Fort Parker in der Zwischenwelt gefangen gewesen war. Aber hier weckte ihn kein Lied, gesungen von der schönsten Stimme, die es für ihn gab.

Ohne dich finde ich nicht mehr zurück. Zeig mir den Weg.

„Du wolltest noch einmal kämpfen." Die dunkle Stimme packte ihn und hielt ihn fest. „Wenn das noch immer dein Wunsch ist, komm zurück. Wir brauchen dich. Die Noconi ziehen nicht in den Krieg, wenn ihr Herz nicht bei ihnen ist."

Wieder öffnete Nocona die Augen. In der Dämmerung des Zeltes schwebten zwei traurige Gesichter.

„Ein Mann, der schwach wird, sehnt sich nicht mehr nach dem Kreis

der Krieger.“ Quanahs Blick war gesenkt, während er sprach. Aber seine Gestalt war aufrecht und stolz wie eh und je, seine Kraft ungebrochen. „Er wünscht sich, im Zelt der Veteranen zu sitzen, wo immer ein tröstendes Feuer brennt und wo die Erinnerungen an bessere Zeiten lebendiger sind als an anderen Orten.“

„Wir waren lange fort.“ Jetzt drang Makamnayas Stimme in seinen nebeligen Geist. „Gras ist über Pecans Grab gewachsen. Das Herz der Prärie bedeckt seinen Leichnam und seine Erinnerungen.“

„Ich habe immer gewusst“, fuhr Quanah fort, „dass er zu gut ist für diese Welt. Hier regieren nur Kämpfe und Blut. Es ist keine Welt für meinen kleinen Bruder. Er sitzt an den Feuern der Großen Jäger und wartet auf uns.“

„Ist Asa bei ihm?“, fragte Nocona.

„Ja. Sie folgte ihm wenige Tage, nachdem das Fieber ihn verbrannte.“

Der Schmerz zwang seinen Körper dazu, sich aufzurichten. Naduahs Bisonfell lag neben ihm. Er griff danach, zog es zu sich heran und strich über die hundert Pferde. Noch immer roch es nach ihr. Nach der Farbe, die sie benutzt hatte, nach ihrem Haar und ihren Erinnerungen.

Fast meinte er, wieder den Schnee auf seiner Haut zu spüren. Schmelzende, kalte Flocken auf seinen Wangen und seiner Stirn. Der Geruch dampfenden Fells. Naduahs zitternder Körper, der sich unter der Decke an ihn drückte.

Ohne dich finde ich nicht mehr zurück …

Wieder und wieder echoten diese Worte durch seinen Kopf, formten langsam eine Antwort auf all seine Fragen. Er dachte an seine Vision, in der Naduah darin begriffen gewesen war, den falschen Pfad zu wählen. Er erinnerte sich an die Stimme, die sie aus der Ferne gerufen hatte, und an den Mann, zu dem diese Stimme gehört hatte. Sein eigenes Ich. Und doch ein Fremder aus ferner Zeit.

„Wo sind wir?“, fragte er. „Die Luft riecht anders. Das ist nicht das Lager, von dem wir aufgebrochen sind.“

„Dein Geist war lange in der anderen Welt“, sagte Quanah. „Wir dachten, dass er nie wieder zurückkommt.“

„Was?“

„Seit Naduah fort ist, hast du kaum geschlafen. Der letzte Kampf war zu viel. Wir sind in der Nähe des Canyons. Manche von uns glauben, die Geister unserer letzten glücklichen Tage könnten uns neue Kraft schenken.“

Am Canyon? So weit im Westen? So weit weg von Naduah?

Nocona fuhr hoch, doch die Schwere seines Körpers zwang ihn wieder zu Boden. „Hilf mir, Makamnaya. Hilf mir hoch. Ich will hinaus.“

„Du hast nicht nur geschlafen.“ Sein Freund tat, wie ihm geheißen.

Schritt für Schritt arbeiteten sie sich ins Freie. „Manchmal war ein Teil deines Geistes bei uns, aber nie genug, um dich zu uns zurückzubringen. Erst letzte Nacht fandest du deine Stimme wieder. Du hast im Schlaf geredet. Du sagtest, dass du noch einmal kämpfen musst. Nur noch einmal. Erst dann könntest du Frieden finden."

Gleißende Sonne blendete ihn. Die Schmerzen, ungewohnt in ihrer Heftigkeit, teilten seinen Kopf mit schartigen Klingen. Ungeachtet dessen zwang er seine Augen, sich zu öffnen. Kaum mehr als zwanzig Zelte leuchteten im Licht eines hellen Frühlingstages. Das Gras spross frisch und grün, Blumen betupften die Hügel mit zarten Farben.

„Das Fieber kam über unser Dorf, als wir fort waren. Viele starben."

„Peta?", flüsterte Nocona.

„Auch sie ging in die andere Welt."

„Bring mich zum Canyon."

Makamnaya gehorchte. Arm in Arm schritten sie durch das hohe Frühlingsgras, hin zu der klaffenden Schlucht, die sich durch die sonnenüberflutete Prärie zog. Ein ganzes Leben war vergangen, seit er sie zum letzten Mal gesehen hatte. Erinnerungen stürmten auf ihn ein. Bunte, fröhliche Scherben, lebendig und scharf.

„Nirgendwo wächst das Gras schöner als dort unten." Makamnaya lächelte, als sie am Rand der Schlucht stehenblieben. „Der Dünger des Todes gefällt dem Leben."

Ja, er sah es. Dort, wo einst ihre Zelte gestanden hatten, blühte und grünte die ganze Üppigkeit der Prärie.

„Ihr habt mich gerufen", sagte Nocona. „Wegen eines Kampfes."

Makamnayas Gesicht war blass und fahl, selbst in der Sonne. Es war schmal geworden. Von dem dicken, ehrfurchteinflößenden Krieger war nur noch ein Schatten übrig. „Esikwita", antwortete er nur. „Ein kleiner Trupp. Unterwegs zur Frühlingsjagd. Als unser Dorf im Fieber lag, stahlen sie alle Pferde."

„Wann wollt ihr aufbrechen?"

„Sobald du wieder zu Kräften gekommen bist."

Nocona nickte. „Dann ziehen wir morgen früh in den Kampf."

Er löste sich von seinem Freund, setzte sich ins Gras und starrte in die Tiefe. Sehnsuchtsvolle Geister der Vergangenheit riefen seinen Namen. Er musste ihnen zuhören.

„Bitte lass mich allein."

Makamnaya senkte den Blick und wandte sich wortlos ab. Der Drang, seinem Freund nachzublicken, war stark, doch Nocona zwang ihn nieder. Stattdessen verlor sich sein Blick in der Tiefe des Canyons.

Dort, wo der Fluss vom flachen, rotsandigen Ufer gesäumt wurde, hatten einmal Zelte gestanden. Im Schutz der Felsen, die die Farbe von

getrocknetem Blut besaßen, wuchs das Schilf mannshoch. Dort war die Sandbank, auf der sie oft gelegen und vor sich hingeträumt hatten. Er konnte sie spüren, die Wärme der Strahlen auf seiner Haut. Den Geruch nach Sommer. Naduah wand sich unter seinen streichelnden Fingern, sie bog sich seinen Küssen entgegen, die mal zärtlich waren, mal ihre Lippen mit gierigem Hunger verschlangen. Alles, was er fühlte, bestand aus Erregung und Wonne. Er beugte sich über sie, und während er ihr wunderschönes Lächeln sah, verlor er sich in der Vereinigung ihrer Körper. Diese Frau war sein Leben. Sein Herzschlag. Jetzt und für den Rest aller Zeiten. Immer würde er sie wiederfinden. Überall.

Wenn nicht in dieser Welt, dann in der anderen.

Als Nocona in den blauen Himmel hinaufblickte, füllte neue Hoffnung sein Herz. Endlich wusste er, was zu tun war.

Unter ihnen schlief das ahnungslose Dorf der Esikwita in dem Irrglauben, vom Gewirr der Felsen und Bäumen geschützt zu sein. In Nocona erwachte angesichts der Krieger, die noch einmal seinem Ruf gefolgt waren, ein solcher Mut und eine solch entschlossene Furchtlosigkeit, dass er glaubte, selbst den Lauf des Schicksals verändern zu können. Und das würde er. Oh ja, das würde er.

Der Sieg war nahe. Er spürte es. Schon jetzt kroch das Prickeln des Triumphes bis in seine Fingerspitzen.

Nach Momenten drückender Stille gab er das Zeichen. Ein hauchfeines Heben seines Armes, das dreiundfünfzig Männer binnen eines Atemzuges entfesselte. Ihre Kampfschreie zerfetzten die Nacht. Wie eine gewaltige, unaufhaltsame Flutwelle stürmten sie das Dorf der Esikwita, die teils nackt, teils nur mit Lendenschurz bekleidet aus ihren Zelten stolperten. Gewehrschüsse donnerten durch die Nacht, Kugeln säten dutzendfach den Tod. Nocona jagte eine Kugel nach der anderen in die Köpfe der Männer, zückte das Messer und schlitzte – den Donnerstab in der einen Hand haltend, die Klinge in der anderen – mehreren Flüchtenden im Vorbeireiten die Kehle auf. Sein Triumphschrei klang selbst in seinen eigenen Ohren gewaltig und furchteinflößend. Es war der Schrei eines jungen, vor Kraft strotzenden Mannes, der allem die Stirn bot. Selbst den Geistern und dem Tod.

Makamnaya und Quanah kämpften dicht an seiner Seite. Blut durchnässte sein Kriegshemd, floss aus einer Wunde an seiner Schulter, die ihm ein Esikwita im Vorbeireiten zugefügt hatte. Doch er fühlte keinen Schmerz. Nur ein leichtes, pulsierendes Brennen, das seine Kraft umso wilder lodern ließ.

Nocona warf sein leer geschossenes Gewehr beiseite, sprang vom Pferd, spannte seinen Bogen und schoss mitten in das Chaos hinein. Er stand wie ein Felsen, drehte sich nur hin und wieder, um in verschiedene Richtungen zu schießen, und ließ jeden Pfeil sein tödliches Ziel finden. Ein mächtiger Schutz lag auf ihm. Niemand kam an ihn heran. Jeder, der sich näherte, wurde in Herz oder Stirn getroffen und starb so schnell, dass er niederging wie vom Blitz getroffen.

Seinen letzten Pfeil schoss er einem jungen Mann in die Brust. Der Esikwita war tot, noch ehe er auf den Boden aufschlug. Dem Opfer, das ihm folgte, wurde weniger Gnade zuteil. Nocona stürzte sich auf einen kleinen, stämmigen Krieger, der darin begriffen war, einem Nunumu den Skalp zu nehmen, und stieß ihm sein Messer tief in die Kehle. Die hervorschießende Blutfontäne besudelte die Wand des Zeltes, das eine gute Pferdelänge entfernt stand. Ein Ruck, ein tiefer Schnitt, und der Mann sackte mit durchschnittenem Hals zur Seite. Panik funkelte in den Augen des Sterbenden. In diesem Augenblick waren alle gleich. Feind wie Verbündeter. Die Erkenntnis im Tod ließ alle Grenzen des Lebens in sich zusammenfallen, als hätte es sie nie gegeben. Nocona hob das Messer, stieß es dem Mann in die Brust und beendete das Röcheln und Blubbern, das aus dem aufklaffenden Hals des Mannes drang.

Mühelos kam er wieder auf die Beine und sah sich um.

Eine weinende Frau taumelte heran. Er packte sie, ohne es entschieden zu haben, drehte sie herum und blickte in ihr Gesicht. Blaue Augen blickten ihm entgegen, blau wie der Weg der Seele. Blau wie Naduahs Augen. Unter dem Schwarz des Walnusssaftes, mit dem sie ihre Haare gefärbt hatte, schimmerte rötliches Braun hervor.

„Wie ist dein Name?“ Der Lärm entfernte sich. Wurde gleichgültig. Wie damals in der Schlacht um Fort Parker, als ein kleines Mädchen ihn eingefangen hatte. „Sag mir deinen Namen.“

Das Gesicht der Frau verzerrte sich in Hass. Sie entwand sich seinen Armen, spuckte ihm vor die Füße und rannte davon. Ein Pfeil drang tief in ihren Rücken, kaum dass sie drei Schritte vollführt hatte. Keuchend sackte das weiße Esikwitamädchen in sich zusammen und starb.

Es blieb keine Zeit, seinen Gefühlen nachzugeben. Vier Krieger umzingelten ihn, die Mienen in hasserfülltem Triumph verzogen. Sein Messer tötete den größten der Männer mit einem schnellen, fast beiläufigen Stich ins Herz. Er wirbelte herum, zog die Klinge über den Bauch eines zweiten Kriegers und trat dem dritten die Beine unter dem Leib weg. Der Vierte aber holte zu einem gewaltigen Schlag aus und traf ihn an der Schläfe. Das feuerlodernde Licht der Nacht wurde düster, er spürte fern, wie er zu Boden ging, wie viele Hände ihn packten und wieder auf die Füße zerrten. Jener, dem er die Beine weggetreten hatte, hob sein Messer

und warf den Kopf zu einem wölfischen Lachen zurück.

Nocona fürchtete sich nicht. Er hatte gewusst, wie es enden würde. Doch Quanah, der in der Nähe stand, erstarrte zu einer Statue hilflosen Schreckens. Ihm war, als stünde er bereits eine Ewigkeit hier, umklammert von dem festen Griff der Esikwita, festgefroren im Lauf der Dinge, während um ihn herum eine Schlacht tobte, die ihm nichts bedeutete.

Nocona wandte den Blick von Quanah ab und legte seinen Kopf in den Nacken. Flackerndes Licht schimmerte auf dem Gesicht des Mannes, der ihn töten würde. Doch der Krieger schnitt ihm nicht die Kehle durch. Das Gesicht verzerrt zu einer Maske wahnsinnigen Triumphs, stieß er das Messer vor und rammte es in seinen Bauch. Blitze sengenden Schmerzes zuckten durch seinen Körper. Er dachte an Naduah. Rief sich ihr Gesicht vor Augen, um es zu ertragen. Sie lächelte. Berührte ihn sanft. Der Esikwita drehte die Klinge herum und zog sie mit einem Ruck nach oben. Das Geräusch, das es verursachte, ätzte sich durch den Lärm der Schlacht und brannte sich in seine Seele ein.

Er hörte durch eine Mauer aus Nebel seinen eigenen Schrei. Quanah stürmte herbei, legte noch im Lauf einen Pfeil an und schoss ihn durch die Kehle des Mannes, der darin begriffen war, das Messer aus Noconas Fleisch zu ziehen. Ein zweiter Pfeil traf ins Herz. Die Griffe lösten sich, er fiel zu Boden und rollte sich auf die Seite, mit beiden Händen den Knauf des Messers umklammernd, das aus ihm herausragte. Quanah packte den Kopf eines Esikwita, brach ihm das Genick, entwand dem Toten die blutbesudelte Klinge und rammte sie mit einem brutalen Hieb in die Schläfe des Mannes, der ihn von hinten packen wollte.

Nocona spürte Quanahs Brüllen als brennenden Druck in seinem eigenen Hals. Der Schmerz der Wunde ließ nach, wurde taub und pochend, während das Blut in heißen Strömen über seine Finger floss.

Naduah brauchte ihn. In der anderen Welt. Eines Tages würde sie die Wahl haben zwischen zwei Pfaden, und wenn er sie nicht rief, führte sie ihre Entscheidung auf den falschen. Sie würden sich wiedersehen. Nichts war tröstender als dieser Gedanke.

Quanah tötete, hieb und stach, schlitzte und schnitt, bis kein Feind mehr da war, der auf ihn einstürmte. Von fern hörte Nocona die Siegesschreie der triumphierenden Krieger. Ja, sie hatten gewonnen. Und zugleich ihren Namen verloren. Schon bald gehörten die Noconi der Geschichte an. Denn mit seinem Herz starb auch das Herz seines Stammes. Sie würden sich einen neuen Namen geben. Eine guten Namen, den Quanah mit Stolz tragen würde. Von Kopf bis Fuß blutbespritzt, sackte sein Sohn neben ihm zusammen.

„Geh nicht!“ Quanah zog ihn in seine Arme und starrte auf den Schnitt, der viel zu tief und viel zu lang war. Tauchte seine Finger in das

Blut und schrie seinen Schmerz hinaus. Nocona erinnerte sich an ihre gemeinsame Jagd, an ihre Flucht vor den Esikwita und an den Sturz in den Fluss. Oft waren sie dem Tod entronnen. Die Geister hatten seinen Sohn immer beschützt, und sie würden ihn auch noch schützen, wenn er nicht mehr bei ihm war.

„Lass mich nicht allein. Es ist noch nicht so weit. Ich brauche dich."

„Es ist gut so. Meine Zeit ist vorbei. Mein Land gibt es nicht mehr. Lass mich gehen."

Quanah schüttelte stur den Kopf. „Nein! Das werde ich nicht. Wir werden sie wiederfinden. Wir finden sie. Ich schwöre es dir. Du musst nur durchhalten."

Nocona hob eine Hand und strich über Quanahs Wange.

„Du brauchst mich nicht mehr. Du bist ein starker Kämpfer, der niemals aufgeben wird. Ich habe dir alles beigebracht, was ich weiß. Meine Aufgabe ist erfüllt. Ich werde den Großen Jägern sagen, wie stolz ich auf dich bin."

„Nein! Es ist noch nicht vorbei. Noch lange nicht. Du musst mit mir kämpfen. Ohne dich bin ich nichts."

„Lass mich gehen." Das Sprechen fiel ihm schwer. Seine Lider zitterten, sanken hinab und schlossen sich. Er wollte schlafen. Nur schlafen. Eine Stimme klang von fern zu ihm herüber. Süß und schwerelos.

Frà Martino, campanaro. Dormi tu? Dormi tu? Suona le campane, suona le campane! Din don dan, din don dan.

„Pesawin." Nocona sah ihre zarte Gestalt. Lieblich wie ein Geist aus Licht schwebte sie inmitten der rauchigen Dunkelheit. Ihr Haar schimmerte im Goldbraun des Bernsteins, ihre Augen strahlten türkishell. Sie hob einen Arm, lächelte und streckte ihm ihre Hand entgegen.

„Ich kann sie sehen. Sie wird mich nach Hause bringen. Zu Naduah."

Er spürte, wie Quanahs Kopf auf seine Brust sank. Ptesawin kam näher. Ihr süßes Lied ließ den letzten Rest Schmerz verschwinden und verwandelte ihn in schwerelosen Frieden.

„Komm mit mir, mein Wanderer. Es ist so weit."

Nocona lauschte dem Rhythmus seines eigenen Herzens, selbstvergessen und dankbar, furchtlos und erfüllt von Liebe. Er lauschte ihm, bis er wie der Schlag der Trommel verstummte und den Kreislauf des Daseins mit Stille beendete. Eine kleine Hand umfasste die seine. Als würde sein Körper nichts mehr wiegen, erhob er sich und schritt hinein in warme Dunkelheit.

„Wir sind keine Noconi mehr", drang eine Stimme durch die Schwärze, die ihn umhüllte. Ein letztes Echo aus der Welt, die er für immer verließ. „Unser Name ist tot. Denn heute Nacht nimmt unser Häuptling seinen Platz an den Feuern der Großen Jäger ein."

Naduah, 1870

Unter ihren Händen fühlte sie staubige Holzdielen. Ein Schmerz loderte in ihrer Brust, der unbeschreiblich war. Sie weinte, wie nur ein Mensch ohne Hoffnung weinen konnte. Sie schrie, wimmerte und schluchzte, geschüttelt von Krämpfen, die ihre Seele zerreißen wollten. Schwindel übermannte sie. Kraftlos kippte sie zur Seite. Verschwommen sah sie die Frau, die Topsannah in ihren Armen hielt. Das Kind war aschfahl, seine Lippen blau. Das Fieber hatte es genommen.

„Nein!“ Naduah schrie dieses Wort mit aller Kraft hinaus.

Der Pastor. Sein Blick war unbeseelt und streng. Alles, was sie taten, war unheilig. Die kranke Seele ihres Glaubens hatte das Fieber geschickt, an dem Topsannah zugrunde gegangen war.

„Finde zurück zu Gott. Höre sein Wort. Lass dich erlösen.“

Nein! Niemals wieder! Sie sprang auf ihn zu, stieß ihn mit übermenschlicher Kraft beiseite und entriss Topsannah der Frau. Dann rannte sie. Rannte wie von Furien gejagt aus dem Haus und der offenen Weite der Prärie entgegen. Dort draußen hinter dem Horizont wartete er. Seit so vielen Jahren. Sie musste es schaffen! Sie musste! Alles würde gut werden, wenn sie wieder zu Hause war. Bei Nocona, Quanah und Pecan. Bei ihrer einzig wahren Familie.

Sie musste laufen. Immer weiter laufen. Niemals würde man sie wieder einsperren. Ihre Beine waren einst stark gewesen, damals, als sie mit dem Wind gerannt und mit dem Sturm geritten war. Doch jetzt, nach langen Jahren der Trauer und des Gefangenseins, versagten sie ihr den Dienst.

Naduah stürzte. Das Kind glitt aus ihren Armen und rollte über staubige Erde. Entsetzen durchfuhr sie. Hatte Topsannah sich wehgetan? Nein, sie weinte nicht. Lag ganz still da. Tapfere Kleine. Sie wollte zu ihrer Tochter hinüberkriechen, doch jemand packte sie bei den Schultern. Sie schrie und schlug um sich. Niemals würde sie zurückgehen. Niemals. Lieber starb sie an Ort und Stelle. Ihr Leben war dort draußen. Dort, wo ihre Seele frei atmen konnte. Nur deshalb war Topsannah krank. Sie musste zurückkehren, um ihre Tochter zu heilen.

Schwärze holte sie ein. Dicke, pechschwarze Stille.

Vergingen Tage? Monate? Oder nur Augenblicke?

Erkenntnisse waren sie auf sie eingestürzt, die sie nicht ertragen konnte.

Sie saß auf ihrem Bett und starrte auf das Messer. Blut floss aus tiefen Schnitten an ihren Handgelenken. Mit letzter Kraft setzte sie die Klinge erneut an und zog sie durch ihr Fleisch. Zweimal, dreimal. Jeder Grund, am Leben zu bleiben, war ihr genommen worden.

„Niemals“, flüsterte sie in der Sprache ihres Volkes. „Ich bin keine von euch. Ich habe nie zu euch gehört. In meinen Adern fließt das Blut der Nunumu. Nichts lebt ewig, nur die Erde und die Berge.“

Jemand packte sie und drückte sie nieder. Sie wehrte sich, bis ihre Kräfte am Ende waren. Draußen strich der Wind um das Grab ihrer Tochter und bewegte sich in ihrem Herzen. Erinnerte sich Topsannah noch daran, wie das Gras gerochen hatte, dort, wo ihr wahres Zuhause lag? Erinnerte sie sich an die Stimme ihres Vaters? Nach einer Weile fühlte Naduah nichts mehr, vernahm nur noch den Ruf der anderen Welt, wo ihre Familie auf sie wartete.

„Nocona“, wisperte sie. „Ich komme zu dir.“

Fern hörte sie, wie man einen Arzt rief. Das Bettlaken unter ihrem Körper troff vor Blut. Auf dem Schaukelstuhl lag noch immer Topsannahs Decke, selbst gewebt vor einer Ewigkeit in ihrem wahren Zuhause. Einst hatte sie tagelang in diesem Stuhl gesessen, ihre Tochter im Arm und den Blick in die Ferne gerichtet. Bis vor einigen Tagen der Moment gekommen war, an dem sie begriffen hatte, dass es hinter den Bergen keine Heimat mehr gab. Ihr Dorf hatte man vernichtet, der Mann, den sie über alles liebte, war tot. Sie spürte es. So, wie man spürte, wie der Wind des Sommers zu dem des Winters wurde. Seine Stimme in ihrem Herzen war verklungen, doch dafür hörte sie jetzt etwas anderes. Den Ruf der anderen Welt.

„Mein Kind“, raunte eine Stimme. „Wir geben dich nicht auf. Hier gehörst du her. Hierher. Alles wird gut.“

„Nein.“ Sie wisperte es mit letzter Kraft. „Lasst mich zu Nocona. Lasst mich zu meinen Söhnen.“

„Möge Gott deiner Seele gnädig sein. Sofern die Wilden sie dir gelassen haben.“

„Nein. Ihr seid es, die seelenlos sind. Nocona, ich bin bei dir. Hörst du mich nicht? Bring mich fort. Bring mich nach Hause.

Nur noch einmal kehrte sie in die Wirklichkeit zurück. Sie lag auf ihrem Bett und starrte an die Decke. Ihr Körper war nur noch ein Sack, in dem Knochen lagen. Neben ihr stand Suppe, wie jeden Tag, doch sie rührte sie nicht an. Ebenso wenig wie das Wasser oder den Tee oder die Milch.

Dämmernd und reglos wartete sie auf ihre Erlösung. Alles wurde dumpf. Warm und weich. Sie schwebte. Ihr Herz kämpfte, eroberte sich jeden Schlag, bis es endlich Ruhe gab. Es war still in ihrer Brust. Endlich.

Makah, 2011

Makah erwachte von seinem eigenen Keuchen. Er fuhr hoch, stolperte über etwas, fiel der Länge nach zu Boden und spürte, wie der Aufprall seinen Körper durchzuckte.

Wo war er? Um Himmels willen, was war passiert?

In seinem Bauch brannte ein gewaltiger Schmerz. Er fühlte es noch immer. Das Messer, das sich hineinbohrte, der sich steigernde Druck, dann das Aufklaffen von Haut und Fleisch. Schließlich der Ruck, der die Klinge umdrehte und bis hinauf zu seinem Brustbein trieb.

Die Erinnerungen schlugen brutal auf ihn ein. Sie waren gemeinsam in die Vergangenheit gereist, Sara und er. Jahrzehntelang, ein halbes Leben lang. Sie hatten gekämpft, verloren, waren getrennt worden. Und sie waren gestorben. All die Zeit schrumpfte zu wenigen Stunden zusammen. Er blinzelte zur Uhr hinauf, während sein Gehirn Zelle für Zelle ins Hier und Jetzt zurückkehrte.

Sie waren nicht mehr Naduah und Nocona. Sie waren Makah und Sara. Eigenständige Menschen mit einem neuen Leben, mit einer neuen, eigenen Geschichte, eigenen Vorlieben, eigenen Einstellungen. Das alte Leben war abgeschlossen. Vorbei. Er musste darüber hinwegkommen. Sie hatten sich verloren und wiedergefunden. Alles konnte neu beginnen.

Makah fuhr herum, packte Sara und drehte sie herum. Ihre Augen waren geschlossen, ihr Gesicht bleich und von kranker, grauer Farbe. Kein Atem, kein Puls. Oh Gott. Das konnte sie ihm nicht antun! Verdammt noch mal!

Er drückte Zeige- und Mittelfinger an ihren Hals. Nichts.

Er legte sein Ohr an ihre Brust. Nichts.

„Geh nicht zurück!“, rief er. „Komm zu mir.“

Makah legte die Hände auf ihr Brustbein und begann mit der Herzmassage. Dreißig Mal, dann Mund-zu-Mund-Beatmung. Sara blieb reglos. Er würde sie nicht verlieren! Nicht nach allem, was sie durchgestanden hatten. Nicht, nachdem sie sich endlich wiedergefunden hatten.

„Du hast mir etwas versprochen“, schrie er sie an. „Du hast mir geschworen, dich für die Zukunft zu entscheiden. Erinnere dich, verdammt noch mal!“

Sein Kopf schaltete auf Automatik. Beschränkte sich auf trockene Fakten. Dreißig Kompressionen, zwei Beatmungen. Kräftig drücken, nicht unterbrechen. Mindestens hundert Mal in der Minute wiederholen.

Nichts. Immer noch nichts.

Jetzt wurde er wütend. Wirklich, wirklich wütend.

„Wenn du denkst, dass ich dich gehen lasse, hast du dich geschnitten.

Du tust mir das nicht an. Hast du verstanden? Komm zurück, verdammt noch mal. Oder ich komme hinterher und versohle dir im Jenseits den Hintern, dass dir Hören und Sehen vergeht."

Makah massierte ihr Herz, beatmete sie, fluchte und schimpfte und warf ihr alle Drohungen an den Kopf, die ihm einfielen.

Nichts.

„Sara!" Jetzt schlug er auf ihren Brustkorb ein. „Ich weiß, du willst wieder da sein, wo du glücklich warst. Aber dein neues Leben ist hier. Bei mir. Wir können neu fangen. Wir können zusammen in Frieden alt werden. Also beweg deinen Arsch verdammt noch mal hierher zurück!"

Nichts. Ihr Herz weigerte sich, weiterzuschlagen. Seine Stimme wurde zu einem Flüstern. Er redete auf sie ein. Sinnlose Dinge, idiotische Dinge. Hauptsache reden, denn solange er mit ihr sprach, würde sie ihn hören.

Vielleicht.

Wie viel Zeit vergangen war, als er schwindelnd über ihr zusammensank, wusste er nicht. Sekunden. Minuten. Jahrhunderte. Alles verwirbelte ineinander. Damals war er vorausgegangen, um ihr den richtigen Weg zu zeigen. Jetzt war er hier. Dort, wo er sein sollte, und versagte dennoch.

„Weg von ihr!"

Eine schneidende Stimme zerschnitt die Membran, in die er eingebettet war. *Unmöglich!*, sagte sein Verstand. *Es ist Bellas Stimme. Aber Bella ist weit weg.*

Makah blickte auf. Das Erste, was er sah, war das gähnende Loch in der Mündung einer Pistole. Direkt auf seine Brust gerichtet. Das zweite Surreale, das sich in seine Wahrnehmung brannte, war Isabellas Gesicht. Hager, tränennass, schmutzig. Sie schwankte vor Erschöpfung, doch in ihr brannte ein Feuer, dessen Hitze einer Naturgewalt glich. Der schwarze Pullover war über ihrer Schulter zerrissen und mit getrocknetem Blut verkrustet. Ein Streifschuss. Sie war geflohen, und niemand hatte es für nötig gehalten, ihnen diese Nachricht zu überbringen.

Der Schatten, den er zwischen den Pappeln gesehen hatte ...

Isabella musste bereits länger in seiner Nähe gewesen sein. Und er hatte nichts von all dem mitbekommen.

„Bella?"

Er stand auf. Langsam und fließend. Der Lauf der Pistole folgte seinem Herzen.

„Wundert dich das?" Sie warf einen kurzen Blick auf Sara. Keine Erkenntnis trat in ihren Blick. Offenbar entging es ihr, dass ihre Konkurrentin tot war.

Sara war tot ...

Tot. Verloren. Für immer.

In Makah erwachte der Wunsch, sich die Mündung der Waffe auf die Brust zu legen. Er trat einen Schritt auf Isabella zu. Dann noch einen, bis sich das kühle Metall durch sein Hemd gegen seine Haut drückte.

„Ich habe so getan, als könnte ich keinen Schritt allein laufen", sagte sie. „Und dann, als sie mich in ihren Wagen verfrachten wollten, bin ich abgehauen. Wenn es sein muss, kann ich sehr schnell rennen. Wirklich schnell. Aber das war nicht mal nötig. Sie verfolgten mich gerade mal zwei Minuten lang. Warum auch? Unsere Geschicke interessieren sie einen Dreck. Was sind wir denn in ihren Augen? Nur irgendwelche Säufer und Penner, die braven Amerikanern zur Last fallen. Für arbeitsscheue Nichtsnutze wie uns werden Steuergelder verschwendet, wir tun nichts, sind zu nichts gut und stehlen und saufen uns durch unser erbärmliches Leben. Ja, Makah, wir sind ihnen egal. Die Wahrheit interessiert sie nicht, weil sie dann ihre glorreiche Geschichte umschreiben müssten. Und weil sie erkennen müssten, worauf ihr tolles Land aufgebaut ist. Sie bringen ihren Kindern bei, dass es rechtens war, uns alles wegzunehmen. Gott will, dass das Land genutzt wird, und deswegen war es glorreich, es uns wegzunehmen, weil wir heidnischen Wilden sowieso nichts damit angefangen haben."

Makah sagte nichts. Er musterte Isabella, erinnerte sich an all die schönen Momente, die sie miteinander geteilt hatten. Er konnte diese Frau nicht hassen. Isabella war an dem zerbrochen, was ihn stark gemacht hatte. Aber das spielte jetzt keine Rolle mehr. Denn Sara war tot.

Makah spürte die Berührung der Pistole direkt über seinem Herzen. Er wollte, dass sie schoss. Und ja, sie würde es tun. Das verrieten ihre Augen und das Zucken ihres Fingers über dem Abzug.

Gleich. Gleich würde er bei Sara sein. Bei seiner geliebten Naduah.

„Tu es", sagte er leise. „Dann ist es für uns beide endlich vorbei."

„Es tut mir leid, dass alles so gekommen ist." Isabellas Augen waren dunkel vor Schmerz. Und dunkel vor Liebe. „Es tut mir leid, dass ich es nicht ertrage. Aber euch zu sehen, all die Tage. Euer Glück zu sehen. Eure Bestimmung. In allem, was du getan hast, in allem, was euch beide ausmacht, seid ihr so … richtig. Verstehst du das? Du hast einen Sinn, ein Ziel. Du hast deinen Platz im Leben. Aber ich habe nichts. Ich trete nur auf der Stelle, ich hasse mich selbst, hasse alle anderen und komme kein Stück vorwärts. Es war zu viel. Einfach zu viel. Und als Sara in dein Leben trat und ich gesehen habe, dass ihr füreinander bestimmt seid … als ich gesehen habe, wie ihr …" Sie schluchzte auf, schloss die Augen und schüttelte den Kopf. „Makah, ich kann nicht mehr. Ich kann nicht ohne dich leben. Sie wird dich mir nie wegnehmen. Nie, nie, nie. Wir gehören zusammen. Denn ich liebe dich, seit wir uns das erste Mal gese-

hen haben."

„Ich weiß." Er schloss die Augen und atmete tief ein. Der Druck des Metalls verstärkte sich. „Beende es endlich, Isabella. Für uns beide."

Naduah

Kalte, frostige Pracht lag über dem erwachenden Land. Sie betrachtete die funkelnden Bäume und Sträucher, den in Flammen stehenden Himmel und die Verwehungen des Schnees, in denen sich die Farben der Dämmerung widerspiegelten.

Noch war die glitzernde Decke auf den Hügeln makellos, unberührt von Fußstapfen, Huf- oder Pfotenspuren. Wie der erste von den Göttern erschaffene Mensch schritt sie durch den Schnee. Nur für sie rieselte er von den Zweigen der Bäume. Nur für sie sang das Wasser des Flusses so gespenstisch unter seiner dünnen Schicht aus Eis.

Die ersten Strahlen der Sonne fielen durch die Pappeln und streiften ihr Gesicht. Wärme sickerte durch ihren Körper. Endlich war sie zurückgekehrt. Sie hatte jenes Gleichgewicht gefunden, nach dem jeder Mensch so sehnsüchtig strebte. Ob es ihm bewusst war oder nicht.

Am Ufer des Flusses neben einer großen Pappel blieb sie stehen. Alles war so unwirklich. So schön und fremd. Hier stand sie, an einem Wintermorgen am Rand des Stromes, dessen Eis so dick war, dass es nicht einmal den Frühling fürchtete.

Hinter ihr stiegen Rauchfahnen in den Morgenhimmel hinaus. Zwei Silhouetten kamen über einen Hügel auf sie zu, den Sonnenaufgang im Rücken. Naduahs Herz setzte einen Schlag aus. Nocona war es, der auf sie zuschritt, würdevoll und stolz. Auf seinen Schultern saß Topsannah, in einen Umhang aus weichem Kaninchenfell gehüllt. Pecan, klein und dünn, aber schön wie der Geist des Frühlings, schritt zu seiner Rechten.

Wo war Quanah? Die Antwort gab ihr eine namenlose, tonlose Stimme.

„Du siehst ihn nicht, weil er noch lebt. Seine Seele ist noch in der anderen Welt."

Ihr Herz zog sich zusammen. Dann war also auch Pecan gestorben, und sie war ihm fern gewesen, als es geschehen war. Das Licht der Sonne schien sie trösten zu wollen, streichelte ihre Haut und schickte einen Wind, der nach Frieden und Hoffnung roch. Sie wollte ihrer Familie entgegenlaufen, sie umarmen und küssen, doch etwas hielt sie zurück. Dort, am anderen Ufer des Flusses, zog Dunkelheit auf. Eine undurchdringliche, warme, fremdartige Dunkelheit, die sie zu locken schien.

Wenn du dich entscheiden musst, mein Blauauge, entscheide dich immer für die Zukunft. Versprich es mir. Geh nicht zurück. Geh voran. Nach vorn.

Sie tat einen Schritt hin zum Licht. Nocona öffnete seine Arme, Pecans und Topsannahs Rufe hallten durch die Stille des Morgens.

„Alles wird sein wie damals", sagte seine Stimme in ihrem Kopf. Ihre Sehnsucht war so groß, so gewaltig. Sie brauchte ihn, sie vermisste ihn

aus tiefster Seele, und doch fühlte sich jeder Schritt, der sie zu ihm führte, falsch an. „Komm, mein Blauauge. Wir haben so lange auf dich gewartet."

Naduah blieb stehen, wandte sich um und sah die Dunkelheit sich öffnen. Sie war ein Tor, ein Weg. Aber wohin?

Geh nicht zurück. Geh voran. Nach vorn.

Als sie sich wieder Nocona und ihren Kindern zuwandte, hatte sich etwas verändert. Naduah spürte, wie sie rückwärtsging. Hin zu der lockenden Schwärze. Sie wusste, dass dort etwas auf sie wartete. Etwas Neues. Ein Anfang, kein Ende.

Hinter dem Licht der Sonne sah sie Nocona lächeln.

„Geh in die Zukunft", sagte er. „Es ist gut so. Unsere Liebe wird immer bei dir sein."

Er winkte ihr zu, dann wandte er sich um und ging zurück zu den Zelten. Topsannah auf seinen Schultern, Pecan an seiner Hand. Der Anblick der Gestalten, die langsam hinter dem Kamm des Hügels verschwanden und in die Vergangenheit zurückkehrten, brannte sich in ihre Seele ein.

Ein Abschied. Nicht von ihrer Familie, sondern von einem Leben.

Das Eis des Flusses knackte unter ihren Schritten. Die Dunkelheit kam ihr freundlich entgegen und umhüllte sie mit Wärme. Sie schlief ein, schwerelos und gedankenlos. Augenblicke lang und doch für die Dauer ungezählter Äonen.

Das Aroma von knisterndem, brennendem Holz begleitete sie.

Wenn es einen Geruch gab, den sie mit ihrer Heimat verband, dann war es Rauch. Warmer, salbeigeschwängerter Rauch.

Es war ein langer, guter Schlaf, in dem sie ruhte, viele Menschenleben lang, die sie als Träume vorüberziehen spürte. Und als sie erwachte, wurde sie von dem empfangen, was sie damals verabschiedet hatte.

Licht. Hell und rein.

Makah, 2011

Seine Existenz reduzierte sich auf Atem und Herzschlag. Er spürte, wie leicht und kühl sich das Einatmen anfühlte, wenn sich seine Lungen mit Luft vollzogen. Und er spürte das warme, schwere Ausatmen. Das Strömen aus ihm hinaus. Jedes krampfhafte Zusammenziehen seines Herzens, jeden Pulsschlag, der das Blut durch seine Adern trieb. Hitze stieg ihm zu Kopf. Eis floss über seine Wirbelsäule. Er wurde leicht, während jeder Nerv zu prickeln begann.

Die letzten Sekunden purer Lebendigkeit.

Als Isabella die Augen wieder öffnete und sich anspannte, wusste er, dass es so weit war. Makah bereitete sich auf den Schmerz vor. Er würde heftig sein, aber kurz. So, als würde ihm jemand einen Ast fest vor die Brust stoßen. Der fließenden Wärme würde Kühle folgen. Dann Gefühllosigkeit, Gedankenlosigkeit und Frieden. Vielleicht würden sie sich in der Vergangenheit wiedersehen. In dem Dorf am Fluss. Dort, wo sie am glücklichsten gewesen waren.

Er holte tief Luft. Isabella Finger zuckte, bereit, zuzudrücken.

Doch keine Kugel schlug in sein Herz.

Stattdessen legte sich eine Hand zart auf seine Schulter. Isabellas Augen weiteten sich, ihr Blick ging seitlich an ihm vorbei.

Sara? Nein, unmöglich. Sie war tot. Unwiderruflich tot. Und Leichen erwachten nicht zu neuem Leben. Er hatte es doch gefühlt. Die Stille in ihrer Brust, die Kühle ihrer Haut. Den Tod. Die Abwesenheit der Seele.

„Tu es nicht."

Es war ihre Stimme. Schwach und zittrig, mehr eine Erinnerung als ein wirklicher Klang.

„Bitte, Isabella."

Makah war sprachlos. Er wollte sich bewegen, doch sein Körper gehorchte ihm nicht. Saras Körper streifte den seinen, schmiegte sich warm und leicht an ihn, während sie sich zwischen ihn und die Waffe schob. Ihre blassen Hände umfassten seine Finger. Frühlingssonnenlicht fiel durch die schmutzigen Fenster und brachte ihr Bernsteinhaar zum Leuchten.

„Geh weg von ihm." Isabellas Stimme verlor jede Härte. Tränen flossen in Rinnsalen über ihre Wangen. „Geh weg. Verschwinde. Ich bringe das hier zu Ende. Ich muss es tun. Du verstehst das nicht."

„Doch. Ich verstehe es."

Makah spürte, wie Sara tief Atem holte. Er wollte sie wegstoßen, weg von der Waffe, doch eine höhere Macht zwang ihn zu hilfloser Bewegungslosigkeit. Ihm blieb nichts weiter übrig, als zu beobachten, was geschah. Zuzulassen, was das Schicksal für sie beide vorbestimmt hatte.

Wenn Isabella jetzt schoss, würde die Kugel sie beide durchschlagen. Sie würden gemeinsam sterben. Was, wenn das hier der Punkt war, auf den das Schicksal hingearbeitet hatte? Was, wenn hier alle Fäden zusammenführten und es ihnen bestimmt war, gemeinsam in die andere Welt zu gehen? Er hatte von einem Leben geträumt, in dem sie gemeinsam alt wurden, aber jetzt entpuppte sich diese Hoffnung als Illusion.

„Du hast ihn nicht verdient", flüsterte Isabella. „Du wirst ihn niemals verdienen, egal was du tust. Du würdest doch niemals hier leben wollen. In dieser Hütte, in dieser Einöde. Ihr glaubt, ihr wärt etwas Besseres. Ihr glaubt, ihr wärt die Auserwählten, die Herren dieses Landes. Ihr kommt hierher und denkt, alles gehört euch. Aber er wird dir nie gehören! Nie! Was kannst du ihm schon bieten, hm? Was würdest du für ihn opfern?"

„Ich würde für ihn sterben."

Saras Worte leiteten eine Stille ein, die endlos anzudauern schien. Irgendwann, als er sich schon wie ein Geist fühlte, gelang es Makah, seine Arme zu bewegen. Er schloss sie um ihren Körper und zog sie an sich. Isabella trat wankend einen Schritt zurück. Ihre Tränen versiegten, ihre wunden Augen wurden stumpf. Noch immer hielt sie die Waffe auf sie gerichtet, ihr Atem ging schnell und flach.

„Würdest du das?", wisperte sie. „Würdest du das wirklich?"

„Ja", kam es mit fester Stimme zur Antwort.

Isabella nickte. Hilflos huschte ihr Blick hin und her, während Krämpfe ihren Körper zu schütteln begannen. Gleich würde sich der Schuss lösen. Ob sie es nun bewusst tat oder den Abzug versehentlich drückte. Makah wollte Sara zur Seite stoßen, als sie sich unvermittelt von ihm löste und auf Isabella zuschritt.

„Nein!" Er griff nach ihr, doch sie hob nur beschwichtigend beide Hände.

„Es ist okay", sagte sie sanft. „Ich weiß, was ich tue. Lass mich zu ihr."

Makah sah ungläubig zu, wie Sara nach der Waffe griff und sie behutsam hinunterdrückte. Als die Mündung der Pistole gen Boden zeigte, schloss sie Isabella in ihre Arme. Er hörte, wie Sara leise etwas murmelte. Das warme Raunen ihrer Stimme war unwirklich, so träumerisch wie damals, als sie ihm nachts unter den Fellen Liebesschwüre ins Ohr geflüstert hatte. Isabellas Augen füllten sich ein weiteres Mal mit Tränen. Schluchzend sank sie in sich zusammen, die Pistole fiel klappernd auf die Holzdielen. Während Sara sie wiegte und festhielt, schrie Isabella ihren Schmerz hinaus. Alles strömte aus ihr wie Wasser aus einem gebrochenen Staudamm, ein Unwetter an aufgestauten Gefühlen, ein Blizzard aus innerlicher Kälte, bis Isabella kraftlos zu Boden sank, von Saras Armen gehalten.

Makah ging zur Küchenanrichte und setzte Kaffee auf. Das Weinen

schien kein Ende zu nehmen. Er füllte drei Tassen mit dem starken, heißen Gebräu, stellte sie mit Milch und Zucker auf den Tisch, holte eine Schachtel Kekse aus dem Schrank und kam sich himmelschreiend seltsam vor, während er das tat.

Sara bugsierte Isabella auf einen der Stühle und setzte sich neben sie. Makah nahm ihr gegenüber Platz.

Die Gedanken zu ordnen, war kaum möglich. Sara war von den Toten auferstanden. Isabella war hierhergekommen, um ihn zu erschießen. Und jetzt saßen sie zu dritt am Tisch, bei Kaffee und Keksen.

„Warum?“ Bellas Stimme war so leise, dass sie kaum zu verstehen war. „Wie kannst du das tun?“

„Dir verzeihen?“ Sara deutete auf Milch und Zucker und tat, als Isabella zweimal nickte, von beiden einen guten Schuss in den Kaffee. Lächelnd schob sie ihr die Tasse zu. „Weil das der einzige Weg ist, Frieden zu finden.“

„Dann habe ich wohl versagt.“

„Nein, hast du nicht. Gerade eben hast du mir verziehen.“

„Habe ich das?“ Isabella umklammerte ihre Kaffeetasse und starrte Makah an. Ihr Blick war ungläubig und traurig. Eine gewaltige Müdigkeit lag hinter diesen Gefühlen. „Kannst du mir denn auch vergeben?“

„Ja.“ Es war überraschend, wie leicht dieses Wort über seine Lippen kam. Aber es war so. Er empfand keine Wut, keinen Hass. Nur Mitleid. „Was wirst du jetzt tun, Bella?“

„Nicht hierbleiben.“ Sie lächelte. Zitternd und unsicher, aber dahinter lag ein Rest verbliebener Stärke. „Ich habe zu viel kaputtgemacht. Und wenn ich euch sehen würde … euer Glück … es tut mir leid. Ich bin nicht so stark wie ihr.“

„Du wirst dein eigenes Glück finden“, sagte Sara. „Ich weiß es. Glaubst du an das Schicksal?“

Isabella schnaufte. „Ich glaube daran, dass der Mist einfach passiert. Der eine hat das Glück für sich gepachtet, für den anderen gibt es nur Scheiße.“

Sara warf ihm einen Blick zu. Er verstand sie ohne Worte, antwortete mit einem Nicken und nahm die Kaffeetasse auf.

Den gesamten Tag lang und die halbe Nacht dauerte es, die Geschichte von Naduah und Nocona, von Sara und Makah zu erzählen. Es war, als durchlebte er alles noch einmal, und doch war der Blickwinkel ein anderer, denn er sah alles aus der Entfernung und aus verschiedenen Ebenen. Saras Erlebnisse und seine vermischten sich, Schwarz und Weiß wurde zu Grau, alles ergab einen wunderbaren, einfachen Sinn.

Nur wer Verzweiflung kannte, war fähig, wahres Glück zu empfinden.

Als Sara ihre letzten Worte aussprach, Worte aus einer Welt zwischen

den Welten, wusste Makah, dass sie beide zu einem Ende gekommen waren. Sie hatten begriffen. Verstanden. Sahen, wie es wirklich war. Eine unbändige Dankbarkeit ergriff von ihm Besitz.

„Ich habe meinen Vater gehasst", sagte Sara. „Aber jetzt weiß ich, dass er nur Angst hatte. Er wollte seine Familie retten, stattdessen hat er sie ins Elend geführt und ist daran zerbrochen. Ich könnte die Weißen hassen, weil sie mir alles nahmen, was ich liebte. Aber jetzt weiß ich, dass es das Ende braucht, um neu anfangen zu können. Das Böse und das Gute existieren nicht. Alles erfüllt genau den Sinn, für den es bestimmt ist. Egal, wie weh es tut. Egal, wie endgültig es sich anfühlt. Ich bin nicht nur hierhergekommen, um Nocona wiederzufinden. Ich bin auch wegen dir hier, Isabella. Ich bin ein Teil deines Lebens, und du bist ein Teil meines Lebens. Das gleiche gilt für mich und Makah. Wir verändern uns gegenseitig. Das ist unsere Aufgabe. Deswegen sind wir hier. Deswegen bin ich zurückgekommen."

Isabella schwieg, doch Makah spürte, dass die Worte einen Weg in ihre Seele fanden. Die Stille vertiefte sich, wurde lang und drückend, bis Isabella aufstand und zur Tür ging. Ihm war klar, dass er sie nie wiedersehen würde. Das hier war ein Abschied für immer. Doch in erster Linie war es ein Anfang. Für Bella, für Sara und für ihn.

„Danke", hörte er sie sagen. „Danke für alles."

Die Tür ging zu, Isabella war verschwunden. Wieder kehrte das Schweigen zurück. Als draußen der Morgen dämmerte, glaubte er, sich zu täuschen. War schon so viel Zeit vergangen? Leise wie ein Gedanke schlich Sara ins Schlafzimmer, und als sie zurückkehrte, trug sie eine frische Jeans und ein reinweißes Hemd. Sie war wunderschön. Trotz der fahlen Haut und trotz der eingefallenen Wangen.

Wortlos stand Makah auf und ging zum Schrank. Er öffnete ihn, fischte ein Holzkästchen heraus und wühlte darin herum. Zum Vorschein brachte er nach kurzen Suchen eine Feder, an der zwei Schnüre aus bunten Perlen baumelten.

Mit einem Kopfnickten bedeutete er Sara, zu ihm zu kommen. Sanft teilte er eine Strähne ihres Haares ab, knüpfte die Feder hinein, hauchte einen Kuss auf ihre Stirn und trat zurück, um sie anzusehen.

„Du hast nie schöner ausgesehen, mein Blauauge. Diesmal werde ich dich fotografieren, okay? Hol deinen Apparat und komm nach draußen."

Sie tat es, aufgeregt und nervös wie ein Kind. Gemeinsam traten sie hinein in die ersten goldenen Sonnenstrahlen.

„Stell dich an den Zaun. Sieh in die Ferne. Tu so, als wäre ich nicht da."

Sara gehorchte. Der Morgenwind erfasste ihr Haar und wehte es in ihr Gesicht, er spielte mit der Feder und den bunten Perlen, raschelte in den

Wipfeln der Pappeln und strich über das feuchte Gras. Saras Gesicht vor dem Hintergrund der sonnenüberfluteten Hügel war seine Brücke zu vergangenen Zeiten. Seine Verbindung zwischen zwei Welten.

Es war, als wären sie niemals getrennt worden.

Er drückte den Auslöser nur einmal. Mehr als dieses Foto brauchte er nicht. Denn es war perfekt.

Sara, 2011

Sie saßen am Feuer, irgendwo in der nächtlichen Weite der Great Plains, und obwohl sie umgeben waren von einer Schar modern gekleideter Touristen fühlte es sich an, als wäre alles wie damals. Makah hatte sie nicht nur mit auf diesen Wanderritt genommen, weil er ihr einen bestimmten Ort zeigen wollte. In erster Linie war es eine Reise, die Ende und Anfang markierte. Man konnte es Visionssuche nennen. Sie ließen alles Alte zurück, und kehrten als neugeborene Menschen wieder.

Vorgestern hatten sie Fort Parker besucht, dessen Gebäude nach einem Feuer originalgetreu wieder aufgebaut worden waren. Es war längst nicht so schmerzlich gewesen, wie Sara befürchtet hatte. Seltsam, wie wenig Macht die Zeit über manche Dinge besaß. Die Holzhäuser sahen noch immer aus, als könnte jederzeit eine Frau in einem Leinenkleid und mit einer Haube auf dem Kopf heraustreten, in jeder Hand einen Eimer Wasser, um die Tabakpflanzen zu gießen. Oder der Schmied mit seinen klobigen, rußigen Händen, der immer einen blasphemischen Fluch auf den Lippen hatte.

Erst, als sie auf jenem Fleck Erde gestanden hatte, der vor langer Zeit mit Noconas und ihrem Blut getränkt worden war, hatte Sara sie gespürt. Die Wehmut. Die bittersüße Melancholie. Dieses Sehnen im Herzen, das immer unerfüllbar bleiben würde und das gerade deshalb so kostbar war. Ihr eigenes Grab hatte sie aus einem einzigen Grund nicht besucht. Weil es unnötig war. Naduahs Leben war abgeschlossen. Es war an der Zeit, nur noch Sara zu sein. Die freischaffende Fotografin, die in den Great Plains ihr Glück gefunden hatte. Selbst wenn das bedeutete, kalt zu duschen, eine Spinne über dem Bett hängen zu haben und tagein, tagaus nach Pferd zu riechen.

„Sing es noch einmal für mich." Makahs Stimme riss sie aus ihren Gedanken. „Bitte."

Sara wand sich unangenehm berührt. „Besser nicht. Ich konnte vielleicht damals singen, heute klinge ich wie eine leere Gießkanne."

Er sagte nichts, sah sie nur aus großen, flehenden Rehaugen an. Sara kapitulierte. Dieser Mistkerl wusste viel zu gut, wo er den Hebel ansetzen musste. Sie schloss die Augen, erinnerte sich an die Worte und fand nur Bruchstücke. Doch kaum glitt der erste Ton über ihre Lippen, hob sich der Vorhang in ihrem Kopf.

„Frà Martino, campanaro. Dormi tu? Dormi tu? Suona le campane, suona le campane! Din don dan, din don dan."

Makah starrte sie an, während sie den Kanon mehrmals wiederholte. Obwohl sie am wärmenden Feuer saßen, irgendwo in den Ausläufern

der Wichita Mountains, sah sie, wie eine Gänsehaut seine Arme überzog. Als wäre es ihm unangenehm, dass sie seinen Aufruhr sah, krempelte er die Ärmel seines schwarzen Pullovers hinunter.

Er räusperte sich ein paar Mal, griff in den Beutel, den er am Gürtel seiner Jeans trug, holte ein Bündel getrockneten Salbeis hervor und streute ihn in das Feuer. Sara beendete ihr Lied und sog den Duft des aufsteigenden Rauches ein. Wunderbar. Fast wie damals. Neun gebannt dreinblickende Touristen taten es ihr gleich und hoben schnuppernd die Nasen. Der Glanz in ihren Augen nahm etwas Kindliches an, als Makah zu singen begann. In der Sprache der Nunumu. Warm, ruhig und tröstend. Sanft wie ein Frühlingsregen.

Seine Miene war weich und selbstvergessen, und als Sara sich an ihn schmiegte und den Mond betrachtete, der durch das Laub einer Birke schien, fühlte sie sich zufrieden.

Wirklich zufrieden. Und wirklich vollkommen.

„Komm“, sagte Makah irgendwann, gerade als sie in den Schlaf hinüberdriftete. „Ich will dir etwas zeigen.“

Die ersten Touristen aus der Gruppe krochen bereits in ihre Zelte, als sie sich auf den Weg machten. Andere blickten ihnen sehnsüchtig hinterher. Vermutlich spürten sie, wie glücklich sie in ihrer Zweisamkeit waren, und sehnten sich danach, etwas Ähnliches zu fühlen.

Mondlicht schimmerte auf den Hügeln. Ein Fluss mäanderte gemütlich durch das Land, hier und da beschattet von Bäumen. All das war ihr vertraut, auf eine ferne, träumerische Weise. Sie war schon einmal hier gewesen, aber alles hatte sich verändert. Selbst die Hügel, die von Sturm, Schnee und Regen neu geformt worden waren.

„Erkennst du es?“, fragte Makah.

„Noch nicht.“

„Sieh genau hin.“

Der Fluss war im Laufe der Jahrzehnte schmaler geworden. Sein ausgetrocknetes, früheres Bett war erst auf den zweiten Blick erkennbar, denn hohes Gras wiegte sich dort im Wind, wo einst Wasser geplätschert hatte. Drüben am anderen Ufer waren die vereinzelten Stümpfe alter Bäume zu sehen. Manche waren zerfranst, andere besaßen zu glatte Schnittflächen, als dass der Baum eines natürlichen Todes gestorben sein konnte.

Hier hatten sie nach ihrer Hochzeitsnacht gestanden. Ja, jetzt erkannte sie den Ort. Dort drüben hatte einmal ein Wald gestanden, hinter dessen Wipfeln die Sonne aufgegangen war. Der Fluss war breiter gewesen, bedeckt von Eis, und hinter den Hügeln war nicht der orangefarbene Schein einer Kleinstadt zu sehen gewesen, sondern der aufsteigende Rauch vieler Feuer.

Ihr Herz krampfte sich zusammen. Plötzlich fühlte sie sich uralt. Wie eine Eiche, die als Relikt vergangener Zeiten auf einem Feld stand, während der Wald um sie herum längst gerodet worden war.

„Komm." Makah nahm sie bei der Hand und führte sie flussaufwärts. Nach einer Weile, in der sie schweigend gewandert waren, schwenkte er nach rechts und ging ein Stück weit hinaus in das gewellte Land.

Als er vor einer großen Birke stehen blieb, die stolz auf einem Hügel thronte, verstand Sara zunächst nicht, warum er sie hierher gebracht hatte. Zu diesem Baum. Doch dann, als ihr die alten Geschichten wieder in den Sinn kamen und sie sich an die gefallenen Krieger erinnerte, die man in den Antelope Hills begraben hatte, zusammen mit dem Samen einer Birke, begriff sie endlich.

„Er ist es?" Mein Gott. Konnte es wirklich sein? Sie streckte ihre Hand aus und strich mit den Fingern über den silbrig schimmernden, rissigen Stamm. „Der Baum, der aus deinem Grab gewachsen ist?"

Makah lächelte. Er betrachtete die Birke eine Weile, ohne dass Sara etwas in seinem Gesicht lesen konnte, dann trat er zurück und verschränkte die Arme vor der Brust.

„Er ist es. Ich weiß es. Komisch, oder? Ich habe im Traum gesehen, wie sie mich hierher gebracht und begraben haben."

„Und wie war das?"

„Ergreifend." Er neigte nachdenklich den Kopf. „Makamnaya und Quanah sangen für mich. Sie erzählten allen lebendigen Wesen unsere Geschichte, und sie brachten mich hierher, weil sie wussten, dass ich hier am glücklichsten gewesen war."

„An diesem Ort begann unser gemeinsames Leben." Sara starrte auf das Gras am Fuß des Baumes. Eine Spur Trauer zog sich durch ihr Glück. „Jetzt gibt es von Nocona nur noch Knochen unter der Erde."

„Nein." Er öffnete seine Arme und lud sie ein, zu ihm zu kommen. „Es gibt einen neuen Anfang."

Als sie sich an ihn schmiegte und er sie umschloss, so wie damals, als er geschworen hatte, sie für den Rest der Ewigkeit zu beschützen, konnte Sara die Tränen nicht mehr zurückhalten. Sie weinte um alle, die sie verloren hatten, um das Land und um ihr altes Leben, und als sie all das verabschiedet hatte, fühlte sie sich befreit und losgelöst von allem, was gewesen war.

Zwei Menschen, die füreinander bestimmt waren, konnte nichts trennen. Dessen war sich Sara jetzt sicher, und deshalb gab es nichts mehr, vor dem sie Angst hatte.

Vom Lager her hörten sie das Lachen der wenigen Touristen, die der Erschöpfung noch widerstanden und den Tag Revue passieren ließen. Jemand spielte ungeschickt auf einer Trommel, die er sich während einer

Rast im Reservat gekauft hatte. Ein anderer sang dazu. Krumm und schief, aber hörbar leidenschaftlich.

„Siehst du?“, sagte Makah. „Alles kommt wieder. Nur in einer anderen Form. Nocona hat sein Versprechen gehalten. Er hat dich wiedergefunden. Und er wird dich nie wieder gehen lassen.“

Sara antwortete mit einem Lächeln, denn jedes Wort war überflüssig. Sie schloss die Augen und lauschte. Auf das Singen und den dröhnenden Rhythmus, auf den Wind, die Nachttiere und das Gras. Dies hier war unsterblich. Die Stimmen des Volkes und die Trommeln würden für immer die Prärienacht erfüllen, denn all das gehörte zusammen und war erschaffen worden, um eins zu sein. Das Gras der Vergangenheit war über die uralten Pfade der Wanderer gewachsen, doch die Kraft ihrer Erinnerungen und die Leidenschaft ihrer Herzen würden ewig bleiben.

Endlich war sie zu Hause.

~ Ende ~

Anmerkungen der Autorin

Naduah und Nocona hat es wirklich gegeben. Sie entstammen nicht meiner Fantasie. Andere Figuren, die euch begegnet sind, tun es hingegen. Realität lasse ich Hand in Hand mit Fiktion gehen, denn dieser Roman ist kein Sachbuch und auch kein Werk, das sich streng an historisch belegbare Fakten hält. In erster Linie wollte ich einen Roman schreiben, in den man eintauchen kann. Der einen träumen, mitfiebern, leiden, lachen und weinen lässt. Von daher habe ich mir die künstlerische Freiheit genommen und ein paar Fakten geändert, um sie den Szenarien in meinem Kopf besser angleichen zu können.

Dieses Buch ist ohne Frage das, was ein Autor mit verklärtem Blick als Herzblutgeschichte bezeichnet. Was habe ich mit diesen Figuren gelitten und geliebt, gekämpft und gehofft. Herausgekommen ist letztendlich meine persönliche Interpretation einer wahren Legende um ein Paar, das man als Romeo und Julia der nordamerikanischen Ureinwohner bezeichnen könnte. Nachdem ich mich lange mit dem Schicksal der tragischen Liebenden auseinandergesetzt hatte, wurde der Drang, ihnen literarisch neues Leben einzuhauchen, unwiderstehlich. Liebe überdauert Zeit und Raum, so heißt es, und dieser Wahrheit möchte ich hiermit ebenso ein Denkmal setzen wie der Geschichte zweier Menschen, die vom Leben getrennt und vom Schicksal zusammengeführt wurden.

Jedoch möchte ich noch einige Worte zu jenen Figuren sagen, die es wirklich gegeben hat. Über Nocona, unseren Helden, ist kaum etwas bekannt. Man kennt weder das Datum seiner Geburt noch den genauen Umstand oder den Zeitpunkt seines Todes. Alles, was darüber kursiert, sind nichts weiter als Vermutungen und Gerüchte, die sich nie hundertprozentig bestätigt haben. Auch über Naduahs Zeit bei den Comanchen ist so gut wie nichts bekannt, ausgenommen die Tatsache, dass sie dort ein glückliches Leben geführt haben muss. Viele entführte Weiße, die man freikaufen und in ihre alte Heimat bringen wollte, entschieden sich bewusst gegen eine Rückkehr und für das raue, aber freie Leben in der Wildnis. Leider hatte Naduah diesbezüglich nie eine Wahl.

Das meiste wissen wir über Quanah Parker. Er schuf für die Legende seiner Eltern ein würdevolles Erbe und ging als letzter Freiheitskämpfer und großer Häuptling der Comanchen in die Geschichte ein.

Quanah, der entgegen der üblichen Tradition seinen Kindernamen nie ablegte, kämpfte gemeinsam mit seinen Anhängern bis zuletzt für die Freiheit seines Volkes. Nach der Schlacht um Adobe Walls wurden die Comanchen von den US-Truppen noch erbitterter verfolgt. Erklärtes Ziel des Militärs war es, sie in zermürbende Kampfhandlungen zu verwi-

ckeln, ihre Pferdeherden abzuschießen, die Lebensmittelvorräte zu zerstören und die letzten noch existierenden Bisonherden auszumerzen, um den Widerstand ihrer Gegner zu brechen.

Am 2. Juni 1875 – die Situation war für die Comanchen trotz verzweifelten Kampfes ausweglos geworden – kapitulierten sie in Fort Sill in Oklahoma und begaben sich in das ihnen zugewiesene Reservat. Die Bisonherden waren von den Ebenen verschwunden, die riesigen Pferdeherden vernichtet. Das Land, das Quanahs Volk über Jahrtausende hinweg ernährt hatte, bot keine Lebensgrundlage mehr. Mit der Kapitulation des Häuptlings hatten die Weißen ihren letzten und erbittertsten Feind verloren. Ihr Sieg war damit endgültig.

Quanah jedoch holte selbst aus seiner Kapitulation noch das Beste heraus. Nach kurzer Zeit wurde er zum Reservatshäuptling ernannt, bezog ein geräumiges Wohnhaus am Fuß der Wichita Mountains und wurde zu einem erfolgreichen Rancher und Farmer. 1886 ernannte man Quanah zum vorsitzenden Richter des Gerichtes, welches für die Reservate der Comanchen, Kiowa, Kiowa-Apachen, Wichita und Caddo verantwortlich war. Zudem bekleidete er nach der Einrichtung einer indianischen Polizeitruppe im Jahr 1902 den Posten des Sheriffs.

Nicht zuletzt wird Quanah als einer der Gründer der Native American Church Bewegung betrachtet. Die Native American Church, auch Peyote-Religion genannt, ist heute in den USA die am weitesten verbreitete, eigenständige Religion unter den indigenen Völkern. Ihr erklärtes Ziel ist es, die Wurzeln der indianischen Kultur zu ehren und sich zugleich den Veränderungen der Zukunft zu öffnen.

Quanah Parker starb am 23. Februar 1911 im Reservat in Cache, Oklahoma, als wohlhabender, geachteter Mann. Nachdem man in Washington seinen Tod bekanntgab, erhob sich der Kongress für eine Schweigeminute. Um ihm ein Denkmal zu setzen, wurde die texanische Stadt Quanah nach dem Comanchen-Häuptling benannt.

Nie hat er die Liebe zu seinen Eltern vergessen. In einem Brief bat er die Texaner um die Gebeine seiner Mutter, was zunächst ignoriert wurde. Eines Sonntags las jedoch ein Pfarrer den Brief in seiner Kirche vor. Quanahs Worte rührten die Menschen, und sein Wunsch wurde letztendlich doch noch erfüllt.

Cynthia Ann Parker alias Naduah (mit ihrer Tochter Topsannah)
1826 – 1870

Quanah Parker
Ende 1840er – 23. Februar 1911

„Meine Mutter, sie mich gefüttert, mich tragen in ihren Armen, mich wiegen in Schlaf. Ich spielen, sie glücklich. Ich weinen, sie traurig.

Sie lieben ihren Jungen. Sie nahmen meine Mutter weg, nahmen Texas weg. Nicht zulassen, dass ihr Junge sie sehen. Jetzt sie tot.

Ihr Junge wünscht sie begraben, an ihrem Grabhügel sitzen.

Mein Volk, ihr Volk, wir jetzt alle ein Volk.“

Quanahs Brief an die Texaner

Die Autorin

Geboren 1978 in Sachsen-Anhalt, wo nach wie vor meine Wurzeln liegen, habe ich meine metaphorischen Zweige und Äste seit 2001 zum schönen, bergischen Land ausgestreckt. Ich schreibe, um mich selbst zu entführen. Um nachts durch ferne Wälder zu laufen, auf einem Pferderücken dahinzufliegen, in die Tiefen des Universums einzutauchen oder mit Walen zu schwimmen. Und ich schreibe, um meine Leser zu entführen. Für eine Weile die Realität vergessen. Verführt werden.

In meinem Leben erlaube ich mir so viele Freiheiten wie möglich und gehöre zu den glücklichen Wesen, die ihre wahre Liebe gefunden haben. Ich glänze durch Chaos, Zerstreutheit, Naturvernarrtheit, Vorliebe für Dresdner Stollen, Kaffee und sonstige Leckereien, sowie einen exorbitanten Hang zum Träumen und Fabulieren, dem sehnsüchtigen Streben nach Erfüllung. Wo ich in der Realität an Grenzen stoße, muss mein Laptop ran. Denn im Geiste ist die Freiheit grenzenlos.

Britta Strauss

Danksagung

An dieser Stelle möchte ich den Menschen danken, die mein Leben bereichern und mir alles bedeuten.

Ich danke Jay, meinem über alles geliebten Lebensgefährten und besten Freund, der immer für mich da ist, mich zum Lachen bringt und mir Geborgenheit schenkt. Ich danke meinen Eltern für alles, weil sie mich stets unterstützen und immer an mich glauben (danke auch für die tollen Gene!). Und ich danke meiner Lektorin vom Sieben Verlag, die das Beste aus dieser Geschichte herausgeholt hat und mich mit diversen Bemerkungen immer wieder dazu bringt, vor Lachen unterm Tisch zu liegen (übrigens, liebes Sieben Verlags-Team, ihr seid die Besten!). Spezieller Dank gebührt außerdem Isabel Stadnick und James Lays Bad aus dem Pine Ridge Reservat, die mir bezüglich der korrekten Sprache eine große Hilfe waren. Danke an euch zwei und alles Gute!